Professor doctor Ru[illegible]e tij-
ding dat hij is onder[illegible]kunde voor een ontdekkin[illegible]daan. Zijn collega's reager[illegible]·hem een goedkope lening[illegible]ol on-begrip. En tot over[illegible]uden-ten het laboratorium waar Dingelam gehuldigd zal worden...

Onder professoren is Willem Frederik Hermans' befaamde afrekening met het universiteitsleven, waaraan de auteur, na kritiek op zijn functioneren als lector, een hartgrondige hekel had gekregen. Deze fantastische sleutelroman blijft ook na vijfentwintig jaar even scherp, onderhoudend en oergeestig: een roman waarin Hermans zich op alle terreinen en over alle grenzen heen heeft kunnen uitleven.

Willem Frederik Hermans (1921-1995), fysisch geograaf, schrijver, dichter en essayist, is auteur van een groot en talloze malen bekroond oeuvre dat geldt als een van de belangrijkste uit de Nederlandstalige literatuur. Vanaf 2005 verschijnen bij De Bezige Bij in samenwerking met het Willem Frederik Hermans instituut en het Constantijn Huygens Instituut zijn *Volledige werken*.

Willem Frederik Hermans

ONDER PROFESSOREN

ROMAN

met een nawoord van Prof. Dr. B.J.O. Zomerplaag,
hoogleraar in de vergelijkde literatuurwetenschap
aan de Rijksuniversiteit te Groningen

ULYSSES

2006
DE BEZIGE BIJ
AMSTERDAM

Eerste druk september 1975
Zestiende druk februari 2006
Omslagontwerp Marry van Baar
Omslagillustratie © René Magritte,
De boodschapper, c/o Beeldrecht Amsterdam, 2006
Foto auteur Ruprecht Hermans
Druk Hooiberg, Epe
ISBN 90 234 1992 8
NUR 301

www.debezigebij.nl

INHOUD

EEN TELEGRAM

Het boerderijtje, juister een voormalige boerenarbeiderswoning, min of meer tot buitenhuisje verbouwd, stond te druipen van de regen, die er de hele nacht op neergeplensd was. Die herfstige zaterdagmorgen ging de zon precies om een minuut voor zevenen op en juist op datzelfde ogenblik opende, in de slaapkamer van het huisje, de hooggeleerde Professor Doctor Rufus (roepnaam Roef) Dingelam zijn ogen.

Hoogleraar in de technische scheikunde aan een universiteit in het Noorden van ons land, had hij, als iedereen, op zaterdag vrij. Hij zou dus rustig wat later wakker hebben kunnen worden. Maar dat lukte hem nu eenmaal niet, want van maandag tot en met vrijdag werd hij ook altijd om even voor zevenen wakker. En net als op die werkdagen, kwamen ook nu zijn gedachten onmiddellijk op zijn beroepsbezigheden.

'Dat gelazer,' mompelde hij.

Had hij, even voor het ontwaken, een kwade droom doorstaan, een nachtmerrie die voortsproot uit de ergernissen waaraan hij op zijn laboratorium dagelijks onderworpen was?

Sinds de universiteiten waren gedemocratiseerd, wat inhield dat hij bijna elke week vele uren moest vergaderen om mensen die niets afwisten van de zaken waar ze over praatten, de gelegenheid te geven van hun democratische recht gebruik te maken er toch het hoogste woord over te voeren, ergerde hij zich.

Al drie jaar moest hij nu zijn tijd aan deze onbenullige nieuwigheid verknoeien. Tot wetenschappelijke arbeid van enige betekenis kwam hij niet meer.

Een tweede ergernis was zijn slechte verstandhouding met zijn naaste collega, Professor Doctorandus Knellis Tamstra, een man die nooit hoogleraar had mogen worden, die er alleen maar in geslaagd was het zo ver te brengen, wisten insiders, door met veel openbaar vertoon van het rooms-katholieke op het gereformeerde geloof over te stappen.

Het laatste wat Tamstra had bedacht om Dingelam te pesten, was Dingelam te verdrijven uit diens mooie kamer aan de voorzijde van het laboratoriumgebouw en daar een assistent van zichzelf in te stoppen.

Twee dagen had de Laboratoriumraad, samengesteld uit twee hoogleraren, twintig wetenschappelijke ambtenaren, vijftig studenten en dertig secretaresses, instrumentmakers, laboranten, werksters en schoonmakers, benevens de portier, hierover vergaderd van 's ochtends elf tot 's avonds elf. Er was gestemd. De stem van de portier—een luie communist—had de doorslag gegeven.

Dingelam wist niet of al deze ellende hem zelfs in zijn slaap niet meer met rust liet, maar hij had de onbedwingbare neiging zijn vrouw te vertellen wat hem bij het ontwaken allemaal te binnen schoot.

'Gré, ben je wakker?'

'Ja.'

Ook Gré werd, net als hij, altijd om even voor zevenen wakker.

'Ik zal je *een* ding vertellen,' zei hij, 'zodra ik ook maar een kleine kans zie, dan laat ik de boel de boel. Dan neem ik ontslag.'

'Natuurlijk Roef, daar heb je groot gelijk in. Je zou wel gek wezen. Maar waar wil je dan naartoe?'

'Dat weet ik nog niet. Maar ik ga weg. Absoluut.'

'Naar een andere universiteit?'

'Een andere universiteit? Of het daar niet net zo'n grote rotzooi is als hier!'

'Maar wat dàn? Waar moeten we dan van leven?'

'Dat zien we later wel. Maar zoals het nu gaat, heb ik er balen tabak van. BALEN!'

'Nou ja, dat zeg je al jaren. Denk je dat je de enige bent? Op onze leeftijd... Maar niet iedereen klaagt er zo dikwijls over als jij. Wat wou je dan? Professor, dat is zowat het hoogste dat er te bereiken valt in de wereld. Je kan toch moeilijk met ansichtkaarten langs de deur gaan lopen. En zolang je dat niet wil, moet je ook niet zeuren. Hoeveel mensen zijn er niet veel slechter aan toe dan jij?'

Dat was waar.

'Hoeveel mensen zijn niet jaloers op je, ondanks alles?'

Inderdaad. En daardoor was er ook zo goed als niemand bij wie hij zich beklagen kon. De meeste gewone mensen hadden het nog slechter dan hij en de andere professoren zaten in hetzelfde schuitje.

Hij zette zijn bril op en stapte uit bed.

Eeuw van vooruitgang, eeuw van steeds grotere snelheid.

Je kunt in zes uur of minder van New York naar Amsterdam vliegen.

Maar een brief doet er vier dagen over. Iets vlugger gaat een telegram.

Telegrambesteller! Da's een baan voor jongens van 15 t/m 17 jaar die van vaart en afwisseling houden. Lekker vrij en zelfstandig telegrammen, expressestukken en oproepberichten bezorgen. Op een fiets. Maar eerst een opleiding. Duur: vijf maanden. Vakken: verkeerskennis, vaktheorie en -praktijk. Algemene ontwikkeling en veel sport. Vol salaris, ook tijdens de cursus.

Een jonge telegrambesteller fietste over een smalle asfaltweg, waarlangs dunne boompjes stonden. Hij had een uniformpet op, een uniform aan en een cape om zijn schouders.

Een vrij sterke wind blies hem van tijd tot tijd regenvlagen in zijn gezicht.

Geeft me een gevoel of het koude zweet me uitbreekt, dacht hij.

Omdat het regenwater in zijn ogen liep, hield hij zijn hoofd voorover. Op de weg kijken hoefde hij nauwelijks. Ander verkeer was er niet.

Veel sport, had er in die advertentie gestaan. Jawel. De zuivere waarheid.

Een ander zou de pest in hebben, dacht hij, maar ik vind het geen rotbaantje.

Telkens als hij een been naar beneden duwde, verleende hij het meer kracht door zijn bovenlichaam ook voorover te buigen. Zijn cape verschafte hem niet de minste bescherming tegen de wind en lag horizontaal op de luchtstroom.

De Griekse god Hermes had aan elke voet een vleugel.

Deze telegrambesteller had er een aan zijn schouders als een helikopter.

En in zijn tas droeg hij een telegram dat met de snelheid van de elektrische stroom (300 000 km/sec) uit Stockholm was gekomen, in minder tijd dan de telegrambesteller nodig had om zijn lichaam op te heffen en het weer naar voren te buigen voor de volgende trap.

In het keukentje van de voormalige boerenarbeiderswoning richtte Professor Dingelam zich op uit een gebukte houding. Met de duim van zijn linkerhand krabde hij zich op zijn rug. Zijn oog viel op de wazige omtrekken van zijn bril, die hij op het roestvrijstalen aanrecht had gelegd. Het was een bril die altijd van zijn neus afschoof als hij zich bukte. Hij liet de bril daar liggen, bukte zich opnieuw, pakte de gasfles die hij juist had aangesloten en schoof hem tegen de muur, onder het tafeltje waar het butagasstel op stond.

Er zijn heel wat mensen, dacht hij, die er moeite mee hebben een nieuwe butagasfles aan te sluiten. Maar ik ben ten slotte niet voor niets hoogleraar in de technische scheikunde.

Met het gezicht van een man die nooit lacht, want zo'n man was hij, keek hij naar buiten, naar de woest bewegende bomen, naar de weiden waarop koeien stonden die niet van hem waren en zich nergens wat van aantrokken, naar de wolken die zeer ongelijk van dikte waren en soms ineens wat zon doorlieten.

Ik ben niet te benijden, dacht Dingelam. Mijn vader zou me uitgelachen hebben, als hij me hier gezien had, in een boerenarbeiderswoning.

Dingelam's vader was overigens al twintig jaar dood en toen hij doodging al acht jaar failliet. Alleen uit zijn jeugd en het begin van zijn studiejaren herinnerde Dingelam zich het buitenhuis op een terrein van tien hectaren bos, waar zij, van twee dienstboden vergezeld, gewoonlijk de zomer doorbrachten.

Wat een kale troep hier. De hagen langs de rechte percelen leken uit de aarde omhooggeperst door lange spleten, zoals zeegras naar buiten komt uit een gescheurde matras.

Groen waren de weiden, zwart de koeien, zwart het water van de sloten, zwart de stammen van de bomen en zwart was de cape van een telegrambesteller die eenzaam in de verte over de verlaten dijk fietste.

Op zijn rug krabbend liep Dingelam naar de huiskamer en zei:

'Ik heb de nieuwe gasfles aangesloten, hoor.'

Gré Dingelam, geboren Kelckens, bezig een rolstoffer heen en weer te duwen over de vloer, draaide haar hoofd een ogenblik in zijn richting met een glinstering van brilleglazen, keek daarna weer naar de vloer. Zij droeg een schort met blauwe bloemen, had roodpluchen pantoffels aan haar voeten en haar grijze haar was op stekelige rollers van plastic gewikkeld.

Het montuur van haar bril herinnerde vagelijk aan een vlinder. Verder was er niets vlinderachtigs aan Gré. Wie heeft trouwens ooit een vlinder van achtenvijftig jaar oud gezien?

'Ga je nu scheren,' zei ze, 'dan kan ik de wastafel schoonmaken. Heb je water opgezet?'

Zij was het soort vrouw met door de leeftijd mannelijker geworden trekken, dat voor de reclame-TV zo goed kan vertellen hoe zij jarenlang met gesprongen handen heeft getobd door het gebruik van ruwe afwasmiddelen. Tot Mexan, de nieuwe formule, dit euvel in veertien dagen verhielp. 'Mijn handen blijven glad en zacht dus en mijn vingertoppen blijven heel dus, sinds ik Mexan gebruik dus.'

'Water opgezet? Waarvoor dan?' vroeg hij.

'Om je te scheren, sufferd. Wat heb je anders in de keuken uitgevoerd?'

'Een nieuwe gasfles aangesloten. Als jij gisteren gezegd had dat de gasfles leeg was, had ik het nu niet hoeven te doen.'

Hij herinnerde zich, dat hij juist omdat hij water wilde opzetten, de nieuwe gasfles aangesloten had, maar zei dit niet.

'O, verschrikkelijk!' zei Gré, 'wat een reuzen werk!'

'Houd jij je mond maar over dingen die je zelf niet kan.'

Teruggelopen naar de keuken, waar de fluitketel al gevuld op het gasstel stond, stak hij het gas aan.

Hij haatte het buitenleven tot in de vlam van het butagas. Vlam? Een soort donsje van brandend blauw, dat door het geringste zuchtje weggeblazen kan worden.

Butagas. Elektriciteit is hier ook al niet. Ik heb een hekel aan dit krot. Alles doe ik voor haar plezier, omdat ik zelf geen behoefte heb aan plezier. Alles wat plezier heet, is door haar bedacht. Als het van mij afhing, bleef ik in de stad.

Tot het water kookte, zou de tijd nuttig besteed kunnen worden door de olielampen bij te vullen.

Het olieblik aan het hengsel dragend en een oude krant onder zijn arm, keerde hij in de zitkamer terug.

'Wat kom je nou weer doen?'

'De lamp vullen terwijl het water op staat.'

'Zie je niet dat je me in de weg loopt? Wacht dan tenminste tot ik klaar ben.'

Rrrring. De bel. Rrrring. Geen elektrische bel, nee, zo'n buitenhuisbel, die al zijn energie ontlenen moet aan de vinger die de knop indrukt. Rrrrring-rrrring. Rrrrring bij het indrukken van de knop en rrrrring bij het loslaten.

Dingelam legde de krant op de vloer, zette het olieblik erop, liep naar het gangetje en deed de voordeur open.

De zon scheen nu. In het druipnatte tuintje stond de telegrambesteller, zijn fiets dwars tegen zijn billen geleund. De cape, niet meer door de wind gedragen, hing van zijn schouders naar beneden en een sterke geur van natte textiel maakte zich eruit los, toen de jongeling die van vaart en afwisseling hield, zijn hand, met het telegram erin, naar Dingelam uitstak.

'Goeiemorrege,' zei hij, 'een telegrammetje voor de professor.'

Hij zette een gezicht alsof hij dacht dat hij erg leuk was.

Dingelam pakte het vaalgroene, rechthoekig gevouwen papiertje aan. De besteller greep het stuur van zijn fiets, zwaaide zijn rechterbeen over het zadel en reed terug, gedeeltelijk slingerend over het gras. Toen hij tegen de dijk opreed, ging hij op z'n trappers staan.

Dingelam, met een hand het telegram bij zijn ogen brengend —waar is mijn bril?—duwde met de andere de deur weer in het slot. Met twee handen vouwde hij het telegram open.

Tekst op een smal papierlint in hoofdletters neergehamerd door een van verre bestuurde machine. Lint, te lang, aan stukken gescheurd en op het telegramformulier geplakt. Gebrekkige tekst die met de grammatica spot. Engelse woorden, bijeengeharkt door iemand die eigenlijk niet goed Engels kent, maar deze taal bezigt in de mening dat elke Nederlander en zeker een Nederlandse hoogleraar hem lezen kan. Hier en daar spelfouten. Of seinfouten. Maar hoofdletters zo groot dat ze zelfs zonder bril te lezen zijn.

Tekst. Verschrikkelijkste van alle uitvindingen die de mens kunnen teisteren.

Geen plant geen dier vertoont, als je er een papiertje met wat tekst bij houdt, de heftige fysiologische veranderingen waaraan Dingelam onderworpen werd.

Dingelam, toch niet de eerste de beste, wat door de tekst nog onderstreept werd.

Dingelam, geen plant, geen dier, maar een mens met een geoefend verstand van superieure kwaliteit—een Nederlands hoogleraar.

De huid op zijn kuiten begon te steken en zweet welde op aan zijn schaarse haarwortels. Druppels vergrootten de sproeten op zijn glimmende voorhoofd als vergrootglazen. Hij krabde zich op zijn rug, hij haalde zijn vingers, oudste kam van de mensheid, door zijn dunne half rode en half gele haar.

Het telegram nog steeds voor zijn ogen houdend, gedoogde hij dat zijn voeten hem langzaam naar de huiskamer verplaatsten.

In de deuropening botste hij tegen Gré op, die de rolstoffer wegbracht.

'Gré,' zei hij, schraapte zijn keel en voegde eraan toe: 'Raad eens wat er gebeurd is?'

'Gauw zeggen en ga je dan scheren.'

'Ik heb de Nobelprijs gekregen,' zei Dingelam.

'De Nobelprijs? En wat krijg je dan?'

'Tweehonderdtachtigduizend gulden, of zoiets. Waarom?'

'Maar daar kunnen we toch niet van *leven*?'

Zijn mond viel open van verbazing en hij duwde het telegram met twee handen tegen zijn borst, alsof hij bang was dat ze hem dat ook nog zou afpakken.

Gré, denkend dat hij haar niet begrepen had, verduidelijkte nu:

'Maar man! Tweehonderdtachtigduizend gulden, dat is nog geen vier keer je jaarsalaris. Daar ben je zo doorheen!'

Wat die fluitketel deed, kon je eigenlijk geen fluiten noemen. Hij maakte kenbaar dat het water kookte, maar fluiten was het niet. Het was spatten, sputteren en sissen. Gré met haar rolstoffer bereikte de keuken eerder dan Dingelam en draaide het gas uit.

'Ga je nu scheren, dan zet ik meteen thee.'

EERSTE FRAGMENT UIT HET DAGBOEK VAN DOKTER BAREND

Zaterdag
Hoeveel schrijvers zouden er niet een lief ding voor over hebben, als ze het beroepsgeheim konden schenden van de psychiaters bij wie hun romanpersonages onder behandeling zijn. En dat niet alleen. Romanschrijvers zijn immers alwetend, dus blijven ook de intiemste geheimen van de psychiater zelf niet verborgen voor een romanschrijver.

Ik heb overigens niet de indruk dat deze of gene bezig is een roman te schrijven over mijn patiënten. Maar misschien wordt mijn dagboek zelf op een of ander tijdstip lang na mijn dood gepubliceerd. Anders kan ik niet verklaren waarom ik eraan begonnen ben.

Aantekeningen maken is toch al mijn dagelijks werk, opschrijven wat mijn patiënten me vertellen is een onvervreemdbaar bestanddeel van mijn vak. Daarnaast nog eens een dagboek beginnen, lijkt overdreven. Alleen al mijn praktijknotities, een beetje bijgeschaafd tot case stories, zouden heel wat delen adembenemende lectuur vormen. Ik zit echt niet om stof verlegen.

Dat ik toch aan dit aparte dagboek begonnen ben, is te wijten aan mijn levenslot. Ik noem mijn leven al dertig jaar een leven na de dood. Daar ben ik vanochtend weer eens op een onverwachte manier aan herinnerd.

Ik reed op de weg naar Leeuwarden en om precies een uur, was ik in de buurt van Aduard. Ik had de autoradio aanstaan en als elke dag kwamen om een uur de nieuwsberichten. Plotseling hoor ik de omroeper zeggen: 'De Nobelprijs voor scheikunde is dit jaar toegekend aan de Nederlandse hoogleraar Professor Dr. R. Dingelam, voor zijn ontdekking van de synthese van het n-Ethyl 8 . . .' (er volgde nog een hele lange naam die ik niet onthouden kon). Ik ben geen chemicus en al was ik dat wel geweest, ik geloof dat zelfs dan alleen de woorden 'Nobelprijs' en 'R. Dingelam' tot mij doorgedrongen zouden zijn. Die Roef!

'Ik ben de vergeler,' zei een valse reclamestem na de nieuwsberichten, 'ik maak al die mooie nieuwe overhemden geel.'

'Nu niet meer,' antwoordde de opgewekte stem van Het Goede, 'nu is er Dato dat gele stoffen weer helder wit maakt. Dato, met de derde witmaker.'

Die Roef! Hoe durfde dat tuig van de radio na de aankondiging van ZIJN bekroning, een zo banale reclametekst uit te zenden? Driftig schakelde ik de radio uit. Waarschijnlijk, dacht ik, is Roef in zijn buitenhuisje en dan kan ik een van de eersten zijn, die hem feliciteert, als ik even voorbij Aduard rechtsaf sla.

Zijn buitenhuisje ligt op ongeveer vijf kilometer afstand van Aduard, onder de rook van Sauwerd, zo te zeggen. Zo te zeggen, want Sauwerd produceert helemaal geen rook, alleen koeiengeloei.

Een arts, een psychiater, op weg een van zijn beste vrienden te gaan feliciteren, omdat hem de hoogste onderscheiding te beurt gevallen is, die er voor wetenschappelijk werk is weggelegd.

Daar zo opgewonden over?

Dat een reden om, met matige snelheid tussen de weilanden rijdend, het voornemen op te vatten een dagboek te gaan schrijven?

Ja. Roef is niet zomaar een van mijn beste vrienden.

Vrienden zijn we eigenlijk pas de laatste tien jaar, sinds ik in dezelfde universiteitsstad woon als hij (ik ben niet aan de universiteit verbonden).

Maar ik ken hem al veel langer.

Een paar jaar hebben we op de middelbare school in dezelfde klas gezeten.

Ik had een vage hekel aan hem, waarschijnlijk omdat hij zo knap was in de vakken waarin ik ook graag knap had willen zijn. Ik wilde namelijk natuurkundige worden, maar Roef had voor moeilijke vakken als wiskunde, natuurkunde en scheikunde veel hogere cijfers dan ik. (Ik ging dan ook later geen natuurkunde studeren, maar medicijnen.) Ik liep met het waandenkbeeld rond dat hij mij verachtte omdat hij me overtrof—en hij wist waarschijnlijk niet eens dat ik er dezelfde ambities opna hield als hij. Kan een mens krankzinnig zijn! Geen wonder dat ik nu psychiater ben.

Ik voel de behoefte dit op schrift vast te leggen, nu hij de Nobelprijs gekregen heeft.

Toen wij student waren, gingen we evenmin als vrienden met

elkaar om, maar als we op straat elkaar tegenkwamen, maakten we wel een praatje.

In mei 1940 werd Nederland door Hitler bezet en een paar maanden later begon de vervolging van de joden ook hier.

Aan het begin van het jaar 1941 werd bekendgemaakt dat iedere jood zich moest aanmelden bij het Bevolkingsregister.

Wie was een jood? Iemand die het joodse geloof was toegedaan? Geenszins hij alleen. Wie dan nog meer?

Iemand met vier joodse grootouders.

Wat waren joodse grootouders? Grootouders die geregeld hun joods-godsdienstige plichten vervulden?

Helemaal niet. Ook als ze alle vier katholiek waren, remonstrants of wat dan ook, konden het wat die administratie betreft joden zijn.

Ik had nog nooit een synagoge van binnen gezien. Ik ben niet eens besneden. Wij waren thuis helemaal niets. Maar toch was ik 'een jood', want dat moesten mijn ouders mij verteld hebben op een tijdstip zó diep in mijn jeugd, dat ik niet meer zou hebben kunnen zeggen wanneer. Mijn vader was een jood, mijn moeder was een jodin, alle vier mijn grootouders (voor mijn geboorte gestorven) waren joden geweest.

Wij praatten thuis eigenlijk nooit over deze zaak, tot de Duitsers Nederland overrompelden. Wat te doen? Onze buren wisten dat we joden waren. Ik nam aan dat iedereen onmiddellijk aan mij zien kon dat ik een jood was, al zou ik eigenlijk niet precies hebben kunnen zeggen waaraan ze dat dan wel zagen.

Ik had zwart haar, maar hoeveel mensen hebben geen zwart haar?

Ergens moet het toch te zien zijn, zei ik dikwijls als ik voor de spiegel stond, maar het is een feit dat ik geen bijzonder grote of kromme neus heb.

Nu dit allemaal zo lang geleden is, zal het veel mensen iets ongelofelijks toeschijnen dat iedereen die van zichzelf dacht dat hij een jood was—want andere criteria waren er feitelijk niet—braaf ging doen wat er van hem verlangd werd: zich naar het Bevolkingsregister begeven, zich bekendmaken als jood, een gulden betalen en daarvoor een formulier in ontvangst nemen, dat je moest invullen en later weer inleveren.

Ik was enig kind, toch kon ik slecht met mijn ouders opschieten. Dagenlang werd er ruzie over gemaakt.

Ik zei dat ik me niet zou aangeven, dat ik er geen zin in had me in het ongeluk van de andere joden te storten, dat ik me geen jood voelde, maar een Nederlander als elke andere.

'Barend,' zei ik, 'dat is niet eens een joodse naam. We heten tenslotte geen Cohen of Polak.'

'Barend geen joodse naam?' zei mijn vader, 'je overgrootvader was koster van de synagoge in Paramaribo.'

'Als u de Duitsers vertelt dat hij koster van de katholieke kerk was, dan zullen ze toch eerst Suriname moeten veroveren om het te controleren. Ik geef me niet aan.'

'Je niet aangeven? Hoe kom je op dat idee? Omdat je dom bent, daarom.'

Afschuwelijke ruzies, afschuwelijke woorden.

Toch ging ik, ondanks al die praat, op een dag op weg naar het Bevolkingsregister, gewoon op de fiets. Plotseling zag ik Roef Dingelam lopen. Die hoefde niet naar het Bevolkingsregister te gaan om te vertellen dat hij een jood was. Ik werd door woede bevangen en door een soort redeloze overtuiging dat het zijn schuld was, wat mij overkwam. Het leek me dat hij alleen maar altijd knapper dan ik in de wis- en natuurkunde was geweest, om mij te vernederen als jood. Dat zou ik hem betaald zetten. Als hij een geweten had, zou hij verder moeten leven met een SLECHT geweten. Hij was *geen jood*. Hoewel geen Duitser, maakte hij toch deel uit van de niet-joden, die mij vertrapten.

Ik was op mijn fiets blijven zitten en keek van onderaf tegen hem op. Ook als ik afgestapt zou zijn, zou ik van onderaf tegen hem opgekeken hebben, want hij is veel langer dan ik.

'Je raadt nooit waar ik naartoe ga. Naar het Bevolkingsregister, om te vertellen dat ik een jood ben.'

'Waarom dat zo?'

'Lees jij de krant niet eens? Omdat ik vier joodse grootouders heb.'

Alsof het de meest voor de hand liggende raad was die hij geven kon, zei hij, nee, hij *zei* het niet, hij liet het zich ontvallen:

'Dat zou ik ze maar niet aan hun neus hangen.'

Ondanks alles heer der schepping, al behoorde het 'arische' volk waar hij uit voortkwam, dan toevallig ook tot de verslagenen! Maar toch vrij. Toch heer en meester over zijn eigen identiteit. Vrij te kiezen of hij de Duitsers wilde haten dan wel naar hen overlopen. Keuze die mij en mijn groepsgenoten niet openstond, evenmin als een varken een andere keuze heeft dan zich te laten veranderen in een worst. Varken? Daar leek Roef eerder op dan ik, met zijn grove witte huid, zijn rossige haar dat eruitzag of het van kokosvezels was vervaardigd, zijn bolle wangen, zijn fantasieloze mond, waarvan de lippen bij de korte zinnen die hij uitsprak, bijna niet in beweging kwamen. En dan vooral zijn fletsblauwe ogen, even flauwblauw als die van een varken, even intelligent en wreed. Onverstoorbaar bij andermans nood en, durfde ik wedden, even onverstoorbaar bij zijn eigen nood als het moest. Ik was jong en romantisch. Ogen die zich in de dood niet sluiten, maar hun moordenaar blijven aanstaren met een haat van over het graf. De ogen van de Blonde Bestie! Nietzsche was zeer in de mode. (Die goeie brave Roef!)

Ik wist op dat ogenblik dat ik nooit zo zou kunnen kijken, terwijl ik dat wel zou willen—waarvoor had ik Nietzsche anders gelezen—en ik voelde me klein worden, met in mijn onderbewustzijn het verlangen dat ik daar ter plekke door hem zou worden neergestoken uit naam van het arische superras. Liever door hem dan door een Duitser.

'Dat zou ik ze maar niet aan hun neus hangen...'

Had hij daarbij maar minachtend gelachen, dan zou die uitspraak minder onmenselijk hebben geschenen. Maar nee, hij had nog nooit zijn gedachten laten gaan over dit verschrikkelijke probleem waar iedereen in die dagen van wakker lag: of men moest dulden dat het Nederlandse volk in twee soorten mensen werd gescheiden, niet-joden en joden, mensen en ongedierte.

Uit haat tegen zijn onverschilligheid is het geweest dat ik zijn raad heb opgevolgd. Ik ging niet naar het Bevolkingsregister. Zou ik betrapt worden en worden gestraft, dan zou het *zijn* schuld wezen.

Ik gaf me niet aan als jood.

Hoe kaal en plat is dit land, waar alleen de bomen in de buurt van de boerderijen uit opsteken als bossen schaamhaar.

Het huisje van de Nobelprijswinnaar is nu niet ver meer. Ik

zie het liggen tegen de dijk aan de horizon van deze lege weiden, met hun zwarte bomen die langs zwarte sloten staan. Ik heb het barre Groningse landschap nog nooit zo mooi gevonden als vandaag.

Ik kan het niet anders beschrijven dan in Japanse gedichten (haiku's) zoals ik ze onlangs gelezen heb in een roman van Evariste Dumortier.

Het domme kleine huis heeft een schuin dak
Hoeveel groter toch nog dan het schedeldak van
Het genie eronder.

En:

De grote geleerde smaakt zijn zegepraal
Maar de koeien herkauwen
Elke dag.

En:

Eenzaam is mijn auto op de landweg
Toch weet de hele wereld dat de door mij gezochte de
Nobelprijs heeft gekregen.

En:

Klein het huis, groot de ramen
De grote ramen zijn eringekomen toen een
Toekomstige Nobelprijswinnaar het kocht.

En:

Maar nee. Alle haiku's die me invallen zijn even goedkoop en bijna word ik door melancholie beslopen bij het denkbeeld dat ik Roef straks geluk zal wensen in dit boerenarbeidershuisje dat hij haat, waar hij de weekends alleen naartoe gaat omdat Gré het zo graag wil en Gré wil dat zo graag omdat iedereen een tweede huisje heeft.

Op de dijk staat hun Volkswagen geparkeerd. Geen twijfel mogelijk, ze zijn daar. Haiku.

Welke andere Nederlanders hebben in het verleden de Nobelprijs gekregen? Alleen Van 't Hoff en Debije willen mij te binnen schieten. Mijn vriend Roef is nu hun gelijke.

Ik breng mijn auto tot stilstand op de dijk, achter de Volkswagen van Roef.

Toen ik uitstapte zag ik dat er een lelijke deuk in zijn achterbumper zat. Altijd als ik mijn auto zie staan achter een auto waarvan de achterbumper beschadigd is, of een achterlicht verpletterd, denk ik: dat zou ik best eens zelf gedaan kunnen hebben.

Ik die nooit gezondigd heb door iets te doen en, wil ik hopen, ook nooit door iets niet te doen...

Ik bemerkte dat ik in mezelf liep te mompelen toen ik de dijk afliep. De ramen zijn niet het enige dat zij veranderd hebben aan hun huisje. Ze hebben ook een soort serre laten maken aan de zijkant, of beter een terrasje omringd door windschermen van grote stukken glas. Praktisch in dit kale land, maar lelijk om te zien.

De tuin is 's zomers rijk aan bloemen in goedkope kleuren en maakt een verwaarloosde indruk. Hij houdt niet van tuinieren. Zij is aan haar eer verplicht er iets aan te doen, maar ze kan het niet.

Terwijl ik zo voortliep, zag ik door het glas van het windscherm heen, dat iemand de deuren naar het terrasje opendeed. Wapperende gordijnen maakten hand en onderarm onzichtbaar, zodat ik zelfs niet zien kon of het een vrouw was of een man die de deuren opende. Er kwam, tegen mijn verwachting in, niemand naar buiten.

Toen hoorde ik Roef zeggen: 'Ja, waterstraaltje, je hebt groot gelijk. Wat kan het jou verdommen wie ik ben, zolang jij je huishoudgeld maar krijgt.'

Gré antwoordde: 'O, mooi is dat! Je bent wel aardig moet ik zeggen.'

Men zou denken dat iemand als ik in zijn spreekkamer al indiscreties genoeg hoort. Verkeerde gedachte. Of kwam het alleen maar omdat het Roef betrof, de redder van mijn leven en geen patiënt van mij?

Ik maakte niet luidkeels mijn aanwezigheid kenbaar.

Vlug deed ik enkele stappen naar rechts, zodat ik vlak voor de voorgevel stond en iemand die uit de zijdeuren het terras opstapte, me niet onmiddellijk zou kunnen zien staan.

'Zeker ben ik aardig,' zei de Nobelprijswinnaar, 'maar als jij te stom bent om te begrijpen dat jouw stommiteit mij kwetst, ben je misschien ook te stom om te begrijpen hoe aardig ik voor je ben en in elk geval hoe onaardig jij bent tegen mij.'

'Maar wat heb ik je in godsnaam misdaan?'

'Dingen die iedereen weet, die weet je niet en het kan je niet eens wat schelen dat je ze niet weet.'

'Nou, en wat dan nog? Ik ben misschien stom, maar ik zal heus wel de enige niet wezen die niet precies weet hoe kolossaal belangrijk de Nobelprijs is. Hoor eens even, ik heb ten slotte maar een blauwe maandag gestudeerd en dat wist je bliksemsgoed toen je met mij trouwde.'

'Jawel. En jij weet bliksemsgoed hoe belangrijk de Nobelprijs is, maar in je hart denk je, als *mijn* man hem krijgt, dan kan het geen belangrijke prijs wezen. Omdat je te veel minachting voor jezelf hebt om te durven denken dat je getrouwd zou kunnen zijn met iemand die...'

'Hou je mond. Zoek dan een andere vrouw op, die geleerder is dan ik. En dan is het nog de vraag of ze trek heeft al jouw kuren en grillen te verdragen!'

'Geld!' riep Roef verbitterd uit, 'geld! Dat is het enige wat je interesseert! Hoeveel geld is het? Dat is het eerste waar je aan denkt. Aan mij denk je nooit. Aan mij heb je nog nooit gedacht. Dat ik iemand was die wel eens een Nobelprijs zou kunnen krijgen, dat is in jouw kleine-spaardersbrein nog nooit opgekomen.'

Ik hoorde nu de deur wijd openslaan en voetstappen op het terrasje. Met een sprong liep ik naar voren, zag Roef en stormde met uitgestoken handen op hem af.

'Ik hoorde het op de autoradio! Het is niet te geloven! In geen jaren heeft een Nederlander de Nobelprijs voor scheikunde gekregen en nou jij!'

Ik durfde niet rustig waar te nemen hoe zijn gezicht stond. Vervolgens stortte ik mij op Gré, ongetwijfeld op mijn stemgeluid ook naar buiten gekomen.

'Dag Gré! Geweldig, geweldig! Als ik zeg: ik feliciteer je, dat klinkt niet indrukwekkender dan het geritsel van een muis. Maar heus! De Nobelprijs voor Scheikunde! Mijn god, dat is toch niet niks!... Al die duizenden chemici die er ook op de wereld zijn en die hem niet krijgen! Mensen, mensen! De gelijke van Van 't Hoff en Debije!' riep ik uit—het waren nog steeds de enige twee Nederlandse Nobelprijswinnaars die me te binnen wilden schieten.

'Dank je, Eddy, dank je,' zegt Gré tegen me, 'misschien krijg jij ook nog wel eens een Nobelprijs.'

Met een onbedwingbare blik van verstandhouding naar Roef, alsof ik hem daarmee verraden wil dat ik hun ruzie heb afgeluisterd, zeg ik: 'Wie weet. Alleen maar jammer dat er geen Nobelprijs voor psychiatrie bestaat.'

'Wel voor geneeskunde,' zegt hij.

'Eddy is er vast en zeker knap genoeg voor,' vindt Gré.

Winderig als het buiten was, zijn we, na enig beraad, toch maar binnen gaan zitten op de rotanmeubeltjes die je altijd in buitenhuisjes vindt. Gré heeft koffie gezet en ze vertelt nog maar zo kort te weten dat Roef 'die prijs' zou krijgen, dat ze nog niet eens naar het dorp heeft kunnen gaan om taartjes te halen.

'Maar wil je een biscuitje?'

Ze presenteert biscuitjes die eruitzien als rechthoekige stukjes triplexhout.

Waarom pogen de conversatie te reconstrueren?

Wat mij betreft, ik was er voortdurend op uit twee vragen niet te stellen, waar ik werkelijk nieuwsgierig naar was: ten eerste de bijzondere prestatie waarvoor hij de Nobelprijs gekregen had (de synthese van het N-... zelfs wat er na N- kwam wist ik al niet meer). En natuurlijk was ik ook nieuwsgierig wat hij met het geld zou gaan doen—een ton of drie is het, geloof ik.

Ongeveer een uur heb ik daar gezeten. Gré met plastic rolletjes op haar hoofd die erg conventionele krullen in haar grijze haren zullen zetten. Hij veeleer kaal dan grijs, hier en daar nog een lange sliert gelig haar, zijn kop nog ronder dan dertig jaar geleden, zijn ogen niet slim en wreed meer als die van een varken, maar alleen klein en moe.

Toen ik wegging, liet hij mij uit en over het pad naar de dijk liep hij een eindje met me mee.

'Wat een dag voor je!'

'Ach kom,' zei hij, 'ik zal je een ding vertellen. Ik zou me beter voelen als mijn vrouw beter begreep waar het om ging.'

'Wat wil je? Op mijn spreekuur komen? Ik ben duur, dan genezen de patiënten vlugger.'

'Te laat. Als iedere man die de verkeerde vrouw trouwt een patiënt is, zal er niet pas na vijfentwintig jaar ingegrepen kunnen worden.'

Hij trok met zijn rechter mondhoek, wat lachen voor hem vervangt. 'Het is misschien mogelijk iemand van zijn vrouw af te helpen, maar hoe help je hem op mijn leeftijd aan een betere?'

Mijn gedachten kwamen op de drie ton die hij straks zou ontvangen, maar ik zei niets.

'Het spreekt vanzelf,' zei hij, 'dat het je niet interesseert. Gezeur over mislukte huwelijken krijg je in de praktijk elke dag te horen, neem ik aan.'

'Ach, beste Roef, iemand die al vijfentwintig jaar er niet in geslaagd is een andere vrouw te vinden, die bewijst alleen maar dat hij onderbewust niemand anders heeft willen vinden.'

'Echte psychiaterpraatjes. In geen enkele andere wetenschap zou je wat kunnen bereiken door op die manier te redeneren.'

'Natuurlijk niet. Maar ik ben geen groot onderzoeker zoals jij, ik ben een biechtvader, een troostgever, een lijmer. Bij mij komen patiënten over de vloer, waarvan ik naar eer en geweten zou kunnen verklaren dat hun psychische moeilijkheden volledig genezen zouden, als ze hun kinderen uit het raam zouden gooien en hun vrouw zouden wurgen. Maar de wet verbiedt me zo'n medisch advies te geven. Ik ben geen chemicus die met sanctionering van de staat gifgassen, napalm en dynamiet fabriceren mag.'

'Die chemici worden ook niet gelukkig.'

Ik pakte hem bij zijn elleboog en zei:

'Ik moet je iets schandelijks bekennen. Om je de waarheid te zeggen, door de radio heb ik de naam gehoord van de stof waarvoor jij de Nobelprijs hebt gekregen. Hij kwam me wel bekend voor, maar ik heb het niet precies kunnen onthouden; zelfs dat was voor mij te moeilijk, ha, ha.'

'Wat? Hebben ze dat ook door de radio verteld?'

'Ja natuurlijk, 't is toch zeker groot nieuws. Maar hoe is die naam?'

Ik haalde mijn agenda te voorschijn.

'N-Ethyl-8-hydroxytetrahydrochloropheenhydrochloride.'

Ik schreef het op.

'Dat kan ik niet eens nazeggen.'

Zelfs de minst begrepene is van tijd tot tijd toch nog ijdel en Roef kreeg nu iets mild docerends in zijn stem.

'Het is een tamelijk belangrijke stof,' zette hij uiteen. 'Vóór ik vond hoe het gesynthetiseerd moest worden, hadden honderden anderen er al tientallen jaren vergeefs hun krachten op beproefd.'

Nu herinnerde ik me niet dat hij de laatste jaren bijzonder verdiept in een of ander onderzoek was geweest en daarom vroeg ik: 'En wanneer is het jou dan gelukt?'

'Twintig jaar geleden.'

Allerlei nieuwe vragen doemden bij mij op, maar ik durfde ze niet te stellen, bang dat hij uit mijn onwetendheid concluderen zou, dat ik in feite net zo onverschillig was voor wat hem het meeste bezighield, als Gré. Hij! Mijn redder! En een Nobelprijswinnaar bovendien! En twintig jaar geleden al zo knap. Nog veel knapper dan ik in mijn jaloerse jeugd had gevreesd.

'Weet je,' zei ik, 'dat ik me nu nog meer door het noodlot begunstigd acht, dan toen ik niet veel meer van je wist dan dat je in staat geweest bent mijn leven te redden door een raadgeving?'

Hij begreep dit niet en ik legde het hem uit. Ik probeerde hem duidelijk te maken dat bij wijze van spreken alle twijfel die ik ooit aan de juistheid van zijn advies had gekoesterd, werd uitgewist door deze Nobelprijs. Alsof nu pas het onweerlegbare bewijs geleverd was dat hij er goed aan gedaan had me te raden de Duitsers niet aan hun neus te hangen dat ik een jood was; *omdat die raad afkomstig was van een buitengewoon geleerd man.*

Ik zei hem dit met een lachje om hem op te vrolijken en ook omdat het natuurlijk onzin was, wat ik hem vertelde. Het feit immers dat ik de jodenvervolging overleefd heb kan door niets veranderen. Het zou geen ander feit worden als ik te weten was gekomen dat de raad mijn joodse voorouders te verzwijgen, me door de eerste de beste imbeciel was gegeven.

Maar Roef werd er niet door opgevrolijkt.

'Ook zoiets,' zei hij, 'ach god, als je op mijn leeftijd naar het verleden terugkijkt, dan besef je niet veel anders dan dat je een enkele keer bij toeval een gouden appel uit een boom hebt geplukt. Zoals toen ik jou dat zei en zoals toen ik Alicodrin samenstelde.'

'Alicodrin? Die naam is veel makkelijker. Die kan iedereen onthouden!'

'Het is de naam van het handelsprodukt. Het heeft een vrij grote praktische toepassing.'

'Waarom ben je dan toch zo somber? Van de honderd academici zijn er geen negenennegentig die in hun hele leven ook maar eenmaal iets maken of ontdekken dat bruikbaar of zelfs maar interessant is. Dat is de reden waarom ze zo bijzonder hoog van de toren blazen over 'zuivere wetenschap', waarin ze overigens meestal ook niets bijzonders bereiken. Ik geef je op een briefje dat het waar is wat ik zeg. Ik ken er heel wat! Aan mij vertellen ze alles.'

'O, best mogelijk,' zei hij, 'misschien zou een mens wel elke dag iets van belang moeten vinden om een heel leven te vullen. Maar dat lukt niet. Als je *een* keer iets vindt, waarvan je weet dat het belangrijk is, wordt al het andere dat je doet of gedaan hebt des te onbelangrijker. Ik zou me kunnen voorstellen dat iemand die nooit iets belangrijks gedaan heeft, zich minder ongelukkig voelt dan ik.'

'Heel waarschijnlijk,' zei ik, 'wie nooit een berg heeft beklommen, weet niet hoe het in de hoogte is. Maar dacht je dat hij daar nooit naar verlangt?'

'Verlangen naar een hoogte waar je nooit geweest bent, zal wel niet zo ondraaglijk zijn als heimwee.'

'Vanavond staat je naam in alle kranten van de hele wereld. Dan zul je toch wel anders praten.'

'Het hangt er maar vanaf wie die kranten leest.'

'En je foto voor de televisie!'

'Net als de eerste de beste moordenaar of pias.'

'Jij weet even goed als ik hoe belust jij en je collega's op dat soort dingen zijn. Kom, kom. Een groot man als jij zou de grootheid van ziel moeten hebben ook de banale huldeblijken van de wereld met een zekere grootsheid te accepteren...

Je bent toch niet van plan de prijs te weigeren?'

'Wat?'

'Dan moet je de publiciteit op de koop toe nemen.'

'De prijs weigeren! Dat zou als een politiek gebaar uitgelegd worden en ik heb geen enkele politieke bedoeling! De Nobelprijs voor scheikunde weigeren. Dat is geloof ik nog nooit gebeurd, behalve op bevel van Hitler of Stalin.'

'Vooruit dan, wees ook eens tevreden over jezelf.'

Hij stond er een beetje ongelukkig bij, wel kaarsrecht, maar met zijn hoofd ver naar voren gebogen, niet alleen omdat ik zoveel kleiner ben.

'Wat me toch blijft drukken,' zei hij, 'is dat er zo weinig gemeenschappelijks is tussen Gré en mij. Bijna de hele dag heb ik mijn hoofd bij dingen waarover ik met haar niet van gedachten kan wisselen. Mijn kapper is minder alleen dan ik. Zijn vrouw dirigeert de dameskapsalon en doet de boekhouding. Die mensen hebben elkaar nodig, die doen wat samen.

En wat de prijs betreft, 't is toch eigenlijk een bespotting. Nobel heeft ermee bedoeld jonge geleerden van financiële zorgen vrij te maken zodat ze al hun tijd aan studie zouden kunnen besteden. Maar het zijn merendeels ouwe kerels die hem krijgen. Zelfs als iemand van een jaar of dertig hem krijgt, heus daar bestaat een publikatie over, dan komt er bijna nooit meer iets bijzonders uit zo'n man. Laat staan als de prijs naar een oude van dagen gaat! Wat zou die ermee moeten beginnen? Er nog hogere doktersrekeningen van betalen, als hij niet verzekerd was. Maar iedereen is verzekerd. En ik ben niet eens ziek.'

'Je lijkt wel gek!'

'Als jij dat zegt, zal het wel zo wezen.'

'Ach man, je hebt een vruchtbaar leven achter je! Je hebt gevonden wat honderden anderen tevergeefs hebben gezocht. En je hebt er de grootst mogelijke erkenning voor gekregen die er bestaat. Je bent de gelijke van Einstein en Madame Curie! Wat zou je nog meer willen doen? Iedereen wordt oud! Wees een beetje inschikkelijk voor jezelf. Er zijn psychologen die uitgemaakt hebben dat de wiskunde en de exacte vakken op het ogenblik zo snel groeien, dat een jongeman van vijfentwintig jaar het al niet meer kan bijhouden. Wat wil je in godsnaam?'

Zo stond ik daar te liegen, welbewust te doen of *ik* gek was. Vriendschap. Wat is dat? Doen of je doof, gek en blind bent, want je mag je vriend niet ontmoedigen, je mag je vriend niet slechter behandelen dan een patiënt. Totale vertrouwelijkheid tussen vrienden, zou soms een vorm van sadisme zijn.

'Je kan toch,' ging ik verder, 'iets gaan ondernemen met die prijs? Iets stichten. Een fonds! Of een laboratorium voor een speciaal onderzoek! Of een tijdschrift! Of een medaille waaraan een jaargeld is verbonden, voor een veelbelovende student! Of...'

'Ik houd niet van studenten,' zei Roef, 'ik heb een hekel aan ze gekregen.'

Hij zweeg en ook ik zei niets, overbluft.

'Al die beurzen, prijzen en stipendia,' zei hij, 'ben je werkelijk zo naïef te denken dat die bij begaafde studenten terechtkomen? Trouwens, wat is een begaafde student? Een begaafde kontlikker, als je het mij vraagt. Altijd vlieg je er weer in. Dacht je dat iemand *mij* ooit voor een begaafde student heeft gehouden? Dacht je dat *ik* ooit een subsidie gekregen heb, in de tijd dat ik die nog goed had kunnen gebruiken?'

'Ja, dat weet ik niet, maar ze hebben je dan toch maar wel hoogleraar gemaakt.'

'Hoogleraar, wat betekent dat? Heb je daar wel eens over nagedacht? Het betekent jaar in jaar uit de bekende weg te wijzen aan een publiek, dat grotendeels helemaal niet zo nieuwsgierig is naar die weg. Ach man, het is een broodwinning. Het kon erger, maar...'

'Er zijn maar heel weinig mensen niet gedwongen zich met een of andere vorm van zelfkwelling in leven te houden. Ik ken artsen die het gevoel hebben hun kost alleen maar te verdienen met het genezen van individuen die wat hen betreft net zo goed de geest zouden mogen geven. En denk eens aan alle koningen en presidenten die liever op jacht gaan of een spelletje bridge spelen dan de volksvertegenwoordiging een papier voor te lezen dat de ministerraad bedacht heeft, of wetten te ondertekenen waar ze in hun hart tegen zijn.'

'O, maar ik ben er niet zo eentje die troost vindt bij de gedachte dat andere mensen het geluk ook niet vinden. Je op die manier troosten, dat is de manier waarop de communisten in communistische landen gelukkig worden: omdat alle andere mensen lekker ook straatarm zijn.'

'Troostend is niet dat andere mensen het beroerd hebben, maar troostend is de gedachte dat gelukkig zijn klaarblijkelijk ook de krachten van anderen te boven gaat. Dat je niet de enige bent wie het niet lukt.'

'Moet je horen,' antwoordde hij, 'ik ken een collega, getrouwd, niet zo jong meer, die een kind gemaakt had bij een meisjesstudent. Toen heeft hij voor zichzelf een gasthoogleraarschap in Californië georganiseerd en dat meisje heeft hij een studiebeurs voor diezelfde universiteit bezorgd. En daar heeft ze, rustig en discreet, dat kind ter wereld gebracht. Ze hebben daar een jaartje heel fijn met elkaar geleefd. Zijn vrouw wist van niets. En zij tweeën daar leuk in het zonnetje. Onder de palmen van Santa Monica. Dat noem ik pas geniaal. Dag Eddy. Veel dank voor je felicitaties.'

Ik trok het portier van mijn auto open en gaf hem een hand. Toen hij mijn hand losliet, viel zijn oog op de achterbumper van zijn Volkswagen.

'Wat zie ik daar! Een deuk! Veertien dagen geleden heb ik pas een nieuwe bumper gehad en nou alweer een nieuwe deuk!'

Ik trok mijn been dat ik al naar binnen gestoken had terug en, mij vasthoudend aan het portier bekeek ik de deuk alsof ik hem voor het eerst zag.

'Het is geen erge deuk,' zei ik. 'Een helemaal nieuwe bumper zal niet nodig zijn.'

'Ik hoop dat je gelijk hebt.'

''t Is maar een klein deukje, je ziet er bijna niets van.'

'O nee? Jij niet, maar ik wel, zelfs zonder bril.'

Het landschap tolde voor mijn ogen toen ik wegreed. Mijn voeten trilden op de pedalen. Ik had de richting waarin zijn ogen keken zoveel mogelijk in de gaten gehouden. Ik heb hem er niet op kunnen betrappen dat hij op mijn auto naar sporen van een botsing zocht. Maar een mens ziet niet alles en de joden hebben altijd van alles de schuld. Ben ik daarom te trots geweest hem te zeggen dat die deuk er al inzat, toen ik kwam aanrijden? Of ben ik bang geweest dat hij me dan des te minder zou geloven?

Haat ik hem nog altijd, zoals toen wij schooljongens waren? Welnee! Ik ben oprecht blij en trots, omdat ik mijn leven dank aan een Nobelprijswinnaar.

Als hem een feestdiner wordt aangeboden, zal ik deze woorden in een toespraak verwerken.

Dingelam bleef nog een ogenblik staan kijken in de richting waarin dokter Barend weggereden was en hij dacht:

Als ik indertijd wat anders tegen hem had gezegd, zou hij dan nog leven? Die Eddy. Die Eddy toch! Heeft tegen mij opgezien, een heel leven lang, zonder precies te weten waarom. Heeft zich van alles wijsgemaakt om te verklaren waarom hij zo tegen mij opkeek: omdat ik zo knap was in de wis- en natuurkunde, omdat ik geen jood was—kan ik toch ook niet helpen, ik zou niet weten wat ik anders zou moeten zijn dan geen jood. Ik zou niet weten wat ik anders zou hebben moeten zijn dan heel redelijk in wis- en natuurkunde. Hier sta je, grote Dingelam, voor je lullige boerderijtje in de gure wind, in je ouwe broek met een snee over je wang omdat je scheermes uitgeschoten is en je bent een van de grootste scheikundigen ter wereld. Dat was je natuurlijk altijd al—in ieder geval sedert een jaar of twintig. Trouwens er bestaan er nog een paar honderd die even groot zijn als ik, of groter, maar die hebben pech. Die lopen niet in de gaten, want we kunnen nu eenmaal niet allemaal tegelijk de Nobelprijs voor scheikunde krijgen.

Wat is er eigenlijk veranderd?

Dat ik een scheikundige ben over wie straks miljoenen mensen die geen lor verstand hebben van scheikunde, zullen zeggen: dat is een groot scheikundige. Ze kunnen de naam van de stof die ik heb samengesteld niet eens onthouden en als ze hem uitspreken, moeizaam spellend uit de krant, maken ze onbegrepen klanken. Maar onbegrepen klanken maken ze ook als ze, denkend aan mij, zeggen: dat is een groot scheikundige. Want wat een groot scheikundige is, dat weten ze evenmin, feitelijk, als wat N-Ethyl-8-hydroxytetrahydrochloropheenhydrochloride is.

Wat is een groot scheikundige? Zo iemand als ik, natuurlijk. Maar waardoor ben *ik* dat en een ander niet, waardoor is iedereen dat niet? Als ik dat wist zou ik iets interessants weten; nu sta ik maar wat in mezelf te zeuren.

Hij haalde zijn schouders op, draaide zich om en liep naar de deur van zijn boerderijtje.

Gré, een doekje om haar hoofd, zodat de krulspelden er niet zouden afvallen, kwam hem halverwege tegemoet, een boodschappentas aan haar arm.

'Die Eddy heeft ons verschrikkelijk opgehouden. Ik wou wat lekkers voor je halen voor de lunch.'

'O ja, maar zeg, voor mij hoef je die moeite niet te doen. Ik vind alles lekker.'

'Ik heb toch niets meer in huis.'

'O.'

'Wind je niet op als ik een beetje lang wegblijf. Heb je erge honger?'

'Nee.'

'Tot straks dan. O ja, dat had ik je gisteren al willen zeggen, maar het is me door het hoofd geschoten. Ik heb een deukje in de achterbumper gemaakt.'

'Ik dacht wel dat jij dat weer gedaan had.'

'Nou zeg, ik kon er niets aan doen.'

'Natuurlijk niet. Ga nu maar gauw.'

Het leek haast of zij tegen hem opsprong, toen zij hem een kusje op zijn kin gaf. Ze liep achter langs de auto, haar ogen gevestigd op het deukje dat niet erg was, stapte in en reed weg.

Hij dacht: Het is waar dat er bijna niets van te zien is. Maar het is ook waar dat ze het niet voor de eerste keer heeft gedaan. Veertien dagen geleden een nieuwe bumper en nou alweer een deuk. Verdomme, kan ze dan nooit wat leren?

Ondertussen was hij het huisje weer binnengegaan. Op een rieten stoel aan het raam ging hij zitten. 't Is duidelijk te zien, dacht hij, dat de kamer pas is schoongemaakt. Geen tijdschriften meer op de vloer, geen volle asbakken. Koffiekopjes ook nog even vlug opgeruimd. Ik vraag me soms wel af wat er in haar omgaat, maar ik zal er nooit achterkomen, ook al blijven we zo lang in leven, dat we op het laatst nog driemaal zo lang getrouwd zijn als nu.

Hij ademde diep in en daarna langzaam uit.

De nutteloze conversatie met dokter Barend kwam in zijn herinnering terug en bevestigde zijn vermoeden dat de hem toegekende unieke onderscheiding hem tot een van de eenzaamste mensen ter wereld maakte. Alsof hij eigenlijk niet altijd eenzaam was geweest. Maar hij had het tot dusverre tamelijk wel geheim kunnen houden.

Dat zou nu onmogelijk worden. Altijd al eenzaam geweest immers, door de unieke gave die hem een zo uniek gedachtenleven had verschaft dat het hem tot zijn unieke prestatie had gevoerd, zou deze eenzaamheid nu door de uit de unieke prestatie voortgevloeide unieke erkenning in al zijn unieke verschrikking aan de hele wereld worden geopenbaard! Niemand zou ooit nog een woord tegen hem kunnen zeggen, zonder in zijn hart te denken: ik richt het woord tot een Nobelprijsdrager. *Die man is anders dan ik*. Het zou hem even eenzaam maken als een moordenaar van wie iedereen weet dat hij twintig jaar in de gevangenis heeft gezeten en waarom. *Die man heeft iets gedaan wat bijna niemand ooit gedaan heeft.*

Was ik maar bevriend met een andere Nobelprijswinnaar.

Of had ik tenminste maar eens een biografie gelezen van zo iemand: van Debije, of van Van 't Hoff. Of nee. Het is maar beter dat ik die biografieën niet gelezen heb. Wat zou erin kunnen staan? In geen geval de dingen die ze gedacht hebben als ze in hun eentje naar buiten zaten te staren op een vrije zaterdagmiddag. Die dingen zullen ze evenmin ooit aan iemand anders hebben verteld als ik.

En wat er ook niet in zou staan: wat de vrouwen van die geleerden zeiden, toen ze hoorden dat hun mannen de Nobelprijs hadden gekregen.

Hij schaamde zich. Hij had de hele ochtend al een hekel aan zichzelf, sinds hij Gré zo schamper had laten voelen wat een sukkel ze was, omdat ze maar nauwelijks bleek te beseffen wat het betekende als een geleerde de Nobelprijs kreeg. Zou hij niet meer eerbied hebben voor de grootheid van zijn eigen geest, als hij dankbaar zou wezen dat er tenminste in zijn omgeving *een* bleek te zijn, in wier ogen hij dezelfde blijven zou?

Dezelfde... Maar dan toch dezelfde van wie zij nooit veel had begrepen, of tegen wie ze in elk geval om de haverklap in bitsig kijven uitbarstte.

Zijn omgeving... maar zijn omgeving bestond uit nauwelijks meer dan die ene.

Bij gebrek aan mogelijkheid op een andere manier met hem te communiceren?

De aandacht op zich vestigen door deuken in de auto te maken!

Hij stak zijn linkerhand in zijn linkerbroekzak, vond zijn lucifers. Hij stak zijn rechterhand in zijn rechterbroekzak en er kwam een kromme pijp uit, vol tabak die wel al gebrand had, maar nog lang niet was opgebrand. Hij drukte de tabak aan met zijn duim, veegde zijn zwartgeworden duim af aan zijn broekspijp, stak de pijp aan.

Met een zo goed als geheel verbrande, kromgetrokken, uiterst broze lucifer tussen de topjes van duim en wijsvinger, liep hij naar een asbakje te zoeken, vond er nergens een in de kamer, ging naar de keuken, zag ook daar geen asbakje, maar wel schoteltjes onder vuile kopjes, stak de pijp in zijn mond en zette met zijn linkerhand een kopje van een schoteltje, legde de lucifer erop, liep met het schoteltje in zijn hand naar de kamer terug.

En ondertussen dacht hij:

Wat er in haar omgaat... Wat zal er in haar omgaan? Er blijft niet aldoor hetzelfde omgaan in een mens en als ze mij over twintig jaar eindelijk eens zou vertellen wat er in haar omgaat, dan zou ze zich waarschijnlijk met de beste wil ter wereld niet meer kunnen herinneren wat er vandaag in haar is omgegaan, dat is dan jaren geleden.

Hij ging weer op de rieten stoel zitten en zette het schoteltje naast zich neer. Schoteltje leeg. De lucifer moest er onderweg afgewaaid zijn. Nou ja. Hij deed een hele serie korte trekken aan zijn pijp, die al bijna weer uitgegaan was, maar onder zijn inspanning weer in vuur raakte.

Wat met het geld te doen?

Het liefst zou hij er een particulier laboratorium mee oprichten. Helemaal onafhankelijk zijn van de universiteit, de collega's, de wetenschappelijke ambtenaren en de studenten. Niet meer college geven en niet meer dat gezanik over het feit dat hij zo weinig mogelijk vergaderingen bijwoonde... (of hij niet meer recht had op zijn salaris als hij zijn tijd beter besteedde, godverdomme!...)

Nu al vijf jaar was hij gewoon zijn antipathie tegen Tamstra te kalmeren door bij zichzelf te zeggen: Goed, hij zit je dwars zoveel hij kan en hij kan je dwars zitten omdat hij hoogleraar-directeur van het Laboratorium voor Technische Scheikunde is en jij niet. Maar ondertussen heb je zelf toch maar veel minder te maken met al dat administratieve gedonder waar de hoogleraar-directeur dag in dag uit mee wordt verveeld.

Sinds de democratisering werd ook dat meer en meer een denkbeeldige troost.

Een eigen laboratorium oprichten. Maar dan word ik vanzelf mijn eigen directeur. Da's een. Ik ben niet graag zoiets als directeur. Ik denk al niet graag voor twee, laat staan voor een heel personeel, voor twintig, voor tweehonderd. Ik vind mijn eigen problemen interessanter. Ik moet de eerste nog tegenkomen die me een probleem voorlegt dat me meer ter harte gaat dan wat ik zelf allemaal bedenk. Mag ik egoïst zijn? 't Is dat ik ervoor betaald word, maar anders...

Kunt u me niet een onderwerp voor mijn doctoraalscriptie opgeven, professor? Nee, meneer, mevrouw, als het vak u niet voldoende boeit dat u zelf een onderwerp kunt bedenken, waarom moet ik dat dan voor u doen? Ja maar professor, andere professoren... Ik weet precies wat u bedoelt, meneer, mevrouw. Andere professoren geven hun studenten probleempjes op, welzeker, onbelangrijke probleempjes die ze zelf niet de moeite waard vinden, maar als die dan zijn opgelost, zijn ze niet te beroerd er zelf een artikel over te schrijven. De student die het vuile werk gedaan heeft, mag blij wezen als hij als co-auteur wordt vermeld. Maar zo ben ik niet, begrijpt u?

Waarom moesten ze allemaal studeren?

Altijd de bekende weg wijzen. Elke student zou toch moeten kunnen begrijpen dat iemand die zekere vorderingen in een studie gemaakt heeft, in staat moet zijn zelf te bepalen welke problemen hem interesseren.

Zijn gedachten kwamen nu op Eddy Barend. 'Wat zal ik doen, Roef? De joden moeten zich gaan aanmelden en ik ben een jood. Een jood! Ik!'

'Nou, dat zou ik ze dan maar niet aan hun neus hangen.' Schijn ik te hebben gezegd. Hij beweert het tenminste, ik herinner me er niets van. Toch wel het allereenvoudigste antwoord dat er op die vraag viel te geven. Niet dat eenvoudige oplossingen ook altijd het eenvoudigst zijn uit te voeren. Lange tijd is het eenvoudiger geweest helemaal naar Zuid-Amerika te varen om salpeter te halen, in plaats van salpeter te maken uit lucht. In lucht liggen immers de bestanddelen van salpeter voor het oprapen. Zuurstof en stikstof. Oprapen is het woord niet precies, maar goed.

Feitelijk het antwoord van een gek: dat zou ik ze maar niet aan hun neus hangen. Als je ziet hoe verschrikkelijk veel energie die moffen hebben besteed aan het uitroeien van de joden... Geen valstrik werd onbeproefd gelaten. Maar mannetjes die controleerden of alle joden zich hadden aangemeld, zijn er klaarblijkelijk niet genoeg geweest. Wat konden ze ook controleren? Hun definitie van wie een jood was en wie niet, hadden ze immers zelf verzonnen.

Als ik het werkelijk tegen Eddy gezegd heb. (Dat zou ik ze maar niet aan hun neus hangen.) Herinnerde ik het me nog maar. Hoe heb ik het dan gezegd? Minachtend, op een ondertoon van: kun je dat zelf niet bedenken, ezel? Of heb ik het grappig bedoeld? Alleen maar om van andermans probleem af te wezen? Of heb ik inderdaad gedacht dat dit een eenvoudige en uitvoerbare methode was waardoor joden zich aan hun vervolging konden onttrekken? Bij god, ik weet het niet meer. Die rotoorlog. Dertig jaar voorbij en geen week zonder herinnering eraan. En dan heb *ik* nog geboft. Mij is feitelijk niets overkomen. God wist toen natuurlijk al dat ik de Nobelprijs zou krijgen en daarom moest ik gespaard blijven. Maar God weet niet op welke leeftijd een onderzoeker het meeste behoefte heeft aan geld. Nobelprijzen bestonden er in Zijn tijd nog niet.

Als ik een eigen laboratorium opricht heb ik trouwens minstens twee miljoen nodig, geen drie ton of wat het is.

En waarom nog wat onderzoeken? Om de Nobelprijs te krijgen hoeft het niet meer en omdat de technische scheikunde een verwaarloosd vak is evenmin. Jezus, de hele wereld zoekt: Shell, Philips, Unilever. Miljarden geven ze eraan uit.

Wat te doen met drie ton? Ontslag nemen en er stil van gaan leven? Het geld wordt iedere dag minder waard. Gré heeft misschien wel gelijk dat je er niet van kunt bestaan. Nog nooit in mijn hele leven is de gedachte bij mij opgekomen: het zal me benieuwen of er ook volgende maand weer geld in huis is. Want ik heb sinds mijn vijfentwintigste jaar nooit anders dan Rijksbetrekkingen gehad.

Ik vraag me af of ik nog veel zin zou hebben iets te onderzoeken als ik bang moest wezen voor geldgebrek. Op mijn leeftijd, na nooit geldgebrek te hebben gekend. Of angst daarvoor. Het is waarschijnlijk wat anders als je nog helemaal beginnen moet. Als je vijfentwintig bent. Ik doe straks een briljante ontdekking, denk je dan, ik word beroemd en mijn geldproblemen zijn dan ook meteen opgelost.

Ach, waarom heb ik dat geld niet gekregen toen ik twintig jaar geleden de ontdekking deed waar ik het nu voor krijg? Toen was het ook tweemaal zoveel waard. Dat is toch onrechtvaardig. Dat is gemeen. Ik heb er nooit aan getwijfeld dat het een belangrijke ontdekking was, maar te denken dat ik er de Nobelprijs voor had verdiend... Dit is... dit is... zoiets als een dove een grammofoonplaat cadeau doen of een jongen zonder benen een paar voetbalschoenen. Wat zit er eigenlijk achter? Is het de bedoeling dat het geld—via deze omweg over mij—ergens anders terechtkomt? Krijg ik straks een hint dat ik het aan het Rode Kruis moet afstaan?

Twintig jaar geleden, toen ik erover dacht ook nog het N-Ethyl-8-hydroxy*hexa*hydrochloropheenhydrochloride te synthetiseren, nadat ik het tetrahydrochloropheenhydrochloride had gevonden. Maar dat wou Koning niet en ik was te trots om er meer dan eenmaal op aan te dringen. Er van overtuigd dat ik die man meer dan dubbel in mijn zak kon steken. Maar hij was de baas. Koning wou niet: het weinige geld dat de universiteit ter beschikking stelde, had hij nodig voor zijn eigen onderzoekingen. Hij was niet tevreden dat hij niet vermeld werd als co-auteur van het artikel waarin ik de synthese beschreef. Zijn eigen onderzoekingen! Koning! Volgehangen met ridderordes! Al sla je me dood, dan zou ik me niet meer weten te herinneren wat Koning ook alweer onderzocht heeft en ik ben de enige niet die het zich niet meer herinnert. Behalve Tamstra, denk ik. Misschien dat Tamstra het nog weet, die heeft tenminste ook de necrologie van Koning geschreven. Vol stroop en stijlfouten. 'De diepbetreurde Koning die een leegte heeft achtergelaten.' Zeg dat wel: een leegte. Anders niks. Tamstra had altijd van die urenlange gesprekken met Koning om zijn eigen bedje te spreiden. Als er iemand is die weet wat Koning achtergelaten heeft, dan is het Tamstra.

Koning! In een hoek van de kelder staat nog een hele troep

verouderde apparatuur, door Koning aangeschaft. Wat is eruitgekomen? Niks. Koning, al lang dood. Jammer. Heeft niet eens mogen beleven dat ik de Nobelprijs kreeg. Om te lachen. Geen mens ter wereld weet, hoeveel dingen ik bedenk die om te lachen zijn, want lachen doe ik nooit. Toch kan ook niet beweerd worden dat het lachen me vergaan is. Ik heb nooit gelachen, ik vind mensen die lachen stom. 't Is zoiets als in je neus peuteren van verlegenheid. Als iemand helemaal geen raad meer weet, barst hij in lachen uit. Ik niet. Maar dat wil niet zeggen dat ik raad weet.

Hij deed een lange trek aan zijn pijp, maar kreeg niet veel anders dan gepruttel en wat scherp smakend vocht in zijn mond. Toen stond hij op, liep naar de keuken en legde zijn pijp op het aanrecht, maakte zijn schoenen los en trok ze uit. Hij liep de bijkeuken in, deed de achterdeur open en stapte in een paar gele klompen dat tegen de drempel stond. Daarna nam hij een hark die op het pad lag, liep door tot helemaal achterin de tuin en begon te harken.

Als Koning nu nog leefde om te aanschouwen dat ik de Nobelprijs heb gekregen, hij was de enige voldoende op de hoogte van de feiten om het naar waarde te kunnen schatten. Maar zelfs dat genoegen is me ontzegd.

Hij harkte en het was of hij het graf van zijn oude jaloerse baas, Professor Dr. H. J. Koning omharkte. Om wijlen de diepbetreurde Prof. Dr. H. J. Koning, die een leegte had achtergelaten, ertoe te bewegen voor een tel zijn dode ogen op te slaan naar de door hem zo schandelijk gedwarsboomde geniale Dingelam.

Zijn droge haarslierten woeien voortdurend in zijn ogen. De zon brak plotseling door, maar de wind werd niet minder. Hij harkte in alle richtingen: met zijn rug naar de wind, met zijn gezicht naar de wind. Maar omdat hij bij het harken zijn hoofd gebogen hield, viel een lok haar die in zijn linkeroog kriebelde, toch aldoor weer naar voren. Vijf streken met de hark, dan stilstaan om z'n haar weer achterover te strijken. Zijn ouders waren ook al zo lang dood. Hoe zijn vader en moeder gereageerd zouden hebben, als ze zouden hebben geweten dat hun zoon de gelijke van Einstein was, hij nam niet de moeite het zich voor te stellen. Trouwens, hun vertrouwen in zijn knapheid had nooit te wensen overgelaten. Zelfs als kind viel er niets op hem aan te merken, behalve dat ze zich wel eens afvroegen waarom hij nooit lachte.

'Heeft Roef iets tegen mij?'

'Welnee, die is *altijd* zo stil.'

Kleine Roef knikte en tante Cato streek hem over zijn wang, zoals mensen aan wie je verteld hebt dat de hond niets doet, hun hand op zijn kop leggen om te kijken of hij echt niet bijt.

Waarom was ik zo stil? Ik zou niet geweten hebben waarover ik had moeten praten met tante Cato.

Na voor de zoveelste keer de haarlok uit zijn gezicht te hebben geveegd, bleef hij nu rechtopstaan, leunend op zijn hark. Niets hoorde hij dan het geraas van de wind in een groepje populieren, waarvan het gebladerte wild spartelde, als vastgebonden vogeltjes.

Kijk, daar zag hij zijn buurman Lagerwij lopen, een *echte* boer. Met kippen, koeien, een landbouwtractor, bemestingsproblemen, botersubsidie en een grote afkeer van 'Het Westen' ("'t West'n').

Het Westen, dat was het Westen van het land, alwaar zich de stad Den Haag bevindt, vol stadsvolk aan Rijksschrijftafels, dat het verschil niet weet tussen een brandnetel en een boerenkool en over het wel en wee van de boeren beschikt.

Dingelam, al evenmin wetend waar met Lagerwij over te praten als met de meeste andere mensen, voerde toch altijd een gesprekje met Lagerwij als hij hem zag, want het was zijn buurman. Bovendien kon hij geen enkel redelijk bezwaar tegen Lagerwij in het midden brengen.

Lagerwij was altijd vriendelijk en zelfs een beetje eerbiedig. Gré kocht, als het zo uitkwam, eieren en melk van hem. Lagerwij's vrouw was ook aardig en behulpzaam. Zo aardig waren deze mensen allebei, dat Dingelam, als hij met ze praatte, voortdurend in angst zat dat ze hem niet aardig zouden vinden. Dit maakte dat hij ze toch zoveel mogelijk vermeed en ook dit moest natuurlijk weer op zo'n manier gebeuren, dat ze 't niet merken zouden.

Er was nu dus geen sprake van dat hij zijn huis zou durven binnenvluchten na Lagerwij te hebben opgemerkt, maar de aandrang daartoe was groot. Wat zou het trouwens baten als Lagerwij ook hem had gezien en, net als Eddy Barend, het bericht over de Nobelprijs uit de radio had gehoord?

Als hij mij feliciteert, weet ik niet wat te zeggen, hoe ik moet kijken. Was Gré nu maar thuis.

Op dat ogenblik stak Lagerwij zijn hand in de hoogte en Dingelam groette op dezelfde manier terug. Vol spanning wachtte hij af in welke richting Lagerwij's voeten zich nu zouden bewegen.

Naar hem toe?

Nee.

Toen betrok de zon met een snelheid alsof een geweldenaar er een doek overheen gooide en een stormvlaag vol kleine hagelkorrels sloeg neer op de aarde en de planten. Lagerwij zette het op een lopen. Dingelam liet de hark op de grond vallen en ging zijn huis binnen. Ook de klompen nam hij mee naar binnen, maar hij had ze wel voor de deur uitgetrokken. Op zijn sokken, in zijn hand de klompen vol modder die er dreigde af te vallen, stond hij rond te kijken of hij ergens een oude krant zag. Nergens. Hij liet de klompen geen ogenblik los, stapte in zijn schoenen en zonder z'n schoenen te hebben dichtgeknoopt, liep hij de keuken door en de gang in. Zelfs op de kapstok lag geen oude krant meer. Verdomme en kranten kregen ze hier toch al niet, die moesten ze zelf meebrengen. Hij zette de klompen op de brandschone mat achter de voordeur. Brandschoon, dat wil zeggen pas door Gré uitgeklopt. Maar die mat is ervoor gemaakt modder op te vangen. Toen ging hij terug naar de keuken, nam zijn pijp van het aanrecht, klopte hem leeg boven de afvoerbak, spoelde as en zwarte tabaksresten weg met een straal uit de kraan, zocht en vond een zakje tabak in de slaapkamer. Dat viel mee: daar stond ook een asbakje.

Met pijp, asbakje en tabakszak ging hij weer op de rieten stoel in de voorkamer zitten. De hagel kwam nog steeds overhaastig naar beneden. Er huppelden witte korreltjes tussen de grassprieten. Gré mag wel uitkijken, straks slipt ze nog. Ze blijft wel lang weg.

Maar de zon brak weer door en de hagel hield op. Het werd merkbaar stiller.

Een medaille instellen, zoals Eddy gezegd had? De Rufus Dingelammedaille, eenmaal per jaar uit te reiken aan een chemische doctorandus die Professor Knellis Tamstra een klap om zijn oren geeft. Al laat ik die medaille in 24-karaats goud uitvoeren, dan zal het nog jaren duren voor er een het lef heeft. En wat te doen als twee of meer doctorandussen, tuk op die medaille, Tamstra een klap om zijn oren geven? Meer medailles laten maken? Zonde. Voorwaarden waarop de prijs wordt uitgereikt anders formuleren. Winnaar is degene die de *hardste* klap geeft. Tamstra mag het zelf beoordelen. Enig jurylid dat de uitslag van de klapwedstrijd vaststelt: Tamstra zelf.

Kom nou, Gré, ik begin werkelijk honger te krijgen. Het is over drieën. Ik heb alleen maar ontbeten. En een biscuitje fijngekauwd om Eddy gezelschap te houden. Nu moet je thuiskomen. Waar kan ze in godsnaam naartoe gereden zijn? Naar de stad? Hij boog zich naar voren om de hele dijk te kunnen overzien. Nee maar, daar kwam ze. Uiterst langzaam zette ze de auto neer, stapte uit met haar boodschappentas en deed de portieren op slot.

Dingelam liep naar de voordeur en trok hem open.

'Laat he?' riep Gré, 'helemaal naar Delfzijl geweest, om gerookte paling te halen.'

'Dat is erg lief van je.'

'Waarom heb je die smerige klompen hier op de mat gezet?'

'Omdat er in het hele huis geen enkele oude krant meer te vinden is.'

'Maar je laat ze toch altijd voor de achterdeur staan, naast de vuilnisbak?'

'Had ik dat nu dan ook moeten doen? Had ik ze soms vol water moeten laten komen?'

'Die paar druppeltjes! Vooruit, pak ze op en zet ze neer waar ze altijd staan.'

Dingelam pakte de klompen op en bracht ze weg.

Ze had toch iets bijzonder aardigs, vond hij. Als ze hem had gezegd: ik zal iets lekkers voor je meenemen, waar heb je zin in? zou hij zo gauw niet geweten hebben waar hij zin in had. Maar ze had hem niets gevraagd en een wens geraden zo geheim, dat hij die wens zelf niet had gekend. Gerookte paling! Ja, dat was nou es precies waar hij op dit ogenblik naar verlangde...

Erkend moet worden dat er feitelijk in de hele wereld geen andere lekkernij bestond waar hij ooit naar verlangde.

'Als Roef trek heeft in iets lekkers,' had Gré indertijd aan haar moeder verteld toen ze nog verloofd waren, 'dan is het gerookte paling. Maar meestal zegt-ie, hij zegt: Het kan me niets schelen, ik lust alles, zegt ie. Een balletje gehakt vol nootmuskaat. En dat is ook wel zo, hoor. Hij eet eigenlijk alles, maar als hij eraan denkt, dan schiet hem te binnen dat hij het meest van gerookte paling houdt.'

'Kind, hou die man in ere! Je vader, die wou minstens tweemaal per week zuurkool eten, zomer en winter.'

'Ja, dat weet ik nog heel goed. En hij was beledigd als wij het niet lekker vonden.'

''t Kwam doordat hij in zijn jonge jaren een hele tijd in Parijs geweest was. Daar had hij dat geleerd: zomer en winter zuurkool eten. We denken hier dat vooral de moffen zuurkool eten tot ze barsten. Maar niks hoor, in Parijs, daar moet je de mensen zien! Zo'n berg op hun bord als de mussen dood uit de bomen vallen van de hitte. Kan ze niets schelen: een stapel zuurkool van een voet hoog en minstens drie stukken vlees erbij: een worst, een stuk ham met het been eraan en een stuk spek. En dan natuurlijk een grote fles witte wijn. Och, ik vond het best lekker zo nu en dan, maar tweemaal in de week en als z'n verjaardag niet toevallig op een zuurkooldag viel, dan was het driemaal in de week.'

'Ja moe, driemaal in de week. Dat wou hij.'

Gré was bezig in de keuken. Dingelam zat weer op z'n rieten stoel en had nu een aflevering van een tijdschrift, *Journal of Organometal. Chemistry*, op zijn knie.

Het artikel dat hij begon te lezen, heette 'Tetracyclopentadienyltitanium (IV) and tricyclopentadienyltitanium (III)'.

Een interessant artikel, maar het kostte hem moeite zijn hoofd erbij te houden.

De deur naar het gangetje stond open en de deur van de keuken naar het gangetje moest ook open staan, want hij hoorde wat Gré daar uitvoerde.

Wat voerde zij uit?

Zij maakte de paling schoon die zij had meegebracht. Hij had een vluchtige blik geworpen op de bruinglanzende vissen die zij hem trots had voorgehouden, op vetvrij papier dat glom van het vet.

'Wat zeg je daar wel van, hè? Ik ben er helemaal voor naar Delfzijl geweest. In Groningen proberen ze je toch altijd oudbakken troep in je vingers te duwen.'

'Zeker als je niet met een Gronings accent praat.'

'In Delfzijl zijn de mensen veel aardiger.'

'In Delfzijl zitten de mensen zo dicht bij de zee, als daar iemand zou proberen slechte vis te verkopen...'

'Dan zouden ze hem meteen in zee gooien.'

'Ga maar gauw schoonmaken.'

Tien minuten was deze dialoog nu geleden. Hij dacht er met genoegen aan terug. Hoeveel hij ook op Gré aan te merken had, ze hield tenminste wel van vis. Vis was een onderwerp waar hij met haar over praten kon. Over tetracyclopentadienyltitanium kon hij niet met haar praten. Daarvoor had ze niet lang genoeg gestudeerd en trouwens, het interesseerde haar geen steek. Het gebeurde maar zelden dat er onderwerpen in zijn brein aan de orde kwamen, die zich leenden voor een gedachtenwisseling met Gré. Dat was jammer, maar niets aan te doen. Hoe anders zou dat zijn geweest, als hij niet met Gré getrouwd zou zijn.

Het echtpaar Joliot-Curie...

Hoeveel van die echtparen bestonden er in de wereld? En waren ze gelukkig? Hoe vaak kwam het voor, dat een geleerde trouwde met een vrouw die ook geleerd was? Hoogst zelden. Daarvoor was het aantal geleerde vrouwen veel te klein. Dus zocht je iemand anders. Heel wat dokters trouwden met een verpleegster.

Zou ik dan bijvoorbeeld gelukkiger zijn met een analiste? Onzin. Misschien juist zolang als de analiste niet probeerde met hem over chemie te debatteren.

Hij moest de eerste analiste nog meemaken (en hij had er heel wat meegemaakt) die tot iets meer in staat was dan precies te doen wat haar opgedragen werd. En meer viel er ook echt niet te verlangen.

Misschien was de kloof tussen dokters en verpleegsters minder groot dan die tussen de winnaar van de Nobelprijs voor scheikunde en een analiste. Hij had het niet zo erg op medici. Gokkers waren het eigenlijk allemaal, in de meeste gevallen. Gokken kon een verpleegster ook. Zo konden ze samen genoeglijk kouten over dingen waar ze allebei niets van afwisten.

Maar het echtpaar Joliot-Curie... Was wel een unicum in alle opzichten. Wanneer al een professor getrouwd was met een vrouw die ook wat had geleerd, was dat in de meeste gevallen een jongere meisjesstudente, die gauw was opgehouden met studeren, zodra ze zich hadden verloofd. Net als Gré. Niet aldus de dochter van Pierre en Marie Curie, de ontdekkers van de radioactiviteit.

Visite van collega's met hun vrouwen kregen zij zelden. Hij herinnerde zich niet dat hun vrouwen ooit een mond opendeden, wanneer er geleerde onderwerpen werden aangeroerd. Meestal waren de collega's trouwens met vrouwen getrouwd die een heel ander vak hadden gestudeerd dan zijzelf.

De vrouw van Piet Stroomer bijvoorbeeld, Gonnie, die was psychologe. Een grappig vrouwtje, zonder vooroordelen en iemand met wie je makkelijk geanimeerd kon babbelen—maar niet over tetracyclopentadienyltitanium of N-Ethyl-8-hydroxytetrahydrochloropheenhydrochloride. Nee. Over dezelfde onderwerpen waar hij met Gré over praatte, feitelijk. Het ging alleen vlotter, vrolijker. Platvloerse onderwerpen: iets dat je pas in de krant had gelezen, bijvoorbeeld. Of het professorale leven dat in steeds toenemende mate door saaie vergaderingen in beslag werd genomen. Over de belastingen en over de steeds toenemende kosten die het bezit van een huis met zich meebracht.

Was Gré nu nog niet klaar met die paling?

Paling. Als ze hem nu maar op de goede manier schoonmaakte. Niet iedereen kon paling schoonmaken. Zijn moeder had de gewoonte gerookte paling gewoon aan moten te snijden en iedereen moest dan zelf maar zien hoe hij het vel eraf en de graat eruit kreeg. Fout. Een kwelling. Paling moest geheel schoongemaakt op tafel komen, zodat je, wanneer je zou willen, het met soeplepels vol in je mond zou kunnen proppen.

Om een paling goed schoon te maken, was het nodig hem eerst een beetje te verwarmen. 's Winters was dus feitelijk de beste tijd ervoor, omdat je 'm dan op de verwarming kon leggen, een minuut of tien. Dan vloog hij van de graat en zelfs het laatste beetje vet schraapte je zonder enige moeite uit het vel. Gerookte paling! Het idee dat er ook maar een enkel eetbaar vezeltje van deze lekkernij aan de graten of aan het vel zou kunnen blijven hangen, zou hem hartkloppingen kunnen bezorgen.

Toen kon hij zich niet langer bedwingen, legde het tijdschrift in de vensterbank en liep naar de keuken.

Gré zat aan de keukentafel. Een paling lag nog ongeschonden in het papier. Deze was omringd door het vel van andere palingen, aan flarden die inwendig nog grotendeels bedekt waren door beige vetlagen en zelfs grote stukken roze vlees! Er lagen ook graten bij, die allesbehalve schoon waren.

Gré zat met een vork en een mes op een bord de andere graten af te schrapen; de vis versnipperde tot onooglijke flieters.

'Hij gaat een beetje moeilijk van de graat,' zei ze.

'Dat komt doordat hij te koud is. Je had...'

Gré smeet de vork en het mes allebei tegelijk neer, met zoveel kracht dat er een scherf van het bord afsprong.

'Doe ik het weer niet goed?' zei ze, 'heb je aanmerkingen? Maak die rommel dan maar zelf schoon.'

Even was ze stil. Daarna slaakte ze een snik zo verschrikkelijk dat haar bril er scheef van zakte en half stamelend, half gillend, zei ze:

'Ik! Ik doe nooit wat goed! Nooit, nooit, nooit. Altijd weet jij alles beter en ik kan niks. Ik doe mijn best, maar al ga ik op mijn kop staan, dan ben je nog niet tevreden.'

'Nee, als jij op je kop gaat staan, daar hebben we allebei niks an. Kom nou Gré.' Hij liep om de tafel heen, pakte haar bij haar middel en wilde haar kietelen.

'Blijf van me af. Laat me met rust. Vreet die paling maar in je eentje op. Ik moet er niet van. Ik wou dat ik dood was, dood! Altijd heb je kritiek! Alsof ik een imbeciel ben of een klein kind. Nooit ben je tevreden, nooit!'

'Maar Gré, ik heb alleen gezegd dat die paling een beetje koud is en dat je...'

'Ach, hou je mond. Ik weet het al lang!'

'Dat weet je niet. Ik wou je alleen maar zeggen dat het makkelijker is paling schoon te maken als hij niet zo koud is. Waarom mag dat niet worden gezegd? Wat in godsnaam mag ik dan nog wel tegen je zeggen?'

Zij gaf het bord een duw, zodat het van de tafel gevlogen zou zijn, als hij het niet nog juist had kunnen tegenhouden.

De tranen dropen nu letterlijk van haar vuurrode gezicht en ze had haar handen tot vuisten gebald en bonsde ermee op het tafelblad. Ze keek hem niet aan, maar recht voor zich uit, alsof ze een onzichtbare vergadering moest bedwingen.

'Wat ik ook doe, het is nooit goed, nooit. En hij heeft gelijk! Het is ook eigenlijk nooit goed, want ik kan niks! Helemaal niks! Maar dat hoeft me toch niet dag in dag uit onder mijn neus te worden gewreven? Ik ben wel stom, maar zo stom ben ik niet. Ik ben niet te stom om te begrijpen dat ik vergeleken met die man een rund ben en verder niks!'

Een rund!

Alles in deze scène was hem sinds lang bekend, honderdmaal eerder beleefd en gehoord. Maar niet dat woord rund. Nee, hij had haar daarvoor nooit uitgemaakt, dat wist hij zeker.

'Rund,' zei hij, 'rund, maar dat heb ik nog nooit tegen je gezegd!'

'Maar dan zeg *ik* het, maar dan zeg ik het zelf, want het is waar. Maar ik kan het niet helpen. Ik kan het niet helpen!'

Zij kon het niet helpen, inderdaad. Hij had de Nobelprijs gekregen en nu was ze voortaan in vergelijking met hem een rund. Voordien was ze ook wel stom geweest maar hoe stom kwam nu pas aan het licht tegen de achtergrond van zijn uitzonderlijk genie. Een rund, je moest er medelijden mee hebben.

'Ach kom,' zei hij met zeer gedempte stem, 'hou nu op met huilen.'

Wie had medelijden met *hem*? Het was bijna een soort bestialiteit te moeten beseffen dat je met een rund getrouwd was. Eenzaam als Robinson Crusoe met zijn papegaai op z'n eiland, was hij. Rund...

Maar dat was het vreemdste nog niet. Veel verwarrender was het dat ze niet gezegd had: *Jij* hebt gelijk... *Jij* weet alles beter en ik ben te stom om voor de duvel te dansen... *Jij... jij... jij...*

Nee, ze had *hij* gezegd. Alsof hij er zelf niet bij stond, of hij niet kon horen wat ze zei, of hij onbereikbaar was omdat hij alleen een veel hogere taal verstond die zij niet kende. Daarom klaagde ze maar aan anderen haar nood, zonder hem iets te verwijten.

Hij. Alsof hij iemand was over wie ze in de krant had gelezen, in plaats van de man met wie ze al jaren was getrouwd. Alsof hij er niet bij stond, hier in datzelfde keukentje als zijzelf, of ze hoogstens zijn portret bij de hand had—nee dat niet eens, of hij een herinnering was over wie ze haar indrukken ten beste gaf voor anderen.

'Je overdrijft,' zei hij, met een gevoel of hij bang werd, 'ik heb nog nooit gezegd dat jij een rund was, nog nooit.'

'Nee,' snikte ze, 'nee, dat zeg je niet. Maar dat denk je. Nooit luister je als ik je wat vertel. Het is alsof ik tegen een muur praat.'

Gelukkig, die muur kwam hem bekend voor, daarmee had hij al eerder overeenkomst getoond voor haar gevoelen en bovendien was hijzelf, hoogst persoonlijk, weer binnen haar gezichtskring getreden: *jij*, zei ze, *jij* was hij en niet *hij*.

'Houd nu op met huilen,' zei hij, 'op een dag als vandaag.'

'Wat doe ik hier eigenlijk nog?' klaagde ze nu en stond op.

Uit een Kleenexdoos rukte ze drie, vier papieren servetjes tegelijk. Ze trok haar bril van haar gezicht en gooide hem op het aanrecht, of het haar geen lor kon schelen dat de bril kapot zou kunnen gaan en ze voortaan bijna niets meer zou kunnen zien. De bril brak niet.

Met de verfrommelde papiertjes in haar ogen vegend, zei ze:

'Ik kan net zo goed weggaan. Die man heeft niets aan mij. Er is feitelijk op de hele wereld nog nooit iemand geweest die wat aan me had. Eigen stomme schuld. Ik had beter een invalide kunnen trouwen. Of een man die een beetje achterlijk is. Maar ik ben bij een genie terechtgekomen. Hij weet alles beter, alles.'

Nu begon het hem te vervelen. Ze moest hem geen dingen vertellen die hij al lang had begrepen.

'Kom, laten we nu gaan eten,' zei hij, 'het is al bij vieren. Kom nu, Gré.'

'Ik wil weg.'

'We willen allemaal wel eens weg, maar dat is meestal mosterd na de maaltijd. Waar heb je het brood neergelegd?'

Hij keek rond, zag het brood liggen, pakte het broodmes en begon het te snijden.

Zich afvragend waar de borden waren, om er de afgesneden boterhammen op te kunnen leggen, viel zijn oog op het raam. Er stond een man met een pet op voor dat raam, zijn hand hield hij klaar om op het glas te trommelen. Maar toen de man zag dat Dingelam hem had opgemerkt, opende en sloot hij de opgeheven hand bij wijze van groet.

Dingelam legde het broodmes neer.

'Daar is Lagerwij. Gré, daar is Lagerwij. Ik kan hem moeilijk wegsturen.'

Hij wuifde tegen Lagerwij, die zich toen van het raam verwijderde. Dingelam liep naar de achterdeur.

Gré sprong op en smeet de verfrommelde papieren zakdoekjes in de gootsteen.

Dingelam schoof de grendel van de achterdeur en trok de deur naar zich toe.

'Dag buurman, hoe gaat het?'

'Dag professor. Ik heb mooie dingen over u gehoord. Mooie dingen.'

Lagerwij nam zijn pet af, greep Dingelam's hand stevig beet en zei zonder los te laten:

'Het is een schitterend resultaat. De Nobelprijs voor de scheikunde. Da's niet voor iedereen weggelegd, professor. Mijn hartelijke gelukwensen.'

Bij het woord 'gelukwensen' gaf hij Dingelam's hand een krachtige ruk naar beneden.

'Hartelijk dank, buurman, veel dank. U bent er vlug bij. Komt u toch even binnen.'

'Dà was de bedoeling,' zei Lagerwij, 'dan kan ik mevrouw ook even de hand schudden, nietwaar.'

Dingelam deed een stap achteruit om de ingang vrij te maken. Nu pas zag hij dat er een ronde mand naast de deur stond met een grote levende vogel erin; een kip of een haan?

Lagerwij boog zijn knieën, pakte de mand op en kwam naar binnen met een geheimzinnig lachje op zijn gezicht.

In de keuken had Gré ondertussen de krant met paling en palingvellen en ook het bord met paling van de tafel doen verdwijnen. De afgesneden boterhammen had zij op een ander bord gelegd, het brood, het mes en de broodplank lagen er ook nog. Zij stond haar handen te wassen aan de gootsteen.

'Dag mevrouw,' zei Lagerwij, 'onze buitengewoon grote gelukwensen.'

'Excuseert u mijn natte handen,' zei Gré, zich half van de gootsteen naar hem omdraaiend.

Hij pakte haar pols even tussen duim en wijsvinger en schudde hem heen en weer.

'Ook namens de vrouw,' zei hij en zette zijn mand neer. Gré droogde haar handen verder af.

'We hebben altijd wel geweten,' zei Lagerwij, 'dat er een knappe professor naast ons woonde, maar dat het de knapste van allemaal was, ja, ja, daar konden we natuurlijk niet zozeer een oordeel over hebben. Maar als ze 't op de radio zeggen, dan zal 't wel waar wezen.'

'U heeft er geen gras over laten groeien,' zei Gré, 'u bent een van de eersten die ons komt gelukwensen.'

''k Woon kort bij, hè, naast de deur, zo te zeggen. Maar vanmiddag hè, vanmiddag, toen zag ik de professor staan haarken in 't tuuntje en ik dacht: is dat nou die verschrikkelijk knappe man? Ik kon m'n ogen niet geloven, dà kan 'k wel zeggen.'

'Kom, kom, meneer Lagerwij, u moet niet overdrijven. U zult mijn man toch wel eens meer in de tuin hebben zien staan harken?'

'Ja, da's waar, da wil'k ook niet bestrijden, helemaal niet, maar ja, toch, ik weet 't niet, hè... als je dan nog 's terugdenkt aan wat er zo over de radio gezegd is... Begrijpt u wel?'

'Gaat u toch zitten,' zei Dingelam en trok een stoel in de richting van Lagerwij.

Alle drie gingen zij zitten.

''k Wou dit maar zeggen,' vervolgde Lagerwij zijn betoog, 'meestal als ze wat vertellen op de nieuwsberichten van de radio, dan gaat het over zaken die mijlen ver weg gebeurd zijn, hè, aan het andere eind van de wereld, zeg maar.

En daarom: als ze 't dan eens hebben over iemand vlak bij huis, die je een paar minuut later in z'n tuuntje ziet staan harken, dan denk je, verdomme denk je, hier op dit kleine plekje grond gebeurt jandorie toch ook wel eens iets dat de moeite waard is om er over de radio over te praten. Dat wou 'k maar zeggen.'

'Och,' zei Dingelam, ''t is ook dikwijls het geval dat er het meest gepraat wordt over dingen die minder belangrijk zijn dan andere zaken waar veel minder over wordt gepraat.'

'Dat wil 'k niet bestrijden,' zei Lagerwij, 'dat wil 'k niet bestrijden, maar toch, het geeft je een soort warm gevoel van binnen, als ze over de radio vertellen dat ze helemaal in Zweden bepaald hebben dat je buurman een prijs van driehonderdduzend gulden krijgen zal. Dat wou 'k maar zeggen. Dat zijn dingen die deugd doen, verdraaid nogantoe, zulke dingen doen je deugd.'

'Wilt u misschien koffie?' vroeg Gré.

'Nee, o nee, niet op dit uur. Nooit op dit uur.'

'Ik zou u wel een borreltje willen aanbieden,' zei Dingelam, 'maar wijzelf drinken bijna nooit alcohol. Nu zijn we natuurlijk ook weer niet te beroerd om het voor onze gasten in huis te halen, alleen hadden we helemaal niet op gasten gerekend, want we hebben het zelf ook pas vanochtend vernomen.'

'Er kwam een telegram,' vertelde Gré, 'ineens werd er gebeld en er belt hier nooit iemand. Ja, het was wel een verrassing.'

'Tja,' zei Lagerwij, 'de stadsmensen die komen hier voor de rust. Da's waar ze voor komen en da's wat ze hier vinden. De professor heeft z'n huisje hier niet gekocht om boer te worden. Maar voor ik verderga, begrijpt u...'

Lagerwij schoof zijn stoel achteruit en trok de mand naar zich toe.

'...Voor ik verderga, het was mijn bedoeling om wat bij te dragen tot de feestvreugde en ik zeg zo bij mezelf: die man mag zo geleerd wezen als hij wil, maar een gebraden kippetje dat zal er wel in willen.'

Hij trok een stokje uit een ijzeren lus en sloeg het deksel van de mand open.

Rechtop in de mand stond een kolossale Barnevelder haan.

'Ik dacht zo bij mezelf,' zei Lagerwij, 'ze motten 'm even zien voor die geslacht wordt, wat een prachtig mooi beest of dat het is.'

'Kom jij der es oet, jij,' vervolgde hij tegen de haan, terwijl hij zijn arm in de mand stak.

Zonder dat hij de haan feitelijk hoefde op te tillen, alsof het dier de mouw van de boer bij wijze van laddertje gebruikte, kwam het met luide vleugelslagen de mand uit en deed een paar stappen in de keuken.

Anders dan hanen of kippen meestal doen, vertoonde deze viriele vertegenwoordiger van het hoenderras niet de geringste angst, nu de mensen zo dicht bij hem waren. Hij maakte een klokkend binnensmonds geluid, stak zijn kop met een ruk naar voren en daarna zijn rechterpoot. Zo bleef hij roerloos staan en bestudeerde de omgeving.

Gré kwam langzaam overeind uit haar stoel, bang de haan aan het schrikken te maken.

'Ooooch,' zei ze, 'och nee, meneer Lagerwij, wat een schitterend beest is dat.'

''t Pronkstuk van de boerderij,' gaf Lagerwij toe, ''k zeg tegen de vrouw, ze motten 'm eerst efkes in al z'n verenpracht zien, voordat ie de pot in gaat. Zullen we afspreken dat ik hem morgenochtend kom brengen, geheel panklaar? Moet u het levertje erbij hebben of lust u dat niet?'

'Nee...' zei Gré, 'nee...'

'Wat nee?' zei Dingelam, 'kippelever vind je best lekker.'

'Maar dat bedoel ik helemaal niet. Ik wil... Meneer Lagerwij moet het ons niet kwalijk nemen, maar hier hadden we helemaal niet op gerekend. Ik heb al eten gekookt voor de zondag, ziet u. En omdat we hier in de week niet zijn, kan ik dat niet laten staan.'

'Dat begrijp ik, dat begrijp ik. Dan eet u hem niet morgen, maar overmorgen. Een stukje goed schoongemaakt gevogelte, dat blijft wel een paar daagjes goed.'

'Och nee, dat arme beest,' zei Gré, 'zo'n mooie haan, dat vind ik zonde. Nee, dat zou ik zielig vinden.'

De haan scheen zijn studie van de omgeving beëindigd te hebben en tot de conclusie gekomen te zijn dat er weer een stap voorwaarts gedaan kon worden. Toen dit voornemen ten uitvoer was gebracht, liet hij een wit poepje vallen op de tegels.

'Het zou misschien leuk zijn,' zei Dingelam, 'als we hem helemaal niet opaten.'

'Dat bedoel ik eigenlijk,' zei Gré, 'dat is precies wat ik bedoel. We hebben hier geen enkel beest. Ik houd niet van katten en mijn man houdt niet van honden.'

Het leek wel alsof ze zich tegenover Lagerwij hiervoor verontschuldigde, terwijl Lagerwij toch feitelijk niets meer te vertellen had over de haan.

'Welja, waarom niet,' zei Dingelam.

Gré legde haar hand op Dingelam's arm. 'Hé ja, laten we dat doen. Laten we hem houden.'

'En in de week dan, wie moet er dan op hem passen?'

'Dat is het probleem natuurlijk,' zei Lagerwij, 'want laat me u een ding vertellen. De beesten: die vragen een heleboel verzorging.'

Hij bood niet aan door de week op het dier te passen. Hij wou die haan kwijt.

'We kunnen hem meenemen naar de stad,' zei Gré, 'als we een mandje voor hem hebben, nemen we hem gewoon mee, overal naartoe. Dat is toch geen probleem?'

'Wat mij betreft mag u de mand erbijhouden,' zei Lagerwij, ''t is nog een knappe mand ook, maar ja, als u die haan niet wil opeten, dan weet boer Lagerwij het goed gemaakt, dan krijgt u die mand erbij cadeau.'

'Nou... eh... eh...' zei Dingelam, 'dat is geweldig royaal van u.'

'Nee, nee,' zei Gré, 'dat is niet eerlijk, die mand wil ik best betalen.'

'Geen kwestie van,' zei Lagerwij, 'eens gegeven, blijft gegeven.'

'Heeft u misschien trek in een boterham met gerookte paling?' vroeg Gré.

'Neeneenee,' antwoordde Lagerwij, 'gerookte vis, da's vet zegt de dokter en omdat ik het aan de galblaas heb, mag ik daar niet van eten.'

'We hebben geen geluk, Gré,' zei Dingelam, 'we kunnen niets kwijt aan meneer Lagerwij.'

En hij dacht: als hij dan niets eten of drinken wil, moest hij toch kunnen begrijpen dat wijzelf zo langzamerhand zitten te rammelen van de honger. Tersluiks keek hij op zijn polshorloge. Het was halfvijf. Half vijf en sinds vanochtend elf uur was er geen kruimel over zijn tong gegaan. Zei Gré nu maar zoiets als: u neemt het ons toch niet kwalijk, meneer Lagerwij, als we zelf aan tafel gaan? Maar nee, natuurlijk zei ze dat niet, doodsbenauwd dat ook Lagerwij zou zien hoe onhandig ze de paling had schoongemaakt.

Verdraaid, waar was de paling?

Een verschrikkelijke angst kwam bij hem op: Gré had alles in de vuilnisbak gekieperd toen hij Lagerwij ging opendoen. In de vuilnisbak? Maar dat kon niet, want de vuilnisbak stond buiten, naast de achterdeur. Waar had ze de paling dan gelaten?

'U begrijpt,' zat zij aan Lagerwij te vertellen, 'onze hele dag is een beetje in de war geraakt, sinds we vanochtend dat telegram gekregen hebben.'

Een goed aanloopje om zo straks te berde te brengen dat ze nog niet eens hadden geluncht en of Lagerwij ze dus niet kwalijk wilde nemen...

Maar Lagerwij zei: 'Dat laat zich denken, dat laat zich denken. Het is me ook wel een bedrag: drie ton. Jonge, jonge, ik kan er maar niet over uitraken. Als je vandaag de dag drie ton zou willen lenen bij de boerenleenbank, weet u hoeveel rente ze dan in rekening brengen?'

'Dat weet ik niet,' zei Dingelam, op een toon die niet de geringste belangstelling verraadde.

'Dat weet u niet!' herhaalde Lagerwij met iets beschermends over zich.

'Zo knap is hij nu ook weer niet, hoor,' zei Gré guitig, maar toch uit de hoogte. Dingelam haalde diep adem.

'Dat weet u niet,' recapituleerde Lagerwij, 'omdat u wel gek zou wezen als u driehonderdduizend gulden bij de boerenleenbank ging halen, terwijl u het zo maar krijgen kan uit Zweden. Tjonge, tjonge, ik zou 't gezicht van de postbode wel eens willen zien die hier straks met een postwisseltje van driehonderdduzend piekjes aan de deur komt. Of is-ie al geweest?'

'Nog niet hoor.'

'Hoe gaat dat dan, die betaling?'

'Geen idee,' zei Dingelam, 'geen idee. Maar ik denk niet met een postwissel.'

Lagerwij schoof z'n stoel een klein eindje achteruit en sloeg zijn linkerbeen over het rechter.

''t Geld is duur tegenwoordig,' filosofeerde hij, 'heel duur. Dat is het wat het boerenbedrijf zo'n moeilijk iets maakt, vandaag de dag. Ik kan wel naar de bank gaan en ze vertellen dat ik er een nieuwe varkensstal bij wil bouwen, maar je kunt praten als Brugman, ze willen allerlei garanties. Straks komt er een mooie subsidie los op het varkensvlees, dus wat wil de boer doen: varkens fokken bij 't leven. Varkens wil ik fokken, maar ik heb er de ruimte niet voor. Ik moet er dus een varkensstal bij bouwen. Daar heb ik het contante geld niet voor en de metselaar en de timmerman die geven geen krediet. En met die centen, dat zit natuurlijk dik in orde als straks die varkensfokpremie afkomt.

Daar hoeven ze zich geen ogenblik druk om te maken bij de boerenleenbank. Maar niks hoor. En toch is het waar wat ik zeg. Een beetje geduld en de bankbiljetjes komen binnen. Dan krijgt die metselaar mooi geld, dan krijgt die timmerman mooi geld en de boer houdt er ook nog een centje aan over. Maar weet u wat de kwestie is: die ambtelijke molens, die malen veel te langzaam. Als ambtenaren nou es mensen waren met een beetje visie, zeg maar, met een beetje durf in hun donder, dan zeiden die tegen de boer: Man, hier heb jij een voorschot op de varkenssubsidie, dan kan jij mooi een varkensstal bouwen, dan begin jij nou al varkens te fokken en dan ben jij mee een van de eersten die straks de varkenssubsidie in hun zak steken.'

Pauze. Lagerwij keek Gré aan en toen Dingelam—heel lang.

'Maar die ambtenaren,' ging hij verder, 'die begrijpen met permissie geen bal van het boerenbedrijf! Die denken er niet over dat eens een beetje soepel en leuk te behandelen. Die betalen idem zoveel-zoveel voor ieder varken dat je aan het slachthuis aflevert, maar die begrijpen helemaal niet... die begrijpen helemaal niet dat je, om varkens aan het slachthuis af te leveren EN om subsidie te krijgen, dat je daarvoor eerst varkens HEBBEN moet.'

'Ja, natuurlijk,' zei Gré, 'als iemand geen varkens heeft, dan hoeft hij toch ook geen varkenssubsidie te ontvangen?'

'Maar dat is het 'm nou juist, mevrouw. Dat is waar nou juist de grote onbillijkheid schuilt. Ze geven subsidie aan de boeren die varkens hebben en de boeren die geen varkens hebben, die krijgen geen subsidie! En dat niet alleen! Als ze nou een beetje soepel waren, zeg maar, dan zouden ze boeren die geen varkens hebben, de kans geven ervoor te zorgen dat ze varkens kregen. Maar om varkens te krijgen, moet je ze fokken en als je ze wil gaan fokken, dan heb je kap'taal nodig, want zonder kap'taal kom je nergens.'

'Dat is duidelijk,' zei Dingelam, 'zonder kapitaal zal het niet gaan.'

'Natuurlijk niet,' beaamde Gré, 'maar dat is ook waarschijnlijk niet de bedoeling van die subsidieregeling op het fokken van varkens. De bedoeling van die subsidie zal wezen de mensen te helpen die al varkens hebben en die er verlies op lijden.'

'Net wat ik zeg,' zei Lagerwij, 'de mensen die al varkens hebben, die worden bevoordeeld. En op varkens hoef je helemaal geen verlies te lijden als je subsidie krijgt.'

'Dat valt nog maar te bezien,' meende Gré, 'die subsidie is vast bedacht omdat de mensen die varkens hebben, er verlies op lijden, daarom. 't Is om de mensen die al varkens hebben te helpen, maar niet om te maken dat de boeren die geen varkens hebben, ze expres gaan fokken om die subsidie binnen te halen. Dat is natuurlijk helemaal de bedoeling niet.'

'Ach mens,' riep Lagerwij, kennelijk geraakt en daardoor wat vrijmoediger in zijn woordkeus, 'maar dan begrijp je nog niet hoe het moderne agrarische leven in mekaar zit, vandaag de dag. En niet alleen het agrarische leven. Het HELE leven. Er is potdorie in het leven niks anders meer dan subsidie om van te leven! Neem nou de studenten! 'k Heb in de krant gelezen, die kosten de Nederlandse Staat, per stuk, honderdduzend gulden in 't jaar. Een ton! Allemaal subsidie! Dus wat doen de mensen. Die hebben een jongen of een meisje van een jaar of achttien, negentien. Die zeggen: Jij gaat maar fijn studeren, dondert niet wat. Want als jij uit werken gaat, dan krijg jij geen subsidie, dan mot jij van je zuurverdiende centjes belasting betalen! Maar als jij gaat studeren, dan krijgen we geld toe! Waar of niet?'

'Och,' zei Dingelam, 'daar moet u zich niet een al te overdreven voorstelling van maken. Het is billijk dat iedereen de kans krijgt te studeren. Dat is het doel van die subsidies. En de mensen die werkelijk niet de gaven hebben om te studeren, die gaan na een paar jaar wat anders doen, die houden het niet vol.'

'Ze krijgen de *kans*,' sputterde Lagerwij, 'ze krijgen de *kans*. Allemaal krijgen ze de kans. Maar de boeren niet. De boer komt altijd op de laatste plaats. Die krijgt niet eens de kans varkenssubsidie binnen te halen, als-ie niet toevallig al varkens heeft en dat is een grote onrechtvaardigheid.'

'Misschien krijgen boeren die geen varkens hebben dan subsidie voor wat anders,' opperde Gré onverbiddelijk, 'er zijn immers tegenwoordig subsidies voor van alles en nog wat: graan, boter, suikerbieten, sperzieboontjes en wat nog meer!'

'Alleen met subsidie komt de boer er niet,' poneerde Lagerwij plechtig, 'maar kom, ik moet de koeien gaan melken.'

Hij stond op.

Gré stond ook op, Dingelam ook.

'Meneer Lagerwij,' zei Gré, 'heel heel hartelijk bedankt voor uw schitterende haan.'

'Ik weet het goed gemaakt,' zei Lagerwij, 'als ik straks even tijd heb, zal ik ook nog een zakje voer voor hem aanreiken om de zondag mee door te komen.'

Dingelam bracht hem weg door de bijkeuken.

'Dat is toch zo'n mooi ding,' zei Lagerwij, 'een moderne varkensstal, met een betonnen vloer en een zelfreinigende grub en een voedermolen. En dan een flinke stoot hormonen. En antibiotica door de spoeling. Ach man, ach man, dan groeien ze als kool. Prachtige beesten, in minder dan geen tijd komen ze op het slachtgewicht. Maar ja, je mot kap'taal hebben. En kap'taal lenen vandaag de dag, dat 's niet eenvoudig.

Ik wens u nog een prettige dag, professor, een hele prettige dag. En een goeie raad: als die driehonderdduzend gulden binnen zijn, uitkijken wat je d'r mee doet, want er zijn overal kapers op de kust.'

Die laatste woorden zei hij half achteromkijkend, terwijl hij al twee stappen in de beginnende duisternis stond. Maar hij bleef stilstaan. Dingelam, als om af te wenden dat boer Lagerwij weer terug zou keren op zijn schreden, liet de deur, die hij al bezig was te sluiten, los en posteerde zich op de drempel.

'Geld beleggen,' filosofeerde Lagerwij, 'dat is op heden zowat het moeilijkste wat er bestaat. Waar moet je het laten? Staatspapieren voor kopen? Als je er vandaag duzend gulden voor betaalt, dan kun je er over anderhalf jaar hoogstens zevenhonderd voor terugkrijgen, als je ze verkoopt. En als je ze niet verkoopt, dan worden ze over twintig jaar afgelost, maar wat moet je dan beginnen met duzend gulden? Daar kun je dan nog geen nieuwe broek voor kopen, dat voorspel ik. Aandelen heeft ook niks om het lijf. Maar de bedrijfsbouw, daar zit muziek in. Als ik geld te beleggen had, dan stak ik het allemaal in bedrijfsgebouwen, allemaal.'

Zo stond hij nog wel een kwartier te zeuren. De lucht was helder geworden, de wind afgenomen. Buiten. Het stonk hier tenminste niet naar benzine. Ook was er geen lawaai.

Toen Dingelam eindelijk naar de keuken terug kon gaan, had

Gré de tafel gedekt. Op een bord lagen de graten en de vellen, op een tweede de vis voor zover ze die van de vellen en graten had geschraapt en op een derde een aan moten gesneden paling. Precies zoals zijn moeder altijd paling opdiende, hij had zeker niet beter verdiend. Niet de prettigste manier, maar ook geen ramp tenslotte. Gré goot kokend water op het filter van de koffiepot. Hij waste zijn handen, intussen omkijkend waar de haan gebleven was.

'Het is maar het beste je vingers te gebruiken, hoor,' zei Gré, 'gelukkig dat ik papieren servetjes heb.'

'Waar is de haan?'

Het duurde niet lang of ze zaten allebei gulzig te eten, met grote glimmende plekken om hun monden en in de hoogte gestoken vette vingers, die van tijd tot tijd werden afgelikt. De graten kloof hij af en de vellen waar nog iets aan zat, liet hij tussen zijn tanden door glijden.

'Haantje?' riep zij, bewoog haar bovenlichaam heen en weer om achter Dingelam te kijken, leunde achterover om over haar knieën heen te kijken of de haan misschien onder de tafel zat. Hij deed hetzelfde, een papieren servetje tussen zijn handen.

'Nou haantje, nou moet je eens hier komen.'

Toen hij zijn vingers had afgeveegd, stond hij op en veegde met het vuile servetje het poepje van de haan van de vloer.

'Haan, waar ben je?'

'Haan zit weer in zijn mand en slaapt. Zie je dat? Maak hem niet wakker.'

'Ik denk er niet over. Zou je, net als bij een papegaai, een doek over de mand moeten hangen, als je niet wil dat hij kraait?'

'Hij heeft nog geen een keer gekraaid.'

'Het is nu natuurlijk veel te laat om te kraaien. Alleen 's ochtends kraait hij.'

'Nooit 's avonds, denk je?'

Juist op dat ogenblik kraaide er in de verte een haan.

'Die haan kan niet op de klok kijken,' zei Dingelam.

''t Is een domme haan. Haantje de Achterste.'

'We moeten een naam voor hem bedenken.'

'Is Nobel een goeie naam voor een haan?'

Nee, dacht hij, dat is een hele slechte naam en bovendien een slechte grap, stomme eend. Maar hij liet niet merken wat hij dacht.

'Nobel is de naam van de leeuw in het verhaal van Reintje de Vos. Als je een haan Nobel noemt, wordt hij herinnerd aan die leeuw en hanen zijn bang van leeuwen, net als iedereen.'

'Nou, maar een haan kan in een boom gaan zitten. En een leeuw kan niet klimmen.'

'O nee? En ik heb nog nooit een haan in een boom zien zitten.'

'Ach welja. Als kippen het kunnen, kan een haan het ook.'

'Ik heb nog nooit een kip in een boom zien zitten.'

'Nou maar ik wel. Dat komt dikwijls voor. Dat is een ramp voor de boeren. Je hebt kippen die altijd in bomen zitten en dan eieren gaan leggen, pats op de grond. Weg subsidie.'

'En toch is Lagerwij een erg aardige man. Een ander zou niet op het idee zijn gekomen.'

'Ja hoor, erg aardig. Hij zal wel denken dat we gek zijn, omdat we z'n haan niet opeten.'

Dingelam stond op, nam het filter van de koffiepot, zette het filter in de gootsteen en schonk Gré en zichzelf een kop koffie in.

'Ik zou wel eens willen weten wat Lagerwij nu denkt,' zei Gré. 'Zo goeiig toch. Straks komt hij ons nog een zak voer brengen voor haan.'

Dingelam dronk van zijn koffie en zei: 'Lekkere koffie.'

'O zo! Koffie zetten kan ik toch zeker wel!'

Hij nam nog een slok en zei: 'Erg lekker.'

'Ik weet een winkel,' zei Gré, 'vlak bij de Grote Markt, daar verkopen ze alles voor dieren. Daar zullen ze ook wel weten wat je een haan moet geven. Trouwens, nu ik erover nadenk, Sluys' ochtendvoer heet het. Die firma heet Sluys. Die maken alles wat vogels nodig hebben. Toen ik klein was kregen we thuis ieder jaar een kalender van die firma.'

'Van Sluys?'

'Ja van Sluys. Er zaten grote gekleurde platen bij, voor elke maand een. Onze haan is net zo'n haan als op die platen. Heb je wel gezien wat een grote sporen hij heeft?'

Zo zaten ze te praten: vredig, lekker smullend, met in hun neus de gemengde geuren van petroleum, gerookte vis en koffie.

TWEEDE FRAGMENT UIT HET DAGBOEK VAN DOKTER BAREND

Om voor een ander dan zichzelf begrijpelijk te zijn, vermeldt de dagboekschrijver behalve de gebeurtenissen van een dag en nieuwe invallen die onthouden moeten worden, ook een heleboel zaken die hij al jaren weet en waarvan hij zeker is dat hij ze nooit zal kunnen vergeten. Bijvoorbeeld welk beroep zijn vader uitoefende en welke kleur ogen zijn moeder had. Of waar hij op school geweest is, waar hij is geboren. Dingen die onmogelijk uit zijn geheugen verdwijnen kunnen, zonder dat hij krankzinnig zal worden verklaard. Feiten die hij al jaren gekend heeft, voor hij het besluit nam een dagboek te gaan schrijven. Toch schrijft hij ze op. Daarom is groot wantrouwen gerechtvaardigd tegenover dagboekschrijvers die beweren dat ze hun dagboek alleen voor zichzelf hebben aangelegd. Ik vraag me af hoeveel dagboeken er bestaan waarvan bij nauwkeurige analyse zou blijken dat echt alles wat erin staat, *alleen opgeschreven is omdat het nieuw was voor de schrijver*, of *omdat er kans bestond dat hij het vergeten zou.*

Paradoxaal genoeg zouden alleen de dagboeken van ontdekkingsreizigers en scheepskapiteins de proef kunnen doorstaan en die zijn nu juist *niet* alleen voor eigen gebruik bedoeld.

Dagboekschrijvers als ik schrijven hun dagboek met de onuitgesproken bedoeling zichzelf als een ander voor zich te kunnen zien... Eigenlijk zijn ze geen dagboekschrijvers, maar zelfportrettisten, of een mengeling van die twee.

Terwijl ik dit opschrijf, komt me ineens een schilder die zijn zelfportret maakt voor de geest. Laat ons zeggen Vincent van Gogh, wit mengend om op zijn zelfportret het verband te schilderen ter plaatse waar een paar dagen geleden zijn oor nog was. Als ik vorige week aan dit schilderij was begonnen, denkt hij, dan schilderde ik daar op die plaats nu een oor, mijn eigen oor. Waar is mijn oor gebleven? Ergens ver bij mij vandaan ligt een stukje vlees te rotten en te stinken: mijn oor. Mijn eigen oor. Mijn oor dat vijfendertig jaar lang alles opgevangen heeft dat ik ooit gehoord heb. Weg... Opgeofferd voor een hoer. En nog tevergeefs.

De schilder zucht diep en mengt een klein beetje blauw door het wit op zijn palet.

Angst... Uit angst het te zullen vergeten, hoef ik hier werkelijk niet op te schrijven dat ik nog dikwijls aan mijn vader denk. Maar je kunt iets doen, herhaaldelijk doen, zonder voor jezelf ooit duidelijk uitgesproken te hebben dat je het doet. Daarom schrijf ik op dat ik nog dikwijls aan mijn vader denk, wat ik al lang weet.

Veel dingen uit die oorlogstijd herinner ik me nog maar vaag.

Joodse voorouders?

Geen.

Ik gaf hun ware namen op. Weer in een later stadium van de jodenvervolging kreeg iedere Nederlander een identiteitskaart. Op die van de joden werd een zwarte J gestempeld.

Ik moest net als iedereen de namen van mijn grootouders opgeven. Ook toen ik een assistentsplaats kreeg. Ik gaf hun namen op naar waarheid. Er was geen enkele Polak of Cohen bij. Ze heetten Barend, Meijer, De Vries en De Jong. Niemand had argwaan. Niemand kwam op het idee dat mijn ouders, die zich als joden hadden aangemeld, toch onmogelijk een zoon konden hebben die geen jood was.

Ik ging apart op kamers wonen. De verhouding bleef slecht. Behalve mijn ouders had ik geen familie. Toen de arrestaties begonnen, probeerde ik ze op te bellen, maar hun telefoon was afgesneden als van alle joden. Bellen via de buren durfde ik niet, ik heb alle contact met hen vermeden. Later, toen zij al waren weggevoerd, ben ik Roef Dingelam nog eens tegengekomen. 'Als ze het controleren,' zei ik, 'wat dan?' Het was de vraag die ik me dag in dag uit stelde.

'Controleren,' zei hij, 'er zijn honderdduizend joden in Nederland. Wie zal die papieren gaan controleren?'

'Dat is toch niet onmogelijk,' zei ik.

'Nou goed, dan kun je altijd nog zien. Je weet mijn adres.'

Ik begreep wat hij daarmee bedoelde, maar ik heb nooit een beroep op hem hoeven te doen.

Op den duur ontwikkelde zich een ontzettende haat in mij tegen al die honderdduizend joden die zich als jood hadden opgegeven en nu successievelijk in veewagens naar Polen werden gebracht. Om tankgrachten te graven, zeiden de Duitsers.

Zieken en krankzinnigen, grijsaards van zevenentachtig jaar en zuigelingen van zeven weken... tankgrachten graven.

Ik kon mijn lachen nauwelijks houden als ik er een stel over straat zag lopen, gele sterren op, koffers met sisaltouw dichtgebonden, een deken open en bloot over hun arm, een smeris met een karabijn er achteraan. Hoe schandelijk het ook is, ik kan het hier niet weglaten: *ik verachtte ze.* Als ze zo stom zijn, hebben ze ook niet beter verdiend. Als Job op de Mesthoop hun Grootste Held is, dan moeten ze de gevolgen daarvan maar dragen! Tankgrachten graven!

Soms werd ik, midden in de nacht, wakker met die kreet op mijn lippen. Dan had ik gedroomd dat ik, in een groen SS-uniform, waarvan een met een doodskop versierde pet deel uitmaakte, een sidderende delegatie van joden met meterslange baarden had ontvangen die mij onder eindeloze jammerklachten te voet gevallen was. Na hen roerloos te hebben aangehoord, mijn blauwe ogen (intelligente wrede varkensogen) rustend op een brandend dorp aan de horizon, brulde ik: 'Tankgrachten graven!'

Maar de droom bevrijdde me niet van het vermoeden dat het juist omdat de meesten hun joodzijn niet verloochend hadden, mogelijk was dat *ik* door de mazen van het net glipte.

Aanvankelijk dreigde ik in paniek te raken, telkens als ik een Duits uniform op straat zag. Maar al die jaren is het me nooit overkomen dat er eentje mij aanhield en zei: 'Mag ik jouw persoonsbewijs eens zien? Jij ziet er uit als een jood.'

Nooit.

Tweemaal heeft een Duitse soldaat me om vuur voor zijn sigaret gevraagd. Driemaal heb ik er een die verdwaald was de weg gewezen, daarvan eenmaal zelfs opzettelijk de verkeerde weg. Toen was de oorlog al bijna voorbij, moet ik bekennen, toen was het al zeker dat ze de oorlog zouden verliezen.

Ik ben geen voorstander van de zelfanalyse, maar ook niet vrij van het gevoelen dat het uitspreken van feiten die met jezelf te maken hebben, iets verandert, al zou ik niet precies weten wat. In tegenstelling tot wat sommigen uit Freud menen te hebben opgevist, lijkt me de therapeutische of verlossende werking hiervan, zeer gering.

Ik denk veel vaker aan mijn vader dan aan mijn moeder, hoewel ik toen ze nog leefden met mijn moeder iets minder slecht kon opschieten dan met hem. Toch is hij het met wie ik niet zelden denkbeeldige gesprekken voer. Deze neiging heb ik vooral bij het thuiskomen in mijn schitterende herenhuis aan de Montessorisingel, de straat waar hier de dure dokters wonen. De achtertuinen van de huizen grenzen aan het water. Ik heb een witte motorboot die daar gemeerd ligt, ik kan zo uit de tuin in mijn boot stappen—en dat in een stad!

Ik kom graag thuis. Het vervult me met voldoening dat ik dit huis bezit. De dubbele buitendeur is van gevernist eikehout, versierd met gebeeldhouwde leeuwekoppen, hang- en sluitwerk van messing. Ook alle raamkozijnen zijn uitgevoerd in naturel gevernist eikehout en het ver overhangende dak wordt ondersteund door geverniste balken.

De kamers zijn wel vier meter hoog. Binnen is alles rijk betimmerd. Het soort interieur waarover mensen die niet erg op je gesteld zijn, zeggen: somber, of: veel te groot.

Menigmaal fantaseer ik dat mijn vader een paar dagen bij mij logeert en dat we samen binnenkomen. Hij is dan natuurlijk zo oud als hij was, toen hij dertig jaar geleden vergast werd: tweeënzestig en daar ziet hij naar uit, anders zou hij over de negentig zijn. Soms probeer ik me zelfs voor te stellen, maar die voorstelling komt niet spontaan, dat hij inderdaad negentig is geworden. Een verpleegster rijdt hem binnen op een rolstoel, nadat ik geholpen heb hem met stoel en al de stoep op te dragen.

Zij duwt hem door de marmeren gang.—Maar nee, ik laat hem lopen: hij is weer tweeënzestig. Over de perzische loper, in het niet al te overvloedige licht van de veelkleurige venetiaanse ganglantaren loopt hij. Zo nu en dan kijkt hij door de onderkant van zijn bril naar een der romantische schilderijen die aan de muren hangen: Vertin, Van Hove, Van Os en zelfs een echte Schelfhout.

Ik zie hem nadenken en ik weet waarover hij denkt. Hij weet niet dat ik het al weet en zegt, stilstaand voor een 'Stadsgezicht bij Winter' van Vertin, juist de meest populaire en minst waardevolle van deze Romantici: 'Eddy, zo'n schilderij, wat betaal je daar nu voor?'

Ik noem een bedrag, niet meer dan de helft van wat ik er in werkelijkheid voor betaald heb, maar in zijn ogen toch nog bijna te veel, want hij zegt bezorgd: 'En denk je nu dat zo'n schilderij zijn waarde behoudt?' Hoe gelukkig maakt het me dat ik hem zonder in het minst te bluffen gerust kan stellen.

Het ruikt altijd lekker naar was in mijn huis. Ik ga in de serre zitten en druk op de bel. Janny, in het zwart en een wit schort voor, komt binnen met... wat ik wil. Als je maar betaalt, kun je zo'n oude dienstmeid nog wel krijgen en ik heb er niet minder dan twee.

Aan mijn moeder denk ik veel minder dikwijls dan aan mijn vader. Ik verklaar dit soms door het voor te stellen alsof ik nog altijd een deel van mijn moeder ben en door haar van mijn grootmoeder en zo verder tot het begin der tijden. Als de tijd niet bestond, als de tijd (miljarden jaren) dat de aarde bestaat, gecomprimeerd gedacht wordt tot bijvoorbeeld een maand, zie je jezelf in de buik van je moeder zitten—en die weer in de buik van haar grootmoeder en zo verder: de hele mensheid een in elkaar passend geheel als een nest schalen of een serie Egyptische sarkofagen. Vaders staan daar eigenlijk buiten. Daarom denk ik, is volgens de joodse wet, iemand al een jood, wanneer enkel zijn moeder joods is. Als alleen je vader joods is, ben je geen jood. Wij deden er thuis zo weinig aan, dat ik dit niet eens wist, toen de Duitsers met weer andere definities kwamen van wie een jood was en wie niet.

Meer dan dertig jaar na zijn dood, gaan mijn dagdromen over mijn behoefte vriendelijk te zijn voor deze man, die nooit hoge verwachtingen van mij heeft gekoesterd, wat ik des te moeilijker van hem kon slikken, omdat hij zelf er maar een schamel huisartsenpraktijkje op na hield. Hij had haast geen patiënten. Hem in mijn schitterend ingerichte huis te logeren te vragen, dure sigaren aan te bieden, overvloedig en lekker te eten te geven. Dit niet met in mijn achterhoofd de gedachte aan zijn moeilijke leven en aan zijn gruwelijke laatste levensjaar, maar wel: Zo pa, en wat zeg je hier nu wel van? Nooit gedacht, nietwaar. Jij met je grote mond dat sommige mensen op mijn leeftijd (ik was toen achttien) al genoeg verdienden om er een rijpaard op na te houden en dat dit mij, misbaksel, nooit zou lukken... Zoveel als ik, heb jij nog nooit verdiend.

Ik hoop wel dat dit niet de enige gedachten in mijn achterhoofd zouden zijn, als hij werkelijk nog leefde en mij kon bezoeken. Ik bid en hoop dat er voor het minst het genoegen bij zou komen goed te zijn voor een verslagen vijand en dan nog niet eens een echte vijand, je eigen vader immers.

Nooit meer de gelegenheid gekregen te hebben goed voor hem te zijn!

Altijd als ik iemand van mijn leeftijd zie, of nog wat ouder, een nieuwe patiënt bijvoorbeeld, is het eerste wat ik me afvraag: welke relikwieën heeft de oorlog in hem achtergelaten? Nooit komt het voor dat je die er niet vindt. En dan hoeft het nog niet eens te gaan om mensen die werkelijk door een oorlogsramp zijn getroffen, gevangen gezeten hebben, letsel hebben opgelopen, huis gebombardeerd of hele familie verloren. Nee, nee, ook de meerderheid die er niet veel anders van gemerkt heeft dan dat het voedsel op de bon was en je zuinig moest zijn met gas en licht. Ook die, als ze een beetje in zichzelf verdiept raken, herkauwen de oorlog voortdurend.

Een schrijver, Harry Mulisch, heeft het eens heel duidelijk uitgedrukt: Deze oorlog zal pas afgelopen wezen, als de laatste die hem meegemaakt heeft, overleden zal zijn.

Zo is het.

In nachtmerries en dagdromen van honderdduizenden wordt de oorlog dag in dag uit opnieuw gevoerd, gewonnen, verloren.

Het beste voorbeeld daarvan dat me te binnen schiet, is professor Ballingh, hoogleraar alhier in de Geschiedenis van de Nieuwste Tijd.

Ballingh is nu een half jaar bij mij in analyse, komt eens per week een uur, is eigenlijk geen ernstige patiënt, niet neurotischer dan de meesten die voor normaal doorgaan, maar hij beweert dat de behandeling hem goed doet en ik vind het ook niet onprettig als hij wat komt kletsen.

Ballingh is ongelofelijk vruchtbaar. Hij houdt lezingen over de oorlog, heeft pocketboekjes over de oorlog geschreven, praat erover voor de TV en is nu bezig aan een rijk geïllustreerde, populair geschreven geschiedenis van die tijd, *Ons Koninkrijk en de Tweede Wereldoorlog*. Een boek in vele kloeke delen, dat per aflevering verkocht wordt. Abonnees op 's lands grootste avondblad genieten 10% reductie bij voorintekening. Als alle afleveringen verschenen zullen zijn, kun je zeven kunstleren prachtbanden kopen om het te laten inbinden en je krijgt een grammofoonplaat cadeau met kanongebulder, het geluid van ontploffende bommen en de stem van Hitler.

Zo'n soort boek is dat, waaraan Ballingh werkt. Hij maakt ook gedichten, maar dat weet bijna niemand.

Hij kwam bij me in paniek, op een dag waarop hij plotseling dacht nooit meer te kunnen schrijven. En hij had zich toch al zijn halve leven met de meest verschrikkelijke rampen beziggehouden in zijn fantasie. Daarom was hij natuurlijk historicus geworden. Maar de mogelijkheid dat hij, te beginnen op een bepaalde dag, het vermogen volzinnen op te schrijven niet meer zou bezitten, was er een waar zijn voorstellingsvermogen, altijd dwalend in een landschap vol ongelukken, zich nog niet eerder mee had beziggehouden.

Was dat nu zijn loon voor de nederige ijver waarmee hij jaar in jaar uit denkbeeldige of voorbije calamiteiten bestudeerd had? Het hoofd had gebogen, meende hij wel te mogen zeggen, voor een verschrikkelijke God der Rampen die nooit had toegeslagen in zijn eigen leven, om ten slotte werkelijk het slachtoffer te worden van een ongeluk dat hij nooit gevreesd had, dat blijkbaar aan de vooruitziende blik van een zo grote specialist op het gebied van de misère als hij zich noemen mocht, ontgaan was?

Ben ik impotent?

Heb ik een geslachtsziekte opgelopen?

Wat begin ik als ik blind word?

Hoe zal ik me van kant maken, als ik mijn armen en benen verlies bij een explosie?

Allemaal vraagstukken die hij tot in details had uitgewerkt, jaren geleden al. Allemaal nooit gebeurd. Maar wat hij zou moeten beginnen in het geval dat hij eens geen enkele gedachte meer op papier zou kunnen zetten, hij had het nooit geweten toen hij het nog wel kon en nu hij het niet meer kon, wist hij het minder dan ooit.

Wat weet ik nog?

Hij was achter zijn bureau gaan zitten en schreef: Wat weet... Maar hoe de juist bedachte volzin ook weer verder ging, kon hij zich niet meer herinneren en de volzin had uit niet meer dan vier woorden bestaan, dat wist hij nog wel.

Enfin, ik heb hem vrij vlug heengeholpen over die blokkering. Er zijn daarna (en ook daarbij) nog wel wat andere zaken aan het licht gekomen.

Tijdens de Duitse bezetting heeft hij niets gedaan dan lezen en studeren. Zelfs in dienst is hij nooit geweest—afgekeurd op platvoeten.

Maar Ballingh, of het schrijven van al die oorlogsboeken nog niet genoeg is, moet bekennen dat zijn oorlogsenergie door het achterhalen van de historische waarheid niet wordt uitgeput.

Hij heeft de volgende dagdroom, jaar in jaar uit, hoeveel keer per week weet hij niet. Wel weet hij zeker dat hij zich er in elk geval op dinsdag aan te buiten gaat. Hij geeft op die dag college van negen tot elf en van twaalf tot een. Ongeveer om half twee komt hij thuis. Zijn kinderen zijn dan alweer naar school, zijn vrouw is naar balletles. Een bord met drie geroosterde boterhammen en een glas melk heeft ze voor hem klaargezet in de keuken. Eenzaam kieskauwend zit hij dat op te eten, zijn gedachten al tientallen jaren beziggehouden door hetzelfde, dat hij zichzelf in de verleden tijd vertelt. Deze verleden tijd is dezelfde soort verleden tijd waarin kinderen elkaar verhaaltjes vertellen, de hypocoristische of liefdoende verleden tijd.

Behalve aan mij heeft hij dit verhaal nog nooit aan iemand anders verteld, zegt hij en ik geloof dat zonder meer. Hier ligt duidelijk de grens tussen een eerlijk man en een bedrieger. Het zijn dergelijke verhalen die door bedriegers, oplichters, huwelijkszwendelaars en psychopathologische fantasten aan iedereen verteld worden en dan met de pretentie natuurlijk dat ze waar zijn.

Het verhaal is als volgt:

Het was 10 mei 1940. Ballingh was soldaat. Hij vernam dat de Duitsers ons land onverhoeds hadden aangevallen. Hij lag in een kleine betonnen versterking aan een brede rivier. Door zijn verrekijker zag hij dat aan de overkant van het water Duitse soldaten zich gereed maakten met rubberbootjes over te steken. Wat te doen? Schieten? Nog niet. Afwachten. De kleine betonnen versterking waar hij in zijn eentje in zat, was uitstekend gecamoufleerd.

Hij wachtte tot de rubberbootjes vlakbij waren. Toen schoot hij.

Het leek of de bovenlichamen van de soldaten die boven de boorden van de bootjes uitstaken, erafgezaagd werden door zijn mitrailleurkogels.

Ook nam hij wraak voor het Duitse bombardement op Rotterdam. Nederland geen luchtmacht meer? Telefonisch charterde hij alle passagiersvliegtuigen van de KLM. In de tijd van een halve nacht liet hij luiken in de vloeren van de cabines maken. Waren er geen grote vliegtuigbommen in Nederland? Maar zeemijnen waren er toch wel, van die ijzeren bollen, een meter in doorsnee, vol dynamiet, bezet met gevoelige tentakels, die bij de minste aanraking het dynamiet tot ontploffing brengen.

Daarmee liet hij de grote passagiersvliegtuigen volladen. Zo vlogen hij en vijftig andere helden naar Keulen, jazelfs Berlijn. De mijnen werden uitgeworpen op de gasfabrieken van die steden, op benzinetanks en elektriciteitscentrales. Het Duitse volk, nog aan niets van dien aard gewend, raakte in paniek. Hitler's eigen lijfwacht doodde de dictator. Als vergoeding voor het ondervonden leed, eiste Ballingh heel Noord-Duitsland, tot en met Hamburg voor Nederland op. Minister Ballingh. Hij kreeg zijn zin. De Duitse bevolking werd uit die gebieden verdreven.

Excellentie Ballingh. Eerste minister van 1940 tot heden. De repopulatie van het door de Duitsers ontruimde gebied met blanke Zuidafrikaanders werd onder zijn leiding tot stand gebracht. Ook gebeurde het onder zijn regering dat Groot-Nederland ontstond, want Vlaanderen sloot zich bij ons aan, nadat de Belgische staat zich vrijwillig had opgeheven.

Vooral voor deze laatste bijzonderheden schaamt Ballingh zich verschrikkelijk. Zijn politieke sympathieën (zijn in het openbaar beleden politieke sympathieën moet ik zeggen) liggen uiterst links. Zo vindt hij wel dat er in Zuid-Afrika veel veranderen moet, dat de zwarte meerderheid daar aan de macht moet komen, maar om het lot van de blanke Zuidafrikaanders bekommert hij zich helemaal niet. Hij beweert dat de blanken van de zwarte meerderheid niets te duchten hebben, als ze de macht in der minne overdragen en con sordino voegt hij daaraan toe: Nou, en als ze worden afgeslacht, krijgen ze alleen maar hun verdiende loon. Zulke ideeën als 'Groot-Nederland', aloud stokpaard van rechts immers, vinden geen genade in zijn ogen.

Ook is hij niet anti-Duits en (om dat te bewijzen???) is hij met een Oostenrijkse vrouw getrouwd. Over die vrouw en over haar vader doen allerlei verhalen de ronde.

Ballingh houdt niet van de Romantische School en perzische tapijten en vindt de inrichting van mijn huis ouderwets-burgerlijk.—Och, hij moest eens weten hoe'n geruststellende uitwerking de inrichting van mijn huis heeft op de meeste van mijn patiënten, die allergisch zijn voor psychedelische kleuren, vermicellistijl, glas, beton, plastic en roestvrij staal.

Dwars door de kleine universiteitsstad loopt de Grote Straat van het Grote Mokerplantsoen naar de Grote Markt. In de loop der eeuwen is deze straat in allerlei richtingen gaan kronkelen. Huizen werden afgebroken, andere werden neergezet op de plaats waar die oude huizen hadden gestaan, maar nooit op precies dezelfde plaats.

Lange tijd wrong het verkeer en zelfs een tram zich tussen deze bouwsels door, hier een boom beschadigend, elders een voetganger van de sokken rijdend. Er waren altijd veel voetgangers in de Grote Straat, omdat zich daar veel winkels, klerenmagazijnen, schoenenparadijzen, cafés, patat-frietkramen, twee bioscopen en twee hotels bevonden. Toen wist een jonge, milieubewuste generatie een meerderheid in de gemeenteraad te krijgen en de Grote Straat werd voor alle verkeer per as verboden. De tram was al eerder opgeheven. De trolleybus verdween nu ook. Het asfalt werd opgebroken, de trottoirs werden geslecht en het hele oppervlak van de straat werd egaal met gele tegeltjes belegd. Zo kon je duidelijk zien dat je er niet mocht rijden. Ook plaatste het gemeentebestuur hier en daar, midden op de weg, lompe betonnen bakken met planten die gauw dood gingen, maar de honden hadden er veel aan om er hun amoureuze boodschappen op te schrijven in urine.

Het afbreken van oude huizen en daarvoor nieuwe kasten van betonplaat, staal en glas in de plaats zetten, ging onverdroten door. De voetgangers baggerden in zand en modder dat alles bedekte. Stinkende vrachtauto's, geladen met puin, zand, of cement, mochten overal rijden waar ze wilden.

Iedereen bouwde hier. Op de hoek, waar de smalle Pijpstraat in de Grote Straat uitmondt, was zojuist het nieuwe Theologische Instituut van de universiteit gereedgekomen. Helemaal klaar was het constructiewerk nog niet. Zo werd het nog gedeeltelijk omringd door een zanderige sloot, waarin op werkdagen, dus niet nu op zaterdagmiddag, droevige werkers wroetten en aan kabels sjorden. Dit wegens de aanleg van een telexverbinding die dit theologische instituut met alle theologische instituten van Nederland zou verbinden. Het nieuwe gebouw, al moest men zich nog wat behelpen, was wel al betrokken door de wetenschappelijke vorsers. Een soort vlondertje van ruwe planken overbrugde, van de ingang uit, de sleuf waarin de kabels werden gemonteerd.

Op dit bruggetje nu, zag omstreeks vier uur Professor Dr. Andreas Ballingh, hoogleraar in de Geschiedenis van de Nieuwste Tijd, zijn sympathieke maar zwaarlijvige collega Professor Mr. Dr. Ajold Ongering enkele gewaagde stappen zetten.

Ballingh's hart stond bijna stil. Niet voor niets werd professor Ajold Ongering bijgenaamd Plofje de Olifant. Zouden de zwiepende planken zijn gewicht kunnen dragen?

Jazeker! Hoera, dat konden zij. Deinend als een zwemmer die zich van de hoge plank met een sierlijke sprong in het diepe zal storten, bereikte Professor Ongering het plaveisel van gele tegeltjes.

Ballingh, een kleine ronde man die nooit een hoed droeg op zijn blonde kroeshaar, kwam met uitgestoken hand naar hem toe als wou hij hem feliciteren, maar hij groette hem alleen.

'Ga je ook die kant op?'

Ballingh wees in de richting van de Grote Markt.

Ongering knikte bevestigend.

'Ik kom juist uit het Theologisch Instituut,' vertelde Ongering ter inleiding, 'ik had een foto nodig van een boemerang, voor een lezing die ik overmorgen in Utrecht ga houden.'

Professor Mr. Dr. Ajold Ongering was hoogleraar in de polemologie. Dit woord is afgeleid van het Griekse 'polemos' wat 'oorlog' betekent.

In zijn jeugd had Ongering diverse lagere functies bij de diplomatieke dienst vervuld, maar omdat hij zelfs voor de geringe diplomatieke werkzaamheden van een klein land niet doortrapt genoeg was, eindigde hij, heel eervol, als hoogleraar in de polemologie. Polemologie! De wetenschap van oorlog en vrede. Maar met de nadruk op vrede. *Peace science*, zeiden de Amerikanen die er ook wat van afwisten. Dank zij hem. Want menigmaal liet Ongering doorschemeren dat hij deze wetenschap zelf verzonnen had.

'Een foto van een boemerang, die hadden ze daar natuurlijk wel,' zei Ballingh.

'Natuurlijk. Die hebben alles.'

'De theologen boffen maar. 't Is niet het enige peperdure instituut dat er de laatste jaren gebouwd is, maar dit spant de kroon.'

'Maar dat moet ook,' zei Ongering, 'alleen de inrichting heeft al meer dan anderhalf miljoen gekost. Maar zo moet het ook, zo moet het ook. De belangstelling voor de theologie was de laatste jaren sterk dalende... Sinds de dood van God en dat soort moderne opvattingen... Nietwaar? Maar nu vind ik het geniale van de theologische faculteit aan onze academie, dat ze niet bij de pakken zijn gaan neerzitten.'

'Dat is inderdaad verbluffend. Je zou haast zeggen dat ze God op hun hand hebben.'

'Waarom niet? En hun redenering is zo logisch: alles is in en uit God en dat demonstreren ze ad oculos. Ad oculos! Ze hebben nu pas weer een schitterende collectie antieke brilmonturen aangeschaft en een half jaar geleden kregen ze die peperdure verzameling oude strijkijzers. In een woord magnifiek. En wat ze verder niet allemaal verzamelen, je kijkt je ogen uit: Egyptische mummies, opgezette Maori's, boemerangs natuurlijk, peniskokers, totempalen, papoeahuizen, nee, je weet niet wat je ziet. En als je daar dan doorheen loopt, door dat museum, dan ga je de grote lijn zo duidelijk zien, hè, de grote lijn.'

'Je weet toch dat Stavinga, die jaren geleden in zijn eigen salonnetje de grondslag gelegd heeft van de hele zaak, nog nooit uit deze provincie vandaan geweest was? Nog nooit!'

'Overdrijf je niet een beetje?'

'Nog nooit, ik zweer het je, ik heb hem heel goed gekend. Een schat van een man, maar hij had nog nooit van zijn leven een pyramide, Maori, eskimo, papoea of zelfs maar de Sint Bavo kerk in Haarlem gezien. Die heeft dat allemaal op de rommelmarkt verzameld en per correspondentie. Die was zelfs nog nooit in een strijkerij geweest. En als er nu EEN bewijs is dat Stavinga de grote lijn wist te schouwen, dan is het toch zeker dit wel.'

Net als ikzelf, dacht Ballingh onder het uitspreken van die lofrede, net als ik. Ik schrijf de geschiedenis van de Grote Wereldoorlog en ik heb nog nooit een kogel horen fluiten.

''t Is om jaloers op te worden,' zei Ongering, 'als ik bedenk met wat voor een klein budget de polemologie het moet stellen.

En nu ben ik direct bereid toe te geven dat God boven alles gaat, maar ik zeg altijd: de polemologie, de peace science, dat is een kwestie van leven en dood voor de hele planeet en dat is ook belangrijk.'

'Weet je,' zei Ballingh, 'dat Dingelam de Nobelprijs voor scheikunde heeft gekregen?'

'Ik hoorde het toevallig om een uur op de radio.'

'Zaterdag vind ik wel een rare dag om zoiets bekend te maken.'

'O,' zei Ongering, 'maar dan zal ik je eens vertellen hoe zoiets in zijn werk gaat. Dat is vast en zeker al gistermiddag te Stockholm aan de vertegenwoordigers van de Internationale Pers medegedeeld door de voorzitter van de jury. En daarna zijn er fouten gemaakt. Wij kennen dat. Dezelfde avond had het nieuws op alle radio- en televisiezenders van de hele wereld kunnen zijn. En de fout is natuurlijk dat de Nederlandse diplomatieke vertegenwoordigers in Zweden op een schrikbarende manier verstek hebben laten gaan.'

'Nederland! Gij niet op mijn verzoek ontworsteld aan de baren, zoals een dichter eens zong,' viel Ballingh in.

'Wij zijn een klein land en ons kleine land heeft de reputatie zijn cultuurdragers in de kou te laten staan. En waarom? Onder andere omdat het zo graag hetzelfde doet als grote landen, namelijk cultuurdragers van kleine landen in de kou laten staan.'

'Het is de kleinheid van ons land, altijd weer.'

'Jij zult hetzelfde ervaren hebben op literair gebied. Nederlandse dichters zouden veel meer internationale bekendheid kunnen genieten als onze buitenlandse dienst zich meer inspande. Ze doen wel iets, maar niet genoeg.'

Plofje de Olifant, de goedhartigheid zelve, zei dit meer om Ballingh te troosten, dan om hem gelijk te geven.

Maar Ballingh, waarheid boven alles, antwoordde:

'Ik geloof niet dat ik internationaal beroemd zou worden, als de ambassades reclame voor mij zouden maken. Mijn denkbeelden zijn te progressief, te links. Daarom alleen al kan een ambassade...'

'De taalbarrière speelt natuurlijk ook een rol,' ging Ongering verder, om te laten zien dat hij van alles op de hoogte was, dat er ooit te berde gebracht is over het probleem waarom Nederlandse schrijvers nooit beroemd worden over de grenzen.

'Er zijn maar weinig Fransen of Engelsen die Nederlands kunnen lezen, laat staan vertalen. Men heeft in het buitenland niet onze talenkennis. Traduire, c'est trahir.' Hij sprak 'trahir' uit alsof het 'trahire' werd geschreven.

'Toch,' zei Ballingh, 'toch' (en ondertussen dacht hij: is het nu trahir of trahire??) 'toch dringen ook de beste vertalingen maar langzaam of helemaal niet in het buitenland door. Als in een groot land: Engeland, Frankrijk of Amerika een schrijver een opzienbarend boek schrijft, dan is dat nieuws. Doodeenvoudig nieuws. Dat komt daar in de kranten, maar niet alleen daar. Omdat het in de kranten van een groot land staat, komt het ook in de kranten van de kleine landen. Dus ook in Nederlandse kranten. Hoe anders gaat het als in Nederland een schrijver iets nieuws schrijft. Dan wordt dat in de buitenlandse kranten helemaal niet vermeld.'

'Wat wil je. Natuurlijk schrijven ze er bij ons over in de kranten als Harold Pinter of Jean-Paul Sartre een nieuw boek heeft geschreven. Dat is omdat wij onze talen kennen. Als maar eens eerst een Nederlandse schrijver goed in het Engels werd vertaald...'

'Ik betwijfel of dat zou helpen,' beweerde Ballingh. 'Hij zou toch altijd de buitenlandse boekenmarkt betreden als een volkomen onbekende. Zijn potentiële lezers hebben zijn naam nooit in hun kranten gezien. Niet in hun eigen kranten, want daar komt een Nederlandse schrijver niet in voor. En niet in Nederlandse kranten, want die lezen ze niet. Of nog een beetje anders gezegd: veel Nederlanders en zeker de journalisten die met de literaire voorlichting van het Nederlandse publiek zijn belast, lezen buitenlandse kranten. Maar buitenlandse journalisten van dezelfde soort lezen nooit een Nederlandse krant.'

Bedachtzaam, hun hoofden in nadenken gebogen, stapten ze in de richting van de Grote Markt, om bij uitlatingen die ze zelf bijzonder kernachtig vonden, stil te blijven staan en elkaar met de wijsvinger in de buik te porren. Het was even droog en opgewaaid zand vloog om hun oren.

'Ik herinner me,' zei Ongering, 'toen ik aan onze ambassade in Washington was verbonden, dat we toch geregeld communiqués in het Engels uitgaven, met daarin het voornaamste nieuws. *Ook* cultureel.' (Por in de buik.) 'Persuittreksels.'

'Een goed journalist,' zei Ballingh, 'beschouwt dergelijke communiqués alleen maar als propaganda en gooit ze in de prullenmand. Persuittreksels. Die zijn door de zeef gegaan van wat de overheid behaagt en wat niet. Schreven ze daar ooit iets in over Harry Mulisch?'

Ongering draaide zich een kwartslag en kwam weer in beweging.

'In een vrediger wereld zou die discriminatie van kleine taalgebieden een einde nemen.'

'Ik zie niet in hoe vrede iets veranderen kan aan iemands formaat of gewicht. Als er in New York een nieuwe burgemeester komt, staat dat in alle kranten van de hele wereld. Maar als er een andere burgemeester in Amsterdam wordt benoemd—ach Heer, je zou eens moeten nagaan welk deel van de wereldbevolking weet waar Amsterdam ligt.'

Al was het honderd procent, dacht Ongering, dan zouden ze nog de verzen van Andreas Ballingh niet lezen. Hij was niet zo wreed dit te zeggen en opperde daarom:

'Wat de wetenschap betreft is de toestand gelukkig minder somber en zeker voor zo'n vak als scheikunde. Je ziet het aan Dingelam.'

''t Is toch maar de hoogste internationale onderscheiding.'

'Zo zie je. Nu betwijfel ik wel of iemand zonder buitenlandse relaties ooit voor een Nobelprijs in aanmerking komt, hoor. Op zichzelf is het niet genoeg als je een belangrijke ontdekking doet. Dat moet onder de aandacht van de jury worden gebracht.'

'Is een aanbeveling van de Nederlandse Academie van Wetenschappen niet voldoende?'

'Niet uitgesloten. Maar het is ook mogelijk dat het anders gaat.'

'Hoe bedoel je? Een strikt persoonlijke relatie van Dingelam?'

'Kan ook, maar dat bedoel ik niet. Ik bedoel, zo'n instelling als de Nobelprijs, die is immers van A tot Z *verpolitiekt*.'

Ze stonden stil, Ballingh kreeg een por in zijn buik. 'Wie was Nobel?'

Ongering vroeg het zonder antwoord te verwachten, maar Ballingh was ten slotte niet voor niets hoogleraar in de Geschiedenis van de Nieuwste Tijd.

'Dat zal ik je gauw vertellen, Ajold, wie Nobel was. Een dynamietkoning die een verhouding met de pacifiste Bertha von Suttner kreeg en met z'n prijzen wilde goedmaken wat zijn dynamiet verwoestte.'

'Maar de pacifisten hebben op deze wereld nog altijd niet het laatste woord, Ballingh. Het is nog altijd het dynamiet dat de doorslag geeft.'

Ballingh lachte. Het verrukkelijke van een gesprek met een man als Ongering was, dat hij allerlei geheimen van de internationale politiek kon aanduiden als een ingewijde. En nooit opscheppen. Nooit zeggen: dat heeft de Russische gezant me verteld, of: dat zei de Secretaris-Generaal van de VN waar ik twintig jaar geleden zelf bij stond. Nooit. Want als hij zo indiscreet zou wezen, zou natuurlijk niemand die internationaal meetelde zich ooit meer iets in aanwezigheid van Ongering laten ontvallen.

'Ik ben wel benieuwd wat de kranten over onze Dingelam zullen schrijven,' zei Ballingh, 'ken jij hem?'

Ongering haalde zijn schouders op.

'Wat is kennen... Als Dingelam nu een *figuur* was... Maar hij zit niet in de Tweede Kamer en hij zit niet in de Eerste Kamer, hij heeft geen broer of zwager die directeur van een dagbladbedrijf is en hij vervult geen commissariaten van vijf of zes grote ondernemingen. Hij is een onderzoeker, meer niet.'

'Wat de studenten tegenwoordig een vakidioot noemen.'

''t Is geen man die in het leven staat, geen universele geest.'

'De kranten zullen een hoop werk hebben om na te snuffelen wie Dingelam eigenlijk is. Hij staat niet eens in de encyclopedie.'

'Ik kijk nooit in encyclopedieën,' zei Ongering, die er ook niet in stond, 'we hebben natuurlijk wel zo'n ding in huis voor de kinderen, maar ik zou niet op het idee komen *een* woord te vertrouwen van wat daarin allemaal wordt meegedeeld. Oppervlakkige feitjes en weetjes, zonder kop of staart, zonder dieper verband.'

'Maar als je van iets helemaal niets weet, kun je door een encyclopedie toch een eindje op weg geholpen worden,' vond Ballingh, die wel in de encyclopedie voorkwam, omdat dichters nu eenmaal veel vlugger in de encyclopedie komen dan professoren. 'Op zijn vakgebied kan Dingelam nu eenmaal niet de eerste de beste zijn, zou ik zeggen. En toch zo totaal onbekend...'

Ze waren nu niet ver meer van de Grote Markt.

'Hij is helemaal geen onaardige man,' zei Plofje de Olifant, 'hij woont recht tegenover Stroomer, waar we soms een kaartje gaan leggen. Ik heb hem wel eens gesproken. Maar wat wil je, er lopen op deze wereld personen rond die met de zeldzaamste gaven zijn uitgerust en toch obscuur blijven, niet omdat iedereen kwaad over ze spreekt, maar eenvoudig omdat iedereen *helemaal* nooit over ze spreekt. Ik kan me geen selectiemethode voorstellen die zozeer de toets van de morele kritiek kan doorstaan. Roddelen, kwaad spreken, ik moet er niet aan denken. Trouwens, als jurist...'

'Maar Ajold, dat begrijp je verkeerd! Ik verwacht geen ogenblik dat jij zal beginnen te roddelen over Dingelam, ik heb me alleen afgevraagd waarom hij zelfs onder zijn collega's zo goed als onbekend is.'

'Dingelam is op zijn terrein natuurlijk zeer prominent, daar kan geen twijfel over bestaan, maar het is een beperkt terrein, uiterst beperkt.'

Zijzelf betraden op dat ogenblik de weidse Grote Markt. Het woei hier nog harder dan in de straat die ze juist verlaten hadden. Een geur van verrotte aardappelen werd over de hele stad verspreid door de stijfselfabrieken waar de stad zo rijk aan was.

Ze drentelden verder in de richting van de Barbarossatoren, toen Ongering Ballingh alsof hij geschrokken was, aan zijn mouw trok. Maar hij was niet geschrokken, integendeel, hij was blij verrast.

'Kijk eens wie daar loopt? Onze grote tovenaar Poux Partout.'

Inderdaad, daar liep Poux Partout, maar voortschrijden was een beter woord voor wat hij deed.

Poux Partout had een priestergewaad van eigen vinding aan, een soort tabberd die van een bruinige gebatikte stof leek te zijn gemaakt, of eerder nog: gebloemd trijp, want het was een dikke stof. Een zwaar wit koord snoerde deze kledij samen om zijn smalle middel. Zijn lange zwarte haar, in het midden gescheiden als de manen van een fakir, hing los en sluik naar beneden en reikte bijna tot zijn ellebogen. Zijn wenkbrauwen waren met zwartglanzende schmink tot vegen van een duim dik opgewerkt en met dezelfde verf had hij zich een snor getekend, waarvan de omhooggekrulde punten onder zijn oren ophielden.

Hij schreed met grote snelle passen, het leek of hij zich voortrepte naar het bed van een stervende. In zijn rechterhand hield hij een zwarte kaars die niet brandde, rechtop voor zijn borst. Deze kaars was wel een meter lang.

'Poux Partout!' zei Ballingh.

'Zonder Poux Partout zou deze stad niet volledig zijn,' stelde Ongering vast, 'ken je hem eigenlijk?'

'Nee, nee,' antwoordde Ballingh, 'hoezo?'

'Hij is toch ook een dichter?'

'O nee, ik zou het pijnlijk vinden al te intiem met hem om te gaan. Als schilder betekent hij geloof ik heel wat meer.'

'Wat zeg je, schildert hij ook?'

'Voornamelijk zelfs. En hij zet happenings op touw.'

'Happenings? Gebeurtenissen? Wat dan?'

'Je weet wel, dat is uitgevonden door de dadaïsten, vijftig jaar geleden.'

'O natuurlijk, maar waren dat niet een soort fascisten?'

'Welnee. Juist het tegendeel. Bijvoorbeeld een aantal mensen uitnodigen in een kamer die volgehangen is met slachtafval en dan ook nog emmers bloed omkeren over de piano.'

'Tjaaaaa, ja, ja, nu weet ik het weer. Je kunt het gewoon niet meer bijhouden. Heel interessant al die experimenten. Beter dat er ossebloed vergoten wordt dan oorlog gevoerd. Poux Partout is een zeer oorspronkelijke geest. Als een van de eersten heeft hij zijn handtekening gezet onder het adres aan de Tweede Kamer waarin president Johnson een moordenaar werd genoemd.'

Zij zagen Poux Partout toen alleen nog maar op zijn rug. Rechtuit liep hij naar de Barbarossatoren.

Aan de Grote Markt stonden enkele gebouwen die tot de voornaamste van de stad werden gerekend en vermeld in elke toeristengids. Een van deze bezienswaardigheden was er wel al bijna zeventig jaar en toch, tot een jaar of vijf geleden liep iedereen er voorbij zonder er naar om te zien.

De honderdtien meter hoge Barbarossatoren werd gebouwd in de jaren 1895-1903, nadat een gotische toren uit 1467 die voordien op dezelfde plaats stond, was geveld door de bliksem. Restauratie bleek onmogelijk. Wat te doen?

De gemeenteraad besloot een nieuwe toren te doen bouwen, onder de bepaling dat deze in neo-gotische stijl zou worden opgericht. Zes uur duurde de redevoering waarin een wethouder de raadsleden wist te overtuigen dat er geen enkele echte gotische bouwmeester meer in leven was, die men het karwei kon opdragen, op een na.

Achteraf gezien kan deze wethouder best een schalk zijn geweest. Met voorbijgaan van de grote Cuypers, wist hij, onder het motto 'wat je ver haalt is lekker', een ontwerp los te krijgen van de Catalaanse bouwmeester Antoni Gaudí, door de critici destijds inderdaad tot de neo-gotiek gerekend, maar pas na zijn dood wereldberoemd geworden toen men ontdekte dat hij een surrealist was geweest, weliswaar zonder dat zelf te weten.

Wat Gaudí zonder twijfel *wel* geweten heeft, was dat de middeleeuwen en de echte gotiek al lang voorbij waren. Dit wist hij veel beter dan de grote Cuypers. Is niet het door hem in 1905 gebouwde flatgebouw Casa Milá zo ingericht dat auto's—die er toen in Barcelona nog zo goed als niet waren—ongehinderd de binnenplaats op en af kunnen rijden? Doen de schoorstenen niet aan negersculpturen denken en is gewapend beton niet een van zijn meest geliefde uitdrukkingsmiddelen geweest?

Elke Nederlander die wel eens door Barcelona is gekomen—en dat zijn ze langzamerhand allemaal, op weg naar Ibiza—kent de Iglesia de la Sagrada Familia en de vier torens die daarvan gereed zijn gekomen—het moeten er zestien worden. Bedoeld als gigantische langgerekte pijnappels, doen ze in haast even sterke mate denken aan Saturnusraketten.

Of is dat wat overdreven uitgedrukt?

Hoe dan ook, de toren die Gaudí op de Grote Markt bouwde—zijn enige bouwwerk buiten Spanje—deed *hoofdzakelijk* denken aan een Saturnusraket (maar dan een in mensengedaante).

Gedurende twee jaar na het gereedkomen van de Barbarossatoren betwijfelde de plaatselijke pers, giftig en geniepig, of het wel een gotische toren was. Daarna zweeg men van verveling. Saturnusraketten kende men niet. In 1962 werd een vernuftig voorstel ingediend het 'monsterlijke gedrocht' af te breken, om ruimte te maken voor een parkeerterrein. Vijf jaar later was de Stijl 1900 ook in de provincie herontdekt en kwam het op de Monumentenlijst.

's Zomers reden grote autobussen met Zweden, Noren, Denen en Duitsers af en aan om het wonder te bezichtigen. De beklimming, voorheen alleen op zaterdagmiddag van 2 tot 4 mogelijk à raison van *f* 0,10, kon nu elke dag, zelfs 's zondags worden volbracht tegen betaling van *f* 2,50. Je ging naar boven via een ijzeren trap, die te bereiken was door een deur in het linkermannenbeen.

Het linkermannenbeen? Jawel.

De toren had, als zo veel torens, gelijkstraats twee poorten of doorgangen, die loodrecht op elkaar stonden. Deze vier openingen, elk wel vijftig meter hoog, waren inderdaad spits en gotisch, dat kon niet worden bestreden.

De toren liep naar beneden toe in de breedte uit, als de Eiffeltoren. Hij stond dus feitelijk op vier voetstukken, maar dat was het vreemdste niet. Het vreemdste was dat de voetstukken INDERDAAD VOETEN WAREN. Twee mannenvoeten en twee vrouwenvoeten, bloot, kolossaal. De teennagels waren van brons. De nagels van de grote tenen waren ongeveer een meter lang.

Kortom, voor wat de onderste helft van de toren betrof, 't was eerder een gigantisch beeldhouwwerk dan een gebouw. De benen van een wijdbeens staande man en een wijdbeens staande vrouw, wier voeten, met de tenen naar elkaar toegekeerd (tenen van de linkervoet van de vrouw gekeerd naar de tenen van de rechtervoet van de man, en zo voorts) stonden op de hoekpunten van een kwadraat. De man en de vrouw hielden, tegen elkaar aan leunend, elkander vast omarmd. Hun onderlichamen versmolten geleidelijk in elkaar en hun bovenlichamen, armen en hoofden, waren een en al toren geworden. Ze hadden niets menselijks meer, daar in de hoogte. Niets menselijks. Wel iets goddelijks.

Samen bezaten zij namelijk maar een hoofd, maar dat hoofd had twee gezichten, als de romeinse god Janus. Het naar achteren gekamde haar van het vrouwengezicht hing om het mannengezicht als een baard naar beneden. En bovenop dit hoofd droegen zij een kroon, met vier wijzerplaten.

Aan het plafond van het vierzuilige portaal dat door hun benen werd gevormd, hing een grote bronzen klok met een flink overgedimensioneerde klepel, die eindigde in een lantaren van rood robijnglas. Dit vrome brons had toch bij de beheerders van de Barbarossatoren zonderlinge gedachten opgewekt, want pas in het jaar 1969, het jaar van de Grote Seksuele Bevrijding, durfde men deze klok voor het eerst te luiden.

De Denen luisterden nauwelijks, een enkele Duitser (die van

een SS'er afstamde natuurlijk) keek besmuikt en stopte in elk oor een knakworst.

De klok gaf het geluid van een bronstige hertebok en ook dat scheen de bedoeling geweest te zijn van de Catalaanse architect.

's Avonds laat stonden soms een jongen en een meisje, midden onder de toren, elkaar te zoenen, beschenen door het licht van de robijnglazen lantaren. Al menig geïllustreerd tijdschrift had een foto gemaakt van dit onder de kolossale toren zo nietige menselijke duplicaat. Ook dit moet de geniale bouwmeester ongetwijfeld hebben voorzien, al is hij aan de twintigste-eeuwse techniek ten offer gevallen—hij werd in 1926 overreden door een tram.

Poux Partout was uit het gezicht verdwenen. Professor Ballingh keek op de klok van de Barbarossatoren en zag dat hij nog wel een ogenblikje tijd had voor Ongering.

'Zouden er,' zei Ballingh, 'strategische belangen gemoeid zijn met de ontdekking van Dingelam?'

Professor Ongering spitste zijn lippen en keek een ogenblikje in de lucht. Op een toon alsof hij Ballingh's vraag beantwoordde, begon hij nu een betoog af te steken over de door niemand vermoede kolossale hoeveelheden elektronisch oorlogstuig die werden vervaardigd door de firma Philips. Ogenschijnlijk een onschuldige speelgoedfabriek, nietwaar? Philips. Maker van kijkkastjes, ladyshaves, wasmachines, broodroosters, koffiemolentjes, grammofoons en andere herriemakers voor de alternatieve jeugd...

'Maar wat daar *achter* zit... Man, toevallig kwam een van mijn ouderejaarsstudenten vorige week met het voorstel bij mij om dat eens allemaal nauwkeurig te gaan evalueren! De activiteiten van Philips. Dat kan een *heel* belangrijke evaluatie worden! We zijn bezig een werkgroep te vormen en als die eenmaal goed van de grond is...'

Maar Ballingh luisterde al niet meer. Zijn ogen waren afgedwaald naar een ander representatief gebouw, waarmee de Grote Markt prijkte: de Studentensociëteit.

'Wat zijn ze nu weer van plan?' riep hij uit. Hij pakte Ongering bij zijn mouw en met z'n andere hand wees hij op het sociëteitsgebouw. Dit stond midden tussen het stadhuis en de Barbarossatoren.

‘Het lijkt wel of er iets aan de hand is,’ antwoordde Ongering. Hij bracht zijn linkerhand aan zijn gezicht en liet, met half open mond, zijn vingers over zijn wangen glijden, zoals mannen wel doen om te voelen of ze aan een nieuwe scheerbeurt toe zijn.

Groepjes studenten, lachend en onverstaanbare dingen roepend, kwamen naar buiten uit hun gezelligheidsbehuizing, alsof er daarbinnen zojuist een vergadering had plaatsgevonden, die nu afgelopen was. Maar in plaats van zich te verspreiden, bleven ze op het plein staan met hun gezichten naar de gevel van de sociëteit.

Op de eerste verdieping daarvan liep een balkon over de hele breedte.

’s Zomers zaten ze op dat balkon onder parasollen in de zon, op stoelen, maar ook wel op de vloer zodat hun onderbenen, tussen de spijlen van het hek doorgestoken, naar beneden bungelden. Bekend stadsbeeld, op zonnige dagen.

Vandaag was er niemand (stel je voor, bij dit gure weer), maar opeens gingen de deuren die naar het balkon voerden, allemaal tegelijk open en een groot aantal studenten kwam naar buiten. Zij hadden iets bij zich dat op een witte lap leek en dat was het ook. Schreeuwerig en verward hingen ze het langwerpige doek buiten voor het balkonhek en toen het eindelijk geheel ontplooid was, konden de professoren zien, dat het een spandoek was met een tekst erop. De tekst luidde:

BAAS IN EIGEN REAGEERBUIS

Gejoel vlaagde op uit groepjes studenten beneden. Allerlei commentaren werden er geroepen, maar wat deze inhielden was niet te verstaan.

‘Baas in eigen reageerbuis,’ zei Ongering en hij keek Ballingh aan met een gezicht of hij zeggen wilde: dit maakt vast en zeker deel uit van de Geschiedenis van de Nieuwste Tijd, die mijn specialisme niet is, hier schiet de polemologische evaluatie te kort.

‘Wat zouden ze daarmee bedoelen?’ vroeg hij.

‘Het is een kreet die lijkt op ‘Baas in eigen Buik’,’ meende Ballingh, ‘herinner je je dat nog wel?’

‘Baas in eigen buik? Wat was dat ook al weer?’

'Och kom! Dat is de kreet die wordt aangeheven door geëmancipeerde meisjes die zelf willen beslissen of ze abortus mogen plegen of niet.'

'Ah, ja, juist, ja. Ja, ja, ja. Dat zijn van die dingen die je gewoonweg vergeet, omdat je niet beseft dat de vrouw nog altijd zo wordt achtergesteld.'

'Baas in eigen reageerbuis,' zei Ballingh, 'je zou er haast de gekste dingen bij denken. Het zal wel niet de moeite waard zijn ze te gaan vragen wat de bedoeling is.'

Toen gaf Ongering zichzelf een korte klap op zijn voorhoofd.

'Ach nee!' riep hij uit, 'ik begrijp het al! Het is natuurlijk een groeperinkje van reactionaire knapen, die de voorvechters van de abortus belachelijk willen maken. Anders is het weer niet. Kom, laten we doorlopen. Of moet jij een andere kant uit?'

'Nee, ik loop nog een eindje met je op. Maar mag ik eerst even hier kijken?'

Vastberaden liep Ballingh naar de Academische Boekhandel van de Gebroeders Schouten en voor de etalageruit bleef hij staan. Ongering was hem zonder commentaar gevolgd, maar van zijn gebrek aan belangstelling voor wat er in die uitstalkast te zien was, maakte hij geen geheim. Ballingh stak zijn handen diep in de zakken van zijn overjas en boog zijn hoofd naar voren. Ongering stond een halve meter achter hem, rechtop en keek rond alsof hij niet helemaal zonder ongeduld wachtte tot Ballingh genoeg had gekeken.

Ballingh's ogen vestigden zich op het ene boek na het andere, maar nergens zag hij een van zijn eigen gedichtenbundeltjes. En dat nog wel terwijl er pas een nieuwe uitgekomen was, 'Reidansen', vierentwintig pagina's, onder het pseudoniem Che Winston (hij bewonderde niet alleen Che Guevara, maar ook Winston Churchill).

Het mooiste dat ik te geven heb, dacht hij bitter, en niemand aanvaardt het. Het leek of hij insufte van verdriet, maar de stem van Ongering wekte hem.

'O! Wel, wel, wel!' riep Ongering ineens opgetogen. 'Kijk daar eens! Dat is pas een uitgave waar veel aandacht aan besteed wordt.'

Zie je dat voor het eerst? wou Ballingh antwoorden, maar hij zei alleen: 'Och ja.'

Er kon niet aan worden getwijfeld wat Ongering bedoelde. Die afschuwelijke reclame natuurlijk. Die kolossale uitvouwplaat van karton, in wilde kleuren bedrukt op z'n Amerikaans, bovenop een stapeltje afleveringen van *Ons Koninkrijk en de Tweede Wereldoorlog*.

Die plaat was hier immers al minstens een maand te zien.

ONS KONINKRIJK EN DE TWEEDE WERELDOORLOG KWAM TOT STAND DOOR DE UNIEKE SAMENWERKING VAN EEN UITGELEZEN GROEP GESCHIEDKUNDIGEN, ONDER DE BEZIELENDE LEIDING VAN PROF. DR. A. BALLINGH, HOOGLERAAR IN DE GESCHIEDENIS VAN DE NIEUWSTE TIJD, TE PATERSWOLDE.
EEN BOEK VOOR JONG EN OUD, BOEIEND GESCHREVEN, SPANNEND ALS EEN DETECTIVEROMAN. VOOR ELKEEN DIE ZICH BEWUST WIL ZIJN VAN HET TIJDSGEWRICHT WAARIN WIJ LEVEN; LET OP!

Let op... daarna volgden bijzonderheden over de intekenprijs die na een zekere datum zogenaamd zou worden verhoogd (onherroepelijk). HAAST U! En dan in rode letters de mededeling over de extra-premie die aan de intekenaar zou worden uitgereikt, wanneer hij het gehele intekenbedrag van tevoren voldeed: de heel kunstlederen banden, de 45-toerenplaat met authentiek kanongebulder, de stemmen van Hitler, Churchill en Roosevelt en de knal van de atoombom.

'Hoe groot is de oplage?' vroeg Ongering.

'Vijfenzeventigduizend, denk ik,' zei Ballingh. De afgunstige toon waarop Ongering zijn vraag stelde, had Ballingh het ware aantal door twee doen delen.

'Blikskaters!' zei Ongering. 'Dat is wel een uitgever die zich moeite voor de zaak getroost. Ik kan jaloers op je worden. Vijfenzeventigduizend! Mijn eigen polemologische publikaties kan ik niet uitgegeven krijgen zonder dat er geld bijgelegd wordt door de Organisatie voor Zuiver Wetenschappelijk Onderzoek en dan nog zie je ze alleen in de winkels verschijnen, als het uitverkoop is. Dat is toch ONbegrijpelijk! ONBEGRIJPELIJK! Alleen te verklaren door tegenwerking van de uitgevers en de boekhandel. Sabotage van de kapitalisten. Gewoon sabotage!

Je ziet het aan een uitgave zoals die van jou... Wil je nu een onderwerp waar de mensen liever over lezen dan oorlog? Is er een wetenschap denkbaar die het publiek meer aan het hart gaat dan de polemologie, de wetenschap van oorlog en vrede? Wat een verschil maakt het niet voor 's mensen lot, al naar gelang er oorlog is of vrede. Een heel mensenleven kan veranderen door een oorlog.'

'Een abrupt einde nemen zelfs,' meende Ballingh te weten.

'Hoe dan te verklaren dat jouw boek bij duizenden verkocht wordt, terwijl polemologische publikaties...'

'Dat ligt aan de mensen,' antwoordde Ballingh, 'een cynische psycholoog heeft me eens voorgerekend dat de mensheid voor 80% uit potentiële zelfmoordenaars bestaat. Ze willen lezen over oorlog, maar niet over vrede.'

'Hum, hum,' zei Ongering en het leek of zijn mond van smart niet verder kon opengaan dan om dit gemompel door te laten.

'Het ligt hem aan de structuren,' probeerde Ballingh hem te troosten, 'het wordt veroorzaakt door de autoritair-sadistische opvoeding die de meeste mensen krijgen.'

'Zeker, zeker,' zei Ongering, 'dat zal daarin meespelen. Maar het is toch kortzichtigheid van de uitgevers, het is gebrek aan idealisme, dat ze zich niet inzetten voor de polemologie.'

'Maar Ajold, er is toch een paar jaar geleden een pocketboek van je uitgekomen in een alom bekende serie?'

'*Wat hebben wij over voor de Vrede*? bedoel je.'

'Ja precies.'

'Ze hadden er niets voor over! De hele oplage is, op de presentexemplaren na, als oud papier verkocht.'

'Ach zo. Ja. 't Was misschien een beetje zware kost. Zo'n boek als mijn *Tweede Wereldoorlog*, moet je rekenen, is voornamelijk bedoeld om een groot publiek voor te lichten op een algemeen bevattelijke manier.'

'Dat begrijp ik opperbest. Wetenschappelijke pretenties heeft het natuurlijk niet.'

'Geen wetenschappelijke *pretenties*. Maar wat betreft de wetenschappelijke *waarde*, die blijft natuurlijk geheel onaangetast door een algemeen begrijpelijke verteltrant. Alles wat erin staat is honderd procent verantwoord, hoor. En ik heb prima medewerkers. Mensen van het eerste plan!'

Ongering! dacht Ballingh, die zou even willen suggereren dat ik maar een vulgaire popularisator ben, of een populaire vulgarisator, omdat mijn geschiedenis van de Tweede Wereldoorlog zonder steun van ZWO kan worden uitgegeven. Is het mijn schuld soms dat hij zo saai schrijft, over een onderwerp dat tenslotte helemaal binnen het vakgebied van de historici thuishoort. Oorlog en vrede—of dat zoveel bijzonders zou wezen! De hele Geschiedenis bestaat nergens anders uit.

'Ik ben uitgekeken,' zei hij hardop.

Zij hernamen hun wandeling. Ze waren nog geen twee stappen bij de boekwinkel vandaan, toen Ballingh een meisjesstudente zag lopen die hij kende.

'Hallo! Laetitia!' riep hij.

'O! Dag professor!'

Laetitia studeerde bij Ballingh geschiedenis van de Nieuwste Tijd en dat moest vast en zeker haar lievelingsvak zijn. Wie geschiedenis studeert, kan natuurlijk niet volstaan met het bestuderen van de gebeurtenissen die in de laatste vijftig jaar hebben plaatsgevonden. Laetitia, in het bezit van zonnige blauwe ogen waarmee ze alleen maar in staat leek het heden te zien, moest zich opofferingen hebben getroost toen zij verplicht was ook de oudere onderdelen van de geschiedenis te bestuderen.

Zij had kort, kroezig blond haar, een brede mond, een korte neus en een gezichtskleur of haar lievelingssport zeilen was. Haar lage stem zou haar, als zij later lerares zou worden, zeker niet minder populair maken dan haar zelfbewuste optreden.

'Erg prettig u ook eens te ontmoeten, professor,' zei ze tegen Ongering, nadat Ballingh haar had voorgesteld.

'Het genoegen is wederzijds,' antwoordde Ongering met een geforceerd schalkse uitdrukking op zijn dikke gezicht en zijn woorden onderstrepend door zijn dikke buik op en neer te laten gaan, 'wederzijds.'

'Ik ben van plan na Kerstmis college bij u te gaan lopen. Polemologie lijkt me een vak dat juist het interessantst wordt in het licht van de geschiedenis van de nieuwste tijd.'

Laetitia, die wist haar woordje wel te doen, die kon je om een boodschap sturen.

'Ha, ha,' zei Ballingh tegen Ongering, 'nu hoor je het ook eens van een ander.—Zeg,' ging hij tegen Laetitia verder, 'ben je pas in de sociëteit geweest?'

'Inderdaad.'

'Weet jij dan misschien wat dat spandoek te betekenen heeft?'

Hij wees naar het balkon en terwijl hij wees werd zijn begrip van wat er gebeurde nog kleiner. Hij nam waar dat de studenten nu weer bezig waren het spandoek weg te halen.

'We hebben het zelf geschilderd. Vindt u het niet fraai? Ze zijn gek dat ze het op het balkon tentoongesteld hebben. Het was amper droog.'

'Ja maar wat bedoelen ze ermee?'

'Baas in eigen reageerbuis,' verduidelijkte Ongering.

'Ik weet het niet precies,' zei Laetitia, 'of eigenlijk... we hebben afgesproken het aan niemand te vertellen. Het komt volgende week wel voor de dag.'

'Wil je het zelfs aan mij niet vertellen?' vroeg Ballingh koket.

'Ik zou u graag dat genoegen doen, maar afspraak is nu eenmaal afspraak.'

Ballingh nul op het rekest: Ongering kreeg een zeer gunstige indruk van dit meisje.

'U weet zeker wel dat er vandaag iets gebeurd is, dat van heel groot belang is voor de universiteit?' zei hij vriendelijk en vertrouwelijk.

'Toch niet iets akeligs?'

'Integendeel. Hebt u geen nieuwsberichten gehoord? En niemand tegengekomen die nieuwsberichten gehoord had?'

'Ik ben bang van niet, professor.'

'Professor Dingelam heeft de Nobelprijs voor de Vrede... eh... eh... eh... ik bedoel de scheikunde gekregen,' zei Ballingh.

Laetitia sperde haar ogen een tel open of zij schrok, liet haar gezicht vlak daarop weer een ietwat gedwongen vrolijke uitdrukking aannemen.

'Professor Dingelam de Nobelprijs voor Scheikunde,' zei ze, 'dat is niet gering. Ik denk dat niemand dat nog wist.'

'Och!' zei Ongering, 'u studeert geschiedenis! U had misschien nog nooit van professor Dingelam gehoord. Scheikunde ligt zo ver buiten uw vakgebied, natuurlijk.'

'Ik ken hem ook nauwelijks hoor,' ging Ballingh verder haar te troosten.

'Een razendknappe man, toch,' zei Ongering, 'ik heb wel eens heel interessante gesprekken met hem gevoerd.'

'Ja, dat kan niet anders,' beaamde Laetitia. Daarna zweeg ze en leek alleen maar van de hoop bezield dat de ontmoeting nu niet zo lang meer zou duren.

'Het is een grote eer voor onze universiteit,' zei Ballingh, 'prettig succesje, mogen we wel zeggen.'

Ongering gaf nog een kleine uiteenzetting over het verband tussen scheikunde, oorlog en polemologie. Toen kon ze gaan.

'Alleraardigst kind,' zei Ballingh, toen ze buiten gehoorafstand was.

Ongering hield zijn ogen gevestigd op haar billen, die zelfs in haar strakke blue jeans een voor zijn smaak wat slappe indruk maakten. Billen konden hem nooit klein en hard genoeg zijn.

'En allesbehalve dom,' ging Ballingh verder, omdat hij geen antwoord kreeg. Daar kon hij niet in berusten: zijn leerling die straks ook college bij Ongering ging lopen, daar mocht Ongering wel een beetje aandacht aan schenken.

'Allesbehalve dom, hoor.'

'Dat zie je onmiddellijk,' beaamde Ongering.

Allebei zagen ze nog meer. Ze zagen dat Laetitia naar de sociëteit terugliep en daardoor leek het of ze zich eerst met opzet van de sociëteit verwijderd had, om met hen te praten. Maar dat was schijn.

'Ze gaat het nog even aan de andere studenten vertellen,' luidde Ballingh's conclusie.

'Ik zou er wat voor geven het commentaar van de jongelui te horen,' bekende Ongering, 'met de kritische instelling die ze tegenwoordig hebben, vraag je je af wat hun houding tegenover zo'n instituut als de Nobelprijzen is. Maakt dat nu nog indruk op ze, of niet?'

'Tja,' riep Ballingh uit, 'doorzien ze de schijn? Begrijpen ze dat door zulke dingen als de Nobelprijzen het kapitaal en de industrie hun greep op de intellectuelen versterken?'

'Dat kan niet gezegd worden over de Nobelprijs voor de Vrede,' zei Ongering, 'absoluut niet, hoor.'

'Voor Geschiedenis bestaat geen Nobelprijs en dat vind ik een belangrijk gegeven. Ik voel me daar buitengewoon prettig bij, buitengewoon prettig.'

'Maar een Nobelprijs voor Literatuur is er wel, Andreas, een Nobelprijs voor Literatuur is er wel. Kom, het wordt een beetje laat. Tot ziens.'

DERDE FRAGMENT UIT HET DAGBOEK VAN DOKTER BAREND

Niet getrouwd en gespeend van sterke verlangens naar lichamelijk contact hoe ook genaamd, leid ik eigenlijk een kuis en eenzaam bestaan.

Toch krijg ik uit hoofde van mijn beroep confidenties te horen, die zelfs de meest sociaal levende mensen nooit vernemen van hun vrouw, vriendin, of beste vrienden. Voor de dokter hoef je je niet te schamen en mijn gevoelens hoeven niet te worden ontzien. Daar word ik contant voor betaald.

Alles bij elkaar heb ik op deze manier een rijker leven, dan als ik getrouwd zou zijn en zeven kinderen zou bezitten.

Het is dat ik zelf geanalyseerd ben en daarom, zonder me op te winden, zonder emotionele waardeoordelen te vellen, de verschrikkelijkste dingen kan aanhoren, maar anders zou ik er misschien onderdoorgaan.

Antisemitische uitlatingen... Krantenschrijvers denken dat onze tijd er een is, waarin allerlei taboes verdwijnen. Dat moge zo wezen, maar de totale hoeveelheid taboes wordt toch niet minder.

Voorbij zijn de dagen van Sigmund Freud, die de grootste moeite had zijn patiënten tot het inzicht te brengen, dat ze met hun moeder naar bed hadden gewild en hun vader hadden willen vermoorden.

Bij mij komen ze binnen en zeggen: Nou ja, dokter, u gaat me natuurlijk vertellen dat ik als jongetje met mijn moeder naar bed gewild heb. Maar ik heb mezelf al honderdmaal verteld dat ik mezelf straf omdat ik met mijn moeder naar bed gewild heb en dat ik daarom impotent ben. En toch blijf ik impotent. Wat nu? Wat moet ik doen? Erkennen dat ik met mijn grootmoeder naar bed gewild heb? (De grappenmakers!)

Heel wat minder parmantig zijn ze als je ze eens vraagt of ze iets tegen joden hebben. Heftige ontkenningen worden met kracht uitgesproken.

'U kunt het mij rustig vertellen hoor, mij maakt het niets uit,' zeg ik dan. En als daarna het grote woord er nog niet uit wil, voeg ik eraan toe: 'IK ben geen jood. Ik mag ze ook niet altijd.'

Soms worden ze kwaad op me, maar antisemitische gevoelens toegeven doen ze niet.

Ja, de dagen zijn veranderd sinds Freud. Als de mensen toen neurotisch werden omdat ze niet met hun vader konden opschieten, tegenwoordig krijgen ze een depressie als ze niet kunnen opschieten met hun chef. Therapeutisch is het van groot belang voor mij, te weten of die chef misschien een jood is. Door het taboe dat er op het antisemitisme is komen te rusten, brengen conflicten met een joodse chef grotere gevaren voor de psyche van de ondergeschikte met zich mee, dan conflicten met een niet-joodse chef. Dit is gemakkelijk te begrijpen: de mensen lopen rond met het idee dat ze een fascist zijn als ze hun joodse chef haten. En een fascist zijn, dat is in onze dagen even erg als het vijftig jaar geleden was niet van je vader te houden. Ze gaan dus zichzelf haten omdat ze hun joodse chef haten. De tegen de chef gerichte agressie (die taboe is) leven ze uit op zichzelf.

Jij maakt ruzie met je chef omdat je een antisemiet bent, zegt het stemmetje vanbinnen.

Als ik dit aan mijn patiënten uiteenzet, is hun reactie: Die dokter zal zelf wel een antisemiet zijn. Soms zeggen ze dat ook hardop: U bent zelf een antisemiet—precies zoals er over Freud gezegd werd dat hij zelf een smeerlap was.

En precies zoals er in Freud zelf—zoals in andere mensen—geheime homofiele strevingen verborgen waren en nog andere dingen die in dat tijdperk niet hardop genoemd mochten worden, precies zo zijn mijn patiënten inderdaad antisemiet, zoals iedereen dat wel eens is, de joden niet uitgesloten. Maar dat kan ik mijn patiënten weer niet zeggen, tenminste niet in het begin van de analyse, omdat ik ze tot het inzicht brengen moet, dat hun conflict met hun chef misschien wel helemaal niets met zijn joodzijn heeft te maken.

Ik zou het aantal niet-joodse chefs die door een niet-joodse ondergeschikte worden gehaat, niet graag de kost geven, zeg ik ze, u haat uw chef om heel andere dingen dan omdat hij een jood is.

Vele uren moeten er op mijn analytische divan worden doorgebracht, voor ik mijn patiënten ertoe krijg te bekennen dat ze aan een Judacomplex lijden. Alles zullen ze bekennen: dat god een ezel is die zich anaal gebruiken laat, orale seksuele relaties met de Heilige Maagd—je kunt het zo gek niet verzinnen, maar antisemiet zijn ze nooit.

Het Oedipuscomplex is als gevolg van populaire lectuur en televisiepraatjes zo banaal geworden, dat ik de eerste tijdgenoot nog moet tegenkomen die niet aan zijn vaderhaat toegeeft zonder de geringste schaamte. De koude rillingen lopen me soms over de rug, als ik aanhoor welke martelingen ze in hun fantasie bedrijven aan de oorsprong van hun dagen. En je hebt er niet de minste moeite mee dergelijke confessies eruit te krijgen! Zozeer is de psychoanalyse gepopulariseerd, dat heel wat mensen schijnen te denken: Ik kom bij de dokter binnen, ik kanker zo veel ik kan op mijn vader en dan gaat de kwaal wel over.

Ik denk wel eens: bij de volgende uitbarsting van georganiseerde haat zullen niet de joden de gaskamers ingaan, maar de grijsaards. Niets zal de stakkers kunnen redden: de vroeger gebruikelijke eerbied voor de ouderdom is in gelijke mate afgenomen als de gemiddelde leeftijd van de mens is gestegen en oude mensen minder zeldzaam werden. Als 'nutteloze opeters' zullen ze worden afgemaakt. Zelfs de heftigste antisemieten konden zo nu en dan nog wel erkennen dat er joden waren of geweest waren, die de mensheid grote diensten hadden bewezen. Joden hadden en hebben bovendien een geheel door God zelf geschreven Boek als ruggesteun. Maar waarop kunnen de oudjes zich beroepen, in een wereld waar alles wat van belang gevonden wordt: voetballen, wielrennen, popmuziek ten gehore brengen, vechten, naar de maan reizen, vliegtuigen besturen en potent zijn, alleen voor jonge mensen is weggelegd?

Om op het antisemitisme terug te komen:

Het is soms bijna een verademing voor mij zo nu en dan nog eens een echte antisemiet te ontdekken. Dit wil niet zeggen dat ik me gelukkig prijs Mr. Dr. Goudewolf onder mijn patiënten te tellen.

Goudewolf is geboren in 1918. Hij is wetenschappelijk medewerker aan het Criminologisch Instituut van de universiteit. Getrouwd. Twaalf kinderen. Rooms-katholiek (praktizerend; tegenstander van de nieuwe catechismus en van abortus). Alleen het Latijn is voor zijn gevoel heilig genoeg om daarin boodschappen te richten tot God en de Moedermaagd.

Hij is niet van huis uit katholiek, maar een jaar of vijfentwintig geleden bekeerd.

Goudewolf heeft geen benijdenswaardig verleden.

De oorlog maakte hij mee als student en later assistent van Professor B. te Leiden. Goudewolf die uit Nederlandse ouders in Duitsland werd geboren, in Duitsland op de lagere school ging en zelfs nu nog het Nederlands met een eigenaardig accent spreekt, was al in zijn jeugd een fervent nationalist. Aanhanger van een woeste Vlaming, die in België alle Franse opschriften te lijf ging met een witkwast, meende Goudewolf dat Vlaanderen met Nederland herenigd moest worden. De joden en de papen zag hij daarbij als grote struikelblokken; op de Duitsers hoopte hij voor de verwezenlijking van zijn ideaal.

Goudewolf heeft een rond, glad gezicht, wit als geitekaas, bijna geen kin, een klein, enigszins gebogen neusje en lichtblond krulletjeshaar, nu met grijs doorschoten. Hij ziet eruit of hij voortdurend in het donker gehouden is, als een asperge of een champignon. Telkens wanneer ik hem zie, verbeeld ik me dat hij een zwart overhemd aanheeft, zo wit is zijn gezicht. Zeer bijziend sinds zijn jeugd, draagt hij een brilletje dat voor de buitenstaander zijn flauwblauwe ogen tot griezelige putjes verkleint. Kortom, hij lijkt sprekend op de karikatuur van de joodse woekeraar uit een antisemitisch schendblad. Tijdens de Duitse bezetting werd hij sympathiserend lid van de SS. Uit vechten gaan in Rusland, daarvan was geen sprake: al voor de oorlog voor het Nederlandse leger afgekeurd op zijn ogen. Hij schijnt enige studenten omgepraat te hebben dienst te nemen bij de Duitsers, hij maakte propaganda. In een woord, Goudewolf is een akelig type dat, toen de Duitsers verslagen waren, een behoorlijke straf had dienen te ondergaan.

Maar hij was handig, hij dook onder.

Van dat onderduiken moet men zich niet te veel gruwelijks voorstellen, niets dat te vergelijken valt met het onderduiken van joden tijdens de bezetting: in kasten, op zolders, in natte kelders, voortdurend met de doodstraf bedreigd.

Niets van dien aard voor Goudewolf.

Goudewolf woonde gewoon in Zuid-Limburg, werkte daar als notarisklerk en had een kamer in een fraterhuis, heel toevallig gevonden.

Nederland hield het eerste jaar na de oorlog tweehonderdduizend landverraders achter de tralies. De gevangenissen en de kampen puilden uit. Erg vlijtig zal er niet gezocht zijn naar Goudewolf, temeer niet, omdat hij zich feitelijk geen vijanden had gemaakt, bv. door iemand te verraden. De door hem voor het Duitse leger geronselde studenten waren allemaal gesneuveld. Toch beviel dat clandestiene leven hem natuurlijk niet. Hij kon geen gebruik maken van zijn academische titel en geen baan krijgen waar die titel hem recht op gaf. Goede raad bereikte hem in het fraterhuis, waar hij op een dag zijn problemen besprak en zijn verleden opbiechtte aan een priester die het nationaal-socialisme lang geen kwaad hart had toegedragen in zijn hart. In die dagen was het nog een katholiek dogma dat 'de' joden 'schuldig stonden' aan de dood van Jezus. Deze priester was zo verstandig geweest tijdens de bezetting niets te laten merken van zijn bruine sympathieën, want politieke sympathieën en landverraad had hij vlijmscherp gescheiden weten te houden.

Onder zijn invloed werd Goudewolf na verloop van tijd katholiek en toen hij dat was, ging hij naar de politie en gaf zich aan. De bezetting was op dat moment alweer haast drie jaar voorbij. Grotere schurken dan Goudewolf waren alweer losgelaten. Het gebeurde niet zonder tegenzin dat de politie Goudewolf toch nog in hechtenis nam.

Nog voor Goudewolf werd berecht, schreef hij alvast een brief aan de koningin. Hij vergat daarbij niet te verzekeren dat hij spijt had van zijn oorlogsverleden, diepe spijt en wroeging. En dat hij nu een vroom Christen was. Dat hij alle dagen gebeden opzei voor de oorlogsslachtoffers. En dat hij hoopte rust en vrede te vinden bij Jezus. Zijn biechtvader voegde hier een schrijven aan toe, waarin geen twijfel gelaten werd aan Goudewolf's berouw.

Eigenlijk was het allemaal overbodige moeite: even later deed koningin Wilhelmina afstand van de troon en bij de troonbestijging van koningin Juliana werd er op ruime schaal amnestie verleend. Goudewolf kwam vrij en kon met een schone lei beginnen.

De brieven aan de koningin mochten overbodig zijn geweest, de bekering tot de Roomse Kerk was dat geenszins. Goudewolf werd assistent te Leiden, op het criminologisch instituut van professor Karelsen. Dit mag verwonderlijk klinken voor wie zich herinnert met hoeveel vuur professor Karelsen in talrijke brochures geageerd heeft tegen het fascisme en tegen de lauwheid waarmee de helpers van de Duitsers na de oorlog zijn berecht. Oorlogsmisdadigers die al lang in het graf lagen, jazelfs Vlaamse activisten uit de jaren 1914-1918, die al voor 1940 het tijdelijke met het eeuwige hadden verwisseld, kregen er flink van langs. De enige indruk die ik heb overgehouden uit die boekjes, is, dat volgens Karelsen het nazisme een soort raskenmerk van Duitsers was. Bovendien ging fascisme volgens hem gepaard met homoseksualiteit of omgekeerd. Zelfs de uit Duitsland afkomstige Golda Meir, vooraanstaand politica in Israël, kon geen genade vinden in de ogen van professor Karelsen. Nieuwe schandalen bracht hij overigens zelden aan het licht, zodat zijn schotschriften weinig of geen onrust verwekten onder in het verborgene levende oorlogsmisdadigers die nog niet als zodanig waren ontmaskerd. Nederig placht Karelsen te zeggen dat zijn politiek bewogen geschriften maar vrijetijdsbesteding waren en dat hij ze streng gescheiden hield van zijn wetenschapsbeoefening. Hij placht zichzelf af te schilderen als een groot verzetsman en kon zodoende in het oog van de wereld als een autoriteit op criminologisch gebied gelden. Karelsen was vroom, net als Goudewolf en Goudewolf was ten slotte wel in Duitsland geboren, maar niet als Duitser, dus kon Goudewolf erin slagen Karelsen ervan te overtuigen dat de nazistische kwaal in hem niet ongeneselijk en aangeboren was.

De drie of vier weken die Goudewolf in de gevangenis had doorgebracht, maakten hem in het oog van de deskundigen bij uitstek bevoegd op het gebied van de criminologie.

Karelsen en hij mochten elkaar graag. 'Toen ik Karelsen goed had leren kennen,' heeft Goudewolf me verteld, 'heb ik begrepen dat ik, psychisch gezien, evengoed in het verzet had kunnen gaan als in de SS. Dat heeft Karelsen me uiteengezet. Hij heeft de zoekende in mij herkend. Hij heeft me vertrouwd gemaakt met mijn ware identiteit.'

Goudewolf: een gemankeerde verzetsheld. De criminologie gaat geen zee te hoog tegenwoordig. Later hielp Karelsen hem naar de universiteit hier ter stede, wat een promotie inhield voor Goudewolf. Het wachten is nu maar op het emeritaat of de pensionering van zijn chef, Professor Zoetemelk, en een leerstoel staat klaar voor Goudewolf.

Goudewolf heeft zich een paar maanden geleden bij mij aangemeld met een klacht over zijn rechterarm. Er mankeert niets aan die arm in organisch opzicht, een hartkwaal heeft hij ook niet, maar de arm is pijnlijk en gedeeltelijk onderhevig aan ongecontroleerde bewegingen, op sommige ogenblikken zelfs als verlamd.

Het overkomt hem bijvoorbeeld, dat hij zijn eigen handtekening niet kan schrijven. Voor het eerst is hem dit gebeurd, toen hij een brief moest ondertekenen die gericht was aan de hoogleraar in de criminologie aan de Katholieke Universiteit te Nijmegen.

Raadsel. Hoe het op te lossen?

Ik informeerde eens naar zijn opinie over deze hoogleraar. Toen kwam er heel wat aan het licht.

Het is een vrouw en wel een jodin. Een vrouw en jodin hoogleraar aan de Katholieke Universiteit van Nijmegen?

Enfin, de tolerantie van de katholieken kent geen grenzen meer, al zal er opnieuw tweeduizend jaar moeten verstrijken voor ze iemand die geen aanhanger van Karl Marx is, als een bekwaam en fatsoenlijk mens accepteren. Want van Karl Marx moet je afblijven.

Ja, een vrouw en een jodin, vertelde Goudewolf met een vreemd lachje. En ze was niet zomaar een mevrouw. Ze was iemand die onder pseudoniem allerlei boekjes had geschreven, romans en vertogen, waarin ze de lesbische liefde verheerlijkte en van een haast racistische haat tegen mannen blijk gaf. Mannen zijn volgens haar wanschapen wezens met vieze uitpuilende vleesmassa's onder aan hun buik.

'Leest u die boekjes eens,' zei Goudewolf.

Ik heb een paar van die boekjes gelezen en de overoude fantasieën van lesbische vrouwen, die wij psychiaters zo goed kennen, zijn er in overdaad in aanwezig. Zoals mannelijke homoseksuelen vrouwen haten om wat vrouwen niet hebben (in hun prelogisch denken zijn vrouwen dat kwijtgeraakt voor straf en de patiënt vreest dat hem hetzelfde wel eens zal kunnen overkomen, mijdt daarom personen (=vrouwen) die deze denkbeeldige straf hebben ondergaan, als de pest), zo denkt deze vrouwelijke hoogleraar in de criminologie (als ze onder pseudoniem schrijft) dat mannen hun vreesaanjagend instrumentarium hebben verworven doordat het Kwaad er aan alle kanten uitpuilt.

Ik stel me haar voor als een lief, bedeesd vrouwtje, erg eenzaam.

Haar benoeming te Nijmegen wijst er niet bepaald op dat haar rebelse taal ernstig wordt genomen. Trouwens, als ze *dat* gewild had, zou ze het niet allemaal onder pseudoniem hebben geschreven. En dan nog wel onder een mannennaam: Evariste Dumortier.

Haar romannetjes zijn te kinderlijk om er veel woorden aan te besteden: dagdromen over bezoek aan gevaarlijke kroegen in Kopenhagen, over wilde reizen met beeldschone meisjes, door de hoofdpersoon verleid, naar Griekenland natuurlijk—wie had wat anders gedacht. Kortom de dromen die opwellen in een op zichzelf beminnelijk meisje, dat vier uur achter elkaar in een taai Duits standaardwerk over het Strafrecht heeft zitten blokken en een ogenblikje uitrust, met een sigaretje, en rondkijkt in haar kamertje en ziet dat haar bed nog niet is opgemaakt en denkt: ik moet ook altijd alles zelf doen, studeren, koken, afwassen, bed opmaken. Mannen hebben het maar gemakkelijk—de rotzakken. Een van haar boekjes ging zelfs over een algemene vrouwenopstand: alle mannen werden eerst zonder verdoving totaal gecastreerd en daarna levend verbrand. Einde. Happy ending. Hoe het met de wereld verderging werd er niet bij verteld.

Enfin, niets verbazingwekkends, maar het feit dat deze vrouw jodin is, lesbisch en auteur van die boekjes, staat wel in de meest flagrante tegenstelling tot alles wat het rooms-katholicisme bijna tweeduizend jaar lang vertegenwoordigd heeft. Enfin, dat moeten ze in Nijmegen zelf weten. Omdat ik van de traditionele rooms-katholieke ethiek nooit het goede gezien heb, kan ik in haar benoeming aan de Katholieke Universiteit van Nijmegen ook geen kwaad zien.

Mijn boekhandelaar Vos, die alles weet van de boeken die hij verkoopt, echt een vakman van de goede soort, moest lachen toen ik hem mijn wensen kenbaar maakte. 'Die boeken van Dumortier,' zei hij, 'die worden vooral veel door verpleegsters gekocht.'

Ditzelfde zei ik tegen Goudewolf, toen hij de tweede keer in mijn spreekkamer verscheen. Ik had, om te weten waar mijn patiënt over tobde, die boeken al gelezen.

'Dit geschrijf,' zei ik, 'bewijst helemaal niet dat die vrouw geen bekwame criminologe zou wezen. Voor zover criminologen bekwaam zijn dan, natuurlijk, want daar kan men zo zijn gedachten over hebben. Het is immers een verworvenheid van deze eeuw de misdadiger niet meer te zien als een bewuste boosdoener, maar als iemand met aanpassingsmoeilijkheden. Een patiënt. Dus iemand over wie de medicus moet oordelen, niet de jurist. Dat inzicht is zelfs tot de rechters doorgedrongen en het is daarom eigenlijk al te mal dat er nog steeds juristen benoemd worden op leerstoelen criminologie. De onzin die deze geleerden uitkramen is werkelijk met geen tang aan te raken. Van alles wat in de misdaad essentieel is, weten ze evenveel als de gemiddelde liefhebberende leek. De samenhang tussen afkomst en criminaliteit, aanleg en criminaliteit, milieu en criminaliteit, ras en criminaliteit, wat de beste straf is om recidive te voorkomen, of de straf een straf moet zijn, dat wil zeggen een wraakneming, dat wil zeggen: martelen, want daar komt het op neer, of wel een medische behandeling, of wel een mengsel van allebei. Kortom: de opinie van de melkboer en de bakker is evenveel waard als die van de tot op heden gezaghebbende juridisch geschoolde criminologen.'

'Maar natuurlijk,' zei Goudewolf, 'trouwens de opinie van de melkboer en de bakker is helemaal niet waardeloos. De manier waarop de misdadiger aangepakt wordt, moet in overeenstemming zijn met het rechtsgevoel van het publiek.'

'Ja,' zei ik, 'de samenhang tussen politiek en strafbepaling is een monstruositeit. Stel je voor dat er een samenhang bestond tussen politiek en het al of niet mogen toedienen van aspirine. Er bestaan landen waar het, politiek gezien, onmogelijk is bv. de doodstraf af te schaffen, gesteld dan dat afschaffing van de doodstraf, sociologisch bekeken, moet worden aanbevolen of omgekeerd.'

'Sociologisch,' zei Goudewolf, 'daar zegt u iets. De doodstraf is een soort medische ingreep die je met abortus vergelijken kan. Als het publiek in grote meerderheid tegen abortus is, wat moet je dan? Als het publiek wil dat de doodstraf blijft bestaan en je schaft hem af, zal het enige gevolg zijn dat men eigen rechter gaat spelen.'

Te laat besefte ik dat mijn kritische woorden niet alleen een kritiek hadden ingehouden op de wetenschappelijke vorming van de Nijmeegse vrouwelijke hoogleraar, maar ook op die van mijn patiënt, die immers ook criminoloog was en ook alleen maar een juridische opleiding genoten had. Maar eenmaal op de ingeslagen weg, kon ik niet terug.

'Alles bij elkaar genomen,' zo rondde ik mijn betoog af, 'ik wil zeker de mogelijkheid openlaten dat deze vrouw een zeer bekwaam criminologe is. Haar lesbische neiging kan geen bezwaar wezen, misschien eerder het tegendeel. Homoseksuelen vormen nog altijd een gediscrimineerde groep en gedachten aan onwettige handelingen zullen daar niet zo zeldzaam zijn. Ik wil daarmee niet zeggen dat er daarom in die kringen meer misdaden worden gepleegd dan in andere. Maar omdat misdadigers, ik bedoel de mensen die eenmaal als zodanig bekend staan, ook een gediscrimineerde groep vormen, zal de Nijmeegse geleerde zich hun situatie misschien gemakkelijker kunnen voorstellen, dan iemand die altijd in alle opzichten volgens de burgerlijke normen en gemeenplaatsen heeft geleefd en gedacht.'

Mij docht dat de ex-SS'er zich dit voor gezegd kon houden. Maar nee, hij putte er toch geen troost uit. Integendeel: HIJ was katholiek en ZIJ niet. HIJ had boete gedaan, zij niet. Aan het licht kwam ook dat zij, net als hijzelf, bij die professor Karelsen gewerkt had, de man van de verbanden tussen homoseksualiteit en fascisme. Hoe was het mogelijk dat ZIJ (met steun van Karelsen) hoogleraar in Nijmegen was geworden en HIJ niet?

'Dat zit u dwars,' zei ik, 'daar piekert u veel over?'

'Ja. Dat zit mij dwars. Dat een jodin een leerstoel accepteert aan een katholieke universiteit, opgericht door mensen die vanouds en tot voor kort de joden als moordenaars van Christus hebben beschouwd.'

'De ergernis daarover is in uw rechterarm geschoten.'

'Hoezo?'

'Het is immers uw rechterarm, waarmee u in uw jeugd honderden malen de Hitlergroet heeft gebracht.'

'Dat zal wel.'

'Waarom weigert uw rechterarm dienst, als u een brief aan die hoogleraar ondertekenen moet? Omdat u niets met haar te maken wilt hebben. Waarom is uw rechterarm zo nu en dan als verlamd? Omdat u bang bent dat hij plotseling onder de kreet 'Heil Hitler' omhoog zal schieten van ergernis. En met uw hele wezen wilt u niet dat uw arm omhoogschiet onder de kreet 'Heil Hitler', want u bent een berouwvolle zondaar, is het niet. U bent een vroom katholiek, daarop is uw hele tegenwoordige leven gebaseerd.'

Laetitia stak het plein over dat het midden van de Grote Markt versiert. Het is belegd met veelkleurige keien, die in kunstige figuren zijn gerangschikt.

Er mochten dan ook geen auto's op worden geparkeerd. Markt werd er al sinds een paar jaar niet meer gehouden. Het ludieke gemeentebestuur had het als ontmoetingsplaats voor de burgerij gedacht. Er zouden allerlei feesten en danspartijen worden gehouden, maar het bleef erbij dat er een paar monsterlijke beeldhouwwerken van oude autobanden werden neergezet, want om feest te vieren was er nooit genoeg geld. Eigenlijk mocht er niets op dit plaveisel: je mocht er niet op samenscholen, er mochten geen kraampjes op staan, behalve rond Kerstmis een loofhut van het Leger des Heils.

Je kon er alleen maar overheenlopen en haar hart klopte in haar keel. Of er verband bestond tussen het merkwaardige kunstwerk waar zij haar voeten op zette en de boodschap die zij zich voorgenomen had in de Studentensociëteit te brengen. Maar welk verband? Doordat het leek of je op dit mozaïek zelfs niet lopen mocht, werd haar gevoel dat ze iets doen ging dat haar moeilijkheden zou gaan opleveren, zeer versterkt.

Links en rechts kijkend of ze onder de studenten die nog voor het gebouw in groepjes waren blijven staan, Lucas Kroondijk niet zag, ging ze er ten slotte naar binnen.

In de vestibule, waar een stuk of acht studenten stonden te praten, vroeg ze: 'Is Lucas er nog?'

'Die was net weer teruggekomen,' zei een bleke sladood met een zeehondensnor en stak zijn wijsvinger omhoog: 'Boven.'

Laetitia ging de monumentale trap op. Treden van Noors graniet, door stalen buizen aan elkaar verbonden, leuningen van massief teakhout, stijl 1950.

In de openslaande deuren van de grote sociëteitszaal verlangzaamde zij haar passen en keek rond.

Het kostbare parket van de vloer vertoonde de grillige uitgebeten figuren die worden achtergelaten door plassen bier en braaksel, nadat ze uren zijn blijven liggen. Het meubilair bestond uit ronde tafeltjes van kaal massief eikehout en leren leunstoelen, die overal elders onverwoestbaar zouden zijn geweest, maar hier op vele plaatsen gescheurd.

Zonder uitzondering waren de studenten gekleed op een manier of ze alles wat ze aanhadden op een vuilnisbelt hadden gevonden. De meesten waren ongeschoren en iets minder dan de helft droeg lange baarden. Hun ongewassen broeken, met lappen van verschillende kleur versteld, getuigden van de versletenheid die de mode voorschreef. Hun broekspijpen eindigden in eigentijdse grijze rafels. Meestal hadden de jonge mensen geen sokken aan en een enkele zelfs geen schoenen. Zozeer was deze rijkste jeugd aller tijden met de armoede in de wereld begaan, dat zij in knusse, maar peperdure winkeltjes flinke sommen op tafel legde om plunjes te kopen die honderd jaar geleden door inhalige industriëlen bedacht waren voor onderbetaalde havenarbeiders in Amerika. Broeken met zulk slecht garen in elkaar gezet, dat de stof op vitale punten door koperen klinknagels moest worden versterkt. Die onderbetaalde arbeiders zouden er niet over gedacht hebben er met opzet mee in zee te gaan liggen of in een warm bad, om ze te laten krimpen; zij wel.

Door de hoge balkondeuren, die geheel uit glas bestonden, viel er een dodelijk, verblindend licht over ze heen. Het leek of een groep opstandelingen de oorspronkelijke eigenaars had verjaagd uit dit sociëteitsgebouw dat kapitalen had gekost, kort na de oorlog bijeengebracht door kapitalistische oudstudenten van de universiteit. Maar het was het wettig en onbetwist eigendom van de neerslachtige landlopers die er nu in stonden en nooit werd erover gepraat dat het geld ervoor (zoals alle centen van de kapitalisten) uit de magen en bloedvaten van mishandelde arbeiders en tot slavernij gebrachte Javanen was geperst, door hun vaders, die dit gebouw met champagne hadden ingewijd. (Gekleed in smetteloze, zij het menigmaal gehuurde rokkostuums. En op gewone dagen hanig in zelden gestoomde maatpakken, maar altijd met een das om.)

Want zo zijn de kapitalisten immers aan het geld gekomen waarmee ze de monsterlijke buitensporigheden van hun monsterlijke kinderen financieren.

Lucas stond aan het andere einde van de zaal, gemakkelijk herkenbaar aan zijn oranje trui. Een groot aantal Indiase kettingen van zilverachtig metaal hing om zijn hals. Hij hield zijn linkerhand in zijn broek, die zo nauw was, dat de gulpknopen er bijna afvlogen en in zijn rechterhand hield hij een biertje, waarvan Laetitia hem juist een slok zag nemen. In nadenken verzonken staarde hij, zijn hoofd ver opzij gedraaid, naar de verblindende grote balkondeuren.

'Zeg Lucas.'

'Ja kind. Was u daar weer?'

'Zeg Lucas, ik heb zojuist iets geks gehoord. Dingelam heeft de Nobelprijs gekregen. Ik kwam Ballingh tegen die met Plofje stond te praten en die vertelden me dat Dingelam de Nobelprijs voor Scheikunde heeft gekregen.'

'Nou ja, dat hebben we allemaal gehoord.'

'Hoe dan?'

'Op de nieuwsberichten. Jezus, daar was iedereen al lang over uitgepraat.'

'Dus jij wist het?'

'Dat vertel ik je toch.'

'Je had het moeten zeggen.'

'Waarom? Wat had ik daar nou over moeten zeggen?'

'Dat weet ik niet precies, maar in elk geval iets.'

'Ben je soms familie van hem?'

'Hoezo?'

'Zo maar. Krijg je misschien ook wat uit de cadeaupot: driehonderdduizend piekjes.'

'Heel spits opgemerkt. Maar daar gaat het niet om. Het gaat erom dat je naar mijn gevoel de bezetting moet uitstellen.'

'Ken je Dingelam?'

'Ik zeg je toch al dat het daar niet om gaat. Ik ken hem trouwens helemaal niet.'

'Nou, maar die is het prototype van een vakidiootje, hoor. Enig begrip valt er niet te verwachten van die peer.'

'En denk je dat jij veel begrip zal ontmoeten als je zijn laboratorium bezet, terwijl de hele wereld op het punt staat hem te huldigen omdat hij de Nobelprijs gekregen heeft?'

Lucas dronk zijn glas achter elkaar uit, veegde zijn mond af aan de rug van zijn linkerhand en de rug van zijn hand aan zijn ruige baard.

Hij draaide zich om en wees naar de bar. Het spandoek BAAS IN EIGEN REAGEERBUIS, een kwartier geleden op het balkon getoond, hing nu verder te drogen voor de bar.

'Mooi spandoekje, wat?' zei Lucas, 'en we hebben er nog een.'

Hij zette zich in beweging. Goedhartig ging zij hem achterna, om de bar heen, aan welk langgerekt houten bouwsel een tweede, veel kleinere beschilderde lap hing, aan de achterkant.

'Had jij nog niet eens gezien,' zei Lucas.

PERMANENTE KRITIEK luidde het opschrift van dit banier.

'Dit hangen we niet buiten. Er worden twee stokken aan gemaakt. Kun je ermee lopen, begrijp je wel.'

Lucas deed of hij een stok droeg en maakte, zijn knieën hoog optrekkend, een paar passen.

'Heel fijn. Maar wat heeft herrieschoppen op een ongelegen ogenblik met kritiek te maken? En dat allemaal alleen maar om dat lullige ingezonden stukje van Tamstra.'

'Bouke en Okke hebben beloofd dat doek te dragen en op zo'n manier, dat het als de televisie komt, voortdurend te zien is. Als opschrift boven elke scène die ze schieten, ha, ha.'

'Hoe weet je dat de televisie komt?'

'Nee, de televisie zal NIET komen, als Dingelam de Nobelprijs gekregen heeft, trut.'

'Dat vind ik waardeloos. Dat is misbruik maken. De huldiging van die man in het honderd sturen, alleen om gratis televisiereclame te krijgen.'

Lucas sloeg zijn arm om haar heen, stak zijn hoofd naar voren zodat zijn baard als een stoffer langs haar wang veegde en mompelde:

'Jij moet nog een heleboel leren, hoor. Het gaat al helemaal niet meer om dat lullige stukje van Tamstra. Als ik jou was, zou ik 's avonds maar eens een nuttig werkje over politicologie lezen. Met een rood potloodje in je handje. En de belangrijke passages, die streep je rood aan. Elke dag een hoofdstukje. En voor je de volgende dag verdergaat met lezen, lees je eerst alle zinnetjes nog eens over die je de vorige dag met rood hebt aangestreept. Je zal eens zien hoe nuttig dat is.'

'Ach jongen, het is misschien wel allemaal fout, wat er in die boekjes staat. Hoe willen studenten hun zin krijgen, als ze demonstraties op touw zetten, die op de hele wereld een antipathieke indruk maken? En terecht! Zoals dit georganiseerd wordt, dat vind ik walgelijk.'

'Denk je soms dat we een tip uit Zweden hebben gekregen?'

'Het lijkt er veel op.'

'Maar sukkeltje, het is puur toeval. We demonstreren helemaal niet *juist omdat* Dingelam de Nobelprijs gekregen heeft. Maar *daardoor* onze plannen laten dwarsbomen, dat is nou weer een ander uiterste.'

'Lucas!' werd er achter uit de zaal geroepen met een stem die aan een vrouw leek toe te behoren, 'strijdensbereid?'

Lucas liet Laetitia los en draaide zich om. Het was geen vrouw die daar stond. Het was Mr. Dr. Goudewolf.

'Hoi,' zei Lucas.

'Hoi,' zei Goudewolf en haalde zijn broek op, die bijna van zijn opvallend ronde billen gleed. Het was een spijkerbroek, O. K., maar hij had er nooit mee in een warm bad gezeten. Er waren zelfs vouwen in de pijpen geperst. Verder was Goudewolf weer informeel gekleed: een jak van plastic-imitatieleer, waaronder een rood overhemd zonder das. Ongeschoren was hij niet; bakkebaarden had hij wel. Armoedig zag hij er ook niet uit. Hij had een duur paar laarsjes aan, waarin hij de pijpen van zijn broek gestopt had. O-benen. Een oude cowboy, zou je zeggen, hij was ten slotte al over de vijftig. Cowboy? Een cowboy met een bril op.

'Mattias Goudewolf,' zei hij tegen Laetitia en zij gaven elkaar een hand. Laetitia deed hem een handdruk geworden, die lang geleden ingestudeerd was toen studenten zich nog niet in het hoofd hadden gezet, dat ze proletariërs waren. Zij greep Goudewolf's hand beet en strekte haar arm schuin omlaag, in plaats van geestdriftig aan de arm van de ander te zwengelen, zoals het hartelijke eenvoudige volk dat doet.

Er gaat veel schoons verloren bij het verglijden van de jaren en de tijd is misschien niet ver meer, dat niemand meer een dergelijke studentikoze handdruk weet te geven, laat staan hem weet te duiden. Dit rechtvaardigt deze beschrijving.

'Alles gaat goed,' zei Goudewolf, 'een van de hoogleraren op het Laboratorium voor Technische Scheikunde heeft de Nobelprijs gekregen. Hoe rekenen ze het zo uit.'

'Is bekend,' zei Lucas.

'Ja, dat weten we,' zei Laetitia.

'Jullie konden het niet beter treffen,' lichtte Goudewolf toe.

Ofschoon Laetitia zijn hand al lang had losgelaten en haar wijze van begroeten, hoe eigenaardig ook, volstrekt niet te vergelijken viel met een mishandeling, zag het er toch naar uit of haar handdruk schade toegebracht had aan Goudewolf's rechterarm. De arm hing slap naar beneden, maar verkeerde toch in voortdurende trilling, terwijl Goudewolf's rechterschouder voortdurend met een schok naar voren schoot, of hij het gemunt had op Goudewolf's kin.

Wat kon Goudewolf's kin, de bescheidenheid zelve, hebben misdaan?

Een zielige man met een tic, dacht Laetitia.

'Laten we even gaan zitten,' zei Lucas. Hij begon drie leren leunstoelen bij elkaar te schuiven, terwijl Laetitia, zonder wat te zeggen, aandachtig naar de eenzijdig schokschouderende Goudewolf bleef staan kijken.

'Bent u chemicus?' vroeg ze ten slotte.

'Nee, nee, helemaal niet. Ik ben criminoloog,' zei Goudewolf en na deze bekentenis kwam zijn schouder tot rust.

'Hoe komt u er dan zo in verzeild?'

'De jongens van het lab voor technische scheikunde hebben me een paar adviesjes gevraagd. Ik ben altijd zeer maatschappelijk geëngageerd geweest. Dat zie ik ook als een existentiële voorwaarde voor een jurist. Dus toen dat aktiekomitee een beroep op me deed, enfin, zodoende. Ze moeten zich natuurlijk niet in hun vingers snijden. Het establishment mag niet het genoegen hebben ze met goede redenen van verdere studie te kunnen uitsluiten.'

'Waarom moeten studenten met alle geweld dingen doen die dergelijke risico's met zich meebrengen?'

'Omdat ze vrije mensen moeten worden, zou ik zeggen, omdat ze de grenzen van hun vrijheid moeten verkennen.'

'Ik zie niet in wat er te verkennen valt.'

'O.'

Goudewolf draaide zich om, zag dat Lucas de stoelen op een bevredigende manier gerangschikt had en ging zitten. Laetitia en Lucas gingen ook zitten.

'Ik zie niet in wat er te verkennen valt,' herhaalde Laetitia. 'Het laboratorium kan een paar dagen niet werken, er wordt een beetje geschreeuwd, tenslotte gaat de lol eraf omdat het establishment niets terug doet.'

Goudewolf schudde zijn hoofd en trok zijn witte gezicht in een lach die deed denken aan de kreukels in een beddelaken.

'Daarom juist. Er moet worden verkend tot hoever ze kunnen gaan. In geen geval mogen de demonstranten er genoegen mee nemen als ze slachtoffers van de repressieve tolerantie worden.'

'Zou u willen dat de politie kwam om erop te slaan?'

'Dan toont de heersende klasse haar ware gezicht.'

'Dat brengt tenminste enige duidelijkheid,' vond Lucas.

'Maar als er zou worden besloten dat de studenten die aan de bezetting deelnemen, voortaan niet meer mogen studeren, wat dan?'

'Dat is precies wat ik door mijn adviezen wil voorkomen. Er mag dus in geen geval iets kapotgemaakt worden, Lucas. Je moet, wat dat betreft, iedereen strak in de hand houden.'

'Daar heb ik al uitvoerige instructies over gegeven.'

'Kapot maken! Kapot maken!' zei Laetitia, 'dat ook nog! Waar komt die hele bezetting nu eigenlijk op neer? Op het pesten van een paar professoren en van alle studenten die niet meedoen.'

'Wij stellen eisen,' zei Lucas, 'als ze onze eisen inwilligen, is er niets aan de hand.'

'En wat eisen jullie allemaal?'

'Opheffing van alle college- en practicumgelden, studieloon (en niet zo'n klein beetje) voor elke student, vrijheid van studie, d.w.z. vaststelling van studieprogramma en collegestof door de studenten. Baas in eigen reageerbuis, hè.'

'Maar over die collegegelden en practicumgelden heeft geen enkele professor wat te zeggen! Die dingen worden door het Rijk vastgesteld. Ik dacht dat het er alleen om ging dat de studenten meer vrijheid zouden krijgen wat betreft de experimenten die ze op het laboratorium moeten doen.'

'Nou ja,' zei Lucas, 'dat beweren we wel, maar het slaat feitelijk op niets. Het is op ons laboratorium nog nooit gebeurd dat een student die met een of ander voorstel kwam, nul op het rekest kreeg. Nog nooit.'

'Ook niet bij Tamstra?'

'Tamstra? Die zet een zuur gezicht, die schrijft een lullig ingezonden stukje in *De Telegraaf*, maar dat doet hij altijd. Die gedraagt zich vervelend op tentamens, en daarbij blijft het. Dat is zo'n nul, die durft nu werkelijk helemaal niks. Die is bovendien al dolblij wanneer hij niet hoeft te vertellen hoe het moet, omdat hij dat zelf ook niet weet. Tamstra stelt wetenschappelijk niks voor. Dingelam is de enige met wie je een beetje moet oppassen. Die zegt soms krasse dingen, maar nooit ten onrechte, nooit ten onrechte.'

'Nu vind ik het helemaal een schandaal,' zei Laetitia. 'Die hele bezetting is een summum van onredelijkheid als het niet meer om dat lullige stukje van Tamstra gaat. En wie wordt er het meest door getroffen? Dingelam. Dingelam is niet alleen zoals je toegeeft de meest redelijke figuur die daar rondloopt, maar terwijl hij pas de Nobelprijs heeft gekregen, gaan jullie hem ook nog eens in het bijzonder treffen door de feestvreugde voor hem te verstoren.'

'Dat is nu eenmaal politiek,' vond Lucas. 'Waar gehakt wordt, vallen spaanders.'

'Aan gemeenplaatsen heb je geen gebrek.'

'Het kan ook op een meer bijzondere manier worden uitgedrukt,' zei Goudewolf, 'jazelfs op een poëtische manier. De dichteres Henriëtte Roland Holst heeft eens gezegd: Niets is te veel voor het mensengeluk, al gaan duizendmaal duizend zielen stuk.

Dat is een groots woord, een moedig woord. Daar moest jij eens over nadenken, meisje.'

'Mensengeluk... 't Kan zijn dat ik te klein ben voor dat groote woord, maar ik begrijp niet wie er gelukkiger van worden kan als dat laboratorium een paar dagen lang een chaos is. Je weet zelf heel goed dat er geen enkele van jullie eisen ingewilligd kan worden, geen enkele. Het enige wat je bereikt, is dat een hoop studenten niet kunnen opschieten met hun studie en dus schade lijden. Of er nog niet genoeg geld verkwist wordt aan de universiteiten.'

'Dat moet je echt heel anders benaderen,' doceerde Goudewolf. 'Ik wil niet graag de oudere wijze heer uithangen, maar door mijn leeftijd beschik ik over een aantal ervaringen, die nu eenmaal niet binnen het bereik liggen van de jongere generatie. Ik heb namelijk ook nog eens een keer zoiets als oorlog en bezetting meegemaakt. Ik heb in het verzet gezeten. Tot over mijn oren, mag ik wel zeggen. In het verzet.'

‘Heb je ook in een concentratiekamp gezeten?’ vroeg Lucas.

‘Niet bepaald een concentratiekamp, maar wel een tijdje gevangen. Maar daar wil ik het nu niet over hebben. Ik wou alleen even dit punt naar voren brengen: het gaat er niet om bij een actie dat je je zin krijgt. Het is zelfs veel nuttiger dat je je zin niet krijgt. Veel werkbaarder, zeg maar. Want dan ziet de massa beter hoe afschuwelijk sterk de tegenkrachten zijn die overwonnen moeten worden. Daarmee reiken we ze een stuk zelfwerkzaamheid aan, weet je wel. Dan wordt het begrip versterkt dat de structuren op de helling moeten.’

‘Afschuwelijke tegenkrachten! Maar welke dan? Ik heb nog nooit gehoord dat een professor erop uit was studenten te tergen, te vertrappen, uit te buiten en wat nog meer. Ik denk dat jij er zoëen bent die in het verzet was om de sensatie, Goudewolf. Daar heb ik ervaring mee, al ben ik dan nog wel wat jong. Maar praktisch mijn hele familie, mijn vader, mijn moeder, de broers van mijn vader, die hebben allemaal in het verzet gezeten en ze praten nergens anders over. Het verzet! Daar heb ik mijn buik van vol. En in dit verband vind ik het helemaal onzinnig het verzet erbij te slepen. De Duitsers schoten ten slotte onschuldige mensen dood, zo maar. Dat heeft nog geen enkele professor hier gedaan!’

‘Zo,’ antwoordde Goudewolf op dromerige toon, ‘heb jij familie in het voormalige verzet. Zo, zo. Dat respecteer ik. Ik zal het dan ook niet verder over het verzet hebben, want dat is misschien ook wel niet het meest werkbare model voor de onderhavige problematiek.’

‘Nee, dat zou ik ook zo zeggen.’

Lucas stond op.

‘Zal ik een biertje voor je meebrengen?’

‘Nu niet,’ zei Laetitia.

‘Nee laat maar,’ zei Goudewolf, ‘sorry, ik heb eigenlijk niet zoveel tijd meer. Ik wou je alleen nog waarschuwen voor het grootste gevaar dat jullie bedreigt. Ik heb een nauwkeurige analiese van de konkrete situaatsie gemaakt en als uitkomst kan ik je vertellen dat het grootste gevaar is: repressieve tolerantie.’

‘Maar wat is dat dan toch, in godsnaam?’ vroeg Laetitia.

‘Laat hem uitpraten,’ gebood Lucas.

‘Als ik dan maar niet te tolerant ben.’

Goudewolf liet dit onberoerd.
'Repressieve tolerantie,' zette hij uiteen, 'dat is het tegengestelde van onze tolerantie. Onze tolerantie, de authentieke tolerantie dus, dat is de tolerantie die de reikwijdte en de inhoud van de vrijheid vergroot heeft, die was steeds partijdig en intolerant tegenover de woordvoerders van de onderdrukkende status-quo.'
'Maar als het geen tolerante tolerantie was, was het wel repressief en geen tolerantie. Ik geloof dat je daar over een ander soort tolerantie praat, hoor. Ik heb Marcuse ook gelezen,' zei Lucas.
'Natuurlijk, Lucas, natuurlijk. Waar het op aankomt is slechts graad en omvang van de tolerantie. In de hechte liberale maatschappij van Engeland en de Verenigde Staten werd vrijheid van spreken en vergaderen zelfs aan de radicale tegenstanders van de maatschappij toegestaan, zolang ze niet van woorden tot daden, van spreken tot handelen overgingen. Dat is repressieve tolerantie. Zulke tolerantie is er alleen op gericht de vernieuwers van de maatschappij hun kruit in de lucht te laten afschieten in plaats van op de leden van het establishment.'
'Op *die* manier,' zei Laetitia, 'mooi hoor. Maar wat willen jullie nu eigenlijk beweren? Er zijn bepaalde maatschappijen waar de vrijheid van het *woord* gewaarborgd is. Dat is al heel zeldzaam op de wereld, een wonder dat het bestaat. In de meeste landen is daar helemaal geen sprake van. Maar vrijheid van spreken is inderdaad wat anders dan vrijheid van doodschieten. Ik kan het helemaal niet zo schandelijk vinden als de mensen wel vrij zijn om te spreken en tegelijk niet vrij om de boel in brand te steken en andere mensen te vermoorden. Als je mensen het recht geeft te zeggen wat ze willen, hebben ze de kans andere mensen te overtuigen en als ze een grote meerderheid overtuigd hebben, dan kunnen ze met hun allen de maatschappij veranderen, als ze het daar over eens zijn. Zonder dat er iemand hoeft te worden vermoord. Maar dat is wat anders dan iedere tegenstander zonder vorm van proces afslachten. Is dat werkelijk wat Marcuse de ware vrijheid noemt? Andere mensen afslachten?'
'Inderdaad, want dat kan niet anders als ze zich niet naar de wetten van de historische ontwikkeling voegen,' zei Goudewolf, 'inderdaad, zo is het min of meer, al komen de woorden waarin jij het uitdrukt wel een beetje schel bij mij over.'

'Om een nieuwe maatschappij te scheppen moet iedereen die er niet in wil passen, worden uitgeschakeld. We kunnen niet tot sintjuttemis blijven wachten of zo iemand misschien nog spontaan tot betere gedachten komt,' verduidelijkte Lucas, die het ook helemaal begreep.

'Daar is het leven nu eenmaal te kort voor,' zei Goudewolf zoetsappig. 'Je hoeft die mensen trouwens helemaal niet meteen dood te schieten. Je kunt ze ook in opvoedingskampen plaatsen.'

'In opvoedingskampen,' zei Lucas, 'en ze dan iedere dag een paar uur college geven over Marcuse.'

'En als ze zich vervelen, kunnen ze nuttig werk verrichten zoals kanalen graven, stenen hakken, klompen maken, noem maar op.'

'Nou fijn,' zei Laetitia, 'schitterend is dat. Marcuse! Concentratiekampen bedoel je. Het lijkt Hitler wel, als ik dat zo hoor, maar waarschijnlijk is het Stalin. De mensen in kampen zetten. Jezus, wat is politiek een stom vak, wanneer altijd weer dezelfde imbeciele sadisten het hoogste woord voeren.'

'Nee, nee, nee,' lachte Goudewolf, 'daar vergis je je in. Je bent echt niet goed op de hoogte. Marcuse is helemaal wat anders dan Hitler, want Marcuse is een jood.'

'Marcuse is een jood,' beaamde Lucas.

'Wie zegt dat joden er geen fascistische denkbeelden opna kunnen houden?'

'O,' zei Goudewolf, 'dat is allemaal al helemaal geëvalueerd. Daar heeft professor Karelsen, de uitnemende criminoloog van de Leidse universiteit een uitvoerige studie aan gewijd. Hij is tot de zeer werkbare werkhypothese gekomen dat fascisme inherent is aan het Duitser-zijn en aan homoseksueel zijn. In grote trekken dan, want hij vermoedt dat ook Golda Meir, de Eerste Minister van Israël, niet geheel vrij is van fascistische infectie.'

'We dwalen af,' zei Laetitia, 'maar als Golda Meir niet vrij is van fascistische neigingen, dan kan Marcuse er dus ook wel niet helemaal vrij van zijn. En daar gaat het toch maar om. Dat is wat ik wou betogen. En jij beweert dat zelfs een expert als professor Karelsen de mogelijkheid niet uitsluit.'

'Heeft Karelsen het ooit gehad over Marcuse, Mattias?' vroeg Lucas.

'Voor zover ik weet niet. Indertijd, toen ik bij hem werkte, had hij er vast en zeker nooit van gehoord. En waarschijnlijk nu ook nog niet.'

'Okee,' zei Lucas, 'we zullen afwachten. Een ander praatje. Vraagje over de konkrete situaatsie. Wat denk je, Mattias, kunnen we de administratie openbreken?'

'De administratie openbreken? Dat zijn geen vragen die ik met ja of nee kan beantwoorden.'

'Hoezo niet? Jij bent juridisch onderlegd, jij kan overzien wat de gevolgen daarvan zouden zijn.'

'Dat hangt helemaal van de konkrete situaatsie af, begrijp je wel.'

Lucas werd ongeduldig.

'De konkrete situaatsie,' mopperde hij, 'de konkrete situaatsie. Maar wat is dat dan eigenlijk? Is dat een andere situaatsie dan een situaatsie die voortdurend verandert?'

Goudewolf stond op en met z'n handen aan zijn broekriem zei hij:

'Beste jongen, je bekijkt het maar. Het is mijn tijd. Een andere keer wil ik je met genoegen een paar heldere colleges over Marx geven, de oude Marx, de jonge Marx, kortom de hele Marx. De totale Marx. Maar voor het ogenblik kan ik je alleen dit vertellen: jij moet zorgen dat er geen schade ontstaat. Geen schade.'

'Dus geen papieren in brand steken? Die hele lullige examenadministratie bijvoorbeeld?'

'Geen papieren in brand steken.'

'Niet in brand steken, maar wel door elkaar gooien?' vroeg Laetitia.

'Bijvoorbeeld. Dat is wat anders.'

'Maar het kost honderden arbeidsuren om die papieren later weer op orde te brengen. Is dat soms geen schade?'

'Daar kan over gedebatteerd worden. Maar als papieren branden of verbrand zijn daar kan minder gemakkelijk over worden gedebatteerd. Zelfs in de permissif sosijjetie, zelfs in de permissif sosijjetie.'

Goudewolf had het ophalen van zijn broek nu voltooid, duwde zijn overhemd erin en zei tegen Lucas:

'Ajuus.'

Lucas en Laetitia stonden op. Laetitia stak haar rechterarm

met gestrekte hand uit naar Goudewolf. Een verschrikkelijke rilling kroop op in de rechterarm van de criminoloog, maar het lukte hem niet haar hand te grijpen. Hij vertrok zijn gezicht tot een grijns en zei toen, ook tegen Laetitia: 'Ajuus.'

Maar daarbij bleef het niet. Een klakkend geluid weerklonk en Laetitia zag dat Goudewolf zijn hakken tegen elkaar geslagen had als een militair.

'Hoi,' zei Lucas, 'grapje!'

Wat een rare man, dacht Laetitia, die man heeft complexen.

Ze liepen met zijn drieën naar de uitgang, maar alsof hij met alle geweld wilde vermijden het sociëteitsgebouw tegelijk met Lucas en Laetitia te verlaten, daalde Goudewolf de trap af met grote snelheid.

Drie witte autobussen uit Denemarken stonden geparkeerd naast de Barbarossatoren.

Een lange rij toeristen schuifelde voort bij de oostelijke voet van dit antropomorfe bouwwerk en verdween langzaam naar binnen door het deurtje in het been. Uit het westelijke been kwamen bezoekers die al helemaal boven waren geweest, weer naar buiten. Nu is het merkwaardige dat je in een been van de man omhoogklimt en uit het linkerbeen van de vrouw weer naar beneden gaat. Wel een bewijs hoezeer dit grootste liefdespaar ter wereld een geworden is.

Goudewolf was na het afscheid van Lucas en Laetitia op een holletje de trap afgegaan. Toen zijzelf in de buitenlucht kwamen, zagen ze hem in gebukte houding het portier van zijn auto ontsluiten. Geen alledaags wagentje: een verlengd model Cadillac, zwart gelakt.

'Het lijkt wel een begrafenisauto,' zei Laetitia.

'Is het ook,' zei Lucas, 'is het ook. Mattias heeft er maar een schijntje voor betaald. Minder dan voor een nieuwe Volkswagen.'

'Voor dat schijntje, of een klein schijntje meer, had hij dan toch wel iets van een meer menselijk formaat kunnen kopen? Dit is geen vervoermiddel voor mensen, maar voor lijken.'

'Helemaal mis,' zei Lucas, 'weet je hoeveel kinderen hij heeft?'

'Geen idee.'

'Twaalf. Dus je begrijpt dat ze het in een Volkswagentje wel een beetje benauwd zouden hebben.'

'Twaalf kinderen. Ook leuk voor de vrouw van die man.'

'Vroom katholiek, weet je wel, erg vroom. Maar toch in andere opzichten bijzonder progressief. Milieubewust ook.'

'Nu die kinderen al aan de overbevolking bijdragen en de kinderbijslag binnenkomt! Wat heeft-ie eigenlijk aan zijn arm?'

'Weet ik niet. Een zenuwtrekking, denk ik. Ik ken iemand die links was als kind maar ze dwongen hem met zijn rechterhand te schrijven. Toen kreeg hij ook zo'n soort trekking in zijn linkerarm.'

'Misschien is Goudewolf van huis uit rechts en voelt hij zich verplicht links te doen, omdat ie hoopt op die manier professor te worden,' zei Laetitia.

'Jij mag hem geloof ik niet zo erg, hè?'

Goudewolf reed weg en zijzelf staken het plein over.

'Hem niet mogen,' zei Laetitia, 'dat is wel een beetje te voorzichtig uitgedrukt. Die man lijkt me een verschrikkelijke kwal. Een louche type. Waarom praat hij met een Duits accent?'

Maar de aandacht van Lucas was afgeleid, of hij wilde niet luisteren en deed alsof zijn aandacht afgeleid werd.

'Kijk eens wie daar loopt!' riep hij uit en stootte haar aan.

Laetitia zag wie hij bedoelde. Het was Poux Partout die voortschreed.

Poux Partout schreed voort zoals hij de hele middag al voortschreed, de zwarte kaars in zijn rechterhand voor zijn borst, op de manier waarop een officier zijn degen presenteert. Star voor zich uit starend, hield hij zijn hoofd roerloos. En de zwarte kaars mocht dan wel op het eerste gezicht niet branden, dat hij magisch licht verspreidde leed geen twijfel. Als een soort onzichtbare inktvlek verspreidde zijn betovering zich over het marktplein van de provincieplaats, liep hij zich te verbeelden. Het stadje was te klein om voor meer dan de helft door gekken te worden bewoond, zoals de grote steden, maar toch te groot dan dat iemand Poux Partout voor de enige dorpsidioot zou houden. De bewoners van de provincieplaats namen dan ook geen notitie van hem. Dit moet hier met nadruk te boek gesteld worden, omdat de totaal verkeerde mening nogal eens vernomen wordt, dat in provincieplaatsen iedereen die er een beetje anders uitziet dan de anderen, onmiddellijk een hele troep boeren met hooivorken, scheldende wijven en kinderen die met modder gooien achter zich aan krijgt. Dat was vroeger misschien zo, maar nu niet meer. Geen kwestie van. Niemand keek zelfs maar om naar Poux Partout. Alleen onder de Deense toeristen was er menigeen die min of meer tersluiks zijn fototoestel of filmcamera op de experimentele kunstenaar richtte en de sluiter in werking bracht.

'Iemand heeft me eens verteld dat hij van heel hoge afkomst is,' zei Laetitia.

'In ieder geval is het een geweldig fijne man,' vulde Lucas aan.

'Ken je hem? Heb je hem wel eens ontmoet, bedoel ik.'

'Jazeker.'

Poux Partout liep vlak langs hen heen, aan de kant van Lucas, hij zou hem een schouderklopje hebben kunnen geven en dat zou hij misschien wel gedaan hebben als hij Lucas had gekend, maar hij bleef even onverstoorbaar voor zich uitstaren als hij deed wanneer hij mensen passeerde die nooit aan hem voorgesteld waren.

'Stoned, denk ik,' zei Lucas, 'fijne vogel, swingt gewoon de pan uit, weet je wel.'

'Nou, maar anders die versjes van hem, die lijken precies op de versjes van iedereen, alleen nog slechter.'

'Hij doet maar,' zei Lucas, 'die man mag alles van me doen. Alles wat hij aanraakt, begint te swingen. Gewoonweg omdat-ie er IS. Als hij naakt over dit plein zou hollen, dan zou het nog te swingend zijn.'

'Hij? Als je Goudewolf naakt over het plein zag hollen, dat zou swingen. Maar Poux Partout? Van Poux Partout verwacht iedereen al lang alles.'

'Ik zal het Mattias eens vragen, als ik je daarmee een plezier kan doen.'

Zij sloegen de Westerstraat in en Lucas vroeg:

'Wat ben je van plan? Wil je nog mee naar mijn kamer?'

'Goed.'

De kamer van Lucas was niet ver daar vandaan, in een doodlopend dwarssteegje.

'Ik heb nu een reuzefijne installatie,' liep hij te vertellen, 'echt de meest professionele opnameapparatuur die er is te krijgen.'

Aan het eind van het steegje was een hek, waarboven een bord hing SMEDERIJ.

Lucas woonde in een laag huisje met een puntdak. De buitendeur stond half open en was oranje geschilderd. Het houtwerk van de ramen en het luikje voor het zolderraampje in de puntgevel waren paars.

De vader van Lucas had dit huisje speciaal gekocht, om zijn zoon een studentenkamer te verschaffen. De andere kamers (de voorkamer en twee hokjes op zolder) verhuurde Lucas tegen matige prijzen.

Lucas probeerde de deur verder open te duwen, maar dat lukte hem niet.

'Ogenblikje geduld.'

Zijn buik zo ver mogelijk intrekkend, wrong hij zich om de deur heen en toen hij binnen was gekomen riep hij:

'Peter moest denk ik in de keuken wezen.'

Even later zette hij de deur helemaal open. Laetitia ging naar binnen. Ze zag dat het gangetje achter de deur bijna geheel door een enorme motorfiets in beslag genomen werd. YAMAHA stond er in trotse gouden letters op de rood gelakte benzinetank.

'Is die van jou?'

Lucas knikte. 'Geweldige machine, hoor. Snelheidsmonster. Vier cilinder viertact. Kan twaalfduizend toeren maken. Loopt geruisloos. Fijn instrument ook met het oog op de geluidsvervuiling van het milieu, weet je wel.'

'Heb je die al lang?'

'Sinds eind vorige maand.'

'Hoe hard rijdt hij?'

'Tweehonderdveertig. Maar dat heb ik nog niet geprobeerd, om je de waarheid te zeggen. Ik ben gezakt voor het rij-examen.'

'Wat zielig.'

Zij ging verder naar binnen, maar moest dwars lopen, om zich langs de kolossale motor heen te kunnen schuiven.

'Duizend cc motor,' zei Lucas, 'dat gaat hard, kind. Als ik niet zo de pest had aan de politie, zouden we eventjes kunnen proefrijden. Maar weet je, ik zou voor het een of ander aangehouden kunnen worden en ze zouden mijn rijbewijs kunnen vragen, dat ik niet heb. Daar zou ik eenvoudig niet tegen kunnen, begrijp je. Door zo'n klungel betrapt te worden! Zo'n oetlul het gevoel geven dat hij in zijn recht staat!'

'Dan zou ik het maar niet doen.'

'Ik had het rij-examen wel gehaald, maar op een bepaald ogenblik dacht ik, toen die man zei: Nou linksaf, ik dacht: Jezus, man. Wie zegt jou dat ik linksaf moet en toen vond hij dat ik de bocht te krap nam.'

'Je bent te fijnbesnaard om rij-examen te doen.'

De motor stond met zijn achterwiel half in de keuken. Toen Laetitia er langs was, reed Lucas hem weer een stukje naar voren, zodat ze de deur van zijn kamer, de achterkamer, in konden.

Laetitia ging naar binnen en keek rond.

'Nou, nou,' zei ze, 'meneer heeft een installatie.'

'Twaalfhonderd Watt uitgangsvermogen,' verduidelijkte Lucas op rustige toon, maar misschien ook een beetje wanhopig, omdat hij evengoed honderdduizend Watt had kunnen zeggen, of twee Watt, zonder dat ze daarvan zou hebben opgekeken, dacht hij wel.

'Zegt je niks, hè, twaalfhonderd Watt,' hernam hij, 'maar geloof me nou maar dat het een heleboel is. Leuk veel.'

Ze wees naar de luidsprekers, die groot als hutkoffers waren en van buiten met zwart, leerachtig plastic bekleed.

''t Zal ook wel een leuk bedrag gekost hebben, Lucas.'

'Die kasten niet. Die heb ik van iemand overgenomen. Valt een beetje mee, dus. Maar de versterker, daar moet ik iedere maand honderdtien gulden op afbetalen. Een schril bedrag hoor.'

Hij zette een schakelaar om op het roestvrijstalen front van de versterker, waarop vier ampèremeters prijkten en zoveel knoppen dat ze bijna niet te tellen waren zonder je te vergissen; een groen lampje ging aan.

Op de versterker stond een recorder met zijn tweelingwielen vol ronde gaten.

'Stukje muziek horen?'

'Straks misschien.'

Ze ging zitten op het divanbed tegen de muur. Aan voeteneinde en hoofdeinde van dit bed waren de kolossale luidsprekerkasten geplaatst. Daarmee was de smalle kamer bijna voor de helft vol.

Tegen de muur waar zij op uitkeek, waren planken gemaakt. Lucas had een keur van voorwerpen in deze bergruimte weggestouwd: een stuk of tien boeken en ongeveer evenveel dictaatcahiers (geheel aan flarden), twee stapels grote papieren die waarschijnlijk bestencild waren. De rest van de planken werd geheel in beslag genomen door een paar duizend grammofoonplaten, door de versterker, het tapedeck, twee draaitafels en vuil wasgoed dat een paar overgebleven hoeken opvulde. Zo vol was deze muur, dat de affiches met de portretten van Che Guevara, Fidel Castro en Herbert Marcuse tegen het plafond hadden moeten worden geplakt. Een schrijftafel was er niet, wel twee opvouwbare tuinstoelen. Alle daglicht in dit kamertje sproot voort uit een klein, doornat tuintje, waar niets in groeide. 't Groen dat er toch was te zien door de vitrageloze glazen deuren, kwam uit belendende tuintjes voort en hing over de hoge schuttingen waarmee het tuintje van Lucas was omringd.

Lucas kwam naast haar zitten en zei:
'Waar zit je over te piekeren?'
Laetitia had haar armen om haar opgetrokken knieën geslagen en staarde naar het groene lampje dat was blijven branden.
'Piekeren is het eigenlijk niet. Maar ik heb zo'n gevoel dat het toch eigenlijk helemaal verkeerd is wat jullie van plan zijn. In ieder geval moet je het niet op dit moment doen, dat maakt zo'n lullige indruk.'
'Ach, waarom nou.'
'Ik weet het niet, of, eigenlijk, ik weet het wel. Je studeert toch om wat te leren van een professor; daar wordt toch voor betaald.'
'Schattig. 't Is mijn schuld niet hoor, dat ervoor betaald wordt. Als het aan mij lag, kwam er morgen een eind aan dat schandaal. En onze aksie is ervoor om er een eind aan te maken.'
'Dat is vanmiddag al honderdmaal beweerd en...'
'Nou, als je dan...'
'Laat me nu even uitpraten. Het gaat hierom. Je studeert. Je bent oud en wijs genoeg om ook wat anders te kunnen doen, uit werken gaan, weet ik veel, maar je studeert. Dat doe je om van andere mensen iets te leren. Je mag die andere mensen zo belachelijk vinden als je wil, maar ze zijn knapper dan jij, ze weten wat jij aan de weet wil komen. Nu blijkt dat een van die mensen zelfs heel uitzonderlijk is. Hij krijgt de allerhoogste internationale onderscheiding die er bestaat. Daar zouden studenten toch ook wel een beetje blij om mogen wezen. Er zijn massa's studenten die nooit van hun leven een zo knappe professor hebben meegemaakt. Maar nee, wat doe jij? Wat doen de studenten van die uitzonderlijk knappe man? Ze gaan keet schoppen. Heel ergens anders om. 't Is niet speciaal tegen hem gericht, maar voor hem natuurlijk wel erg onaangenaam. Dat kan jullie geen lor schelen. Terwijl de hele actie niets is dan een loos politiek gebaar... Uitstellen? Geen sprake van. Maar misschien is professor Dingelam toch wel niet de enige die er schade van lijdt. Misschien komt het op den duur toch op jullie eigen hoofden terecht. Want ik heb de indruk dat de meeste mensen langzamerhand hun buik vol krijgen van studenten.'
'Dat komt ten eerste omdat ze jaloers zijn en ten tweede doordat ze ingekapseld zitten in de oude structuren.'

'Jaloers! Daar vertel je iets! Jaloers! Weet je wat ik zeg? Jullie vriend en adviseur Goudewolf, die is jaloers. Een oude gluiperd die waarschijnlijk niet de geringste kans heeft zelf ooit hoogleraar te worden en daarom jullie opstookt tegen andere hoogleraren!'

'Hoogleraren!' hoonde Lucas, 'dag professor, nee professor, ja professor, zou ik professor vijf minuutjes mogen spreken, als het professor schikt tenminste.

Professor... Ach kind, hou toch op. Al dat kruiperige gedoe is toch zeker al lang uit de tijd. Professor! Ik zeg al sinds anderhalf jaar tegen iedere professor gewoon 'meneer' en er is er nog geen een geweest die tegen mij heeft durven te zeggen: Weet u niet dat u hier een professor voor u ziet?

Geen EEN!'

'En als er nou eens zo een was geweest, wat had je dan gezegd?'

'Wat ik gezegd had? Dan had ik gezegd: Sorry jongen, maar ik zeg tegen iedereen meneer: tegen de buschauffeur en tegen de postbode en tegen de bakker en de slager en de ober in een café en tegen politieagenten. Ja, zelfs tegen politieagenten! Tegen al die mensen zeg ik meneer. Omdat ze allemaal mensen zijn, geen instrumenten, maar mensen, mede-mensen, mede streepje mensen, begrijpt u wel. En zelfs iemand als u professor, dat is voor mij in de eerste plaats een mede streepje mens en dat u professor bent dat weten we ook zo wel zonder dat het van de daken geschreeuwd wordt. Professor! Dat is maar een woord, een functie. Maar mens, dat is een eretitel.'

Lucas strengelde zijn vingers door elkaar, voor zijn buik en leunde achterover tegen de muur. Hij keek uitzonderlijk zelfvoldaan, voor zover daar door zijn baard nog veel van te zien was.

'Nou, nou,' zei Laetitia, 'hoe is het mogelijk dat je dergelijke praat zo belangrijk vindt. Of jullie hadden ontdekt dat iedereen een mens was.'

'Dat hebben we niet *ontdekt*. Maar de verrotte westerse maatschappij heeft *het in het vergeetboek laten raken*.'

'Het is geen interessant gegeven.'

'Geen interessant gegeven? Dat ik een mens ben, dat jij een mens bent, dat we allemaal mensen zijn? Is dat niet interessant?'

'Als we allemaal schildpadden waren, zouden we het er ook mee moeten doen.'

'Maar dat zijn we nou toevallig eens een keertje niet.'

'Wat je eigenlijk wil beweren is, dat alle mensen hetzelfde zijn. Maar omdat een stelletje totaal uit de mode geraakte dwepers ook altijd met dat verhaal te voorschijn is gekomen, eeuw in eeuw uit, daarom formuleer je het anders, al bedoel je hetzelfde, daarom roep je honderd keer per dag mede streepje mens. Omdat je niet meer durft te beweren dat alle mensen hetzelfde zijn, maar dat bedoel je wel en het is onzin.'

'Voor jou mag alles bij het oude blijven, hè schat: de blanken beweren dat negers geen mensen zijn, de antisemieten beweren dat joden geen mensen zijn, de zionisten beweren dat arabieren geen mensen zijn, officieren beweren dat soldaten geen mensen zijn en professoren denken in hun hart dat wetenschappelijke medewerkers geen mensen zijn, omdat ze er niet in geslaagd zijn zich een professorale toga te laten omhangen. Maar al die onderscheidingen berusten op niks! Een handige intrigant en stroopsmeerder, die wordt professor en een wetenschappelijke ambtenaar die misschien tienmaal knapper is, wordt het nooit, als hij niet op de juiste knopjes drukt. En zo is het met al die dingen.'

'Een van tweeën,' vond Laetitia, 'of alle rangen afschaffen, of alle assistenten, medewerkers en ambtenaren ook professor maken.'

'Alle rangen afschaffen natuurlijk.'

'Dat is bedrog, want al schaf je alle rangen af, daarmee doet nog niet iedereen hetzelfde werk en evenveel werk en evengoed werk.'

'Daar weet jij niks van. Dat zou best eens heel anders willen uitpakken.'

Hij stond op, drukte een toets in van de bandrecorder, de grote spoelen gingen draaien en in de luidsprekers werd op trommels geslagen met een geweld dat de vloer ervan trilde.

'Als ik de knop helemaal opendraai, gaan de ruiten eraan,' zei Lucas, 'echt waar.'

Na de roffels begon een ongeteld aantal elektrische gitaren een melodie te spelen. Deze melodie had nauwelijks eenvoudiger kunnen zijn: Do-boem-boem mi-fa-boem-boem mi-do-boem-boem mi-fa-boem-boem mi-do-boem-boem mi-fa-boem-boem mi-do-boem-boem. En zo verder.

Het klankbeeld van de gitaren die dit speelden, werd na een minuut of tien verrijkt door een mondharmonika die met dezelfde zang instemde en de gitaren, weer een minuut of tien, gezelschap hield, ze daarna nog eens tien minuten aan hun lot overliet in dezelfde zang en hetzelfde ritme gevangen als voorheen, maar toen mengde hij zich als een laatste gunst in de apocalyptische kakofonie die de slotpassage van het nummer vormde.

'Fijne sound,' zei Lucas.

'Ja,' zei Laetitia, 'een heel fijne sound.'

'Deze muziek maakt wat los,' filosofeerde Lucas, 'iets waar vorige generaties geen begrip van hebben gehad dat het bestond.'

'Wat je daar zegt is niet nieuw.'

'Maar het is wel waar. Er is eigenlijk niets anders dat de moeite waard is om voor te leven. Snelheid en muziek.'

'Waarvoor studeer je dan?'

'Iedereen moet nu eenmaal de een of andere toer vertonen om geld te kunnen ophalen. Zo zit dat, helaas. Als mijn vader schatrijk was, zou ik niet studeren, als het niet van hem hoefde.'

'En de scheikunde dan; zegt je niets?'

Hij haalde diep adem en blies daarna de lucht uit met een soort gekreun.

''t Is soms wel leuk, maar dat ik in staat ben ooit iets nieuws te ontdekken geloof ik niet. Voor mij geen Nobelprijs, hoor. Hoogstens leraartje worden.'

'Spijt je dat?'

'Helemaal niet. Er wordt al genoeg vergif uitgevonden door de scheikunde hè. Maar dat ik chemicus word, is niet zo gek belangrijk voor de rest van de wereld, dat zie ik wel in. Daarom heb ik die studie maar op een laag pitje gezet, om me meer in de mens te verdiepen.'

'Zielig toch eigenlijk,' merkte Laetitia op, 'al die mensen die geen einddiploma hebben, die kunnen zich niet laten inschrijven als student, die krijgen geen beurzen en renteloze voorschotten.'

'Daarom zal onze volgende stap ook zijn dat alle diploma's worden afgeschaft en *iedereen* kan gaan studeren. *Iedereen* moet mogen studeren.'

'Als het ooit zo ver komt. Ondertussen hebben de studenten op het ogenblik al een leventje dat met niets te vergelijken valt, zo fijn.'

'Fijn? Fijn? Weet je wat die motor me gekost heeft? Dacht je dat ik dat allemaal betalen kon van mijn renteloze voorschot?

Drie nachten in de week moet ik bij de flessenvulmachine staan op de melkfabriek, anders kom ik financieel niet uit. Gewoon onmogelijk. Nou, en dat is pokkenwerk, hoor. Je weet je van verveling gewoon geen raad. Daarom zijn er van die jongens die dooie muizen in de melkflessen doen, gewoon om een beetje te lachen, anders werd je gek.'

'We zijn maar eenmaal jong, hè.'

'Trouwens, de voorzitters van de vakverenigingen zeggen het zelf: pakken wat je pakken kan en er moet een wet komen dat niemand in dit land meer verdienen mag dan de voorzitter van een vakvereniging verdient, ha, ha! Waarom zou een arbeider wel mogen pakken wat hij pakken kan en wij niet? Daarom, kind, het is een schandaal dat we ook nog collegegeld moeten betalen. En die studietoelagen zijn feitelijk ook een schandaal. Salaris zou het moeten zijn en net zo veel als een hoogleraar krijgt.'

'En waar moet dat geld dan vandaan komen?'

'Uit de bankkluizen van de kapitalisten, dat spreekt.'

'Maar dan zal je de kapitalisten wel de gelegenheid moeten geven om ze geregeld bij te vullen, anders zijn ze gauw leeg.'

'Nou ja, dat weet ik ook niet zo precies. Geef me liever een zoentje.'

'Een zoentje? Jou?'

'Waarom nou niet? Dat werkt ontspannend. Jij piekert te veel over allerlei dingen, vind ik wel.'

Zij duwde tegen zijn baard.

'Kom nou Laetitia, geef mij een zoentje. Ik vind je aardig.'

Zij liet zich zoenen, zonder veel terug te doen.

'Wat heb je? Zoen ik niet goed?'

'Och, dat niet, maar je ruikt een beetje uit je mond.'

'Naar bier zeker.'

'Dat niet alleen. Heb je lang niet gegeten?'

'Eigenlijk niet.'

'Zal ik een lekker hapje voor je koken?'

'Ja goed, zeg. Geweldig.'

'Wat heb je in huis?'

'Niets.'

'Laten we dan iets gaan halen. Zeg maar waar je zin in hebt.'

Een dagboek zoals dat van dokter Barend, waarin een romanpersonage niet alleen zijn eigen ziel blootlegt, maar, extra-buitenkansje, uit hoofde van zijn beroep ook in staat is de meest intieme bijzonderheden over enkele andere leden van de romangroep mede te delen, vind je maar zelden in romans.

Het is de dagelijkse plicht van de zielkundige Barend zich vol aandacht over troebele persoonlijkheden te buigen. Daar wordt hij voor betaald en trouwens, waar zou het met de geestelijke gezondheid van het mensdom naartoe moeten, als de dokters zeiden: Nee, meneer, u staat me niet aan, gaat u maar ergens anders borst en rug even bloot maken. Zoiets zou Barend nooit zeggen, maar over hen die zich niet ter analyse bij hem aanmelden, kan hij moeilijk veel bijzonders in zijn dagboek noteren.

Het mag de president-curator eigenlijk wel kwalijk genomen worden, dat hij zich nooit in een zenuwcrisis bevonden heeft en nimmer op de gedachte is gekomen, zich voor psychiatrische begeleiding tot dokter Barend te wenden. Nu moet de diepere ontleding van zijn karakter door een leek ter hand genomen, die dat karweitje graag aan dokter Barend had overgelaten, alleen al omdat Doctorandus Kaeckebeke nu niet bepaald een opwindende persoonlijkheid had.

'Drs. H. J. M. A. Kaeckebeke, tandarts, president-curator', zo staat hij vermeld in de 'Gids' van de universiteit, waaraan de Nobelprijswinnaar Dingelam al bijna dertig jaar verbonden was, de eerste tien jaar als onderbetaald assistent. Kaeckebeke was nog langer president-curator. Nog een jaar en wegens het bereiken van de leeftijdsgrens, zou hij voor zijn hoge ambt moeten bedanken. Het was hem, op het tijdstip waarop hij van Dingelam's bekroning hoorde, onbekend of hem daarna misschien een nog hoger ambt wachtte.

Doctorandus Kaeckebeke, tandarts. Deze kwalificaties dienen nader te worden toegelicht.

Ach! Hoeveel liever zou Kaeckebeke hoogleraar in de tandheelkunde zijn geworden, met daarnaast een bloeiende particuliere praktijk, in plaats van president-curator. Utopie om twee redenen.

Ten eerste mochten toen Kaeckebeke nog jong was, hoogleraren er geen particuliere praktijk opnahouden; daarvan is in onze tijd geen sprake meer, omdat anders geen enkele bekwame tandarts hoogleraar in de tandheelkunde zou willen worden. Ten tweede: erger was dat Kaeckebeke de tandheelkunde feitelijk haatte. Zijn haat was veel te groot dan dat hij zich ooit als bekwaam genoeg voor een leerstoel in dat vak zou hebben kunnen voordoen. Zijn haat was ontstaan uit een handicap en die handicap was gebrek aan handvaardigheid.

Jawel, een tandarts moet een begaafd knutselaar zijn.

Een van de eerste opdrachten die de beginnende student in de tandheelkunde krijgt, is het figuurzagen van een koperen theelichtje: bloemetjes en blaadjes, uitgezaagd uit koperplaat.

Student Kaeckebeke wist er ontroerend onbeholpen kunstwerkjes van te maken, echt helemaal te gek, als alle authentieke volkskunst.

Maar op gezette tijden kwam de assistent van de professor langs met een schuifmaat, die tot op tienden van millimeters nauwkeurig was en, na enkele metingen te hebben verricht, waarbij hij zijn bril op zijn voorhoofd schoof om de nonius af te lezen, schudde de assistent zijn hoofd.

‘Nee maar, zonder gekheid, Kaeckebeke, begin jij maar opnieuw. Of, nog beter, schei ermee uit, want je leert het nooit.’

Kaeckebeke, die van doorzetten wist, haalde nieuwe koperplaat uit het magazijn en begon opnieuw.

Het verknoeide theelichtje voltooide hij thuis en gaf het op Sinterklaas aan zijn moeder. Dit gebeurde in de periode waarin de Jugendstil oude kost begon te worden, dat wil zeggen zich bij de burgerij in een nog steeds groeiende populariteit mocht verheugen. Kaeckebeke’s moeder vond het dus prachtig, al bestond de uitdrukking ‘echt helemaal te gek’ nog niet en beloonde hem met een kus.

Ook het tweede theelichtje werd afgekeurd. Kaeckebeke deed er zijn grootmoeder een plezier mee. ‘Als ik jou was, zou ik een sigarenwinkel beginnen,’ had de assistent gezegd, maar zijn grootmoeder had uitgeroepen: ‘Harm! Hoe krijg je ’t voor elkaar!’

Toen Harm aan z'n derde theelichtje bezig was, kwam, heerlijk toeval, de hoogleraar in eigen persoon een kijkje nemen.

Gelukkige dagen van olim! Studenten waren heren, wat ze in onze dagen ook nog zijn, maar ze hadden niet, zoals nu, de neiging de proletariër of de gediscrimineerde uit te hangen om hun bevoorrechte positie te camoufleren.

Hoogleraren en studenten! Heren onder elkaar! Zo nu en dan ging je 's zondagsmiddags thee drinken bij de hooggeleerde. Zouden heren elkaar het leven zuur maken om een koperen theelichtje?

Al te dol. Spreekwoordelijke professorale goedmoedigheid, waar zijt gij gebleven? Getransformeerd tot klassenstrijd en neurose! Dat moet democratie voorstellen.

Toen was 't anders en Kaeckebeke werd dus, na nog enkele theelichtjes, toegelaten tot het volgende stadium van de studie in de tandheelkunde. Dit bestond uit een doodskop, gemonteerd op een ijzeren stang ter hoogte van een in een behandelstoel zittende patiënt.

In de kaken van de doodskop zaten tanden en kiezen gelijmd, echte. Alle tanden en kiezen die de verstgevorderde studenten in de kliniek uit echte patiënten mochten trekken, werden zorgvuldig bewaard in oude sigarettenblikjes, schoongemaakt en naar soort gerangschikt. Leerzaam werkje voor de aankomende tandarts.

Op de kaken van deze kop oefende Kaeckebeke het kiezen trekken en het plomberen. Zijn studie duurde, zelfs voor die tijd, lang. Maar eindelijk was hij klaar, trouwde, kocht met geld van zijn vermogende schoonvader een boor, een stoel, tangen, en een koperen naambord, dat hij liet aanbrengen naast de deur.

H. J. M. A. KAECKEBEKE, tandarts
SPREEKUUR UITSLUITEND VOLGENS AFSPRAAK

Nee, goed gezien: de titel 'Drs.' kwam op dat bord niet voor.

En menige Utrechtenaar, die in de minzame buurt waar Kaeckebeke zich gevestigd had, zijn hond uitliet, zei bij zichzelf: Wat mankeert er toch aan mijn oren? Of zou ik vannacht slecht hebben geslapen?

Er hing een vreselijk krijsen in de lucht, zoals in de omgeving van een abattoir, maar zelfs in de wijde omgeving van deze deftige herenhuizen viel geen abattoir te ontdekken.

Dit bleek ook uit het gedrag van de honden. Honden zijn zo slim, die weten heus wel dat het abattoir hen in staat stelt rustig te knauwen op botten van beesten die, als er geen abattoirs bestonden, nooit op het idee zouden komen onze trouwe viervoeters een sappige kluif toe te steken. Honden worden vrolijk en luidruchtig in de buurt van een abattoir. Maar als zij het huis van H. J. M. A. Kaeckebeke, tandarts, naderden, rukten zij aan hun riemen in achterwaartse richting en lieten de staart zich tussen de achterpoten roerloos houden. Alsof een tandarts het op de staart van een hond voorzien heeft! Ach, honden zijn echt lang zo slim niet als beweerd wordt.

'Het is niets, Pluto. Een stoute jongen die zijn kiezen niet wil laten trekken door dokter Kaeckebeke. Kom nu mee.'

Niets?

Hondebazen, die toch niet gemakkelijk door wat geblaf uit hun evenwicht zijn te brengen, begonnen er meer en meer aan te twijfelen of het wel niets was. Laat staan gewone mensen. Meer en meer gebeurde het dat er zich kleine samenscholingen vormden voor Kaeckebeke's naturel gelakte eikehouten buitendeur, waaruit op gezette tijden een patiënt, de van bloed doordrenkte zakdoek voor de mond houdend, brullend de straat op strompelde.

Kaeckebeke kreeg steeds meer vrije tijd, die hij niet ongebruikt liet. Hij werd bestuurslid van de Koninklijke Vereniging van Tandartsen, redactie-secretaris van het verenigingsorgaan MET BOOR EN TANG, hij werd lid van een politieke partij op protestants-religieuze grondslag (de Christelijk Historische Unie) en hij werd gekozen in de gemeenteraad. ('*Een man die van aanpakken weet!*' stond er op de verkiezingsaffiches.)

Dat niet alleen.

In de avonduren studeerde hij economie.

Alles gaat zo snel in onze tijd. Straks is iedereen doctorandus, met als gevolg dat eigenlijk niemand meer precies zal weten wat dat is, een doctorandus.

Doctorandus was een Nederlandse academische titel, die in het buitenland niet bestond. Niet dus zoiets als de doctorstitel, die trouwens in heel wat landen alleen door artsen wordt gevoerd.

Doctorandus, dat wilde oorspronkelijk zeggen, als je de latijnse betekenis letterlijk nam, 'iemand die nog doctor worden moet'. Een mond vol, die feitelijk geen titel is, maar als je een diploma bezat waar dat woord op voorkwam, had je wel allerlei bevoegdheden. Menigeen lapte dan ook het feit dat hij nog doctor worden moest aan zijn laars en bleef zijn hele leven doctorandus. Men had er maling aan eerlang in het graf te zullen stappen als iemand die nog wat had moeten worden. Als je niet precies wist hoe het hoorde in de wereld, plaatste je 'Drs' voor je naam, een beetje minder dan Dr, hoewel een letter meer. Een officiële titel was het toen nog niet. Daarom lieten de meesten hem maar weg. Alleen de doctorandussen in de Economie gebruikten de titel op hun briefpapier, hun naambordje en hun visitekaartje. Iedereen wist in die lang vervlogen dagen als hij de titel 'Drs' tegenkwam in het telefoonboek, dat hij met een econoom had te doen.

Doctorandus in de Economie. Kaeckebeke behaalde de titel in vier jaar, zette hem voor zijn naam en verkocht zijn behandelstoel, zijn tangen en zijn boor.

Hij verhuisde naar Arnhem en er kwam een ander naambordje, klein, niet naast de deur maar erop, boven de brievenbus.

DRS H. J. M. A. KAECKEBEKE

Spreekuur hield hij niet, ook niet volgens afspraak. Hij was ook feitelijk niet van beroep veranderd, hij had helemaal geen beroep meer.

Hij had *functies*. Hij bekleedde verscheidene commissariaten, hij vervulde adviseurschappen, hij was bestuurslid van dertien verenigingen, hij was gekozen in de Provinciale Staten.

Hij verdiende veel geld en had al een ridderorde voordat hij president-curator werd. Toen kreeg hij er heel gauw nog een tweede ridderorde bij.

Kaeckebeke begon 's morgens om half negen te vergaderen, at tussen de middag een paar boterhammen met ontbijtkoek uit een papiertje, net zoals ze allemaal deden, daarbij werd meestal verder vergaderd en als het moest vergaderde hij 's avonds door tot half twaalf of nog later.

Een heel beminnelijke man, Kaeckebeke, niet te dik, niet te mager, stem even zacht als zijn wangen, roze van vlees en sneeuwwit het dunne haar dat egaal dun was, zonder ergens kale plekken te vertonen.

Als hij 's avonds niet hoefde te vergaderen, keek hij naar de teevee, zelden tot zijn genoegen, want ach, wat vergaderde deze man toch graag. Niet dat hij op een vergadering veel zei, laat staan dat hij ooit een beslissing nam. Zijn bezwaar tegen de teevee was dan ook niet dat hij niets terug kon zeggen of dat hij niets te beslissen had, maar hij vond het vervelend dat hij aan de geluidsstroom niet, zoals op een vergadering, met een kort hamertikje een andere wending geven kon. Want als hij vergaderde, hield zijn rechterhand voortdurend de steel van de curatoriale presidentshamer omvat, een zeventiend'eeuws meesterwerk in ebbehout en zilver van de Amsterdamse meesterzilversmid Cornelis Cornelisz. Claesz. de Jongere.

Hij vergaderde met de senaat, hij vergaderde met de andere curatoren. In beide gevallen werd hij terzijde gestaan door de secretaris van de universiteit (vóór de Grote Hervorming 'Secretaris van Curatoren' genaamd). Deze secretaris, destijds Mr. Anthonie Taets, zei nooit wat, wist alles en hield de grootste onzin die er op de vergaderingen gesproken werd, buiten de notulen.

Kaeckebeke daarentegen, kende van de tweehonderd hoogleraren en lectoren die de universiteit telde, er hoogstens vijftien van gezicht en tien van naam.

Buiten de universiteit kende hij allerlei magistraten en grote financiers, maar eigenlijk geen enkele geleerde of cultuurdrager.

Toen een beroemde schrijver, wiens naam me op het ogenblik niet te binnen wil schieten, aan hem werd voorgesteld, omdat de universiteit besloten had hem een eredoctoraat te verlenen, sprak Kaeckebeke:

'Zo, zo, bent u schrijver. Schandelijk hè, ik heb nog nooit iets van u gelezen, maar ik heb mijn kinderen wel eens over u horen praten, hoor.'

'Hindert niets,' zei de schrijver, 'het zou voor mij heel wat schandelijker zijn en bovendien nadelig, als de jeugd nooit over mij praatte en u wel.'

Niet alleen grote schrijvers kende Kaeckebeke niet, ook niet, als gezegd, de meeste professoren van zijn eigen universiteit.

Hoe anders was dat jaren geleden geweest. Toen waren er hoogstens veertig professoren en hij kende ze allemaal en ze groetten mekaar op straat en de lectoren groetten hem, maar als hij zich niet met grote stelligheid herinnerde dat ze wel eens aan hem voorgesteld waren, nam hij niet de moeite terug te groeten, ook als hij ze herkende.

Op de avond van de zaterdag waarop om een uur door de radio was omgeroepen dat professor Dingelam de Nobelprijs voor Scheikunde had gekregen, sloeg Doctorandus Kaeckebeke, tandarts, precies toen zijn houten pendule met Big Ben slag acht uur sloeg, zijn krant open. Het was de Nieuwe Rotterdamse Courant, een krant waarvoor je helemaal geen Rotterdammer hoefde te zijn om 'm te lezen. Kaeckebeke had nooit van zijn leven in Rotterdam gewoond en toch las hij de Nieuwe Rotterdamse Courant. Hij was het aan zijn stand verplicht geabonneerd te zijn op die krant, want het is in Nederland een heel gevoelig standskenmerk welke krant je leest.

De afkomst van de krant doet daarbij helemaal niet ter zake. Rotterdammers uit de laagste lagen van de maatschappij lazen de Nieuwe Rotterdamse Courant nooit.

Maar de hele maatschappij is tegenwoordig in beweging en ook de standing van de kranten fluctueert. Zo daalde de Nieuwe Rotterdamse Courant plotseling in rang, toen bekend werd dat hij commerciële banden had moeten sluiten met een bloeiend lagere-standen-krantenconcern. En de standing van enkele religieus aangeblazen dagbladen steeg met sprongen zodra god dood was en de redacties beseften dat het gelovige kerkvolk een te kleine kring van abonnees was geworden. Kaeckebeke, die trouwens over een jaar met pensioen zou gaan, bleef de krant lezen die hij altijd gelezen had.

In een geheel leren zetel van banaal model gezeten, zijn hoofd ver achterover om het van de krant teruggekaatste licht de onderste helft van zijn bifocale brilleglazen te doen passeren, liet Kaeckebeke zijn ogen over de opschriften gaan.

NOBELPRIJS SCHEIKUNDE TOEGEKEND AAN NEDERLANDER

Het stond boven een berichtje van twintig regels. Hoewel Kaeckebeke niet van plan was dat allemaal te lezen, bekeek hij het toch lang genoeg om er twee eigennamen uit op te vissen: de eigennaam Prof. Dr. R. Dingelam en de naam van het stadje waar de universiteit stond, zijn eigen universiteit...

'Dingelam,' zei Kaeckebeke bij zichzelf, 'Dingelam? Zeker een nieuwe. Nooit gehoord, die naam.' Hij liet de krant op z'n knie zakken.

'Wat zit je toch te mompelen, Harm,' zei z'n vrouw, 'als je de krant uit hebt, geef hem dan aan mij.'

'Er heeft er een de Nobelprijs gekregen,' antwoordde Harm, 'en ik ken die man niet eens.'

'Wie dan?'

'Ene Dingelam. Zeker een nieuwe. Tegenwoordig worden ze allemaal professor.'

'Dingelam? Maar die is er al *eeuwen*. Tobias heeft nog bij hem gestudeerd. Die had het wel eens over Dingelam. Dat was die professor die ze nog nooit hadden zien lachen. Weet je niet meer?'

'Ik herinner me er niets van. Ik zal eens in de Gids gaan kijken.'

Hij gaf de krant aan de deelgenote van zijn aanzienlijkheid en kwam moeizaam overeind uit de geheel leren zetel.

Het zou, waren romanschrijvers wezens van vlees en bloed, nauwelijks mogelijk zijn geweest zo nauwkeurig te beschrijven hoe de president-curator in zijn leren stoel zat, de krant inkeek, de krant neerlegde en opstond—en dat helemaal zonder zelf te worden gezien. Maar een en ander werd vergemakkelijkt doordat Kaeckebeke in Molendijk woonde, een villaparkje aan de rand van de stad, waar ook driekwart van alle professoren domicilie had gekozen.

Een landelijk huisje met een ruime tuin er omheen. De vaderlandse gewoonte getrouw, die een van de vele kleinigheden is, waarover we de buitenlander laten gapen van verbazing, bleven ook na zonsondergang alle gordijnen open. Van de straat af was zonder belemmering waar te nemen wat er in Kaeckebeke's zitkamer plaatsgreep, evenals je dat bij zijn buren kon zien. Wij Nederlanders doen dit, zegt de Fransman Miraud in zijn boekje 'La Hollande burlesque' om bij onze medeburgers niet de vunze gedachte te doen opkomen dat we, zodra het lamplicht brandt en we ons achter gesloten gordijnen veilig wanen, gaan eten met open mond, smakken, op de grond spugen, onze echtgenoten uitkleden om lichaamsstraffen toe te dienen, of onze broeken naar beneden doen om met ieder die zich grijpbaar onder ons dak bevindt, ontuchtige handelingen te verrichten. En deze vrees voor andermans schunnige fantasieën, zegt de Fransman, komt voort uit het puritanisme waarin de Nederlander wordt opgevoed.

Die man was zeker nooit in een sekssjop geweest.

Een belachelijk, sterk verouderd boekje, 'La Hollande burlesque' van de Fransman Miraud. Uit de tijd. Helemaal van voor 1969, het grote jaar van de Seksuele Revolutie! Toch zijn ook na dat jaar 's avonds in Nederland de huiskamergordijnen open gebleven en zelfs als de Nederlander de gedachten die door de Fransman aan de voorbijgangers worden toegeschreven, in daden omzet, gaan ze niet dicht—beweren de buitenlanders.

Kaeckebeke deed overigens niets dat het meest puriteinse daglicht niet had kunnen velen. Hij verliet z'n zitkamer, de lampen in het trappenhuis van de villa gingen aan en na een poosje ook de luster die in Kaeckebeke's studeerkamer hing.

Kaeckebeke, nog wat hijgerig van de trap, sloot de kamerdeur achter zich en liep naar zijn boekenkast. Deze was, in tegenstelling tot de ramen van zijn kamers, wel degelijk met gordijnen afgesloten.

Zware gordijnen van donkerrood fluweel. Hij schoof er een een halve meter opzij, wierp het hoofd in de nek om door de onderste helft van zijn bril te kunnen kijken en nam een slap, maar tamelijk dik boekwerk van een plank: de universiteitsgids.

Daarmee liet hij zich zakken in een soortgelijke leren leunstoel als beneden stond, maar vijftig jaar ouder, want deze was nog van zijn vader geweest.

Het slappe boekwerk was op twee soorten papier gedrukt: wit papier voor de tekst en geel papier voor het alfabetische register.

Hij liet zijn duim over de naamlijst glijden:

Delfgauw
Dermois
Dieperink
Dierx
Dingelam

Dingelam! Drs. Kaeckebeke probeerde de paginanummers die achter deze naam stonden in zijn hoofd te prenten: 170, 192.

Pagina 170 zocht en vond hij. Hij bleek opnieuw midden in een alfabetische rangorde terechtgekomen te zijn, de lijst der professoren die de faculteit der Wiskunde en Natuurwetenschappen vormden: Borgman, Brinkman, Bruggen, Challa, Dekker... Allemaal namen van geleerden die de exacte wetenschappen bedreven, iedere naam van enkele gegevens voorzien. Dingelam!

Hij las wat er achter de naam Dingelam stond: or. 1/11 1956, a. 1/9 1956 *subfac. scheikunde*
technische scheikunde
Laboratorium voor Technische Scheikunde, Hoogbouw WSN
Postbus 800, Universiteitscomplex, Modderpoel 11, tel 993810
Huisadres: Kleine Volte 13 rood, tel 329451

Daar had hij het huisadres. Het boek in zijn linkerhand geklemd, de duim onder het telefoonnummer dat achter het huisadres stond, liep hij naar zijn bureau en draaide het nummer. Twaalf keer ging de bel over, zonder dat er opgenomen werd.

Niet thuis, concludeerde Kaeckebeke.

Opnieuw bladerde hij in de gids en hield nu stil bij pagina 192.

Laboratorium voor Technische Scheikunde, Hoogbouw WSN Postbus 800, Universiteitscomplex, Modderpoel 11, telefoon 993810. Open 8.00-17.30 uur

Hoogleraar-Directeur
Prof. Drs. K. Tamstra
Hoogleraar
Prof. Dr. R. Dingelam

Is hij niet eens hoogleraar-directeur? mompelde Drs. Kaeckebeke, dat verbaast me. Maar wat weet ik er ook van? Alleen de leden van de theologische faculteit ken ik goed. Dat zijn aardige mensen die verkenningen verrichten op gebieden waar de gehele mens bij betrokken is. Niet van die halve robots, die stoffen uitvinden waarvan ik de naam niet kan onthouden.

Want neen, niet de economie was de grote liefde van Drs. Kaeckebeke, tandarts, en ook niet de tandheelkunde.

Toch had Kaeckebeke zijn benoeming tot president-curator

juist te danken aan het feit dat hij tandarts was geweest. Toen hij benoemd zou worden, bestonden er plannen de universiteit uit te breiden met een subfaculteit tandheelkunde. De voorstanders van deze nieuwe instelling hadden daarom gedacht dat hun plannen niet beter bevorderd konden worden dan door een president-curator die zelf de tandheelkunde had beoefend. Aan deze verwachtingen had Kaeckebeke beantwoord. In niets had hij laten blijken hoezeer hij de tandheelkunde haatte. Nee. Maar uit alles bleek dat zijn ware liefde naar de theologie uitging. En zoiets als het nieuwe Theologische Instituut, met z'n telexverbinding naar alle andere theologische instituten om nog dichter bij God te zijn, met zijn schitterende museum waarin de mens radicaal centraal was geplaatst, dat mocht hij toch wel als een heel leuk persoonlijk succesje beschouwen.

Kaeckebeke, na weer in de Gids te hebben gebladerd, draaide nu een ander telefoonnummer.

'Met Takkie Tamstra,' zei de stem van een kind dat door zijn neus praatte.

'Dag Takkie,' antwoordde Drs. Kaeckebeke, met de stembuiging die hij eertijds gebruikte als hij kleine kinderen op zijn behandelstoel kreeg, 'ben jij een jongen of een meisje?'

'Een meisje.'

'En hoe oud ben jij dan wel?'

'Ik ben vijf jaar.'

Jouw amandelen moeten nodig worden geknipt, dacht Drs. Kaeckebeke. Hij antwoordde: 'Nou, maar dan ben jij een hele knappe meid, als je al zo goed kan telefoneren. En vertel me eens, zou jij je pappa of anders je mamma even aan de telefoon kunnen roepen?'

'Mijn mamma zit onder de droogkap en mijn pappa zit op de wc.'

'O? O, o... Dan...'

Dat laatste woord had hij nauwelijks uitgesproken, of een pijnlijk luide bons, zoals vernomen wordt wanneer de hoorn van de telefoon op de grond valt, trof het trommelvlies van Drs. Kaeckebeke. Daarna hoorde hij twee klappen van de soort die weerklinken wanneer de hand van een volwassene met kracht op een bolle kinderwang geslagen wordt. Volgde het gehuil van een kind, dat zich naar de verte scheen te verwijderen.

Kaeckebeke hield de telefoon op een halve meter van zijn hoofd om zijn gehoor niet te doen beschadigen door al deze herrie, maar een glimlach speelde om zijn lippen. Daar wordt nog ouderwets krachtig opgevoed, dacht hij tevreden. Die kleine krengen! Nooit wouen ze stilzitten als ik hun melkkiezen trekken moest. Het hele huis bij elkaar gillen.—Net goed.

'Met Tamstra,' kwam er uit de telefoon. De stem klonk even boerenkinkelachtig als de naam.

'Kaeckebeke,' zei Drs. K.

'Mijn excuses als u uw tijd heeft staan te verliezen, meneer Kaeckebeke. Ik heb mijn dochtertje al honderdmaal gezegd dat ze van de telefoon moet afblijven, maar ze kan het niet laten.'

'O, nee! Nee!' riep Kaeckebeke, 'geenszins. Geenszins! Wij hebben een alleraardigst gesprek met elkaar gevoerd, alleraardigst. Maar waar ik u over opbel, is dit. U heeft waarschijnlijk ook gehoord dat uw collega Dingelam de Nobelprijs heeft gekregen?'

'Inderdaad,' zei Tamstra en verder zei hij niets.

'Ik heb professor Dingelam helaas niet kunnen bereiken. De telefoon wordt bij hem thuis niet opgenomen. Maar ik neem de gelegenheid te baat ook u vast te feliciteren. Want het is, wil me zo voorkomen, niet alleen een succes voor hem, maar ook een succes voor ons land, een succes voor onze universiteit en niet in de laatste plaats een succes voor het hele laboratorium.'

'Helemaal niet,' zei Tamstra, 'dat onderzoek heeft hij al jaren geleden gedaan, toen hij hier nog maar halve dagen werkte als assistent. En trouwens... en trouwens...'

'Hoe bedoelt u?'

'De stof die Dingelam dertig jaar of nog langer geleden gesynthetiseerd heeft, dat is, populair gezegd, de derde witmaker. De derde, begrijpt u. Maar ikzelf ben toevallig de samensteller van de eerste zwartmaker enne... En zodoende, begrijpt u? Begrijpt u wel? Ik kan er eerlijk gezegd niet zo van onder de indruk zijn.'

'Ja, ja, hm... ach zo. Maar wat ik wilde vragen, professor Tamstra, waar zou ik professor Dingelam kunnen bereiken?'

'Dat wee'k nie.'

'Het is toch, hoe je het beschouwt, een grote onderscheiding voor onze universiteit. Sinds Zernike heeft niemand in Nederland meer een Nobelprijs gekregen. Het zal op de Ministerraad ook de nodige indruk maken en dat kan alleen maar voor de universiteit voordelig zijn. En vooral voor uw laboratorium. Ik zou mijn gedachten maar eens laten gaan over vernieuwingen, uitbreidingen. Maar u weet dus niet waar professor Dingelam te bereiken zou zijn?'

'Hij bezit een boerenhuisje in de buurt van Sauwerd of zo en daar zal hij wel wezen in het weekend.'

'Wat is het telefoonnummer van dat huisje?'

'Hij heeft daar geen telefoon.'

Kaeckebeke was weer naar beneden gelopen en had verteld wat hij met professor Tamstra had besproken.

Mevrouw Kaeckebeke, geboren baronesse Van Hoeck, keek hem aan door met schildpad omlijste brilleglazen.

De haken van deze bril waren verbonden door een gouden kettinkje, dat achter haar hoofd omliep en, wanneer zij haar hoofd schudde, zich ritmisch op haar schouders vertoonde.

'Ik heb er maar van afgezien,' vertelde Kaeckebeke, 'hem te vragen me wat gegevens te verschaffen voor mijn redevoering.'

'Jou helpen met je redevoering? Dat is ook voor het eerst, dat iemand je daarbij zou moeten helpen.'

''t Is ook voor het eerst dat er hier een Nobelprijs valt. Ik wil goed beslagen ten ijs komen als ik Dingelam toespreek. Ik weet niets meer van scheikunde. Als nu die Tamstra een beetje een normale man was geweest, dan zou hij me toch het een en ander hebben kunnen vertellen. Wat bijzonderheden, dat het niet zo'n volstrekt leeg gelegenheidspraatje zou worden als ik anders meestal houd. Want, ten slotte, een Nobelprijs die wordt niet alle dagen uitgedeeld.'

Ze zette haar bril af, die hangen bleef voor haar borst.

'Maar Harm, je bent niet goed wijs. Ik heb jou nog nooit een leeg gelegenheidspraatje horen houden. Iedereen is het er over eens dat als er *iemand* is die goed kan spreken...'

'Nou ja, maar ik bedoel...'

'En dan Tamstra opbellen! Maar dat is een *verschrikkelijke* proleet. Een onMogelijke man! En die vrouw van hem!'

'Ze staan me geen van tweeën voor de geest.'

'Maar mij wel hoor. Dat mens ziet eruit of ze uit een voddenwinkel komt. En ideeën dat die mensen hebben! Ze praten erover hun kinderen van school te nemen omdat ze op school alleen maar seksuele voorlichting krijgen en er toch niks anders leren dan drugs gebruiken.'

'Wat? Z'n dochtertje is vijf, heeft ze me net verteld.'

'En z'n zoontje is zeven, dat is de oudste. Nee heus, het zijn volkomen belachelijke mensen, echt waar hoor. En als ze zich nu maar een beetje op de achtergrond hielden. Maar die vrouw voert het hoogste woord op de Krans van Professorendames. Iemand kan niet iets vertellen, of ze schreeuwt: *Nou, maar* IK *niet hoor! Aan mijn lijf geen polonaise.*—Stel je *voor*!'

'Een merkwaardige uitdrukking, inderdaad. Een polonaise aan een lijf? Nooit gehoord.'

'Ik ook niet, maar het lijf van Tamstra's eega zou er misschien alleen maar op kunnen vooruitgaan.'

Kaeckebeke lachte.

'Ik kan er helaas geen oordeel over uitspreken. Ken je de vrouw van Dingelam misschien ook?'

'Jazeker ken ik die. Een alleraardigst iemand. Gré. Iemand die dol is op dieren. Dol op dieren en buitenleven. En dat zijn toch altijd mensen die dichter bij God zijn dan andere mensen. Dat merk je aan alles.'

'Maar Tamstra is heel fijn gereformeerd, dat weet ik zeker, dat is ter sprake gekomen bij zijn benoeming, dat is een belangrijke factor geweest. Maar ik moet bekennen, hij was zó obstinaat door de telefoon, dat er gewoon niet aan te denken viel hem om een paar zinnige gegevens over Dingelam te vragen. En een opschepper! Hij had ook wat uitgevonden, beweerde hij. Met andere woorden: Tamstra had de Nobelprijs moeten krijgen, niet Dingelam. Daar kwam het op neer.'

'Ig*no*bel,' zei mevrouw Kaeckebeke, 'verbaast me *niets*.'

'Iemand in mijn positie,' filosofeerde Kaeckebeke, 'ik, als president-curator... bij mij komen alle draden samen... maar niet alleen dat... Ik heb in de loop der jaren wel een heel bijzondere informatie over de universiteit en de hooggeleerde heren bijeengekregen. Tegen wil en dank, tegen wil en dank.'

'De studenten, dat is anders ook tuig.'

'Iedere hoogleraar is eenmaal student geweest, dus wat wil je.'

'Het is een taak die God ons heeft opgelegd. Wat zou er van

terechtkomen, als er geen onkreukbare buitenstaanders waren die het roer in handen hielden?'

'Het roer in handen houden. Zeg dat wel, maar nooit hardop in het openbaar.'

'Ik ben wel wijzer. 't Is een en al inspraak wat de klok slaat. De enige manier om de baas te blijven, is de mensen over wie je de baas bent, wijs te maken dat ze zelf de baas zijn. Alle macht aan het volk!' Ze lachte, Lucie Kaeckebeke.

'Toch mag ik graag vergaderen.'

'Alleen een groot geluk dat Taets verantwoordelijk is voor de notulen.'

'Wat zou ik beginnen zonder Taets? Maar is dat zo'n wonder? Ik ben er om de grote lijnen te zien, de details zijn voor Taets.'

'Praat er dan eens met Taets over. Vraag hem eens wat hij vindt dat je tegen Dingelam moet zeggen.'

'Dat is nu precies wat ik graag vermijden wou. Bovendien, Taets, die kan me hoogstens vertellen hoe oud Dingelam is en wat hij gedaan heeft voor hij hier benoemd werd en hoeveel hij verdient en hoe groot het budget van zijn instituut is ...Of nee, daar heeft Dingelam niets over te zeggen, dat instituut. Niet Dingelam is hoogleraar-directeur, maar Tamstra. Merkwaardig, hè?'

'Wat zeg je? Tamstra directeur en hij niet? Een schandaal! Dat kan alleen maar wezen omdat Dingelam een stille teruggetrokken figuur is die nooit lacht. Echte genieën dringen zich niet op de voorgrond. Denk erom. Zeg dat in je toespraak. Uitstekend als Tamstra dat eens hoort. Uitstekend!'

'Ik wil het wel zeggen, maar het zou het leven van Dingelam niet veraangenamen. Ik kan praten wat ik wil en Dingelam kan zoveel Nobelprijzen krijgen als de Zweden hem willen sturen, toch wordt hij geen hoogleraar-directeur, want daarover hebben de assistenten, de wetenschappelijke medewerkers, de studentenraad, de laboratoriumbedienden, de werksters, de portier en weet ik wie nog meer mee te beslissen. Ik niet. Waarschijnlijk mogen ze Dingelam met hun allen niet zo erg en is het daarom dat hij geen directeur is en Tamstra wel.'

'Omdat Dingelam te knap is natuurlijk, niet geduldig naar domme kletspraat luistert, moeilijk op examens. Welja. Op die manier wordt de universiteit precies een gemeenteraad. Niet de knapste koppen, maar de middelmatigste met de brutaalste praatjes krijgen dan de invloedrijkste posities.'

'We leven in een democratisch land.'

'Wat heeft wetenschapsbeoefening met democratie te maken?'

'Ja, wat? Ik hoop niet dat het bekend wordt voor het volgend jaar, als ik pensioen krijg. Al die rooie oproerkraaiers moesten eens weten hoe het hoger onderwijs in Rusland en China is ingericht: militairement.'

'Toch een nare situatie dat iemand als Dingelam ondergeschikt is aan een fluim als Tamstra.'

Kaeckebeke zei niets en sloeg zijn rechterbeen over het linker.

'Dingelam,' recapituleerde Lucie, 'Dingelam de Nobelprijs en Tamstra directeur, dat kan alleen maar tot allerlei conflicten leiden. Tamstra was natuurlijk al jaren jaloers en dat zal er nu niet beter op worden. Wat een figuur: Tamstra hoogleraar-directeur en Dingelam niet. Zoiets is toch be*lache*lijk, Harm!'

'Och, waarom? We zouden het ook andersom kunnen stellen: Dingelam is nu eenmaal de grote onderzoeker en Tamstra meer de administrateur, de boekhouder. Misschien is Dingelam wel helemaal niet iemand die bestuursfuncties ambieert. Zo kun je het ook stellen. Nog sterker: zo *moeten* we het stellen.'

Want er is toch niets aan te doen, dacht hij.

Zij keek hem aan met ogen zo vol twijfel, dat hij niet kon nalaten voort te borduren op zijn veronderstelling.

'Ik weet erg weinig van Dingelam af, maar als het nu eens zo zou wezen dat hij nooit iets anders heeft *gewild*?'

'Dat kan ik ook niet raden. Dat gaat ons feitelijk niets aan. Maar het gaat erom wat voor *indruk* het op de buitenwereld maakt. Daarom gaat het.'

'Welke buitenwereld? vroeg hij, een beetje spottend—hij wou eens zien wat ze er allemaal van begreep.

'Het ministerie bijvoorbeeld. Het ministerie, waar jij altijd zoveel over praat. Stel je voor dat ze op het ministerie zeggen: die boertjes van dat dorpsuniversiteitje hebben een Nobelprijswinnaar in hun midden en ze vinden goed dat die man, een van de grootste geleerden van zijn tijd, in een hoek gedrukt wordt door een domme schreeuwer als Tamstra!'

'Domme schreeuwer? Tamstra is helemaal niet dom. Tamstra zegt dat hij de uitvinder van de eerste zwartmaker is en dat schijnt ook een belangrijke wetenschappelijke prestatie te zijn. Hij mag dan volgens jou een proleet wezen, maar dat neemt niet weg...'

'Ach wat! Hij wou zeker leuk doen.'

Het rinkelen van de telefoon drong deze uitspraken binnen als een motorzaag en Kaeckebeke boog zich voorover, zette het rechterbeen naast het linker, legde zijn handen op de leuningen van z'n stoel en begon zich omhoog te duwen.

'Zal ik maar even gaan?' zei Lucie en sprong meteen op. Kaeckebeke verplaatste zijn handen van de stoelleuningen weer naar z'n knieën en bleef zitten, z'n oren gespitst.

Het toestel stond achterin de kamer, op een klein oosters tafeltje.

Hij draaide zijn hoofd in de richting van zijn vrouw, toen ze haar naam genoemd had. Pauze. Daarna zei ze: 'Die is niet thuis.' Ze nam de hoorn van haar oor, legde haar linkerhand op de microfoon en zei tegen Kaeckebeke:

'Een vent van een krant.'

Ze tilde de hoorn weer op oorhoogte en zei:

'Ja meneer?'

Er hagelde een lange reeks voor Kaeckebeke onverstaanbare, totaal verknetterde woorden in de kamer. Lucie zette een gezicht of ze het praten van een gek aanhoorde.

'Welke krant?' vroeg hij.

Haar hand omsloot de microfoon weer.

'De Nieuwe Rotterdammer.'

'Zal ik komen?'

Zij schudde van nee, lichtte haar hand op en zei:

'Ja, dat is allemaal goed en wel, meneer, maar het is zaterdagavond en als professor Dingelam niet thuis is, daar kan mijn man toch ook niets aan doen.'

Geknetter en gekraak. Toen weer de stem van Lucie:

'Dat kunt u altijd proberen. Veel succes. Ja, dank u wel.'

Zij legde de hoorn neer en het toestel deed klik.

'Waarvoor bedankte jij die man?' vroeg Kaeckebeke.

'Hij zei dat ik je moest feliciteren. Dat het een grote eer was voor de universiteit waarvan jij president-curator bent. Eindelijk eens iemand van een krant met goede manieren.'

'O God, hij moest eens weten hoe moe het me maakt.'

‘Tien jaar eerder,’ zei Lucie, met ook iets bitters in haar stem, ‘tien jaar eerder had het moeten gebeuren, toen had ik nog geen verhoogde bloeddruk. En dan niet op zaterdag. En toen zat jij nog niet vlak voor je pensioen. En toen was iedereen er nog niet zo op uit de universiteit kapot te maken.’

‘Verdraaid,’ zei Kaeckebeke, ‘wie krijgt er nu ook op zaterdag de Nobelprijs, als iedereen met het weekend naar buiten is?’

‘Die journalist beweerde dat hij absoluut maandagavond een groot stuk over Dingelam in zijn krant moest hebben. Het had er eigenlijk vanavond al in moeten staan, maar ze wisten niet wat ze schrijven moesten, omdat ze nog nooit van hem hadden gehoord.’

‘Ah! Dus ik ben de enige niet, die nog nooit van hem gehoord had. Dat lucht op.’

‘Toch kun je niet toestaan dat de universiteit waarvan jij president-curator bent een gek figuur slaat. Harm, dat *kan* eenvoudig niet. In alle kranten ter wereld zal er over Dingelam geschreven worden: de Times, de New York Times, de Monde. Volgende week staan er misschien *hele troepen* journalisten hier voor de deur.’

‘En de radio en de televisie. Dat zijn zulke ordinaire mensen.’

‘Ze zullen je zeker interviewen en wat moet je dan zeggen?’

‘Wist ik het maar.’

‘Ach, weet je wat, je zegt gewoon dat Dingelam al sinds jaren een van onze beste vrienden is. Met minder kan het niet. Stel je voor: jij bent president-curator en die professor is nu de gelijke van Einstein, Bertrand Russell, Churchill, noem maar op. En hij zou niet een van onze beste vrienden zijn?’

‘Goed, dat zal ik zeggen, als ze het me vragen.’

‘Je zegt maar: Dingelam weet een eigen stempel op zijn leerlingen te drukken. Geen moeite is hem te veel. Baanbrekend researchwerk. En toch niet slechts een kamergeleerde. Zijn invloed reikt veel verder. Een opvallende markante figuur.’

‘Ja, ja, dat zijn allemaal van die dingen die gezegd worden als er een dood is, ook al was hij nog zo middelmatig.’

‘’t Is mij best, als jij wat beters weet. Me dunkt dat ik je mooi op weg geholpen heb.’

‘Je hebt...’

Gelukkig hoefde hij deze volzin niet af te maken, want de telefoon ging opnieuw.

'Zou die journalist nu nog niet tevreden wezen?' vroeg Lucie.
'Niet opnemen, dan gaat het vanzelf over,' vond Kaeckebeke.
'En als het dan niet die journalist is?'
'Laat me dan deze keer zelf maar eens gaan, anders houdt dat gedonder nooit op.'
'O dank je, alsof het *mijn* schuld is.'
Kaeckebeke kwam blazend uit zijn stoel met een uitdrukking op zijn gezicht of hij een bromvlieg moest verjagen en pakte de hoorn op.
'Hallo.'
'Ja, goedenavond, met Tonie Taets.'
'Hoe is't?' vroeg Kaeckebeke, 'ook al door de heren journalisten opgebeld?'
'Goddank nog niet, maar dat zal niet lang meer duren.'
'Dat denk ik ook niet. Ik heb er al van moeten lusten.'
'O, dus je weet het al?'
'Nu ja, toevallig in de krant gelezen.'
'In welke krant?'
'In de Nieuwe Rotterdammer.'
'Zo? Ik heb niets gezien.'
''t Stond op de voorpagina, hoor.'
'O, bedoel je dat. Van die Nobelprijs voor Dingelam.'
'Ja, wat anders?'
'Ja maar dat bedoelde *ik* niet. Sorry. Ik bedoelde of je al gehoord had, dat de studenten weer aan het donderjagen zijn. Het plan schijnt te wezen de volgende week het Laboratorium voor Technische Scheikunde te bezetten.'
'Wat? Het laboratorium van Dingelam?'
'Nee, of ja, dat wil zeggen van Tamstra, waar Dingelam ook zit. Tamstra is daar de hoogleraar-directeur, niet Dingelam.'
'Ja dat weet ik. Wat willen die studenten dan nu weer?'
'Tamstra schijnt een ingezonden stukje geplaatst te hebben in een of andere ordinaire ochtendkrant en daardoor voelen ze zich beledigd.'
'Nu ja, als het niet te laat is, sluit het laboratorium dan een paar dagen of een week, tot ze kalmeren.'
Taets gaf geen antwoord. Kaeckebeke bleef luisteren.
'Het is natuurlijk maar,' zei de secretaris van de universiteit ten slotte, 'het is natuurlijk maar wat je sluiten noemt. Ik kan de

secretaressen, de analistes en het technische personeel een boodschap sturen dat ze maandag mogen wegblijven, maar onder de wetenschappelijke staf zijn er een heleboel die een sleutel van het laboratorium hebben.'

'Doen die dan mee?'

'Niet allemaal. Maar er zijn er zo weinig die het gevoel hebben dat ze nog iets gunstigs van Tamstra kunnen verwachten, een promotie, of aangenamer werk of zoiets, dat menigeen het niet meer de moeite waard vindt zich te generen.'

'Och wat verschrikkelijk. Och man, och man, wat erg. Je moest ze allemaal kunnen ontslaan. Allemaal. Op staande voet en dan eens bekijken wie je terug wil nemen en wie niet. Tamstra en Dingelam ook ontslaan. Ik bedoel Tamstra ontslaan als hoogleraar-directeur en Dingelam hoogleraar-directeur maken. Die is de oudste en een beschaafd man en bovendien straks een wereldvermaard geleerde. De enige beroemdheid aan deze hele universiteit. En hij is niet eens *hoogleraar-directeur*! Dat is nota bene *Tamstra!* Een man met wie ik nog niet in dezelfde treincoupé zou willen zitten.'

'Ik weet niet zo zeker of het wel de bedoeling van die studenten is, dat Dingelam in plaats van Tamstra hoogleraar-directeur zou worden. Hoe die kaart in het gezelschap van die heren ligt, daar kan ik eerlijk gezegd geen zinnig woord over zeggen.'

'Wat zouden ze tegen Dingelam hebben?'

'Ken jij hem goed?'

'Ja zeg, natuurlijk,' zei Drs. Kaeckebeke, 'natuurlijk ken ik Dingelam. Al jaren.'

'Hij is wel iemand met eigenaardigheden.'

'Hoe zo, eigenaardigheden?'

'Een man die nooit lacht en erg teruggetrokken leeft. Kijk eens hier, het ligt niet op mijn pad een oordeel te hebben over zijn wetenschappelijke verdiensten. Daar kan ik feitelijk geen zinnig woord over zeggen. Maar ik hoor van alle kanten dat hij na die ontdekking waarvoor hij nu de Nobelprijs krijgt, eigenlijk nooit meer enig wetenschappelijk werk heeft gedaan. Hij stimuleert zijn studenten ook niet.'

'Hoeveel geld maakt hij op per jaar?'

'Dat kun je moeilijk nagaan. Omdat hij geen directeur is en Tamstra wel, kun je aan het budget van dat laboratorium niet zien hoeveel er nu feitelijk voor onderzoek door Dingelam wordt gebruikt en hoeveel door anderen. Als je dat budget ziet, lijkt het of Tamstra de enige is die gelden voor onderzoekingen gebruikt en verder niemand. Maar dat zal in werkelijkheid natuurlijk niet zo zijn.'

'Hoe wil je dat Dingelam wetenschappelijk onderzoek doet als Tamstra beslag legt op al het geld dat er ter beschikking wordt gesteld?'

'Inderdaad, dat zou moeilijk wezen, lijkt me.'

Taets zei verder niets en Kaeckebeke ook niet. Kaeckebeke, de telefoon geen ogenblik verwijderend van zijn oor, trok met zijn vrije hand een stoel naar zich toe en ging zitten.

'Maar wat zullen we nu doen?' vroeg Taets.

'Ik heb een droom,' zei Kaeckebeke, 'ik heb een droom. Tamstra moet er op de een of andere manier toe gebracht worden zijn directeurschap neer te leggen. We benoemen Dingelam in zijn plaats. De studenten kalmeren. Volgende week wordt er een groot feest op dat laboratorium gegeven. Radio erbij, televisie erbij, Duitse televisie erbij, wie weet ook de Amerikaanse en de Zweedse niet te vergeten, of nee, die zullen wel net als alle kleine landen de rechten van de Amerikanen kopen... Begrijp je me?'

'Dat het een droom is, dat begrijp ik heel goed hoor.'

'En verder begrijp je niets?'

'Weinig, moet ik toegeven, weinig.'

'Maar waarom dan toch niet? Onze universiteit is de kleinste van Nederland. Nooit gebeurt er hier iets waar de kranten over schrijven. Ik kan maar heen en weer reizen naar Den Haag omdat de minister ons anders helemaal zou vergeten. Alle andere universiteiten hebben al op ieder instituut minstens twintig elektrische schrijfmachines. Bij ons bestaan zelfs instituten waar ze *geen enkele* schrijfmachine hebben, weet je dat?'

'Natuurlijk weet ik dat. Ik weet ook precies welk instituut je bedoelt. Maar dat ligt aan die lieden daar. Die vinden dat op een wetenschappelijk instituut alles met de hand moet worden geschreven. En met een kroontjespen. Dat heeft niets te maken met...'

'Ach kom, ik heb het niet over de bijzondere opvattingen van die heren. Ik heb het over wat er in het algemeen aan de hand is. Er bestaat een schreeuwend gebrek aan fotokopieermachines. De

Amerikaanse boeken worden veel te duur om ze nog te kopen. Alle andere boeken ook trouwens. En wij hebben niet genoeg fotokopieermachines. Maar je begrijpt toch wel, dat een universiteit die een Nobelprijswinnaar heeft voortgebracht... een wetenschappelijke instelling van *dat* formaat... die kunnen ze in Den Haag... die kunnen ze toch niet zonder voldoende fotokopieermachines laten zitten. Wij moeten gewoon in Den Haag onze Nobelprijs op tafel leggen en zeggen: Binnen een maand twintig fotokopieermachines en anders hoeft er niet meer op te worden gerekend dat er nog een enkele wetenschappelijke publikatie uit onze universiteit te voorschijn zal komen!'

Taets antwoordde:

'Ja Harm, natuurlijk Harm, ik begrijp het Harm, alle ins en outs die eraan vastzitten, maar voorlopig zit *ik* met het feit dat me ter ore gekomen is dat die studenten maandag het laboratorium van onze Nobelprijswinnaar gaan bezetten en...'

'Ja?'

'Je zult het waarschijnlijk niet eens zijn met wat ik je nu ga voorstellen. Maar mijns inziens moeten we absoluut voorkomen dat de studenten maandag het laboratorium voor Technische Scheikunde gaan bezetten.'

'Ben ik met je eens. Ben ik *helemaal* met je eens.'

'Maar hoe?'

'Besprekingen openen, natuurlijk, besprekingen. Geef ze hun zin, of zeg dat ze hun zin krijgen.'

'Maar ze eisen dingen waar we niets over hebben te vertellen.'

'Zeg ze *dat* dan, dat we er niets over te vertellen hebben.'

'Heb ik al gezegd. En juist daarom willen ze de bezetting toch doordrijven.'

'Heb je Tamstra geïnformeerd? Die is ten slotte hoogleraar-directeur.'

'Ik heb vijf minuten geleden met hem gebeld. Hij eist dat we de politie waarschuwen en dat het laboratorium bewaakt wordt door de politie.'

'Maar Tonie! Wat komt er op die manier van het gesprek terecht? Waar blijft de medemenselijkheid? Je meent het toch hopelijk niet? Die man is een maniak. Die had verdorie zelf bij de politie moeten gaan, in plaats van hier professor worden.'

'Hij zegt dat hij politie-ingrijpen eist.'

'Maar hij heeft niets te eisen. Onze tijd eist bezinning. Dat is wat er wordt geëist.'

'Hij wil niet naar mij luisteren. Misschien wil hij wel naar jou luisteren.'

'Ach, daar heb ik een hard hoofd in. Maar de dialoog moet ogenblikkelijk worden geopend, dat lijdt geen twijfel. Zullen we zeggen morgenochtend om half elf?'

'Op zondag? Maar Tamstra is orthodox gereformeerd. Die gaat niet vergaderen op zondag. En hij zal trouwens de enige niet wezen die op zondagochtend om half elf in de kerk zit. Daarvoor ken ik ook jou te goed, Harm.'

'Natuurlijk, natuurlijk. Ha, ha. Ik zeg wel eens zo bij mezelf: het is een groot voorrecht dat er aan onze universiteit nog zo veel mensen verbonden zijn die 's zondags in de kerk zitten. Dat is elders in 't land wel een beetje anders. Maar nood breekt wetten.'

'Maar we kunnen toch ook zeggen: een theevisite morgenmiddag om half vier bij mij thuis? Zou dat niet wat zijn?'

'Kun je dat voor elkaar krijgen?' vroeg Kaeckebeke met hoopvol vuur in zijn stem.

Taets verklaarde dat hij zijn best zou doen het op die manier te regelen.

Kaeckebeke behandelde het besprokene nog een kwartier met zijn vrouw.

'Je kunt zeggen wat je wil over Tamstra, maar die man houdt er toch wel een paar gezonde ideeën op na. De politie roepen en erop meppen, vindt hij.'

'Nee toch, Harm! Wat een gezonde ideeën zijn dat!'

'Ik zei gezonde ideeën, ik heb niet gezegd werkbare ideeën.'

'Maandag komen de televisiereporters uit de halve wereld naar de Modderpoel om Dingelam en zijn laboratorium te filmen. En wat zien ze? De politie die een stelletje snotneuzen een aframmeling geeft.'

'Ach!' riep Harm luider dan hij eigenlijk wilde, 'jij begrijpt het ook nooit wanneer ik een grapje maak. De politie roepen! Geen haar op mijn hoofd dat erover denkt. Je hebt toch gehoord wat ik tegen Tonie zei. Om de tafel moeten we gaan zitten. Om de zaak door te spreken!'

'Om de kwestie uit te praten,' beaamde Lucie, 'juist.'

Toen stond Kaeckebeke weer op en draaide nogmaals het nummer van Dingelam, na het opnieuw te hebben opgezocht in de telefoongids. Ook nu kreeg hij geen gehoor.

'Even naar boven, om wat na te kijken,' mompelde hij tegen Lucie en alsof hij van plan was in plaats van boven wat te gaan nakijken, iets te gaan snoepen in de keuken, sloop hij de kamer uit.

'Zul je niet te veel roken?' riep ze hem na.

Hij ging niet naar de keuken, hij ging wel degelijk naar zijn kamer boven.

Even later zat hij; bijna op de rand van zijn bureaustoel; er nog niet toe gekomen de stoel aan te schuiven. Zijn ellebogen rustten op de leuningen van deze stoel en zijn vingertoppen lagen losjes op de bovenkanten van zijn dijen.

Een groot medelijden met zichzelf kwam bij hem op. Zoveel jaren president-curator en van de idealen waar hij werkelijk achter stond, was bijna niets gerealiseerd. Maar dan ook zo goed als niets. Als een leeuw had hij gevochten voor het nieuwe Theologische Instituut, voor de anderhalf miljoen die er nodig waren geweest om de collectie Stavinga in fraaie eigentijdse vitrines te plaatsen, de peniskokers, de strijkijzers, de Egyptische scarabeeën, de boemerangs. En wat hadden de theologen gedaan? De mens centraal gesteld! Dat was toch zeker nooit zijn bedoeling geweest?

Hij opende een sigarenkist, nam er een sigaar uit en stak op.

De tandartsenopleiding bloeide, economen werden er meer afgeleverd dan het zakenleven nodig had. Maar was dat nu zo belangrijk?

Hij had zijn plicht gedaan.

Hij had beantwoord aan de verwachtingen die waren gekoesterd toen men hem had aangesteld. Hij had de plannen helpen verwezenlijken die al bestonden toen hij benoemd werd. Alleen aan die al bestaande plannen had hij zijn benoeming te danken, omdat hij zowel tandarts als doctorandus in de economie was. The right man on the right place. Maar 't waren andermans plannen. Niet zijn eigen plannen. Waar was zijn eigen inbreng? Laatst, toen dominee Dapper op huisbezoek was, had hij het op de volgende manier uitgedrukt. Half lachend weliswaar, bij een glaasje sherry.

'Ik zal u eens vertellen hoe het is, dominee. Harm, zeg ik zo nu en dan bij mijzelf, Harm, waar is je eigen inbreng? Wat is er terechtgekomen van je eigen inbreng? Een universiteit moet haar studenten toch nog wat anders meegeven dan alleen het recht in andermans kiezen te boren en statistieken op te stellen van invoer, uitvoer, inkoop, verkoop, overheadkosten; lullificaties te houden over de multiplier, de inflatie, de stagflatie en—nou ja, nog het een en ander; meer dan vijfentwintig jaar heb ik geen economisch boekwerk gelezen, gelukkig.'

Kom, niet piekeren. Hij richtte zijn bovenlijf op, boog zich naar voren over zijn bureau en begon te bladeren in een stapel papieren die daar lag. Hij kwam een nummer van Playboy tegen en legde dat in een bureaula. Vanavond niet voor in de stemming en eens in de veertien dagen was trouwens genoeg op zijn leeftijd.

De rest van de stapel bestond uit stencils, brieven, doorslagen van brieven, sommige bij vergissing naar zijn afdeling gekomen en bij vergissing door hem mee naar huis gesleept. Wat had een brief als deze bijvoorbeeld op zijn bureau te maken? De Beheerder van het Geografisch Instituut berichtte aan de medewerkers van dat instituut dat het budget voor het lopende jaar nog lang niet op was. Of de heren nog wensen hadden. '*Onze suggestie is dat u nog enkele elektrische schrijfmachines aanvraagt. Een filmcamera zou trouwens ook menig docent goed van pas komen.*'

De manier waarop het geld aan de universiteiten werd opgemaakt, was een schande. Maar wat ertegen te doen? Het was nu eenmaal de regel dat alle instituten per jaar een bepaalde som gelds voor het wetenschappelijk onderzoek toegewezen kregen. Als daar wat van overbleef, konden ze dat niet laten staan tot het volgende jaar. Integendeel. Als een instituut niet al het toegewezen geld opmaakte, was immers *bewezen* dat er daar niets werd uitgevoerd, dat ze *niet in staat waren* het door hen aangevraagde geld op te maken en kregen ze dus automatisch het volgende jaar een veel kleinere som dan ze vroegen. Op die manier zou op den duur de hele universiteit minder geld krijgen van Den Haag. Gelukkig dus dat iedereen die een budget had, er terdege voor zorgde het op te maken, deed er niet toe waaraan. Als we zuinig waren, daar zou de belastingbetaler toch niets van bespeuren, want er zijn rijkspotverteerders genoeg die wel raad zouden weten met de dubbeltjes die wij lieten liggen.

Toch vond hij deze toestand in zijn binnenste beschamend. Alweer een nationale kanker, waar met geen mensenmogelijkheid een remedie voor viel te bedenken.

Een boosaardige geest moest dit exemplaar van het rondschrijven tussen zijn papieren hebben doen verdwalen. Dit waren dingen waar hij het liefst helemaal niets van afwist.

Hij stopte de brief gauw weer tussen de andere rommel.

Wat een verveling, deze stukken. Hij blies er dichte wolken sigarenrook overheen. Het enige dat hij interessant vond, was een kopie van een mededeling die in de rubriek 'mededelingen' van het *Universiteitsblad* moest worden geplaatst, dat onder alle leden van de universitaire gemeenschap circuleerde.

CENTRALE INTERFACULTEIT stond erboven.

En daaronder stond:

Colleges Reformatorische Wijsbegeerte

'Prof. Dr. K. J. Popma hoopt zijn colleges reformatorische wijsbegeerte te hervatten van 16.15-17.00 uur en van 17.05-17.50 uur in de Klassieke Zaal van het Hoofdgebouw aan de Kleine Zusterstraat.

Van elk college wordt, zo mogelijk een week van tevoren, een gecyclostileerd overzicht beschikbaar gesteld op het college zelf.

Het onderwerp van deze cursus is: De zin van menselijk lijden, antropologisch bekeken. De gedachtengang liep vanaf menselijke kennis omtrent het menselijke, via interpretatie en ervaring, pedagogie en expressie, naar zelfontmoeting en verantwoordelijkheid. In het komende semester wordt deze gedachtengang voortgezet: Messias en messianisme (russisch en judaïstisch); het absurde in het leed, beschouwingen van Jaspers en Camus; menselijk lijden een vreemde indringer in het mens-zijn; zichzelf zijn in de interpretatie van het lijden; zichzelf herkennen als wijsheid, sapientia in de antropologie van Linnaeus; het eervol ambt van mens te mogen zijn; ik-zeggen en jij-ik-verhouding; Iwán Karamázow, zijn theologische ontwikkeling, karaktergroei en ziektegeschiedenis; de middelste fase van deze ontwikkeling; de Groot-Inquisiteur; religieuze opstandigheid en geseculariseerde Kerk; het dogma van Gods wanbeheer; leed en ziekte correlaat; Iwáns ontmoeting met de duivel; de boze, zijn incognito en dubbelzinnigheid; wereldomvattende wereldinterpretatie; 'Ich habe die Wahrheit gesehen'; 'Auftrag und Schicksal des Menschen';—'

Sprak 'Iwán Karamázow' Duits? Kaeckebeke kon het zich niet herinneren, maar ja, hij kon zich ook niet herinneren of hij het boek ooit gelezen had. Toch wist hij drommels goed waar het over ging, al zou Prof. Dr. K. J. Popma dat natuurlijk nog veel beter weten. Kende Russisch. Dat zag je aan de accenten op 'Iwán' en op 'Karamázow'.

Kaeckebeke las verder:

'het rijk en de duisternis en zijn vreemdheid; dichterlijke interpretatie; in den boze; vervreemding; oorsprong en bestemming; objectivering; breuk en heling; heil en groei; mede-lijden; mede-menselijkheid en naastenliefde; voorbehoud en opschorting van oordeel; wereldbeschouwing, levensbeschouwing, wereldbeeld; lichamelijk verloop van de 'ziel'; vermoeidheid-ziekte-dood; dood-situatie; theologische bezinning; leed en kwaad; slijtage en ouderdom; crucis tolerantia; verstandhouding tot de dood; dichterschap; blijvende menselijkheid; schade en gewin; hulp tot inzicht; draaglijke onwetendheid en docta ignorantia.'

Met spijt dat het uit was, bereikte Drs. Kaeckebeke het einde van de tekst.

Zijn ogen gleden weer naar boven om een aantal van de pakkendste onderwerpen die professor Popma zou aanroeren nog eens letterlijk over zijn tong te laten gaan. Jazeker, letterlijk. Je kon hem zien prevelen onder het lezen:

'Sapientia in de antropologie van Linnaeus; ...leed en ziekte correlaat... het dogma van Gods wanbeheer... het rijk van de duisternis en zijn vreemdheid... crucis tolerantia... docta ignorantia... in de boze...'

Het was toch mensonmogelijk dat er aan een universiteit hogere onderwerpen werden behandeld? Maar hoeveel studenten gingen luisteren naar professor Popma? In sommige jaren niet een. NIET EEN. Dat was dan ook de reden waarom professor Popma ongeveer driemaal per cursus een zo uitvoerige inhoud van zijn colleges publiceren liet in het mededelingenblad. Dat deed geen een andere professor. Hoe slecht ze ook waren, die andere professoren, hoe vervelend ze ook stonden te zeuren, studenten kwamen er toch wel, want er was voor gezorgd dat hun colleges verplicht waren. Een student die al te veel wegbleef, zou het zuur kunnen opbreken.

Niets van dat alles bij de verheven Popma. Sapientia... crucis tolerantia... zo was Popma! En er kwam geen een student.

Jarenlang al kwam er geen een student. Soms kwam er een, een keer. Dan zat Popma een halve dag in de trein om alleen voor die ene student zijn reformatorische wijsbegeerte te gaan ontvouwen, want Popma gaf dezelfde colleges ook nog elders in het land (hij was gevestigd te Utrecht).

En ik weet al jaren dat de toestand zo is, zei Kaeckebeke bij zichzelf. Al jaren is het zo en ik heb er niets aan kunnen veranderen. Op die manier wordt de universiteit zoiets als een bloemenkwekerij, waar de bloemen stelselmatig worden vertrapt. Er gebeurt van alles: de nieuwste machines om te ploegen en te zaaien krijgen ze, er wordt geharkt, geschoffeld en gesproeid, er worden tonnen kunstmest uitgestrooid, maar van de bloemen komt niets terecht en dat kan niemand wat schelen. Mij kan het wel wat schelen, maar ik ben machteloos geweest. Zo nu en dan heb ik er andere hoogleraren over aangesproken, maar die bepaalden zich ertoe meewarig hun hoofd te schudden. Ze waren natuurlijk weer andere soorten wijsbegeerte dan de reformatorische toegedaan: de hegeliaanse, de sartriaanse, de thomistische, de marxistische of de marcusiaanse (wat dat dan allemaal ook wezen mocht). En hij had niet het recht gehad die heren tegen te spreken, laat staan met zijn vuist op tafel te hameren en te zeggen: eerst Popma en dan kunnen we verder zien; desnoods tot Hegel en Marx, maar Popma eerst. Geen academicus heeft recht op de eretitel van geleerde, als hij zijn Popma niet in de zak heeft.

Maar zulke praat hield hij alleen wel eens 's nachts in bed, als hij de slaap niet vatten kon. Want hij was President-Curator en als hij zulke praat ook elders zou hebben gehouden, dan zou hij van kwaad tot erger vervallen zijn en dan was hij misschien wel op dit ogenblik geen President-Curator meer.

Nu kon hem dat in het huidig tijdsgewricht wel niet zo erg veel schelen en met een zucht van opluchting zou hij het volgend jaar met pensioen gaan. Maar met pensioen gaan is wat anders dan als een aftandse idioot voortijdig ter zijde worden geschoven.

Hij zou het einde van de rit halen.

Jazeker, zo noemde hij dat: *het einde van de rit* (laatste restant van zijn prilste jeugddroom trambestuurder te worden?)—*het einde van de rit.*

Met nog een ridderorde erbij—reeds was hij Officier in de Nederlandse Leeuw—met een afscheidsgeschenk en... de gelegenheid een afscheidstoespraak te houden. En dan zouden ze eens wat te horen krijgen!

Over de verwording van het huidige tijdsgewricht.

Over het gebrek aan bezinning.

Over de algehele oppervlakkigheid.

Over het niet meer komen tot rust of inkeer tot de diepste dingen, over het smalende lachen om de hoogste dingen. Over de Groot-Inquisiteur en over Iwán Karamàzow—drommels, moest dat accent nou naar rechts of naar links wijzen?

En op het leggen van accenten kwam het aan, dat wist elke academische redenaar. Ook een wat luchtiger accent zou niet misplaatst zijn. Een citaat van Godfried Bomans misschien? Maar die naam was langzamerhand in het vergeetboek geraakt. Die las niemand meer. Dan een andere katholieke grappenmaker, want een katholieke grappenmaker moest het wezen vanwege de oecumene en de mede-menselijkheid. Verdikkeme... ja! Die bekeerde communistische schrijver, aan wie God verschenen was in de gedaante van een ezeltje... Wie was dat ook al weer? Er zat toch iets aardigs in, God voor te stellen als een ezeltje. Een paar gereformeerde geestdrijvers hadden er schande over geroepen. Hovaardige farizeeërs waren dat, zonder gevoel voor humor en zeker helemaal vergeten dat Jezus-zelf wel eens op een ezeltje had gereden (zoals we allemaal wel eens paardje gereden hebben op de rug van onze vader). Verdraaid, hij kon niet op de naam komen van die schrijver. Simon...? Nee. Van...? Nee. Van het...? Nee ook niet. Mensen die de diepere verbanden niet zagen, hadden geprobeerd het hem moeilijk te maken, dat herinnerde hij zich nog wel.

Enfin, 't citaat was van later zorg. In de eerste plaats zou hij voor eens en voor al duidelijk maken dat we *er zo niet kwamen*. Enkel met tandheelkunde, economie, technische scheikunde enzovoorts. Waar? Er.

Dingelam... Misschien was die Dingelam wel iemand met wie verstandig te praten viel en misschien ook niet.

Twee minuten later had hij Tonie Taets weer aan de telefoon.
'Zeg Tonie, je ligt toch niet al in bed?'
'Ik was net bezig aanstalten te maken.'
'Je hebt Dingelam toch zeker ook uitgenodigd voor die bijeenkomst morgen?'
'Nee. Het is een zaak die in de eerste plaats Tamstra aangaat, die is verantwoordelijk.'
'Ja dat kan je nu wel zeggen, maar ik zou toch graag hebben dat Dingelam er ook bij was.'
'Ik zal kijken wat ik kan doen.'
'Probeer hem morgenochtend op te bellen. Of kun je hem niet een boodschap sturen naar zijn buitenhuisje?'
'Ik zal zien.'
'Na kerktijd dan.'
'Ja natuurlijk. Tot ziens.'

Prachtig. Een ongedwongen manier om eindelijk eens te weten te komen wat voor vlees ze in de kuip hadden met hun Nobelprijswinnaar.

Van aksie had ze geen verstand, maar ergens vond hij haar wel een lieve meid. Ergens; maar waar? Alleen op zijn tong en in zijn maag?

'Ik ga een blanquette de volaille à la bourgeoise maken,' had Laetitia aangekondigd.

'Heel fijn,' zei Lucas, 'een mondvol Frans.'

'En straks een mond vol kip.'

'Maar ik ben een beetje kort bij kas.'

'Ik niet.'

Na de zware Yamaha, die glorie van Japan, weer een eindje de keuken te hebben ingereden, waren ze erin geslaagd de voordeur uit te komen. Toen was het half zes. Laetitia had een plastic tasje van een discoshop meegegrist uit het rek met grammofoonplaten.

Aan de overkant van de straat waar de steeg van Lucas op uitkwam, woonde een kleine poelier. Het kopen van een kip ging vlug in zijn werk. Daarna op een holletje naar de supermarkt, die net als alle andere winkels om zes uur dichtging.

Nu liep hij enigszins sukkelachtig achter haar aan, om het wagentje van ijzergaas te duwen, waar zij haar aankopen in legde.

'Wat heb je nog in huis?' had zij gevraagd. 'Bloem? Zout? Kruiden?'

'Helemaal niets, vrees ik,' zei Lucas, 'een brood van gisteren en nog een blikje sardines uit de reclameaanbieding van vorige week.'

'Daar heb ik niets aan.'

Ze rende heen en weer naar de verschillende afdelingen om alle ingrediënten bij elkaar te zoeken: boter, bloem, zout, peper, champignons, twintig kleine uitjes, kruidnagel, peterselie, laurierblad, tijm, een pakje van zes eieren, een flesje koffieroom.

Hij sjouwde maar achter haar aan met het wagentje, in zijn oren de suffe muziek die in supermarkten wordt afgedraaid op de bandrecorder om de huisvrouw onder hypnose te brengen. Dat is bekend. Op dat gebied hebben door het grootkapitaal gemanipuleerde psychologen langdurige proefnemingen genomen. Met proefpersonen en controlegroepen. Twee totaal identieke supermarkten ingericht: zelfde assortiment artikelen, zelfde rekken, zelfde prijzen, alles hetzelfde. Zo deden ze dat. Maar in de ene werd van die maffe muziek gespeeld, en in de andere niet. De supermarkt zonder muziek had een lagere omzet, ja, weet ik hoeveel procent, zal wel dertig procent zijn geweest. Uiterst beschamend. Die wijven gingen daar naar binnen, verloren hun zelfbeheersing, raakten in trance, wilden de heleboel hebben, graaiden zonder te kijken allerlei dingen die ze absoluut niet nodig hadden van de rekken. Bij de kassa bleek de schade pas. Dan was het te laat. Trouwens zo'n meid aan de kassa rammelt er ook maar op los, op haar kasregister. Welke huisvrouw, die met een karretje vol kruidenierswaren daar bij die kassa staat, kan nu controleren of de juiste prijzen worden aangeslagen. Pienter: de klant kijkt tegen de zijkant van het kasregister aan en kan het venstertje waarin de bedragen verschijnen alleen zien als hij z'n kop scheef naar voren steekt. De plaketiketjes op de spullen zijn trouwens toch al zo goed als onleesbaar. Ga maar eens even alle aitems stuk voor stuk bekijken, de prijs aflezen en zien of die caissière precies hetzelfde bedrag aanslaat.

'Denk eraan,' zei hij, 'je koopt niets, behalve wat je werkelijk nodig hebt.'

'Nou, dat doe ik toch niet?' zei Laetitia, 'ik kijk wel uit. Wat wil je erbij eten: aardappelen of rijst?'

'Hoe weet ik dat nou?'

Zij besliste dat het rijst zou zijn. Aardappelen moest je schillen en de aardappelen die je te veel had en niet schilde, lagen dan wekenlang enge spruiten te krijgen.

'En heb je nog koffie?'

Hij dacht van niet en een lange wandeling volgde, op zoek naar de rekken met koffie. De leiding van een supermarkt zou er bijvoorbeeld niet over denken de etenswaren in alfabetische volgorde neer te leggen, of aan de ingang een plattegrond uit te reiken, zodat je vlug en gemakkelijk vinden kon wat je hebben moest. En als je de weg vroeg aan zo'n vent met een witte jas wees hij meestal ook nog de verkeerde weg. Met opzet natuurlijk; dat je zo lang mogelijk bleef zoeken en onderweg voor de verleiding bezweek nog het een en ander mee te pikken waar je niet naar zocht.

Hier was de koffie.

En o, dat zou ze bijna zijn vergeten: een fles beaujolais!

Ze waren al naar de kassa onderweg en opnieuw moesten ze terug door de met lekkernijen gestoffeerde doolhof, naar de wijnafdeling achterin.

Eindelijk stonden ze dan toch in een rij bij een kassa. 't Was waar dat hij die dag wel erg weinig had gegeten. Eigenlijk alleen een paar biertjes gedronken. Zo ging het dikwijls. Hij kon zich voorstellen dat hij uit zijn muil gestonken had en nu trilden zijn knieën werkelijk van de honger. Die mand daar lag vol chocoladerepen, zes stuks in een plasticzakje. Voor de prijs van vier, stond erbij, extra-reclameaanbieding. Dat was nooit weg. Hij pakte zo'n zakje en legde het bij de andere levensmiddelen in het wagentje. Zou hij durven het eruit te halen en meteen beginnen die repen op te eten? Hij kon toch met het lege zakje aan de kassa laten zien, dat hij niet van plan was geweest de zaak op te lichten? Maar misschien kwam er dan de een of andere knecht van het kapitalisme moeilijkheden maken, beweren dat hij wel degelijk geprobeerd had die reclameaanbieding te jatten, enzovoorts. Oponthoud...

Lucas keek om zich heen. Hij zag ook werkelijk niemand die maar alvast begonnen was het een of ander op te eten, voordat hij de kassa was gepasseerd.

En het schoot niet op. Alweer zo'n huismoedertje dat een bedrag van zeven gulden en drieëntachtig centen niet contant betaalde, maar een giroboekje uit haar reticule viste, toen van de caissière een balpunt leende en in een ongemakkelijke houding (dat toonbankje was veel te laag) langzaam begon te schrijven. Jezus! 't Moest toch verboden worden dat mensen die nauwelijks konden schrijven met girocheques betaalden. Iedereen staat geduldig te wachten. Ik heb zin die chocolarepen alle zes in mijn bek te steken en de wagen met eetwaar gewelddadig langs de kassa te rammen, als een tank. Zij niet. 't Mens is eindelijk klaar. Nu moet ze nog haar giropasje laten kijken om te bewijzen dat haar handtekening echt is. Een ongeluk komt nooit alleen: die caissière kan klaarblijkelijk niet lezen, heeft een uur nodig om de cheque te controleren. Komt er dan nooit een eind aan? En dat voor zeven gulden, drieëntachtig spie. Eindelijk trekt ze haar la open en propt die cheque erin, helemaal achterin. Volgende klant.

O. Die is vlug klaar. Een blikje sardines, betaald met twee kwartjes contant. Evengoed krijgt ze een zware papieren zak die minstens een dubbeltje kost, om er dat blikje sardines in te doen. Anders kan de huisdetective niet zien dat ze betaald heeft.

'Kom,' zei hij tegen Laetitia, 'dat mens is gelukkig gauw klaar.'

Hij begon de inhoud van het wagentje op de transportband te leggen. De caissière drukte op een knop, de transportband kwam in beweging en deed de gekochte goederen aan haar oog voorbijgaan. Ze pakte de boter al op, sloeg de kassa aan, terwijl ze het pak boter neerlegde en wegschoof. Pakte een volgend aitem. En zo verder. Alleen al bij de gedachte dat je, na zo lang te hebben staan wachten, er ook nog op zou gaan letten wat die meid precies doet, val je om van moeheid. Zo, nu nog een bons op de totaalknop, ring, ring, krak.

Laetitia kreeg een lange strook wit papier en een velletje cadeauzegels, betaalde. Hij liep door met z'n wagentje, schoof het in een rij andere lege wagentjes, hielp Laetitia alles in de plastictas van de discoshop stouwen.

Ze gingen de straat op.

'Wacht even,' zei hij en viste het zakje met chocolarepen uit de tas, 'jij ook een?'

'Ik niet. Je bederft je eetlust.'

Hij nam niet meer dan een reep uit het zakje, deed het zakje weer in de plastictas.

'Dit zal mijn eetlust niet bederven,' zei hij en liet haar de reep zien, toen hij het papier er half afgehaald had. De bruine rechthoek van chocola bestond eigenlijk alleen uit randen en was in het midden zo dun, dat je er haast doorheen kon kijken.

'Zo word je belazerd, zie je dat? Zes repen voor de prijs van vier, maar toen je er nog vier voor de prijs van vijf kreeg, waren ze tweemaal zo dik.'

Hij at de reep in twee happen op.

Het was verbazend, zoals Laetitia te keer ging in het vieze keukentje, waar hij en zijn vrienden geregeld gebakken eieren lieten aanbranden. Waar de grote motor, hoe ver ze hem ook in de richting van de buitendeur geschoven hadden, toch nog zijn uitlaat naar binnen stak om de lucht met zijn benzinestank te verpesten. De stapels oude kranten op de vloer en de stapel vuile borden en de plasticzakken met vuilnis.

'Als je die kranten en die zakken voor zo lang eens in de tuin gooide?'

Hij deed het.

Zij zette water op, na met moeite een fluitketel te hebben gevonden. Ze schilde de uitjes. Ze sneed de kip aan stukken. Ze schraapte een pan schoon, deed de kip erin met water en zette hem op het gasstel.

Lucas stond er maar zo'n beetje bij, kletste wat, rookte een sigaret, had trek in nog een chocolareep, maar beheerste zich.

Nou ja, als ze zich uitkleedde zou ze weinig overeenkomst vertonen met een model uit Playboy. Eigenlijk werd je smaak vergiftigd door zo'n blad als Playboy. Met welke meid hij tot dusverre ook gevrijd had—niet meer dan twee overigens—steeds was het hem door zijn hoofd gegaan: het is niet de kwaliteit van Playboy. Hij kende jongens die op Playboy afgaven en beweerden dat ze de foto's in Playboy niet mooi vonden. Consequente jongens waren dat, moest hij toegeven. Louis Cuffeler was er zoëen. Ideologisch. Fanatiek. Maar of hij meende wat hij zei? De vrouw gefotografeerd als lustobject. Vonden ze verachtelijk. Was het natuurlijk ook. Maar ze logen als ze beweerden dat de anatomietjes op die foto's niet mooi waren. Alsof het zo verdienstelijk was *geen* lustobject te zijn. Alsof het genotvoller zou wezen te vrijen met een meid die overal pukkeltjes had, slappe toeters en kantoorbillen. Over billen gedacht: neem haar billen. Zelfs als je niet meerekent dat haar broek te ruim zit. Je weet het zo al, van tevoren, dat het slappe gevallen zijn met besluiteloze rondingen. Niet dat vastberadene van een bil uit Playboy. Zo'n bil die je, als je er een in werkelijkheid zag, luidkeels zou doen uitroepen: Ja! Ik wil!

Hoe kwam Playboy er toch aan? In mijn studentenwereldje zie je nooit iets van dien aard en zelfs op straat gebeurt het hier ter stede toch hoogstens maar eens in de veertien dagen dat je er een ziet lopen, waarvan je denkt: Die zou in Playboy kunnen. Als die zich voor mij zou uitkleden, dan had ik Playboy niet meer nodig.

En hij lette er toch altijd goed op. Als je er over nadacht was het om radeloos te worden. Hoe de structuren van de maatschappij ook zouden veranderen, welke ideeën het alternatieve denken ook zou verwezenlijken in de toekomst: iedereen zonder examens de gelegenheid geven professor te worden en iedereen evenveel salaris betalen als een professor, er zou toch permanent een groot gebrek aan mooie meiden blijven. De weinige mooie meiden die er waren, opsluiten in een soort kloosters, dat zou misschien een oplossing wezen. Iedereen een lelijke meid—niemand meer jaloers. Een verbetering, maar een heel minieme verbetering. Iedereen een *mooie* meid was nog beter. Maar hoe? Gigantische ziekenhuizen oprichten, waar gigantische troepen esthetische chirurgen—door het ziekenfonds te betalen, wel te verstaan—van de lelijke meiden nog zouden maken wat ervan gemaakt kon worden? Nee, hij was een beetje bang dat het niet alleen totaal onuitvoerbaar zou blijken, maar bovendien geheel ontoereikend. Ze hadden gemakkelijk praten: verander de structuren van de maatschappij en er zal een nieuwe mens ontstaan. Een nieuwe, maar geen mooiere. Geen adembenemende borstjes, geen zegepralende dijen, geen tartende billen. Dus zouden er ook dan knapen zijn die iets verrukkelijks het hunne mochten noemen en andere die zich tevreden moesten stellen met een geraamte of de plaatjes uit Playboy. Hoewel, nee, het eigendomsrecht op seksueel gebied zou afgeschaft zijn en iedereen mocht met iedereen naar bed. Maar als zo'n fraai stuk dan geen zin had met iedereen naar bed te gaan?

Dan moest ze omgeturnd worden, zoals Louis Cuffeler het noemde.

Hoe? Wie? Door wie?

Een onwaarachtige toestand, ergens. Een confessie van Louis Cuffeler schoot hem te binnen. Fenna van Louis studeerde wiskunde, had het model van een bezemsteel, en kromme dunne pootjes. Louis had hem eens verteld dat hij altijd zijn ogen dichtdrukte op haar schouder en dan aan een meid uit Playboy dacht. Op die manier werd het toch nog wat.

Moest dat omturnen worden genoemd? Was het beter dan Playboy alleen en met je ogen open? En wat zou Fenna zeggen als Louis haar vertelde waar hij aan dacht? Zouden, ook in de nieuwe wereld die ontstaan moest, de mensen alleen kunnen vermijden elkaar voortdurend te beledigen en pijn te doen, door haast voortdurend te liegen en haast voortdurend een gezicht te zetten alsof je andermans leugens geloofde?

Laetitia viste de stukken kip uit het water toen het kookte en spoelde ze af in koud water.

Ze smolt boter in een pan, voegde er bloem aan toe, liet het een paar minuten pruttelen, deed de stukken kip erbij, voegde heet water toe, bracht het aan de kook.

'Wat een boel werk.'

'Ik begin pas.'

'Had die kip nou maar eventjes vlug in de boter bruingebakken. Ik sterf van de honger.'

'Maar dan was het geen blanquette de volaille à la bourgeoise geworden. Ik ben nog lang niet klaar, hoor.'

Zij wou laten kijken wat ze kon, dat was het. Ze wou hem versieren door een aanval op zijn maag te doen. Enfin, beter dan helemaal geen aanval. Toch eigenlijk een schatje dat ze zoveel moeite deed.

Ze deed zout, peper, de kruiden en de uien erbij. In een van de uien had ze een kruidnagel gestoken. Ze sloot de pan af met een emaille bord (tot een maand geleden gebruikt door de kat die sindsdien weggelopen was), de deksel kon hij niet vinden.

'En nu moet het nog een uurtje sudderen,' zei ze met een lachje.

Kort geleden had hij in een krant gelezen, dat circusdieren werden gedresseerd door ze een hele tijd geen eten te geven. Zou zij dat misschien ook gelezen hebben?

'Je hebt vergeten de paddestoelen erbij te doen,' zei hij koel.

'O nee, lieve jongen, die moeten straks eerst een beetje aangebraden worden in boter en dan pas, een paar minuten voor alles klaar is, erbijgedaan. Anders worden ze zacht.'

'Wat nu dan?'

'Geduld hebben. Afwachten. Ik moet de rijst nog koken, maar daar is het nu ook nog te vroeg voor. Laten we maar in de kamer gaan zitten.'

'We kunnen een glaasje wijn drinken vooraf.'

'Dat is een goed idee.'

Hij haalde zijn zakmes te voorschijn, waaraan een gebrekkige kurketrekker zat, slaagde er toch in de fles daarmee open te krijgen. Ging daarna de mosterdglaasjes zoeken, vond er niet meer dan een. Toevallig was het nog schoon ook.

'Peter smijt ze altijd allemaal kapot. Vind je het erg samen uit een glas te drinken?'

Dat vond ze niet erg en ze gingen naar zijn kamer. Precies op dezelfde plaats als 's middags liet ze zich op het bed zakken. Hij schakelde de versterker in en het tape-deck. Toch maar wat zachter zetten.

Met de fles in zijn ene hand en het glaasje in de andere kwam hij naast haar, dicht tegen haar aan. Zo iemand als Louis was natuurlijk ziekelijk. Bij zichzelf had hij ervaren hoe zijn behoefte aan verblindende Playboy-schoonheid snel in kracht verminderde, nadat er tussen hem en een meisje een zekere vertrouwelijkheid was ontstaan. Tanja vond hij eerst ook helemaal niet aantrekkelijk. Deze Laetitia was *zelfs op het eerste gezicht* een heleboel leuker. Hij vond haar lief en hoe ze er verder uitzag, kon hem niet schelen. Onbegrijpelijk, maar zoals hij zich nu voelde, zou hij ook wel met haar hebben willen vrijen als ze het meest afschuwelijke monster ter wereld was geweest. Het was gewoon geen punt meer, Playboy.

Wat zaten ze nu niet gezellig uit dat ene glas te drinken. Hij sloeg zijn rechterarm om haar schouders en stak zijn neus in haar wollige haar. Te zoenen probeerde hij haar niet meer. Dat kon hij beter tot na het eten bewaren. Stom dat hij die chocolarepen in de supermarkt had gekocht. Een rol pepermunt zou praktischer zijn geweest. Daar had je het al: hun doortrapte reclameaanbiedingen maakten dat je de dingen die je werkelijk nodig had, vergat. Pepermunt zou ook de volgende ochtend goed van pas komen. Hopelijk krijg ik haar zo ver dat ze de hele nacht blijft. Do-boem-boem-mi-fa-boem-boem-mi-do-boem-boem.

Toen zij de fles half leeg hadden gedronken, zei ze:

'Nu stoppen. En ik moet trouwens naar de keuken, want de kip is bijna gaar. Blijf je hier?'

'Nee, ik ga mee.'

'Zoek jij dan twee messen, twee vorken en twee borden op. Was ze af, want ze zullen wel vies zijn.'

De geur van kip en kruiden had de benzinestank bijna helemaal uit het keukentje weten te verdringen. De raampjes waren met aromatisch vocht beslagen.

Zij wist een koekepannetje uit de rommel te trekken, veegde het uit met een krant, spoelde het om met heet water. Daarna bakte ze de paddestoelen erin en deed de gebakken paddestoelen bij de kip.

Lucas vond wel vijf vorken, wel drie messen en toch maar een bord.

'Dan zal ik straks wel van het emaillebord eten.'

Hij bedoelde het bord dat nu als pannedeksel werd gebruikt.

'En ik moet ook nog iets hebben om de eieren in te klutsen.'

'Ja zeg, dat houden we er hier niet opna. Neem dan dit bord maar zo lang.'

Ze brak twee eieren, scheidde dooier en eiwit, het eiwit deed ze in een theekop, klutste toen de eidooiers met wat koffieroom door elkaar op het bord. Daarna nam ze het andere, het emaillebord van de pan, viste de stukken kip uit het vocht en legde ze op het bord. De geklutste eieren stortte ze in de pan, met nog een kluit boter erbij.

'Hier,' zei ze, 'spoel dit bord even af.'

'Eerst aflikken.'

Eindelijk.

Daar zaten ze weer naast elkaar op het bed, maar nu zoveel mogelijk rechtop. Hun enige wijnglas stond tussen hen in, op de grond naast hun voeten. Allebei hadden ze een bord vol kip en rijst op hun knieën, overgoten met geurige roomsaus.

Laetitia proefde voorzichtig met haar vork. Lucas nam meteen een flinke kluif ter hand.

En juist toen hij er zijn tanden in wilde zetten, klonk er groot lawaai uit de gang. Iemand wilde kennelijk de buitendeur openduwen en slaagde daarin niet.

'Lucas!' riep een stem die uit zuiver miskelkkristal leek geslepen, 'ben je thuis?'

'Ik kom eraan!'

Hij legde zijn kluif weer op zijn bord, zette het bord op de grond en liep de gang in. Wat een gesjor om die zware motor los te trekken van de muur waar hij tegen leunde en weer een eindje de keuken in te rijden. Nog toen Lucas daarmee bezig was, ging de buitendeur wijd genoeg open om Louis Cuffeler binnen te laten.

'Hoi!' zei Louis.

'Hoi. Ga maar vast naar binnen. Of kun je nu meteen vertellen waar het over gaat?'

Hij wachtte nog even met het terugrijden van de motor, misschien ging Louis onmiddellijk weer weg.

'Je meent het,' zei Louis, 'maar ik heb heel belangrijk nieuws voor je, jongen en daar moeten we toch minstens een kwartiertje over praten.'

Louis ging de kamer in en Lucas reed de motor weer naar achteren, daarmee de buitendeur vanzelf dichtduwend.

Louis zat op het bed, op dezelfde plaats waar Lucas zoëven gezeten had en zei, toen Lucas binnenkwam:

'Wat zat jij lekker te eten, jongen.'

'Wou je ook een hap?' vroeg Laetitia.

'Jawel hoor,' antwoordde Louis, 'ronduit ja.'

'Maar waaruit dan?' vroeg Lucas.

'Haal de lege pan uit de keuken,' zei Laetitia, 'er is toch genoeg voor ons drieën.'

Lucas haalde de lege pan uit de keuken, nam zowel uit het bord van Laetitia als uit zijn voormalige eigen bord dat nu van Louis was een paar stukken kip, deed er rijst bij. De anderen hielden hun borden scheef om hem ook wat saus te gunnen.

Nergens was er meer plaats naast Laetitia en hij wou niet zeggen: Schuif een eindje op.

Dus ging hij nu naast Louis zitten en Louis zat in het midden. Hij had een arbeiderspak van lichtblauw linnen aan. Hij was lang, mager en doodsbleek. Zijn sluike blonde haar reikte ver beneden zijn schouders en was achter op zijn hoofd tot een paardestaart bijeengebonden met een elastiekje. Hij nam een flinke slok uit de fles, waar toch al niet zo bijzonder veel meer in zat.

'Nou,' vroeg Lucas, 'wat is je belangrijkste nieuws?'

'Dat is... Maar zou ik eerst wel even mogen opmerken dat ik hier reuze-gezellig zit?'

Hij rukte een stuk vlees van een kluif en kauwde het fijn. Toen zijn mond half leeg was, zei hij:

'Raad eens door wie ik ben opgebeld?'

Ze namen niet de moeite te gaan raden en keken hem aan.

'Door Taets,' zei Louis.

'Wie is Taets?' vroeg Laetitia.

'Ach schatje van me,' zei Lucas en hij had zin zijn arm om haar heen te slaan, maar dat kon niet, 'Taets is de secretaris van de universiteit.'

'O, *die* Taets!'

'Ja die. Wie anders?' zei Lucas.

‘Nu ja,’ zei Louis, ‘Taets nodigde ons uit om morgenmiddag bij hem thuis te komen. Ze willen een gesprek.’

‘Wat? Een gesprek? Waarover? Over de bezetting?’

‘Ja, precies.’

‘Zijn ze daar nu al achter?’

‘Klaarblijkelijk. Taets komt, of nee, die is daar al natuurlijk, de rector komt, de president-curator komt en Tamstra komt.’

‘En Dingelam?’ vroeg Laetitia.

‘Dingelam zal wel wat beters te doen hebben,’ zei Lucas, ‘die zit z’n centen te tellen.’

‘Dingelam heeft er niets mee te maken,’ zei Louis op objectieve toon, ‘want Dingelam is geen instituutsdirecteur. Maar wat zeg je ervan?’

‘Hoe gaan we,’ vroeg Lucas, ‘naakt? Of met zwartgemaakte gezichten? Of zullen we rotjes afsteken?’

‘Niets daarvan,’ zei Louis en nam nog een hap kip, ‘dit is HET GESPREK. Dit is DE DIALOOG. We zorgen ervoor dat onze ideologische voorbereiding niets te wensen overlaat. We dienen die heren van repliek en we geven geen duimbreed toe. Simpel.’

‘Maar Louis,’ zei Laetitia, ‘ik heb er vanmiddag met Lucas al een hele tijd over gepraat. Kunnen jullie de bezetting niet een week uitstellen? Die bespreking morgen is een goede gelegenheid.’

‘Maar waarom uitstellen?’

‘Het is toch maar flauwekul, die hele bezetting, want de enige dingen die jullie vragen, dat zijn dingen die ze toch niet kunnen geven en het is zo lullig voor Dingelam.’

‘Onzin. Lullig voor Dingelam? Wat dan? Dingelam krijgt z’n Nobelprijs en daarmee, mag hij, vind ik, dubbel en dwars tevreden zijn. Weet jij hoeveel soldaten, intellectuelen en werkers er vermoord zijn in allerlei oorlogen om Nobel zoveel geld te laten verdienen?’

‘Je hebt kans dat ze alles toegeven zogenaamd. Dat ze op alles ja en amen zeggen om maar te zorgen dat het laboratorium niet wordt bezet,’ zei Lucas, ‘wat doen we dan?’

‘Dan maken we ze gewoon duidelijk dat ze ons zitten te belazeren. De examens afschaffen, studieloon uitbetalen, en zo voorts, dat kunnen ze niet en dat mogen ze niet, want daarover staat niets in de wet. Nee zeg...’

'Daarom is het juist zo lullig wat jullie doen,' zei Laetitia, 'ik had me voorgenomen er niet meer over te praten, maar op deze manier...'

Er niet meer over praten, dacht Louis, jij... Straks in bed zou je Lucas wel tot andere gedachten weten te brengen, nietwaar stouterd. Dat was je van plan. Maar al moet ik er hier de hele nacht over blijven zitten discussiëren.

En hij discussieerde.

Er werd tot half twee over gediscussieerd. Lucas gaf hem op den duur in alles gelijk, hopend dat hij dan vlugger zou ophoepelen. Maar het hielp niets. Want ten slotte was Laetitia de eerste die zei:

'Nou jongens, succes ermee. Ik heb slaap en ik ga naar bed.'

Zij stond op.

Wat moest Lucas anders doen, dan met haar het gangetje inlopen om de motorfiets te verrijden, zodat de buitendeur openkon? Haar zeggen: Ach kom, blijf nu, of kom over een kwartiertje terug als ik hem eruitgewerkt heb. Maar ik kan toch, waar hij bij zit, niet zeggen dat jij gelijk hebt?

Ja, waarachtig, daar kwam het toch zijn mond uit.

'Je bent toch niet kwaad? Ik heb heus erg veel begrip voor je standpunt, maar ik kan hem nu toch niet ineens ongelijk gaan geven. Ik heb alles met hem samen voorbereid.'

'Hem ongelijk geven? Ik zou niet weten waarvoor je dat zou moeten doen, Lucas. Dan maak je je alleen maar belachelijk. En trouwens daar gaat het me helemaal niet om, hoor. Ik heb alleen maar slaap, ik wil naar huis. Tot ziens.'

Ze gaf hem een op zijn allerhoogst zusterlijk kusje en was de deur uitgevlogen voor hij nog een tegenmaatregel had kunnen nemen. Een zusterlijke kus. Niettemin de eerste. Alles was dat niet. Maar misschien was alles nog niet verloren.

'Ja,' zei Louis, toen Lucas de kamer weer binnenkwam, 'dat is een lekker gleufdiertje zeg, maar ze moet nog een heleboel leren.'

Niet van jou, hoop ik, dacht Lucas.

'Weet je wat we moesten doen,' zei Louis, 'we moeten haar omturnen en dan in commune gaan leven, of eerst in commune gaan leven en haar dan omturnen.'

'Ik heb ook slaap,' zei Lucas en hij dacht: Dit wordt linke soep, als ik niet uitkijk. Wat te doen om haar alleen voor mij te krijgen?

Nu ja, de afspraak was half vier, maar Tonie Taets zou wel niet vreemd opkijken als Kaeckebeke een kwartiertje eerder verscheen. Konden ze de toestand onder ogen zien; onder *vier* ogen.

Toestanden onder ogen zien, gaat nu eenmaal beter onder vier ogen dan onder meer.

Eens even kijken: hijzelf, Taets, Tamstra, Dingelam, de rector magnificus professor Meinema en minstens twee, misschien nog meer vertegenwoordigers van de studenten. Met z'n zevenen zouden ze zijn; veertien ogen.

Vergaderen, zei Kaeckebeke bij zichzelf, dat was het beste onder vier ogen, of onder een ontelbaar groot aantal ogen, niet iets daartussenin.

Onder vier ogen kon je vrij vlug tot een of andere beslissing komen als het moest. Een grote vergadering daarentegen, dat was heel iets anders. Grote vergaderingen waren er in wezen helemaal niet om iets te beslissen! Die waren er om iedereen stoom te laten afblazen tot de oppositie in slaap viel.

O! Hij mocht het voorzitten van een grote vergadering zo graag met het dirigeren van een groot orkest vergelijken. Een goed geleide vergadering! En was hij geen meester in het leiden van vergaderingen? Het viel te vergelijken met een uitvoering van het Concertgebouworkest. Niet meer en niet minder. De *choc des opinions*! De wendingen die hij, gewapend met zijn voorzittershamer aan de debatten wist te geven. Met kleine corrigerende humoristische opmerkingen om het door een spreker gesprokene af te ronden. Met een *bon mot* als het zilveren tingelen van een triangel. Eigenlijk luisterde hij alleen maar naar de sprekers om het juiste moment te vinden, waarop hij kon toeslaan met zijn voorzittershamer en zijn triangel laten weerklinken in de jungle van dat gezeur. Onmiddellijk daarna vergat hij totaal wat ze hadden gezegd om het gestumper van de volgende redenaar in het vizier te nemen, zijn hamer geheven als een kattepoot. Nog even... nu mag hij dat zinnetje nog afmaken... hij komt er niet uit... Bam! Volgende spreker.

Dat was mooi werk, hoor. De beslissingen werden toch achteraf genomen (onder vier ogen), wanneer ze tenminste niet, zoals meestal, van tevoren vaststonden.

Al die met een zacht hamertikje tot ridder van het zwijgen geslagen sprekers wisten dat zelf trouwens ook wel, maar in de wet stond dat er moest worden vergaderd en vergaderen was in elk geval veel gemakkelijker voor de heren dan het uitbroeden van nieuwe wetenschappelijke ontdekkingen.

Als er geen wetenschappelijke ontdekkingen werden gedaan, maar wel veel vergaderd, kon niemand tenminste beweren dat er aan de universiteit maar een beetje werd gelanterfant.

Ze vergaderden dolgraag. Eigenlijk was iedereen blij dat er zoveel moest worden vergaderd, ook al klaagden ze steen en been.

'Aan wetenschappelijke arbeid komt men tegenwoordig niet meer toe! Vorig jaar, in de hoop dat er nog wat van terecht zou komen, heb ik nota bene voor een half miljoen nieuwe apparatuur aangeschaft. Dat staat nu te verstoffen in de kelder, collega.'

'In de kelder? Nou dan heb je niets te klagen. Bij mijn laboratorium staat het te verroesten op de binnenplaats. De kelders zijn vol!'

'Ha, ha, ha, ha, ha.'

Tik. 'Heren, maar nu ter zake...'

En zo ging dat verder. Als hij er niet was, dan zouden ze de moed helemaal verliezen, de arme geleerden, gereduceerd tot pispaaltje van een ieder. De moed erin houden was de functie van de president-curator, niet het doen nemen van beslissingen op een grote vergadering, want daar waren grote vergaderingen nu eenmaal niet voor.

Kaeckebeke kwam, hoed op en jas aan, om drie uur zijn villa uit. Drie op het grint krakende stappen brachten hem voor de deuren van zijn garage, die hij openduwde.

Zijn hoed hield hij altijd op in de auto en voor hij startte, stak hij een grote sigaar aan.

Wat hangerige jongetjes fietsten rondjes door de villawijk, verder was hier geen levende ziel te ontdekken. De zon scheen, maar op een laag pitje. Het leek of de weergoden buiten adem waren van al het geblaas en gesputter dat gisteren had plaatsgevonden—dit betekende niet dat de plannen deze provincie nog verder te tuchtigen van de baan waren.

De grote Mercedes van Kaeckebeke reed in de derde versnelling door de bochtige lanen, tot hij de hoofdweg naar de stad bereikte.

Hij stopte, zijn linkervoorwiel al op de rijbaan van deze weg, zijn rechter knipperlicht ongeduldig.

In beide richtingen schoven hier auto's bumper aan bumper voorbij. Waar ze naartoe gingen in die grote aantallen, kon geen mens raden. Het leek of er per kilometer betaald werd om op zondagmiddag over deze saaie weg te rijden, nauwkeurig de maximum snelheid niet overschrijdend, niet alleen uit fatsoen en burgerlijk saamhorigheidsbesef, maar ook omdat er gechauffeerd werd door mensen die alleen op zondag wat reden.

Over zijn stuurwiel hangend, zijn ogen dichtgeknepen tegen de sigarenrook, wachtte Kaeckebeke tot hij een gaatje zag. Eindelijk.

Een minuut of vijf reed hij in de file over de drukke weg. Toen sloeg hij rechtsaf weer een doodstille laan in. Het was geen nieuwe buurt, ook geen bijzonder oude, maar oud genoeg toch dat men de beplanting onlangs had moeten vernieuwen. Dunne boompjes, met bijna geen takken eraan, stonden heen en weer te zwiepen naast paaltjes waaraan ze met stukken fietsband waren vastgespijkerd.

De laan bestond uit bakstenen herenhuizen. Hun buitendeuren waren van naturel gelakt eikehout.

Parkeerruimte viel er gemakkelijk te vinden, omdat iedereen die geen andere verplichtingen had, aan de zondagmiddaglijke automobielpolonaise op de hoofdweg deelnam. Vlak achter de auto van Tonie, dus bijna recht voor de ingang van diens residentie, bracht Kaeckebeke zijn Mercedes tot stilstand. Met een hand zijn hoed vasthoudend, stapte hij uit. Z'n sigaar, die zijn mond geen ogenblik verlaten had tijdens de rit, was nog geen centimeter korter geworden.

Hij deed het portier op slot en liep om de auto heen om te voelen of de andere portieren ook op slot waren.

Mr. Taets deed zelf open.

Taets droeg een stijf kostuum, egaal grauw van kleur, ridderorde in het knoopsgat. Een wit overhemd en een donkerblauwe das. Zijn sluike, peper- en zoutkleurige haar zat altijd of hij juist bij de kapper was geweest. Deze kapper sneed alle gewas dat op verticale gedeelten van het hoofd voorkomt, af tot aan de wortel. Alleen boven op de schedel liet hij nog wat groeien, dat, ter weerszijden van een rechte scheiding, genadeloos vastgeplakt werd in tegenovergestelde richtingen.

'Dag Harm, hoe is't,' zei Taets, met het nasale accent van de streek, 'de vrouw is een uurtje op bed gaan liggen met hoofdpijn.'

'Een kwaal die nogal eens wil voorkomen in onze leeftijdsklasse,' zei Harm, 'of is 't wat anders?'

'Nee, nee, niets ernstigs.'

'Gelukkig.'

'Ga binnen.'

'Excuseer mijn sigaar.'

Geholpen door Taets hing hij zijn hoed en jas aan de kapstok.

Aan de voorkamer was al zo'n beetje het karakter van een vergaderzaal gegeven. Dat deed prettig aan. Taets had het blad van de eettafel uitgetrokken en dit werd nu niet meer volledig bedekt door het imitatie-perzische kleed dat er altijd over lag.

Er stonden een bekertje met potloden op, een bekertje met filtersigaretten, drie asbakjes. Er lag ook wat kladpapier. Een onaangebroken doosje met het kleinste model sigaartjes zou, zo nodig, de behoeften bevredigen van degenen die geen sigaretten rookten.

'Alles maar vast klaargezet,' zei Taets, 'je bent vroeg, maar dat komt goed uit.'

'Ik dacht zo, ik dacht zo,' antwoordde Harm. Hij wees naar de kantoorartikelen en de versnaperingen op de tafel en zei: 'Een vriendschappelijke atmosfeer kan wonderen doen.'

Maar het ontging hem niet dat er voor de stoel aan het hoofdeinde van de tafel, de stoel waar hijzelf straks de functie van voorzitterszetel aan verlenen zou, geen hamer lag. Dat Taets naar het Universiteitsgebouw zou zijn gesneld om de antieke voorzittershamer op te halen, had hij geen ogenblik verwacht. En toch, een voorzitter zonder hamer... als het niet een gek gezicht zou wezen... wel verdorie hij *kon* niet zonder hamer!—Had Taets geen timmerhamer?

'Laten we zo lang even achter gaan zitten,' zei Taets en troonde hem mee naar de achterkamer, die meer het uiterlijk had van een salon: glanzendbruine lage balpoottafel, zo goed als dezelfde die er bij Kaeckebeke thuis ook stond, waarover een kanten kleed lag, beschermd door een schijf spiegelglas. Lage stoelen met gobelin bekleed. Deventer tapijt op de vloer. Een dressoir met balpoten. Een heidegezicht in olieverf en een kleurenlitho van Karel Appel aan de muur. In de hoek, bij de tuindeuren, stond met opengeslagen klavierdeksel een klein elektrisch orgeltje, waarvan de kwasi-functionele vormgeving even hard, maar anders met de omgeving vloekte dan de woeste kleuren van Karel Appel.

'Neem plaats,' zei Tonie, wijzend op een van de lage leunstoelen. Harm nam plaats. Zelf naar de andere lopend, talmde de secretaris van de universiteit onderweg even bij het elektrische orgeltje en deed een loopje weerklinken.

'Speel je veel de laatste tijd?' vroeg Harm.

'Ach man, daar heb ik weinig tijd voor. Maar al speel ik maar vijf minuten per dag... Ik heb het gevoel dat ik er helemaal onderdoor zou gaan als ik dat niet deed. Wil je dat wel geloven?'

'Muziek is een beste heelmeester,' zei Harm, 'daarvan is ook al sprake in de Bijbel.'

'Ik speel ook altijd psalmen,' zei Taets.

Tureluut. Turuuttuuttuut. Zo, staande, deed hij dat even.

Daarna ging hij tegenover Kaeckebeke zitten. De kristallen asbak, die midden op de salontafel stond, schoof hij in de richting van de president-curator. Kaeckebeke tikte as af, stak de sigaar toen weer in zijn mond en draaide hem een halve slag tussen natgemaakte lippen, terwijl hij eraan zoog.

Achteroverleunend vroeg hij:

'Dingelam komt toch ook?'

'Nee, Dingelam komt niet.'

'Waarom niet?'

'Tamstra was ertegen.'

'Je had misschien beter niets tegen Tamstra kunnen zeggen. Je hebt het recht op visite te vragen wie je wil.'

'Ik was ook niet van plan Tamstra iets te vragen, maar toen ik Tamstra aan de lijn had, zei ik langs mijn neus weg: Weet je waar ik professor Dingelam kan bereiken? Ja, dat weet ik wel, zegt Tamstra, maar ik ben erop tegen, dat hij ook deelneemt aan onze vergadering, want als Dingelam erbij komt, dan motten ook alle andere vergaderaars van mijn instituut worden opgetrommeld en dat zijn er een stuk of tachtig. Die zullen trouwens in grote meerderheid van mening zijn dat er op zondag niet wordt vergaderd, dus dan kun je de hele zaak wel vergeten.'

Kaeckebeke keek over het hoofd van Taets heen naar het plafond en deed een diepe trek aan zijn sigaar.

'Ach man, ach man,' verzuchtte hij, 'het kan niet op. Als er geen moeilijkheden zijn, worden ze verzonnen.'

'En als ze niet verzonnen worden, ontstaan er moeilijkheden die door geen mens die goed bij zijn verstand is, verzonnen zouden *kunnen* worden,' antwoordde Taets.

'Je vraagt je af waar het heengaat.'

'Het treurige is dat je eigenlijk bijna nooit iemand tegenkomt die bang is dat het helemaal nergens naartoe gaat. Het is trouwens sinds Adam en Eva altijd wel ergens naartoe gegaan,' filosofeerde Taets, 'maar nooit terug naar het Paradijs.'

'Zo is 't,' beaamde Kaeckebeke, 'zo is 't. De heren doen maar.'

Kaeckebeke zuchtte en tikte zijn sigaar nog eens af.

'Ik heb ook nog gebeld met Iwert,' vertelde Taets, 'Iwert zei: laten we het een met het ander combineren; de bezetting van het laboratorium met een feest voor Dingelam.'

'Hoe wou Iwert dat aanpakken?'

'Dat zal hij straks zelf wel vertellen, maak je daar maar niet bezorgd over.'

Taets zweeg een paar tellen en Kaeckebeke zei ook niets.

'Leuk en spiritueel om te horen, zoals Iwert dat soort dingen uiteenzet,' vervolgde Taets toch nog, 'maar tijdverspilling is het wel een beetje.'

'Ik geloof dat zijn kijk op de moderne student niet juist is,' betoogde Kaeckebeke, 'sinds ze hem verleden jaar hebben uitgefloten, denkt hij dat hij ze voor moet wezen en dat hijzelf van alles een happening moet maken.'

Taets bevestigde noch ontkende dit en allebei dachten ze terug aan wat er verleden jaar was gebeurd.

Vorig jaar, op de dag waarop de universiteit driehonderdachtenvijftig jaar geleden was gesticht, had de rector magnificus Prof. Dr. Iwert Meinema een herdenkingsrede uitgesproken in de grote aula.

De commissaris van de koningin was erbij aanwezig, de burge meester en de hoofdcommissaris van politie zaten daar, de commandant van het garnizoen, luitenant-kolonel Bokma in zijn gala-uniform was er. De dames van al deze heren, in robes die ze voor bijzondere gelegenheden bewaarden, woonden de plechtigheid ook bij.

Het spreekgestoelte van de pseudo-gotisch ingerichte aula leek enigszins op het lijf van een adelaar die zijn vleugels uitspreidt, terwijl hij rechtop zit. Deze vleugels, die uitwaaierden naar links en naar rechts, bestonden uit rijen hoge banken van donker hout, die aan koorbanken deden denken.

Op deze banken plachten in hun zwarte toga's de hoogleraren plaats te nemen. Ze kwamen pas binnen nadat alle genodigden waren gaan zitten en de pedel de deuren had gesloten. In een lange rij kwamen ze binnen, de ruggen gebogen onder de verschrikkelijke last van alle illusies omtrent de in hun hoofden opgetaste geleerdheid en terwijl ze gingen zitten, beklom de rector magnificus langs een wenteltrapje het hoge spreekgestoelte en legde een meegebracht papiertje op de lessenaar. Zo ging dat bij alle plechtige gelegenheden en zo was dat ook verleden jaar gegaan, toen de universiteit op de kop af driehonderdachtenvijftig jaar geleden was gesticht.

Professor Iwert Meinema was zijn toespraak als volgt begonnen:

'Mijnheer de Commissaris van de Koningin in deze provincie, mijne Heren Curatoren, Dames en Heren Hoogleraren, Lectoren en andere medewerkers aan deze universiteit, Dames en Heren studenten, en gij allen die deze plechtigheid met Uw tegenwoordigheid opluistert!

Zeer gewaardeerde toehoorders en toehoorderessen.

Wij zijn bijeen voor een zeer verheugelijke plechtigheid, namelijk om te herdenken dat onze universiteit driehonderdachtenvijftig jaar geleden is opgericht. Wij stellen het bijzonder op prijs dat U, Mijnheer de Commissaris van de Koningin in deze provincie, hierbij tegenwoordig hebt willen zijn. Evenzeer verheugen wij ons... (enz). Inzonderheid prijzen wij ons gelukkig...'

Precies na dat woord 'gelukkig' was Lucas Kroondijk opgestaan. Hij had toen nog wel geen baard, maar toch al een vervaarlijke snor en hij riep:

'Wij niet! Wij willen discussie! Wij prijzen ons helemaal niet gelukkig, meneer. De hele maatschappij is rot!'

Professor Meinema keek vluchtig en enigszins besmuikt wie hem interrumpeerde. In de zaal bleef het stil, hij sloeg zijn ogen weer op de lessenaar en hernam:

'Inzonderheid prijzen wij ons gelukkig...'

'Discussie! Discussie!' schreeuwde Lucas.

'Inzonderheid prijzen wij ons...'

Maar toen stonden overal studenten op die luidkeels schreeuwden:

'Wij gaan door met de strijd! Wij gaan door met de strijd! Wij gaan door met de strijd! Wij gaan door met de strijd!'

Daarbij klapten ze in hun handen op de maat.

'Uw optreden is uiterst ondemocratisch,' improviseerde Meinema onthutst, 'u kunt mij niet het recht ontnemen uit te spreken. Ik protesteer met grote nadruk tegen de aanhoudende pogingen om de geestelijke vrijheid aan deze universiteit aan te tasten.'

Alleen twee andere hoogleraren die toevallig dicht bij het spreekgestoelte zaten hebben deze woorden verstaan, want de geluidsinstallatie gaf de geest. Later bleek dat de pedel geprobeerd had de versterker op z'n luidst te zetten—met averechts gevolg.

Het recht uit te spreken konden ze hun rector inderdaad niet afpakken, maar ze ontnamen hem daartoe wel elke gelegenheid door hun gebrul geen ogenblik te staken. Tenslotte had Meinema zijn papiertje van de lessenaar genomen, was het spreekgestoelte afgedaald en had de zaal verlaten, alle andere professoren achter hem aan. O! Het leek nu niet meer of zij hun ruggen bogen onder de vracht van hun gedachten! Zij zagen er, in hun zwarte tabberds, eerder uit als een rij door de inquisitie ter dood veroordeelde ketters, op weg naar de brandstapel.

Ongeveer een week later publiceerde het Universiteitsblad Meinema's rede, bezaaid met de belachelijkste drukfouten als een clownspak met sterretjes.

Tegen Lucas Kroondijk en de andere studenten werden op Meinema's verzoek geen maatregelen genomen. Zich verkneuterend en in de handen wrijvend, placht hij zijn in vijandig handgeklap gesmoorde poging tot toespraak te verhalen aan wie het niet had meegemaakt. Zo verkwikkend had hij het gevonden! Zo hoopgevend, in een woord zo positief!

Voor het eerst in driehonderdachtenvijftig jaar hadden studenten emotioneel gereageerd op een universitaire gelegenheidsrede!

Hij was hoogleraar in de planologische psychologie alsmede de futurologie. Hij geloofde niets meer of minder dan dat een nieuwe mens het levenslicht had aanschouwd.

'Dingelam,' peinsde Taets hardop, om eens even aan wat anders dan studenten te denken, 'Dingelam is feitelijk al een eeuwigheid aan deze universiteit verbonden.'

'Ik dacht zo. Ik dacht zo.'

'Ja. En toen ik de zekerheid had, dat hij hier al zo lang is, toen heb ik gedacht: Wat vreemd, maar die man heeft niet eens een lintje.'

'Wat vertel je me nu, niet eens een lintje?'

'Geen lintje. Niet eens Ridder in de Orde van de Nederlandse Leeuw! Dat heb *ik* zelfs. Gewoon om je dood te schamen.'

'Maar hoe is dat in 's mensennaam dan toch mogelijk Tonie, dat Dingelam niet eens een lintje heeft?'

'Nu ja, Dingelam is een stille in den lande, dat weten we allemaal. Maar om hem zo totaal te negeren... Zo helemaal over het hoofd te zien... Een man die hier al zoveel jaren is en die ineens blijkt al zijn collega's in z'n zak te kunnen steken, zeg maar. Want de leden voor de jury van de Nobelprijs zijn kritisch hoor!'

'Vertel mij wat! Trouwens, ik wist dat al lang. Mijn zoon Tobias, die nu in Afghanistan zit, heeft indertijd nog bij hem gestudeerd. Altijd vol verhalen over Dingelam. Een genie. Dat was mij al jaren bekend, o jee.'

'Is Dingelam eigenlijk een prater, in de zin van... ik bedoel... zou hij in staat zijn tegen een journalist of zo te zeggen: Geen profeet is groot in eigen land. De Zweden geven me de Nobelprijs, maar in Nederland heb ik zelfs nog geen lintje gekregen. Zou hij zoiets zeggen, denk je?'

'Nee,' antwoordde Kaeckebeke op goed geluk, 'nee, daar zie ik hem niet voor aan.'

'Als hij dat zou zeggen, slaan we wel een gek figuur. Daar heb je die krenterige boertjes uit de provincie weer, zal er gezegd worden. Als hij nou een jonge man was, die nog niet veel gedaan had dat de aandacht kon trekken, maar hij loopt al tegen de zestig!'

'Ach nee,' zei Kaeckebeke, 'daarom juist. Zulke dingen zegt hij niet. Die is wijs genoeg, op zijn leeftijd. Trouwens, die beseft niet eens dat het gek is nog geen lintje te hebben.'

Zou vandaag of morgen het tegendeel blijken, dan zou Taets dit antwoord misschien wel vergeten zijn, hoopte hij. Taets hoorde zoveel antwoorden op allerlei vragen, die onthield vast niet alles. Trouwens, wat hielp het allemaal? Dingelam nu nog gauw even een lintje bezorgen...

Taets nam hem de woorden uit de schedel.

'Dingelam nu nog gauw even een lintje bezorgen,' zei Taets, 'dat kan ten eerste niet en ten tweede is het feitelijk zoiets als mosterd na de maaltijd. Maar we moeten in ieder geval de vlag voor hem uitsteken. Als je ziet wie er aan deze universiteit allemaal met lintjes prijken... helden die jaar in, jaar uit, hetzelfde vergeelde collegedictaat voorlezen.'

'En de rest van de tijd thuis in hun tuintje staan te spitten,' zei Kaeckebeke met een vies gezicht, 'er zijn erbij die niet eens hun eigen vergeelde dictaat jaar in jaar uit voorlezen, maar het dictaat van hun leermeester.'

'Als de studenten wisten waar ze het over hadden, dan zouden ze groot gelijk hebben, wanneer ze beweerden: de universiteit bestaat voor een belangrijk deel uit bedriegers die, niet langer dan zes maanden per jaar, hoogstens vier uur in de week werken en zich daarvoor een van de hoogste salarissen laten betalen die er in ons land kunnen worden verdiend.'

'Helemaal met je eens,' zei Kaeckebeke, 'dat ben ik helemaal met je eens. Er zijn erbij die zelfs zo goed als nooit op vergaderingen verschijnen! Maar wat doen de studenten? Herrie schoppen als *Meinema* een rede houdt en Iwert is er nu toevallig een die per dag hoogstens vier uur zijn bed ziet. Vier uur hoogstens, week in week uit.'

'Het hele jaar door,' beaamde Taets, 'zondagen en vakanties bestaan niet voor hem.'

'Misschien geen erg groot licht,' zei Kaeckebeke, 'maar een harde werker die altijd voor iedereen klaar staat.'

'Wie is er nog wel een groot licht, in vergelijking met Dingelam,' zei Taets met iets triomfantelijks in zijn stem, omdat hij dit blijkbaar zo goed kon beoordelen. 'Miljoenen guldens per jaar gaan er hier de deur uit en wat krijgt de gemeenschap ervoor terug?'

'Kijk,' antwoordde Kaeckebeke, 'ik heb een droom. Ik heb al een hele tijd een droom. Wat zou er niet op gebouwen en apparatuur kunnen worden bespaard als er aan de universiteit een tweeploegenstelsel werd ingevoerd: de ene ploeg studeert van augustus tot januari, zeg maar, en werkt verder thuis. De tweede ploeg gebruikt de collegezalen en de laboratoria de andere helft van het jaar.'

'Plannen, plannen,' zei Taets, 'doe het voorstel eens en na een week kun je een bibliotheek vullen met de bezwaren die ze ertegen hebben weten te opperen.'

Kaeckebeke, alsof hij door dit antwoord de hoop nog niet verloren had, boog zich nu vertrouwelijk naar voren om dichter bij Taets te zijn.

'Het is iets bijzonder krankzinnigs, Tonie. Bij geen enkel particulier bedrijf gebeurt het dat ze de hele miljoeneninstallatie een half jaar niet gebruiken! Denk eens aan het renteverlies, het onderhoud en nog niet te spreken over het feit dat er heel wat minder gebouwen en apparaten nodig zouden zijn, als ze efficiënt werden gebruikt.'

'Precies. Wat is er tegen om ook 's avonds colleges te geven? Vroeger werd dat geregeld gedaan. Ik volgde in mijn tijd minstens drie avondcolleges. Maar nu? Honderdduizend moeilijkheden.'

'Het is,' poneerde Kaeckebeke, 'dat de universiteiten staatsondernemingen zijn.'

'Is het dat? Maar de treinen rijden 's avonds toch ook en de telefoon werkt dag en nacht. De Staatsmijnen staan 's nachts ook niet stil.'

'En zelfs 's zondags niet, maar een intellectueel is tenslotte geen mijnwerker.'

'Nee. Maar de enige dag dat je werkelijk ongestoord kunt werken is 's zondags. Zo liggen de feiten. Onmiddellijk na kerktijd zit *ik* weer achter mijn bureau. Maar de heren studenten niet.' Taets pauzeerde een paar tellen en zei toen: 'Al die grote woorden over de maatschappij en de oorlog in Vietnam en Angela Davis. En de koloniën van Portugal. En Cuba. En weet ik wat meer, die zijn er alleen maar om een algemene stemming van *onwil* te scheppen. Die dienen alleen maar om een atmosfeer van staking en sabotage in het leven te houden, zodat ze ook de andere helft van het jaar niet hoeven te studeren.'

'En toch hun studietoelagen krijgen. Maar kom, dat weten we in ons hart allemaal. Klagen, daar schieten we niets mee op.'

'We moeten de toestand positief benaderen. Het is toch ook een mooi ding dat ze zich bezinnen op de zin van hun leven.'

'Inderdaad.'

'En dat ze veel verder kijken dan hun neus lang is, dat had je vroeger niet. Die sociale bewogenheid, die moet mijns inziens absoluut positief worden gewaardeerd.'

'Daar sla jij de spijker op de kop. We moeten de toestand positief benaderen en al die negatieve overwegingen...'

'Die moeten we diep in ons binnenste opbergen,' vulde Tonie aan, 'heel diep. Behalve tegen jou zul je me er tegen niemand over horen praten. Het is dat we nu even tijd hebben, maar meestal komen de gedachten eraan helemaal niet bij mij op! Een enkele keer, als ik zo wat op mijn orgel zit te spelen. Maar anders nooit.'

'Je zou er onderdoor gaan.'

'Er onderdoor gaan, dat zeg je heel duidelijk. Dus: wat doen we straks?'

'Als Tamstra weer begint dat de politie erbijgehaald moet worden, dan negeer je dat.'

'Spreekt vanzelf. Maar hoe?'

'Je brengt hem onder het oog dat hij in strijd met de wet handelt, als hij, zonder het bestuur erin te kennen, de politie roept. Politie roepen, daarover kan alleen door de president-curator worden beslist.'

'Goed. Ja... jaaa... dat zal ik hem proberen uit te leggen.'

'En dan de studenten...'

'Och, tegen de studenten kunnen we hetzelfde zeggen, dat kalmeert ze misschien. We moeten de dialoog, hoe dan ook, niet afbreken. We moeten zorgen dat ze *niet uit de boot vallen.*'

'Dat is een mooi beeld, Harm, heel mooi. Ze mogen niet uit de boot vallen, want dan komen we nergens.'

'Nergens,' beaamde Harm, 'niet alleen zij niet, maar ook wij niet. En dan nog een punt: hoe zullen we de huldiging van Dingelam aanpakken?'

De huisbel rinkelde, juist toen, met zoveel nadruk, dat het leek alsof de pauze om was en de huldiging onmiddellijk moest worden begonnen. Taets stond op, keek in gebukte houding door de voorkamer heen of hij zien kon wie er gebeld had, zag niets en ging open doen.

Zodra hij de kamer uit was, duwde Kaeckebeke zijn sigaar in de asbak, haalde een kartonnen sigarendoos uit zijn zijzak en stak een nieuwe sigaar op. Het scheelde toch altijd wanneer je al rookte, dan hoefde je niet iedereen aan te bieden. De doos liet hij voor zich op de salontafel liggen. Stemmen klonken in de gang. Even later kwam Taets weer binnen en zei:

'Toevallig zijn de heren er allemaal tegelijk.'

Kaeckebeke stond op, graaide zijn sigarendoos van de salontafel en liep naar de voorkamer.

Vlak achter Taets was Tamstra binnengekomen.

Tamstra keek zo geërgerd, dat het wel leek of hij naar binnen was geduwd. Geduwd was hij niet, maar wel met onweerstaanbare beleefdheid gedwongen voor te gaan door de rector magnificus, professor Meinema.

Na Tamstra kwam er een paar tellen niemand naar binnen, omdat de studenten ongevoelig bleken voor Meinema's hoffelijke aandrang, voor zijn grapjes:

'Na u heren, na u, dan krijgt u betere plaatsen. Ik ben ouder, voor mij komt het er niet meer zo op aan.'

'Pardon, professor,' klonk een stem die uit zuiver miskelkkristal gegoten was, 'wij zijn wel jonger, maar toch niet meer zo klein dat we per se vooraan moeten staan, als de processie voorbijkomt. Wat ik u bidden mag, na u, na u.'

Meinema lachte uitbundig en deed wat hem gezegd werd.

'Dag Tonie. Dag Harm. Hoe is 't?'

Hij was een niet zeer grote, smalle man, met een zwart sikje en grijs doorschoten platte bakkebaarden.

Lucas Kroondijk stelde zich voor en de jongen met de stem van miskelkkristal stelde zich ook voor. Kaeckebeke constateerde dat hij een blauw, verkleurd ketelpak droeg, waarvan het buisje openhing op zijn borstrok van jaeger. Hij had een van het Amerikaanse leger afkomstig schoudertasje bij zich. De kraag van zijn jasje was versierd met een Amerikaanse broche, een zogenaamde button (= knoop).

De Amerikanen, die als eersten op het idee gekomen zijn een kaartje met hun naam erop aan zich vast te prikken als ze een congres bezoeken, hebben ook bedacht dergelijke buttons in de handel te brengen, waarop de meest gebruikelijke credo's zijn aangebracht. MAKE LOVE, NOT WAR, stond er op de button van Louis. Met ongebruikelijke credo's loop je niet te koop en de Amerikanen brengen ze dus niet in de handel. MAKE WAR, NOT LOVE zie je nooit, terwijl dat minstens evenveel gedaan wordt.

Kaeckebeke, zijn sigarendoos in de hand, ging in de stoel aan het hoofdeinde van de tafel zitten. Hij legde de sigarendoos ondersteboven voor zich en trok een asbakje naar zich toe.

Taets zette zich aan zijn rechterhand. Meinema wist te bewerken dat de plaats aan Kaeckebeke's linkerhand door Louis Cuffeler werd ingenomen en dat Lucas terechtkwam naast Taets. Meinema zelf nam de stoel naast Cuffeler en vertelde hem een grapje dat de anderen niet verstonden, ook Kaeckebeke niet, wiens gedachten voortdurend bij Cuffeler waren. Die jongen heeft haar als een meisje, dacht hij en draagt een gouden ringetje in zijn oor. Grote God...

Tamstra had zonder aarzelen naast Meinema plaatsgenomen, dan zat hij ten minste naast een professor. Dat vond Tamstra zeer belangrijk.

'Mijne Heren?' zei Kaeckebeke en hij nam zijn vulpen uit zijn vest, 'ik heb het genoegen deze vergadering te openen.' Hij tikte met zijn vulpen op de bodem van zijn sigarendoos.

'Het uur van deze bijeenkomst is enigszins ongebruikelijk, maar het onderwerp dat we moeten bespreken is ook niet erg gebruikelijk.'

'Gelukkig maar,' zei Tamstra.

'Ha, ha, ha, ha, ha,' zei Cuffeler. Hij was bezig zijn canvastasje open te maken. Er kwam een dictaatcahier uit, een exemplaar van de Wet Universitaire Bestuurshervorming en een viltstift.

'Het is een gelukkigstemmende verworvenheid van het tijdsgewricht waarin we leven,' zei Kaeckebeke verder, 'dat we zo genoeglijk met elkaar om de tafel kunnen gaan zitten om de gerezen moeilijkheden te bespreken.'

'Als een van de heren een rokertje wil, gaat u gang,' verduidelijkte Taets.

Meinema haalde een pakje Franse sigaretten te voorschijn uit zijn broekzak. Verder reageerde niemand op de uitnodiging van Taets.

'Een ogenblikje meneer,' zei Lucas Kroondijk, 'het is de studenten dus eigenlijk helemaal niet duidelijk wat er te bespreken valt. Wij hebben dus besloten dat het Laboratorium voor Technische Scheikunde morgen bezet wordt. Daar maken we geen geheim van dus. En wat daarover te bespreken valt, dat begrijpen we dus niet erg goed.'

Meinema had een sigaret in zijn mond gestoken die de kleur had van rijpe maïs en stak hem aan.

'Bezetten,' zei Taets, 'bezetten, dat is toch een middel waarmee u pressie wilt uitoefenen, of zie ik dat verkeerd?'

'Nee, dat ziet u niet verkeerd dus. Dat ziet u heel zuiver.'

Deze jongen leek Kaeckebeke nogal onnozel, maar die andere was een slang. Een jonge Robespierre.

'Dank u voor het compliment,' zei Taets. 'Maar als ik een stapje verderga, met uw goedvinden, dan zou ik willen stellen dat pressie pleegt te worden uitgeoefend om iets te bereiken dat zonder pressie niet te bereiken zou zijn.'

'Inderdaad,' zei Louis, 'inderdaad.' En Lucas knikte van ja.

'Ik heb het zelden zo helder horen formuleren,' zei Louis.

Kaeckebeke nam een lange trek aan zijn sigaar en dacht: Wat stinkt die jongen afschuwelijk, of is het dat vieze tasje?

Het canvastasje prijkte met allerlei inscripties in viltstift. Half door vocht uitgewist als ze waren, kon Kaeckebeke er geen een ontcijferen.

Cuffeler sloeg zijn dictaatcahier open en bladerde erin.

Kaeckebeke schreef wat op de achterkant van zijn sigarendoos. Hij deed het om iets te doen, niet omdat hij iets onthouden wilde. 'Pressie,' schreef hij.

'Ik zou graag deze vraag willen stellen,' zei Taets, 'hoe weet u zo zeker dat u uw doel alleen met pressie kan bereiken?'

En Meinema sprak:

'Als deel van een jonge generatie die zich ontplooit onder de relativerende werking van nieuwe en krachtige massacommunicatiemiddelen gehanteerd door generatiegenoten, bent u sterk geïnvolveerd in de alternatieve perspectieven van het maatschappelijke gebeuren en het geestelijke leven in deze tijd. Is het dat niet?'

'Nou ja...' zei Lucas en schudde zijn hoofd dat zijn baard ritselde op zijn trui.

'Heel eenvoudig,' zei Louis, 'een analyse van de konkrete situaatsie brengt aan het licht dat er zonder pressie alleen een schijnoplossing uit de bus zou komen.'

'Maar welke eisen stelt u dan toch, meneer Cuffeler,' zei professor Meinema. 'Terecht ziet u in uw Alma Mater een milieu waar men zich per definitie kritisch en kreatief opstelt. Terecht verlangt u dat de universiteit als studie- en werkverband u als volwaardige partners aanvaardt.'

Na deze woorden zette Meinema zijn linkerelleboog op tafel en greep zijn sikje vast, dat nog iets verder naar voren stak dan zijn kin. Meinema droeg een pakje van rood ribfluweel, een hemelsblauw overhemd en een zwarte das, die van zeer dikke wol was gehaakt. Zulke dingen waren psychologisch heel belangrijk, wist hij. Moest je Tamstra eens zien, in een bruin confectiekostuum met dunne witte streepjes, een bruinig overhemd, ook al met streepjes en een bruine das met hier en daar wat groen erin. Je kon van geen enkele eigentijdse student verwachten dat hij ook maar een minuut naar een zo duffe persoonlijkheid zou luisteren. Om de grove pols van Tamstra zat, aan een nylon bandje, een goedkoop horloge, zo versleten dat het gele koper door het nikkel heen schemerde en dan die bril, die op het laatste moment uit een brandende prullenmand gered scheen, zo zwart was het montuur. Een man met een wijkend voorhoofd en een wijkende kin. Zuur mondje zonder lippen. Lippen had hij zeker niet nodig. Alle poëtische dingen van het leven waar lippen bij te pas komen, stonden bij Tamstra voor nul op de balans. Zelfs praten deed hij niet.

Al toen hij Tamstra voor het huis van Taets ontmoette, voor het eerst van zijn leven gelukkig, had Meinema hem in gedachten Boer Koekoek genoemd. De gelijkenis kon niet groter zijn.

'Wij eisen,' zei Lucas Kroondijk ongecompliceerd, 'vorming van vrije studiegroepen, afschaffing van alle examens, verhoging van de rijksstudietoelagen met vijftig prosent en niet alleen voor studenten met vaders die niet meer dan veertigduizend gulden per jaar verdienen, maar voor alle studenten. Bovendien moeten de studietoelagen niet als beurzen of voorschotten worden opgevat, maar als studieloon.'

'U bedoelt toch loon naar werken?' vroeg Kaeckebeke, tot het uiterste geprikkeld.

'Dat hangt er vanaf wat u onder werken verstaat,' zei Cuffeler. 'Wij vrije socialisten verstaan daar wel wat anders onder dan er in de decadente laatkapitalistiese kolonialistiese en imperialistiese consumptiemaatschappij onder verstaan wordt.'

'En dat is?' vroeg Taets.

Nog voor Louis had kunnen antwoorden, zei Meinema: 'Heel terecht, meneer Cuffeler, heel terecht verlangt u dat zowel de civitas academica in haar geheel als ieder van u daarbinnen (en straks daarbuiten) de dienstvaardigheid als vrij beroep in loondienst alleen kan opbrengen vanuit hoog gegrepen beginselen.'

Cuffeler sloeg een bladzijde van zijn dictaatcahier om.

'Wij willen de strukturen doorbreken,' galmde hij, 'wij willen een alternatieve ludieke manier van werken.'

'Maar u wilt toch hopelijk wel uw studie afmaken?' vroeg Kaeckebeke.

'Dat hangt er van af wat er verstaan wordt onder studie,' antwoordde Louis op een toon alsof hem dat al honderdmaal was gevraagd.

'Kritische studie, u wilt een kritische universiteit,' zei Meinema, die dacht dat hij hem op weg moest helpen.

'Ja, maar wel een klein beetje anders dan u het waarschijnlijk bedoelt,' zei Louis. Hij sloeg zijn ogen neer naar zijn dictaatcahier en sprak verder:

'Wij willen een universiteit waar het reële leven onderwezen wordt, dat wil zeggen wetenschap die sterk beïnvloed wordt door de wetenschap van het marxisme en niets te maken heeft met de gemanipuleerde wetenschap die in dienst staat van de systematiese onderdrukking.'

'U studeert toch scheikunde?' vroeg Kaeckebeke die het duizelde.

'Ik ben ingeschreven als student scheikunde,' zei Cuffeler, 'maar veel college heb ik nog niet gelopen, want dat is mijns inziens tamelijk waardeloos, zolang de wetenschap gemanipuleerd wordt.'

'Maar door wie wordt de wetenschap dan gemanipuleerd?'

'Door de imperialisten, de neo-kolonialisten en het groot-kapitaal dus.'

'Wordt de scheikunde gemanipuleerd?'

'Natuurlijk... dat is tenminste wel onze indruk.'

'Dus zijn het neo-kolonialisme en het groot-kapitaal in staat de atomen voor te schrijven wat ze moeten doen en laten. Dat bedoelt u?'

'Bijvoorbeeld! Ja, bijvoorbeeld! Bijvoorbeeld om plastics samen te stellen die de bodem vervuilen in de vorm van weggooiverpakkingen. Om insecticiden samen te stellen die de walvis met uitroeiing bedreigen. Om allerlei gifgassen en zenuwgassen...'

'Maar dan kunt u hoogstens zeggen dat *sommige scheikundigen* in dienst staan van het groot-kapitaal of van wie dan ook. Dat heeft toch niets met de *wetenschap* van de scheikunde te maken? Dat doen *die bepaalde scheikundigen.* Maar aan deze universiteit studeert u niet om erachter te komen wat sommige scheikundigen doen, maar om te leren wat de atomen doen.'

'Dat is het hem juist. De konkrete maatschappelijke situaatsie wordt versluierd door de gemanipuleerde wetenschap. Wat onze beweging vandaag de dag bijeenhoudt, dat is geen abstrakte tejorie van de geschiedenis, maar de existentiële walging van een maatschappij die gezapig over vrijheid babbelt en op een achterbakse en brute manier de belangen en de onmiddellijke behoeften onderdrukt van individuen en hele volkeren die strijd voeren om hun sociale en ekonomiese emansipaatsie te verkrijgen.'

'Ik ben bang dat u grote fouten maakt,' zei Meinema. 'Emancipatie betekent assimilatie. Ik zal u een voorbeeld noemen. De Nederlandse katholieken zijn nooit zo katholiek geweest, als toen ze door de protestanten onderdrukt werden. Maar na hun emancipatie, toen ze de gelijken van de protestanten waren geworden, hebben ze hun katholicisme als een handicap ervaren en ze wilden dus niet alleen maar de gelijken *van* de protestanten zijn, maar ook gelijk *aan* de protestanten. Wat gebeurde? Het kerklatijn werd afgeschaft, priesters en zusters legden hun bijzondere kleding weg, het bestaan van de heiligen wordt met een korreltje zout genomen, aan het bestaan van de hel wordt getwijfeld. Steeds meer katholieken twijfelen aan de maagdelijkheid van de Maagd en aan de onfeilbaarheid van de Paus. Wat is er eigenlijk nog van het katholicisme overgebleven?'

'Inderdaad,' zei Louis Cuffeler, 'niet erg veel gelukkig. Ik heb zelf twee jaar op een seminarie voor priester gestudeerd, dus ik weet waar ik over praat.'

'Ziet u wel! De katholieken hebben gevochten voor emancipatie! Er is gevochten voor de emancipatie van de katholieken en toen de emancipatie een feit was, waren er geen katholieken meer.'

'Ik zal ze niet missen,' zei Cuffeler.

Meinema dacht hem nu in het nauw te kunnen drijven en vervolgde zijn uiteenzetting:

'Zo ziet u: het beste middel om minderheden te vernietigen is niet ze te onderdrukken. Daarom is het voor de Europeanen en Amerikanen ook veel voordeliger gebleken er geen koloniën opna te houden. In sommige vroegere koloniën wordt thans harder gewerkt dan er ooit onder koloniale dwang is gewerkt, omdat die landen willen laten zien dat ze de gelijken kunnen zijn van de vroegere koloniale onderdrukkers. Ze willen demonstreren dat ze net zo hard kunnen werken als wij.'

'Onjuist,' zei Louis, 'het is omdat ze worden gemanipuleerd door de neo-kolonialistiese dwangmiddelen van het dekadente laat-kapitalisme.'

'Zo heeft u het misschien bij Marcuse of een dergelijk iemand gelezen, maar Marcuse leert u wel kritisch te zijn, behalve ten aanzien van Marcuse.'

'Het college dat meneer Meinema zojuist gegeven heeft,' zei Lucas, 'over de emancipatie van de katholieken en zo, geeft wel een helder beeld van wat de repressieve tolerantie vermag, maar sorry hoor, dat weten we ook al lang.'

'Uit naam van hoeveel studenten spreekt u eigenlijk?' vroeg Taets.

'Nou, wat denk je Louis?'

'Zeker zeventien prosent,' zei Louis, 'zeventien prosent.'

'Zeventien procent? Houdt u dan helemaal geen rekening met de meerderheid die gewoon verder studeren wil, zonder onmogelijke eisen te stellen, zonder het laboratorium te willen bezetten?'

'Natuurlijk houden we daar geen rekening mee, anders kom je nergens,' verklaarde Louis met een glimlachje en op uiterst welwillende toon.

Weer sloeg hij een bladzij van zijn dictaatcahier om.

'Marcuse heeft zonder aarzeling alle implikaatsies van zijn konsepten geaksepteerd,' las hij voor. 'Hij voorziet een soort tijdelijke diktatuur van de elite om het manipulaatsiesysteem te overwinnen en om een einde te maken aan de formele demokraatsie, dat wil zeggen de tirannie van de meerderheid.'

'Och heden,' zei Kaeckebeke, 'en dat nog wel terwijl er pas een wet is uitgevaardigd die de democratisering van de Universiteit zal bewerkstelligen.'

'Wat zegt u, meneer?' zei Lucas ironisch.

Maar Kaeckebeke begreep niet dat het ironisch was bedoeld.

'Jazeker!' riep hij uit, 'bent u daar niet eens van op de hoogte? Daar vlak voor uw neus ligt die wet!' Hij wees op het smalle boekje dat Louis Cuffeler uit zijn canvastasje had gehaald. 'U moest eens aan uw kameraad vragen of u dat boekje van hem mag lezen.'

Lucas liet zijn baard een paar maal op en neer wippen, maar gaf geen antwoord.

Meinema merkte op:

'Wat meneer Cuffeler zojuist gezegd heeft over de elite is heel belangwekkend, maar men zou toch willen weten hoe die elite tot stand zal komen.'

'Het is,' las Louis in zijn dictaatcahier, 'een elite van voortreffelijke integere mensen, de elite waar Plato al over heeft gefilosofeerd.'

'Plato!' riep Meinema, 'Plato? Maar mijn beste meneer, kent u dan niet het grote boek dat Sir Karl Popper heeft geschreven over Plato? Popper toont aan dat Plato als een van de aartsvaders van het fascisme kan worden beschouwd.'

'Nou, nou,' mopperde Louis, 'dat komt helaas een beetje schel bij mij over.'

'Aartsvader van het fascisme is misschien enigszins paradoxaal uitgedrukt, maar in elk geval kan er niet aan getwijfeld worden dat Plato eeuwenlang verplichte leerstof is geweest voor de zoontjes van de Engelse lords, te Cambridge en Oxford. Op zo'n school als Eton en alle andere kostbare kostscholen voor de zonen van de heersende klassen—het was Plato voor en na wat daar de klok sloeg.'

'U moet het me niet kwalijk nemen,' antwoordde Louis, 'maar ik kan hier niet zo diep van onder de indruk raken als u. Plato was al tweeduizend jaar dood toen die kleine lords hem begonnen te lezen. Dat kon Plato niet helpen. Evenmin als het de schuld is van het broodmes, wanneer de een of ander daarmee zijn echtgenoot doodsteekt.'

'Uw eisen zijn onmogelijk te vervullen,' zei Taets, 'omdat het geld er niet voor is. Dat weet u heel goed. Beseft u niet wat een monsterlijke indruk het gewone publiek van studenten krijgt? De meeste jongeren van uw leeftijd moeten werken. En als ze niet aan een universiteit studeren, moeten ze op menig ander onderwijsinstituut heel wat betalen en zonder dat er naar hun praatjes wordt geluisterd.'

'Hoe willen jullie revolutie maken, als je een kloof schept tussen bevoorrechte studenten en de achtergestelde massa?' vroeg Meinema.

Louis bladerde in zijn dictaatcahier en vond wat hij zocht.

'De arbeiders dienen te beseffen dat wij ook arbeiders zijn. Natuurlijk kan de revolutionaire intelligentsia alleen maar dank zij een sosiale en economiese revolutie aan de macht komen. De aksie van de klasse die u de massa noemt is daarvoor onontbeerlijk. Ik wil alleen maar zeggen dat de werkelijk revolutionaire doeleinden en interessen niet noodzakelijkerwijs dezelfde doeleinden en interessen als die van de massa zijn.'

'Spijtig voor de massa,' onderstreepte Lucas met een teerkwast, 'maar niets aan te doen.'

Kaeckebeke zei: 'Ik vind deze redeneringen onwaarachtig. Ja zelfs vals. Een student is geen arbeider. De student die zichzelf een arbeider noemt, neemt de arbeiders in de maling. Een arbeider wordt op zijn veertiende of zestiende jaar arbeider en op zijn vijfenzestigste is hij meestal nog altijd arbeider. Hij wordt geen directeur of eigenaar van de onderneming. Alles wat hij krijgt, moet hij de ondernemers uit handen wringen. Maar u! U wordt op uw achttiende of negentiende jaar student. Wordt u door uw professoren geëxploiteerd? Nee. Moet u ze iets uit handen wringen? Nee. Ze zijn ervoor om u alles te geven wat ze kunnen, om alle vakkennis die ze bezitten over te dragen aan u. Vaste werktijden bestaan voor hen niet. Dag en nacht zijn ze in de weer om hun eigen kennis te vergroten zodat ook u daarvan kunt profiteren. Ze leiden u op om u tot hun gelijken te maken. Dat is het doel, al wordt het niet altijd bereikt. Maar het is het doel. En de meest begaafden onder u, die kunnen na een jaar of zeven inderdaad zelf professor worden. In elk geval gebeurt het zelden dat iemand op zijn vijfenzestigste jaar nog student is.'

'U heeft groot gelijk,' zei Louis Cuffeler, 'maar de hele maatschappij moet kapot. Dan verandert dat allemaal.'

'Sorry hoor,' zei Lucas, 'sorry.'

'Als we nu maar eens een concreet voorstel van u kregen,' zei Taets diepbedroefd, 'als u ons nu maar wilde vertellen wat eraan schort, dan konden we misschien zaken doen.'

Lucas zei niets, Louis bladerde in zijn dictaatcahier of het een brevier was.

'Wat zijn uw persoonlijke ambities?' vroeg Taets, 'als we dat wisten waren we al een heel eind verder. U heeft niets te vrezen. Uw toekomst ziet er rooskleurig uit. Denkt u maar eens aan Ton Regtien, een aantal jaren geleden een van de grondleggers van de studentenopstand. Wetenschappelijk gezien geenszins een licht en toch: Nu is hij wetenschappelijk medewerker aan de Rijksuniversiteit te Groningen en hij geeft geen kik meer. Zou u dat niet toelachen?'

'Of,' zei Meinema, 'misschien bent u in de wieg gelegd voor een carrière buiten het universitaire bestel. Denkt u maar eens aan die jongeman Verhey, zoon van een communistische wethouder en een grote revolutionair. Het hele land sidderde als die student Verhey een microfoon van de televisie te pakken kreeg en uiteenzette dat de structuren kapot moesten. En toch lag daar zijn toekomst niet. Zo gauw hij een firma had gevonden die, tuk op reclame, de kosten wilde betalen, kocht hij een raceauto en werd een befaamd coureur.'

'Ruige bolster, blanke pit,' zei Kaeckebeke.

'In elk geval een jongen met pit,' evalueerde Taets.

'Waarom kijkt u zo somber, meneer Kroondijk,' zei Meinema, 'u hoeft niet te wanhopen. We vinden allemaal op den duur een sponsor. Ook u.'

'En een pitspoes,' grapte Meinema eigentijds.

Professor Tamstra had tijdens dit hele debat geen woord gezegd. Zijn onderarmen had hij op tafel gelegd, loom hing hij naar voren. Duim en wijsvinger van zijn ene hand draaiden onophoudelijk de trouwring in de rondte die hij aan de ringvinger van zijn andere hand droeg. In het borstzakje van zijn colbert had hij, duidelijk zichtbaar, vier goedkope ballpoints en een rood potlood. Hij deed denken aan een winkelbediende die elk ogenblik verwacht een order op te moeten schrijven en voortdurend in vreze leeft juist op dat moment geen schrijfgerei bij de hand te hebben. Maar iets opschrijven deed hij ook niet.

Kaeckebeke vroeg ten slotte of iemand nog een vraag had.

Niemand had een vraag.

'Professor Tamstra ook niet?' vroeg Taets, om niemand het slachtoffer van al te grote bescheidenheid te laten worden.

De geleerde bepaalde zich ertoe van nee te schudden.

En toen deed Meinema een laatste poging.

'Ik heb een droom!' riep hij uit, 'ik heb een droom, om met Martin Luther King te spreken! Als de heren studenten de onverwoestbare overtuiging aanhangen dat de maatschappij er beter van worden zal, wanneer ze het Laboratorium voor Technische Scheikunde een paar dagen bezetten, waarom zouden ze dat dan niet doen?'

'Onze tijd vraagt bezinning,' zei Mr. Taets.

'Niemand zal willen betwisten dat er aan de maatschappij heel wat ontbreekt,' lichtte Meinema zijn voorstel nader toe, 'we mogen geen enkel middel onbeproefd laten om de gebreken van de maatschappelijke ordening op te heffen.'

'In onze tijd is het woord aan het experiment,' stelde Drs. Kaeckebeke vast.

'Onze tijd is in velerlei opzicht een tijd van achterhaalde zekerheden,' gaf Taets grootmoedig toe.

'Zo, Heren, u hoort het dus. Er mag hierover geen misverstand bestaan,' zei Meinema, 'wij gaan geen enkel waagstuk uit de weg, als de inzet het opbouwen van een leefbare wereld is. Dit betekent voor ons een uitdaging en daar zijn we trots op. U bezet dus het laboratorium. Uitstekend. Niets op tegen. Maar we spreken af dat u de grote collegezaal in datzelfde gebouw, vrijlaat. Okee?'

'Wat bedoelt u, meneer,' zei Lucas, 'vrijlaten?'

'Ik bedoel daarmee dat de studenten niemand die de grote collegezaal betreden wil, een strobreed in de weg zullen leggen. Dat bedoel ik. Op die manier kunnen we toch de huldiging van professor Dingelam laten doorgaan.'

'Het is u er immers niet om begonnen professor Dingelam te hinderen, nietwaar?' zei Kaeckebeke.

De leiders van het studentenverzet wisselden een blik met ogen als van twee ratten die geroken hebben waar het spek bewaard wordt.

'U heeft er dus iets op tegen dat we de collegezaal ook bezetten?' vroeg Lucas, alsof hij zijn oren niet had kunnen geloven.

'Met andere woorden u bent bereid de bezetting van het laboratorium te tolereren?' vroeg Louis, haastig een rookgordijn leggend.

'Ja zeker, ja zeker,' zei Kaeckebeke, met de welwillende glimlach van een grootvader die niet alleen zijn gouden horloge aan zijn kleinzoon cadeau gedaan heeft, maar ook nog bereid is het in zwavelzuur te leggen om te bewijzen dat het echt van goud is. 'Jazeker. U kunt uw gang gaan in het laboratorium met uw actie. Afgesproken is natuurlijk dat u geen verwoestingen aanricht en na afloop de rommel opruimt. Maar de collegezaal valt buiten deze overeenkomst, want die hebben we per se nodig om professor Dingelam te huldigen.'

'De diagnose is duidelijk,' zei Lucas tegen Louis.

'Mijne heren,' sprak Louis plechtig, 'in aansluiting op wat mijn kameraad zoëven zei, moet ik u inderdaad mededelen dat een grondige analyse van de konkrete situaatsie aan het licht brengt dat hier gemanipuleerd wordt door middel van repressieve toleransie.'

'Weet u misschien niet wat dat woord, het woord repressief betekent?' zei Taets ijzig, 'wij verbieden u nota bene niets.'

'Niets?' zei Lucas, 'en de collegezaal, dat noemt u niets?'

'Maar die heeft u toch nergens nodig voor,' zei Kaeckebeke, 'u heeft toch ruimte genoeg in de practicumzalen?'

'De collegezaal ligt bovendien niet aan een buitengevel,' zei Taets, 'voor het geval u wat uit de ramen wil roepen tegen het publiek.'

'U heeft toch geen wrok tegen professor Dingelam?' vroeg de rector magnificus zo goedig als hij kon.

'O nee,' zei Louis, 'nee professor, helemaal niet. Dit moet gezien worden boven het abstrakte vlak van het persoonlijke. Daar heeft het niets mee te maken. Maar het heeft te maken met de konkrete situaatsie die ontstaan is door uw toestemming de labzalen te bezetten en de collegezaal niet. Een kleine leninistisch-maoïstische analyse van dit harde feit brengt aan het licht dat hier sprake moet zijn van repressieve toleransie door de uitbuitende klasse. Wij anti-autoritaire sosialisten zijn niet van plan ons op deze manier zand in de ogen te laten strooien.'

'Als u meneer Dingelam wil huldigen, dat kan toch in de Grote Aula gebeuren, in het hoofdgebouw?' zei Lucas, zijn hoofd naar de rector magnificus gekeerd.

Louis stond op, zijn canvastasje, wetboekje en dictaatcahier griste hij van de tafel. Lucas stond ook op.

Nadat hij zijn tasje had volgepakt, stak Louis zijn gebalde vuist omhoog en zei: 'Alle macht aan het volk!'

'Ol pouwer toe de piepul!' schreeuwde Lucas.

Achter elkaar liepen ze de kamer door en bij de deur keerde Lucas zich nog even om en zei vrij rustig: 'Wij gaan door met de strijd.'

Even later bewezen geluiden die uit de gang doordrongen, dat ze zelfstandig de uitgang hadden kunnen vinden en de buitendeur, netjes, zonder een harde klap, achter zich dichttrokken.

Professor Tamstra kwam nu in beweging. Hij ging achterover op zijn stoel zitten en kruiste zijn armen voor zijn borst.

'We hebben het gezien en gehoord,' resumeerde hij het gebeurde, 'het is tijd verknoeien met die jongens te praten. Het enige waar ze gevoelig voor zijn, is een pak slaag.'

'Tijd verknoeien?' vroeg Kaeckebeke, 'ik begrijp u niet goed. Ik vond het een buitengewoon instructief gesprek, ik *zou* zelfs willen zeggen...'

'Mag ik je even interrumperen,' interrumpeerde Meinema, 'ik geloof dat de opmerking van collega Tamstra onder de tafel dreigt te vallen. Het zou best eens waar kunnen zijn, dat ze alleen gevoelig zijn voor een pak slaag. Van psychologisch standpunt uit gezien, zou het mogelijkerwijs een uitstekend denkbeeld wezen, als collega Tamstra morgen vroeg voor de ingang van zijn laboratorium gaat staan en tegen de eerste bezetter die zich aanmeldt, zegt: 'Okee, jasjes uit en dan zullen we eens zien wie er dit laboratorium gaat bezetten.'

Kaeckebeke lachte welwillend, keerde zijn sigarendoos om, nam er een nieuwe sigaar uit en deed een lucifer ontbranden. Taets lachte ook en Meinema had de hele tijd gelachen. Tamstra sloeg zijn ogen neer, strekte zijn arm uit naar het doosje miniatuursigaartjes, brak het open met een platte duimnagel en stond half op, om nog te kunnen profiteren van Kaeckebeke's lucifer. De lucifer ging iets te vlug uit. Tamstra pafte luidruchtig om het sigaartje aan de gang te krijgen. Niemand gaf hem een nieuwe lucifer.

'Ik zou willen zeggen,' merkte Kaeckebeke op, 'een gesprek met weliswaar negatieve resultaten, maar toch ook heel wat positieve kanten. Ware het alleen maar dat de jongelui zich eens hebben kunnen uitspreken.'

'Dat is heel belangrijk en vruchtbaar,' zei Meinema, 'als ze zich eens kunnen uitspreken.'

'Meestal wordt het schreeuwen in plaats van spreken, jammer dat ze toch uit de boot zijn gevallen,' vond Taets, 'maar morgen kunnen we verder zien.'

Toen zei Tamstra:

'Ik zal de politie bellen, zodra ze zich vertonen. Maar het is misschien beter om de politie nu al te bellen, de burgemeester en de hoofdcommissaris. Het is de vraag of de politie hier ter plaatse wel voldoende sterk is. Daarom, hoe eerder ze op de hoogte zijn, hoe beter. Dan is er tijd om alvast een compagnie marechaussees te laten aanrukken, met pantserwagens, nou ja, ik bedoel waterkanonnen. Die heeft de politie hier natuurlijk weer niet.'

'Zou je dat wel doen?' zei Meinema.

'Maar meneer Tamstra,' zei Kaeckebeke, 'vindt u niet dat het op die manier een beetje een vreemde vertoning wordt? De Nederlandse televisie komt, de Duitse staat voor de deur, de Franse en de Engelse en de Amerikaanse televisie zijn onderweg.'

'Waarom dat zo?' vroeg Tamstra.

'Wegens de Nobelprijs van Dingelam.'

'O.'

'Het zal er zwart staan van de journalisten, allemaal gekomen om te zien hoe Nederland een van zijn grootste zonen gaat huldigen. En wat krijgen ze te zien? Een hoop politie met waterkanonnen.'

'En sabels, wil ik hopen,' zei Tamstra. 'Dit gedonder van die studenten is een internationale kanker. Hoe meer televisie, hoe beter. Dan kan ons land de wereld eens tonen wat de beste manier is met die oproerkraaiers af te rekenen.'

'Mag ik even een opmerking maken,' zei Mr. Taets droog, maar zonder irritatie, 'ik kan me levendig voorstellen dat professor Tamstra de politie te hulp wil roepen. Maar er is een kleine juridische moeilijkheid. De beslissing of al dan niet de politie geroepen wordt, ligt buiten de competentie van een instituutsdirecteur. Het betreft hier een terrein van de universiteit, dus of er al dan geen politie komt, dat is een beslissing die moet worden genomen door het universiteitsbestuur, niet door een of andere directeur van een instituut.'

'Maar,' stamelde Tamstra, 'maar... kan die beslissing dan niet nu al genomen worden?'

'Ik ben bang van niet. We dienen te handelen naar bevind van zaken. Ik kan het ook niet helpen. Zo ligt de zaak juridisch en niet anders. Ik geloof dat we er verstandig aan doen de beslissingsbevoegdheid nu meteen al te delegeren aan de president-curator, dan hoeft daar morgen niet nog over vergaderd te worden. Ons programma zal morgen toch nogal bezet zijn. Ik stel voor de huldiging van professor Dingelam overmorgen, dinsdag, in de Grote Aula te doen plaatsvinden. Dus, meneer Tamstra, als u morgen nog van oordeel bent dat er politiebijstand moet worden aangevraagd, belt u het beste even met meneer Kaeckebeke of met mij.'

'En de huldiging van Dingelam,' vroeg Tamstra, 'hoe zal die dan worden aangepakt als het niet op mijn laboratorium gebeurt?'

'In de Grote Aula,' zei Meinema, 'dat zei Taets toch al.'

'Ja,' zei Taets, 'wat is het probleem dan nog?'

Tamstra begon uitvoerig as van zijn sigaartje te tikken, zodat hij naar de asbak kijken kon en niet de gezichten van de mensen tegen wie hij praatte.

'Het grootste belang van de zaak is natuurlijk niet de huldiging van Dingelam op zichzelf, veel belangrijker is het dat hierdoor het laboratorium waar ik directeur van ben, in het licht van de publiciteit komt te staan. Het hele Nederlandse volk moet straks op de teevee kunnen zien wat er zoal op een wetenschappelijk scheikundig laboratorium gebeurt. Dat is ook belangrijk met het oog op de gelden die wij van het Rijk ontvangen voor onze onderzoekingen. Ik zou dus die heren journalisten wat willen rondleiden langs onze apparatuur en bijvoorbeeld het een en ander laten demonstreren. Een dergelijke kans komt nooit weer. Een spectaculaire proef en zo het een en ander. Maar wat valt er voor de Pers en de Beeldmedia te demonstreren in de aula?'

'We zullen van geluk mogen spreken als er in de Aula niet gedemonstreerd wordt,' zei Taets duister. Daarna keek hij naar Kaeckebeke.

Kaeckebeke tikte met zijn vulpen op zijn sigarendoos en sprak: 'Ik geloof dat we de zaak nu van alle kanten hebben belicht en sluit de vergadering.'

Tamstra nam afscheid. Taets bracht hem naar de buitendeur.

'Goed zo,' zei Meinema tegen Kaeckebeke.

'Ja zeg, wat dacht je. Op die manier blijven we bezig.'

Toen Taets teruggekomen was, kondigde ook Meinema aan dat hij er vandoor ging.

Taets en Kaeckebeke waren nu alleen en onder vier ogen.

Taets zei: 'Ik denk dat het vooruitziend handelen zou mogen worden genoemd, als ik zo straks de burgemeester even belde om hem de zaak uiteen te zetten.'

'Dat hij geen gevolg geeft aan een eventueel verzoek van Tamstra—mocht Tamstra toch om politiehulp willen vragen.'

'Precies.'

'Nou, dat is dan weer voor elkaar. Ik ga ook weer eens huistoe. Zeg Tonie, jouw juridische bezwaren tegen het vragen van politieassistentie door Tamstra, zijn die eigenlijk ergens op gebaseerd?'

'Dat weet ik niet zo uit mijn hoofd,' zei Meester Taets, 'maar geen nood, dat weet Tamstra in elk geval ook niet.'

'Tot ziens.'

'Wat weet Tamstra wel...' mompelde Tonie.

Bij de deur hielp hij Kaeckebeke in zijn jas.

'Heb jij dat ook gezien,' zei Kaeckebeke, 'die ene jongen had een ringetje in zijn oor.'

'Een ringetje in zijn oor? Het is me niet opgevallen. Welke jongen bedoel je?'

'Niet die met die baard, die met dat meisjeshaar. Een ringetje in zijn oor. Vroeger zag je dat wel eens bij binnenschippers.'

'Misschien is hij binnenschipper geweest.'

'Behalve aankomend priester. De roomse kerk verkeert in een crisis, laat mij je dat vertellen. Maar nee, dat is het niet. 't Is mogelijk een soort insigne dat ze de maatschappij willen veranderen.'

'Wie weet,' zei Taets, 'het grootste bezwaar dat ze tegen ons hebben, is misschien dat wij geen ringetjes in onze oren dragen.'

'Het zou me wel zo lief wezen,' antwoordde Kaeckebeke, 'als ze er zelf een hadden in hun snuit.'

Verdikkeme, dacht hij, toen hij in zijn auto stapte, wat een verloren middag. En ik heb alweer geen kennisgemaakt met onze Nobelprijswinnaar.

Ongering bezat, net als Dingelam, een buitenhuis. Een echt buitenhuis zelfs, met vijf hectaren naaldhout er omheen, geen opgekalefaterde boerenarbeiderswoning. Hij verheugde zich al jaren in dat bezit en het maakte hem dus al lang niet meer blij. Zelfs wanneer het mooi weer was, gingen hij, zijn vrouw Kaatje en de drie kinderen die nog thuis waren, er haast nooit naartoe. In de zomervakantie ook niet. Ze verhuurden het per advertentie voor een gepeperde prijs en reisden naar Ibiza (Spanje), drie weken op een flatje aan het strand, vliegtuig heen en weer inbegrepen, goedkoop en zonder problemen.

'In een land waar de zon altijd en altijd schijnt. Met overal om u heen echte palmbomen. En andere bomen waarvan de sinaasappeltjes u vriendelijk toelachen. Waar de politieman vrolijk aria's neuriënd over de boulevard paradeert.' (Advertentie.)

De gedachte het universiteitsstadje te verlaten in het weekend vol regenbuien en windvlagen, waarin de Nobelprijs uit het koude Zweden zich om de slapen van Dingelam had gevlijd als een lauwerkrans van sneeuw, was niet bij hen opgekomen.

Ze hadden de gewoonte op zondagavond een kaartje te gaan leggen bij professor Piet Stroomer, hoogleraar in de fysica van de vloeibare fase, een van Dingelam's collega's in de faculteit van de exacte vakken en zijn overbuurman, ook privé.

De Friese staartklok sloeg acht uur en Ongering schakelde de televisie in.

'Op zondagavond is er geen nieuws om acht uur, suffie,' zei Babet, 'pa leert het nooit.'

'Nou ja,' zei Ongering, 'die ene keer dat ik er niet aan denk, omdat ik zo benieuwd ben of ze nog wat meer vertellen over Dingelam. Want die stof...'

'Wou je dat weten? Een vreselijk ingewikkelde stof. Als je de naam hoort weet je nog niks.'

Suffie, dacht Ongering. Haar vader is de grootste polemoloog ter wereld, maar zij noemt hem suffie. Dat is toch zo verduiveld aardig in de moderne jeugd. Dat helemaal niet geïmponeerd zijn door autoriteit. Een belangrijk ding, want de discipline in het leger, die is immers helemaal op machinale uitoefening van autoriteit gebaseerd.

'Laten we nu maar zo langzamerhand gaan, vind je niet?' zei hij naar zijn vrouw kijkend, 'als er toch niets te zien is dan voetballen.' Hij verrees blazend uit zijn zetel.

Zijn vrouw Kaatje legde het progressieve weekblad neer waarin ze had zitten bladeren, zei: 'Goed', en vouwde haar bril op. Babet pakte het weekblad en ging zitten in de leunstoel waar haar vader uit opgestaan was.

In de gang poederde Kaatje haar neus voor een spiegel en zette haar hoed op. Een grijze blondine, begin veertig, huid gerimpeld en roze, mager... Oude mop: zij was zo mager doordat Ajold at voor twee. Het is een vooroordeel dat vrouwen die veel kinderen hebben gekregen op middelbare leeftijd dik zijn. Kaatje had er vijf, twee uit haar eerste huwelijk. Ze was niet dik, want ze ging elke week twee middagen tennissen. Maar ze zag er de hele week uit of ze pas getennist had. Altijd gekleed in een rok en een bloes. De naden van de rok zaten nooit symmetrisch om haar heupen, terwijl de bloes van achteren veel minder diep in de rok gestoken was dan van voren. Door en door een persoonlijkheid deze vrouw. Bestuurslid van heel wat verenigingen ook. Een en al woord, gedachte en daad. Maar lijfelijke aanwezigheid tot het minimum gereduceerd.

Zij trok haar mantel aan en knoopte hem dicht. De mantel zat scheef, terwijl er geen enkele knoop aan ontbrak. Raadsel, maar zo was het altijd.

Seks op middelbare leeftijd...

Meestal in de weekends en vooral wanneer het buiten winderig en regenachtig was, gingen de gedachten van Plofje de Olifant in deze richting. Maar iets anders dan zijn gedachten ging die richting niet meer uit.

Zonder haar een arm te geven, liep hij naast z'n vrouw door de winkelstraat.

Kaatje wierp een blik op de etalage van een kledingmagazijn en zei:

'Een van de moderne tendensen, waarvan ik hoop dat ze doorzetten, is de uniseksbeweging.'

'Zou je mij in een jurk willen zien?'

'Jurk! Dat is een denigrerende mannenterm. Een *jurk*, dat kan alleen maar voor een vrouw bedoeld zijn.'

'Wat moet ik dan zeggen?'

'Pij. Ik bedoel natuurlijk dat je heel goed een soort pij zou kunnen dragen. Het is niets anders dan discriminatie dat rokken alleen voor vrouwen zijn bestemd, vooral nu ook de priesters broeken aan hebben. Dat maakt het alleen maar erger.

Ik geloof in uniseks. Ik geloof dat in de toekomst een man in een lange broek op straat net zo schandelijk zal zijn, als het twintig jaar geleden was wanneer een vrouw het deed.'

'Maar schatje, twintig jaar geleden? Op straat?'

'Nu goed, op straat of aan het strand kon het wel. Maar niet bijvoorbeeld bij plechtige gelegenheden.'

'Maar engeltje, ik heb bij plechtige gelegenheden al sinds jaar en dag een pij aan, al heet het dan een toga.'

'Een professor moet zijn tijd vooruit wezen.'

'Gisteren zag ik Poux Partout lopen, ook al in een gewaad tot op zijn voeten. Het leek wel of het van dat gebloemde trijp gemaakt was, waarmee de banken van de Londense Underground bekleed zijn. Zal ik zo'n pij kopen?'

'Zag je dat voor het eerst? Poux Partout loopt al minstens een jaar in dat ding.'

Zij sloegen een hoek om en Kaatje zei:

'Ik ben benieuwd wat Gonnie aanheeft. Die vrouw kleedt zich altijd zo of ze achttien was en op een man zat te wachten.'

Ze belden aan op nummer 14 van de straat die Kleine Volte was genaamd. Een straat met allure, hoewel zeer stenig. Kort na de Eerste Wereldoorlog gebouwd door een architect die nog niet helemaal van het ornament afwilde en daarom in de muren overal ornamenten van baksteen had aangebracht: hoekige dijkarbeiders van baksteen, steigerende paarden van baksteen.

Een jongen met een stalen bril op liet hen binnen. Hij was een jaar of vijftien oud.

'Dag Jacques, hoe is 't?'

'Dag mevrouw Ongering. Dag professor. Alles is redelijk wel.'

Hij had een fluwelen stem met een zo waardige intonatie, dat het alleen door die stem al mogelijk was, zich over zijn toekomst geen zorgen te maken. Het stalen brilletje deed oude mensen onmiddellijk denken aan een negentiende-eeuwse schoolmeester, maar wie nog niet helemaal achterop geraakt was, doorzag dat hij de Beatles vereerde, een orkest van vier jongelui met stalen brilletjes, dat een beetje over het toppunt van zijn roem begon te raken.

Jacques hing de overjassen aan de kapstok en merkte op dat het buiten guur was. Daarna opende hij de deur van de kamer waar zijn moeder en zijn tweede vader bleken te zijn en ging zelf niet mee naar binnen.

'Dag lieden.'

'Dàg.—Dàg.'

Piet Stroomer. Aanmerkelijk jonger dan Ongering. Pas tweeëndertig. Wel, wel. Jong professor geworden. Zeker een knappe bol. Zijn vrouw Gonnie was ouder dan hij, minstens acht jaar, maar ze had iets waar Ongering, ondanks het feit dat hij de vijftig al lang gepasseerd was, de ogen maar niet voor sluiten kon.

Gonnie was klein van stuk, plat van voren, breed in de heupen. Haar coiffure, blauwzwart van kleur, leek altijd in de grootste haast tot stand gekomen—zo heerlijk ongedwongen. Haar gezicht was overdadig beschilderd, maar met een allesbehalve artistiek begaafde hand en waarschijnlijk ook in grote haast. Haar lichtbruine ogen hadden niets zedig-vrouwelijks, laat staan dat kille hooghartige van zijn eigen Kaatje. Ze hadden eerder iets aanmoedigends, dat wil zeggen, zoals een bewaarschoolonderwijzeres aanmoedigend naar een kleuter kijkt.

Er zou meer studie gewijd moeten worden aan de vraag welke tekens de vrouw geeft, niet alleen met haar ogen natuurlijk, maar met haar hele lichaam, vooral door middel van kleren. Wat *bedoelen* ze toch, als ze in een bikini op het strand liggen of naar een feest gaan in een jurk waarvan de rok onder het lopen tot het middel opensplijt, of zich op straat vertonen in een skibroek die zo strak zit, dat de omtrekken van haar onderbroekje zich duidelijk aftekenen?

Heel in het algemeen had Ongering dit probleem wel eens aan Ballingh voorgelegd en Ballingh, met z'n gebruikelijke neiging tot *debunking* had gezegd: Ze bedoelen helemaal niks, joh. Ze imiteren wat ze in een modetijdschrift hebben gezien en zelfs dat doen alleen de pioniers. Je moet dus eigenlijk zeggen dat ze imiteren wat ze in een modetijdschrift van een jaar geleden hebben gezien. Vrouwen trekken alleen wat aan als ze het andere vrouwen van hun eigen soort hebben zien dragen. Wat zouden ze kunnen *bedoelen?* Ze kleden zich toch niet voor elke man anders?

–Spiritueel, zoals Ballingh dat soort dingen kon zeggen. Kon ook de dichter Marsman citeren, hoe was het ook weer. Iets over vrienden die bij een houtvuur converseerden over 'liefde, vrouwen en wijn'. Maar of het waar was betwijfelde Ongering. Uit de groentijd in het begin van zijn studie te Nijmegen, had hij de mening overgehouden, dat... Och, hoeveel meningen houden we allemaal niet uit onze groentijd over, ons hele leven lang, zonder er wat aan te veranderen, maar als we slim zijn, gaan we wel van tijd tot tijd wat anders beweren. Maar ja. Vrouwen kleedden zich misschien wel niet voor elke man anders, omdat ze iedere man goedbeschouwd hetzelfde hadden te zeggen. Ai, ai. Het zou best eens kunnen zijn dat Ballingh zich vergiste en dat een vrouw die kleren kocht, aan de man of aan de mannen dacht die ze mooi zouden moeten vinden. Nee, nee, nee, had hij gezegd, ze kleden zich voor dezelfde voor wie zij zich willen uitkleden.

Neem nu Gonnie, zoals ze daar op de bankstelbank tegenover hem zat, in een zeer kort, kreukelig rokje, allang niet meer in de mode (helaas) en dijlaarzen van zwart soepel juchtleer, ook niet meer in de mode, maar wel geweest. Oorzaak dat een professorsvrouw in 't hoge Noorden erin lopen kon. Onschatbaar souvenir van het jaar 1969. Verrukkelijke tijd van grootse vrijheid, stormloop op de taboes, het jaar 1969! Overal vrouwen op straat in rokjes zo kort, dat ze nauwelijks de badstoffen kruisjes van haar pantynylons bedekten en dan die benen, met eindeloze naadloos geweven tweede opperhuiden bekleed. In laarzen. LAARZEN! De gelaarsde kat, de laars in de nek. Laarzen zoals je ze voordien alleen te zien gekregen had op in Duitse bordelen gemaakte foto's of in geïllustreerde edities van Sacher Masoch.

Het jaar 1969, waarin Vietnam en Biafra half werden uitgemoord, Russen, Amerikanen en Chinezen steeds meer geld uitgaven aan raketten, anti-raketraketten, anti-antiraketraketten, enz., Arabieren en Israëli's dagelijks op elkaar schoten, terwijl de Brazilianen hun laatste indianen met brandende napalm begoten.

Dat jaar was toch, als je Ongering vroeg, uit polemologisch

oogpunt een van de meest hoopvolle jaren uit de wereldgeschiedenis!

Amerikaanse filosofen als Marcuse hadden de stelling verkondigd dat agressie bij de mens voortkwam uit onderdrukking van de seksualiteit—of was het Reich geweest, die daarop had gewezen? Nu ja. Maar in ieder geval. Was het leven van gekazerneerde soldaten niet aan de strengste seksuele beperkingen onderhevig? Dat was allemaal om ze agressiever te maken. Meer geneigd tot het verspillen van bloed, bij gebrek aan liefdeselixer. Sinds de primitiefste tijden hebben de machthebbers ingezien, dat je door seksuele taboes de jongelingschap ertoe krijgen kon uit koppensnellen te gaan, allemaal tot meerdere glorie van het establishment!

Ongering geloofde zozeer in de juistheid van deze theorie, dat hij zich maar ter nauwernood had kunnen weerhouden er op zijn colleges toespelingen op te maken. Maar daarvoor was hij te oud en te ouderwets opgevoed. Het speet hem wel, maar hij zou zich niet op z'n gemak voelen als hij in een volle zaal over dat onderwerp zou moeten beginnen. Jammer.

Trouwens, Ballingh, die ontmaskeraar door dik en dun, had hem zo nu en dan weer aan het twijfelen gebracht.

'En hoe vind je dit dan,' had Ongering hem bij een andere gelegenheid gevraagd, 'zomaar op straat, meisjes en vrouwen met rokken tot halverwege de dijen of nog korter. Alle mannen die voorbijkomen nodigen ze uit tot... dagen ze uit.'

'Ik vind het maar bij hoge uitzondering sexy,' had Ballingh gezegd. 'Het merendeel ziet eruit of ze voor page moeten spelen in een kindertoneelstukje, of voor Zwarte Piet...'

Raketten, anti-raketraketten, anti-antiraketraketten. 1969. Eerste landing op de maan, satelliet van de liefde, per raket. Was het niet een hoopvol teken. Leverden die raketten niet door hun vorm alleen al de boodschap af, dat liefde voor oorlog in de plaats zou komen op de dag dat de mensheid werkelijk volwassen zou zijn? Een dagdroom, een avonddroom. De stemmen van Piet, Kaatje en Gonnie drongen vaag tot hem door. Volgende week zou het nieuwe nummer van Playboy er wel zijn.

Twintig jaar geleden was hij, als lid van een VN-commissie eens een week in Thailand geweest. Ach, zoiets als naar een bordeel gaan zou hij nooit doen, maar de verhalen die hij gehoord had over de bordelen in Thailand! De verhalen! Wie de laars past trekke hem aan. Gonnie zou ze niet hoeven uit te trekken. Ze zou niets uit hoeven te trekken—met dat rokje. De grote polemoloog zou in een warm bad liggen en zich door haar stevig laten wassen, met handen vol zeep, handen als bokshandschoenen van schuim, stevig, zorgzaam en hem alleen met haar ogen aanmoedigend tot de grootste schaamteloosheid.

'Ajold, wat zit jij te suffen! Je koffie wordt koud!'

'Dat zou zonde zijn.'

Hij boog naar voren uit zijn leunstoel en reikte over zijn enorme buik heen naar zijn koffie, zijn arm zo ver mogelijk uitrekkend om zijn zwaarlijvigheid niet al te veel te moeten samenpersen. Hij nam een slok en zei:

'Beste koffie, Gonnie, beste koffie.'—Ik heb vergeten te roeren, dacht hij.

'Toch is het gewoon maar Nescafé, hoor.'

'Ajold is soms zo afwezig,' zei Kaatje, 'ik wed dat je helemaal niet gehoord hebt waarover we het hadden.'

'Toch wel, toch wel. Over Dingelam.' Hij stak het lepeltje in de koffie en roerde.

'Over Dingelam?'

Nu boog Gonnie zich naar voren om hem even in zijn knie te knijpen.

'Je bent geweldig, Ajold! Over Dingelam!'

'Hebben jullie het soms nog niet gehoord?' vroeg Ajold onverschrokken.

'Wat zouden we moeten hebben gehoord?'

'Of in de krant gelezen?'

'Teevee hebben we niet, naar de radio luisteren we nooit en hoeveel jaar lezen we al geen krant meer, Piet?'

'Sinds we hier zijn komen wonen. Toen we uit Leiden verhuisden, heb ik de krant opgezegd en eigenlijk steeds vergeten er weer een te nemen.'

'Er staat immers altijd onzin in de kranten,' zei Gonnie.

'Voor recepten,' zei Kaatje, 'voor recepten is een krant wel eens aardig. Hè? Als je op een dag werkelijk niet meer weet wat je nog koken moet.'

'Recepten!' zei Gonnie, 'maar dan kun je veel beter de Avenue kopen.'

'Zo'n damesblad met al die onmogelijke kleren erin?'

'Onmogelijke kleren? De *beeldigste dingetjes* hoor, heel dikwijls. *Zo* schattig.'

'Weet je wanneer ik de krant lees?' zei Piet Stroomer tegen Ongering, 'als ik naar Den Haag ga, in de trein. En altijd gratis. 's Ochtends stap ik in en dan liggen er wel twee of drie ochtendbladen en als ik 's avonds de trein van half elf terug neem, heb ik de avondbladen. Kranten! Geen cent geef ik er aan uit!'

'Ja,' zei Gonnie, 'en dat is ook zo'n groot voordeel van de Avenue, ze plaatsen in elk nummer altijd een stuk van een of andere echt grote schrijver. Die lees ik van A tot Z. Zó interessant! En dan kun je weer eens ergens over meepraten. Want als je al die boeken zou moeten kopen, was je een kapitaal kwijt, hoor. Daar kun je gewoonweg niet meer aan beginnen. Nietwaar, Piet?'

'Ik betaal nu per jaar meer inkomstenbelasting dan ik tien jaar geleden in vijf jaar verdiende,' deelde Piet mede.

'Nou nee,' vond Kaatje, 'een boek dat is toch wel wat anders dan een damestijdschrift. Dat vind ik toch niet hetzelfde.'

Piet liet zijn stem een toonaard dalen en zei op een bezwerende toon: 'Het is zo verrekte jammer dat een mens niet meer tijd heeft om van alles op de hoogte te blijven. Je zou het allemaal moeten kopen, je zou het allemaal moeten lezen, je zou het allemaal in je kast hebben moeten staan. Maar je hebt er doodeenvoudig *de tijd* niet meer voor.'

Niet meer. Wanneer had hij er dan wel de tijd voor gehad? Ongering keek steels in het rond, om hetzelfde te zien wat hij al ongetelde malen eerder gezien had, al die andere keren dat hij hier geweest was: de muurruimte werd hoofdzakelijk in beslag genomen door een piano, een groot dressoir, twee reprodukties naar schilderijen van Rembrandt, een kleurenlitho van Karel Appel en een klein kastje met glas-in-loodramen, waarin de volgende boeken stonden: Elseviers Nieuwe Tuinplantengids, de Glorie van de Scheepvaart, Elseviers Wereldgeschiedenis in drie delen, de Nieuwe Medische Winkler Prins, in twee delen, de Culinaire Encyclopaedie en nog zo'n rijk geïllustreerd prachtwerk: Wilde Bloemen van de Wereld.

'Om op het vorige chapiter terug te komen,' zei Ajold, 'jullie willen ons toch niet wijs maken dat jullie het nog niet weten van Dingelam?'

'Is hij van zijn vrouw weggelopen?' vroeg Gonnie, 'vrijdag zag ik ze nog alle twee.'

'Jullie weten dus niet dat hij *de Nobelprijs* gekregen heeft?' vroeg Kaatje; boerenhufters zijn het eigenlijk, dacht ze, die nooit ergens iets van af weten.

'Dingelam de Nobelprijs?' zei Piet, 'ik zou niet weten waarvoor.'

'Een brave man,' zei Gonnie, 'maar ik heb hem nog nooit iets briljants horen zeggen. Dingelam een Nobelprijs?'

'Nou ja,' zei Piet, 'dat zal dan wel wezen om de synthese van het N-ethyl-8-hydroxytetrahydrochloropheenhydrochloride. Maar weten jullie wel waar dat voor gebruikt wordt?'

'Alicodrin!' riep Ongering. 'Alicodrin! Hè! Niet soms? Alicodrin!'

Hij gaf zichzelf ter beloning een klapje op zijn knie.

'Is het soms een stof die van belang is voor de oorlogsindustrie, dat je dat zo goed weet?' vroeg Kaatje.

'Oorlogsindustrie...' zei Ajold en alle pret zakte uit hem weg, zijn mond bleef openstaan.

Piet Stroomer barstte in lachen uit.

'God nee, beste Ajold. Oorlogsindustrie!'

'Wie weet wat er gebeurt als ze het door de napalm doen!' riep Gonnie, wipte even op en trok aan haar rokje.

Piet bedwong zijn lach. 'Alicodrin, dat is...' Maar weer moest hij lachen. Eindelijk kon hij zijn keel schrapen en verder gaan.

'Alicodrin, dat wordt ook wel genoemd *de derde witmaker*.'

'De derde witmaker? Van die advertentie in de Avenue?' vroeg Kaatje.

'Dato met de derde witmaker,' citeerde Gonnie.

'De derde witmaker?' vroeg Ongering, 'de derde witmaker... Maar wat dan?'

'Nou kijk,' zei Piet, 'vroeger had je alleen wasmiddelen met maar twee witmakers erin. Maar daar werden de onderbroeken niet schoon van. En toen hebben ze er nog een derde witmaker in gestopt. Alicodrin. In 1955 ontdekt door Rufus Dingelam, Nobelprijs Scheikunde. Nee maar, verdorie, nu even ernstig. Het wil me niet te binnen schieten welke zeepmaatschappij het eerst met die derde witmaker begonnen is. Maar zo zie je hoe machtig die jongens zijn, zo zie je dat maar weer es. De derde witmaker... Nobelprijs? Nee maar, godallemachtig nog aan toe!'

'Dit kan ik me niet voorstellen,' zei Ongering droog. 'De Zweedse academie van wetenschappen zal zich natuurlijk wel eens een keer vergissen, maar ze zijn volstrekt integer. Ik acht het uitgesloten dat een zeepfabrikant daar ter plaatse stappen zou kunnen ondernemen...'

'Een zeepfabrikant...' zei Piet, 'als je het zo uitdrukt, maak je je wel aan schaalverkleining schuldig. Zeepfabrikanten fabriceren heus nog wel andere zaken dan zeep en ze hebben overal hun relaties. Ik bezweer je dat het waar is.'

'De Nobelprijs voor een nieuw wasmiddel...' mompelde Ongering, 'maar Zweden is neutraal! Zweden hoort tot geen enkel blok!'

'Daarom!' riep Kaatje, 'daarom geven ze de Nobelprijs voor een nieuw wasmiddel en niet voor een nieuw gifgas!'

In volle ernst nu, een hoogleraar die zijn verantwoordelijkheid niet uit de weg gaat, zei Piet:

'Achteraf beschouwd is het niet zo gek dat ze Roef de Nobelprijs hebben bezorgd. Ik vind het in zekere zin fatsoenlijk.'

'Niet gek?'

'Hoe zo?'

'Nee, niet gek,' zei Gonnie, 'het is toch zeker voor miljoenen huisvrouwen van het grootste belang dat de was schoon wordt? Zo'n man is eerder een weldoener van de mensheid, dan Einstein, waar geen gewoon mens een lor van begrijpt.'

'En die toch de vader van de atoombom is!' riep Kaatje bits.

'Of die idiote vluchten naar de maan,' ging Gonnie verder, 'en waarmee komen ze terug, van de maan? Met hun kleren vol stof! Geef mij maar een wasmiddel. Hoe heet het ook alweer?'

'Kijk, dat zit zo,' zei Piet, 'toen Roef het samenstelde, heeft hij het procédé in een wetenschappelijk tijdschrift gepubliceerd. Hij heeft er geen patent op genomen. Iedereen kon het gaan maken zonder dat hij Roef een cent hoefde te betalen. Met die derde witmaker hebben ze kapitalen verdiend en Roef ontving daar niets van. Het minste wat ze konden doen, was dus wel te zorgen dat Roef een blijk van erkentelijkheid kreeg.'

'Ach zo,' zei Kaatje, 'en dat moest dan per se een Nobelprijs zijn. Dat konden die zeepmakers niet uit hun eigen zak betalen.

Daarvoor moest een fonds geplunderd worden dat is opgericht om cultuur en vrede te bevorderen.'

'Uit polemologisch oogpunt,' zei Ongering, 'vallen er, vrees ik, nog wel enige kanttekeningen te maken bij de vreedzame bedoelingen van de dynamietkoning.'

Het was een schot in de lucht, maar hij moest toch laten blijken dat zijn specialisme een eigen inbreng had, nietwaar.

'Voor je verder gaat,' zei Gonnie, 'willen jullie niet wat anders drinken?'

Zij stond op, liep om het tafeltje heen en bukte zich zo nu en dan om een vuil kopje weg te nemen. Met haar brede achterste, haar grotendeels zichtbare dijen, die o zo'n blote indruk maakten door het leer om haar onderbenen, stond zij een ogenblik naar Ongering toe. Een zomeravonddroom, een toekomstbeeld kwam op in zijn polemologisch brein. In een wereld zonder oorlog, zonder seksuele repressie derhalve, zou het geen opzien baren en hem gelukkig maken, als...

Zelfs in gedachten kon hij niet anders dan in puntjes formuleren. Of in het Engels. The medium is the massage.

'Ik heb cognac, jonge jenever en kraaibessenwijn van Terschelling,' zei Gonnie.

Dat hadden ze altijd.

Piet schudde de kaarten, Ajold coupeerde, Piet deelde uit.

Toen de kaarten van alle vier nog omgekeerd op tafel lagen, zei Gonnie:

'De Nobelprijs... Hoeveel geld krijg je dan?'

'Honderdduizend gulden,' zei Kaatje.

'Honderdduizend gulden, dat was het toen Nobel nog leefde,' wierp Gonnie tegen, 'maar nu is het toch zeker veel meer?'

'Nee, o nee, o nee,' zei Ajold, 'Nobel is in 1896 gestorven. Toen hij nog leefde bestond er geen Nobelprijs. Pas bij de opening van zijn testament bleek dat hij die prijzen had ingesteld. Een voor natuurkunde, een voor chemie, een voor medicijnen of fysiologie, een voor literatuur en een voor de vrede.'

'Ja maar hoeveel was het toen?' vroeg Gonnie.

Iedereen had zijn kaarten nog steeds met de rug naar boven voor zich liggen, ademloos luisterend naar Ongering's goedgedocumenteerde voordracht over de Nobelprijzen.

‘Het was in die tijd geen honderdduizend, maar honderdvijftigduizend gulden,’ zei Ajold en hief zijn pas ingeschonken (zeer ruime) glas waarin een (zeer laag) bodempje cognac schommelde of het een laatste restje was en snoof eraan. Kaatje bracht Terschellinger kraaibessenwijn naar haar mond en Piet nam een slok jonge jenever.

‘Honderdduizend gulden was omstreeks 1900 ongeveer evenveel waard als een miljoen in onze tijd,’ zei Ajold.

‘Een miljoen?’

‘O zeker. Of anderhalf miljoen. Je kan wel tienmaal zo veel rekenen. Geld was tienmaal zo veel waard, minstens.’

‘Dat is dan anderhalf miljoen.’

‘Een goeie sigaar kostte toen drie cent.’

‘En weet je hoeveel je betaalde voor een uitstekend diner met wijn in een eersteklas restaurant? Drie vijfenzeventig.’

‘Drie vijfenzeventig?’

‘Drie vijfenzeventig. Bij Krasnapolsky in Amsterdam.’

‘Maar wat verdiende een hoogleraar toen?’

‘Zesduizend gulden.’

‘Dus zestien maal minder dan nu.’

‘Dat denk je. Maar inkomstenbelasting bestond er nog niet. Dus moet je er zeventig procent bij tellen.’

‘Zeventig procent is een beetje te veel.’

‘Nou ja.’

‘Bij mijn moeder thuis hadden ze twee dienstmeiden, een rijtuig, een paard en een koetsier en al voor de Eerste Wereldoorlog een auto,’ zei Kaatje.

‘Maar jouw vader was hoogleraar in de medicijnen, dat was *nog* weer heel wat anders.’

‘Dat is ook in onze tijd nog altijd heel wat anders,’ zei Piet, ‘o jee.’

‘Weet je wat de röntgenoloog hier verdient?’ riep Gonnie.

‘Ja, dat weet ik,’ zei Kaatje, ‘negen ton per jaar en in het Academisch Ziekenhuis heeft hij z’n personeel en de apparatuur gratis, van het Rijk.’

‘Maar nu weet ik nog altijd niet hoeveel de Nobelprijs tegenwoordig is.’

‘Méér dan honderdduizend gulden, o, vast en zeker.’

‘Ja, dat is zo,’ zei Piet, ‘de Zweedse regering betaalt er geloof ik aan mee, want dat geld van Nobel is natuurlijk al lang in waarde gedaald.'

'Dat is al lang op.'

'En dan is er de prijs voor Economie nog bij gekomen.'

'Maar ik meen me te herinneren dat het gisteravond in de krant stond hoeveel het was,' zei Kaatje.

'Stond het erbij??' vroeg Ajold, 'dat herinner ik me niet. Maar het is zeker zoiets als drie ton.'

'Drie ton!' zei Gonnie, 'toch nog heel wat zeg en dat voor Dingelam!'

'Die Gré,' zei Piet, 'dat is toch al zo'n zuinige. Wat hebben ze er eigenlijk aan?'

'O!' riep Kaatje, '*die* mensen zijn zo zuinig! Daar heb je gewoon geen voorstelling van! Je had het gezicht van Gré moeten zien, toen ik haar vroeg of ze wat wilde bijdragen voor de Ban-de-Bom-beweging. Je raadt nooit wat ze zei.'

'Wat zei ze dan?'

'Nee hoor,' zei ze, 'met die stem als een figuurzaagje. Ze zegt...'

'Een stem als een figuurzaagje!'

'Een stem als een figuurzaagje, vinden jullie dat zo gek?'

'Schitterend! Een stem als een figuurzaagje!'

'Ja, zo is die stem nu eenmaal. Maar goed. Gré zegt: Voor de Ban-de-Bom-beweging? zegt ze. Dat vind ik nou helemaal onzin. Eerst een hoop geld uitgeven om de bom te maken en dan nog eens een boel geld om hem weer uit te bannen. Dat zei ze. Ik *zweer* je, dat zei Gré.'

Professor Stroomer, zijn appetijtelijke maar niet zeer jonge echtgenote, professor Ongering en Kaatje Ongering zelf, lachten. Kaatje, zeer welgemanierd, was het eerst met lachen klaar, zoals het iemand past die het lachen ontketend heeft.

'Er wordt geloof ik gebeld,' zei ze.

'Ja? Ik hoor niets,' zei Gonnie.

Lachende Ongering had naar het lachen van Gonnie gekeken en geconstateerd dat ze een kunstgebit droeg. Geverfde haren en een kunstgebit. Hm, hm. Je kon er zo je gedachten over hebben. Maar, een kunstgebit en geverfde haren, was dat niet beter dan wanneer een vrouw zich te jong voelt om het verven van haar haar energiek vol te houden en wel haar eigen tanden heeft, maar door ouderdom te ver uit hun kassen gegroeid en vol reparaties?

'Eigenlijk,' zei Ongering, 'vind ik alleen de Nobelprijs voor de Vrede moreel gerechtvaardigd. Dat is een prijs die met recht nobel is. Die draagt de naam met ere!'

'Foei,' riep Gonnie, 'wat ben jij een egoïst, jij denkt zeker omdat je polemologie doceert...'

'Nee... nee... nee... Ik denk aan de andere mensen die de Nobelprijs voor de Vrede gekregen hebben. Carl von Ossietzky, doodgeslagen in een Duits concentratiekamp, Albert Luthuli, verbannen door de apartheidswaanzin, Martin Luther King, vermoord.'

Er werd nu niet meer gelachen, maar vriendelijk welwillend gekeken. Natuurlijk hadden ze allemaal wel geweten dat Ajold aan die martelaren had gedacht, niet aan zichzelf. Piet nam een slok van zijn jonge jenever, Kaatje en Gonnie dronken van hun kraaibessenwijn. Toen zij haar glazen neerzetten, tilde Ajold zijn cognacglas op, snoof eraan en dat niet alleen. Hij nam nu ook een teug, die hij aandachtig proefde. Ik was er al bang voor, koetsierscognac van de witte slijter, dacht hij. Hield Piet dan nooit een lezing waarvoor ze hem een fles goede cognac gaven?

'Uitstekende cognac, Piet,' zei hij.

'Ik vind,' zei Gonnie, 'dat je het niet zo verschrikkelijk formalistisch bekijken moet. Het is nog maar de vraag of zo iemand als Martin Luther King het ruziemaken op de wereld heeft verminderd. Dat vind ik nog maar helemaal de vraag. En als je eens aan al die andere Nobelprijsdragers denkt, wat hebben die niet allemaal gedaan! Penicilline, nietwaar Piet? Die man van de penicilline, die heeft toch ook een Nobelprijs gekregen?'

'Hoe heette die nu toch ook al weer?' zei Kaatje.

Piet zei: 'Ik zou niet meer weten hoe hij heette, hoor. Er zijn langzamerhand zo veel Nobelprijswinnaars geweest, dat kan geen mens onthouden. Trouwens, penicilline, dat is mijn vak niet. Ik haast me eraan toe te voegen dat ik de prijzenkrijgers bij de scheikunde ook niet weet, wie dat allemaal zijn geweest. Wie moet geven?'

'Die is goed! Dat heb je zelf gedaan!'

'De kaarten liggen al lang voor je neus.'

'Hoi!' zei een stem, die vanavond hier nog niet vernomen was. Maar de stem en dat woord 'Hoi!' deden in alle vier de breinen tegelijkertijd de naam opkomen van degene wiens stem het was.

Alle vier keken zij op naar de ongemerkt binnengekomen professor Tabe Pap (leeropdracht: makroeconomische verkenningen). Zijn vrouwtje had hij ook bij zich. Hij stond achter Ongering die van schrik, of omdat hij zich zo ver moest omdraaien, de voor hem liggende kaarten van de tafel veegde.

'Dag Tabe.'

'Dag Tonia.'

'Dag Tabe, dag Tonia.'

(En zo voorts.)

'Het is inderdaad nog maar de vraag of zo iemand als Martin Luther King de ruzie op de wereld heeft verminderd,' zei Tabe ernstig, 'maar gaan jullie rustig verder, hoor.'

Ze gingen niet verder, ze stonden alle vier op, want Tabe en Tonia waren de moeite van het bekijken waard. Unisex! Jazeker! Zij hadden het gerealiseerd.

'En hoe vinden jullie mijn sandalen?' zei Tabe, 'echt uit Japan.'

Hij sloeg zijn linkerarm om Tonia's schouders en hief zijn rechtervoet op.

'Enig,' zei Kaatje, 'maar die sokken vind ik helemaal snoezig. Toen wij vorig jaar in Japan waren, was ik van plan ook een heleboel van zulke sokken te kopen, maar op het laatst sleep je *zo* veel met je mee van zo'n reis.'

'En die pij, heb je die zo kunnen kopen, of heb je hem laten maken?' vroeg Gonnie.

'Laten maken?' zei Tonia, 'welnee, uit de army surplus shop.'

'Ben je niet bang dat je grote teen er vandoorgaat, als hij zo apart zit?' schertste professor Piet.

(Professor Piet! Haast u te lachen voor het te laat is. Er bestaat veel kans dat de titel al is afgeschaft, wanneer u dit verhaal leest, want de tijd staat niet stil.)

Tabe ging niet in op al deze grappen. Hij zette zijn voet weer op de grond en liet ook Tonia's schouder los. De sok die opzien gebaard had, was een Japanse sok, de grote teen apart ingebreid zodat, tussen deze teen en zijn broertjes, het riempje doorgehaald kan worden waar de houten sandaal mee vastzit. Tonia droeg een donkerbruin gewaad, zelfde kleur als Tabe's pij, maar geen witte sokken en sandalen. Het waren van die kostschoolmeisjeskniekousen met figuurtjes erin. En omdat het buiten vochtig was, had ze er bruine peau de suède halve laarsjes bij aan, die omstreeks 1961 modieus waren. Modieus! Was Tabe modieus? Unisex? Hij liet zich er niet over uit. Mogelijk had hij zojuist alleen maar het Zen-boeddhisme ontdekt, dat vijftien jaar eerder hoogtijdagen beleefde. Modern? Aan zijn bril te zien, was hij niet zo modern. Zijn bril was helemaal niet zo'n stalen brilletje van de Beatles. Des te verwonderlijker moet dit worden genoemd, omdat iedereen die professor Pap op gezette tijden ontmoette, onmogelijk kon voorbijgaan aan het feit dat deze hooggeleerde zeer frekwent van bril veranderde. Lang niet iedereen wist de verklaring van dit verschijnsel. Maar Ongering wist het wel, dank zij een onthulling van Ballingh.

Het kwam doordat Tabe Pap de dichter Remko Kampurt bewonderde (een beroemde dichter) maar Ongering las nooit gedichten en hoe die naam geschreven werd, wist hij dus niet precies. Deed er ook niet toe. Het ging om 's dichters bril. Niet zijn ogen waren het, maar het was zijn bril die Remko Kampurt veel inspiratie verschafte zoals de dichter Ballingh desnoods met versregels van Kampurt had kunnen aantonen. De bril van de zanger besloeg op koude zolderkamertjes, werd nat van tranen, viel in de WC na overmatig drankgebruik, dreigde kapotgeslagen te worden door Armando (een andere beroemde dichter, die boksen kon) en als dat niet gebeurde, woei de bril af door de wind en werd platgetrapt door een passerende boerenheikneuter of, nog tragischer, door de dichter zelf onder het zoeken ernaar. Knars, zei de bril, toen wist de dichter waar hij hem moest zoeken, maar het hoefde al niet meer. Zei niet reeds Oscar Wilde: Een koning kan het over z'n hart verkrijgen zich te bukken voor een artiest om een penseel op te rapen, maar als het volk zich bukt, is het alleen maar om met modder te gooien? Als de bril van Kampurt op de grond viel, raapte niemand hem voor hem op, want de koningin had het veel te druk met de ontvangst van allerlei pseudomarkiezen. Kampert (of -purt, of Cam-) kocht dus, noodgedwongen, menigmaal een nieuwe bril.

Tabe Pap, die Kampurt niet persoonlijk kende maar goed oplette als hij een foto van zijn lijfdichter in de krant zag, bewonderde niet alleen diens verzen, maar ook diens brilmonturen. En omdat hij niet dezelfde verzen durfde te publiceren (hij schreef ze wel—in het geheim) maar niets hem verhinderde dezelfde bril op te zetten, was dit het gevolg: een à twee jaar nadat Remco Campert een nieuwe bril gekocht had, kocht Tabe Pap precies dezelfde bril. Eerder dan na twee jaar was die trouwens, tweehonderd kilometer bij de hoofdstad vandaan, niet te krijgen in de provincie.

De kaarten werden op een hoopje geveegd. Tonia kreeg kraaibessenwijn en Tabe vroeg om een groot glas ijskoud water, want dit dronk niemand.

Alle zes gingen ze weer om het lage salontafeltje zitten, waar ze aan het begin van de avond ook al hadden gezeten.

'Nou, vooruit,' zei Tabe Pap, 'Martin Luther King.'

'Jij houdt me altijd voor de mal,' pruilde Gonnie, 'je vangt wat op en je weet niet eens waar het op slaat.'

'We hebben toch al ons best gedaan muisstil binnen te komen. Ik heb zo goed mogelijk geluisterd naar wat je zei. Je weet toch dat ik altijd aandachtig luister als jij wat zegt?'

'Martin Luther King,' zei Gonnie. 'O, ik bewonderde die man geweldig hoor, ook als mens. Als *man* weet je, met dat open, ronde gezicht en dat snorretje. En zoals hij sprak, op zo'n diep gevoelde toon, ik heb het op de televisie gehoord. Wat was het ook weer... there will be a time...'

'I have a dream!' declameerde Tabe, 'I have a dream! I have a dream!'

'O ja. I have a dream, ja natuurlijk, dat hebben we op de televisie gehoord. Weet je nog, Piet? Dat was geweldig.'

'I have a dream,' zei Piet.

'Televisie?' zei Kaatje kwasi-berispend, 'aha! Dus toch! Die verstoppen jullie zeker op de slaapkamer.'

'Nee hoor, niets voor Piet,' zei Gonnie, 'we hebben het bij Dingelam gezien.'

'Dingelam. Hebben die televisie?' vroeg Tabe.

'Z'n vrouw kan er natuurlijk onmogelijk buiten,' zei Ajold.

'Het spijt me,' zei Kaatje, 'maar dat heb je helemaal mis. Helemaal. Gré kan er uitstekend buiten. Je weet toch dat ze op hun boerderijtje geen elektriciteit hebben? Nou, en het is juist Gré die daar altijd naartoe wil. Het is voor haar plezier dat Roef die boerderij gekocht heeft. Zelf blijft hij net zo lief thuis en dat is omdat hij in hun weekendhuisje geen televisie kan kijken.'

'Zou dat werkelijk waar zijn?' fluisterde Tonia.

'Weet ik zeker. Als Roef de kans krijgt, zit hij de hele nacht naar Duitsland te kijken en 's ochtends ook nog, als hij niet ergens naartoe moet.'

'Overdrijf je niet een beetje?'

'Nee hoor,' zei Piet, 'ze wonen hier immers recht tegenover. Als ik dat groene schijnsel in de kamer zie, weet ik wel hoe laat het is.'

Hij stond op en liep naar het raam.

'Vast niemand thuis,' zei Gonnie, 'ze zitten nog op hun boerderij.'

Piet schoof het gordijn opzij en keek naar buiten.

'Alles aardedonker.'

Hij liet het gordijn vallen en kwam weer terug.

'I have a dream,' zei Tabe Pap.

'Daar gaat het niet om,' zei Gonnie, 'maar die man is begonnen zonder geweld. Een staking. Het ging om de plaatsen in de autobussen. Negers moesten achterin zitten en toen heeft King gezegd dat ze die busdienst moesten boycotten en zo hebben ze het gewonnen. Maar daar is het niet bij gebleven. Hij was tegen geweld, maar de leiders die de negers tegenwoordig hebben, die willen niets anders dan geweld.'

'En de blanken, gebruiken die soms geen geweld?' stoof Ajold op.

'Natuurlijk. Maar daarom juist. Dat leidt toch allemaal tot niets!' riep Gonnie. 'Er zijn in Amerika honderdtachtig miljoen blanken en twintig miljoen negers. Hoe moet dat aflopen als er geweld gebruikt wordt? Allemaal bloedvergieten voor niemendal. Ik ben voor geweldloos verzet tegen onrecht, maar dan ook absoluut zonder geweld. Zoals het saboteren van die bus, dat vond ik schitterend. Maar als ze de banden van die bussen hadden lek gestoken, daar zou ik tegen zijn geweest.'

'Wat zou jij dan doen als je voortdurend vernederd en achteruitgesteld werd?' vroeg Tabe geërgerd.

'Ik bezweer je dat ik heel lang zou nadenken voor ik geweld gebruikte. De mensheid gebruikt al een miljard jaar geweld. Al zo lang als we bestaan, gebruiken we geweld en we zijn er niets mee opgeschoten. Alleen in India zijn wijsgeren geweest die begrepen dat geweld de mens verhinderen zal ooit een hoger stadium te bereiken. En dat geloof ik ook.'

'De kwestie is,' doceerde Ajold, ten slotte de enige deskundige op dit gebied, 'wat begin je zolang niet alle mensen daarvan overtuigd zijn?'

Tabe Pap had de oplossing: 'Op die vraag moet de polemologie het antwoord vinden.'

'Men zoekt naar dat antwoord,' stelde Ongering hem gerust, 'men is er dag en nacht mee bezig. De Pugwashconferenties, de Ban-de-Bom-beweging. Bertrand Russell niet te vergeten, die heeft tot zijn laatste snik rondgelopen met dat probleem. En bij alles wat we onderzocht hebben, is één ding vrijwel zeker komen vast te staan. Geweld, dat is niets anders dan een communicatieprobleem.'

'Zou dat zo wezen?' vroeg Piet.

'In elk geval iets om diep over na te denken,' vond Kaatje.

'Geweld is een uitvloeisel van gebrek aan communicatie,' zei Ongering onvermoeibaar, 'volgens mij is dit een natuurwet. Maar een wet moet bewezen worden en ik wil niet staande houden dat het bewijs al helemaal geleverd is, maar we zijn op de goede weg.'

'Geweldloos verzet,' vroeg Gonnie, 'reken je dat nog tot geweld in engere zin of niet meer? Ik bedoel: is het een antwoord op het gebrek aan communicatie of niet? Is het juist *wel* een vorm van communicatie?'

'Zeer zeker een vorm van communicatie,' zei Ongering, 'zonder enige twijfel. Het is te vergelijken met een slogan, een kreet.'

'Dat begrijp ik niet. Neem als voorbeeld een café waar negers niet binnen mogen komen. Op een dag doen ze het toch. Er wordt gezegd dat ze weg moeten gaan. Ze gaan op de grond liggen en ze beginnen *We shall overcome* te zingen. Je moet toegeven, als je daar eens goed over nadenkt, is het niet helemaal begrijpelijk wat ze doen. Als ik in een café zou komen en ik zou merken dat ik daar niet welkom was, dan zette ik daar geen voet. Laat staan dat ik er op de grond ging liggen.'

'En als je in een land woonde waar je in geen enkel café welkom was?' vroeg Kaatje, 'wat dan?'

'Het is misschien niet zo'n goed voorbeeld. Tenminste niet van geweldloos verzet. Okee. Ik zoek het te ver van huis. Dan iets anders. Die bezetting van het Maagdenhuis in Amsterdam door Amsterdamse studenten, een paar jaar geleden, weet je nog wel, dat is misschien een veel beter voorbeeld. Studenten gaan massaal in een bepaald universiteitsgebouw zitten, waar niemand ze ooit de toegang heeft ontzegd, maar waar ze feitelijk niets te maken hebben. Ze zitten daar niet omdat ze daar nooit mochten komen, niet om het recht te krijgen daar te mogen zitten, want dat recht is helemaal niet wat ze willen. Ze willen heel andere dingen en gaan daar alleen maar zitten om iets te doen dat hun tegenstanders hindert.'

'Slecht voorbeeld,' zei Tabe, 'dit is ook geen geweldloos verzet. 't Is eerder zoiets als je klompen in de raderen van een machine steken. Zeg, dat weten jullie toch allemaal? Daar komt het woord sabotage vandaan, van het Franse woord sabot, dat klomp betekent.'

'Nou maar, dat is dan ook al geen goed voorbeeld van geweldloos verzet. Ik voel alles voor geweldloos verzet, maar het probleem is hoe maak je duidelijk dat je je verzet, als je geen geweld gebruikt?'

'Kom, kom, geweld, geweld?' zei Ajold, 'een student die op de grond ligt, dat noem ik geen geweld gebruiken. En trouwens, wat doen de tegenstanders?'

'Ja maar,' zei Gonnie zwakjes, voelend dat haar vraag verbasterd werd, omdat niemand het antwoord wist.

'Ik vind,' zei haar Piet, 'dat er toch wel een hogelijk te waarderen verschil is tussen op de grond liggen en met een gummistok zwaaien.'

'Direct proberen of dat waar is,' zei Tabe Pap, 'met een gummistok zwaaien kan ik niet, maar op de grond liggen kan ik wel.'

Hij liet zich van zijn stoel zakken en ging languit op de grond liggen. Zijn pij schortte op tot boven zijn knieën. Piet, Ajold, Gonnie en Kaatje namen waar dat de Japanse sokken tot halverwege zijn kuiten reikten.

''t Is wat anders!' riep Tabe, 'op de grond liggen is heel wat anders.'

Hij trok zijn voeten onder zich, kwam zonder z'n handen te gebruiken overeind en zei:

'En nu ga ik even een plasje doen.'

Hij liep de kamer uit, begeleid door gelach.

'Wat is Tabe toch altijd ongelofelijk vitaal,' zei Gonnie, 'bijna jongensachtig vitaal.'

'Hij kan geen vrouw tegenkomen, of hij begint onmiddellijk met haar te flirten,' fluisterde Tonia, 'doen jullie dat ook?'

Ajold noch Piet hadden veel lust dit te ontkennen, ook al deden ze het nooit.

'Jij Ajold?' vroeg Piet aan Ajold, die gepijnigd keek zonder antwoord te geven, 'flirt jij zodra je een vrouw tegenkomt?'

'Ajold?' zei Kaatje, 'nooit als ik er bij ben.'

'Tabe flirt nooit met vrouwen als ik er *niet* bij ben,' verduidelijkte Tonia, op dezelfde enigszins slaperige toon en zonder dat je aan haar gezicht kon zien of ze het ernstig meende of niet.

'Je maakt me niet wijs dat hij nooit met jou flirt,' zei Kaatje, 'ik wou dat *ik* in staat was zulke *beeldige* kleren te dragen als jij.'

'Ik zou best met je willen flirten,' zei Piet.

'Als je dat maar uit je hoofd laat,' riep Gonnie.

Tabe Pap kwam weer binnen en zei:

'I have a dream. Gonnie is reactionair.'

Hij pakte zijn glas op en daarmee in de hand begon hij om het gezelschap heen te drentelen.

'Reactionair,' herhaalde hij, 'Martin Luther King had een droom, maar jij niet. Reactionairen dromen niet.'

'Progressieven dromen wel, maar vraag me niet waarover ze dromen,' antwoordde Gonnie.

'Dat is het hem juist,' zei Ajold, 'mij vraagt nooit iemand waarvan ik droom.'

'Waarvan dromen de progressieven dan?' vroeg Tabe.

'Als je zo progressief bent, zul je dat zelf wel het beste weten,' bracht Gonnie hem onder het oog.

Enige minuten werd er gelachen, werden er glazen uitgedronken en weer bijgevuld.

'Progressieve priesters,' zei Gonnie, 'nou, je hoeft je niet af te vragen waar die van dromen. Eerst wilden ze niet meer in een zwarte toog over straat lopen. Wat is het gevolg?

In net zo'n pakje gekleed als een normale man, spreken ze een juffrouw aan: Juffrouw, kunt u mij ook vertellen hoe laat het is?

Wat een aardige vent, denkt die juffrouw. Voor ze het weet is ze verliefd. En waarop? Op een priester. Het zal je gebeuren. Maar de progressieve katholieken hebben er wat op gevonden, hoor. Het celibaat moet worden afgeschaft. Het Latijn is ook al afgeschaft in de Kerk. Alles wordt door de progressieven afgeschaft. Een progressief is iemand die alles afschaft. Naakt lopen, dat is ook verschrikkelijk progressief. Kleren afschaffen. Elke kerk een vrolijke keuken, dat is het ideaal.'

'Mag dat niet?' vroeg Ongering, 'waarom zou een kerk een rouwhuis moeten zijn?'

'Dat hoeft nu ook weer niet,' bemiddelde Kaatje, 'maar ik ben het in zoverre met Gonnie eens: als een pasbekeerde katholiek voor de teevee gaat staan verklaren dat wat hem betreft de Heilige Maagd een meid van de straat is en de Paus een Jan Klaassen, ja, dan ben ik het met Gonnie eens dat ze te ver gaan. *Ab*soluut.'

Ongering bracht allebei zijn handen aan zijn kin, want wat hij ging zeggen, was ten slotte wetenschappelijk verantwoord.

'Ik vind in al die dingen toch een stuk vernieuwing en daar moeten we blij mee zijn. Het is een grote stap vooruit, naar de bevrijding van de menselijke geest uit de taboes.'

'Als ze zich werkelijk willen bevrijden, waarom zeggen ze dan niet gewoon: ik ben niet katholiek meer? De politie komt er toch niet aan te pas? Als een priester wil trouwen, waarom zoekt hij dan geen ander baantje? Waarom blijven ze bij hoog en bij laag bezweren dat ze katholiek zijn?'

'Och, die Kerk,' zei Piet, 'dat wordt langzamerhand wel zo iets als coffeïnevrije koffie, tabak zonder nicotine, plantaardige biefstuk... eh... eh...'

'Waspoeder zonder witmakers,' zei Ajold.

'Fout!' riep Tabe Pap, 'geen goed voorbeeld! Waspoeder zonder witmakers wast nog altijd wit. Eeuwenlang hebben er geen witmakers in waspoeder gezeten. En ik ben ervan overtuigd dat ze er ook nu nog niet in zitten.'

'Alles mag!' riep Gonnie, 'homoseksueel wezen, drie vrouwen hebben, alles. Als de Kerk alles goedvindt, als de pastoor achter de meiden aanzit of 's avonds de luierwas staat te doen en preekt in het plat-Amsterdams, als de Paus in zijn gezicht mag worden uitgelachen, waarom zou je dan nog katholiek blijven?'

Kaatje zei:

'Een buitenstaander kan zich dat natuurlijk gemakkelijk afvragen en ik begrijp het ook niet helemaal, maar laatst had ik het erover met Herta Keller en die zei...'

'Keller? Zijn die katholiek?' vroeg Ajold.

'Nee,' zei Tabe, 'hij in ieder geval niet. Zij misschien.'

'Wat zeg je nu?' zei Gonnie. '*Hij* niet katholiek? Maar hoe kom je erbij. Hij heet Hubert van zijn voornaam. Nou, maar en *of* die katholiek zijn, de Kellers.'

'Ik dacht dat iedereen dat wel wist,' kon Kaatje nu verder vertellen, 'die zijn katholiek, vroom katholiek zelfs, heel vroom, maar toch erg progressieve mensen hoor. Maar goed, ik had het erover met Herta en weet je wat ze antwoordde: Er is toch altijd nog de biecht. En dat vond ik nu zo'n *mooi* antwoord. *Zo* mooi. De biecht... dat is en blijft toch maar iets dat de protestanten altijd hebben gemist en...'

'Maar als alles mag,' riep Gonnie, 'wat valt er dan in godsnaam nog te biechten?'

Piet strekte allebei zijn armen met gespreide vingers naar voren.

'Stil!' riep Piet, 'ik hoor ze.'

Ze luisterden alle zes, ze bewogen zelfs niet meer, behalve Tabe Pap die zijn glas water achter elkaar leegdronk, maar zonder enig geluid te maken.

Gonnie zat kaarsrecht, haar billetjes naar achteren, te luisteren.

'Ja, het zijn ze.'

Het enige wat er viel te horen, was het geknetter en gehijg van een overjarige Volkswagenmotor, maar daarvoor moet je wel een beetje verstand van Volkswagenmotoren hebben en dat heeft niet iedereen.

'Wie dan toch?' vroeg Kaatje.

'De Dingelammetjes.'

Piet stond op en liep naar het raam.

'Daar komen ze, hoor. Daar komen ze.'

'Piet!' Gonnie verhief zich van haar stoel of ze hem terug wilde halen. 'Piet! Dat kun je zo niet doen. Straks zien ze je.'

'En wat dan nog? Dan wuif ik ze vriendelijk goedendag. Ja, wat is *dat* nou.'

'We moesten er eigenlijk even naartoe gaan om ze de hand te drukken,' zei Kaatje, 'dat zouden ze misschien best aardig vinden.'

Maar juist toen ze dat gezegd had, draaide Tabe Pap, ongemerkt opgestaan, het licht uit.

'Zo kunnen ze je niet zien.'

'Feliciteren kan straks nog wel,' zei Piet en schoof de gordijnen open.

Tonia fluisterde: 'Zijn ze vijftig jaar getrouwd of zo?'

Ze stonden alle zes voor het raam. Ongering had zich half achter Gonnie geposteerd. Hij wilde aan haar achterste voelen, maar zijn dikke buik zat hem in de weg: hij moest daarvoor zijn hand veel te ver naar voren steken. Dus ging hij naast haar staan en zijn buik rustte nu op Kaatje. Voelen? Dat hoorde je met de binnenkant van je hand te doen, maar daarvoor moest je toch wel zeker zijn, dat het niet op verzet stuitte. Wie aangetroffen werd met de binnenkant van zijn hand op een bil, had het met opzet gedaan. De rug van een hand kon, daarentegen, per ongeluk in aanraking komen met dat zo begeerlijke lichaamsdeel. Hij voelde met de rug van zijn hand. Het was nogal teleurstellend. Hij voelde niet veel. Het leren rokje. Leer nodigde uit om bevoeld te worden, maar er was veel minder *doorheen* te voelen dan door nylon of zij. De rand van een broekje bijvoorbeeld... o! Hij probeerde het nog eens. Voelde niets. Voordeel was dat Gonnie waarschijnlijk ook niets voelde. Garandeerde straffeloosheid, want je wist het maar nooit. Hij liet de rug van zijn hand losjes tegen het leer liggen. Enige warmte kwam er wel doorheen.

Aan de overkant, midden op de rijweg, stond de Volkswagen. Zijn lichten gingen uit en gingen toen weer aan.

Gonnie zei: 'Nu zegt Roef: je laat de accu leeglopen voor niks en zij zegt: Maar ik kan toch zeker niet parkeren met het licht uit?'

'Hoe verzin je het zo,' zei Kaatje.

'Ik verzin niets,' zei Gonnie, 'ik weet precies hoe ze zijn.'

De kleine auto schoot plotseling een eind vooruit, terwijl zijn motor veel te hoge toeren maakte. Zijn probleem was duidelijk onder de blauwe belichting van de straatlantarens. Er stond een dichte rij auto's langs de stoeprand en juist voor het huis van Dingelam was een open plekje, maar niet al te groot.

De Volkswagen kwam tot stilstand naast een andere auto en begon nu achteruit te rijden.

'O jee, o jee,' zei Kaatje, 'als dat maar zonder krassen afloopt.'

'Gré maakt de krassen en dan zegt ze later tegen Roef dat hij het gedaan heeft,' onthulde Gonnie.

'Zo, zo,' zei Piet, 'als dat waar is, dan is Roef nog te bang om

Gré te vertellen dat hij nooit achter het stuur zit, want hij heeft geen rijbewijs. Gonnie weet het wel te versieren.'

'Jij niet zeker,' zei Kaatje, 'Roef geen rijbewijs? En hoe komt hij dan op z'n laboratorium?'

'Altijd op de fiets,' verklaarde Gonnie.

'Al had hij een rijbewijs, dan zou Gré hem nog geen toestemming geven te sturen,' vulde Piet aan.

'Nee, dat geloof ik ook niet,' zei Gonnie, 'die auto is van haar. Zij heeft een beetje geld, maar hij heeft nooit een cent bezeten.'

'Tjonge, wat kennen jullie die mensen intiem,' zei Tabe Pap.

'Is dat zo gek?' vroeg Gonnie, 'zo lang als we hier zijn, wonen we tegenover ze.'

'Kijk, kijk, kijk, daar gaat ie hoor!' riep Piet.

'Pardon,' zei Ongering, terwijl hij Gonnie's linkerbil met de volle binnenkant van zijn linkerhand vasthield, 'ik struikelde bijna.' Hij liet de bil weer los.

'Ajold wordt de laatste tijd zo dik, hij moet nodig weer eens op dieet,' zei Kaatje.

'Anders word je topzwaar, Ajold,' zei Gonnie.

De Volkswagen stond nagenoeg dwars over de weg, wipte omhoog doordat z'n achterwiel het trottoir opging, kwam even tot stilstand, reed toen draaiend verder naar achteren en kwam met een kleine schok tussen twee andere auto's terecht.

'Wat hoort mijn oor?' vroeg Tabe Pap, 'geen smak? Geen knal?'

'Niets,' zei Kaatje, 'het is keurig gelukt.'

'Nu kijken wie achter het stuur zat,' zei Piet.

De Volkswagen deed zijn ogen weer dicht, duisternis. De motor staakte zijn gehijg, het linkerportier, naar het publiek gekeerd, ging open en een vrij dik vrouwenbeen kwam naar buiten.

'Zie je wel? Gré.'

'Dat been heet Gré,' zei Tabe, 'dat been heet Gré.'

Inderdaad kwam er voorlopig niets anders naar buiten dan dat been.

Maar aan de andere kant van de auto, de trottoirkant, rees een hoofd omhoog. Het hoofd van Dingelam.

'De Nobelprijswinnaar,' zei Gonnie.

'Dat zou misschien helemaal zo'n gek idee niet wezen,' zei Tonia, 'iedereen zegt altijd dat hij verschrikkelijk knap is.'

'Heb je het dan nog niet gehoord?' vroeg Gonnie.

'Wat Tonia zei, heb ik heel goed gehoord.' (Tabe.)
'Maar Tonia, hij *heeft* de Nobelprijs!' (Gonnie, nogal luid.)
In het donker waarin zij nog steeds stonden, was nu niet goed meer te onderscheiden wie er allemaal het woord voerden en ook de stemmen klonken door elkaar heen. Zij hadden zich naar elkaar toegedraaid en iedere belangstelling verloren voor de verrichtingen van het bovenlichaam van Dingelam en het been van Gré.

Hun kreten kwamen erop neer, dat hun verbazing geen grenzen kende om de onwetendheid van Tonia en Tabe. En dan nog wel Tabe, een man die geregeld in dag- en weekblad prettig leesbare beschouwingen publiceerde over de makroeconomische ontwikkeling: een hoogleraar die, zoals de Fransen zeggen, de vinger op de pols van het wereldgebeuren hield.

Ten slotte was aan alle verwondering lucht gegeven, waren Tonia en Tabe overtuigd geraakt dat Roef Dingelam heus de Nobelprijs gekregen had, had Tabe zijn twijfel uitgesproken of Dingelam nu wel de eerst aangewezen chemicus was die deze onderscheiding moest genieten, had Tonia hem tegengesproken, had Piet grootmoedig uiteengezet dat Roef inderdaad een groot geleerde was, had Kaatje niet onvermeld gelaten dat Piet zoveel jonger was dan Dingelam en dat je dus nooit kon weten wat er in de toekomst nog eens zou gebeuren met Piet.

Het onderwerp was uitgeput, ze werden stil en keken weer naar buiten.

Het portier van de Volkswagen, dat wil zeggen het naar de rijweg gekeerde portier waar het been van Gré uitgestoken had, was nu gesloten. Maar het andere moest nog openstaan. Ook de buitendeur van Dingelam's woning stond open en in de gang brandde licht. Gré stond op het trottoir, naast de auto. In de huiskamer brandde ook licht, maar er was niemand. Wel moest daar al iemand zijn geweest, anders kon het licht er niet branden.

Het licht in de gang werd nu gedeeltelijk tegengehouden door de silhouet van Dingelam die weer naar buiten liep.

Er was geen ander verkeer, er was niemand op straat en het enige wat er te horen viel, was het gedruis van een verafgelegen elektrische centrale, die dag en nacht stoom afblies.

Ineens weerklonk het kraaien van een haan. Tegelijkertijd bukte Gré zich (achter de auto, je kon niet zien wat ze oppakte) maar wel te zien was dat Roef met een doos of mand in zijn handen de gang van zijn huis inliep. Gré smeet het portier van de auto dicht, liep hem achterna, ging ook het huis binnen en sloot de deur.

'Kukeleku!' zei Tabe Pap.

'Ik heb wel al es opgemerkt dat ze een zak aardappelen van buiten meegesleept hadden, maar levende have, dat zie ik voor het eerst,' vertelde Gonnie.

'Misschien is het haantje ziek,' zei Tonia. 'Houden ze kippen bij hun buitenhuisje?'

'Houden ze kippen, Piet?' vroeg Gonnie, 'Piet is er wel eens geweest, maar ik nog nooit.'

'Toen ik er was hadden ze geen kippen.'

'Nee, ik ben er ook eens geweest,' zei Ajold, 'maar kippen heb ik er niet gezien.'

'Ze gaan morgen natuurlijk lekker smullen,' voorspelde Kaatje.

'Dan moeten ze die haan zelf slachten en plukken,' zei Tonia, 'ajakkes, ik zou geen trek meer hebben.'

'Dat ben ik maar half met je eens,' zei Ajold.

'Vlees eten is tot daaraantoe,' hield Tonia vol, 'maar het moet niet tot je doordringen dat het een stuk van een beest is.'

'Ik geloof niet,' wierp Ajold tegen, 'dat ooit een mens geschaad is door zich bewust te worden van zijn daden. Als wij vlees eten, dan moeten we *beseffen* dat het vlees is. En de consequenties daarvan dragen. De toekomstige ontwikkeling van de menselijke cultuur is niet mogelijk zonder steeds hogere graden van bewustwording. Als we ons bewust worden dat de ene helft van de mensheid de andere helft onderdrukt, zal het gevolg moeten zijn dat die onderdrukking een einde neemt en als we ons bewust worden wat het eten van vlees inhoudt, dan is het gevolg dat we het eten van vlees staken. Niemand lust een brok van een lijk. Ik weet het, een heleboel mensen hebben dat al eerder gezegd en zijn toch doorgegaan met vlees eten, maar dat is alleen te verklaren doordat ze woorden hebben uitgesproken die niet diep uit hun bewustzijn voortkwamen. Wel de woorden, maar niet het ideële feit was ze bekend.'

'Denk je,' zei Gonnie, 'maar misschien vinden ze het des te smakelijker. Ken je dat liedje van Jaap Fischer niet, over die student die een ei staat te bakken en dat eitje zegt: Denk eens dat het je broertje was, die hier ligt te sputteren in de pan? – Heb je dat wel eens gehoord? Een heel goed liedje. Duizenden mensen hebben dat liedje gehoord, maar ze zijn rustig doorgegaan met eitjes bakken.'

'Nu juist, precies,' zei Ajold, 'maar ik leg je juist uit...'

'Jaap Fischer heeft zich van kant gemaakt,' zei Tonia.

'Van kant gemaakt? Welnee!' zei Kaatje.

'Hij is doodgegaan na een auto-ongeluk, waarbij hij eerst een moeder met een kinderwagen overreden had. Over eitjes bakken maakte hij zich zorgen, maar over autorijden niet,' zei Tabe.

'Vertel je dat om Tonia te plagen?' vroeg Kaatje, 'dat verhaal heb ik nog nooit gehoord. Ik weet wel zeker dat het gelogen is.'

'Plaag ik je wel eens, Tonia?' vroeg Tabe.

'Hij doet niet anders,' fluisterde Tonia en niemand hoorde het.

'De wreedheid in de kunst, in de literatuur, is natuurlijk een hoofdstuk op zichzelf,' vond Ajold Ongering. 'In hoeverre de door schrijvers beschreven wreedheden nu eigenlijk bijgedragen hebben tot hogere bewustwording van de mensheid, is iets dat niemand nog grondig heeft onderzocht.'

Zo pratend stonden ze met hun zessen voor het raam.

In de voorkamer van de Dingelammetjes was het vrij lang leeg gebleven, maar nu kwamen ze binnen, Gré voorop met een mand. Roef had een levende haan in zijn handen. Zij gingen zitten en hij zette de haan op de grond. Het dier begon bedachtzaam rond te lopen. Gré stak haar hand naar hem uit. Hij pikte in het tapijt.

'Het lijkt wel of ze hem voert,' zei Gonnie.

Piet kwam nu vlak bij het raam en bleek zich voorzien te hebben van een veldkijker.

'Ze voert hem,' meldde hij, 'telkens een korrel maïs. Willen jullie ook kijken?'

Hij gaf de kijker aan Kaatje.

'Vreselijk, wat is hun vloerkleed versleten,' oordeelde Kaatje.

Daarna keek Gonnie.

'Ontzettend, wat is dat vloerkleed kaal. Hij mocht wel eens 'n nieuw vloerkleed voor haar kopen en zeker nu.'

'Nog erg de vraag of ze dat van hem gedaan krijgt,' zei Piet, 'zij is inhalig, maar hij is koppig, hoor.'

'Inhalig?' vond Tabe Pap, 'het lijkt me toch echt geen overdreven eis.'

En Tonia zei, toen ze de kijker gekregen had:

'Ik ken die mensen eigenlijk helemaal niet, maar als ik ze beter kende, zou ik ze misschien best aardige mensen vinden.'

Gonnie's bovenarm raakte de bovenarm van Ajold en deze aanraking—o, hoe heerlijk—ging niet verloren toen hij zijn schouder tegen de hare wreef.

'Het is,' zei Gonnie, 'dat hij een collega van Piet is en trouwens ook omdat we tegenover elkaar wonen, maar anders...'

'Hè? Wie?' riep Ajold uit. Zo'n professor is verstrooid, daar gaat niets van af, al is dit een mop met een baard.

'Die daar!' zei Gonnie en stak haar wijsvinger uit naar het raam, 'het is een onmogelijke man, hoe knap hij ook mag zijn. Oost-Indisch doof aan allebei zijn oren, zeg ik altijd. En er *zo* van overtuigd dat hij knapper is dan iedereen... Als hij Piets benoeming ongedaan kon maken, was het al lang gebeurd.'

'Ach nee,' zei Piet, 'zulke dingen moet je niet zeggen. Dat geloof ik nooit. Hij is het tegendeel van een intrigant, maar wel moeilijk.'

'Ach god,' zei Tonia, die de kijker nog aldoor voor haar ogen hield. Geen van de anderen had zo lang door de kijker getuurd als zij. 'Zo'n haan is toch eigenlijk een schitterend beest.'

'Kinderlijke Tonia!' riep Kaatje uit, 'je bent aanbiddelijk.'

Tonia antwoordde ernstig:

'Ik ben dol op hanen. Zo ontroerend parmantig.'

'En toch gaan ze in de soep,' zei Piet.

'Wie weet hebben ze hem helemaal niet meegenomen om in de soep te stoppen maar alleen voor de gezelligheid.'

'Gezellig,' zei Kaatje, 'mijn hemel, dan mag je wel de hele dag met stoffer en blik achter hem aan lopen. Ook gezellig.'

Ze was nog niet uitgepraat, of ze zagen dat Dingelam een doos Kleenex in zijn hand had, er een servetje uittrok en iets opveegde van de vloer.

'Voor iets zo aandoenlijks moet je wat overhebben,' zei Tonia, 'ik bedoel: iets dat zo puur is, iets dat nooit aan zichzelf twijfelt.'

Ze liet de kijker zakken en hield hem als een opengeslagen gebedenboek voor haar maag.

'Niet aan jezelf twijfelen?' riep Kaatje, 'dat vind ik nu juist zo onuitstaanbaar en niet alleen in hanen hoor, ha, ha.'

Tabe trok behulpzaam de gordijnen weer dicht.

'Nou maar,' zei Gonnie, terwijl ze naar het knopje van het licht liep, 'dat zou ik nog zo net niet weten, of dat altijd wel zo onuitstaanbaar is. Van die mannen die de kat eindeloos uit de boom kijken word je ook flauw op de duur.'

Het licht ging aan en, alsof het ermee samenhing, klonk tegelijkertijd de bel van de telefoon.

'Wie kan dat wezen, zo laat?' zei Piet en liep naar het toestel.

'Dingelam, die gezien heeft dat we ze bespioneerd hebben,' zei Ajold guitig.

'Ah, ben jij het, dag Hubert,' zei Piet in de hoorn.

'Hubert Keller,' fluisterde Gonnie.

'Ik kan nooit precies onthouden wat Keller doceert,' zei Ongering.

'Geneesmiddelenleer,' antwoordde Gonnie.

'Nee, dat klopt, vanmiddag zijn we niet thuis geweest,' zei Piet in de telefoon.

Het duurde lang voor het gesprek uit was. Piet zei weinig. Eindelijk legde hij de hoorn neer en bracht verslag uit.

Keller had eerst verteld dat de president-curator hem opgebeld had over de Nobelprijs van Dingelam.

'Die goeie Kaeckebeke, die wil Dingelam toespreken, maar hij bezit geen informatie, hij weet geen lor van dat vak. Dingelam zelf kon hij niet bereiken en toen heeft hij Tamstra benaderd. Nou, wat Tamstra zei...'

'Dat is zo'n kaffer!' interrumpeerde Kaatje.

'... en ik was ook niet thuis,' vervolgde Piet. 'Tenslotte heeft Kaeckebeke Keller aan de lijn kunnen krijgen en die wist er inderdaad wat van af.'

'Van de witmaker?' vroeg Tabe.

'Nee. Zonder gekheid. We hebben ons geweldig vergist hoor. Het gewicht van Dingelam's prestatie mag niet worden onderschat.'

'Nee? En die witmaker dan?'

'Ja, maar dat is het enige niet. Er wordt ook een hoogst belangrijk geneesmiddel van gemaakt. Dat wist Keller. Een wonderbaarlijke stof, die werkzaam is tegen epilepsie en...'

Piet kon zijn lachen niet inhouden.

'... en die stof heeft een hoogst opmerkelijke bijwerking. Grijsaards van over de tachtig worden weer zo potent alsof ze twintig waren, vertelde Keller. Is dat niet merkwaardig?'

'Wonderlijk,' zei Kaatje.

'Dat zou dan het eerste echte afrodisiacum wezen,' zei Ongering, 'weet je dat alles wat er sinds de Oudheid over de toverkracht van oesters, asperges en hardgekookte eieren verteld wordt, onzin schijnt te zijn?'

'Ja, dat stipte Keller ook aan. Enfin, de fysiologische uitwerking van Alicodrin moet iets revolutionairs wezen, als het wordt toegediend in de vorm van pentafosfaat, intraveneus. En dat is de eigenlijke reden waarom Roef de Nobelprijs gekregen heeft.'

'Wat een geluk dat Kaeckebeke zo verstandig geweest is Keller op te bellen,' zei Gonnie, 'als hij jou alleen had opgebeld, zou hij een gek figuur geslagen hebben.'

'Ja, maar ik ben toch zeker geen medicus of farmacoloog?'

'Maar dan had Dingelam de Nobelprijs voor geneeskunde moeten krijgen,' zei Ajold om Gonnie en Piet allebei een plezier te doen.

'Nee,' zei Piet, 'die is dit jaar naar twee Japanners gegaan die de fysiologische werking van de stof bestudeerd hebben, zei Keller. Er schijnt nog van alles van verwacht te worden: genezing van schizofrenie, een echte verjonging van de mens, van alles.'

'Eindelijk!' riep Gonnie, 'het levenselixer! Och zeg, die mensen zijn nog niet naar bed, we *moeten* ze even gaan feliciteren.'

'Dat is een goed idee,' zei Piet, 'maar Keller heeft me ook nog wat anders verteld en dat is minder mooi. De studenten gaan morgen weer eens wat bezetten en wel juist het Laboratorium voor Technische Scheikunde van Dingelam.'

Tabe Pap barstte in onbedaarlijk lachen uit, Tonia liet een langgerekt Oooooh horen, Kaatje kneep haar lippen samen, maar Ajold riep:

'Baas in eigen reageerbuis! Baas in eigen reageerbuis! Dat was het dus: Gistermiddag stond ik te praten met Ballingh op de Grote Markt en toen zagen we...'

Zelfs de ontmoeting met Laetitia ('een alleraardigst kind') liet hij niet onvermeld en zeker niet dat Laetitia het plan had geopperd polemologie als bijvak te kiezen.

'Wacht, ik zal een krant zoeken.'

Gré liep de kamer uit en liet de deur achter zich open.

'Dag beest,' zei Dingelam tegen de haan. Hij had de Kleenexdoos in zijn linkerhand. De haan zette na rijpe overweging een stap vooruit, verdraaide zijn kop met een ruk en hield hem toen weer stil. De lellen aan zijn keel schommelden na.

'Verdomd als 't niet waar is,' zei Dingelam, 'ik vind jou een lollig beest.'

De haan knipoogde.

In de gang klonk de stem van Gré met een intonatie of ze ergens een lekkende waterleidingpijp had ontdekt. Riep ze hem?

'Wat is er?'

Mompelend kwam ze binnen. Ze hield een krant, het *Nieuwsblad voor het Noorden*, met twee handen op armslengte voor zich uit.

'Zeg! Nu moet je voor de aardigheid eens kijken!'

Ze sloeg haar ogen niet op van het krantepapier.

'Dat vind ik een schandaal! Die stomme boerenkaffers hier ook altijd. En moet je eens zien wat een rotkop hij heeft!'

'Wie?'

'Alsjeblieft!'

De voorpagina van het *Nieuwsblad voor het Noorden* werd voor een kwart gedeelte in beslag genomen door een staatsieportret van Prof. Drs. K. Tamstra en eronder stond:

'Heden bereikte ons het bericht dat aan de hoogleraar hier ter stede, Prof. Dr. R. Dingelam de Nobelprijs voor de Scheikunde is toegekend. Dit is een hoge onderscheiding voor deze geleerde, voor onze universiteit en voor ons land.

Naar wij vernemen is aan deze prijs een bedrag van driehonderdduizend gulden verbonden. Een leuk bedrag, mogen we wel zeggen, dat menige arme student in de scheikunde het water in de mond zal doen komen.

Professor Dingelam was voor commentaar niet bereikbaar.

Hij synthetiseerde onder andere het N.-Ethyl-8 hydroxyxyxyxymmmmzzzzdnchlor, beter bekend als Alicodrin, de derde witmaker.'

Deze tekst, even breed als de kolossale foto, nam daardoor maar enkele regels in beslag. Voortdurend, tijdens het lezen van de 'prijzende' woorden die het *Nieuwsblad* aan zijn prestatie had gewijd, zag Dingelam de onderste helft van het smoel van Tamstra.

Smoel. Ja zeker.

Gré hield geen ogenblik haar mond.

'Wat een idioten! Wat een ezels! Geen wonder dat iedereen het *Nieuwsblad voor het Noorden* het sufferdje noemt. Dat snuit van Tamstra in de krant. En als die man nu nog een enigszins fatsoenlijk gezicht had! Maar het is precies de tronie van een spoorloos verdwenen Duitse oorlogsmisdadiger. Moet je dat mondje zien! En die enge oogjes! De overal vruchteloos gezochte voormalige commandant van het Duitse vernietigingskamp!'

Niet te ontkennen viel, dat het portret van de hooggeleerde Tamstra inderdaad een verbluffende gelijkenis vertoonde met een nu alweer vergeten, maar toen nog niet zo lang geleden in Duitsland aangeklaagde SS'er, genaamd Franz Krumpf. Krumpf werd er onder meer van beschuldigd op een dag tweehonderd gevangenen te hebben opgehangen met slagershaken, aan hun onderkaak, eigenhandig. Maar omdat de arme Krumpf, nu eenenzeventig jaar oud, aan astmatische benauwdheden leed, slaagde zijn advocaat erin te bewerken dat hij niet voor de rechter hoefde te verschijnen. Hem dwingen toch te komen, zou betekenen dat de Duitse rechtspraak nog even barbaars was als ten tijde van Hitler, nietwaar. Zelfs die *schijn* moest worden vermeden.

Krumpf was na de Duitse nederlaag al spoedig hoofdcommissaris van politie geworden te Greisenheim—onder zijn eigen naam, nota bene! Hij werd pas ontmaskerd toen hij al hoog en breed gepensioneerd in een buitenhuisje woonde.

De vorige week was Krumpf overleden, in zijn bed, zonder dat de rechter enige uitspraak had gedaan.

Tamstra werd op de krantenfoto in al zijn afschuwelijke ontoonbaarheid vertoond. De bovenrand van zijn borstzakje was nog net zichtbaar, de vier goedkope ballpoints en het rode potlood die er bovenuit staken dus ook.

Hij hield zijn hoofd voor driekwart opzijgedraaid. Hoornen brilletje van het allerbanaalste model. De oogjes die een werkelijk stuitende bekrompenheid uitdrukten, ogen die niet verder leken te kunnen zien dan tot de glazen van de bril. Het geplakte sluike hoofdhaar als een veeg inkt. Het zure mondje van een teleurgestelde oplichter. Nee, van een oplichter die zelfs niet de moed tot zijn fantasieën heeft. Het kinnetje. De lellerige nek, uit de verflenste kraag van een goedkoop overhemd puilend.

Het *Nieuwsblad voor het Noorden* (bijgenaamd het sufferdje) had de noordelijke universiteit niet duidelijker kunnen kenschetsen dan door deze grote foto te plaatsen van haar meest karakteristieke vertegenwoordiger.

Ziehier wie er met de professorentoga omhangen worden, als streekbewoners erin slagen een in hun streek geplaatste rijksuniversiteit tersluiks tot een streekuniversiteit te maken: voor en door de jongens van de streek!

Dingelam, die nooit lachte, voelde niettemin zelden waargenomen trillingen in zijn wangspieren en hij dacht: Wat overkomt me? Is dit het gevoel dat mensen hebben die lachen?

Hij zei geen woord.

'Zelfs het geld,' klaagde Gré, 'zelfs het geld gunnen ze je niet. Moet je dat lezen. Of de studenten nooit wat krijgen! En de hele streek leeft van de botersubsidie! Het hele Nederlandse volk moet krom liggen om deze armoedzaaiersprovincie vol botersubsidie te stoppen en nooit hebben ze iets anders gedaan dan je tegenwerken. En die prijs van jou komt nota bene niet eens uit de Nederlandse Schatkist, maar uit Zweden! Hoe durven ze! Luie communisten zijn het hier, allemaal. Liever zitten ze hier steun te trekken, dan naar een andere provincie te vertrekken waar werk is. Hoe hebben ze het lef!'

Ze begon te huilen.

'Ach, wind je niet op. Het is toch maar een stomme vergissing.'

'Een vergissing! Je bent wel naïef! Als iemands naam in dit oord niet op -na, -ma, -ga, -a, of -stra eindigt, tel je niet mee. Dan kom je niet aan bod! 't Zijn rassehaters, dat zijn ze. Omdat ze zelf met hun stomme boerenkoppen niets presteren, gunnen ze ook een ander zijn succes niet. Ze willen alleen de varkenssnuiten van hun eigen mensen in de krant zien, dat is het. Daarom hebben ze dat portret van Tamstra erbij gezet!'

'Maar Gré,' zei Dingelam, 'hou nu toch op. Je ziet wel iets, maar je ziet nog niet alles! Het is niet alleen mijn portret niet, het is ook het portret van Tamstra niet. Het *is* inderdaad het portret van die Duitse oorlogsmisdadiger! Weet je niet meer? Die massamoordenaar die vorige week zacht en kalm ontslapen is, nog voordat er iets had kunnen komen van de rechtszaak die ze tegen hem hadden aangespannen.'

Gré's stem zakte weg, maar niet helemaal, ging over in gemompel:

'Geloof je dat nu heus... ach nee... ach nee... het is Tamstra... nee... nee...'

'Het is Tamstra niet,' hield Dingelam aan, 'ga het maar nakijken in een oude krant, het is die Duitser, je zal het zien.'

Gré haalde even adem. Toen zei ze:

'Maar... maar als het Tamstra niet is en wel die oorlogsmisdadiger, dan is dat net goed voor Tamstra, net goed! Z'n verdiende loon!'

'Precies! Ze hebben Tamstra te pakken, mij niet.'

'Ik ga meteen zoeken of ik die krant van vorige week nog heb.'

En ze draaide zich om en liep de gang weer in.

Gesteld dat het inderdaad het portret van de oorlogsmisdadiger was (maar daar was geen sprake van, dat kon je alleen Gré wijs maken) hoe was hij op het idee gekomen haar niet tegen te spreken, maar te beamen: Ze hebben Tamstra te pakken, mij niet?

Het was immers zijn eigen naam die eronder stond, geen 'Tamstra'. Er stond 'Dingelam'; dat stond er onder dat portret.

Dit, dacht Dingelam, is het tweede geniale antwoord dat ik van mijn leven ooit gegeven heb. Ik zal het eens aan Eddy Barend vertellen. Dit is minstens even knap gevonden als dat iemand die Barend heet de nationaal-socialisten maar niet aan hun neus moest hangen dat hij een jood was.

Die goeie Gré.

't Is een oorlogsmisdadiger, 't is Tamstra niet. Ze hebben Tamstra te pakken en mij niet. En ze is getroost. Dat er Dingelam onder staat en niet Tamstra, vergeet ze. Hoe ben ik op het idee gekomen?

Weer voelde hij dat vreemde gevoel in zijn wangspieren, een soort warmte alsof ze bestraald werden met een infraroodlamp tegen reumatiek. Hij stond op en keek in de grote spiegel die boven de schoorsteenmantel hing. Lach ik?

Nee. Hij lachte niet. Zijn gezicht stond precies als anders. Er viel ook niets te lachen. Al meer dan vierentwintig uur was hij nu Nobelprijsdrager en hij had er nog geen minuut plezier aan beleefd.

Gré kwam weer binnen en zette een theeblad op tafel.

'Ik heb nog een beetje thee gezet. Ik kan die oude krant niet vinden.'

'Wat doet het er ook toe. Zoek er niet meer naar. Die is al lang weg.'

Hij stond op, de krant met de foto in zijn handen.

'Deze is trouwens goed genoeg om onder de haan te leggen.'

Hij bukte naast de piano, tilde de mand op en schoof de krant eronder met het portret van Tamstra naar boven. Klok, klok, klok, klok, klok, deed hij met zijn tong.

'Haan, waar ben je?'

Gré begon hem ook te zoeken, ze vond hem achter de piano, die schuin voor een kamerhoek stond.

'Hij zit daar.'

Ter weerszijden van de piano, hun hoofden tegen de muur gedrukt, keken ze allebei naar de haan.

'Wat doen?' zei Dingelam, 'hem daar laten?'

'Hij zal er wel een vieze boel maken.'

'Dan moeten we hem wegjagen en de piano tegen de muur schuiven. Dan kan hij er niet meer achter.'

'Ja, maar niet nu.'

'Als hij daar poept, kun je er wel moeilijk bij om het op te vegen.'

'Dat zien we morgen wel. Laten we nu niet meer achter hem aan gaan zitten. Hij is moe. Hij gaat nu zitten slapen. Dag haan.'

'Je hebt gelijk. Zeg, we moeten een naam voor hem bedenken.'

'Noem hem toch maar Nobel.'

'Ach nee, die naam vindt hij vast niet mooi.'

'Waarom ook alweer niet?'

'Het is de naam van de leeuw uit de Vos Reinaarde. Een haan wordt bang als je hem roept met de naam van een leeuw.'

'O ja. Het was toch eigenlijk geen goed idee. Je kan jezelf toch niet weggooien. Jij doet maar of het je helemaal niets kan schelen dat je de Nobelprijs gekregen hebt. Je bent toch niet de eerste de beste.'

'Is er een prijs voor nodig om dat te weten?'

'Ik vind van wel. Anders heeft bijna niemand er ooit over gehoord.'

Dingelam pakte een lepeltje van het theeblad, opende de theepot en roerde erin. Nog voor hij daarmee klaar was, gaapte hij.

Hij schonk thee in allebei de kopjes, schoof er een naar Gré en hield het andere voor zijn mond om erop te blazen. Hij probeerde te drinken, maar de thee bleef hardnekkig warm. Met het lepeltje schepte hij thee uit het kopje, die hij er van enige hoogte weer in liet vallen. Blies. Probeerde weer te drinken. Nog te heet. Toen nam hij het kopje van het schoteltje, schonk het schoteltje uit het kopje vol thee, tot de rand, zette het kopje neer en goot de thee van het schoteltje weer in het kopje. Dronk. De thee was nu niet te warm meer. Hij dronk het kopje achter elkaar leeg. Gré had, in tegenstelling tot anders, geen enkel commentaar gegeven op zijn operaties.

'Al met al hebben we nu nog geen naam voor die haan,' zei hij.

Weer gaapte hij en keek op de pendule; het was half twaalf.

'Naam geven, dat vind ik altijd lastig,' zei Gré, 'misschien omdat ik nooit kinderen heb gehad.'

Zou het daarom zijn? Of was het omdat ze de namen die ze bedacht had voor de kinderen die ze nooit had gekregen, niet wilde geven aan een haan? Waarschijnlijk was het dat en hij gaf er maar geen antwoord op.

Dit zou het begin van een pijnlijke stilte zijn geweest, als niet ineens de huisbel had weerklonken.

'Wat hoor ik nu? De bel?'

'Hoe kan dat! 's Zondagsavonds om half twaalf!'

'Ik zal wel even gaan kijken,' zei hij, liep naar de gang en deed open.

Er stond dicht bij zijn huis een lantarenpaal en hij had niet de minste moeite vast te stellen wie daar aan de deur waren. Hij schoot er bijna van in de lach.

'Hé, Piet. Dag Gonnie.'

Gonnie sprong voor Piet, sloeg haar armen om Dingelam heen, gaf hem een klapzoen op zijn rechterwang en zei:

'Ik kan je niet zeggen hoe blij we voor je zijn.' Daarna gaf zij hem ook nog een zoen op zijn andere wang.

'Hoi,' zei Tabe Pap met uitgestoken hand, 'gefeliciteerd, kerel.'

'Gaan jullie toch naar binnen,' zei hij, steeds handen schuddend. In het gangetje volgden nog enkele weinig interessante kusjes van Kaatje Ongering en Tonia Pap. Ze moeten me wel zoenen omdat ze het Gonnie hebben zien doen, dacht hij, uit zichzelf zouden ze niet op het idee zijn gekomen.

'Het is een beetje laat,' zei Piet, 'maar we hoorden jullie thuiskomen.'

Ajold Ongering kon er pas in, toen de anderen al grotendeels de huiskamer waren binnengegaan.

'Mijn gelukwensen, Roef,' zo sprak hij, 'met de hoogste internationale onderscheiding die er voor de wetenschap ter beschikking staat.'

Het gangetje was zo smal dat er nauwelijks twee normale mensen naast elkaar konden staan.

Dingelam moest zich langs Ajold heenwringen om de buitendeur te kunnen sluiten.

'Ik heb er vanmiddag al over gehoord,' zei Ongering, 'een geweldig succes. Eigenlijk praat ik de hele dag al nergens anders over.'

'Ga toch binnen, ga toch binnen.'

Hijzelf ging het laatst de huiskamer in.

Het viel hem op dat ze, hoe druk ze ook praatten en Gré omhelsden, hoeveel woorden ze ook gebruikten om van hun vreugde blijk te geven, toch gezichten zetten of ze met hun hoofden heel ergens anders bij waren. Hun ogen werden rusteloos dan op de ene en dan op de andere kamerhoek gericht.

Allemaal praatten ze door elkaar heen. Alleen wat Gré zei, kon hij verstaan.

'Ja, geweldig hè,' zei Gré, 'we zijn zó blij.'

'Het moet ook voor jou een hele voldoening zijn,' opperde Kaatje, 'wij weten allemaal wat het voor ons, vrouwen, is, als de mannen hun hoofd bij het wetenschappelijk onderzoek hebben. Ajold is dan altijd *zo* moeilijk, *zo* kortaf, *zo* lichtgeraakt! Gewoon geen huis mee te houden!'

'Tabe ook,' fluisterde Tonia, 'precies zo.'

Gonnie zei eenvoudig dat het slechte humeur waarmee het doen van grootse ontdekkingen gepaard ging, een ongemak was dat elke professorsvrouw in blijdschap diende te ondergaan en Piet vroeg, of hij van de prins geen kwaad wist:

'Wat vertel je nou? Heb ik ook al een slecht humeur?'

Erg onwaarschijnlijk, Piet, dacht Dingelam, als het alleen door grootse ontdekkingen wordt veroorzaakt.

Maar Gonnie riep: 'Nou en of! Je weet waarschijnlijk zelf niet hoe moeilijk je soms bent.'

'Zo zijn ze immers allemaal,' beweerde Gré.

'Kukeleku!' zei de haan.

'Wat is dat?' vroeg Tabe, 'hebben jullie een haan hier in de kamer?'

'Ja, hoe vind je 't,' zei Gré, 'een haan. Een echte haan. Hebben we gekregen van onze buurman in Sauwerd.'

Ze liep naar de piano, keek er achter en riep:

'Haantje! Waar ben je? Laat je eens kijken!'

Allen verdrongen zich om beurt bij de uiteinden van de piano om daarachter een blik op de haan te kunnen werpen. Plotseling weerklonk een gefladder tegen het behang en toen zette hij zich boven op het muziekinstrument.

Ze namen afstand om hem beter te kunnen bezichtigen, of misschien ook waren ze een beetje bang.

'Zo aardig van onze buurtjes,' zei Gré, 'Lagerwij wou dat we hem opaten, maar ik kan het niet over mijn hart verkrijgen. Het is zo'n mooi beest.'

'Je moet hem ook niet opeten,' zei Kaatje, 'daar is hij veel te oud voor. Als een haan zo oud is, dan is hij niet te eten.'

'Hoe weet je dat nou dat hij zo oud is,' zei Ajold op een toon alsof hij bliksemsgoed wist hoe zij dat wist, maar wilde dat ze een onbevredigend antwoord zou geven.

'Nou, dat zie je aan zijn sporen,' fluisterde Tonia, 'zulke grote sporen. Die haan is misschien wel acht jaar oud.'

'Maar die grote sporen vind ik juist zo mooi,' zei Gré, 'o, ik moet me toch zo beheersen om hem niet de hele tijd te knuffelen.'

'Heb je hem al eens geknuffeld?' vroeg Tabe.

'Een keer,' zei Gré, 'toen ik hem in zijn mand moest stoppen om hem hier naartoe te brengen.'

'Jullie zijn allebei oorspronkelijke creatieve mensen,' meende Ajold, 'altijd als ik bij jullie kom, ontmoet ik iets nieuws, iets... ja zeg maar gerust iets moois.'

Er viel een stilte na deze woorden. Gré en Dingelam wisten niets terug te zeggen. Wat voor moois kan hij eerder bij ons gezien hebben? dacht Gré. Ten eerste is hij zo goed als nog nooit eerder bij ons geweest. En moois? Misschien bedoelt hij wel iets geks. Dingelam dacht: wie van hen zou de voorpagina van het *Nieuwsblad voor het Noorden* hebben gezien?

Piet, Tonia, Tabe, Gonnie en zelfs Kaatje voelden zich niet op hun gemak. Ajold had het beste met de mensen voor, maar hij moest niet zo overdrijven. Dit was niet geloofwaardig... Je kon je geen saaiere mensen voorstellen dan Roef en Gré, vond Tabe en Tonia vond dat ook. Hoewel, dat ze hier in hun nette huiskamer een levende haan lieten rondlopen... 't was zeer buitengewoon. Nou ja, een blind paard kon er geen schade doen, maar vies waren ze niet. En dan een loslopende haan? 't Was op z'n minst wel een beetje uitzonderlijk. Misschien plotseling speels geworden door die Nobelprijs? Bij de Pappen en de Ongerings zou zoiets niet gebeuren, dacht Gonnie en bij mij thuis? Nee, ook niet, dank je lekker.

'Gaan jullie proberen hem zindelijk te maken?' informeerde ze.

'Ja, hoe gaan jullie dat probleem oplossen?' vroeg Tabe.

Alle anderen stelden soortgelijke vragen.

Roef zei:

'Moet het een staande visite blijven? Ik ga even weg om er wat stoelen bij te halen voor zoveel mensen.'

'Doe geen moeite,' zei Piet, 'we blijven maar eventjes.'

'Ja, dat is nu jammer,' vond Dingelam, 'ik zou jullie graag iets hartigs aanbieden, maar we hebben niets in huis behalve thee.'

'Ik zorg vrijdagsavonds altijd dat we nog precies voor twee dagen genoeg van alles hebben, begrijp je,' zei Gré, 'en dat maken we dan buiten op, op de boerderij.'

'Wij zijn trouwens matige mensen,' lichtte Dingelam nader toe, 'toch vind ik het nu echt vervelend om niets aan te kunnen bieden. Of rookt iemand van jullie een pijp?'

Hij haalde zijn tabakszak te voorschijn en hield hem omhoog.

Niemand bleek ooit een pijp te roken, maar omdat het anders lijken zou of hij iets aangeboden had dat hijzelf niet wilde, begon hij toch maar zijn pijp te stoppen.

'Ik kan nog wel wat thee zetten, maar...'

‘Wij zijn misschien de enige mensen die zo laat op de avond nog thee drinken,’ zei Roef, ‘of jullie ook?’

‘Nee, doe geen moeite,’ verklaarde Piet met het gezag van iemand die enkele minuten geleden nog zelf gastheer was geweest, ‘wij hebben al van alles gedronken.’

‘Hè,’ zei Gré, ‘ik vind het toch zo leuk dat jullie nog even zijn langsgekomen. De eerste mensen met wie we er echt over kunnen praten. Ja, zo is het.’

‘Lagerwij heeft er anders ook een heleboel over gepraat,’ zei Roef, ‘nou en of. Hij wou dat ik het geld aan hem leende, dan kon hij er een varkensstal van bouwen.’

Daarop kwamen reacties van alle kanten.

‘Een varkensstal? Ha, ha, ha.’

‘Een varkensstal? Maar dan wordt het aan de biologie besteed.’

‘Dat is oneerlijk, want er bestaat niet eens een Nobelprijs voor de biologie.’

‘Nee, nee, nee, dat mag je niet doen, ha, ha, ha.’

‘Als de boeren hier in de provincie ruiken waar het geld zit, berg je dan.’

‘Ik wil niet dat jullie kwaad spreken van Lagerwij,’ riep Gré, ‘wij hebben in ieder geval ons lieve haantje aan hem te danken.’

Toen iedereen iets had gezegd, vervolgde Gré haar oorspronkelijke gedachtengang.

‘Als we in een grote stad woonden, dan zouden we nu de straat kunnen opgaan en in een café iets drinken. Dat zou gezellig zijn. Maar in een nest als hier is alles potdicht.’

‘O nee, o nee,’ riep Tabe Pap, ‘daar zou je je heel erg in kunnen vergissen. De seksclub is wel tot vier uur ’s nachts open.’

‘De seksclub?’

‘En wat wou je daar doen?’ vroeg Gonnie guitig.

Ongering die naast Dingelam stond, hield zijn vlakke hand tegen zijn neus alsof hij iets zeggen ging dat voor de anderen geheim blijven moest en sprak duidelijk hoorbaar:

‘Op onze leeftijd is een biertje drinken waarschijnlijk het beste dat we in een seksclub kunnen doen, heu, heu...’

‘Je zou het hart eens moeten hebben,’ riep Kaatje op kwasikijvende toon, ‘je zou het hart eens moeten hebben er wat anders te doen.’

Ongering knipoogde met een geweld of hij in een grote zaal

stond en het ook op de achterste rangen moest kunnen worden gezien wat hij bedoelde.

'Laten we wat gaan drinken in de seksclub,' zei Gonnie, 'vooruit. Tabe weet waar het is en is er al helemaal op gekleed.'

Algemeen lachen.

In de doodstille straat brandde een op de twee lantarens niet. Zo deed dat dit gemeentebestuur na twaalven. Ver weg blies de elektrische centrale stoom af en er hing een geur van rotte aardappelen in de lucht.

Hier liepen acht mensen met klaterende stemmen en verder was er geen hond. Achter het raam van een sigarenwinkel hing een zwevende naam in koortsig neon reclame te maken voor een merk sigaren, dat met de beste wil van de wereld niet te koop was op dit moment. Een schuifhek sloot het portiek af, waar de automaten stonden opgesteld.

Het was moeilijk voorstelbaar dat de acht mensen van middelbare leeftijd zich over het keurige plaveisel van de slapende provincieplaats naar een attractie begaven, die in heel wat wereldsteden te vuur en te zwaard werd vervolgd. Maar dit was nu eenmaal een van de grootse eigentijdse verschijnselen waar het hier beschreven tijdsgewricht zo rijk aan was.

Dingelam had zich naast Gonnie weten te manoeuvreren. De anderen liepen voor hen uit.

'Merkwaardig toch,' zei hij, 'al zo lang wonen we tegenover elkaar en nog nooit hebben we 's nachts om twaalf uur samen op straat gelopen.'

'En dan nog wel op weg naar een seksclub!'

'Heb jij, heb jij eigenlijk enig idee wat er daar gebeurt?'

'Geen enkel. Ik denk dat er een peperduur drankje geschonken wordt en dat eenzame heren er eenzame dames kunnen ontmoeten.'

'Eenzame dames met financiële bijbedoelingen.'

'O ja? Wat wil je daarmee zeggen?' vroeg Gonnie onschuldig.

'Nou, hoeren natuurlijk. Hoeren. Ik vind het niet prettig dat woord hoeren te moeten uitspreken en ik vraag me af of je me voor de gek loopt te houden.'

'Ik jou voor de gek houden!' Ze sloeg haar arm om zijn arm

heen en drukte die arm stijf tegen zich aan. Ze drukt mijn arm tegen haar boezem, dacht hij en voelde zich voor het eerst sinds lange tijd een vorst, of, nou ja, een Nobelprijswinnaar. Veertien dagen met haar op reis gaan, Gré met haar haan alleen laten. In veertien dagen met Gonnie al het geld van zijn prijs erdoorjagen. Wat anders zou hem op zijn leeftijd nog een sprookjesachtig plezier kunnen zijn? Niets. Maar dit eigenlijk ook niet, vreesde hij.

'Ik vraag me wel eens af,' zei ze, 'wat mannen denken als ze alleen door een straat lopen en achter een raam zit zo'n blondine op een stoel vol kussens, zodat je haar opgevouwen dijen kunt bekijken en ze tikt tegen het glas. Wat doen mannen dan, Roef?'

'Doorlopen.'

'Meen je dat? Je mag me alles vertellen, hoor. Ik zwijg als het graf.'

'Er is niets te vertellen. Ik heb daar nog nooit iemand naar binnen zien gaan.'

'Dat zei mijn eerste man ook altijd. Maar later kwam ik er achter dat hij zich zo goed als iedere dag door een andere juffrouw liet verwennen. *Iedere* dag.'

't Was misschien wel om jaloers op te worden, als je geen andere zorgen aan je hoofd had, dacht Dingelam, 't was tenminste een liefhebberij waarvan de natuurlijkheid moeilijk kon worden betwist.

Maar hij vroeg:

'Gaf hij dan niet om jou?'

'Hij was stapelgek op me, maar hij kon het niet laten. *Hij kon het gewoon niet laten*, Roef.'

Zo, zo, dacht Roef, kon hij dat niet laten. Het enige dat ik niet laten kan, is per dag zo'n stuk of tien pijpen leegroken, maar als ik voor elke pijp de halve stad zou moeten afzoeken om hem te vinden...

'Toen ik erachter kwam,' vertelde Gonnie, 'werd ik gewoon vies van hem, want dan wou hij mij ook nog elke nacht het hof maken.'

Dat lijkt me inderdaad niet erg smakelijk, dacht Dingelam en hij bedacht tegelijkertijd dat hij dit niet zou zeggen en zei daarom maar niets. Wat er in het leven van andere mensen niet allemaal gebeurde! Nauwelijks voorstelbaar eigenlijk, als hij het met zijn eigen leventje vergeleek, waarin op sentimenteel gebied nooit iets was voorgevallen. Hij had Gré nooit bedrogen en zij hem evenmin. Maar stel je voor... Emotionele moeilijkheden! Dat ook nog! Dan kon je je hoofd helemaal niet meer bij je werk houden.

'Mag ik je een gekke vraag stellen?' zei Gonnie.

'Natuurlijk.'

'Ik ben toch zo razend nieuwsgierig wat jullie met het geld gaan doen. Driehonderdduizend gulden en dan is het ook nog belastingvrij, heeft Tabe verteld. Piet verdient ook wel eens een extraatje, voor een adviesje aan de industrie of een voordracht, maar dan gaat er 73% belasting af. Er blijft gewoon niets van over.'

'O,' zei Roef, 'wat lezingen betreft is het nog het voordeligste als ze je een boekenbon geven en vergoeding van reiskosten. Maar weet je zeker dat er van zo'n prijs geen belasting afgaat?'

'Ik weet het zeker. Over de Nobelprijs hoef je geen belasting te betalen, Tabe zei het.'

'Nou, dat is dan een geluk bij een ongeluk.'

'O. Maar je hebt me nog geen antwoord op mijn vraag gegeven. Of is het erg indiscreet wat ik vraag?'

'Nee, helemaal niet.'

Toch zei hij verder niets.

'Ben je altijd zo afwezig? Wat gaan jullie er dan mee doen?'

'Daar hebben we eigenlijk nog niet over gepraat.'

In strijd met de waarheid zei hij dit. Was het niet het eerste dat Gré ter sprake had gebracht? *Driehonderdduizend gulden? Maar daar kunnen we toch niet van leven?* Onvergetelijke uitspraak van Gré.—Hij voelde niet de minste neiging die woorden aan Gonnie over te brieven.

'Er nog niet eens over gepraat!' riep ze uit. 'Jullie zijn helden of heiligen. Dat vind ik toch zo bewonderenswaardig. Ja, begrijp me goed, eigenlijk kennen we jullie maar oppervlakkig, maar toch, er gaat iets van jullie uit, of er iets heel moois tussen jullie bestaat. Iets dat niet van deze wereld is. Ik weet niet hoe ik het zeggen moet. Zo veel geld! Driehonderdduizend gulden. Viermaal je jaarsalaris. En er nog niet eens over gepraat wat ermee zal gebeuren. Echt waar, daarbij vergeleken voel ik me gewoon *klein*.'

'Wat zou jij er dan mee doen?'

'Van alles.'

'Vertel.'

'O, ik weet niet. Een Maserati kopen, denk ik. Ik ben gek op hard rijden.'

'Ja? Wat voor auto hebben jullie nu dan?'

'Een Opel Kapitän voor Piet en een Fiat 500 voor mij. Maar als we samen ergens naartoe gaan, zit ik altijd achter het stuur van de Opel. Die haalt tenminste 125 en dat Fiatje van mij nog geen honderd.'

'Nou goed, dan ga je dus die Maserati kopen. Wat kost zo'n ding? Twintigduizend gulden?'

'Ben je mal! Honderdvijftigduizend.'

'Honderdvijftigduizend voor een auto,' zei Dingelam, 'ik heb niet het minste verstand van auto's. Honderdvijftigduizend! Dan ben je meteen de helft al kwijt.'

'En voor de andere helft zou ik dolveel kleren kopen. De beeldigste dingen. En dan tweemaal per week naar de kapper en de schoonheidsspecialiste gaan.'

'Daar heb je toch geen Nobelprijs voor nodig? De kapper, die kun je nu ook wel betalen.'

'Eens in de veertien dagen, meer niet hoor. Je weet niet hoe duur kinderen zijn.'

En hoe Piet op de penning is. En dat ik niet eens eenmaal in de veertien dagen ga, maar de haarverf in een pakje bij de supermarkt koop, dacht ze.

Ze vroeg:

'Hoe vaak gaat Gré?'

Ajold Ongering liep tussen Piet Stroomer en Tabe Pap.

'Ik verkeer eigenlijk in een dilemma,' zei Ajold.

'Hoe zo?' vroeg Tabe, 'maak van je hart geen moordkuil.'

'Als ik het goed begrepen heb, is Dingelam het hele weekend op zijn boerderij geweest. Ik vraag me af of hij al gehoord heeft wat de studenten van plan zijn.'

'Dat zal hij nog wel niet gehoord hebben,' zei Piet.

'Dacht ik ook. Zal ik het hem vertellen?'

'O nee, doe dat niet.'

'Maar omdat ik het zelf gezien heb, dat spandoek met Baas in eigen reageerbuis erop...'

'O nee,' herhaalde Piet, 'niet vertellen. Iemand als Roef raakt zo van de kook door zulke dingen. Dan bederf je de pret helemaal. Dan kan hij nergens anders meer aan denken. Studenten ergeren hem toch al zo verschrikkelijk en bovendien heb je de kans dat die bezetting niet doorgaat.'

'Waarom zou het niet doorgaan?' vroeg Tabe.

'Ach, die jongens weten toch niet wat ze willen. Ze willen trouwens niets reëels. Die kunnen van de ene dag op de andere weer heel wat anders gaan besluiten. En bovendien zei Keller me dat de president-curator bezig is er wat aan te doen.'

'Dat helpt,' zei Tabe, 'dat is een diplomaat.'

'Kaeckebeke schijnt vanmiddag met Taets en met een paar van die studenten vergaderd te hebben.'

'Ik geloof,' zei Tabe, 'als ik nog student was, dat ik alleen maar om te zien wat voor een gezicht Kaeckebeke zou zetten, in staat zou wezen de hele boel op zijn kop te zetten.'

'Je lijkt Ballingh wel,' zei Ongering, 'je maakt gedichten.'

'Tjeempie,' zei Tabe, 'ik publiceer mijn gedichten alleen maar niet omdat ze niet zo mooi zijn als die van Remko Kampurt. Daar gaat niets boven.'

Noch Ongering, noch Piet Stroomer hadden van Remko Kampurt of welke andere dichter ooit gehoord en dus zeiden ze niets terug.

'Remko Kampurt is mijn puikzanger,' verduidelijkte Tabe, 'kennen jullie het woord puikzanger? Dat werd nog gebruikt aan het begin van de vorige eeuw.'

'Het is dat we niets in huis hadden, maar anders zou ik nooit op de gedachte gekomen zijn naar een seksclub te gaan,' zei Gré, 'zijn jullie daar ooit eerder geweest?'

'Tabe,' zei Kaatje, die tussen Gré en Tonia inliep, 'Tabe heeft toch dikwijls geniale ideeën.'

'Natuurlijk,' stemde Gré toe, met niettemin iets niet zeer toegefelijks in haar stem, 'als het de enige gelegenheid is waar je iets kunt drinken.'

'Nee, maar niet alleen daarom. Maar het is zo toepasselijk op de stof die Roef uitgevonden heeft.'

'O ja? Hoe zo dan?'

'Weet je dat echt niet?' zei Tonia, 'of houd je je maar zo?'

'Wat denk je wel, ik ben niet zo'n bolleboos. Het wetenschappelijk werk van mijn man is helaas een gesloten boek voor me.'

'De stof die Roef heeft uitgevonden,' doceerde Kaatje, 'wordt verwerkt in een geneesmiddel, dat onder andere in staat is grijsaards van tachtig weer helemaal libidineus te maken.'

'Hij had er wat van moeten meenemen naar de seksclub,' grapte Tonia zonder te lachen, 'om uit te delen.'

Gré zei niets.

Maar dat duurde niet lang.

'Roef!'

Dingelam bleef staan, Gonnie ook.

'Roef!' zei Gré, 'Kaatje beweert dat de stof die jij hebt uitgevonden goed is voor de potentie. Is dat zo?'

'Ja dat is zo.'

'Had je mij dan ook wel eens eerder mogen vertellen. Hij vertelt me nooit iets, nooit. Zijn die mannen van jullie ook zo?'

'Maar Gré, je hebt er helemaal niet naar gevraagd waarom ik die prijs nu eigenlijk gekregen heb.'

'Ach jawel,' riep zij heftig. ''t Is het eerste dat ik je gevraagd heb. Natuurlijk heb ik je dat gevraagd. Maar je hebt niet geluisterd, zoals altijd, je hebt me helemaal geen antwoord gegeven.'

'Ik herinner me niets.'

'Maar ik wel.'

En tegen Tonia zei Gré: 'Stel je voor dat ik hem dat niet eens zou hebben gevraagd. Dat is toch al te gek.'

'Al te gek? Helemaal niet. Het spreekt voor jou toch zeker vanzelf dat een man die zo knap is de Nobelprijs krijgt. Daar hoeven verder geen vragen over te worden gesteld.'

Piet, Ajold, Kaatje noch Gonnie mengden zich in deze gedachtenwisseling.

'Kom, doorlopen mensen,' zei Tabe Pap, 'we zijn er bijna. Hoi!'

Ze liepen door en niemand maakte de voor de hand liggende grappen waar Gré's opmerking alle aanleiding toe gaf.

Hij had haar niet verteld dat de door hem gevonden stof goed was voor de potentie! dacht Tabe Pap, zo, zo. Hoi.

Niet aardig van hem, dacht Ongering, zomaar, waar iedereen bij is, vertellen dat ze hem nog niet eens gevraagd had waarvoor hij precies de Nobelprijs heeft gekregen. 't Is toch altijd voor iets specifieks. Nee, niet aardig. Niet diplomatiek. Lomp eigenlijk.

En Tabe Pap dacht: zou Gré hem net zo vreselijk de keel uithangen als Tonia mij?

Zelf heeft hij zijn Alicodrin zeker niet ingenomen, dacht Piet Stroomer. Jammer, *ik* zou het best eens willen proberen.

'Wind je niet op,' zei Tonia tegen Gré, 'als Tabe iets had uitgevonden dat goed was voor de potentie, zou hij het aan al zijn vriendinnen vertellen, maar niet aan mij.'

'En ik heb het Roef *gevraagd*,' hield Gré vol, 'het is nota bene het eerste dat ik gezegd heb, toen we het telegram kregen. Het eerste dat ik hem vroeg was: Waarvoor geven ze jou die prijs? Ik mag dan wel wetenschappelijk nauwelijks onderlegd zijn, maar zo gek ben ik nu ook weer niet, dat ik zou denken dat ze hem zo'n grote prijs van driehonderdduizend gulden voor niemendal zouden geven. Dat geloof je toch zeker wel?'

'De mannen zijn allemaal hetzelfde,' zei Tonia, 'nooit luisteren ze naar ons.'

'Zeg Tabe,' vroeg Kaatje, 'is die club van jou nog ver weg?'

Gonnie zei tegen Dingelam:

'En toch kan het niet waar zijn, wat jij beweert, dat er nooit een man naar binnen gaat bij de hoeren. Anders zouden er niet zoveel hoeren zijn en het schijnt dat ze een heleboel geld verdienen.'

'O ja? Nou, hoe dan ook, ik zou niet weten hoe ik dat verklaren moest. Daar naar binnen gaan bij een vies mens dat je niet kent en dat alleen maar een paar tientjes wil verdienen. En dan je broek laten zakken... ik heb zelfs moeite het me voor te stellen. En toch heb ik het zelf wel eens gedaan, aan het begin van mijn eerste studiejaar, in de groentijd. Dat moest, geloof ik.'

'Hè, vertel eens, hoe was dat?'

'Doe me een genoegen... hoef ik het alsjeblieft niet te vertellen? Het enige wat ik erover zeggen kan, is dat ik het zelfs toen niet zou hebben gedaan, als ik niet gehoord of gelezen had dat anderen het hadden gedaan. Nooit.'

'Er ging dus niets door je heen, als zo'n blondine op het raam tikte?'

'Ik kan me zelfs niet voorstellen dat er iets anders door iemand heen gaat behalve: eigenlijk voel ik niet de minste opwinding of begeerte, eerder ben ik een beetje bang, maar je moet het wel een keer doen om erover mee te kunnen praten.'

‘Maar dan ben jij een soort heilige, als ik je met mijn eerste man vergelijk. Die was nooit bang, hoor. Die kon van geen enkele vrouw afblijven. Of het geld kostte of niet, maakte geen verschil voor hem.’

‘Ach, kijk eens, ik ben chemicus en dat is heus het enige wat ik ben. Ik bedoel, ik heb er nooit in het minst naar verlangd de psycholoog te spelen. Ik ken dat vak niet. En als ik verhalen over andere mensen hoor en natuurlijk ook wel eens andere mensen vreemde dingen hoor zeggen of zie doen, dan zeg ik bij mijzelf: Daar begrijp ik niets van, maar het ligt niet op mijn pad te proberen er iets van te begrijpen, laat staan te doen alsof ik er iets van begrijp.’

‘Wat moet je dan vreselijk alleen zijn. Als je er geen moeite voor doet, zul je inderdaad weinig andere mensen begrijpen.’

‘Begrijpen van andere mensen, ik weet niet wat daaronder precies moet worden verstaan, eigenlijk. Dat moet ik er ook nog bij zeggen. Ik heb misschien het gevoel een ander zogenaamd te begrijpen, als ik hem iets hoor zeggen of zie doen, waarvan ik bij mijzelf denk: ja, dat zou ikzelf ook zeggen of doen in dat geval.’

‘Precies,’ zei Gonnie, ‘dat is nu precies wat het begrijpen van andere mensen inhoudt. Voelen dat alle mensen een zijn, voelen dat je ook die ander had kunnen zijn.’

‘Ja, maar ik heb dat gevoel zo goed als nooit. En waarom moet het begrijpen worden genoemd? Als ik een chemische structuur begrijp, of een chemisch proces, dan wil ik toch helemaal niet zelf die chemische structuur of dat proces worden? En toch, als ik het begrijp, kan ik bewijzen dat ik het begrijp, doordat ik bijvoorbeeld zelf die structuur te voorschijn kan roepen. Dat is het bewijs. Maar zelfs al zou ik doen wat ik een ander mens heb zien doen, dat bewijst toch nog helemaal niet dat ik hem begrijp. Hoe zou ik een man die met plezier naar de hoeren gaat, kunnen begrijpen, als ik het zelf weliswaar ook deed, maar met grote tegenzin?’

‘Heb je de stof waar je de Nobelprijs voor gekregen hebt ooit zelf ingenomen?’

‘Nee, waarvoor?’

‘Nou, het is immers goed voor de potentie?’

‘O ja, dat preparaat is ervan afgeleid, maar dat hebben anderen gedaan. Ik heb alleen de grondstof samengesteld’.

'Nee, dat begrijp ik,' zei ze, 'dat jijzelf die heel bijzondere werking van...'
'Alicodrin... zeg maar Alicodrin...'
'... van Alicodrin niet hebt ontdekt. Maar waarom zou je het niet eens proberen? Misschien verandert het je hele kijk op de wereld.'
'Je denkt... je denkt toch niet dat ik impotent ben! Maar Gonnie, om mijn kijk op het hoerendom te veranderen door wat in te nemen! Je zou net zo goed iemand kunnen aanraden drie dagen niets te eten, om hem trek te geven van allerlei viezigheid te slikken. Gras en boombladeren, zoals de mensen in India, als er hongersnood is. Kan hij die mensen beter begrijpen.'

Eigenlijk waren in dit stadje alle straten min of meer krom, maar de straatjes waar zij nu in kwamen, waren misschien wel de kromste van allemaal. Er stonden lage huisjes langs van de meest verschillende modellen, sommige met alleen een puntdak als een boerenstulp, andere met een etage, een enkele met twee etages.
De seksclub had een klein verlicht naambordje op z'n deur

EROSCLUB
BELLEN

Het pand moest aan het eind van de vorige eeuw gebouwd zijn als winkelhuis. Ze hadden het glas van de uitstalkast aan de binnenkant met zwart papier beplakt of zwart geverfd en het glansde in het licht van een straatlantaren die er schuin voor stond of er gesmolten asfalt langsdroop.
'Bellen,' zei Tabe, 'zal ik maar bellen?'
'Jij moet bellen, Tabe,' zei Gonnie, 'je bent toch niet bang?'
Tabe stak zijn vinger uit naar de belknop, maar de deur ging meteen open en een soort souteneur die gekleed was in een purperen overhemd van glinsterend nylonsatijn en een nauwe purperen fluwelen broek, zei:
'Komt u binnen, dames en heren, onze show begint over vijf minuten.'
Zij gingen naar binnen en kwamen in een met board afgeschermd gangetje en werden in een soort kantoortje geleid, waar de souteneur achter een tafeltje ging zitten.

'Het entreegeld bedraagt tien gulden per persoon,' zei hij, 'en de toegangsprijs is vijf gulden, een gratis consumptie inbegrepen.'

Vijftien gulden per persoon! Ze waren met hun achten en vijftien maal acht, dat was honderdtwintig gulden, of ze moest zich sterk vergissen, dacht Gré. En wie zou dat moeten betalen? Haar Roef? Lag voor de hand, omdat Roef immers de aanleiding verschaft had voor dit extravagante uitje. Maar hij had het niet bedacht, dus was het eigenlijk ook een beetje onrechtvaardig.

'Roef,' vroeg Gré, met een stem die zij wanhopig probeerde niet benauwd te laten klinken, 'heb je zoveel geld bij je?'

'Nee, nee, nee,' zei Ajold Ongering, 'we betalen allemaal voor ons zelf.'

'Ja natuurlijk,' zei Piet Stroomer, 'anders wordt het helemaal te gek.'

'Kun je het me voorschieten?' vroeg Tabe Pap aan Piet.

'Roef!' zei Gré en gaf hem een stomp.

Maar haar Roef zei niets. Hij stond met zijn portefeuille in zijn hand. Vond daarin precies drie tientjes, wat hem meeviel. Daar kon hij juist voor zichzelf en voor Gré mee betalen, wat hij snel deed.

'Ik heb het niet,' zei hij in Gré's oor.

Een ogenblik besefte hij sterk dat de hele expeditie op touw gezet was, omdat hij geen drank in huis had en zij hun gasten niets hadden kunnen aanbieden—en nu bood hij ze evenmin iets aan. Maar hij dacht: Kan ik het helpen? Nooit zie ik die mensen. Ik heb ze niet uitgenodigd. En hij draaide zich om naar een deuropening in de boardwand, waarachter een schemerig rode duisternis op de seksmaniakken wachtte.

Als eerste ging hij naar binnen, zeer nieuwsgierig wat er achter de zwartgemaakte winkelruit zou zijn. Er hing daar, zag hij nu, een klein projectiescherm boven een rond podium. Op het ronde podium stond een ronde divan, waar een donkerrood kleed over lag. Daar moest het dus op gebeuren. Wat?

Hij draaide zijn hoofd om en inspecteerde de rest van de seksclub. Er was geen mens. Ja, toch.

'O,' zei hij met een stem of hij van iets was geschrokken en een gevoel in zijn rechterbeen of het een stap naar achteren wou doen.

'Goedenavond!' riep een jonge blonde meid die ineens voor

de tapkast stond en alleen een soort pyjamabroek aanhad, waarvan de pijpen doorzichtig waren.

Dingelam keek achter zich, Tabe Pap botste bijna tegen hem aan.

'Komt u maar verder, heren,' riep de blonde meid. Nou, als ze dat zei, kon het haar zeker niet schelen wanneer er een ernstige blik op haar dikke borsten werd geworpen.

'We hebben drie echtparen, een juffrouw en een pater!' riep de souteneur uit het gangetje.

Dingelam deed een stap opzij, zodat Tabe Pap naast hem kon komen staan.

'Ik dacht eerst dat ze nog bezig was zich aan te kleden,' zei Dingelam.

'Geen sprake van,' zei Tabe, 'dag meisje!'

'Zegt u maar gewoon Toby hoor,' antwoordde ze onderrichtend, 'gewoon een beetje gezellig.'

'Hoi,' zei Tabe, 'dag Toby. Ik zocht al naar je naamkaartje.'

'Ze zou een naamkaartje moeten dragen, net als de mensen op congressen,' fluisterde Dingelam ondeugend, 'maar waaraan zou ze het moeten vastmaken?'

'Nou, midden op haar broek, natuurlijk.'

Deze broek begon een handbreedte onder haar slordig geknoopte navel.

'Tabe, Tabe toch,' zei Gonnie, ook binnengekomen, 'al helemaal in de stemming, hè Tabe?'

Tabe keek naar de blonde meid en de blonde meid begon te giechelen om Tabe's tabberd.

'Neemt u me niet kwalijk. Maar bent u echt een pastoor?'

'Goed geraden, Toby en dit is mevrouw pastoor.' Hij sloeg zijn arm om Tonia, die met een kwijnende blik haar hoofd tegen zijn schouder vlijde.

De tapkast stond langs de ene lange zijde van de winkelruimte en langs de andere zijde was een lange zitbank, aan de achterkant haakvormig omgebogen.

Het geleerde gezelschap en hun dames zette zich neer, netjes op een rijtje.

Omdat Dingelam het eerst binnen was gekomen, voelde hij zich ook verplicht het verst door te lopen. Zodoende kwam hij op het haakvormig omgebogen gedeelte van de bank terecht. Nieuwsgierig, maar onvrolijk bedacht hij dat hij straks het beste uitzicht had op de ronde divan en op het kleine witte filmdoek dat daarachter hing.

Gonnie streek naast hem neer.

'Hoe vind je die tut?' vroeg ze.

'Ze is in elk geval jonger dan wat je meestal op straat achter de glazen ziet zitten. Zou zo'n meisje nou met iedereen die hier binnenkomt naar bed gaan, denk je?'

'Ja, daar vraag je wat. Ik weet het niet, hoor. Probeer het.'

'Ha ha,' zei hij, dacht: zal ik Gré vragen of ze 't goed vindt? Besloot het niet te vragen en haalde zijn pijp uit zijn broekzak.

De souteneur was nu ook binnengekomen en plaatste zich in al zijn verschrikkelijke eenvoud voor het ronde podium.

'Dames en Heren,' zo sprak hij, 'wij heten u als nieuwe leden hartelijk welkom in onze gezellige Erosseksclub. U kunt bij de hoostesses een gratis drankje bestellen, want dat is bij het entreegeld inbegrepen, maar dat wil nog niet zeggen dat er niet meer drankjes zijn waar dat eerste drankje vandaankomt. De sjoow begint binnen vijf minuten.'

Klap, klap, klap, klap. Jazeker, de 'hoostesses' klapten na deze toespraak, jawel, hoostesses, er waren er nog twee bijgekomen: een half-indonesische met zo zware borsten dat ze het geraden had gevonden ze niet tomeloos voor zich uit te dragen, maar op een half behaatje, waar haar tepels boven overheen konden kijken. En dan nog een magere naakte negerin met afro-kapsel, die, koket, haar handen voor haar boezem hield en, klassiek, een derde hand van bananen had opgehangen voor de onderkant van haar buik. Toen iedereen naar haar keek, liet zij haar handen langzaam zakken. Ze was zeer plat.

'Het geeft je toch een schokje,' vertrouwde Dingelam Gonnie toe, 'maar die zwarte is nog het minst schokkend.'

'Ach natuurlijk, want dat is een vent.'

'Hoe zie je dat?'

'Oe-el heren, oe-at sal het sijn?' vroeg hun voorwerp van discussie, met een stem die horen liet dat Gonnie goed geraden had.

De indonesische ging onverwijld op de knieën van Tabe Pap zitten en vroeg zonder enig koloniaal accent:

'En mogen de meisjes een glaasje meedrinken, pater?'

Gonnie zei tegen de Surinamer:

'Een gin tonic.'

'Ja, mij ook maar een gin tonic,' zei Dingelam. Meteen boog hij zich naar voren: waar zat Gré? Naast Ongering, wel vier plaatsen bij hem vandaan, te ver om te beroepen. Opstaan wou hij ook niet.

In zijn wanhoop besloot hij Gonnie in vertrouwen te nemen.

'Dat is nu toch zo verduiveld onprettig, maar ik had natuurlijk nergens op gerekend. Ik heb niet genoeg geld bij me om die meisjes ook een glaasje aan te bieden.'

'Ach, dat komt wel terecht als we weggaan. Zie je deze parel?'

De parel hing aan een kettinkje om haar hals en zij viste hem op uit haar decolleté, zodat Dingelam hem beter kon zien: 'Die geef ik desnoods als onderpand.'

'Maar dan zie je hem nooit meer terug!'

Meteen ging de rode verlichting uit. Alleen een gewoon lampje bij de kassa bleef branden. Een wit vierkant vol newtonringen verscheen op het projectiescherm.

Gonnie legde haar hand op zijn knie en zei:

'Wat ben jij toch altijd zwaar op de hand. Een Nobelprijswinnaar, die heeft immers overal krediet?'

'Maar ik kan toch niet aan die meiden gaan vertellen dat ik...'

Zij duwde haar schouder tegen zijn bovenarm en zei: 'Probeer het. Waarom niet?'

De blonde kwam met een blad vol glazen, de oosterse schoonheid stond op van Tabe's knieën en hielp bij het uitdelen van de drank.

In het zaaltje werd het nu nog donkerder. Het projectiedoek was met donkergroen gevuld, waarover rafelige staartsterren van een beschadigde film verschoten. Elektrische gitaren speelden op een sterkte die ver lag beneden wat Lucas Kroondijk toelaatbaar zou hebben gevonden: do boem-boem mi fa boemboem mi do boem-boem mi fa boem-boem en zo verder. De muziek kon het knetteren van de smalfilmprojector nauwelijks overstemmen.

De film had geen titel. Begon met een lege kamer, onnatuurlijk en te fel belicht door een amateur die geen verstand had van verlichtingstechniek. Leeg? Vol zware meubelen, met bloementrijp bekleed. Perzische kleden, spiegels, palmen. Een rode kat die—zoom—zijn poot likte. Toen kwam Poux Partout binnen. Hij rookte een sigaret uit een pijp van een meter lang, legde de pijp op een koperen schaal, greep een kleine chinese gong die op de schoorsteenmantel stond en gaf er duidelijk zichtbaar een onhoorbare slag op. Draaide zich om.

Een roodharige vrouw stond in de kamer, geheel naakt, ze had alleen lieslaarzen van glanzend lakleer aan, zo hoog dat ze bijna tot haar rode schaamhaar reikten. Zoom—haar buik komt vlakbij. Wat een geweldige koperen kuif. Op twee centimeter naast haar navel zat een bruine moedervlek en aan de striemen op haar meelwitte vel was duidelijk te zien dat ze zich pas een minuut geleden uitgekleed had.

Poux Partout heeft de rode kat op zijn arm genomen. De vrouw, jaloers, pakt de kat in zijn nekvel en gooit hem in een hoek van de kamer. Poux Partout grijpt het rode schaamhaar van de vrouw—rang, in een ruk alles eraf.

'Dat zat er alleen maar opgeplakt,' zei Tonia.

Poux Partout hief nu zijn handen op, maakte een gebaar of hij de vrouw alle tien zijn vingers in de ogen wilde werpen en de vrouw viel gehypnotiseerd achterover op de divan. Poux Partout maakte het koord om zijn middel los en wierp zijn tovenaarstabberd af.

Hij bleek er een zwarte maillot onder te dragen en vergulde halve laarsjes.

'Nu vraagt men zich af, of dat ding straks ook uitgaat,' merkte Ajold Ongering op, "t is toch een seksfilm?'

'En een met veel suspense,' zei Tabe Pap.

Ondertussen had Poux Partout zich naast de vrouw op de divan gevlijd. Hij stak zijn rechterhand in de lucht, leek er iets uit te grijpen, elektriciteit misschien, of de geest van de Kama Soetra, legde de hand toen op het linkerbeen, liet hem naar boven glijden. In close up (die man had pinknagels wel zo lang als de pink zelf) streelde hij haar buik, haar linkerborst, haar rechterborst en bewoog de met geest geladen hand toen weer naar beneden, over haar ribben, haar buik. Stak de hand ten slotte met een snelle beweging in de schacht van de lieslaars.

'Daar zit-ie veilig opgeborgen,' constateerde Kaatje.

Iets als sinaasappelmarmelade vlamde over het projectiedoek, toen brak de film en het zaallicht ging aan.

De souteneur verliet de tapkast en verdween, zeker om de filmtechnicus de helpende hand te bieden.

'Erg opwindend,' zei Kaatje.

'En zo eigentijds,' zei Tonia, 'zulke laarzen zag je vroeger alleen op stoute foto's die uit Hamburg werden meegebracht.'

'Heb je de mijne wel goed gezien?' vroeg Gonnie en stak een been naar voren.

'Nou ja,' antwoordde Tonia, 'maar ik had het toch alleen over vroeger?'

Iedereen lachte, Dingelam liet zijn glas bijna vallen, maar nam er gauw een slok uit. Toen vielen zijn ogen op de blondine die bij de kassa een krant zat te lezen. Het was het *Nieuwsblad voor het Noorden* dat zij las en de bladzijde daarvan die naar het publiek toe was gericht, was de voorpagina, met de foto van Tamstra.

Steels keek Dingelam opzij, of iemand het in de gaten had. Nee, het leek er niet op. Hij kreeg hoofdpijn bij het denkbeeld dat ook Gré zou zien wat die blonde hoer daar in handen hield en dat ze zou beginnen op te spelen. Niemand had er immers tot dusverre over gepraat, dat zijn naam in die krant stond, met de foto van Tamstra erboven. Het waren aardige, beschaafde, intelligente mensen die het *Nieuwsblad voor het Noorden* niet lazen. Zijzelf waren er alleen op geabonneerd, omdat Gré dan de advertenties met voordelige aanbiedingen van de supermarkten niet miste.

De foto van Tamstra was zo groot, dat iemand die toevallig die kant uitkeek, hem heel best zou kunnen herkennen en dan zou Gré natuurlijk zeggen...

Waarom moest zo'n blote slet daar de krant zitten lezen? Rothoer! brulde hij in zijn binnenste, terwijl zijn lippen wegtrokken van zijn tanden, draai die krant om en vlug.

Even later draaide het meisje de krant om en legde hem toen, met de foto van Tamstra naar boven, op de tapkast. Dat de foto van Tamstra boven lag, was het gevolg van haar handeling. Zien kon je het niet van hieruit, daarvoor was de tapkast te hoog. Er ging een elektrisch belletje.

Dingelam nam een grote slok, zag dat z'n glas al bijna leeg

was en dacht: Niet te haastig. Hoewel, wat kon hem overkomen? Alleen als Piet, Ajold en Tabe ook niet genoeg geld bij zich hadden, zou het een pijnlijke geschiedenis kunnen worden.

'Wat een slap drankje,' zei Gonnie, die ook een slok had genomen, 'dat moet gin tonic voorstellen.'

'Ze hebben er geen druppel gin bij gedaan,' vertelde Kaatje.

'Nee,' zei Ajold, 'voor dit soort exclusieve dorstlessers moet je bij Andreas Ballingh zijn. Als die een glas inschenkt, dan weet je wat je drinkt.'

'Bij Ballingh is het het omgekeerde,' verduidelijkte Kaatje, 'die moet je bidden en smeken om een beetje tonic bij de gin te doen.'

'Ballingh,' riep Gonnie uit, 'dat is een specialist in elitetraktaties. Wij hebben er laatst champagne gedronken, weet je nog, Piet?'

'Nou ja,' zei Piet, 'ik vind dat allemaal niet nodig. Ik ben tevreden met kraaibessenwijn van Terschelling en cognac van de witte slijter.'

'Trouwens, op zo'n manier als die van Ballingh wordt een gezellig avondje toch veel te duur?' veronderstelde Gré.

'Voor Ballingh niet,' verbeterde Kaatje, 'wat die niet allemaal verdient aan zijn boeken!'

'Aan die gedichtjes die hij maakt?' vroeg Dingelam.

'Nee! Nee! Nee!' riep Ajold, 'gedichten daar verdient niemand wat aan. Maar die grote geïllustreerde boeken die hij over de Tweede Wereldoorlog schrijft. Met honderdduizenden tegelijk worden ze verkocht.'

'Daar weet ik niets van,' zei Roef, 'het is al mooi genoeg, vind ik, als je de oorlog hebt meegemaakt. Er dan ook nog over te moeten lezen...'

'Ach kom,' wees Gré hem terecht, 'andere dingen lees je ook niet. Nee hoor, Roef leest nooit wat! Alleen vaktijdschriften.'

'Ballingh z'n whisky is ook prima,' wist Tabe Pap uit eigen ervaring.

'Wat moet ik met al dat nakaarten,' want Roef was nog niet uitgepraat over de onderwerpen lezen en oorlog, 'over die is fout geweest in de oorlog en die een beetje minder fout en die lijkt goed, maar die was goedbeschouwd de grootste collaborateur van allemaal! Een heleboel mensen die niet ophouden daarover te zeuren, hebben niet eens *de gelegenheid gekregen* fout te zijn, omdat ze te jong waren, of omdat ze doodeenvoudig geen verantwoordelijke functies hadden.'

'Daar zit natuurlijk een kern van waarheid in,' zei Ajold, 'en ik heb het ook menigmaal gezegd als ik sommige mensen over Ziska Ballingh bezig hoor.'

'Omdat Ziska een Oostenrijkse is?' vroeg Gré.

'Nou, dat is het niet alleen,' zei Kaatje, 'maar weet je, haar vader is... of weet je dat?'

'Ziska's vader was militair arts in de oorlog,' zei Tonia. 'Hij moest wel. Hij was altijd al tegen Hitler geweest, maar toen de oorlog uitbrak moest hij in dienst.'

'En hij is gesneuveld in Afrika,' zei Tabe, 'maar er lopen mensen rond die daaraan twijfelen.'

'En terecht,' zei Kaatje. Ze liet haar stem dalen. 'Ziska's vader is helemaal niet gesneuveld in Afrika. Hij was dokter in een concentratiekamp en toen het kamp bevrijd werd, hebben ze hem meteen opgehangen.'

'Wie zegt dat?' riep Gré, 'daar geloof ik niets van.'

'Je kunt het geloven of niet,' zei Gonnie, 'maar volgens mij is dat de reden waarom Ziska zich zo uiterst links opstelt. Gewoon gewetenswroeging.'

'Gewetenswroeging,' zei Roef, 'die Ziska zal misschien een kind van tien jaar geweest zijn toen de oorlog afliep. Dat heb ik tegen een heleboel oorlogslectuur, dat het een soort wantrouwen aanwakkert tegen mensen die er niets mee te maken hadden. Wat kan die Ziska eraan doen, als haar vader niet heeft gedeugd?'

'En ze kookt verrukkelijk,' zei Kaatje, 'hebben jullie er wel eens gegeten?'

'Ik vind Ballingh altijd erg ontroerend,' zei Tonia, 'als hij voor de televisie over de oorlog vertelt. Een miskende profeet. Als ze in 1939 aan Ballingh hadden gevraagd hoe de oorlog zou aflopen, zouden ze helemaal geen oorlog hebben hoeven te voeren. Daar zit toch eigenlijk wel iets tragisch in.'

'In ieder geval houdt Ballingh er een leuke duit aan over,' vond Piet.

'Niet dat ik ze dat niet gun hoor,' zei Kaatje, 'maar die villa waar ze in wonen, die is per se te groot.'

'En jullie landhuis dan?' vroeg Gré.

'O, maar dat verhuren we altijd. Zelf komen we er nooit.'

Zo ging het dus, als je een groot landhuis bezat. Je verhuurde het. Een landhuis kopen voor zijn Nobelprijs? En het dan verhuren? Dingelam pakte zijn glas op, bracht het aan zijn mond, maar zette het op tijd weer neer, omdat hij zich herinnerde dat hij zuinig moest omspringen met de inhoud.

'Ben je erg nieuwsgierig naar het vervolg van de film?' vroeg hij Gonnie.

'O dol! Eerst doe ik vergeefse moeite bij jou iets te weten te komen over het seksuele leven van de moderne man en nu wordt me die film ook nog door de neus geboord.'

'Komt u maar verder, heren!' riep de half-indonesische en stond op van haar plaatsje bij de kassa om haar inbreng te laten bewonderen.

'Jezus, het is Takkie!' riep de blonde. 'Dag Takkie, je portret staat in de krant!'

'U komt precies op tijd, onze show begint over vijf minuten,' zei de ster van het oosten en liep met schommelende billen naar de deuropening, alsof het nodig was de weg te wijzen.

'Verdomd gezellige tent,' zei een hoge stem, waarvan de eigenaar of eigenares zich nog niet liet zien.

'Christus, meid, wat heb jij een lekkere tieten,' zei een andere stem, die minstens door Dingelam terstond werd herkend. Hij nam zijn pijp uit zijn mond.

De professoren en hun vrouwen verstijfden een beetje. Niemand draaide zijn hoofd om naar de richting waar de stemmen vandaan gekomen waren. Maar Dingelam die zonder zich om te draaien de deuropening kon zien, richtte zijn ogen daarop.

'Dat is die meneer die in de krant staat!' riep de neger(in?).

'Heb jij lekker poen, jongen?' zei de blonde.

Ondersteund door Mr. Dr. Goudewolf kwam hij binnen en waggelde zonder op of om te kijken naar de bar.

'Wie had dat gedacht,' zei Piet Stroomer, 'daar hebben we collega Tamstra.'

Tamstra, zich vastklampend aan de bar, draaide zich om. Zijn miezerige brilletje was naar de punt van zijn neus geschoven en zijn ogen hield hij nog gemener toegeknepen dan gewoonlijk. Zweet droop over zijn kin, als het geen spuug was en hij zei langzaam:

'Gegroet, hooggeleerde collega's, gegroet in deze neukersclub door een bhoeabh (hij liet een boer) die zich verneukt voelt.'

Gré boog zich voorover en pakte Gonnie's knie vast:

'Zie je nu wat een smeerlap dat is. En die man is nota bene directeur van het laboratorium waar Roef...'

Tamstra, zich met een hand vasthoudend aan de bar, trok met de andere de half-Indonesische naar zich toe en sloeg zijn arm om haar heen.

'In het *Nieuwsblad voor het Noorden* staat dat ik de Nobelprijs gekregen heb,' maakte hij bekend, 'maar dat zal wel in geen enkele andere krant ter wereld staan.'

'Is dat zo?' fluisterde Tabe Pap, links en rechts kijkend. Niemand gaf hem antwoord. Niemand had het dus gezien en de twee die het wel gezien hadden, zwegen.

'Schande,' riep Tamstra, 'schande.'

Kaatje zei: 'Zo komt maar weer eens aan het licht wat er in zedemeesters allemaal verborgen zit.'

Tamstra trok met zijn vrije hand het bloemenrokje van de tropische schoonheid omhoog. 'Vuilak!' zei ze en rukte zich los. Hij wou achter haar aan, maar Goudewolf pakte hem bij zijn arm en hield hem vast.

'Bah!' riep Tamstra haar achterna. De neger zette een glaasje bier bij hem neer, hij nam een slok en richtte toen zijn ogen en gehele persoonlijkheid naar de op de bank vergaderde geleerden en hun vrouwen.

'Roef,' zei hij plechtig, 'ik moet je wel feliciteren, maar ik haat je als de pest.'

Tabe Pap stond op, liep naar de bar en bekeek de krant.

'Ik geloof,' fluisterde Ajold, 'dat we er verstandig aan zouden doen niet op de tweede helft van de film te wachten.'

Tabe Pap kwam met de krant weer op zijn plaats zitten, gaf de krant aan Tonia, die het onderschrift van de foto begon te lezen.

'En ken je dat andere figuur?' fluisterde Tabe tegen Ajold. 'Dat is Goudewolf. En die is in de oorlog *fout* geweest... Als die niet op het snuggere idee was gekomen naar de Roomse Kerk over te gaan, dan zou hij nu mijnwerker wezen of zo. Op zijn hoogst.'

'Ik vind dat Ajold groot gelijk heeft,' zei Kaatje en raapte haar tasje alvast van de vloer.

'Roef!' zei Tamstra, 'en al heb je twintig Nobelprijzen, dan zal ik je nog wel klein krijgen. Hé, zwarte hoer!' riep hij tegen de neger(in?), 'geef het hele gezelschap een rondje van mij.'

Gonnie had ondertussen de krant van Tonia gekregen.

'En kunnen de meisjes ook wat krijgen, schat?' vroeg de blonde.

'De meisjes kunnen billekoek krijgen,' veronderstelde Tamstra, 'met een rietje.'

'Goed, we gaan,' zei Tabe.

Alle acht stonden ze nu op, maar het leek of geen van hen als eerste naar buiten wilde lopen. Net doen of ze collega Tamstra helemaal niet gezien hadden wilden ze niet en notitie van hem nemen evenmin.

Toen kwam de souteneur aangesneld, pakte Tamstra bij zijn revers en schreeuwde:

'Luister goed, Tramstra, als jij de boel hier wil verzieken, dat kunnen we niet hebben, weet je wel.'

'Ik betaal alles,' stamelde Tamstra. Hij probeerde om de souteneur heen te kijken.

'Dag Gré, hallo. Ach man, laat me toch los.'

'Zou je niet liever naar bed gaan Tamstra,' zei Gré, met grote tegenzin. De souteneur liet hem los.

'Naar bed!' riep Tamstra, 'hoor je dat daar, blondje?'

'Kom mee, Roef,' zei Gré.

Nu deed Goudewolf een stap naar voren.

'Het is misschien een moeilijk ogenblik om kennis te maken,' zei Goudewolf, 'maar mijn naam is Goudewolf.'

'Meneer Goudewolf,' mompelde Dingelam, hem na een knikje strak aankijkend, maar zonder hem een hand te geven. Goudewolf maakte een soort lichte buiging.

'Ik hoop dat u het me niet kwalijk neemt, professor, als ik u op deze plaats mijn gelukwensen met het verkrijgen van de Nobelprijs aanbied, maar ik kan toch ook niet doen of ik van niets weet.'

'Nee, nee, dank u. Is u chemicus?' antwoordde Dingelam.

Omdat Dingelam aan de praat gehouden werd, bleven de anderen, wat drentelend, min of meer op de plaats waar ze waren en kwamen niet dichter in de buurt van de uitgang.

'Onze show wordt over vijf minuten hervat!' verkondigde de souteneur.

‘Geef ze allemaal twee rondjes van mij,’ riep Tamstra, ‘twee.’

‘Zeg Tabe,’ zei Gonnie goed verstaanbaar, ‘jij kent meneer Goudewolf toch. Wat is hij ook al weer?’

‘Theoloog geloof ik,’ zei Tabe.

‘Pardon professor,’ zei Goudewolf, ‘ik vind het echt niet prettig u tegen te spreken, maar ik zou het nog minder prettig vinden u er een verkeerde mening opna te laten houden. Ik ben criminoloog.’

‘Ach natuurlijk, u doet veldwerk.’

‘Wij moeten er eens vandoor,’ zei Dingelam.

‘Er vandoor,’ riep Tamstra, ‘deze hoogleraar-directeur hier betaalt alles, ook al heeft hij eigenlijk de Nobelprijs niet gekregen. En zij gaan er vandoor!’

‘Het heeft professor Tamstra nogal aangegrepen dat zijn portret abusievelijk in de krant staat,’ zei Goudewolf met een lachje, ‘ik kwam hem toevallig tegen in de bar van de Vlaamse Reus en daar hadden ze het er ook al over.’

Goudewolf zette een gezicht of hij ten volle bereid was zich samen met Dingelam hierover vrolijk te maken.

Maar Dingelam zei:

‘O juist. Ja, zo, zo. Hm. Nu, tot ziens meneer Goudewolf,’ en wilde hem een hand geven. Goudewolf’s rechterschouder vloog met een schok tegen zijn kin, hij sperde zijn mond open van krachtsinspanning om zijn rechterhand in de richting van Dingelam te krijgen, maar dit lukte niet.

‘Schouderpijn,’ stamelde hij, ‘dag professor.’

Dingelam keek nog een tel met uitgestoken hand naar hem, kon zich toen niet bedwingen ook nog iets tegen Tamstra te zeggen.

‘Je komt er wel weer overheen, Tamstra. Ik kan er ook niets aan doen. Het is voor mij ook niet leuk.’

‘Hier Knellis,’ zei Gonnie, ‘je mag de krant houden als souvenir.’ En ze legde de opgevouwen krant naast zijn biertje.

Eindelijk stonden ze weer op straat.

‘Heb jij nog wat moeten betalen, Tabe?’ vroeg Tonia.

‘Nee hoor, ze hebben er zelfs niet om gevraagd. Valt me nog mee.’

‘We hebben geen van allen hoeven bij te betalen,’ zei Ajold, ‘nietwaar?’

'Die Tamstra mag dan dronken wezen, hij is toch een royale man,' vond Kaatje.

'O, maar Roef geeft het hem morgen natuurlijk terug,' zei Gré. Wie zou dat betwijfelen?

'Hoorden jullie hoe ze hem daar noemden?' vroeg Gonnie, 'hij moet daar een oude bekende zijn.'

'Dat had ik zelfs nooit van hem gedacht,' zei Dingelam.

'Takkie,' zei Tabe, 'Takkie, wat een naam.'

'Ja daar begreep ik ook niets van,' zei Piet, 'want hij heet helemaal geen Takkie. Z'n dochtertje heet Takkie.'

'O,' zei Gonnie, 'dat begrijp ik heel best. Hij zit daar natuurlijk geregeld over zijn gezin te urmen.'

'Hij heet Knellis,' zei Gré.

'Tabe vertelt ook altijd alles aan zijn vriendinnen,' zei Tonia.

'Ik vond dat hij eigenlijk wel iets aandoenlijks had, zo dronken,' meende Gonnie.

'Ja, dat vind ik ook,' zei Kaatje, 'iets ontroerends, om niet te zeggen iets zuivers. Het moet hem echt hebben aangepakt dat z'n portret per ongeluk in de krant stond.'

'En royaal,' stelde Ajold vast.

'Zeg Roef,' zei Kaatje, 'je gaat het hem toch niet achternadragen dat hij je zomaar in je gezicht zei dat hij de pest aan je heeft?'

'Dat is oud nieuws, hoor. Daar heb ik nooit een ogenblik aan getwijfeld. En het is trouwens wederzijds.'

'Een hulpeloze man,' vervolgde Kaatje haar analyse, 'er zou meer notitie van hem moeten worden genomen, dat vind *ik*.'

'Als je het mij vraagt, is die man heel, heel erg EENZAAM,' vond Tonia, 'we moesten hem eens een avondje vragen, vind je ook niet Tabe?'

'Ideetje!' riep Tabe, 'ideetje! Dan vragen we Roef en Gré ook!'

'Wat??' riep Gré, 'ons ook vragen? Wat jij doet, moet je zelf weten, maar laat ons erbuiten. Die man is in een positie dat hij Roef precies zoveel kan pesten als hij wil. En daar maakt hij gebruik van ook. Met die man zou ik het geen minuut in dezelfde kamer uithouden! Hoe kunnen jullie zo praten? Hebben jullie wel op zijn gezicht gelet? Precies een oorlogsmisdadiger, zeg ik altijd.'

Gré's woede maakte hen een ogenblik stil. Ongering, zijn polemologische opdracht getrouw, verbrak het zwijgen met het eerste toegefelijke woord.

'Verdorie, daar lijkt hij inderdaad op. Die concentratiekampcommandant in Duitsland, wie was dat ook al weer?'

'Zie je wel,' zei Gré, 'zie je wel! En als een polemoloog als Ajold het zegt...'

'Nou,' zei Gonnie, 'ik heb hem die krant gegeven om goed te bewaren. Het zal hem misschien wel nooit meer overkomen dat z'n portret in de krant staat.'

'Zeg Roef, heb je op die tic van Goudewolf gelet?' vroeg Tabe, 'als hij iemand een hand moet geven, raakt z'n arm verlamd. Van angst dat hij bij vergissing de Hitlergroet zal brengen, zeggen de kwade tongen.'

'Ik gebruik niet graag grote woorden,' ging Gré verder, 'maar Tamstra is een schoft.'

'Een type is het wel,' gaf Kaatje toe, 'geen sieraad van de academie, lijkt me. Hoe is zo'n man nu in 's hemelsnaam hoogleraar geworden?'

'Daar zou ik je een heleboel over kunnen vertellen,' antwoordde Piet uit eigen beweging. 'Maar waarom zou ik? Hoe minder erover gepraat wordt, hoe beter dat is voor het prestige van de universiteit.'

'Dat ben ik helemaal met je eens,' zei Tabe Pap, 'en voor het prestige van ons allemaal. De regering is toch al niet zo scheutig. Het aanzien van de universiteiten gaat hollende achteruit.'

'Mensen, mensen, wat zijn we bezig,' verzachtte Ajold, 'straks komt het nog allemaal in het Universiteitsblad.'

'Het Universiteitsblad, ook zo'n onding,' zei Piet, 'dat dient om de stem van de studenten te laten horen, want dat is democratisch, maar het wordt volgeschreven door een beroepsjournalist op maandsalaris.'

'Een gesjeesde student uit Nijmegen,' preciseerde Tabe.

'Nou ja,' smaalde Kaatje, 'niemand leest die nonsens toch.'

'Natuurlijk niet,' zei Ajold, 'maar je staat toch wel te kijken, als je ziet wat ze sommige mensen durven aandoen. Heb je laatst dat stukje over Ballingh gelezen?'

'Ik wel, toevallig,' zei Tabe, 'maar Ballingh zou toch wel gek wezen als hij zich daar wat van aantrok.'

'Natuurlijk,' onderstreepte Piet, 'maar het idee dat een zoveelsterangs pennelikker, die niet eens student is, die nooit van zijn leven iets anders zal zijn dan een zoveelsterangspennelikker, dat zo'n nul, op Rijkskosten een hoogleraar mag beschimpen in het Universiteitsblad van de universiteit waaraan die hoogleraar verbonden is, dat doet je soms toch wel twijfelen of je waakt of droomt.'

'En waarom?' vroeg Tabe zich af, 'als Ballingh nou iets schandelijks gedaan had, maar het enige waar het over ging, was dat Ballingh zoveel geld met zijn boeken verdient.'

'Absoluut,' zei Ajold, 'dit vind ik nu een van de voornaamste problemen van de democratisering: hoe bereiken we dat allerlei lage geesten niet de gelegenheid te baat nemen hun redeloze afgunst bot te vieren.'

'Kom, kom,' zei Kaatje, 'Andreas kan er gerust wel tegen.'

'Dat zeg je nu wel, maar dat heeft er niets mee te maken. Het gaat erom dat zo'n zoveelsterangsjournalist, waanzinnig van jaloersheid omdat Ballingh iets kan dat hij zelf ook wel zou willen als hij kon, op die manier over Ballingh schrijft en dan nog wel in een blaadje waar de universiteit elk jaar een half miljoen aan uitgeeft. Een half miljoen!'

'Een half miljoen?' vroeg Piet.

'Jazeker, een half miljoen. Prachtig salaris voor meneer de hoofdredacteur en waar de rest blijft, daar zou ik me niet graag in verdiepen. Maar het is een half miljoen. En daar komt bij, dat als de studenten het niet gratis kregen, dan zou geen hond het kopen, zelfs al kostte het maar een dubbeltje.'

'En toch,' zei Kaatje, 'en toch zou ik dat half miljoen uitstekend besteed vinden, als de studenten tenminste maar zelf in dat krantje schreven. Ook al schreven ze onzin.'

'Precies,' vond Gré, 'precies. Dan zou het tenminste nog leerzaam voor ze zijn.'

'Ik vraag me wel eens af,' zei Dingelam, 'wie er nu achter zulke dingen zit, dat daar een commerciële kracht voor wordt ingehuurd: Taets of Kaeckebeke?'

'Nog eerder Kaeckebeke,' meende Tabe, 'Kaeckebeke, ongetwijfeld. Die heeft soms van die ideeën zo van de soort: iedereen kan alles, als je hem de gelegenheid maar geeft en het geloof.'

'Kaeckebeke?' vroeg Ajold, 'je vergist je deerlijk, Tabe. Kaeckebeke is zo niet. Ik kan je heel precies vertellen wie het wel is: dat is onze rector magnificus. Die is zo.'

'Vast en zeker,' zei Kaatje, 'zoals hij verleden jaar reageerde toen hij werd uitgejouwd, dat vond ik toch zo bewonderenswaardig, geen rancune, geen bittere woorden. Dat was groots.'

'Als er geen kracht in Rijksdienst voor moest zorgen dat het blaadje uitkwam, hoefde het helemaal niet te bestaan,' concludeerde Piet. 'Dan kon het bestuur elke week een aantal gestencilde mededelingen rondsturen—en daarmee basta.'

'Maar dat zou veel te weinig geld kosten,' zei Gré, 'als het geld niet verkwist wordt, deugt het niet in onze tijd. Zo is het toch?'

'Ik hoor het al,' zei Tabe, 'jij zal Roef niet bewegen het Universiteitsblad een schenking te doen.'

'Een schenking! Aan een krant! Het is toch allemaal vulles!'

'Het *Nieuwsblad voor het Noorden*, die noemen ze Het Sufferdje,' memoreerde Tonia.

'En dat is een van de best renderende kranten die het hele land rijk is, op mijn woord,' vulde Tabe aan.

'Al die gestencilde rommel die ze rondsturen, daar weet je op het laatst ook geen raad mee,' verzuchtte Gonnie.

'Nou ik wel,' zei Gré, 'direct naar de oud-papierman. Brengt nog een kwartje per kilo op.'

'Als er wat in staat dat van belang voor je is, weet je het al en de rest is niet van belang,' zette Dingelam bondig uiteen. O, in zijn hart haatte hij het zulke dingen nog te moeten zeggen, maar je moest toch wat zeggen.

De Barbarossatoren gaf twee slagen. Twee uur, of half twee, dat viel niet uit te maken. Tabe en Tonia Pap namen afscheid.

'Groeten aan het haantje,' fluisterde Tonia in het oor van Gré, 'ik kan er jaloers op zijn.'

De overgebleven zes keken hen een ogenblik na, zoals zij daar voortstapten in hun warme tabberds, stijf gearmd, wie had dat gedacht.

Toen liepen de overgebleven zes verder in twee groepjes, Dingelam en Gonnie achteraan.

Ajold hield zijn passen in, zodat Dingelam hem kon inhalen.

'Voor onze wegen straks uiteengaan, wil ik nog een woordje spreken met de prijswinnaar.'

'Ik zal je niet storen hoor,' zei Gonnie en tot Dingelam's spijt huppelde ze vlug naar de arm van haar eigen Piet, die enkele meters voor hen uitliep.

‘Wat ik mij afvraag,’ zei Ajold op een toon alsof er een uiterst nieuw en ongehoord probleem bij hem was gerezen, ‘dat is wat jij nu van plan bent met dat geld te doen. ’t Is een indiscrete vraag. Ik begrijp natuurlijk wel, dat je er misschien nog helemaal niet over hebt nagedacht, want je weet het nog maar zo kort.’

‘Nee... nu... ja...’

Alsof er niets teruggezegd was, ging Ajold verder:

‘Je neemt me toch niet kwalijk dat ik zo in medias res spring?... Maar het intrigeert me. Het is toch wel een voorrecht ineens over zo’n grote som te kunnen beschikken, waar je iets groots voor de mensheid mee kan doen. Natuurlijk, een lintje heeft ook z’n bekoring (hij had er zelf wel twee) omdat degene die het krijgt, dan niet van hebzucht kan worden verdacht, maar een zo kolossale som als een Nobelprijs, die stelt iemand toch eigenlijk ook buiten elke verdenking van... van minder nobele gedachten. Vooral omdat mensen die Nobelprijzen krijgen, altijd mensen zijn die het geld voor eigen gebruik niet nodig hebben, zodat ze er iets ten algemenen nutte mee kunnen ondernemen.’

‘Ja, ja,’ zei Dingelam, ‘maar ’t blijft een moeilijke beslissing.’

‘Uiterst moeilijk! Moeilijk en delicaat! Het zou vanzelfsprekend een anticlimax wezen, als je het aan het Rode Kruis of aan de Dierenbescherming geven zou, zoiets zou iedereen doen.’

‘Nee, die kant zullen mijn gedachten zeker niet uitgaan.’

‘Je hebt ook mensen, die het aan onderzoekingen op hun eigen vakgebied besteden. Dat is te begrijpen, maar eigenlijk ook... niet... ik weet niet... niet *elegant*. Met een beetje geluk kun jij immers ook zo wel alle geld krijgen dat je voor je onderzoek nodig hebt, uit het budget van je laboratorium, net als iedereen.’

‘Ja... o ja. Tamstra werkt me wel voortdurend tegen, maar goed...’

‘Nu juist daarom,’ zei Ajold.

Die Ajold, een echte diplomaat in hart en nieren. Die droeg zijn gezichtspunt voor en op alles wat er niet mee strookte, ging hij doodeenvoudig niet in.

‘Heb je het nieuwe theologische instituut gezien?’ vroeg Ajold.

‘Nee, nog niet. Waarom zou ik?’

‘Weet je wat dat gekost heeft, de inrichting alleen al? Anderhalf miljoen! En let wel, zulke sommen worden er aan de theologie uitgegeven in een periode waarin de theologen zelf toegeven dat God dood is! Mensenkinderen, je zou eens moeten zien wat ze allemaal in hun instituut bij elkaar gesleept hebben, alles onder het motto dat sinds de dood van God de mens centraal staat.'

'Wat zeg je? Maar dan is het geen theologie meer, dan wordt het antropologie. En dat bestaat toch immers al lang?'

'Precies. Godkunde is het niet meer, het wordt Menskunde. Je zou eens in dat instituut moeten kijken. De vreemdste voorwerpen slepen ze daar bijeen, als ze maar door mensen zijn gemaakt: afgodsbeelden, totempalen, peniskokers, oude strijkijzers, brilmonturen, Friese oorijzers. Mensen, mensen nog aan toe. En dan zijn ze bezig een collectie lantarenplaatjes te maken, dat wordt de grootste ter wereld. Hun doel is alle afbeeldingen van mensen die er ooit gemaakt zijn, standbeelden, schilderijen, beeldhouwwerken, ja zelfs foto's uit de kranten als er maar een mens op staat, in *een* gigantische collectie bij elkaar te brengen. Vind je dat niet geweldig?'

'Nou,' zei Roef, 'ik ben op dat gebied niet bevoegd, maar...'

'Laat me je dit er onmiddellijk bij zeggen: ze zien een belangrijk aspect over het hoofd!'

'En dat is?'

'Dat is de oorlog. Je kunt je geen oorlog indenken zonder mens, maar over oorlog hebben ze niets.'

'Hebben ze misschien in het algemeen niets over *dode* mensen?'

'Nee, dat is het hem niet. 't Is dat een onderwerp als oorlog helemaal niet onder de theologie kan vallen.'

'En de godsdienstoorlogen dan?'

'Hahaha, ja, ja... Nee, nee, ook daar moeten ze afblijven, want dan zouden ze op het terrein van de polemologie komen en dan zou ik roepen: Halt heren, halt! Je begrijpt toch wel dat ik als polemoloog niet zou kunnen toestaan dat anderen op mijn vakgebied een beetje gingen beunhazen. Daar is trouwens ook nooit sprake van geweest, hoor. Ten eerste, omdat die theologen daar veel te bescheiden voor zijn en ten tweede, de polemologie, dat is de wetenschap van oorlog en vrede of eigenlijk de peace science, zoals we het in navolging van de Amerikanen ook wel noemen onder elkaar, om het internationale karakter van onze wetenschap te onderstrepen.'

'En om dat nare woord oorlog weg te laten?'

'Ja, ook, ook, maar nog meer toch eigenlijk omdat het doel

van onze wetenschap is materialen aan te dragen tot het vestigen van permanente vrede... Maar goed... wat ik zeggen wou... de theologen zouden zich natuurlijk ook *geen raad weten* als ze zich hierin gingen storten. Daarvoor zijn ze nu eenmaal niet bevoegd. Maar kort en goed, de oorlog is een menselijke activiteit die niet is weg te denken, ook niet uit de theologie, feitelijk.'

'Nee, natuurlijk niet,' zei Dingelam, 'je hebt de Franse God, de Duitse God, de God van Nederland. Al die Goden hebben de wapenen gezegend.'

'Bijvoorbeeld, bijvoorbeeld... Maar om op ons onderwerp terug te komen: dat theologische museum vertoont op deze manier een lelijke lacune, lacune waar de theologen niets aan kunnen doen, die ze vanuit de theologie niet kunnen opvullen, maar die toch, hoe dan ook, *moet* worden opgevuld. Begrijp je?'

'Jij wou dus een polemologisch museum opzetten?'

'Zo zou je het kunnen noemen.'

'Maar Ajold, het krioelt op de wereld van musea die vol zitten met knotsen, bijlen, pijlen, lansen, musketten, oude kanonnen, degens, mitrailleuses, gasmaskers en verroeste pantserwagens. Een paar jaar geleden ben ik in Londen eens in zo iets geweest. Je raadt nooit wat ik daar gezien heb: een verzameling gedroogde planten, verzameld op de slagvelden van de Somme. Bloemen uit bloed gegroeid. Waarom zouden we hier in ons vredelievende stadje ook zo'n verzameling schroot en andere lugubere souvenirs aanleggen?'

'Welnee, Roef, boutades... hahaha... boutades. Geen sprake van natuurlijk. Maar een *diaverzameling*, dat zou binnen de bereikbare mogelijkheden liggen, als ik een paar honderdduizend gulden te besteden had. En ik heb ze niet. Ik zeg het je meteen ronduit: al vijf jaar heb ik die post op mijn begróting staan en telkens opnieuw wordt hij geschrapt door het bestuur.'

'Dat soort tegenslagen kennen we allemaal.'

'Uren heb ik erover gepraat met Tonie Taets, met Harm Kaeckebeke. En als je ze dan spreekt, dan lopen ze allemaal warm voor je plannen. Vooral Kaeckebeke is een man die altijd openstaat voor de geestelijke kanten van het leven en ja, dat niet alleen, ook voor de maatschappelijke repercussies van de wetenschap. Over Kaeckebeke wil ik niets zeggen, maar Taets... ik weet het niet. Of hij zegt niet veel of hij zegt een heleboel, maar wat hij werkelijk denkt, daar kom je niet achter. Het is eenvoudig verbluffend wat ik niet allemaal moet afpraten hier en bij de Regering in Den Haag, om de mensen duidelijk te maken dat als er EEN probleem is dat van vitaal belang moet worden genoemd, dan is 't het probleem van de oorlog. Je zou toch zeggen dat het vanzelf spreekt als de universiteiten zich inspannen een geneesmiddel te vinden tegen die grootste plaag van de mensheid: oorlog!'

'Ja, dat is inderdaad ongelofelijk,' zei Dingelam, 'maar...'

'Ongelofelijk Roef, ONgelofelijk. En toch is het zo. En als ik nu mateloze eisen stelde, als ik om dertig miljoen vroeg... Tussen haakjes... Dat weet je toch? Die kerndeeltjesversneller die ze hier hebben opgesteld heeft *dertig* miljoen gekost. En dan is het nog de vraag of die niet zal dienen om er atoombommen mee te maken. En als...'

Dingelam wou tegenspreken, maar kon niet aan het woord komen.

'En als ze er geen atoombommen mee maken, zal dat dure ding resultaten opleveren waardoor de atmosfeer nog meer met radioactiviteit wordt besmet dan toch al het geval is! Maar goed. Ik vraag geen dertig miljoen, ik vraag niet eens een miljoen. Ik vraag honderdduizend gulden om wat lantarenplaatjes te laten maken en wat kasten te kopen om ze in op te bergen. Dat is alles wat ik vraag... Maar het wordt geweigerd. Begrijp *jij* dat nou?'

'Och...' Dingelam wilde hem troosten. 'Och, ik heb soms de indruk dat de instanties, als het geld op is, zomaar hier en daar blindelings het rode potlood doorheen halen, net zo lang tot het budget rond is. Je hebt pech gehad. Wie zou jou geen lantarenplaatjes gunnen?'

'Pas op! Het is misschien wel niet zo onschuldig als je denkt! Er zijn allerlei krachten in de maatschappij die een normaal mens, met een normaal geweten, nauwelijks kan begrijpen. Altijd is er weer sprake van oorlog. Hoe is dat mogelijk? Iets vreselijkers dan verminkt worden of een gewelddadige dood sterven, bestaat er immers niet, daar is iedereen het over eens. En toch laten de volkeren zich iedere keer weer verleiden naar de wapens te grijpen. Je verstand staat er bij stil.'

'Ik denk dat daar dan ook de oorlog uit voortkomt,' zei Roef, 'doordat het verstand van de mensen zo nu en dan stil staat.'

Zelf waren ze inmiddels stil blijven staan op de Grote Markt. Dingelam keek op een van de verlichte wijzerplaten waardoor de Barbarossatoren bekroond werd. Het was tien over twee.

In geen enkel gebouw brandde licht, behalve achter de ramen van de Studentensociëteit.

Ajold en Kaatje hadden afscheid genomen van Roef en Piet, van Gonnie en Gré.

Toen ze buiten gehoorsafstand waren, zei Kaatje:

'Zag je hoe Gonnie hem zat op te vrijen?'

'Roef is een beste kerel,' zei Ajold, 'maar hij is net als al die andere collega's van de exacte wetenschappen, hij ziet de grote lijn niet.'

'Die scheikundigen spelen alle dagen met vuur, maar zonder ook maar een ogenblik te beseffen wat vuur is.'

'Ik zou ten volle bereid zijn Roef z'n naam aan de lantarenplaatjescollectie te verbinden,' mijmerde Ajold, 'volkomen bereid, als hij me bijvoorbeeld een ton geeft. De *Rufus Dingelam-verzameling van Polemologisch Beeldmateriaal*. Dat klinkt toch uitstekend? Die naam kan een begrip worden in de wereld!'

'Natuurlijk, dat klinkt schitterend. En dat is bovendien helemaal in de geest van Nobel zelf. Nobel heeft die prijzen immers ingesteld om de vrede te bevorderen!'

'Verdikkeme,' zei Ajold, 'verdikkeme, dat ik daar niet aan gedacht heb. Wat ben ik toch verstrooid. Maar dat argument zal ik op tafel leggen als ik hem de volgende keer spreek. Daar kan hij op rekenen.'

'Ik hoop voor je dat het helpt,' zei Kaatje, 'het zou me niet verbazen als er ook op het laboratorium van Dingelam speurwerk voor de militairen wordt gedaan. Dat doen die chemici immers allemaal?'

In een richting lopend die loodrecht stond op de richting waarin Ajold en Kaatje zich bewogen, liepen Piet, Gré, Gonnie en Roef. Piet liep links van Gré en Gonnie rechts van Roef.

'Ajold,' vertelde Dingelam, 'die wil een groot plaatjesarchief over de oorlog aanleggen. Daar heeft hij geld voor nodig.'

'Heeft hij jou daarom gevraagd?'

'Gevraagd... Nou ja, gevraagd zonder het met zoveel woorden

te zeggen.' Helemaal waar was dat niet, maar indiscreties hadden nog nooit iemand goed gedaan, vond hij. Misschien had Ajold wel stilzwijgend op zijn discretie gerekend. Dit vermoeden was uitsluitend gebaseerd op het feit dat hij Ajold's vraag gênant gevonden had.

'Ajold is geen bewonderaar van de chemie,' zei Gonnie, 'hij denkt dat oorlogen uitbreken omdat sommige chemici zoveel geld willen verdienen.'

'Ach,' zei Piet, 'als er geen wetenschappelijk speurwerk op militair gebied gedaan was, als de wapenen nog hetzelfde waren als vierhonderd jaar geleden, zouden we verder van de wereldvrede af wezen dan nu. Wereldvrede, dat was een idee waar vierhonderd jaar geleden niemand over dacht, behalve op voorwaarde dat zijn eigen land het machtigste land ter wereld zou zijn.'

'Precies,' zei Dingelam, 'je haalt me de woorden uit de mond. Vanavond zeg je toch zoveel dingen waar ik het helemaal mee eens ben. Wat je zoëven over het Universiteitsblad opmerkte, dat vod waar ze een half miljoen per jaar aan wegsmijten om er lasterlijke onzin in af te drukken, dat heeft me ook goed gedaan. Allemaal dingen die ik ook denk, maar je houdt je mond maar als je eraan denkt, want er iets mee bereiken, daar is toch geen sprake van.'

'Ach natuurlijk,' vulde Piet aan, 'het is in ons democratische bestek energie verspillen nog wat verstandigs te zeggen, als je verplicht bent het gezwam van de eerste de beste stomkop ook au sérieux te nemen.'

Zij stonden stil, midden op de lege rijbaan van hun straat Kleine Volte, midden tussen hun huizen in. Dingelam gaf Gonnie een zoen op haar wang en toen voelde Piet zich verplicht Gré een zoen te geven.

Ze scheidden als de beste vrienden. Hoeveel jaren waren ze al geen collega's? Hoe lang woonden ze al niet in dezelfde straat tegenover elkaar?

'Eigenlijk heb ik nooit geweten dat het zulke geschikte mensen waren,' zei Dingelam tegen Gré, terwijl hij de huisdeur openmaakte. 'Die Piet ook, die zegt heel redelijke dingen.'

'Nou, nou,' zei Gonnie tegen Piet, toen ze hun jassen aan hun kapstok hingen, 'jij hebt hem wel eventjes flink naar de mond gepraat, zeg. Mijn eigen Piet op de reactionaire toer!'

'En jij dan!' zei Piet, 'op zo'n avond als deze kan ik toch niet met verhalen komen die hem in een slecht humeur brengen?'

'Natuurlijk niet,' zei Gonnie, 'en je weet ook nooit waar het goed voor is. Is het eigenlijk voor het eerst van je leven dat je Gré een zoen gegeven hebt?'

'Ik geloof het wel schat, maar als ik me vergis komt dat doordat Gré's zoenen niet onvergetelijk zijn.'

Kaatje en Ajold waren de enige fuifnummers die nu nog op straat liepen.

'Ik hoop voor je dat je hem zo ver krijgt,' zei Kaatje, 'maar vooral die Gré, dat is een zuinige. Ik zou niet graag in Dingelam zijn schoenen staan, als ze erachter komt dat hij jou een ton gaat geven voor je lantaarnplaatjesverzameling.'

'Maar waar moeten die mensen het geld laten?' vroeg Ajold, 'ze hebben kind noch kraai in de wereld!'

'Maar wel een haan!'

Dingelam droomde die nacht dat hij zich in een televisiestudio bevond, waar hij het middelpunt zou vormen van een aan hem gewijde uitzending.

Iemand kwam hem halen.

'Het wordt een uitzending in kleuren, professor, en u moet eerst worden geschminkt.'

Gewillig liet hij zich door een nauwe gang naar een kamertje brengen, dat door TL-buizen werd verlicht. Daar was een kapperswastafel met een stoel ervoor. Een weelderig gevormd meisje stond al op hem te wachten, een poederkwast in haar hand. Zij droeg een witte laboratoriumjas van een zo dunne stof, hij kon er doorheen zien dat ze er niets onder aanhad. Ook dat hoorde zeker zo bij de televisie, wegens de enorme hitte die de lampen afgaven. En, wist hij, die lampen moesten zo sterk zijn, omdat de mensen anders immers op tientallen kilometers afstand niets zouden kunnen zien. Ziehier het hele geheim van dit zogenaamde technische wonder! Stel je voor dat de radio ook zo'n uitvinding was: alleen maar hard schreeuwen.

Hij ging zitten en merkte op dat de spiegel van de wastafel zijn beeld nauwelijks weerkaatste. Er lag een grauw waas over, alsof de spiegel van blik was en ingewreven met kachelglans. Het meisje begon allerlei zalfjes op zijn huid te smeren, paars, rood en groen spul, taai als stopverf. Dat hoorde er ook zo bij.

'Klaar,' zei ze na een poosje aan zijn gezicht gewriemeld te hebben, 'ik zal de regisseur roepen om te kijken of het goed is.'

In haar afwezigheid boog hij zich over naar de zogenaamde spiegel, hopend enigszins te kunnen vaststellen hoe hij er nu uitzag. Het weinige dat hij zien kon, stelde hem niet gerust.

De regisseur kwam binnen. Het was Tamstra.

Zonder iets te zeggen hield Tamstra hem een handspiegel voor.

Hij schrok. Hij zag eruit als een monster uit een Chinese tempel: rode bollen op zijn wangen, een rode geile mond, zwarte strepen om zijn ogen, tot dikke vegen verbrede wenkbrauwen, als de wenkbrauwen van Poux Partout en dan was er ook nog een verlengstuk aan zijn neus geplakt.

'Maar zo gaat dat niet!' riep hij uit, 'en dan nog wel voor een uitzending in kleuren.'

'Dat komt er ook niet op aan,' mompelde Tamstra onverschillig, 'het wordt een uitzending in zwarte kleuren.'

'Zo ben ik niet en zo wil ik er niet uitzien,' hield hij vol en begon, over de wastafel gebogen, de kleurige klieders die hem misvormden van zijn gezicht te plukken.

Later hoorde hij dat dit juist de bedoeling van de uitzending was geweest. Achter de doffe spiegel van de wastafel had een verborgen camera gestaan en alles wat het publiek van de aan hem gewijde uitzending had gezien, was hoe hij radeloos probeerde zijn eigen uiterlijk terug te krijgen.

Om een minuut voor zevenen werd hij wakker.

Van zijn droom herinnerde hij zich niets.

Hij strekte zijn rechterarm uit en drukte het stopknopje van de wekker in, precies een minuut voordat het herriemechanisme in werking had moeten komen. Alweer gelukt. Soms gebeurde het wel eens dat hij door de wekker overrompeld werd, dan voelde hij zich minder tevreden, alsof hij zich had verslapen. Man van vaste gewoonten: dezelfde hand die de wekker stilgezet had bracht zijn bril mee terug. Hij deed het licht aan, sloeg zijn dekens op en zei:

'Gré...'

'Ja, ik ben al wakker.'

Ook zij sloeg haar dekens terug, zwaaide haar benen buiten bed en ging staan.

'Gelukkig ben ik meteen ingeslapen,' vertelde ze, 'anders was ik slaap tekortgekomen, na die nachtbrakerij.'

Ze stak haar armen in haar kamerjas en bijna tegelijk haar voeten in grote, bepluimde pantoffels, die voor haar bed stonden.

'Het wordt gelukkig niet iedere dag zo laat,' zei Dingelam.

Gré pakte haar bril van de schoorsteenmantel en terwijl hij naar de badkamer liep, ging zij naar de voorkamer om de theepot te halen en daarna naar de keuken.

Toen hij zijn douche genomen had en zich afgedroogd, veegde hij de wasem van de spiegel met de handdoek, bekeek zijn gezicht en zei bij zichzelf: Het is verdomme precies hetzelfde gezicht als altijd, alleen heeft de bezitter ervan de Nobelprijs gekregen.

Bij zichzelf zei hij wel eens dingen, die hij nooit tegen iemand anders zou zeggen.

Hij begon zich in te zepen, deed toen hij daarmee klaar was een nieuw mesje in zijn apparaat en schoor zich.

Hij dacht: Die Japanners die hun prijs aan mijn vondst hebben te danken, die hebben zich twaalf uur geleden al geschoren, wanneer ze tenminste net als ik, geen langslapers zijn. Wanneer ze net als ik, doodgewone mensen zijn. Doodgewone mensen. En toch het hoogste bereikt dat er valt te bereiken voor hoogstens een op de zoveelmiljoen geleerden: ja, hoeveel miljoen eigenlijk?

Zijn mes gleed af en hij sneed zich in zijn kin.

Straks kom ik met een jaap op mijn kin in de krant, dacht hij.

Nog nooit had zijn foto in een krant gestaan, maar het zou er nu toch zeker wel van komen. Wie zou het *Nieuwsblad voor het Noorden* opbellen om ze te vertellen dat ze zo stom waren geweest de foto van Tamstra te plaatsen, in plaats van de zijne? Kaeckebeke? Taets? Of die Meester in de Rechten die het bestuur speciaal voor de voorlichting had aangetrokken? Al sloeg je me dood, ik zou niet weten hoe hij heet. Nooit ontmoet die vent. Nooit gezien. Hij mij ook niet. Meneer de voorlichtingsambtenaar heeft misschien niet eens in de gaten dat 't het portret van Tamstra is. Verdomme, dat is lastig. Ik kan toch moeilijk zelf gaan opbellen? Maar Treesje kan opbellen. Ja, dat kan. Alleen hoop ik dat ik het haar niet hoef te vragen. Het hele personeel heeft het natuurlijk gezien, en weet dat het een vergissing is. Treesje moet wel zorgen dat Tamstra er niet achter komt als ze opbelt. Anders kan het haar nog zuur opbreken.

Hij had zijn gezicht gewassen, maar de snee op zijn kin bleef bloeden. Voor de zoveelste keer hield hij de handdoek er tegenaan. Ik heb geen geduld. Er jodium op doen? Helemaal een gek gezicht als die fotograaf komt. Hij telde tot drie, legde de handdoek neer en trok zijn overhemd aan. Toen hij zijn boord dichtknoopte, begon het sneetje op zijn kin weer te bloeden. Opnieuw drukte hij de handdoek er tegenaan, keek in de handdoek. Grote bloedvlek. Keek in de spiegel: nog niet droog. Verdomme, daar kan ik niet op wachten. Hij smeet de handdoek op de grond en kleedde zich verder aan.

Toen hij zijn das geknoopt had, zag hij dat er bloed op zijn boord was gekomen. Hij raapte de handdoek op, bette zijn kin ermee, hield een punt van de handdoek onder de kraan en veegde het bloed van zijn boord. Dat viel mee, het ging er gemakkelijk af. Een geluk bij een ongeluk. Hij verprutste al tijd genoeg. Bij de gedachte dat hij zich weer zou moeten uitkleden om een ander overhemd aan te doen, kon hij wel vloeken. Idee. Hij pakte zijn zakdoek, stak die in de boord en stak een punt van zijn zakdoek in zijn mond, zodat de zakdoek voor zijn kin bleef zitten.

Ver weg in de keuken gaf de fluitketel een korte stoot op zijn fluit. Het fluiten ging over in gejank, doordat Gré de ketel van het gas nam. Zij is bezig thee te zetten, dacht hij. Terwijl hij in de slaapkamer zijn jasje aantrok, zijn tabakszak erin stak, zijn pijp en zijn sleutels, herinnerde hij zich heel lang geleden iets te hebben gelezen over Henry Cavendish. Nobelprijzen waren er in die tijd wel niet, maar anders zou Cavendish hem zeker hebben gekregen: pionier van de scheikunde, ontdekker van waterstof en stikstof. Cavendish, die was geen gewone man, zoals ik, die was wat de mensen een genie noemen. Die sliep overdag, werkte 's nachts, klom in een boom van angst als er een vrouw op zijn landgoed kwam, schreef een reçuutje als hij een boek uit zijn eigen bibliotheek haalde, waar overigens niemand anders komen mocht. Zijn sterfdag is niet precies bekend; op een ochtend werd hij dood aangetroffen achter zijn schrijftafel. In zijn boeken vonden ze hier en daar een beschimmelde karbonade, die hij als bladwijzer had gebruikt. In een la van zijn bureau werden enkele zeer kostbare vrouwensieraden aangetroffen. Wat hij daarmee gedaan had, wist niemand.

Cavendish, een genie en bovendien van zijn geboorte af schatrijk. *De rijkste geleerde en de geleerdste rijkaard*, werd hij genoemd.

Wat zou Cavendish met een Nobelprijs hebben gedaan? Waarschijnlijk nalaten aan het geleerde genootschap dat hij toch al stichtte met zijn vele geld.

Ik zal geen genootschap stichten. Driehonderdduizend gulden is in elk geval niet genoeg voor een genootschap van enige betekenis. Of een comité oprichten dat van de rente ieder jaar een studiebeurs toewijst aan een bijzonder begaafde student. Zo deden ze het vroeger, de rijkaards.

Een fonds stichten om hun eigen naam onsterfelijk te maken en de kandidaten voor de beurs aan de belachelijkste voorwaarden te laten voldoen. Ze moesten niet rooms zijn of juist wel rooms, of hun vader moest aan een Nederlandse universiteit hebben gestudeerd, of hun moeder moest gelieerd zijn aan de familie van de stichter van het fonds. Ze moesten aantonen met wettelijke stukken dat ze onvermogend waren. En zo voorts en zo verder. Die beurzen waren door de geldontwaarding langzamerhand zo belachelijk laag geworden, dat de kosten voor de wettelijke stukken die je hebben moest om je kandidaat te stellen, soms nog hoger waren dan de beurs zelf. Bovendien kon iedereen, rooms of nietrooms, gelieerd aan het geslacht Hedderinga van Boekesteyn al of niet, begaafd of onbegaafd, zoveel gemakkelijker een veel grotere rijkstoelage krijgen, dat er soms helemaal geen liefhebbers meer voor waren, al werden al die fondsen en fondsjes elk jaar opnieuw braaf in de Universiteitsgids vermeld.

'Een beurs ter grootte van tweehonderd gulden om aan de Rijksuniversiteit te Leiden te promoveren op de godgeleerde geschriften van Petrus Zaunsliffer (1677–1739).'

'Een eenmalig bedrag van f 50.— om een oorspronkelijk onderzoek te verrichten met betrekking tot de voortplanting van de sluipwespen, waarvan de resultaten dienen te worden neergelegd in een in het Latijn gesteld boekwerk van minstens vijfhonderd bladzijden omvang. Kandidaten dienen te kunnen aantonen dat zij gevaccineerd zijn tegen de koepokken en dat minstens een van hun voorouders geboren is binnen de gemeente Abcoude.'

Hij voelde de trilling in zijn gezicht die lachen bij hem verving en verloor de punt van zijn zakdoek uit zijn mond. Hij legde een vinger op zijn kin: droog, leek het. Voor alle veiligheid liet hij de zakdoek tussen zijn boord zitten, terwijl hij naar de gang liep om zijn post op te rapen.

Zeven grote bruine dienstenveloppen vol gestencilde mededelingen en de krant raapte hij van de deurmat op. De enveloppen gooide hij ongeopend in de oude kartonnen doos, die hij daarvoor in de vestibule had staan. Hoefde je niet te lopen als er kinderen om oud papier kwamen vragen.

In de krant bladerend liep hij naar de huiskamerdeur, duwde de kruk naar beneden met zijn vuist die het krantenpapier vasthield en de deur open met zijn voet.

Getok en gefladder alsof hij geprobeerd had een kippenhok binnen te gaan, trof zijn oor. O Heer, dat beest. Uitkijken dat hij niet in de poep trapte. Hij vouwde de krant op en deed de deur langzaam verder open.

De haan had zijn kalmte herwonnen, stapte op de tafel, deed voorzichtig en toch vastbesloten nog een stap.

'Dag haan,' zei Dingelam, 'waarom zeg jij 's ochtends geen kukeleku, zoals het hoort?'

Hij keek rond. Het viel nog mee, niet meer dan drie witte klodders telde hij op het oude karpet. De Kleenexdoos was bij de hand. Hij trok er een servetje uit en veegde de poep ermee weg.

Toen hoorde hij Gré in de gang aankomen.

'Kijk uit dat je niet in de poep trapt!' riep hij.

'Heb je dat soms zelf gedaan?'

'Nee hoor, ik heb alles al opgeveegd.'

Het theeblad voor zich uit dragend, kwam ze binnen.

'Alweer in je kin gesneden. Die hele zakdoek zit vol bloed.'

Hij ging zitten en ze zette een bord voor hem neer, zijn theekop, de theepot en een gekookt ei in een dopje. Naast zijn bord legde ze een plastic zakje met zijn brood voor tussen de middag: als altijd vier bruine boterhammetjes, twee bij twee op elkaar met kaas ertussen.

'Je mag straks wel een andere zakdoek nemen.'

'Natuurlijk doe ik dat.'

'Je lijkt wel een piratenkapitein. Vergeet niet deze zakdoek uit je boord te halen. Of zit je boord al vol bloed?'

'Nee Gré. Kijk maar.'

Hij tilde de zakdoek op.

Met het blad in haar handen bleef ze staan naast de tafel.

'Dag haan,' zei ze, 'zou je zo goed willen wezen een beetje ruimte voor mij te maken?'

De haan draaide zijn kop in haar richting en knipoogde. Dingelam stond half op, wilde de haan pakken. Rochelend fladderde het dier naar de grond.

'Wat een wind maakt zo'n beest nog met z'n vleugels,' zei hij.

Gré zette haar blad neer en ze ging zitten.

''t Is ook een grote,' zei ze, 'een hele grote. Maar nu hebben we nog altijd geen naam voor hem bedacht.'

'Ik weet een goede naam voor hem: Cavendish.'

'Dat klinkt helemaal niet gek. Hoe kom je aan die naam?'

'Cavendish was een Engelse chemicus in de 18e eeuw. Die legde karbonades in zijn boeken bij wijze van bladwijzer.'

'En wat zei zijn vrouw daar dan wel van?'

'Had geen vrouw. Die klom in een boom zodra hij ergens een vrouw ontwaarde.'

'Karbonades in een boek leggen,' zei Gré, 'dat zou jij ook doen.'

'Als ik tijdig in een boom was geklommen.'

'Laat je eitje niet koud worden.'

'Drommels, een eitje!'

'Ja! En er was nog een grote pot thee van gisteravond, maar ik heb verse gezet. Omdat het een feestdag is vandaag.'

Man van eenvoudige behoeften, at hij meestal alleen een boterham met koek en een boterham met pindakaas bij zijn ontbijt. Maar 't zou vandaag best eens een feestdag kunnen zijn, dat was waar.

Gré zei, terwijl hij zijn eitje leeglepelde—ze had er niet een voor zichzelf gekookt—: 'Ik ben toch nieuwsgierig wat ze op het laboratorium zullen zeggen. Zul je alles goed onthouden? Dan heb je me wat te vertellen als je thuiskomt.'

'Ik zal m'n best doen.'

'Misschien dat ze nu eindelijk begrijpen wie daar hoogleraar-directeur had moeten worden.'

'Ik hoop het niet. Allemaal gedonder aan je kop waar je niets beter van wordt. Dag haan!'

'Waar zit-ie nou?'

'Achter je rug, op de televisie.'

Ze draaide zich om en zei tegen de haan:

'Denk erom dat je niet op de televisie poept, hoor.'

'De onzindelijkheid van dit dier valt me eigenlijk best mee,' vond Dingelam.

'Maar hij laat toch overal poepjes vallen.'

'Die neem je gemakkelijk op als ze droog zijn.'

'Ga je een hok in de tuin voor hem bouwen?'

'Als ik eens tijd heb.'

'Maar ook als haan een hok in de tuin heeft, mag hij zo nu en dan wel eens binnenkomen voor de gezelligheid, nietwaar?'

'Natuurlijk. 't Is alleen de vraag of haan dat wel altijd zo gezellig zal vinden.'

'Wanneer dan niet?'
'Wanneer er iemand een eitje zit te eten, bijvoorbeeld.'
'Houd je hand er dan voor.'
Hij hield zijn hand ervoor.
'Toch blijft het pervers, vind ik, een ei te zitten eten, waar een haan bij zit te kijken.'
'Jaap Fischer...' begon ze.
'Ja, ja, ik herinner het me nog. Kom, ik moet er vandoor. Dag Cavendish.'
Hij stond op.
'Wat doe je nu, als ze je op het laboratorium feliciteren?'
'Nou ja, gewoon, dank je wel zeggen.'
'Je mag ze bij de koffie wel trakteren, vind ik.'
'Trakteren? Wie dan allemaal? Tamstra soms? Of dat etter van een Stikema?'
'Nee, maar Treesje toch zeker wel. En Onno. En er zijn toch minstens twee of drie andere laboratoriumbedienden met wie je het goed kan vinden. Als Treesje je niet van alles en nog wat hielp onthouden! Ik vind haar altijd geweldig aardig, ook door de telefoon, als je vergelijkt met dat kreng dat voor secretaresse van Tamstra speelt.'
Hij stak zijn pijp aan en zei:
'Goed, ik zal zien. Tot vanavond.'
Hij pakte het zakje met brood, liep de gang in, trok zijn overjas aan en dacht: Ik ben nieuwsgierig of het universiteitsbestuur iets van zich zal laten weten. Of eigenlijk... waar is het goed voor? Kaeckebeke heb ik, voorzover ik me herinner, een keer een handje gegeven, bij de oratie van Tamstra, nota bene. Taets heb ik wel vaker gezien—ik zou niet meer weten wanneer.
Hij was naar de achtertuin gelopen, had daar zijn fiets uit het schuurtje gehaald, reed de fiets door de keuken en door de gang naar de voordeur.
'Wat wil je vanavond eten?' riep Gré.
'Niets bijzonders.'
'Nou ben ik van plan iets bijzonders voor je te koken en dan wil je niets hebben.'
'O goed. Een balletje gehakt met worteltjes en chocoladepudding toe.'
'Gehakt! Nooit weet je wat anders te verzinnen dan gehakt.

En als je eens wist wat een smurrie de slager daar doorheen doet.'

'Proef ik niet. Dag!'

Hij kon moeilijk zeggen dat haar andere schotels toch altijd mislukten. Op deze feestelijke dag kon dit niet worden gezegd. Trouwens, juist toen liet Cavendish een krachtig en langgerekt kukeleku horen. Van verrukking gaf Dingelam Gré een zoen op haar voorhoofd.

En wat een mooi weer was het. Terwijl hij op zijn fiets stapte, keek hij of er achter de ramen van overbuurman Stroomer niets bewoog. Gonnie in negligé... maar nee, niemand. Die lagen zeker nog in bed.

De zon, niet door wolken belemmerd, verspreidde een helder licht, afgekoeld door het vele water in de atmosfeer. Hij voelde zich zo goed alsof hij eindelijk heer en meester van zichzelf was geworden. Gelukkig maar dat ze niet al te lang waren blijven plakken in die seksclub. De twee uur slaap die hij minder had genoten, deden hem niets.

Enkele tientallen meters bij zijn huis vandaan, bedacht hij dat hij vergeten had in zijn agenda te kijken voor hij opstapte. Deed hij anders altijd, maar het onverwachte hanengekraai had hem van zijn à propos gebracht. Hij nam zijn pijp in zijn linkerhand, waarmee hij ook het stuur van zijn fiets vasthield, stak zijn rechterhand in zijn linkerbinnenzak en viste zijn agenda eruit.

Geen boek is zo moeilijk met een hand in te kijken als een agenda. Hij liet de bladzijtjes onder zijn duim verwaaieren, intussen proberend ook de straat niet uit het oog te verliezen. Maar toen de datum die hij hebben moest, voorbijsprong, bracht hij de werveling van papiertjes niet vlug genoeg tot stilstand en wees zijn duim een veel latere datum aan. Voorbij de eerste hoek probeerde hij het opnieuw. Weer mis. Nog eens. Ha, daar had hij het: maandag. Dat tentamen was pas om tien uur en om half elf college. Voor het tentamen zou beginnen, had hij ruimschoots de tijd die brief te schrijven aan...

Het was of hij een klap op zijn voorhoofd kreeg en een schop in zijn kruis tegelijkertijd. Bijna sloeg hij over zijn stuur heen, zijn pijp viel tokkelend op de stenen. Hij was van het zadel afgeschoten. Doordat zijn rechtervoet de grond raakte, viel hij niet om. De klap van het frame tegen zijn kruis deed hem bijna braken van pijn.

De auto kon niet hard gereden hebben en stopte onmiddellijk. Een jongen in een imitatieleren vest, haar tot op zijn schouders, stapte uit en liet het portier achter zich openhangen. Zonder wat te zeggen bestudeerde hij zijn carrosserie of Dingelam's fiets er niet een kras op had achtergelaten. Maar hij kon niets vinden. Dingelam volgde hem met zijn ogen. Veel zag hij niet, want zijn bril hing op de punt van zijn neus en hij was zo in de war, dat hij eerst niet op het idee kwam de bril weer naar boven te schuiven.

'Ik had u niet gezien,' stamelde hij tegen de rug van de jongeman.

Deze draaide zich om, ging met zijn handen in zijn zij wijdbeens voor de professor staan en sprak:

'Weet je wat jij verdient? Een flinke klap om je oren.'

Zonder dit volgens hem verdiende loon uit te betalen, maakte hij rechtsomkeert, stapte in zijn auto en reed weg.

Nu pas hief Dingelam zijn rechterbeen over het zadel en toen hij naast zijn fiets stond, duwde hij zijn bril omhoog. Om zijn gedachten te concentreren wreef hij over zijn kin. Zijn wijsvinger kwam vol bloed, dat hij aflikte. Toen keek hij rond of hij zijn pijp ergens zag. Zeker, die zag hij, het leek zelfs of de pijp niet eens was gebroken. Er omheen lagen plukjes tabak fel te gloeien op het plaveisel. Met zijn fiets aan de hand wilde hij er naartoe lopen. Ging niet: het voorwiel was zo krom als een aangebrande pannekoek en wilde niet meer draaien. De fiets van de grond tillend aan het stuur, kwam hij toch bij de plek waar zijn pijp lag. Inderdaad, niet stuk. Hij stak hem in de zijzak van zijn overjas—uitkloppen was al gebeurd. Nu pas borg hij ook zijn agenda weer op, die hij zonder het te beseffen aldoor in zijn hand was blijven houden. Het voorwiel rechtbuigen? Geen kans. Wat dan te doen? Naar huis teruggaan en Gré vragen of ze hem in de auto wilde brengen? Wat zou ze lachen.

Hij herinnerde zich dat twee blokken verder een fietsenmaker woonde. Daar dan maar naartoe, hopelijk zou de fiets vanavond gerepareerd zijn. En dan? Een taxi bellen?

Nee, niet. Nee. Niet op een dag als vandaag. Nee. Niet nu hij sinds driemaal vierentwintig uur driehonderdduizend gulden rijker was dan anders, in een taxi komen voorrijden bij het laboratorium. Nee, dat ging echt niet. *Dingelam komt niet meer op de fiets, want hij heeft de Nobelprijs.* Jezus nee.

Hij kon de fiets kwijt bij de fietsenmaker en liep toen, met een opgelucht gevoel in zijn armen, naar de volgende hoek van de straat, waar een banketbakker was gevestigd.

'Dag juffrouw, mag ik tien gebakjes?'

'Ik hoop dat ik er zoveel heb, meneer, maar ze zijn van zaterdag. Als u over een half uurtje nog eens langskomt, krijg ik verse.'

'Nee, daar kan ik zo lang niet op wachten.'

'Ik zal even kijken of er nog tien zijn.'

Hij wachtte. Het laboratorium was zo ver buiten de stad, geen enkele banketbakker zou er in dit welvarende tijdperk over denken daar tien taartjes te komen bezorgen. Allerlei dingen die vroeger gemakkelijk gingen toen de welvaart volgens de rode ruziezoekers nog niet had bestaan, die gingen tegenwoordig helemaal niet meer. Wat zou eenvoudiger zijn geweest dat dit: vragen of ze tegen half elf tien taartjes konden bezorgen op zijn laboratorium? Maar nee, dat hoefde hij niet eens te proberen.

De juffrouw kwam terug. Zij droeg een schaal op haar hand.

'Gebakjes waren er niet, maar ik heb wel deze taart. De mensen die hem hadden besteld, zijn hem niet komen halen wegens omstandigheden. Ik kan hem wel in tienen snijden voor u. Zal ik dat doen?'

Hij rekte zijn hals uit en keek boven op de taart.

Voor uw 25 Jaren Liefde en Geluk, stond erop.

'Dat is goed,' zei hij, 'snijdt u deze taart maar in stukken. Wilt u de stukken wel in een andere volgorde leggen? De tekst is in mijn geval niet zo toepasselijk. Het is voor een ander feest.'

Als nu niet het portret van Tamstra in plaats van het mijne in de krant gestaan had, dacht hij, dan zou ze weten welk feest ik bedoel. Enfin, ook maar beter misschien dat ze 't niet weet.

'Ik kan de letters er natuurlijk ook afschrappen,' opperde de juffrouw.

'Nee, doet u dat niet, dat is zonde.'

'Zoals u wilt, hoor.'

Ze sneed de taart in tienen, legde de punten door elkaar heen in een kartonnen doos, haalde haar vinger langs het mes en likte hem af.

Dingelam greep zijn portefeuille en sloeg hem open. Wat zag

hij daar? Niets. Geen cent. Hoe was dat mogelijk? Hij wist zeker dat er vrijdag nog twee briefjes van vijfentwintig in zijn portefeuille hadden gezeten. Daarvan hadden ze op weg naar de boerderij voor twee tientjes benzine gekocht. Ach! Natuurlijk! Hij was alles kwijtgeraakt in die verdomde seksclub!

'Juffrouw,' zei hij en schraapte zijn keel, 'ik vrees dat het niet door zal kunnen gaan. Ik heb geen geld bij me.'

'Dat hindert niets hoor meneer. U woont toch hier in de straat? Ik ken u wel van gezicht en uw vrouw komt ook wel eens in de winkel.'

'O juist, ja, inderdaad. Dank u wel.'

Met de taartdoos op zijn linkerarm begon hij de lange tocht naar zijn laboratorium, drie kwartier lopen en hij had al minstens een kwartier verloren met het ongeluk, de fietsenmaker en de taartjes.

Hoe zo'n doos vast te houden zonder dat je arm moe werd? Niet mogelijk. Telkens van arm verwisselen was het enige dat er op zat.

Verdomme, als er een lege taxi voorbijkomt, laat ik me toch maar rijden. Ik kan me een eindje bij de deur vandaan laten afzetten... hoewel... er hoeft maar iemand langs te komen die me kent en het verhaal is in de wereld: Dingelam komt niet meer op de fiets, want hij heeft de Nobelprijs.

Ondertussen bereikte hij een hoofdstraat, die twintig jaar geleden nog als een landweg tussen de boerderijen door slingerde. Boerderijen stonden er niet meer, op twee na, die toch hun eerlijke lucht van gras, mest en brandend riet wisten te geven aan die hele straat vol nieuwe flatgebouwen. Auto's de ene na de andere, maar geen taxi. Taxi's waren er in dit plaatsje trouwens alleen soms op het stationsplein te vinden, bij voorkeur als er voorlopig geen trein zou aankomen.

Toen passeerde hem een kleine bestelauto, minderde vaart en stopte, een eindje voor hem uit, aan de stoeprand.

BLOEMIST BROMMINGA
Voor Al Uw Bloemwerken

stond er achterop geschilderd.

De chauffeur stapte uit en sprak Dingelam aan:

'Goedemorgen. U bent toch professor Dingelam? De naam is Brommingae. Ik heb zojuist een groot bloemstuk van het universiteitsbestuur bij u thuis bezorgd, maar u was net weg.'

Dingelam droeg op dat moment zijn taartjes op zijn rechterhand. Hij verplaatste de doos naar zijn linkerarm en liet zich de vrijgekomen hand hartelijk drukken door de bloemist.

'U kent me niet, maar de naam Bromminga komt u misschien bekend voor?'

'O... eh... natuurlijk, meneer Bromminga. Ja. Na*tuur*lijk.'

Zijn naam hem bekend? Nou ja, als het die man een plezier deed te denken dat hij de beroemdste bloemist was hier ter stede, waarom niet?

'Dat dacht ik wel,' zei Bromminga, 'mijn zoon heeft in juli tentamen bij u gedaan. 't Is gelukkig goed afgelopen, want u bent helemaal geen gemakkelijke, hoor. Dat mag 'k toch wel zegg'n, dat heeft u toch wel eerder gehoord?'

'Soms. Maar als alle studenten zo knap waren als uw zoon, dan zouden ze me niet zo moeilijk vinden.'

'Ja... ja... maar hem deed 't al voor de derde keer over.'

Iets verkeerds gezegd dus. Kon hij er wat aan doen? Godsonmogelijk die studenten te onthouden. Studenten zijn nu eenmaal zelden in staat iets te zeggen dat je onthoudt, je mocht al blij wezen als ze bleken iets onthouden te hebben dat je zelf al jaren wist. Waarom dan hun namen onthouden?

''t Is misschien een indiscrete vraag,' vervolgde Bromminga, 'maar bent u onderweg naar het laboratorium op de Modderpoel? Dan moet u dezelfde kant uit als ik. Als u wilt meerijden, da's altijd gemakkelijker dan drie kwartier lopen.'

Hoe dankbaar aanvaardde Dingelam dit aanbod.

Met zijn doos op zijn knieën zat hij naast Bromminga en snoof plezierig aangedaan de geur op van rozen, anjers, orchideeën en groen die het interieur van het bestelwagentje vervulde. Dit was feitelijk pas feestelijk: door een auto vol bloemen bij het laboratorium te worden afgeleverd, met een taartjesdoos in zijn handen.

Een paar vriendelijke woorden zeggen.

'Er schijnt een mooi zonnetje vandaag.'

'Da's omdat u de Nobelprijs gekregen hebt, professor.'

Waarschijnlijk was dat zo. Hij wist niet verder, maar Brom-minga wel:

'Wij hebben wel gelachen toen we zagen dat ze in het nieuws-blad de verkeerde foto hadden geplaatst. Maar mijn zoon had het direct in de gaten.'

'Och ja, die kranten doen maar.'

''t Is een prachtig mooi stel gebouwen, al die laboratoria daar op de Modderpoel,' probeerde Bromminga de conversatie voort te zetten, 'alles even modern en piekfijn in orde.'

'Bent u er wel eens in geweest?'

'Nou, dat niet zozeer. Maar mijn zoon vertelt er veel over, natuurlijk. Machtig mooi en modern is het allemaal. Wel een beetje ver buiten de stad, hè?'

'O, dat vind ik niet zo'n bezwaar. Ik had vanochtend toevallig pech met mijn fiets.'

'Dat kan gebeuren, dat kan gebeuren. Als je lopen moet is het helemaal een eind.'

Hoe moeilijk daar weer wat op te zeggen. Onvermijdelijk zou de vraag komen waarom hij per fiets ging en niet per auto, en zo voorts, en zo voorts.

Dingelam zweeg dus.

Bij een vrij hoog gelegen spoorwegovergang hield de stad op. De spoorbomen waren open en stonden als vlaggemasten om-hoog. Afdalend aan de andere kant van de spoordijk, zag hij groene weiden en de blinkende glazen rechthoeken van broei-kassen. Hij genoot. Man van eenvoudige behoeften; gelukkig om een kleine meevaller.

Niet veel later liet Bromminga met een hand zijn stuur los en wees schuin naar voren.

'Nu moet ik zo dadelijk de eerste weg links in, want daar ligt mijn kwekerij. Zal ik u er hier dan maar uit zetten?'

De opgewekte bloemist remde al.

Hem hier eruitzetten? Hem verder dat hele stuk nog laten lopen, terwijl het een kwestie van zes minuten zou zijn geweest hem even helemaal te brengen?

Dingelam's ervaring met de gulle bewoners van de streek was uitgebreid genoeg en hij wist dus dat een zachte wenk niet zou worden vernomen en een duidelijke vraag zo bot mogelijk ge-weigerd.

'Dank u wel, meneer Bromminga, u heeft me een heel eind in de goede richting gebracht. Hartelijk dank.'

'Graeg gedaen 'oor, graeg gedaen,' zei Bromminga met inheems accent en een woordkeus die hij aan de televisie had ontleend.

Dingelam stapte uit. Bromminga bracht zijn vervoermiddel weer in beweging.

Daar sta ik in de frisse buitenlucht. Een stank als van rotte aardappels verving de geur van rozen.

Tot zijn verbazing zag hij nu, dat het bloemenautootje helemaal niet linksaf sloeg, maar rechtdoor reed en pas heel in de verte de grote weg verliet. Wat daarvan te denken?

Andere auto's raasden hem voorbij.

Zijn linkerarm werd moe van de taartjesdoos en hij verplaatste hem naar zijn rechterarm. Het was zeker nog wel een half uur lopen naar het laboratoriumcomplex.

Wel jammer dat de bloemist blijkbaar geen tijd had kunnen vinden om hem even helemaal te brengen. En het leek zo'n vriendelijke man. Was hij misschien ook wel. Had zich misschien herinnerd dat het gas nog brandde... of zoiets... en pas nadat hij zijn passagier al had laten uitstappen, was hem te binnen geschoten helemaal het gas niet te hebben gebruikt voor hij de deur uitging. Zulke dingen gebeurden hemzelf toch ook om de haverklap? Zo zou het wel hebben gezeten.

Ferm aanstappend nam Dingelam de taartjesdoos weer op zijn linkerarm en keek op zijn horloge. Daartoe moest hij de mouwen die zijn linkerarm bekleedden opstropen tegen zijn lichaam en toen kon hij met moeite zien dat het negen uur was. Nog meer zette hij de pas erin, de looppas bijna.

U bent helemaal geen gemakkelijke... Aha, zo werd er dus achter zijn rug over hem gepraat. Ondankbaar tuig. En gelogen. Geen gemakkelijke? Als hij een student nota bene zijn tentamen tot drie keer toe liet overdoen? Geen gemakkelijke? In zijn eigen studietijd was dat wel anders geweest! Toen zei een hoogleraar in zulke gevallen: Laat u zich hier maar niet meer zien, meneer, want voor de scheikunde bent u niet in de wieg gelegd.–Zo ging dat toen.

Het klonk cru, het was een zware slag voor zo'n student, want hij studeerde van zijn eigen geld of dat van z'n vader. De zeer schaarse beursstudenten waren toen uitzonderlijk knap, tegen hen hoefde zulke taal niet te worden gebezigd. Maar hoe was het tegenwoordig? Niet alleen dat ze drie of meer keer terug mochten komen om zijn tijd te verpesten met hun slecht geleerde lesje, ze konden ook nog bij de studentendecaan een zielig verhaal gaan ophangen en op die manier toch verlenging van hun rijkstoelage krijgen. En waarvoor in godsnaam? Iemand die geen klap kon uitdelen gaf je toch ook geen papiertje mee dat hij zich bokskampioen mocht noemen? Waarom dan iedereen die niet studeren kon tot gediplomeerd chemicus te bombarderen? Omdat het democratisch was? Maar wie had er nu wat aan, als iemand wijsgemaakt werd dat hij kennis bezat die hij niet beheerste? Hoe zou die man later zijn boterham moeten verdienen? Dag in dag uit met taken belast die hij niet de baas kon? Of als beroepswerkloze? Misschien was het dat laatste wat ze wouwen. Neemaar! Dat was het ideaal waarnaar het rode volkje streefde: werkloos—met een universitair diploma. Want zo kreeg je een hogere werkloosheidsuitkering dan een werkloze putjesschepper.

Voor ik me toch daartoe ga lenen! Ik zeg nog liever de universiteit vaarwel en zoek een baan in de industrie: Philips, Unilever, Shell. Zouden een Nobelprijswinnaar met open armen ontvangen. Of misschien juist niet: zo'n man heeft te veel praatjes. Die wil doen wat hijzelf wil en niet wat zij willen.

Onvrijheid allerwegen. De industrie was altijd al onvrij geweest. Alleen aan een universiteit kon je werken als een cultuurdrager: voor je plezier, omdat het je roeping was. Vroeger tenminste. Nu werd de universiteit ook een concentratiekamp, dat was hun droom. Hitler of Marx, concentratiekampen is het enige waar de wereldverbeteraars van dromen. Iedereen een poot afzagen, dan kon tenminste niemand meer jaloers wezen op mensen met twee benen. Zo was dat!

Voortdurend reden auto's langs hem heen. Hij liep over de uiterste rand van het asfalt, na eerst geprobeerd te hebben of de grasstrook, die telkens onderbroken werd door bomen, begaanbaar was. Niet te doen. Te ongelijk en bovendien bol.

Het fietspad dan? Onmogelijk; te druk. Als er een bromfiets voorbijkwam, leek het toch al of zijn oren van grof linnen waren en met krakend geweld van zijn hoofd werden gescheurd. Ging hij op het fietspad lopen, dan zouden er waarschijnlijk in werkelijkheid grote flarden uit zijn jas worden gereten. Of op zijn minst zou de doos met taartjes over de grond vliegen, in twee tellen totaal verpletterd onder tientallen wielen, zodat de room alle kanten uit spatte als etter uit een puist—Was er geen mogelijkheid de doos op een minder vermoeiende manier te dragen? Op zijn kant, bijvoorbeeld, onder zijn arm? Niemand droeg een doos met taartjes op die manier. Natuurlijk zou de opgespoten bovenkant van het gebak dan in aanraking komen met de binnenkant van de deksel. Maar wat hinderde dat eigenlijk in dit geval? Er stonden toch alleen maar brokstukken van woorden op, die niets te maken hadden met het doel waarvoor hij de traktatie had gekocht. *Voor uw 25 jaren liefde en geluk.* Wanneer was ik zelf vijfentwintig jaar getrouwd? Zoveel jaar is het geloof ik, nog niet, maar ik kan er geen eed op doen.

Het laboratoriumcomplex was nu in de verte duidelijk zichtbaar en steeds langer hield hij zijn ogen gevestigd op deze gebouwen, alsof hij er zodoende sneller zou komen. Het complex bestond uit een op zijn korte kant gezette schoenendoos van zwarte steen met veel glas, twintig verdiepingen hoog en daarnaast, minder hoog, een bijzonder langgerekt en plat gebouw van twaalf verdiepingen, ook volmaakt rechthoekig als een doos, maar wit. Verrek! Een taartjesdoos op zijn kant! Toch besloot hij de taartjesdoos niet op zijn kant te gaan dragen, maar ermee te blijven lopen zoals hij nu deed: plat voor zich uit. Zijn armspieren gingen wel steeds meer pijn doen. Hoe kwam het toch dat zoveel mensen hem niet aardig vonden? Wat een offer getroostte hij zich niet om zijn secretaresse en een paar andere hulpkrachten een pleziertje te doen. Die taartjes zouden hetzelfde smaken, ook al zou hun versiering tot roze en bruine modder zijn uitgesmeerd. Maar nee, zo onverschillig was hij niet. Als hij trakteerde, kwam hij niet met troep aandragen die er smerig uitzag. En bovendien... en bovendien... (minder nobel motief, eigenlijk) het zou maar vragen oproepen. Vragen waarop het antwoord beter niet bekend kon zijn: dat hij er een half uur mee was komen lopen omdat zijn fiets... en toen in arren moede de doos maar onder zijn arm geklemd had.

Kwam Piet Stroomer maar voorbij in zijn autootje. Die bleef vanochtend zeker uitslapen: langzamerhand had hij tijd genoeg gehad zich aan te kleden. Of als Gonnie eens toevallig deze kant uit moest voor het een of ander.

Zo nu en dan keek hij achter zich. Niet dat hij ook maar enig idee had hoe de auto van Piet eruitzag en hoe die van Gonnie, al moest hij deze voertuigen dagelijks in zijn straat hebben zien staan. Hij keek vooral achterom uit voorzorg dat ze hem dan gemakkelijker zouden herkennen, mochten ze voorbijkomen. Wanneer ze tenminste niet net passeerden terwijl hij voor zich uitkeek. Hij besefte dat hij liep te dromen als een hasardspeler, maar kon het toch niet laten. Raakte zijn verstand in de war door de vermoeidheid die zijn armen teisterde?

Allerlei auto's schoten voorbij, maar de enige die zijn aandacht trok en wel moest trekken, was een busje van de politie met blauw zwaailicht bovenop en huilende sirene.

Zijn laboratorium bevond zich in het platte witte gebouw, op de derde etage. Nog een geluk dat hij op de derde etage zat en niet hoger, vertelde hij menigmaal. Alleen aan de uiteinden van de wel tweehonderd meter lange gangen waren kleine liftkokers en smalle trappen, verder nergens. Bovendien kon geen enkel raam geopend worden, om het kunstmatige klimaat, dat door machines in stand gehouden werd, niet te verstoren. Kwam er brand, zo zei hij dikwijls, dan kon je erop rekenen dat de airconditioning in geen tijd alle lokalen vol rook en hete lucht zou pompen. Mensen die op de hogere verdiepingen werkten, zouden of gestikt zijn of elkaar hebben vertrapt, voor ze beneden konden komen. Hoeveel miljoen had het gebouw gekost? Tien? Twintig? Op liften en trappenhuizen was bezuinigd. Wie zou de brandweer hebben omgekocht om dit levensgevaarlijke project te laten goedkeuren? Raadsels.

De lagere gebouwen, om de hoogbouw heen gegroepeerd, kwamen nu ook in zicht. Verdraaid! Ze hadden de vlag uitgestoken! De vlag uit voor hem! Dat vond hij aardig.

Om vijf voor half tien was hij het complex zo dicht genaderd, dat hij op de klok die een van de lagere gebouwen sierde, kon zien dat het vijf voor half tien was.

Om half tien precies sloeg hij rechtsaf en ging het hek door, taartjesdoos op de linkerarm, maar zelfs de rechterarm die vrijaf had, trilde onophoudelijk. Hij voelde zweet prikken in zijn gewonde kin en de vermoeidheid had zich zelfs tot zijn benen uitgebreid. Het zou nu zo lang niet meer duren, of de marteling van deze Nobelprijswinnaar die veel te goed was voor deze wereld—en niemand zou ooit weten hoe goed—zou een einde nemen.

Hé. Wat deed die politieauto op het parkeerterreintje van de medewerkers? Zijn blauwe licht zwaaide nog. Het was dezelfde politieauto die hem een half uurtje geleden voorbijreed... Wat zou er aan de hand zijn?

Hele troepen studenten stonden daar. Waarom gingen ze niet naar binnen om college te lopen, of naar huis als ze klaar waren? Een van tweeën? En die twee grote vrachtauto's hier op de oprijlaan, wat moesten die daar?

NOS TELEVISIE

stond erop.

Blikskaters! De televisie. En voor wie anders kon die zijn gekomen dan voor hem? Die studenten stonden op *hem* te wachten, dat was het!

Hij hield zijn passen een ogenblik in en kneep zijn ogen samen om te onderzoeken of iemand hem al in de gaten had. Was het niet een gek gezicht als hij zo uitgeput en wel met die taartjesdoos op zijn arm kwam aansjokken? Zouden de mensen zich niet een ongeluk lachen, als ze dat vanavond op hun scherm zagen? Maar wat te doen? Gauw de doos onder een boompje leggen en verderlopen, waardig en toch vlug: een hoogleraar die zich naar zijn verheven taak spoedt?

Geroutineerd televisiekijker, wist hij terdege dat er voor sommige programma's gebruik gemaakt werd van verborgen camera's.

Zou een gek gezicht wezen voor de kijkers: als een dief die een gestolen schat gaat verstoppen, rept de Nobelprijswinnaar zich, schichtig kijkend of niemand op hem let, naar een boom...

Hij hoopte maar dat zijn gedachten niet op zijn gezicht te lezen stonden, want misschien werd er door een klein gaatje in een van die auto's nu al op hem geloerd met een telelens.

De trilling die lachen bij hem verving, deed zich voelen in zijn gezichtshuid en hij was tevreden. Alsof hij alle dagen op die manier naar zijn werk ging, liep hij, de taartjesdoos nu met twee armen dragend, verder. Desnoods zeg ik dat er een wetenschappelijk instrument in zit, als ze me wat vragen, dacht hij. Die jongens zijn toch zo stom.

'Kunt u het niet even aan de kijkers laten zien, professor?'

'Nee, o nee, meneer, geen sprake van, er mag geen licht bij komen.'

Close-up van zijn doos. Het opschrift op het deksel:

BAKKER SMULLEMA
Voor Al Uw Banketwerken

Toch was er nog kans dat ze hem zouden geloven, zo stom waren ze. Weer die trilling in zijn gezicht. En als ze hem niet geloofden, zouden ze hem een leuke man vinden.

Nog niemand had hem in de gaten. De lucht zat vol stemmen, als 's avonds in de buurt van een spreeuwenkolonie. Zag hij Treesje niet ergens? Dan kon hij haar gauw de doos in haar handen drukken. Nee. Hij zag haar niet. Dan maar snel, zo dicht mogelijk langs de gevel, naar de ingang lopen en daarna als de wind de lift in. Zo: achter die groep studenten om.

Maar ineens kwam de hele groep in beweging. Hij werd er aan alle kanten door ingesloten.

'Fascisten! Fascisten!'

Tegen wie hadden ze het?

Dingelam kende de studenten die hem omringden niet en zij herkenden hem evenmin, maar aan zijn kleding moesten ze toch wel zien dat hij niet de eerste de beste andere student was.

'Wilt u zo goed wezen mij er even door te laten?' vroeg hij op vriendelijke toon. Alle kracht die nog in zijn armen overgebleven was, moest hij gebruiken om te voorkomen dat de taartjesdoos tegen zijn buik platgedrukt werd.

'Pardon,' zei hij, 'er zit iets breekbaars in deze doos. Wilt u wel zo vriendelijk zijn even opzij te gaan?'

Duwend en pratend kwam hij toch dichter in de buurt van de ingang.

Tot zijn grote verwondering zag hij toen dat er een soort langgerekt laken boven was gehangen, waarop met grote rode letters geschreven stond:

De beweging in de menigte kwam tot stilstand en het leek of er front gemaakt werd in de richting van de deuren. Hij was daar, stotend met zijn ellebogen en terwijl de doos nog bijna geheel zijn oorspronkelijke vorm behouden had, nu zo dicht bij in de buurt gekomen, dat hij beter begreep wat de herrie veroorzaakte.

Er kwamen twee agenten naar buiten met een verfomfaaide student tussen hen in. De ene agent hield deze jongeman vast aan zijn haren, de andere had een arm van de student op diens rug gedraaid. Kronkelend en strompelend liet de gevangene zich de stoep afvoeren.

Een gebrul steeg op uit de anderen.

'Wat heeft dit te betekenen?' vroeg Dingelam aan een donkere jongen met zwarte bakkebaarden, maar zonder snor, die hem bekend voorkwam.

'O ja, dag professor. Wel gefeliciteerd. Het is omdat ze uw laboratorium hebben bezet. Wist u dat niet?'

'Mijn laboratorium bezet? Zijn ze gek geworden? Ik weet van *niets!*'

Hij drong zich verder naar voren.

De politieagenten lieten de gemartelde student nu los, maar haalden hun gummistokken te voorschijn.

'Moordenaars!' werd er geroepen.

Een cameraman van de televisie was op de rug van iemand anders geklommen en maakte filmopnamen. Zijn kolossale filmtoestel zat met riemen aan zijn schouders vast.

De losgelaten student werd door enkele kameraden weer in de richting van de politieagenten geduwd. De politieagenten begonnen met hun knuppels om zich heen te maaien.

Twee andere politieagenten kwamen nu met twee andere studenten naar buiten. Ze hadden handboeien aan hun polsen vastgemaakt en probeerden hen in de richting van hun auto te trekken, maar werden omsingeld.

'Daar is Dingelam, die schoft!' hoorde Dingelam plotseling roepen.

Wie riep dat? Vlak daarna trok een van de in het nauw gebrachte agenten zijn pistool en schoot in de lucht. De menigte die Dingelam omringde werd nu veel dunner.

Vrij, zijn taartjesdoos ongeschonden, stond hij voor de ingang, bij de vier agenten, de twee gevangengenomen studenten (hij kende ze niet) en de zich onkwetsbaar achtende cameralieden van de televisie. Onmiddellijk werd de camera op hem gericht, maar zonder op of om te kijken liep Dingelam verder naar de stoep. Hij had zijn voet nog niet op de onderste tree gezet, of een man in een korte pels van uit nylon gemaakt wolfsvel, stond voor hem. Om iets voor de onderontwikkelde gebieden te doen, had deze oorspronkelijk blonde man zich onlangs een afro-kapsel laten maken en zijn haar leek op een explosie van roet. Met een microfoon als een knots in zijn vuist geklemd, versperde hij Dingelam de weg en snauwde:

'Ik ben Klaas-Bart Vanonderholland, NOS-televisie. Ik wou graag uw commentaar horen.'

'Mijn commentaar? Ik heb andere dingen te doen, beste vrind. Ik moet om tien uur een tentamen afnemen.'

De cameraman was nu ook naderbij gekomen en stond naast Dingelam, zijn groothoekoptiek op hem gericht. Straks zou er wel gevraagd worden wat er in zijn doos zat, maar hij had nu geen zin meer in grapjes.

'Wou u een tentamen afnemen? Daar zal wel niet veel van terechtkomen,' zei Bart-Klaas Vanoverholland, 'weet u niet dat uw laboratorium is bezet?'

Hij hield de microfoon voor Dingelam's mond of hij van plan was hem er, bij het eerste woord dat hem niet beviel, zijn tanden mee in te slaan.

'Ik hoor zoiets, maar ik zal toch maar proberen mijn kamer op te zoeken.'

Dingelam wilde doorlopen, maar Bart-Klaas bleef hem de weg versperren.

'U is toch professor Dingelam. Is het waar dat u de politie heeft geroepen?'

'Ik? De politie?'

'Dat wordt hier verteld en als u zo'n haast heeft om naar uw kamer te gaan, in plaats van u solidair te verklaren met de demonstrerende alternatieve studenten, zal het wel waar wezen. Wat is uw commentaar!?'

'Ik verklaar me niet solidair. Bent u niet goed snik?'

'U kunt tenminste beleefd blijven. Uw collega professor Tamstra heeft zich ook solidair verklaard.'

'Nou, dat lijkt me echt wat voor Tamstra.'

'En waarom verklaart u zich dan ook niet solidair?'

De microfoon was nu zo dicht bij zijn mond, dat het leek of er verwacht werd dat hij erin zou bijten: oliebol van metaal.

Dingelam keek in de domme blauwe ogen van Bart-Klaas en haalde zijn schouders op.

'Moet dit nog lang duren?' vroeg hij, 'ik heb er nu werkelijk genoeg van.'

'Dank u wel professor, dit is alles wat ik weten wou,' spuwde Bart-Klaas op zijn nikkelen oliebol en hield dat instrument toen weer voor Dingelam's lippen.

Dingelam trok het meest sarcastische gezicht waar hij zich toe in staat voelde, ook drong het tot hem door dat de cameraman om hem heen gelopen was en zijn gezicht nu vlak van voren opnam en hij zei:

'Graag gedaan, reken maar.'

Weer wilde hij doorlopen.

'Bart-Klaas!' werd er uit de buurt van de televisieauto geroepen, 'die professor die je daar te pakken hebt, die heeft de Nobelprijs gekregen.'

'Nou ja,' riep Bart-Klaas terug, 'dat is een ander aitempie* niewaar.'

Boven al het rumoer uit klonk de zware claxon van een grote zwarte Mercedes.

Dingelam duwde Bart-Klaas nu opzij en snelde de vestibule in.

'Halt! Politie!' zei een agent die daar met getrokken pistool de wacht hield.

'Weet u wel wie u voor zich heeft,' antwoordde Dingelam, 'ik ben professor Dingelam en ik ben op weg naar mijn kamer. Mijn eigen kamer.'

'Niks mee te maken,' zei de agent, 'ik heb order niemand binnen te laten.'

'Van wie krijgt u zulke idiote orders?'

'Dat gaat u niets aan.'

Daar stond hij, met de weliswaar nog steeds ongeschonden taartjesdoos, maar toch wel voor schut. Hij klapte de doos open en zei tegen de agent:

* telefiesisch voor: onderwerp.

‘Neem een taartje goede man, het is namelijk een feestelijke dag voor mij.’

‘Wij nemen geen geschenken aan in diensttijd.’

‘Wees dan zo goed mij door te laten naar mijn kamer, dat ik deze doos kwijt kan.’

‘Meneer, nou moet u es goed luisteren. Die doos...’

De agent was van plan geweest nog meer te zeggen, maar ineens wendde hij zijn blik af. Een hogere politieman, kenbaar aan een witte sjaal om zijn hals, kwam naderbij.

‘Inspecteur,’ zei de agent, ‘deze meneer hier is op weg om de herrieschoppers boven op taartjes te trakteren.’

‘Ik ben professor Dingelam, inspecteur, ik heb alle recht, ja zelfs de plicht hier te zijn en naar mijn kamer te gaan. En wat die taartjes betreft, die heb ik meegenomen voor mijn naaste medewerkers, omdat ik toevallig een paar dagen geleden de Nobelprijs voor Scheikunde heb gekregen, en nergens anders om.’

‘Mijn gelukwensen, professor, mijn gelukwensen. Maar uw medewerkers zijn niet boven. Boven zijn alleen studenten die de deuren barricaderen en herrie maken.’

‘Maar laat de politie ze er dan uitsmijten!’

‘In vredesnaam niet!’

Doctorandus Kaeckebeke, tandarts, kwam aangesneld, hoed op, sigaar in de hand.

‘In vredesnaam niet! Dag Dingelam, ik kan je gevoelens helemaal meevoelen, maar deze soort gebeurtenissen kunnen beter geregeld worden zonder politie-ingrijpen.’

‘Met wie heb ik het genoegen?’ vroeg Dingelam.

‘Kaeckebeke, met Kaeckebeke. Herken je me niet, beste kerel?’

Kaeckebeke stak zijn hand naar Dingelam uit en zei ondertussen, met zijn hoofd naar de politiefunctionaris gewend: ‘Goedemorgen, inspecteur.’

‘Kaeckebeke,’ zei Dingelam. ‘Ach zo, ja. De president-curator, ja, ja...’

O juist, deze meneer was dus de president-curator – wel eens een handje gegeven op een receptie, meer herinnerde hij zich niet – en helemaal niet dat ze op een voet van je en jij stonden, maar als Kaeckebeke dat dacht, hem best.

‘Sorry dat ik het niet direct zag...’ Goedig pakte hij Kaeckebeke’s hand.

'Natuurlijk, zeg... in deze herrie... enne, tussen haakjes, mijn hartelijke gelukwensen. Schitterend, schitterend. Vond je ons bloemstuk mooi? Neem me niet kwalijk dat ik even met deze inspecteur praat...' en Kaeckebeke wendde zich een kwartslag om. Toen drong het tot Dingelam door dat het hele gesprek boven de open taartjesdoos was gevoerd en hij sloeg het deksel dicht. Hoe dan ook, nu wilde hij die doos kwijt. Hij keek rond, liep naar de portiersloge. De portier was er niet. Hij stak zijn arm om de hoek en zette de doos op het portiersbureau, naast de telefoon. De portier! Een luiere communist moest hij in dit hele gebouw nog tegenkomen, herinnerde hij zich, na even gefantaseerd te hebben dat de portier zou denken: Aha, dat lekkers is voor mij bestemd.

Niemand had notitie genomen van zijn doos, Bart-Klaas had niet gevraagd wat erinzat. Wellust: voor het eerst in drie kwartier kon hij zijn armen allebei tegelijk naar beneden laten hangen. Nu maar hopen dat hij Treesje ergens zag staan en hij haar kon zeggen wat ze met die taartjes moest doen.

Het gejoel van de studenten buiten weergalmde in de zo goed als lege glazen vestibule. Sommige riepen: Wij gaan door met de strijd. Anderen uitten zich in het Engels: All power to the people.

De president-curator bleek zich ondertussen in een diepgaande discussie met de inspecteur van politie te hebben gestort. Dingelam ging weer bij hen staan, brandend van verlangen te vragen of hij nu alsjeblieft naar zijn kamer mocht...

'De arrestanten loslaten op uw verzoek, nee, ik ben bang dat dat niet gaat. Als u op verdere politie-assistentie geen prijs stelt, willen wij wel weggaan, dat is een andere zaak, maar arrestanten loslaten, nee.'

'Hoe lang wilt u ze dan vasthouden?' vroeg Kaeckebeke.

'Eventueel moeten ze voor de rechter-commissaris worden geleid, maar er is ook kans dat we ze na een paar uurtjes laten lopen. Als u dat zo graag wil, als u denkt dat het bevorderlijk is voor het herstel van de rust.'

'Wat hebben die twee gedaan?' vroeg Dingelam.

'U wilt ze dus niet nu meteen loslaten?' vroeg Kaeckebeke.

'Onmogelijk. Kan ik tegenover mijn agenten toch niet waarmaken. Dat tweetal heeft ambtenaren in functie beledigd, orders van de politie niet opgevolgd en zich gewelddadig verzet tegen hun weggeleiding.'

Een en ander werd uitgesproken zonder Dingelam aan te kijken, of hij er helemaal niet bij stond en het geen antwoord was op wat hij gevraagd had. Toch scheen Kaeckebeke ineens weer aan hem te denken.

'Jij hebt wel wat overhoop gehaald, zeg! De politie roepen!'

De inspecteur, klaarblijkelijk van mening dat hij met Kaeckebeke niets meer te bespreken had, liep naar de agent die nog in de vestibule stond en samen gingen zij naar buiten, terwijl de agent zijn pistool weer opborg. Het joelen en schreeuwen van de studenten werd nu zo luid, dat Dingelam bijna niet verstaan kon wat Kaeckebeke tegen hem zei. Hij moest zich over Kaeckebeke, die betrekkelijk klein was, heen buigen om hem in zijn oor te brullen:

'Wat bedoel je?'

'Jij hebt toch de politie geroepen?'

'Ik de politie geroepen? Ik? Ik kom hier aanlopen met een doos taartjes, ik weet nergens van, ik dacht voorlopig nog dat die studenten daar stonden om... om op de televisie te komen. Anders niet.'

'Maar die inspecteur vertelt me dat jij de politie gewaarschuwd hebt.'

'Hij is niet wijs. Hoe zou ik dat hebben kunnen doen, ik weet van niets. Kan ik nu naar mijn kamer gaan, denk je? Het is vijf voor tien en om tien uur heb ik een tentamen.'

'Ik ben bang dat je beter ergens anders kunt gaan zitten met de kandidaat.'

'Moeten die studenten dan maar de hele tijd op mijn kamer blijven?'

'Maak je daar toch niet druk om. Dit duurt een dag of wat en dan is het voorbij.'

'En moet ik daar dan maar op wachten? Ik begrijp niet dat je de politie weggestuurd hebt.'

Kaeckebeke keek hem aan met een gezicht of hij ervan overtuigd was dat Dingelam hem ook wel zonder woorden zou begrijpen. En wat hij begrijpen moest, was dit: Uit wat je daar zegt, blijkt overduidelijk dat jij wel degelijk de politie hebt opgebeld, schalk. Waarom draai je er omheen?

'Ik heb de politie niet opgebeld,' zei Dingelam, 'want ik wist van niets. Maar als ik het geweten had, dan zou ik het zeker hebben gedaan. Inbrekers hoeft niemand te dulden, niemand.'

'Maar Dingelam, wat je nu zegt is juridisch wel juist, het is alleen tactisch en strategisch zo verkeerd! We moeten ze eerst laten uitrazen. Ze willen ernstig genomen worden, ze willen onderhandelen. Ze willen vergaderen.'

'Vergaderen! Precies! Dat is wat ze willen en dat willen wij ook.'

Kaeckebeke en Dingelam herkenden allebei de stem die deze woorden uitsprak, draaiden hun hoofden in dezelfde richting en zagen de rector magnificus, Prof. Dr. Iwert Meinema.

'Dag Iwert.'

'Dag Harm, hoe is 't. Dag Roef. Mijn gelukwensen, kerel, mijn hartelijke gelukwensen. Het hele weekend heb ik geprobeerd je te bellen, maar ik kreeg geen gehoor. Was je in je buitenhuisje? Dat dacht ik wel. Heel verstandig. Vond je de bloemetjes mooi?'

'Die heb ik nog niet gezien, want ik...'

'Mensen, mensen,' zei Iwert, 'nu hebben we Tamstra uit zijn hoofd weten te praten dat hij de politie zou bellen en toch staat de prinsemarij hier voor de deur en maakt brokken.'

'Ik geloof dat ze van plan zijn in te rukken,' zei Kaeckebeke.

Professor Doctor Meinema schudde zijn hoofd, dat bekroond werd door een pet.

'Dat jij nu zo iets doen zou, Roef, daar ben je toch veel te nuchter voor... Dit neem je me toch niet kwalijk?'

'Maar ik heb de politie niet gebeld, ik wist van niets.'

'Dat is mooi. Tamstra heeft het ook niet gedaan. Die verklaart zich zelfs solidair met de studenten.'

'Wat vertel je me daar over Tamstra,' riep Kaeckebeke uit, 'solidair? Gistermiddag zei die nog dat die jongens een pak slaag moesten hebben, weet je nog?'

'Dat zal Tamstra zeker hebben gezegd,' vond Dingelam, 'en anders niet. Zoëven wou een jongmens van de televisie me ook al wijsmaken dat Tamstra zich solidair had verklaard met de beweging. Als je het mij vraagt, dan is het Tamstra die de politie gewaarschuwd heeft.'

Meinema schudde zijn hoofd en zei:

'Niets daarvan want Tamstra...'

'Gistermiddag,' viel Kaeckebeke hem lachend in de rede, 'gistermiddag wou Tamstra er nog op af! Met de marechaussee! Met pantserwagens, waterkanonnen en sabels!'

'Was het dan gistermiddag al bekend dat die studenten de boel zouden bezetten?' vroeg Dingelam.

'Tamstra is helemaal bekeerd,' zei Meinema, 'ik heb hem vanochtend aan de telefoon gehad. En het is zoals ik zeg. Hij heeft zich solidair verklaard met de hele beweging. Solidair!'

'Dat is prachtig!' riep Kaeckebeke uit, 'ik had het niet van hem durven hopen. God wat valt die man me mee. Tamstra is soepeler dan je zou denken. Slimmer ook. Ik vind er iets bewonderenswaardigs in, als iemand erin slaagt zich in korte tijd met zoveel begrip voor het eigentijdse gebeuren op te stellen. Bewonderenswaardig.'

'Dat ben ik met je eens,' zei Meinema, 'Tamstra heeft bestuurlijke gaven. Echt waar.'

'Zo,' zei Dingelam, 'denken jullie er zo over. Ik niet. Ik wist van de hele bezetting niets en ik begrijp er nog niets van. Maar als ik het geweten had, dan zou ik er zeker een voorstander van zijn geweest de politie te bellen. Wat anders? Ik wist alleen van niets.'

'Die inspecteur zei *dat* je het gedaan had, maar hij zal zich vergissen.'

'Of de een of andere grappenmaker heeft zich voor mij uitgegeven.'

''t Is mogelijk. Zeg Harm, had die inspecteur de boodschap zelf aangenomen?'

'Nee, dat denk ik niet, daar hebben ze telefonisten voor. Maar toen hij hoorde dat professor Dingelam om assistentie vroeg, een beroemde naam, zojuist in de krant gelezen, toen hebben de commissaris en hij tegen elkaar gezegd: vooruit.—En ik heb nog wel gisteravond persoonlijk met de burgemeester gepraat.'

'Dan kan het aan de burgemeester liggen.'

'Welnee, die was het gloeiend met me eens. Maar ze hebben zich laten overdonderen door de naam Dingelam. Dat zeg ik niet om je een compliment te maken hoor, ha ha.'

'Zo, zo. Maar, sorry, ik heb het niet gedaan.'

'Natuurlijk. *Natuurlijk!*'

'Zeg, ik moet nu naar mijn kamer. Er liggen allerlei papieren en andere zaken waar die studenten niets mee te maken hebben. Ik heb te allen tijd het recht mijn kamer te betreden, zou ik zeggen.'

Hij begon de gang in te lopen, op weg naar de liftkokers. Halverwege kwam Meinema hem achterop.

'Zeg. Je hebt volkomen het recht naar je kamer te gaan, maar het is niet verstandig.'

'Waarom niet? Ben je bang dat ze me zullen opeten?'

'Je geeft alleen maar voedsel aan het verzet als je dat doet. Als je niets doet, heb je nog kans dat ze je bureau niet openbreken.'

'Hoe weet jij dat?'

'O, daar bestaan psychologische onderzoekingen over.'

Ondertussen was hij in hoog tempo verder blijven lopen, Meinema, haast buiten adem, achter hem aan.

Hij drukte op de knop naast de liftdeur, maar het daarboven aangebrachte signaallampje met rode pijl, dat ging branden als de lift naar beneden kwam, bleef donker. Hij drukte de knop een tweede maal in. Er gebeurde niets.

'Ook goed,' zei hij, 'de motor van de lift afgezet. Maar die drie trapjes kan ik best lopen.'

Hij draaide zich om naar het trapportaal, Meinema volgde.

'Ongelofelijk,' zei Dingelam, 'zo'n gebouw als dit, gloednieuw en volgens de modernste eisen ingericht en dan aan elk uiteinde twee kleine pestliftjes en deze beroerde trappen. Gelukkig zit ik op de derde etage en als er brand uitbreekt, heb ik dan tenminste nog kans er levend uit te komen.'

'We kunnen nou wel naar boven lopen,' zei Meinema, 'maar ik verzeker je dat je er niets mee bereikt.'

'Zo, maar ik hoef ook niets te bereiken. Die jongens doen maar wat ze niet laten kunnen. Als Kaeckebeke er geen bezwaar tegen heeft, dan moeten ze het hele laboratorium maar aan gruzelementen slaan. Hoeven ze meteen niet meer te studeren en hun studietoelage krijgen ze toch wel doorbetaald. Maar ik wil naar mijn kamer.'

'Ach man, ach man,' zei Meinema, 'jij bent koppig hoor. En vanavond staat het allemaal in de krant.'

'Ik heb de politie niet opgebeld,' antwoordde Dingelam, 'maar als ze mij niet in mijn kamer laten, dan bel ik zeer zeker op en vraag of de politie terugkomt. Ik ben godverdomme ook een ambtenaar. Studenten zijn geen ambtenaar, verdomme dat ontbreekt er nog aan. En ik, als ambtenaar, hoef me niet door buitenstaanders te laten belemmeren in het uitoefenen van mijn functie.'

Ze waren nu op de derde etage gekomen. Van sommige kamers stonden de deuren open, ervoor lagen witte, vervloeiende plekken van licht op de donkere rubberbekleding van de gangvloer. Overal werd luid door elkaar gepraat. Studenten liepen met pakken papier te sjouwen. Hij herkende sommige wel, maar wist zich geen enkele naam te herinneren. Ja toch. Hij bleef staan.

'Hé, meneer Cuffeler,' riep hij, 'wilt u zo goed wezen even hier te komen?'

'Daar is Dingelam!' riep Louis Cuffeler, 'gauw weg!'

Deuren werden dichtgeslagen, een paar tellen later was er niemand meer op de gang, behalve Dingelam en Meinema.

'Zie je het nou, Roef?'

'Ze zijn krankzinnig.'

'Misschien wel,' zei Meinema, 'maar nu moet je eens horen, Roef. Kaeckebeke, Taets, Tamstra en ik hebben gistermiddag, op zondagmiddag, uren bij Taets thuis zitten te vergaderen met twee van die jongens, die Cuffeler en nog een andere, Kroondijk.'

'Dus jullie wisten dat er een bezetting zou komen?'

'Ja. Hoezo?'

'Nou, dan had deze of gene me wel eens kunnen waarschuwen.'

'Goed, dat geef ik toe, dat is een schoonheidsfout, maar 't kan er ook aan liggen dat je in je buitenhuisje was. Dat was je toch?'

'Ik begrijp het allemaal niet. Wat willen ze? Moet ik ze het geld van mijn prijs cadeau doen? Ik heb het zelf nog niet eens ontvangen.'

Meinema lachte zo hard hij kon en legde zijn hand op Dingelam's schouder ter beloning voor deze grap.

'Deze jongens willen van alles wat wij ze niet kunnen geven: examens afschaffen en weet ik wat nog meer.'

'En Tamstra, vond die dat allemaal prachtig?'

'Welnee, die deed tijdens de bespreking geen mond open. Toen die jongens weg waren, wou hij de marechaussee roepen met traangas en waterkanonnen, maar vanochtend was hij helemaal omgedraaid.'

'Waar is hij?'

'Thuis. Gewoon thuisgebleven. Heel verstandig.'

'Wat een kwal. Weet je...'

Het lag Dingelam op de lippen te vertellen dat hij Tamstra stomdronken in een seksclub had aangetroffen, maar omdat hij dan ook zou moeten uitleggen hoe hijzelf daar verzeild was geraakt, hield hij zijn mond maar.

Hij begon weer te lopen en hield stil voor kamer 343, zijn eigen kamer, greep de deurknop en wilde naar binnen gaan. De deur was op slot. Hij stak zijn hand in zijn broekzak, bracht zijn sleutelbos te voorschijn, en koos er een sleutel uit. De sleutel paste niet.

O, natuurlijk, dit was zijn oude kamer, deze kamer 343 was al sinds een week de zijne niet meer. Hij keek rond.

'Heb je je vergist?' vroeg Meinema, 'is het jouw kamer niet?'

'Jawel, maar ik heb vorige week een andere gekregen.' Onder het uitspreken van die woorden, besefte hij dat hij zich het nummer van zijn nieuwe kamer niet kon herinneren.

'Of nou, gekregen,' vervolgde hij, 'onder dwang van de Laboratoriumraad en Tamstra moeten afstaan.'

Zich schamend voor Meinema, wierp hij een steelse blik op de sleutel, 352 stond erin gegraveerd.

'Het is aan de overkant.'

Ze liepen naar kamer 352, Meinema heel langzaam, alsof hij zo kon bewerkstelligen dat dit optreden niet lang meer duren zou.

Dingelam stak de sleutel in het slot, de sleutel ging er niet verder in dan halverwege.

'Ook de goede kamer niet?' vroeg Meinema.

Dingelam bonsde nu op de deur en riep:

'Is daar iemand?'

'Ja professor,' zei een meisjesstem, die hij niet herkende, '*wij* zijn hier, want we hebben uw kamer bezet.'

''t Is anders wel een rotkamer, hoor Dingelam,' voegde een mannenstem daar aan toe.

'Die zijn ook vriendelijk, nou, nou,' vond Meinema.

Dingelam zei niets, eigenlijk dankbaar dat die jongen zijn naam genoemd had. Daardoor kon Meinema vaststellen, dat hij nu wel degelijk voor zijn eigen kamer stond en dat Tamstra hem een rotkamer bezorgd had.

‘Zeg Iwert,’ zei hij, ‘jij bent psycholoog, misschien kun jij ze zo ver krijgen dat ze de deur openmaken.’

‘Ach kom toch,’ antwoordde Meinema, ‘probeer de humoristische kant van de zaak te zien. Een groot man als jij, een Nobelprijswinnaar, die gaat hier toch niet een paar studentjes staan bidden en smeken om zijn kamer in te mogen.’

‘Ja juist, daarom vraag ik of jij wat tegen ze zeggen wil.’

‘Zeer vereerd. Maar nee, toch fout. Ga rustig naar huis en wacht af tot het voorbij is.’

Bijna ootmoedig zei Dingelam nu:

‘Ik moet een paar dingen uit mijn bureau halen. Nu. Ik kan anders niet verder werken aan een artikel waar ik mee bezig ben. Ik kan dat daar niet laten liggen.’

‘Hallo!’ riep Meinema, ‘wilt u even naar mij luisteren? Ik ben professor Meinema.’

‘O, aangenaam,’ zei de mannenstem, ‘maar luisteren doen we op het ogenblik liever niet.’

‘We liggen net zo lekker te naaien!’ riep het meisje en giechelde. Er werd door anderen in de kamer zo hard gelachen, dat ze daar minstens met hun tienen moesten zijn.

‘Ik vind het teleurstellend,’ riep Meinema, ‘dat u zich zo onredelijk opstelt. Professor Dingelam wil even iets uit zijn bureau halen en dan wordt u met rust gelaten.’

‘Zit er wat in zijn bureau?’ vroeg een andere mannenstem.

‘Vieze plaatjes zeker!’ riep het meisje.

Lachen.

‘Is je bureau op slot?’ fluisterde Meinema.

‘Nee, dat doe ik nooit op slot en de deur van de kamer heb ik ook nog nooit op slot gedaan. Ze moeten de reservesleutel in mijn bureau hebben gevonden.’

‘U zou twee dingen dienen te onderscheiden,’ riep Meinema, ‘en het valt me tegen dat u zelf dit onderscheid niet hebt gemaakt. Aan de ene kant uw collectieve actie en, aan de andere kant, wat daarvan de gevolgen zijn voor bepaalde mensen die u feitelijk niets hebben misdaan. Hoe u uw weigering professor Dingelam een minuut in zijn kamer toe te laten motiveert, is iets dat ik niet begrijp.’

‘Omdat het een klikspaan is!’ riep het meisje.

‘Een provocateur, een politiespion en een handlanger van de

reactie en het monopoliekapitaal,' riep een mannenstem, die ze nog niet eerder hadden vernomen.

Meinema keek Dingelam aan met een gezicht of hij zeggen wilde: Er is niets aan te doen. En is het trouwens wel onwaar wat ze beweren?

Dingelam beet op zijn onderlip en bekeek Meinema van hoofd tot voeten. Meinema droeg een kort jekkertje met bontkraag, daaronder een zwarte coltrui en zijn hoofd werd gedekt door een Schotsgeruite pet, met een rode pluim in het midden er bovenop. Zo zou *hij* zich nooit aankleden en dat werd blijkbaar gevergd, als je wilde meetellen. Meinema, psycholoog, zou wel degelijk weten wat hij deed. Deskundig. Die had zich in zulke onderwerpen als presentatie en image terdege verdiept. Maar zelfs naar deze zo eigentijds uitgedoste geleerde (en dat was algemeen bekend) werd al niet meer geluisterd. Het *was* hopeloos, hij had gelijk.

'Goed. Laten we dan maar gaan.'

Op de trap kreeg hij spijt.

'Ik heb alleen twee overdrukken nodig en een blad met aantekeningen, anders niets.'

'Je zult toch een paar dagen geduld moeten oefenen, denk ik.'

'Zou je me een plezier willen doen? Zou je vanavond bijvoorbeeld naar mijn kamer willen opbellen? Tegen die tijd zullen ze wel honger krijgen en misschien een beetje inschikkelijker zijn.'

'Ik hoop het.'

'Hoorde je wat dat meisje zei? Dat vind ik toch iets, hoor.'

'Flauwekul! Daar was natuurlijk niets van aan. Met z'n hoevelen zitten ze daar niet?'

'Nee maar toch, dat woord. Die meid zou ik niet graag eens tegenkomen en weten dat ze dat gezegd had.'

'Ik zou me daar maar niet over opwinden, als het mijn dochter niet was.'

Dingelam zei niets terug. Ik heb geen dochter, dacht hij, ik heb helemaal niemand, ik heb alleen een oude haan en Gré.

Meinema dacht: Drommels, *heeft* hij misschien een dochter? *Was* het zijn dochter misschien?

Naast Meinema de trappen aflopend, keek Dingelam op zijn horloge. Kwart over tien. Hij haalde zijn agenda te voorschijn. De kandidaat die hier om tien uur had moeten wezen, heette

Tinselboer. Hoe zag meneer Tinselboer eruit? Hopelijk zou hij hem herkennen, als hun wegen elkaar nog zouden kruisen.

In de vestibule stonden nu allerlei mensen, waaronder studenten. Er werd niet gevochten, zelfs nauwelijks geschreeuwd. Sommigen keken naar hem en Meinema en zeiden niets.

'Is meneer Tinselboer hier ook?' riep Dingelam.

Niemand gaf antwoord, maar alles wat student was ging met zijn rug naar hem toe staan.

Doctorandus Kaeckebeke kwam op hen af.

'Succes gehad?'

'Natuurlijk niet,' zei Meinema met de zekerheid van zijn psychologisch inzicht.

'Probeer het positief te benaderen,' zei Kaeckebeke, 'met een paar dagen is het over. Die ene jongen, Kroondijk, is al omgezwaaid, hoor ik net. Die heeft zich bedacht. Die doet niet meer mee.'

'Er is nu iets anders aan de orde,' antwoordde Dingelam, maar hij had de grootste moeite nog wat te zeggen, 'ik zoek een meneer Tinselboer die om tien uur tentamen bij mij had moeten komen doen.'

'Zie je hem niet?'

Zelfs als hij hem zag, zou hij nog niet weten dat hij hem zag. Dit kon hij natuurlijk tegen zulke mede-menselijk geïnteresseerde figuren als Meinema en Kaeckebeke niet antwoorden. Niet antwoorden zonder er een verklaring bij te geven: het is heus niet omdat ik die studenten veracht, of omdat ik wat tegen heb op mijn mede-mens, maar ik voel me nu eenmaal niet in staat iets anders voor ze te doen dan ze scheikunde leren, zo goed mogelijk, ik ben hun vader niet of hun peetoom, ik kan niet alles tegelijk, ik interesseer me nu eenmaal alleen maar voor scheikunde en ik heb het recht liever helemaal een goed scheikundige te zijn, in plaats van een beetje van alles wat en als ik een goed scheikundige ben, dat is toch voor meer mensen op den duur van belang, dan als ik de gezichten van die paar studenten uit mijn hoofd zou leren om ze een plezier te doen en om de getapte vaderlijke professor uit te hangen—die ze met mooie praatjes zou lijmen en met een kluitje in het riet sturen, net als alle getapte vaderlijke figuren op deze wereld doen.

Hij zei:

'Tinselboer is mogelijk in arren moede weer naar huis gegaan, toen hij hier om tien uur deze keet aantrof.'

'Dat zou verstandig wezen van Tinselboer,' zei Kaeckebeke, 'kom, ik heb vandaag ook nog andere dingen te doen.'

'Ik ook,' zei Meinema.

En ik dan! dacht Dingelam. Maar *waar* moest hij ze doen? Hier was zijn laboratorium. Wat hij doen moest, moest hij *hier* doen en nergens anders. Hier in dit gebouw had hij alles, zijn aantekeningen, het artikel waar hij aan bezig was. Waar moest hij blijven? Thuis? Tinselboer tentamen afnemen met de haan erbij? En hoe kwam hij thuis?

'Zeg,' begon hij, 'zou het geen goed idee wezen de airconditioning stil te zetten. Dan krijgen ze het benauwd, dan krijgen ze misschien een beetje eerder genoeg van hun bezetting.'

Kaeckebeke en Meinema keken elkaar aan en zouden elkaar ogenblikkelijk hebben kunnen vertellen dat ze allebei precies hetzelfde dachten. Te weten: hier is een kind aan het woord, maar laat hem niet merken dat we dit denken.

Kaeckebeke besloot te lachen om Dingelam de nooduitgang te wijzen, waarboven geschreven stond: *Ik maakte maar een grapje.*

Meinema lachte mee, maar had toch geen vertrouwen in Dingelam's begrip voor hun interpretatie van zijn woorden. Daarom zei hij:

'Nee maar, serieus, Roef, echt, dit meen ik: een eigentijds gebeuren zoals dit, kan werkelijk niet in parameters van geweld of dwangmaatregelen worden geplaatst. Echt niet.'

Parameters! Parameters? Dat woord betekende mogelijk in de psychologie heel wat anders dan waar hij ooit van gehoord had. Hoe dan ook, daar liet hij zich de mond niet door snoeren.

'En wat die studenten doen dan,' zei hij, 'is dat soms geen geweldpleging? Het mij onmogelijk maken in mijn kamer te komen door de deur op slot te draaien! Mij te belemmeren in mijn werk... Jullie praten maar wat! Het is jullie laboratorium niet!'

Kaeckebeke gaf antwoord.

'Ik kan niet beslissen dat de airconditioning moet worden afgezet. Daarmee zou ik mijn bevoegdheid te buiten gaan. Die beslissing kan alleen genomen worden door de hoogleraar-directeur.'

'Door de hoogleraar-directeur? Maar dat is Tamstra die zich solidair verklaard heeft! Grote God, dit... dit is om razend te worden.'

Hij draaide zich om en liep met vastberaden stappen naar buiten.

Meinema had ondertussen zijn handen als in gebed voor z'n borst gevouwen en, zijn hoofd ver naar voren gebogen, keek hij Kaeckebeke aan, zijn mond vertrokken of hij iets bitters proefde.

'Ja, sorry, Harm, maar dit was olie op het vuur.'

'Misschien. Maar hij moet nu ophouden! Ik ben een echte Grunninger en op een bepaald ogenblik zeg ik: Kop d'r veur en dwars d'r doorheen. Misschien begrijpt-ie het dan.'

Jij bent helemaal geen Grunninger, dacht Meinema, maak mij wat wijs. Jouw naam eindigt niet op -ga, -ma, -stra of een andere a. Trouwens, leer mij ze kennen de Grunningers. Jij een Grunninger! Jij bouwt maar een beetje aan je imago, Harm.

Op het pleintje voor het laboratoriumgebouw was ondertussen ook de Duitse televisie gearriveerd. *Nord-West Deutsche Rundfunk* stond er trots op hun wagens. Ze pakten de zaken aan zoals het vertegenwoordigers van een Sechzig Millionen Publikum past. Hele kratten bier hadden ze bij zich, waarvan ze met gulle hand uitdeelden aan de studenten. Dit bracht de stemming erin. Hun regisseurs konden alles van de demonstranten gedaan krijgen wat de kijkers een heldere blik op de ideologie van de alternatieve student zou kunnen verschaffen. Het spandoek BAAS IN EIGEN REAGEERBUIS was van de gevel losgemaakt, want, nietwaar, een lap die daar maar een beetje tegen een gevel hangt te flapperen, daar kan een medium als de televisie, zo bij uitstek geschikt alles wat beweegt vast te leggen, niet veel mee beginnen. Een optocht werd geformeerd. Voorop liepen twee jongens met het spandoek PERMANENTE KRITIEK. Daarachter een met vuisten en papieren zwaaiende menigte. Dan, breed over alles heen BAAS IN EIGEN REAGEERBUIS.

Ze hadden zelfs een paar studenten, hoe was niet duidelijk, zo ver gekregen in de vlaggemast te klimmen. Eerst werd geprobeerd de vlag in brand te steken. Toen de vlag telkens uitwaaide, werd de Nederlandse driekleur aan stukken gereten die, op de grond gelegd, als vloermat dienst deden onder een soort Indianendans.

Dingelam, buiten gekomen, bleef er ademloos naar kijken. Niemand had hem in de gaten. Maar toen zwenkte een cameraman zijn grote apparaat en richtte het op hem. En wie was dat, die daar naast de cameraman stond en aanwijzingen gaf? Dat witte glibberige gezicht... dat had hij gisteravond ook in de seksclub gezien. Dat was die vent met dat rare armpje, die samen met Tamstra was binnengekomen. Geen chemicus, nee, 't was een criminoloog had hij gezegd, Wolf of zo.

Zo'n soort naam.

Dingelam trok zijn gezicht scheef en wuifde tegen de camera, aarzelde een ogenblik, want straks zou er wel weer een naar hem toe komen met een microfoon. Ah! Dan zou hij ze eens iets vertellen! In zijn beste Duits!

Maar er kwam niemand naar hem toe en weinig besefte hij dat een Duitse reporter ondertussen in zijn eigen microfoon zei: 'Dit is Professor Rufus Dingelam, sinds eind vorige week Nobelpreisträger Chemie, die zich van stonde af aan solidair verklaard heeft met de actie van de kritische studenten. Zelfs deze eminente geleerde is niet gespaard gebleven voor het ruwe optreden van de politie, wat te zien is aan het bloed op zijn kin.'

Toen er niemand bij hem kwam om vragen te stellen, liep Dingelam weg. Hij wilde aan de andere kant van het gebouw kijken, of hij door het raam van zijn kamer enigszins zien kon, wat er daar werd uitgevoerd.

Achter veel ramen waren nu studenten bezig er papiertjes op te plakken, waarop ze in viltstift allerlei dingen hadden geschreven en karikaturen hadden getekend. Die op de hoogste etages schenen niet eens te beseffen, dat er beneden niets van te lezen was. Alleen de meeuwen zouden kennis kunnen nemen van hun protesten.

Hij bereikte de achterzijde van het gebouw, vatte de derde verdieping in het oog en probeerde een middel te vinden om uit te maken welk raam het raam van zijn kamer was. Al die ramen waren precies hetzelfde. Sommige geleerden hadden een of twee geraniums voor hun raam gezet. Hij niet. Hoe het dan te vinden? Door te tellen? Maar de hoeveelste kamer, van de zijkant af gerekend, het was, dat wist hij evenmin. Vergeefs pijnigde hij zijn hersens om zich te herinneren of hij misschien toevallig het een of ander in de vensterbank had laten liggen, een stapel boeken bijvoorbeeld, waaraan hij het raam zou kunnen herkennen. Hij herinnerde zich niets bepaalds. Steeds naar de vlakke gevel opkijkend die glinsterde als de tegelwand van een badkamer, liep hij een parkeerterrein op, zich van het gebouw verwijderend, waardoor zijn overzicht ervan wat beter zou worden. En toen, ineens, wist hij welk raam het raam van zijn kamer zou moeten zijn!

De studenten die zich daar bevonden, hadden hem opgemerkt. Ze stonden tegen elkaar aangedrongen achter dat raam en wezen naar hem. Hij liep weer op het gebouw toe en toen weerklonk ineens een heldere knal en even later het breken van vallend glas. Iemand moest het raam stukgeslagen hebben.

'Dingelam! Dingelam!' werd er geroepen.

Hij wist niet wat hij terug zou zeggen en bleef staan kijken tussen de scherven. Was het hele laboratorium uit elkaar gevlogen en zou hijzelf bedolven zijn onder de brokken, hij zou het er graag voor over hebben gehad.

Die meid die daar stond kende hij niet. Ze had sluik, dicht zwart haar, in het midden gescheiden, dat afhing tot haar middel. Ze was in geen geval een student van hem. Zo mooi was ze, waarschijnlijk helemaal geen student. Ze had een papier in haar handen dat ze demonstratief in vier stukken scheurde en die liet ze wegdrijven op de wind.

Een hele stapel papieren moest haar zijn aangereikt. Ze bleef maar bezig ze aan snippers te scheuren die ze weg liet waaien. Hij probeerde vast te stellen waar de snippers terechtkwamen. Zo ver weg... zo ver... nooit zou hij erin slagen de stukken bij elkaar te zoeken, nooit. Kilometers zou hij heen en weer moeten lopen.

Waren het zijn aantekeningen die zij daar stond te vernietigen? Hij zou ze nog kunnen redden, als die straffe wind er niet had gestaan en de fragmenten dicht bij hem op de grond waren gekomen. Wat er op een papier staat, dat in vieren is gescheurd, kun je altijd nog ontcijferen.

Die meid scheen zijn gedachten te hebben geraden en scheurde het volgende papier in acht stukken. Steeds kleiner werden de snippers die zij uit haar vingers liet ontsnappen. Haar haren woeien voor haar ogen en het leek of zij haar handen door een gordijn heen naar buiten stak.

Heel toevallig kwam er een snipper bij zijn voet terecht.

Wat kon het hem schelen of hij zich belachelijk maakte of niet?
Hij bukte zich, raapte de snipper op en zag:

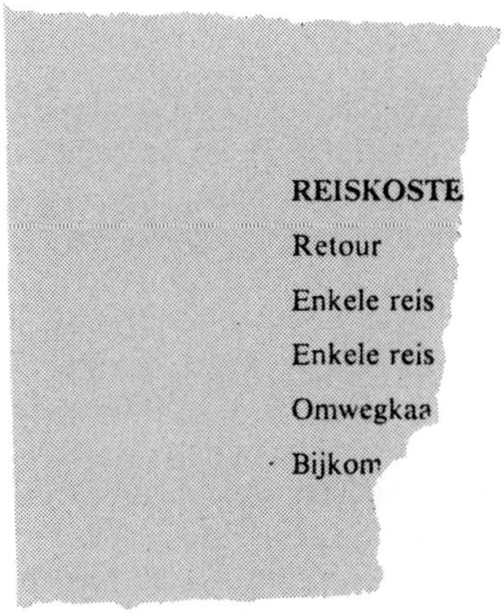

REISKOSTE
Retour
Enkele reis
Enkele reis
Omwegkaa
Bijkom

Moest hij opgelucht zijn of teleurgesteld?

Dit was een snipper van een bedrukt formulier. Een van die formulieren die ingevuld moesten worden als iemand een dienstreis maakte. Anders was het niet. Iedereen had die formulieren in zijn bureau.

Maar dat zijn aantekeningen niet ook waren verscheurd, werd er niet door bewezen.

Het bloemstuk van het universiteitsbestuur was inderdaad schitterend: een uit tenen gevlochten mand, geheel verguld, het hengsel omwikkeld met een kleurig lint van satijn. En aan alle kanten puilden er bloemen uit: blauwe, gele, rode; seringen, anjers, rozen, chrysanten en daartussen veel groen.

Jammer dat Roef net de deur uit was gegaan, toen die bloemist er mee binnenkwam. Dat bloemstuk maakte het huis anders, ja beslist. En een huis moest toch een beetje anders zijn, als er iemand in woonde wie zo iets bijzonders was overkomen. Je kon het bloemstuk ook duidelijk ruiken, gelukkig. Want—en daarover had zij al een beetje gepiekerd zonder er met Roef over te durven praten—het was al aardig naar kippenhok begonnen te stinken.

'En jij blijft eraf, knaapje, begrijp je dat?' zei ze tegen de haan, die omzichtig op de bloemenpracht afging.

Van opwinding voelde ze zich enigszins uitgeput, haar hart sloeg te snel. Haar bloeddruk was toch al sinds enige jaren te hoog.

Ik weet wat ik ga doen, zei Gré bij zichzelf. Ik ga nog een uurtje op bed liggen.

Ze sloot de haan op in de keuken en ging de trap op naar boven.

Dat doet me goed, dacht ze, toen ze de dekens over zich heentrok. Nee. Ze kon er niet tegen, later dan gebruikelijk naar bed te gaan. Half drie was het geworden. Veel te laat. Absoluut. Dat gebrek aan slaap moest worden ingehaald.

En kort daarop sliep ze in.

Pas tegen een uur of een werd ze weer wakker.

Helemaal verkwikt.

Ze kleedde zich aan en ging boodschappen doen.

Gré was de supermarkt ingelopen. Een plat pakje, waaruit door bijvoeging van een liter water vele borden soep konden worden gemaakt, had zij al in haar mandje gelegd. Wat nu nog meer?

Een worst was wel het gemakkelijkste en niet duur. Maar ja, 't was feest vandaag. Ook voor een balletje gehakt zou ze zich schamen, al had hij het zelf voorgesteld. Ze moest Roef op een dag als deze toch wel iets bijzonders voorzetten, al deed hij of het hem niet schelen kon. Hoe had ze hem kunnen aanmoedigen zijn personeel te trakteren, als ze zelf niet eens de moeite nam hem op iets extra-lekkers te onthalen? Maar waarop? Gerookte paling had hij al gehad.

Bij de diepvrieskist bleef ze staan. Gefileerde schol? Spinazie? Ravioli kant en klaar?

Een vrij groot stuk vlees, in helder plastic verpakt, trok haar aandacht door z'n vreemde kleur. Donkerbruin. Wat was dat voor viezigheid? Het leek wel bedorven. En dan die uitzonderlijk hoge prijs die erop stond.

Ze pakte het op en vroeg aan een magazijnchef in een witte jas, die juist voorbijkwam, wat het was.

'Reerug, mevrouw.'

Reerug. Had ze nooit op tafel gebracht. Maar ja, het was tenslotte gewoon een stuk van een beest, net als ossehaas bijvoorbeeld, dus waarom zou ze dat niet kunnen klaarmaken? Gewoon in een pan met halfom plantenmargarine en halfom Diamantvet, zoals ze altijd deed? En dan, als het vlees gaar was en uit de pan gehaald, een flinke scheut water bij het kokende vet. Zo kreeg je lekkere sju. Dat zeiden ze op de televisie ook altijd. Alleen deed die mevrouw op de televisie er geen margarine bij, die nam alleen Diamantvet. 'Omdat het vlees dan mooier bruin wordt dus, en omdat de sju dan pittiger smaakt dus en spatten doet het ook niet dus.'—Maar in werkelijkheid omdat het een reclame voor Diamantvet was dus.

De man in de witte jas kwam weer langs en zag dat ze het stuk reebout in haar mandje legde.

'Een flesje wijn erbij drinken, mevrouw? We hebben juist een schitterende beaujolais aangekregen, vol van smaak, rond op de tong en fruitige afdronk.'

'En hoeveel kost die?'

'Drie vijfenzeventig! Prima wijntje.'

'Dat mag ook wel voor zo veel geld.'

Toen ze bij de kassa stond, viel haar oog op het rek met tijdschriften, want tijdschriften werden hier ook verkocht. Het kleurige omslag van een Duits weekblad trok haar aandacht. Hm. Van die bladen met een bijna helemaal blote meid erop verkochten ze dus tegenwoordig ook al in de levensmiddelenzaken. Ach, waarom ook niet? Moest je dat kind zien zitten, met haar handen in haar hals. Een leuk figuurtje. Zou ze Roef een pleziertje doen en dat blad voor hem kopen? 't Leek haar een plaatje waar hij vast en zeker met plezier naar zou kijken. Ze was niet gek, Gré, ze wist heel goed dat hij zo nu en dan zonder wat te zeggen, een Playboy kocht. Maar dit was Playboy niet, 't was een Duits blad. Misschien vond hij er wel niets aan.

'Juffrouw,' vroeg ze aan de caissière, 'heeft u Playboy ook?'

'Nee, wel Lifebuoy, geloof ik.'

'Nee, dat bedoel ik niet, het is geen zeep, het is een tijdschrift.'

'O, dat weet ik niet, dan moet u bij de tijdschriften kijken.'

Ze betaalde, keek nog even bij de tijdschriften, zag niet wat ze zocht, liet het hele idee varen.

Thuisgekomen met haar beaujolais en haar reerug, begon ze toch te aarzelen. Was het wel waar? Kon je reerug wel gewoon in een pan bakken, net als biefstuk? Of moest het een hele tijd sudderen, zoals osselapjes?

Moeilijk toch altijd, die etenkokerij.

Ze ging haar kookboek opzoeken.

Waar had ze het gelaten?

Gré had twee jaar scheikunde gestudeerd, was er toen mee opgehouden, juist voordat ze zich met Roef verloofde. Toch was alles wat aan een laboratorium deed denken, haar angst blijven inboezemen. Dus ook de keuken. Soms nam ze zich voor wat beter haar best te doen, maar het leek of het gas dan ook beter zijn best deed en aanbranden was het gevolg. In iedere krant die ze te pakken kreeg, las ze de recepten, als ze erin stonden, maar ze knipte ze nooit uit en vergat wat erin stond. Koken was leuk om over te lezen, maar niet om te doen. Ook in het *Kookboek van de Amsterdamsche Huishoudschool, samengesteld door C. J. Wannée* had zij veel gelezen. Maar om er iets uit klaar te maken! Het boek meenemen naar de keuken... neerleggen naast het gasfornuis... Op haar nagels bijtend stond ze in het boek te kijken of ze alles wel deed zoals het moest, terwijl de pannen somber pruttelden op het vuur.

Het ging altijd verkeerd. Nu was dat kookboek al dagen zoek. Ze deed alle keukenkasten open, zag het nergens.

Eindelijk haalde ze het te voorschijn uit de spleet tussen de wasmachine en de keukenmuur, zocht op: 'reerug', in het register. Stond er niet in. Wel 'Reebout'. Zou dat veel verschil maken?

'Reebout' vond ze en 'Gemarineerde Reebout'. Wat er over dat laatste gerecht verteld werd, begon ze het eerst te lezen.

'Was het vlees af, zet het gedurende 2 à 3 dagen in half water, half azijn met de kruiden. Keer het in die tussentijd telkens om. Wrijf de reebout daarna in met zout, lardeer hem en braad hem 25 à 30 min. per 500 gram in de boter. Maak de jus met room en en het vocht waarin het vlees gestaan heeft, af.' Het andere recept luidde ongeveer hetzelfde, maar het marineren kon achterwege blijven. Dat was een geluk, want hoe moest ze nu die reerug, die ze vanavond op tafel wilde brengen, '2 à 3 dagen' laten marineren? Zou een paar uur misschien ook genoeg wezen? Moeilijk probleem. Maar weet je wat, ze zou de vrouw van Andreas Ballingh eens bellen. Die wist zulke dingen. Die wist altijd alles: wat in de mode was en wat niet, waar je de beeldigste jurkjes moest kopen en hoe je de vreemdste gerechten moest klaarmaken. Die had verstand van wijn en de hemel mocht weten welke andere frivole dingen. Een vrouwtje dat nooit gestudeerd had, wel lief hoor. En aan huishoudgeld natuurlijk nooit gebrek. Als je bedacht wat Ballingh er allemaal bij verdiende aan zijn oorlogsboeken...

Ziska was een echte Wienerin. Ze sprak Nederlands met een licht accent, maar overigens perfect, een beetje alsof ze in Zuid-Limburg geboren was. Maar ze kwam uit Wenen. Zelf vertelde ze dat haar vader, een arts, hoewel een tegenstander van Hitler, als officier van gezondheid, hij moest wel, was gesneuveld in Afrika. Maar Kaatje Ongering beweerde dat hij dokter geweest was in een concentratiekamp en smadelijk aan zijn eind gekomen bij de bevrijding van dat kamp. Meteen opgehangen. Vast stond dat Ziska, destijds tien jaar oud, zelf ook het een en ander meegemaakt had met de Russen. Enfin, dat kon ze niet helpen en ze zag er altijd beeldig uit en kon fantastisch koken.

Gonnie en Piet hadden daar wel eens gegeten en erover verteld.

Gonnie was in zekere zin net zo'n type. Wou Ziska in alles nadoen en het lukte haar altijd maar weer net eventjes niet. Nou ja, Gonnie en Piet waren wel lief, maar in wezen vreselijk kleinburgerlijk, vond Gré.

'Dag Ziska, met Gré.'

'Nnnee zeg, dag Gré, hoe gaat het met je? Ik sta de hele dag al op het punt je te bellen wegens de onderscheiding van Roef. Zo enig. Zijn jullie erg gelukkig?'

'Kind, wat zal ik je zeggen. Het is moeilijk te verwerken, het is erg vreemd. Je moet eraan wennen. Absoluut, je moet eraan *wennen*.'

'Dat kan ik me voorstellen. 't Is een heel diepgrijpend gebeuren, natuurlijk. Ben je trots dat je met zo'n buitengewone man getrouwd bent?'

'Ja, wat dacht je! Maar het is wel oppassen dat hij niet te veel verbeelding krijgt.'

'Ha, ha. Enig! EEEnig! Maar je gaat hem toch wel een beetje verwennen?'

'Ja precies, dat was ik van plan. En daarom bel ik je ook. Jij weet altijd alles over bijzondere dingen. Ik wou een advies van je hebben.'

'Vertel. Ga je die haan toch maar opeten? Ik ben een en al oor.'

'Hoe weet je dat van die haan?'

'Is me verteld door iemand. Stop je 'm in de pot?'

'Nee hoor. Ik heb een reerug gekocht en nu wou ik je vragen...'

'Ik begrijp het al. Luister. Ik weet een zaaaalig recept voor reerug. Je doet er zout en peper op en laat hem een paar uur marineren in rode wijn met fijngesneden ui, sjalotjes, tijm, laurier en rozemarijn. Heb je een potlood bij de hand, of kun je het zo onthouden?'

'Ja, ik heb een potloodje en een papiertje naast me liggen,' loog Gré.

Sjalotjes... tijm... laurier... rosmarijn... allemaal dingen die ze niet in huis had en trouwens, in 't boek van mevrouw Wannée stond er niets over.

'Ik ben zo blij dat je me dit vertelt,' zei Gré. 'Is een paar uur marineren genoeg?'

'Desnoods, ja.'

'Dus twee of drie dagen hoeft niet?'
'Nou nee... ach, 't is een kwestie van smaak.'
'En... *in wijn*, moet dat per se?'
'Ja, natuurlijk. Wat dacht je anders?'
'Ik dacht azijn.'
'Azijn? Je bent mal. Dat moet je natuurlijk niet doen. Dat kan wel, maar dat is onzin. Als je zo'n dure reerug koopt, kun je er ook wel een paar flessen wijn aan spenderen. Vind je niet?'
'Een paar flessen? En wat voor wijn dan wel?'
'Een grove donkerrode wijn... een zware wijn.'
'Ik heb een fles beaujolais van f 3,75. Zou het daarmee kunnen?'
'Nee, nee, nee! Een macon is wel het minste. Die is wel een beetje duurder. En je hebt in alle gevallen twee flessen nodig. Minimaal.'
'O... Maar Ziska, als je daarna die reerug uit die wijn haalt, kun je hem dan nog opdrinken?'
'Natuurlijk niet, Gré. Daar moet je de saus van maken. Je laat de marinade inkoken tot je vier deciliter vocht overhoudt.'
'O, is dat alles wat ervan overblijft, vier deciliter van twee flessen? Nou maar dat vind ik zonde hoor. Dat vind *ik* nou malligheid. Maar in elk geval, heel hartelijk bedankt. Willen jullie komen meeëten?'
'Wanneer?'
'Vanavond natuurlijk.'
'Ach, *zo* schattig van je dat te vragen. Maar dat hoeft echt niet, hoor Gré. En bovendien, het kan ook niet. We hebben vanavond zelf gasten. Die kunnen we echt niet meer afzeggen.'
'Een andere keer dan. Beloofd?'
'Natuurlijk, dat beloof ik. En feliciteer Roef namens Andreas en mij.'

Beloofd, of niet beloofd, het voornaamste wist ze nu: twee of drie dagen marineren hoefde niet.

Ze vulde een pan met half water, half azijn en legde de reerug erin.

Het bruine vlees was nog niet onder het oppervlak van het vocht vol schijven ui en plakjes wortel verdwenen, of zij dacht eraan, dat het diep gevroren was en misschien wel eerst had moeten ontdooien. Hoe lang duurde het voor het ontdooide?

En wanneer ontdooide het vlugger: als het in de open lucht lag of in haar marinade? Stel je voor dat het over een paar uur, als ze het ging braden, in zijn binnenste nog een ijsklomp zou zijn? En trouwens, leerde niet de Wet van Le Chatelier en Van 't Hoff of een andere wet... ja, wat die leerde, zou ze zo precies niet meer weten, maar het kwam er toch op neer dat bij daling van de temperatuur chemische processen langzaam verliepen. Naarmate de temperatuur daalde dus. In toenemende mate zelfs. Die wet—of een andere misschien, enfin, de inwerking van de marinade op dat vlees, op de smaak van dat vlees, zou toch wel samenhangen met chemische processen die moesten verlopen. Ze zouden langzamer verlopen als dat mengsel van water en azijn werd afgekoeld doordat er een stuk diepgevroren vlees in lag, dat in zijn binnenste misschien wel een temperatuur van vijftien graden onder nul had... Enfin... Weet je wat?

Ze nam het zekere voor het onzekere, ze zette de pan op het fornuis, op een laag pitje. Dat kon geen kwaad.

De haan Cavendish was haar nu achternagelopen naar de keuken. Hij stond op de drempel van de keukendeur, keek links, keek rechts.

Gré kreeg hem in de gaten en zei:

'Dag Cavendish, kom jij eens een kijkje nemen?'

'Kròòòògg,' zei Cavendish en tilde zijn rechterpoot op.

Gré was nu in de loop van de dag al zo ver met hem verbroederd, dat hij zich door haar liet oppakken.

Ze nam hem onder haar arm en aaide hem over zijn borst.

Het komt maar zelden voor dat hanen zich in zo sterke mate met een mens verbroederen en dit toelaten. Het is vrijwel uniek. Kwaadsprekers in de provincieplaats waar deze gebeurtenissen zich immers afspelen, hebben wel beweerd dat dit vrijwel unieke feit verklaard moet worden uit de omstandigheid dat Gré nogal wat overeenkomst met een kip vertoonde: ze kon niet vliegen, ze kakelde en had stekende kraaloogjes achter haar bril van vlindervormig plastic. Waarschijnlijk is dat onzin. Een verklaring die alleen in het domme brein van een kwaadspreker kan opkomen. Nooit heeft iemand immers gezien dat een echte kip erin slaagde een haan onder haar arm te nemen.

'Ik zeg toch liever gewoon haan tegen je,' zei ze, 'Cavendish klinkt natuurlijk wel mooi, maar het is toch een beetje gek, wanneer een domme trut als ik de naam van die geleerde Cavendish gebruikt, om een haan aan te spreken. Die ook niets van scheikunde afweet. Kan niet eens een ei leggen. Ik heb wel eens wat aan scheikunde gedaan, maar omdat ik trouwen ging met iemand die dat allemaal toch veel beter wist, heb ik er niks van onthouden. Vertel dat maar niet aan de baas, hoor.'

Ze zette hem neer op het aanrecht.

'Die weet dat trouwens al lang.'

De haan draaide zich om, liep in de richting van het gasfornuis en keek ernaar met zijn rechteroog.

'Jij wou weten wat er in die pot zat,' zei Gré, 'ja, dat was een dingetje dat deze haan wou weten. Maak je maar niet ongerust, haan. Het is geen kippesoep.'

Zij zuchtte. Geen kippesoep. Was het maar waar. Die kon je uit een pakje halen. En als je precies deed wat er op het pakje stond, ging er niets mis. Maar je moest er wel goed in roeren, anders brandde het aan. Eten koken: mislukking dreigde aan alle kanten.

'Laten we naar binnen gaan,' zei ze, 'misschien loopt alles dan nog goed af.'

En ze pakte de haan weer onder haar arm. Ze stak haar vinger naar hem uit, van plan hem over zijn kop te aaien, maar die kam, die bloedrode kam vond zij griezelig. Een huiveringwekkend beest eigenlijk, een haan. Die poten van bamboe. Net een bewegende plant, met al die bonte kleuren. En die schubbige klauwen, net wortels. Een hond of een kat leek toch heel wat meer op een kind.

Zij had het bloemstuk van het universiteitsbestuur midden op de huiskamertafel gezet. Dan zou Roef het meteen zien bij zijn thuiskomst. Dat kon niet missen, anders was er kans dat hij het helemaal niet zou opmerken. Die man was zo verstrooid, het duurde altijd een eeuwigheid voor hij het in de gaten kreeg als er iets nieuws was, of iets anders. Bijvoorbeeld als ze naar de kapper was geweest. Zelfs wanneer ze ten einde raad tegen hem zei: Zie je niets bijzonders aan me? zag hij dikwijls nog niets... En ze ging al bijna nooit naar de kapper, soms in geen jaar. Zonde van het geld en Roef liep toch met zijn ogen in zijn zak.

Maar was het niet een beetje overdreven dat bloemstuk midden op de grote tafel? 't Universiteitsbestuur hoefde zich ten slotte niet al te veel te verbeelden. Aan hen was het waarachtig niet te danken dat Roef nu een wereldberoemde Nederlandse geleerde worden zou. Als ze het op het kleine ronde tafeltje bij het raam zette, zou hij het ook wel zien. Dan kon ze de grote tafel vast dekken. Hij had altijd honger als hij thuiskwam: lang op zijn laboratorium geweest en door de koude lucht gefietst. Altijd zorgde ze ervoor dat de tafel dan gedekt was. En op een dag als vandaag dan niet?

Ze kon voorkomen dat het te lang duurde voor hij de bloemen opmerkte, door zodra hij de gang binnenkwam te roepen: 'We hebben zulke prachtige bloemen van het bestuur gekregen!'

Dat was beter.

Ze nam de bloemenmand op en zette hem op het kleine tafeltje. Toen zag ze dat er grote happen uit het groen genomen waren. De tafel lag vol kleine stukjes mos.

'O haan! Lelijke stouterd! Dat heb jij gedaan en ik heb je nog zo gewaarschuwd. Ik zal je weer opsluiten als je dat nog eens doet, hoor. Die bloemen zijn van de baas en daar moet je afblijven!'

Zij zuchtte en zei bij zichzelf: Ik ben soms bang dat ik op een dag helemaal zwakzinnig word. Nou zijn het nog maar grapjes, haan, nou praat ik nog maar hanetaal voor de grap. Maar je weet het nooit.

Wat nu te doen?

Dingelam keek om zich heen. Die Duitse televisiemensen waren nog steeds aan het donderjagen met de studenten, maar op hem lette niemand meer. Tussen de auto's op het parkeerterrein was hij trouwens zo goed als onzichtbaar.

Misschien was het 't beste als hij naar het laboratorium van Piet Stroomer liep. Dan zou hij daar Gré kunnen opbellen, om te vragen of ze hem wou komen halen.

Hoewel, dat leek hem toch niet zo'n erg goed plan: eerst zou hij haar alles door de telefoon moeten uitleggen. Het ongelukje met z'n fiets. Dat z'n laboratorium bezet was. Dat hij z'n kamer niet in kon. O nee. Om dol te worden. En dan door haar te worden afgehaald—iedereen zou het zien. Misschien zouden ze hem uitjouwen waar Gré bij was. En als dat niet gebeurde, zou hij het hele verhaal in de auto nog eens moeten overdoen. In 's hemelsnaam niet. Als hij het vanavond vertelde, was het vroeg genoeg.

Ondertussen begon hij toch het parkeerterrein over te steken, in de richting van het tweede hoofdgebouw, de zwarte schoenendoos, waar de natuurkundeafdelingen waren. Daar zat Piet Stroomer. Hij bedacht een beter plan. Hij zou proberen die student Tinselboer op te bellen, hem daar naartoe te ontbieden, daar het tentamen afnemen. Maar hoe kwam hij aan het telefoonnummer van Tinselboer? Misschien stond het gewoon in de telefoongids. Misschien ook niet, als die jongen in een pension woonde. Dan was Treesje de enige die dat telefoonnummer en zijn adres in haar administratie had. Waar zou Treesje naartoe gegaan zijn? De administratie was ook bezet. Alle gegevens over tentamens en examens zouden worden gestolen of verscheurd door die rotstudenten. Of misschien worden vervalst. Negens en tienen zouden ze voor zichzelf noteren. Dat was de enige bedoeling van hun bezetting.

Dingelam bereikte het einde van het parkeerterrein, klom over een laag hekje en kwam zo op het parkeerterrein dat bij het zwarte gebouw hoorde. Ook dit stak hij over.

Door een draaideur ging hij naar binnen. Hij kon kiezen uit vier liften, alle vier in de kern van het bouwwerk. Er hing een lijst met namen, waarop hij het nummer van Piets kamer vond: 1918. De liften hier zijn ook veel ruimer dan bij ons, mompelde hij bij zichzelf, terwijl hij er een binnenging, en dat nog wel, ofschoon er hier op elke verdieping, zoveel kleiner van oppervlak, veel minder mensen zijn. Zelfs het dubbele aantal verdiepingen—twintig in plaats van tien—compenseert dat niet. De fysici hebben veel beter uit hun doppen gekeken toen ze de bouwplannen onder ogen kregen, natuurlijk. Zitten ook niet opgescheept met een imbeciel als Tamstra.

Op de negentiende etage stapte hij uit. Alles ging hier rustig zijn gewone gang. Achter gesloten deuren bromden en klikten apparaten. Hier en daar zag hij, door een open deur, studenten in witte jassen met laboratoriumapparatuur bezig zijn.

Die Piet! Om jaloers op te worden! Die kon rustig zijn middelmatige levensprogramma afwerken en zou dat blijven doen tot hij zeventig jaar was en z'n middelmatige afscheidscollege zou geven. Piet, die zei op alles ja en amen in de vergaderingen, stond elke zeurkous ad infinitum te woord, liet het aan zijn collega's over aan onbegaafde studenten te vertellen dat ze beter een sigarenwinkel konden beginnen of een fietsenstalling.

Piets kamerdeur stond half open. Dingelam keek om de hoek. Piet was er niet, zeker even weggelopen. In een belendende kleinere kamer zag hij op een stoel het achterwerk van een meisje dat ongetwijfeld Piets secretaresse was.

Dingelam ging naar binnen en liep door tot in de kamer van de secretaresse, die zich van haar schrijfmachine op haar draaistoel naar hem toe wendde. Hij zag dit meisje voor het eerst van zijn leven.

'Is professor Stroomer er niet?'

'Professor Stroomer geeft college op het ogenblik.'

'Tot hoe laat?'

'Tot half twaalf.'

'Kan ik op zijn kamer op hem wachten?'

'Ik denk dat u beter in de bibliotheek kunt gaan zitten.'

'Dat doe ik liever niet. Ik ben professor Dingelam. Ik weet zeker dat professor Stroomer er geen bezwaar tegen heeft, als ik in zijn kamer op hem wacht.'

'O, bent u professor Dingclam.'

'U weet misschien wat er aan de overkant in mijn laboratorium gebeurt?'

'Jawel hoor. We hebben alles uit het raam gezien. Maar we zitten hier zo ver van de grond. Jammer dat we geen verrekijker hebben.'

Ze lachte met een gezicht of ze dacht: ja gezellig, konden we samen om de beurt door die verrekijker turen.

'Ik kan me voorstellen dat u zich geamuseerd heeft. Maar er zijn ook ernstige kanten aan de zaak. Heeft u hier een telefoongids?'

'Natuurlijk, professor.'

Ze keek rond, kon zonder op te staan het telefoonboek van een rek grijpen, gaf het hem.

Hij bladerde erin. Tinnema, Tinnema, Tinnema, Mevr. Tinnema-Sjolleman, Tinneman, Tintelaar.—Geen Tinselboer.

'Ik kan het hierin niet vinden, ik zoek het telefoonnummer van een student Tinselboer, maar hij staat er niet in.'

'Misschien heeft hij geen telefoon.'

'Dat hoop ik niet.'

'Of misschien woont hij ergens bij mensen in. Het kan natuurlijk ook, dat de telefoon op een andere naam staat.'

'Hoe komen we daar achter?'

'U zou altijd eens kunnen proberen in het Jaarboek van een studentenvereniging te kijken. Of wacht, misschien staat hij bij ons ook ingeschreven, als bijvakstudent.'

Nu stond ze op, liep naar een stalen ladekast, trok er een kaartsysteem uit en bladerde.

'Tinselboer. Lambertus Derk. Is hem dat?'

'Dat denk ik wel. Dank u zeer.'

'Z'n telefoonnummer is 266788. Ik zal het even voor u opschrijven. U kunt hier bellen, of hiernaast, als u wilt. U moet eerst 01 draaien om de stadslijn te krijgen.'

'Als gebruikelijk,' antwoordde hij. Dat kind moest nu ook weer niet denken dat hij helemaal zwakzinnig was.

Met het kladpapiertje in zijn hand ging hij aan het bureau van Piet zitten en draaide 01 266788.

Al bij het eerste overgaan van de schel werd er opgenomen.

'Krullingae, spreekt u mee.'

'Met Dingelam. Kan ik meneer Tinselboer even spreken?'
'Ach welnee meneer, da kan nie.'
'Is hij niet thuis?'
'Ach meneer, dat weet ik toch zeker niet.'
'Zoudt u zo goed willen zijn even te kijken of hij thuis is?'
'Ach man, hoe kan dat nou. Die woont hier al lang niet meer.'
'Kunt u me misschien zeggen waar hij dan wel woont?'
'Ach welnee meneer, da kan nie.'
'Dank u.'
'Graeg gedaen, 'oor.'

In zijn hart vond hij het niet behoorlijk aan het bureau van Piet te blijven zitten, nu hij klaar was met telefoneren. In andermans kamer zitten kon hij wel met zijn geweten overeenbrengen, maar aan andermans bureau, eigenlijk niet.

Achterin de kamer stond een rond tafeltje met glazen blad en daar omheen drie lage stoeltjes. Zoals ze in zijn eigen kamer ook stonden. Hetzelfde meubilair. Alleen had Piet gele bekleding gekozen en hijzelf baksteenrode. Er was op bezoekers gerekend, zoals in alle docentenkamers van alle universitaire instituten.

De eerste gedachte die in hemzelf zou opkomen, als hij zijn kamer binnenkwam en er zat een ander achter zijn bureau, zou zijn: Vent, lazer op! Ben jij gek geworden? Daar in de hoek kun je wachten, maar achter MIJN bureau?

Toch was Dingelam niet meteen opgestaan uit Piets bureaustoel, nadat hij de hoorn weer op het toestel had gelegd. Hij zat met zijn rug naar het raam en door honderdtachtig graden te draaien—het was een stoel met draaibare zitting—kon hij naar buiten kijken.

Je was hier wel erg hoog boven de grond en de auto's beneden op het parkeerterrein leken zo minuscuul. Wat een panorama: de autoweg, weiden, boerderijen, de stad op de achtergrond, met daar bovenuit de Barbarossatoren waarvan een kop recht in deze richting keek. De vrouw of de man, dat was op deze afstand niet uit te maken. Met een beetje nadenken zou je kunnen weten welke het moest zijn.

Alle ramen van het witte scheikundegebouw aan de overkant glansden. Hij kon nu met het grootste gemak vaststellen welk raam bij zijn eigen kamer hoorde. 't Was dat raam met dat gat erin, als een zwarte vlek die niets weerkaatste en niet kon glanzen. Of er in de kamer iets voorviel, bleef voor hem verborgen. Hij keek er schuin van bovenaf in en zag alleen de brede vensterbank en een klein stukje van zijn bureau. Ik heb niet de gewoonte met mijn rug naar het licht te zitten, zoals Piet, blijkbaar.

Zijn eigen bureau stond dan ook veel dichter bij het raam, recht ervoor.

Zo op deze afstand leek het of er niets bijzonders was gebeurd – alleen een ruit gebroken. Ook van de bezetters viel er niets meer te bespeuren. Als er nog herrie werd geschopt en opgetreden voor de televisie, deden ze dat aan de voorkant. Dus wat wou die meid hiernaast beweren? Als ze al iets gezien had, had ze hemzelf gezien. Hoe hij daar gestaan had tussen de scherven. Hoe de snippers van zijn papieren door de lucht vlogen. Ze kon er niets van begrepen hebben—behalve als deze of gene het haar uitgelegd had door de telefoon. Verdomme.

Wat moest hij nu hier op Piets kamer verder uitvoeren, terwijl Piet college gaf? Een of ander tijdschrift pakken? Waarom? Al jaren las hij niet meer uit nieuwsgierigheid. Hij las alleen artikelen die hij nodig had in verband met problemen waar hij op studeerde, anders niet.

Piet gaf college.

Zijn eigen college had al tien minuten geleden moeten beginnen. In plaats daarvan zat hij hier te wachten tot Piet klaar zou zijn en binnen zou komen. En dan? Piet zijn nood klagen? Het hele verhaal vertellen? In zijn hart zou Piet hem misschien wel uitlachen. Het zou iets anders zijn geweest, als hij Piet hier onmiddellijk had aangetroffen, toen het gebeurde hem nog voor op de tong lag.

Piet! Aan Piet zijn nood te moeten klagen! Piet, brave vent, maar geen licht. Als het van mij alleen had afgehangen, zou hij nooit zijn benoemd. Piet zijn nood klagen... Maar wie ter wereld had er medelijden met een Nobelprijswinnaar?

'Hé, wat doe jij hier, Roef?'

Dingelam sprong op van de stoel, of hij op heterdaad betrapt was.

'Schrok je?' zei Gonnie, 'je hoeft van mij toch niet te schrikken?'

Zij had een kort, zwartglanzend bontjasje aan en een lange broek die zeer strak om haar dijen zat. Zij hield een pakje brood in haar hand.

'Ik heb hier even opgebeld,' zei hij, terwijl hij achter het bureau vandaankwam, 'Piet geeft college, hoor ik net.'

'Ja dat weet ik. Hij had zijn twaalfuurtje weer eens vergeten en omdat ik toch even naar Leeuwarden moest, dacht ik, nou dat breng ik even.' Ze legde het plasticzakje met het brood naast de telefoon.

Toen hij met haar uit de lift stapte, had hij het hele verhaal gedaan: het ongelukje met zijn fiets. Dat hij zijn eigen kamer niet in kon. Kaeckebeke en Meinema die hem de raad hadden gegeven het er vandaag maar bij te laten. Tinselboer die niet was komen opdagen en ook niet telefonisch bereikbaar. De onmogelijkheid college te geven.

En Gonnie had gedaan of het allemaal nieuw voor haar was, of zij nooit geweten had dat het Laboratorium voor Technische Scheikunde zou worden bezet. Ze zou wel gek wezen te laten doorschemeren toch wel enigszins op de hoogte te zijn geweest. Ze gaf luidkeels lucht aan haar verontwaardiging, ze gaf hem groot gelijk.

'Roef, je bent gewoon niet goed wijs dat je je nog uitslooft voor dat tuig.'

Hij begon steeds woedender te praten.

'Maar Roef, je lijkt wel mal! Je moet het helemaal van je afzetten! Als er in dit land zulke krankjoreme wetten worden gemaakt, als iedereen lijdzaam het hoofd in de schoot legt, wanneer een troepje onrijpe vlegels denkt de lakens te kunnen gaan uitdelen, wie kan dan nog verwachten dat een ambtenaar zijn plicht doet? En trouwens met een paar dagen is het weer over en gaan die knulletjes gewoon weer aan hun werk.'

'Moet ik daar blij om wezen, als ze gewoon weer aan hun werk mogen gaan? Dat is een krankzinnig schandaal! Als tien jaar geleden een student maar een tiende gedaan had van wat ze tegenwoordig doen, dan zou je hem toch zeker van de universiteit hebben afgetrapt! Wegsturen dat tuig, en zorgen dat ze ook bij geen enkele andere universiteit ooit meer terecht kunnen! Mijn hele kamer hebben ze overhoop gehaald, alle papieren verscheurd.

Er staan daar instrumenten die meer dan twee ton hebben gekost. Ze hoeven alleen maar te dreigen de hele boel kort en klein te slaan! Het is nog een wonder dat ze geen gijzelaars hebben genomen.'

'Ach kom, welnee, zo ver gaan ze niet. Toen in Amsterdam een paar jaar geleden iets dergelijks gebeurde, hadden ze niets kapotgemaakt. Er lagen alleen hier en daar wat sinaasappelschillen en lege bierflesjes op de vloeren.'

'Ik geloof die verhalen niet. Waarom gaan ze dan de boel bezetten? Dan zouden ze toch, als ze willen demonstreren dat ze 't met de gang van zaken niet eens zijn, gewoon *in staking* kunnen gaan en *thuis* blijven? Dat zou toch zeker ook kunnen?'

'Ja natuurlijk, maar dat zou niemand merken, want in Nederland is geen enkele student verplicht naar college te gaan, het is geen schooltje. Als hij thuis blijft, dat moet hij zelf weten.'

'Zo zie je: er valt helemaal geen revolutie te maken. Een student mocht toch al altijd doen en laten wat hij wou. Mijn god, ik zou er wat voor geven, als ik wist hoe ze zo gek komen. 't Is dat er veel te veel studeren die het niet kunnen. In plaats van toe te geven dat ze er niet toe in staat zijn, willen ze de hele universiteit kort en klein slaan. Uit spijt!'

'Nou ja, het zijn eigenlijk nog kleine kinderen. Ze hebben er natuurlijk op gerekend dat er allerlei verslaggevers van de televisie zouden komen. Gewoon thuis blijven, dat is zo weinig spectaculair, nietwaar. Dat is niet visueel. Daar kan de televisie niets van laten zien.'

'Je moest eens...'

Maar ze waren juist bij de draaideur gekomen en hij bleef staan om Gonnie er het eerst door te laten. Toen hij ook buiten kwam en zich weer bij haar voegde, scheen ze helemaal vergeten te zijn, dat hij begonnen was haar iets te vertellen.

'Wat een heerlijk weer, voor de tijd van het jaar!' riep ze uit. Ze pakte zijn hand en vervolgde:

'De natuur is je goed gezind, Roef.'

Duidelijk voelde hij, dat ze in zijn hand kneep.

'De natuur houdt van je. De natuur neemt het je niet kwalijk dat je haar een van haar geheimen hebt ontfutseld. Zeg ik dat niet mooi?'

Het was heel prettig dat zij in zijn hand kneep.

'Ik denk dat jij door de natuur bent afgevaardigd om me dat te vertellen,' zei hij.

Maar zij liet zijn hand natuurlijk gauw weer los, want een reden om met hem hand aan hand over het parkeerterrein te lopen, was er niet.

Toch zei ze:

'Nou, dat vind ik een geweldige eer voor me, dat je me dit zegt. En je stem klinkt tenminste een heleboel vrolijker dan zoëven.'

Toen hij in de gaten kreeg naar welke auto ze toe liepen, zag hij dat het er eentje was die hij *een gewone auto* noemde.

Hij kende maar twee soorten auto's: gewone en rare.

Dit was een gewone: gebroken wit van kleur en tamelijk vuil, het chroom niet vrij van roest, vier deuren. Van voren een neus met de motor erin en van achteren een soortgelijke neus, waar je koffers in kon opbergen.

Dat was bij de Volkswagen van Gré precies andersom. Zo'n Volkswagen vond hij dan ook een *rare* auto.

Gonnie maakte het linkerportier open, ging achter het stuur zitten en ontsloot van binnenuit het portier waar hij voor stond.

Over het dak van de auto heen wierp hij een laatste blik op het witte gebouw en het zwarte gat in het raam van zijn kamer. De verschijning van die meid had hij voor Gonnie verzwegen.

Hij stapte in en vroeg:

'Gisteravond vertelde je me dat je zo graag hard rijdt. Is dit de auto waarmee je dat doet?'

'Heb je dat onthouden? Wat goed, zeg. Ja, dit is 'm. Piet is vanochtend met de kleine Fiat gegaan. Die deur is niet goed dicht, je moet hem met een flinke klap sluiten.'

Hij duwde het portier weer een eindje open en sloot het met een klap.

'Ik wil je eerst wel even naar huis brengen, voor ik naar Leeuwarden ga, hoor.'

'Welnee, ik heb toch tijd genoeg en wat moet ik thuis doen?'

'Zoals je wilt. Ik vind het prima. Gezellig. Heb ik een aanspraakje onderweg.'

'Dank je,' zei Roef en legde zijn linkerhand op haar dij, terwijl ze, druk aan het stuur draaiend, een halve bocht achteruit maakte.

Hij nam zijn hand weer weg, toen zij haar rechterhand van het stuur nam om de hefboom van de gangwissel te bedienen.

Hard geknepen had hij niet, maar toch voldoende om te beseffen dat hij haar veel langer in haar dijen zou willen knijpen, als hij zeker wist dat het mocht.

Hij zei:

'Je zult het misschien gek vinden, maar ik ben eigenlijk een beetje bang om naar huis te gaan.'

'Wat zeg je nu! Jij kan er toch zeker niets aan doen?'

'Daar heb ik juist de pest over in. Kon ik er maar wel iets aan doen. Ik kan er niet alleen niets aan doen, ik kan ook helemaal niets *doen*. Alles wat ik nodig heb om wat te doen, is op het laboratorium. Ik kan niets doen en niets terugdoen! En dan thuis Gré in de weg lopen, die er natuurlijk niets van zal begrijpen. Alles wat mij overkomt is volgens haar altijd mijn eigen schuld, als het iets onaangenaams is. En als het iets prettigs is, telt het voor haar helemaal niet mee. Je raadt nooit wat ze zei, toen ik haar vertelde dat ik de Nobelprijs gekregen had.'

'Och Roef, dat... nou wat zei ze dan?'

'Hoeveel is het, zei ze. Hoeveel is het. En toen ze wist hoeveel het was, zei ze: Maar daar kunnen we toch niet van leven? En het is verdomme nog waar ook, dat je daar niet van leven kan, in een land waar het geld elke maand twee procent minder waard wordt. Het is, verdomme, nog waar ook. Anders nam ik ontslag. Je loopt tegen de zestig en dan heb je feitelijk nog niets bereikt.'

Gonnie naderde de hoofdweg en schoot, vlak voor een vrachtwagen langs, die voorrang had, de rijbaan op.

'Jij rijdt vlot.'

'Mijn devies is: of hard rijden, of helemaal niet. Als ik niet hard rijd, val ik gewoon in slaap.'

'Zo... jij ook? Ik heb vroeger eens mijn rijbewijs gehaald, maar ik heb het laten verlopen. Ik vond rijden vervelend. Ik kon er mijn gedachten niet bij houden. Dat was natuurlijk gevaarlijk en om het gevaar te verminderen, reed ik niet hard. Daardoor werd het nog vervelender. Dus, omdat Gré toch zo graag rijdt, laat ik tegenwoordig haar maar rijden.'

'Ontslag nemen,' zei Gonnie, 'zulke dingen zijn meestal vlugger gezegd dan gedaan.'

'Meestal wel.'

'Piet, bijvoorbeeld. Piet heeft er ook dikwijls over gepraat, ontslag te nemen. Het leven is hier zo anders dan in het Westen. Eigenlijk bijna niet om uit te houden. Als Piet in Leiden professor had kunnen worden, zou hij daar zeker niet zijn weggegaan. O jee, nee. Maar toen dit hem hier werd aangeboden, betekende het een promotie voor hem. Dat was natuurlijk ook niet te versmaden.'

Piet! Piet had promotie gemaakt, zeg dat wel. Als het van mij afgehangen had, zou hij nu nog altijd assistent in Leiden wezen.

'De mensen zijn hier zo benepen,' zette Gonnie nader uiteen, 'ik had in het begin helemaal niet die banale vooroordelen die de rest van Nederland tegen de Groningers heeft, maar ik kom meer en meer tot de ontdekking, dat het helemaal geen vooroordelen zijn. Een Grunninger ies aoltied nummer ain. Weet je wat ze daarmee bedoelen, de Groningers?'

'Ja, die kreet heb ik ook wel eens gehoord. Dat een Groninger altijd hard z'n best moet doen?'

'Niks hoor. Het betekent dat een Groninger altijd een andere Groninger, hoe 'n grote nul het ook is, als nummer één bovenaan de lijst zal zetten. Dat betekent het. Rassenhaters zijn het.'

'Dat zegt Gré ook wel eens.'

'Ze heeft gelijk. Absoluut. Maar het is helaas moeilijk elders een geschikte vacature te vinden, waar je in kunt duiken. Voor jou is dat nu natuurlijk heel wat anders, hè. Straks beginnen ze aan alle kanten aan je te trekken en heb je het maar voor het kiezen.'

'Ik hoop het. Hoewel, veel vertrouwen dat het aan een andere universiteit beter zal zijn, heb ik eigenlijk niet eens. 't Is immers tegenwoordig overal even democratisch.'

'Het hoeft toch zeker geen universiteit te wezen? Je hebt alle kans dat je geïnviteerd wordt voor het Institute for Advanced Studies van Princeton, of het Institut des Hautes Etudes Scientifiques bij Parijs.'

'Nou nou, jij bent wel op de hoogte van ons wereldje.'

'Geen wonder! Als je wist wat Piet niet allemaal geprobeerd heeft. En ik z'n sollicitatiebrieven in het net tikken.'

Alweer die brave Piet. Hoe haalde hij het in zijn hoofd? Princeton! Welja!

‘Toch weet je niet alles,’ zei Dingelam, ‘dat instituut in Frankrijk is alleen voor wiskundigen en theoretische natuurkundigen. Niet voor chemici.’

‘Maar toch wel voor natuurkundigen. Of heb ik dat ook niet goed gehoord?’

Alleen voor hele knappe, dacht hij, maar hij antwoordde:

‘Ja, dat wel.’

‘Ken jij daar mensen?’

‘Eerlijk gezegd, niemand. Ik zei je toch al, chemici zijn daar niet.’

Gelogen dat hij er niemand kende, maar het was een leugen waarop hij nooit betrapt zou kunnen worden, want er waren inderdaad geen chemici aan dat instituut verbonden.

Ze ging er niet op door.

‘Is jullie buitenhuisje hier niet in de buurt?’ vroeg ze.

‘Waar zijn we dan?’

‘Juist voorbij Aduard. Zie je dat niet? En je komt hier ieder weekend!’

‘Nu je ’t zegt zie ik het wel, maar ik let nooit op de omgeving. Dat laat ik aan Gré over. We gaan er nooit langs deze weg naartoe, trouwens. Ja. Kijk. Kijk daar, die kant op is het boerderijtje, in de buurt van Sauwerd.’

‘Weet je dat ik het nog nooit gezien heb?’

‘O, dan moeten jullie maar eens komen, als het mooi weer is, op een zondag.’

Gonnie kon geen auto voor zich zien, of ze probeerde hem in te halen. Ook op weggedeelten waar niet harder dan zeventig kilometer per uur mocht worden gereden, liet ze de snelheid niet beneden de honderdvijfentwintig dalen. Je kon ruiken dat de motor zijn uiterste best moest doen. Soms tikten gepasseerde automobilisten op hun voorhoofd. Andere zwaaiden een vuist. Een enkele ontstak zijn koplampen, in zijn binnenste betreurend dat het geen machinegeweren waren.

Hier was Leeuwarden al.

‘Dat heb je vlug gedaan.’

‘Verder zal het ook niet lang duren, want ik hoef gelukkig niet in het centrum te zijn. Van stoplichten en verkeersagenten krijg ik het heen en weer.’

Ze sloeg een gloednieuwe straat in en hield stil aan de stoeprand.

'Ik ben over twee minuten terug.'

Ze stapte uit.

Hij haalde zijn pijp te voorschijn en draaide het portierraampje open. Misschien hield ze wel niet van die lucht.

Princeton? Zou dat wat voor hem zijn? Geen Tamstra meer die zou proberen de baas over hem te spelen. Geen gezeur van studenten, want die waren daar niet, alleen personen die werkelijk aanleg hadden. Geen gebrek aan geld als hij een onderzoek zou willen verrichten.

Maar het was in Amerika en dat was ver van het boerderijtje waar Gré zo veel van hield. Nu zou hij natuurlijk tegen Gré kunnen zeggen: Luister goed. Je mag wat mij betreft op je boerderijtje blijven. Ik zal je elke maand geld sturen. Maar IK ga weg. Ik heb geen trek me hier in dit oord mijn hele verdere leven te laten nawijzen, pesten en uitjouwen omdat ik toevallig een Nobelprijs gekregen heb.—Zo zou hij moeten praten.

Als hij de kans kreeg, tenminste. Was een Nobelprijs automatisch een soort toegangskaart voor Princeton? Op zijn leeftijd? Zeker, voor een jaartje, dat zou hem hoogstens een telefoontje hoeven te kosten. Vierentwintig jaar geleden was hij er ook al eens een jaar geweest. Maar een permanente aanstelling? Misschien niet eens. Als ikzelf directeur was van een dergelijk instituut, dacht hij en ik kon kiezen tussen een vent van vijfenvijftig met een Nobelprijs en een van dertig die het ene opzienbarende artikel na het andere publiceerde, zou ik wel weten wie ik koos. Langzamerhand hebben zoveel mensen een Nobelprijs gekregen, dat je er niet eens meer echt beroemd door wordt. Net zo min als je van het geld dat eraan verbonden is, nog rijk genoeg wordt om voortaan onbezorgd te kunnen leven. Evenmin is de beroemdheid die je erdoor krijgt voldoende om er verder op te blijven teren. Ik zou geen oude baas uitnodigen omdat hij een Nobelprijs heeft mogen ontvangen. De dagen van Einstein zijn voorbij. Die heeft trouwens, toen hij in Princeton zat, ook niets opmerkelijks meer beweerd, schijnt het. Ik hoef maar in mijn binnenste te kijken, om te weten hoe ontmoedigd oude bazen feitelijk zijn, al zwijgen ze erover als het graf.

En wat te beginnen als het hem na een aantal jaren toch niet beviel op zo'n instituut? Of in Amerika? Of als hij Gré toch niet kon missen?

Hij deed een trek aan zijn pijp, die hem niet smaakte. Keek op zijn horloge: bijna twaalf uur. Tijd voor zijn boterhammetje. Dat was de oorzaak waardoor het roken hem niet goed bekwam. Hij stak de pijp uit het raam en klopte hem, zonder na te denken, uit tegen de buitenkant van het portier.

Ineens stond Gonnie weer naast de auto. Ze hield een witte platte doos in haar handen.

Hij reikte over om het portier van binnenuit voor haar open te doen, maar ze was hem voor en gleed achter het stuur.

'Het heeft niet lang geduurd, hè? Moet je zien wat ik heb.'

Ze trok de doos open en haalde er een klein broekje uit van zwarte kant, waarin rode en groene bloempjes waren geborduurd.

'Leuk hè? *Zo* schattig... Die dingetjes koop ik in de winkel, natuurlijk,' ze stak haar hand erin om de stof uit te spreiden en het kunstige borduurwerk beter tot zijn recht te laten komen, 'maar hier woont een vrouwtje dat de bloemetjes er voor me op borduurt. Ze is al zesenzeventig.'

Gonnie legde het broekje in de doos en liet nog ander ondergoed van zwarte kant zien—raad eens wat.

'En ze is helemaal niet duur. Grappig, vind je niet? Piet wordt er altijd helemaal wild van.'

Het was prettig dat ze naast hem zat en niet tegenover hem. Zo kon ze misschien niet aan zijn gezicht zien wat hij dacht. Hij had er geen vertrouwen in dat zijn gezicht haar zou bevallen. O Gonnie, ik zou misschien niet minder wild worden dan Piet, al ben ik zoveel ouder. O Gonnie. Piet wordt er natuurlijk niet wild van als hij die dingen in je handen ziet, maar als je ze aanhebt en als je niets anders aanhebt en op het punt staat ze uit te trekken. O Gonnie. Hij voelde zich een opgeschoten jongen en was bang zich belachelijk te maken. Minstens even bang was hij, dat ze zou kunnen raden hoe hij zich voelde.

'Echt,' zei ze, 'dergelijke mensen die dat kunnen, worden zeldzaam. En helemaal niet duur, helemaal niet.'

Ze draaide zich half om, legde de doos op de achterbank. Daarna startte ze.

''t Is de moeder van een werkster die we gehad hebben toen

we hier pas woonden. Een echte Friese familie. Dat zijn sympathieke mensen. Mensen van vlees en bloed, mensen met emoties waar ze rond voor uitkomen, niet van die schijnheilige broeiers als de Groningers.'

Toen ze Leeuwarden nauwelijks verlaten hadden, begon Dingelam zich enigszins bezorgd te maken over de vreemde geur die in de auto hing.

'Wat kan dat zijn?' vroeg hij, 'ik ruik zo'n rare lucht.'

'Ja, ik ook. Net of het naar drop ruikt hier. Misschien komt het van buiten?'

Ze draaide het raampje open. De stank werd minder, dus de buitenlucht kon het niet zijn.

'Het is toch waarschijnlijk iets met de motor,' meende hij. 'Het ruikt als formaldehyde.'

'Motoren?' zei Gonnie, 'die hebben bij Gonnie niet veel in te brengen. Ik stuur, ik druk de pedalen in, ik rem en ik rijd en die auto moet maar doen wat er van hem verlangd wordt.'

'Maar ben je niet bang dat je hem op die manier helemaal kapot maakt?'

'Dat zullen we wel zien als het zo ver is. Zolang er beweging in de zaak zit, zal ik de laatste wezen om me daar het hoofd over te breken.'

Ze maakte een slinger naar de linkerkant van de weg, toeterde omdat een auto die voor haar zat, niet vlug genoeg opzij ging, knipperde met haar koplampen en gaf vol gas.

'Wat ben jij toch zorgelijk en voorzichtig. Auto's zijn ervoor om gebruikt te worden, net als alles in het leven.'

'Ik heb honger,' zei hij, 'en ik heb m'n twaalfuurtje in mijn zak.'

'Ga je gang, eet het op.'

'Dat is zo ongezellig voor je. We zouden, als het je interesseert om het te zien, ook nu wel even naar ons boerderijtje kunnen rijden. Dan zal ik een kop koffie voor je maken.'

'Ja zeg, een goed idee. Dat doen we.'

Een goed idee... Die Gonnie!

'*Wij* hebben er ook wel eens aan gedacht een boerderijtje te kopen,' begon ze te vertellen, 'maar Piet zegt: als we dat doen, dan groeien we helemaal vast in deze provincie.'

'Daar heeft hij geen ongelijk in. Maar wat zou het? Waarom zou een mens niet vastgroeien op een gegeven ogenblik?'

'Het hangt er maar vanaf waar. Piet zegt: in elk geval hier niet.'

'Misschien krijgt hij nog wel eens een kans ergens anders.'

O Gonnie, wij alleen in dat afgelegen boerderijtje. Ik ben in staat je alles te zeggen wat je graag wil horen.

'Juist daarom,' zei ze, 'we geven de moed niet op, hoor. Het komt er maar op aan eens tegen iemand aan te lopen die hem verder helpen kan. Zonder relaties bereik je toch niets in de wereld. Of je moet een genie zijn...'

Enkele kilometers voor Aduard sloegen ze op zijn aanwijzing linksaf.

Ze waren deze zijweg nog geen tien meter opgereden, of Gonnie moest stoppen voor een man met een rode vlag, omdat een paar meter verderop een grote gele graafmachine een gevaarlijke manoeuvre uitvoerde.

'Nou, ze schieten wel op,' zei Dingelam, 'ze zijn bezig een gasleiding te leggen, maar vorige week was er, hier bij de weg, nog niets van te bespeuren.'

Gonnie liet het stuur los en leunde achterover, haar linkervoet op het ontkoppelingspedaal.

'Er zijn mensen,' filosofeerde ze, 'die eigenlijk zonder zich daar bijzonder voor in te spannen, van de ene functie in de andere rollen. Je begrijpt niet hoe het mogelijk is. Zitten ze ergens een maand of zes en dan krijgen ze alweer een brief of ze ervoor zouden voelen een veel betere baan in Californië te accepteren. Ik snap niet hoe ze 't voor elkaar krijgen. Dat moeten toch wel mensen met goede relaties zijn.'

'Best mogelijk.'

'Maar hoe komen ze aan zulke relaties?'

'Ja hoe? Dat weet ik ook niet precies. Relaties schijnen te moeten worden gefokt, zoals de term luidt.'

'O, we hebben vrienden genoeg hoor, her en der. Mensen die een heleboel voor ons zouden willen doen, maar toevallig geen mensen die invloed hebben in de regionen die er voor Piet op aankomen.'

'Ach kom, als je goed zoekt...'

'Zou je denken, Roef?'

'Soms ligt de oplossing van een probleem zo voor de hand, zo dichtbij, dat je er eigenlijk altijd overheen gekeken hebt.'

'Ik hoop het. Ik hoop het maar. Wat zou dat heerlijk zijn. Dikwijls moet ik nog aan mijn eerste man denken. Een fuifnummer eerste klas. Nooit een zorg in de wereld. Wat gebeurt? Zijn zuster, op haar manier net zo iemand, ontmoet in een nachtclub de directeur van Shell in Rhodesië. Binnen veertien dagen was ze met hem getrouwd. Nou, en je begrijpt het wel: meneer mijn voormalige echtgenoot zat even later ook in Rhodesië, hè. En voor brieven schrijven had hij geen tijd. Ik heb toen nog geboft dat Piet me zo leuk heeft opgevangen, maar anders zou ik me geen raad hebben geweten. Dan was ik er onderdoor gegaan, absoluut. Daar zal ik Piet altijd dankbaar voor blijven, al is er verder natuurlijk niet zo erg veel meer tussen ons.'

'Nee?'

'Och, hoe gaat dat na een aantal jaren. Maar dat Piet me nooit zo'n kunstje zou flikken als Cliff weet ik zeker. O, die Cliff was toch zo schijnheilig. Zelf veroorloofde hij zich van alles en nog wat en als ik eens met een van zijn vriendjes in alle eer en deugd naar de bioscoop ging, omdat hij zelf 's avonds laat nog zoveel te doen had op kantoor, maakte hij scènes. Als een jaloerse echtgenoot uit grootmoeders tijd, stel je voor! Maar Piet en ik zijn zulke goede vrienden, dat we elkaar helemaal vrij laten in die dingen. Wij zijn altijd volkomen eerlijk tegen elkaar, weet je, en dat is ook een uiterst belangrijk gegeven!'

Zou ze, dacht hij, dromerig, misschien vandaag toevallig ook net zulk ondergoed aanhebben, als ze hem in die doos had laten kijken?

Zwoegend in zijn rupsbanden draaide het gele monster over de weg, wrong zich tussen twee bomen en daalde af in een weiland.

De man met de rode vlag ging ter zijde staan en seinde, door met de vlag over de grond te zwaaien, dat ze konden doorrijden.

Gonnie schakelde in en gaf gas. De auto kwam bijna niet in beweging.

'Wat zullen we nou krijgen?' riep ze op een toon of ze een stout kind toesprak en gaf nog meer gas. De motor raasde, maar de auto kroop zo langzaam voorwaarts, als het iemand die het met opzet deed, nooit zou lukken een auto te laten rijden. De stank die ze aldoor al hadden geroken, werd niet alleen sterker, maar er was nu ook duidelijk een blauwe walm te zien.

'Dat moet je niet doen,' zei Dingelam, 'daar schiet je niets mee op.'

'Wat dan doen? Hier blijven staan soms?'

Ze schakelde over naar de tweede versnelling, met als enige gevolg dat de auto nu helemaal bleef stilstaan.

'Ik heb geen verstand van auto's,' zei Dingelam, 'maar het lijkt wel of er iets is warmgelopen. Misschien als je even wacht, dat het dan beter gaat.'

Ze zette het contact af en de motor stopte. Hij draaide nu ook het raampje dat aan zijn kant zat open. De blauwe walm trok weg, maar de stank bleef.

Aan Gonnie's kant verscheen de man die met de rode vlag gezwaaid had.

Hij pakte de bovenkant van het neergedraaide glas met zijn vuile handen beet, stak zijn hoofd half naar binnen en vroeg:

'Zijn er moeilijkheed'n?'

Juist op dat ogenblik had Gré haar bordje, waarop een boterham met kaas lag en een kop Nescafé mee naar binnen genomen om de haan gezelschap te houden.

De haan scheen het in de keuken toch niet zo prettig te vinden als binnen en hem in de kamer alleen laten wilde ze niet. Anders zou hij er misschien niet tegenop zien het hele bloemstuk van het universiteitsbestuur op te eten voor Roef thuiskwam.

In de loop van de dag was Gré er toch maar toe overgegaan alles onder oude kranten te bedekken: de vloer, de piano, het dressoir en zelfs de televisie. Het plan de haan zodanig op te voeden, dat hij tenminste niet op de televisie zou poepen, had ze maar opgegeven.

'Het was deze haan niet uit z'n hoofd te praten, dat ik hem liever niet op de televisie had,' zei Gré, 'nietwaar haan? Geenszins, dame, ik als haan zijnde... Deze haan sprak in stadhuistaal en had bovendien de gewoonte zijn zinnen niet af te maken... Ongetwijfeld dame, en aangezien in overweging nemende...'

De haan was nu zo aan haar gewend, dat ze hem niet eens meer hoefde vast te houden, als ze hem over z'n hals wilde aaien. Ze bood hem stukjes van haar brood aan, maar sinds de vorige ochtend had ze hem al zo veel gevoerd, dat hij er niet naar taalde.

Hij vouwde zijn poten onder zich, alsof hij van plan was te gaan slapen.

'Haan rust uit,' zei ze, 'haan heeft z'n dagtaak er weer op zitten.'

Ze zou hem wel een kusje willen geven, maar wist niet waar. Liet toen haar hand maar weer over zijn rug glijden en over het vuurwerk van zijn staart. Gehurkt zat ze voor de televisie, die in de hoek bij het raam stond. Haar ogen dwaalden af naar de straat en ze zag dat de hemel donker werd.

''t Mooie weertje is voorbij, haan. Straks gaat het regenen.'

'In aanmerking genomen dat wij hier droog zitten,' antwoordde de haan en sloot zijn ogen. Maar toen ging de telefoon en van schrik vloog hij op, daalde fladderend op de grond en hobbelde tokkelend naar de achterkamer.

'Schijtlaars!' riep Gré hem na.

Ze nam de telefoon op.

'Jae mevrouw,' zei een door weer en wind en het bespreken van talloze autowrakken gehavende stem, 'met de Weeg'nwacht spreekt u. 'k Wou u maer eev'n zegg'n dat uw man aen de kant van de weg staet onder Aeduard met 'n daeme en of mevrouw meneer eev'n zou kunn'n ophael'n met de waeg'n.'

'Wat zegt u? Mijn man aan de kant van de weg bij Aduard, met een dame?'

'Jawel 'oor.'

'Maar dat is onmogelijk. Mijn man zit op het Laboratorium voor Technische Scheikunde in de Modderpoel. U moet het verkeerde nummer hebben gebeld.'

'U bent toch mevrouw Dingelam?'

'Ja... maar...'

'Nou mevrouw, dan klopt het toch. Professor Dingelam was het.'

'Dus hebben ze een auto-ongeluk gehad?'

'Zo zou je 't kunn'n stell'n, jawel 'oor.'

'Wat is er dan precies gebeurd, meneer?'

'Drukplaet naer de maen, dà kenn'n we zo nie repaereer'n, hè.'

'Wat kan mij dat schelen. Zijn ze gewond?'

'Ach welnee, mevrouw. Maer ze kunn'n nie rijd'n, zeg maer.'

'Ik kom direct.'

Roef een auto-ongeluk gehad met een dame?

Ze holde de gang in, wipte haar jas van de kapstok, greep haar tas, rende de deur uit. De regen kwam in dikke stralen naar beneden, maar ze gunde zich de tijd niet haar mantel aan te trekken en stond, daarmee over haar arm, wel drie minuten in haar tas te wroeten om haar autosleutels te zoeken.

Druipnat was ze, toen ze eindelijk achter het stuur kon gaan zitten.

Met op elkaar geklemde kaken reed zij weg, kromgebogen over het stuurwiel. De regen stroomde zo gewelddadig over de voorruit, dat haar ruitenwissers er niet meer in slaagden een wak te vegen in de vloed van vloeibaar ijs die het glas bedekte.

Uitkijken, Gré, herhaalde ze bij zichzelf, nu geen ongelukjes maken. Gré. Wat zou er moeten gebeuren als jij ook nu weer een stommiteit uithaalde. Kijk uit. Nu mag er echt niets meer mis gaan. Nu minder dan ooit, kluns.

Hoe kwam Roef aan een auto?

Wie zou die dame kunnen zijn?

Zelfs een vaag antwoord op die vragen wist ze niet te bedenken. Een meid uit die seksclub misschien?

Het was of zij zich holderdebolder in een poel van nooit vermoede gruwelen ging storten, maar er was niets aan te doen. Er bleef haar geen andere keuze, evenmin als een tot de hel veroordeelde nog een andere keuze heeft, dan zich te laten vallen in het Eeuwig Vuur.

En was het dus geen wonder, dat de regen ophield, kort voor ze Aduard bereikte? De zon brak zelfs door en de weg, de bomen, het hele landschap, alles zag eruit of het met glanzende nieuwe vernis was bestreken.

En kon het minder dan een goddelijke genade worden genoemd, dat ze even later de schoongeregende witte auto van Gonnie zag staan, met Gonnie en Roef rustig op de voorbank, Gonnie rookte een sigaretje en Roef zat vredig zijn middagboterhammetje op te eten...

Hoe was het mogelijk! Twintig minuten later durfde Gré nog nauwelijks te geloven aan haar geluk. Het leek of ze zich van radeloosheid een soort paradijs was gaan dromen. Hoe ze daar gezellig alledrie rondom het ronde salontafeltje van Gonnie en Piet zaten, ieder achter een glaasje kraaibessenwijn van Terschelling.

Gré, de redster uit de nood, had Gonnie's geborduurde zwarte broekjes en behaatjes ook mogen bewonderen en ze had gezegd:

'Wat beeldig.'

Daarna raakte ze met Gonnie in een lang gesprek gewikkeld over de (geringe) kwaliteit van de hedendaagse kledingindustrie, over de jammerlijke toestand dat er feitelijk nergens meer iets te krijgen was waarover zonder overdrijving erkend kon worden dat het mooi was, omdat het handwerk niet meer bestond en door gewone mensen niet meer kon worden betaald.

Dingelam nam een flinke slok van zijn kraaibessenwijn en verzonk in gedachten.

Zijn in het water gevallen herdersuurtje zou wel nooit meer boven water komen.

Opgelucht en lachend had Gré de verklaring van de gebeurtenissen aangehoord.

'Maar Gonnie, daar heb je uiterst verstandig aan gedaan, een eindje met hem te gaan rijden. Als ik hem in die stemming thuis gekregen had, was er geen land met hem te bezeilen geweest. Wat jammer dat je nu ons boerderijtje niet gezien hebt. Maar we rekenen erop dat jullie eindelijk eens een keer komen, op een zondag. Of waarom niet een heel weekend, als het mooi weer is? We hebben plaats genoeg, ook voor Jacques.'

'Jullie', vooral 'jullie'. Met zoon. Een heel weekend, grote god.

Gonnie staat op en neemt de kraaibessenwijnfles nog eens ter hand. Wat een achterste. De gedachte haar te zien met alleen een van die broekjes aan...

Nee, nooit meer komt die kans terug, als het van mij afhangt, want ik ben er zoëen die niet weet hoe hij dat moet aanleggen. En zij? Toen ze de inhoud van haar doos aan Gré liet kijken, leek het wel of ze dat alleen deed om Gré te laten voelen hoe onschuldig, jazelfs naïef haar bedoelingen altijd waren geweest. En die boodschap was ook tot hem gericht: denk niet dat er ooit nog een tweede kans voor ons zal zijn. Dat de auto kapotging was een vingerwijzing.

Niets was er te verbergen en er zou ook in de toekomst niets te verbergen zijn. O, voor zijn part! Liever vandaag of morgen een nieuwe Playboy kopen. Mits de angst voor zijn beroemdheid die hem steeds meer begon te vervullen, hem zou toestaan naar dat tijdschrift te vragen in de Ila-winkel, of de stationskiosk. Wat een geluk eigenlijk dat Tamstra's portret in de krant had gestaan en niet het zijne! Weet je wie dat was, die daar de Playboy kocht? Dat was professor Dingelam, de Nobelprijswinnaar. Die komt hier de Playboy kopen. Staan zeker bijzonder interessante chemische artikelen in. Koopt de Playboy... Trouwens, weet je waarvoor de stof gebruikt wordt, die hij heeft uitgevonden?

Mijn sentimentele leven zal zich voortaan nog meer in het verborgene moeten afspelen, dan toch al het geval was. Ook ken ik niemand aan wie ik zou durven vragen: Wees zo goed even een Playboy voor me te gaan halen.

– Een Playboy? Wat ga je daarmee doen, Roef?

En Gonnie... Al was hij een soort wetenschappelijke wereld-dictator, dan zou hij er nog niet over piekeren een betere baan te organiseren voor haar Piet! Dat Piet hier hoogleraar was, dat was al meer dan mooi genoeg voor iemand van zijn matige vermogens. En trouwens Gonnie...

En toen kwam hem ineens die meid weer voor de geest, zoals ze daar lachend voor het gebroken raam stond en zijn papieren verscheurde.

Hoe graag zou hij dat ervoor over hebben gehad, als hij die meid kende; als hij, al was het maar een keer, met haar naar bed was geweest. Nog minder: als hij haar maar een keer tersluiks zou hebben kunnen bespieden, naakt en steeds op andere plaatsen half verhuld door haar nachtzwarte haren. Daarvoor zou ze echt wel een paar papieren hebben mogen verscheuren en uitstrooien in de wind.

Te laat.

Te laat om ooit van zijn leven zo'n meid te ontmoeten en haar te laten doen wat hij wilde. Te oud.

Ik moet bekennen dat ik nog nooit van mijn leven tot razend wordens toe verliefd geweest ben. Ik zou niet geweten hebben op wie. En nog erger is deze waarheid: geen vrouw is ooit zo razend verliefd op mij geweest, dat ze bijvoorbeeld... bijvoorbeeld... mijn naam op haar borst zou hebben laten tatoeëren, of alleen maar zo woedend op mij had kunnen worden, dat ze in mijn kamer zou zijn ingebroken om mijn papieren te verscheuren.

Mogelijk was hij een van de grootste scheikundigen ter wereld, maar vast en zeker ook een van de grootste ongeluksvogels die er bestonden. Want die verrukkelijke meid had zijn papieren verscheurd *zonder* dat hij ooit maar een *poging* had gedaan haar aan te randen, of wat dan ook. Hij wist niet eens hoe zij heette, hij had haar nooit eerder van zijn leven gezien, voor zover hij wist. Misschien had ze zelfs niet eens beseft dat die man, die daar beneden stond te kijken hoe zij papieren verscheurde, dezelfde man was die een paar minuten eerder geprobeerd had zijn kamer binnen te komen. En niet beseft dat ze *zijn* papieren verscheurde. Dezelfde man, over wie ze gezegd had dat er wel vieze plaatjes in zijn bureau zouden zitten, dezelfde man tegen wie ze geroepen had dat hij niet mocht binnenkomen, omdat ze juist zo lekker lagen te...

Voor driehonderdduizend gulden, dacht hij, ben ik een figuur geworden in een toneelstuk dat geschreven is door een gek. Die meid had daar zijn papieren alleen maar staan te verscheuren, omdat ze in een boekje van Marx of Marcuse gelezen had, dat je op die manier de onrechtvaardige structuren van de maatschappij veranderen kon. Hadden er tenminste maar inderdaad vieze plaatjes in zijn bureau gezeten! Een wellustig idee: dat die meid, door vieze plaatjes te vinden in zijn bureau, tenminste iets van hem zou hebben geweten, tenminste zijn intiemste verlangens zou hebben ontdekt. Maar het sloeg allemaal nergens op, want er waren geen vieze plaatjes in zijn bureau, alleen chemische formules, papierklemmetjes, een rekenliniaal, dienstenveloppen, formulieren voor reisdeclaraties, en zo voorts.

Even later kwam ook Piet thuis.

Nu weg, dacht Dingelam, ik weet precies wat Piet zal zeggen, als hij hoort dat Gonnie zijn auto in de soep gedraaid heeft.

Maar Piet zei er helemaal niets over, om de eenvoudige reden dat hem er niets over werd verteld.

Hij ging zitten en kreeg ook een glaasje kraaibessenwijn van Terschelling.

Ja, ja, op zijn laboratorium was alles rustig gebleven, vertelde hij, maar bij de Technische Scheikunde was het nog altijd hommeles.

'Krijgen die kinderen dan geen honger?' vroeg Dingelam.

'Ben je mal! Niemand verhindert dat hun vriendjes ze eten brengen. Nou, en dat gebeurt dan ook.'

'Maar hoe denkt het universiteitsbestuur er nu een eind aan te maken?'

'Helemaal geen eind aan maken, natuurlijk. Wachten tot het ze verveelt. En ondertussen maar vergaderen met hun vertegenwoordigers. Je mag het tijd verknoeien noemen of niet, maar dat is nu eenmaal voortaan een essentieel onderdeel van onze hooggeleerde opdracht! Je kunt met een gerust geweten het grootste deel van je tijd gaan zitten verknoeien. Je wordt ervoor betaald, hè.'

'Je wordt er misschien voor betaald, maar je bent er niet voor aangenomen,' zei Dingelam. 'Toen ik werd benoemd, was er van zulke dingen geen sprake.'

'Wees maar blij,' antwoordde Piet, 'dat jij geen hoogleraar-directeur bent en Tamstra wel.'

'Dolblij, vooral wanneer Tamstra zich solidair met ze verklaart.'

'Toe nou, Roef,' riep Gré, 'ga je nu toch niet weer allerlei muizenissen in je hoofd halen. Daar schiet je immers niets mee op?'

'Absoluut,' zei Gonnie, 'daar schiet je niets mee op, Roef.'

'Trouwens,' zei Piet, 'ze krijgen helemaal hun zin niet over de hele linie. Geen sprake van. Jij wordt morgenmiddag om vier uur in de aula gehuldigd, vast als een huis. Op dit punt weten Kaeckebeke en Taets van geen wijken. Daar kun je op rekenen.'

'Kom,' zei Gré, 'we gaan maar weer eens naar ons eigen kasteeltje.'

Gonnie liet hen uit.

'Nog bedankt voor de moeite, zeg. Dag Roef, dag Gré. Heel hartelijk bedankt en ook voor de invitatie eens op jullie boerderijtje te komen.'

'Maar dat spreekt toch zeker vanzelf!' riep Gré uit, 'niet te lang uitstellen, hoor!'

De deur viel achter hen dicht.

'Nu krijgt Piet het verhaal te horen,' zei Dingelam, terwijl ze naast elkaar de straat overstaken.

'Ik zou wel eens willen weten of Piet haar nu ook zo verschrikkelijk uitkaffert, als jij mij zou doen in een dergelijk geval!'

'Ik denk dat ze hem eerst haar nieuwe onderbroekjes zal laten kijken.'

'Ja! Heb je dat gezien? Ze lijkt wel gek! Rode en groene bloemetjes voor een hoop geld! Ik zou wel eens willen weten wat jij zou zeggen als ik mijn huishoudgeld aan zulke flauwekul opmaakte.'

Omdat er niet de geringste kans was dat ze zoiets ooit zou doen en ze het wat hem betreft ook gerust kon laten, zei hij met een gemaakt onnozel gezicht:

'Noem je dat flauwekul?'

'Ja, wat is het anders! Zoveel geld opmaken aan ondergoed. Dan moet je wel goed gek wezen, zeg. Wie ziet dat nou?'

Ja, wie. Ja, wie, behalve Piet? Terwijl hij de huisdeur ontsloot, zei hij:

'Arme Gonnie.'

Gré ging het eerst naar binnen.

Een vreemde, ietwat zurige lucht drong in zijn neus.

'Zeg, wat ruikt het hier raar!'

'O, dat is de soep, die ik vast had opgezet!'

Zonder haar jas uit te doen, zette ze het op een lopen naar de keuken.

Hij deed de huisdeur dicht, diep opsnuivend. Zulke krachtig ruikende soepen kookte ze niet alle dagen.

'Ga jij maar vast naar de voorkamer,' riep ze, 'ik heb een verrassing voor je!'

Terwijl de tranen in haar ogen sprongen, draaide ze het gas uit en keek in de pan, waarin ze de reerug had willen laten marineren.

Het was wel wat anders dan marineren geworden. Uit water, azijn, uien en reerug had zich een zacht sudderende bruine brij gevormd. Zo nu en dan kwam er een bel op, die met een kleine sputter openbarstte.

Gré trok een la open, nam er een vork uit en stak hem in het vlees, hopend dat het alleen maar min of meer gekookt zou zijn en niet stukgekookt. Het was een soort taaie modder die zij aan haar vork naar boven haalde. Onmogelijk hier nog een gebraad van te bereiden.

De vork als Neptunus omhooghoudend, dacht ze na. Met de rug van haar linkerhand haar bril op haar voorhoofd duwend, veegde ze over haar natte ogen. Lang huilde ze niet. Ze nam een besluit.

Ze pakte een tweede pan en een zeef.

Die zeef legde ze op de tweede pan en goot de inhoud van de eerste pan erop. Bij het vocht dat er door de zeef gelopen was, deed ze water en ook de inhoud van het soeppakje dat ze tegelijkertijd met de reerug in de supermarkt had gekocht. De bruine smurrie die op de zeef was blijven liggen, kwakte ze op een bord en kneedde er oud brood, zout, peper en veel nootmuskaat doorheen. Van de taaie massa die ze op deze manier verkregen had, draaide ze balletjes, die zij in de koekenpan met Diamantvet en een kluit plantenmargarine goudbruin bakte.

Wie heeft ooit bruin goud gezien? Een kleurenblinde, op zijn hoogst. Maar kleurenblind of niet, de balletjes zagen er smakelijk uit en Roef vroeg, toen ze ermee binnenkwam:

'Wat heb je nu gemaakt?'

'Een balletje gehakt, natuurlijk. Daar vroeg je immers om vanochtend? Met veel nootmuskaat.'

'Mooie bloemen heb ik gekregen,' zei hij, 'de haan wou erin gaan slapen.'

'En aldoor op de televisie zitten, dat wordt ook te gek.'

'Nou ja, we moeten hem niet de hele tijd standjes geven. Laten we de kranten maar op de tafel laten liggen.'

Ze pakten hun vorken en messen dus onder de kranten vandaan en gingen eten, hun bordjes en de pan op de kranten. Dan kon de haan zich ook in hun gezelschap bevinden, zonder dat hij voortdurend standjes te horen kreeg over zijn onzindelijkheid. Maar hij bleef op de televisie zitten, hoewel ze hem herhaaldelijk op de tafel probeerden te lokken.

Roef had zijn eerste gehaktballetje al opgegeten, toen Gré plotseling uitriep:

'Wacht! Dat zou ik haast vergeten! Ik heb een fles wijn.'

Hij vindt het lekker, dacht ze, terwijl ze naar de keuken liep om de wijn te halen. Hoera! Hij zit ervan te smullen. Die Ziska met haar dure praatjes. Als ik haar eens spreek, zal ik haar vertellen dat ik een nieuw recept voor reerug heb ontdekt en dat het op mijn manier maar wat lekker smaakt! Wat verbeeldt ze zich eigenlijk wel? Kale opscheppers zijn het, met hun wijn, een grove rode wijn. Nee, zeg. Van Grootmoeder Grove Koek!

Het werd een gezellige maaltijd.

Het nieuws van zeven uur misten ze, omdat ze toen nog aan tafel zaten, maar om vijf voor acht zette Gré de televisie aan.

Daar kwam die mevrouw die nooit meer kloven in haar vingers had, sinds ze het afwasmiddel Lux gebruikte dus. Het water blijft ook langer schuimen dus en het laat geen vette kringen achter in de afwasbak dus en mijn handen blijven gaaf en glad dus. Lux voor de vuile vaat. Met de derde witmaker.

En daar was die andere mevrouw weer, die haar vlees braadde in Diamantvet dus, omdat het dan veel mooier bruin werd dus en dat alles zonder spatten dus.

En er liepen mensen te hoop omdat er ergens een witte tornado zijn reinigende kracht op een keukenvloer demonstreerde. En op het platteland waar het leven goed is, daar eten de mensen in Nederland margarine die uit walvistraan wordt gemaakt. De walvis, dat is een vis die in de Nederlandse sloten niet voorkomt, dat is trouwens helemaal geen vis. Maar de Nederlandse koeien hebben tegenwoordig ook doorbetaalde vakantie, want de welvaart kent geen grenzen en dus gaat de echte boter naar het buitenland, net als de meeste vakantiegangers.

En, bing, bang, bong, daar kwam de Nieuwsdienst.

Het viel Gré op, dat Roef nog aldoor niet naar zijn kamer boven was gegaan. Alleen vijf jaar geleden, toen ze pas een kleurentelevisie had gekocht, keek hij een week lang dag en nacht, alle programma's die hij maar kon vinden, Duitse, Nederlandse...

Daarna had hij vrijwel nooit meer gekeken.

Zo ongezellig.

'Hè ja,' zei ze, 'blijf vanavond ook eens televisie kijken. Zo gezellig.'

Hij gaf geen antwoord. Zij, dacht Dingelam, zij heeft niet eens in de gaten dat ikzelf straks op het scherm verschijn. Hij was wel nieuwsgierig wat voor een gezicht die jongen met z'n microfoon gezet had, terwijl hij hem zo krachtig van repliek diende.

Daar kwam het: een zoomlens haalde het witte en zwarte gebouw naar zich toe.

Voor de ingang van het witte gebouw.

Gedrang, geroep.

De politieauto komt aanrijden met waakzaam zwaailicht.

Bart-Jan Vanoverholland interviewt Lucas Kroondijk.

Bart-Jan: 'Lucas Kroondijk is de leider van de studentenactie. En Lucas, wat denk je over het verloop van de gebeurtenissen?'

'Alles verloopt naar wens, dus, ja... eh... beter dan we hadden durven hopen dus. Dit verschijnen hier van de politie kan geen repressieve tolerantie meer worden genoemd, dit is zuivere laatkapitalistische fascistoïde onderdrukking van de gewetensvrijheid dus.'

'Juist ja. En heb je enig idee wie voor het verschijnen van de politie aansprakelijk moet worden gesteld?'

'Wel, het is nog wat te vroeg daarover een definitieve uitspraak te doen. Maar zoveel kan ik wel loslaten, dat de leiding van de aksie gistermiddag een onderhoud heeft gehad met het universiteitsbestuur en op dat ogenblik was er geen aanleiding te vermoeden dat het deze kant van autoritair geweld, klappen uitdelen en van hogerhand georganiseerde misdaad zou uitgaan dus.'

'Zou je je nog wat duidelijker kunnen uitdrukken?'

'Nou feitelijk niet dus. Wat ik hier ga zeggen is nog in een hiepoteties stadium dus, maar zoveel kan ik wel loslaten, dat de gedachten uitgaan naar Professor Dingelam, die een paar dagen geleden de Nobelprijs heeft gekregen en zich nu blijkbaar geroepen voelt de politieke kaart te spelen van de grootkapitalisten die hem hebben bekroond, ten einde zijn heimelijke politieke bedoelingen door te drijven.'

Grote close-up van Bart-Jan volgde. Hij sprak:

'Enkele tellen nadat we dit gesprek hadden gevoerd, zou het eerste slachtoffer bloedend het laboratorium uitgeramd worden door de politie.'

De camera zwenkte naar het spandoek BAAS IN EIGEN REAGEERBUIS, de bloedende student werd niet vertoond.

Panoramaopname van de omgeving.

'Kijk Roef, daar loop jij! Dat ben jij, op je rug gezien!' riep Gré.

Hij was het. Dat hij een taartjesdoos droeg, moest je weten om het te kunnen waarnemen.

'Wat loop jij toch altijd krom,' zei Gré.

Close-up. Bart-Klaas Vanoverholland die sprak:

'Ik wou graag uw commentaar horen.'

Close-up van Dingelam. Zijn taartjesdoos viel buiten het beeld.

'Mijn commentaar? Ik heb andere dingen te doen.' Dingelam weg, Bart-Klaas weer:

'Weet u niet dat uw laboratoriun is bezet?'

Close-up van Dingelam die niets zei.

Tenminste niet aan die kant van het beeldscherm, wel aan de andere.

'Wel verdomme,' riep hij, 'ze hebben mijn antwoord eruitgeknipt.'

Bart-Klaas en Dingelam beiden in beeld.

Bart-Klaas: 'Is het waar dat u de politie heeft opgebeld?'

Close-up van Dingelam: 'Ik moet om tien uur een tentamen afnemen.'

Bart-Klaas: 'Uw collega, professor doctorandus Tamstra krakkrak heeft zich solidair verklaard.'

Dingelam: 'Nou, dat lijkt me echt iets voor Tamstra.'

Bart-Klaas: 'Dank u wel, professor.'

Dingelam: 'Graag gedaan''

'Graag gedaan!' zei Gré, 'sliep uit, graag gedaan. En je vindt het altijd zo belachelijk als andere mensen dat zeggen en nu doe je het zelf ook!'

'Ik *heb* niet gezegd graag gedaan. Ik heb gezegd: Graag gedaan, reken maar! Dat heb ik gezegd. Anders niet.'

De nieuwslezer achter zijn tafeltje zat nu over een brand in Utrecht te vertellen.

'Gauw op Duitsland kijken, of die er ook wat over hebben,' zei Gré, stond op, boog zich naar het toestel en drukte de toets van Duitslands Tweede Net in.

Kijk, daar zat die betrouwbare omroeper met zijn dikke uilenbril en Amerikaans uiterlijk. Die Duits sprak met een Amerikaans accent. Hij was juist bezig te vertellen over de studentenactie in de Nederlanden.

'Kritische studenten in het Noorden van Holland zijn tot actie overgegaan, ten einde diverse progressieve eisen die zij hebben gesteld, te kunnen verwezenlijken.

Deze actie is over het algemeen door de autoriteiten niet onwelwillend tegemoet getreden.'

Beeld. De ingang van het witte gebouw. Dingelam kwam naar buiten, deed een paar stappen, wuifde tegen de cameraman en nu dus tegen het publiek in de huiskamers.

Commentaar:

'De enige dagen geleden met de Nobelprijs voor de Scheikunde bekroonde geleerde Professor Rufus Dingelam, heeft zich solidair verklaard met de actie. Een voorbarig politieoptreden werd tijdig door de Universitätsbehörden teruggeschakeld.'

Omroeper:

'Nieuws uit Zuid-Oost Azië...'

Dat was het dus.

Dat was alles wat ze erover zeiden op de televisie, de Nederlandse televisie en de Duitse televisie.

'Maar jij bent toch van alle reportages de hoofdpersoon geweest,' zei Gré, 'dat is een feit.'

'De Nobelprijsdrager die zich solidair verklaard heeft, jawel. Ach, die jongens zijn gek. Nee, die weten echt van niets.'

Onnodig haar te zeggen hoe opgelucht hij ondanks alles was. Alleen maar eraan te denken wat ze allemaal hadden kunnen vertonen, als ze hadden gewild: de taartjesdoos, de snippers in de lucht...

Toen belde de telefoon. Hij stond op, draaide het geluid van de televisie laag, liep naar het telefoontoestel en bracht de hoorn naar zijn oor.

'Dingelam.'

'Vuile schoft.'

Tuut, tuut, tuut.

Hij legde de hoorn neer. Meteen begon het toestel weer te bellen.

'Dingelam.'

'Ja professor, u spreekt met mevrouw Luikeoortjes. U kent mij niet en u zult me misschien nooit leren kennen, daarom vertel ik u maar dat ik achtenzestig ben. Vorige week ben ik achtenzestig geworden en ik heb zo juist op Duitsland Twee gezien dat u zich solidair hebt verklaard met de studentenactie en daar wou ik u even mee feliciteren. Want daar is moed toe nodig, neem ik aan. Bent u niet bang dat de minister maatregelen tegen u neemt?'

'Helemaal niet mevrouw, want...'

'Nou, maar u moet toch oppassen hoor. Want het is daar in Den Haag een corrupt stelletje. Ik zal u zeggen wat het geval is. Mijn zoon heeft veertien dagen geleden voor de vijfde keer het tentamen andragologie gedaan en weer gezakt en toen hij vroeg aan die professor hoe dat toch mogelijk was, toen zei die professor: Dat zeg ik u niet, meneer, dat weet u zelf het beste. Maar laat me u een ding vertellen. Ziet u die kist met vijftig sigaren daar staan? Die is daar neergezet door de student die een kwartiertje geleden tentamen is komen doen en nou moet u niet denken dat er alleen sigaren in zitten. Nou en toen deed die professor de sigarenkist open. En nou, daar zaten niet alleen sigaren in, maar ook een bankbiljet van honderd gulden en mijn zoon, die wist niet hoe hij het hàd en...'

Dingelam drukte de brug van het toestel in om de verbinding te verbreken en legde de hoorn ernaast.

'Wat doe je daar?' zei Gré, 'dat mag niet!'

'Waarom zou dat niet mogen? Ik hoef me toch zeker niet de hele avond door allerlei gekken te laten bellen?'

'Zelf weten! Als je zonder reden de hoorn van de haak legt, dan word je afgesloten. Wil ik het voor je nakijken in het telefoonboek? Als je me weer eens niet gelooft?'

Hij legde de hoorn weer op het toestel.

Drie minuten later begon het apparaat te bellen.

Tot diep in de nacht ging de telefoon en zeiden anonieme stemmen hem dat hij een schoft was, een smeerlap, een viezerik, een vuilak, een dief, een politiespion en een moordenaar.

Het oude Universiteitsgebouw was afgebrand in 1871. Twee jaar later stond er een nieuw, goed verschanst achter dorische zuilen. Maar in dat tijdperk, aan het eind van de negentiende eeuw, raakte de ontwikkeling van de wetenschappen in een stroomversnelling, nietwaar?

Het moet een stroomversnelling van benzine zijn geweest.

In deze provincieplaats tenminste kon het vuur van de waarheid niet meer ingetoomd worden en in 1910 was ook het nieuwe universiteitsgebouw een prooi geworden van de vlammen. Dat kwam eigenlijk heel goed uit, want het aantal studenten was zeer toegenomen en de behoefte aan een groter gebouw bestond al jaren. Er moest een nieuw architectonisch meesterstuk van de tekentafels komen. Daarover is destijds heel wat te doen geweest. Dorische zuilen waren zelfs hier uit de mode geraakt. Wat dan? Het gemeentebestuur had er medezeggenschap over en meende leergeld betaald te hebben met de Barbarossatoren, destijds nog als een modernistische monstruositeit beschouwd, waarvan de bliksemafleider nooit op deugdelijkheid gecontroleerd werd, in de hoop dat men het gedrocht met medewerking van de hemelse rechtvaardigheid dan wel eens vanzelf zou kwijtraken.

De bouwmeesters voor de nieuwe universiteit werden niet uit Spanje aangetrokken. Hoe ze heetten, weet niemand meer, maar ze maakten iets dat op alles leek en op niets.

Is 't een kasteel? Een stuk van het Rijksmuseum te Amsterdam? Een station? Een moskee misschien, met dat dunne ronde torentje, tegen de zijgevel aangeplakt?

Domme vragen. Iedereen in het stadje weet dat het de 'academie' is en daarmee uit.

Naar dit gebouw nu waren Dingelam en zijn Gré onderweg in hun Volkswagen, want hier zou hij gehuldigd worden om vier uur.

Om tien voor vier reed Gré de tuin van de 'academie' binnen, al sinds een jaar of vijf in een moeras herschapen, door het gras om te spitten en de bomen om te hakken, dat alles ten einde parkeerruimte te verkrijgen.

Het stond er vol auto's.

Een bode in uniform hield hem aan.

'Heeft u vergunning om hier te parkeren?' vroeg hij.

'Hebben we die?' vroeg Gré.

'Nee, die heb ik eigenlijk niet,' zei Dingelam, 'maar ik ben professor Dingelam.'

'Aangenaam, professor. Maar dan weet u toch wel dat alle terreinen in de buurt van de universiteitsgebouwen gereserveerd zijn voor de mensen die in die gebouwen moeten werken.'

'Ja, ja, maar dat moet ik ook vanmiddag. Ik moet gehuldigd worden.'

'Ik zie geen vignet op uw voorruit.'

'Nee, dat vignet heb ik niet, maar ik heb er wel een voor het laboratoriumcomplex Modderpoel. Waar ligt het, Gré?'

'Het vignet? Dat zal wel in het dashboardkastje liggen.'

Dingelam trok het dashboardkastje open en stak zijn hand erin.

'Een vignet voor de Modderpoel is hier niet geldig,' zei de bode, zonder ernaar te kijken.

Het was hopeloos, begrepen ze. Met moeite kwamen ze de voormalige tuin weer uit, omdat er steeds meer auto's van andere hoogleraren die wel het vereiste vignet bezaten, naar binnen reden.

'Dat parkeren in de binnenstad altijd!' klaagde Gré.

'Ja. Op deze manier komen we nog te laat.'

Langs alle stoepranden stonden auto's bumper aan bumper, nergens was een plekje open.

'Luister eens even hier,' zei Gré, 'wanneer ik me straks ergens tussenwurm, dan moet je niet zeuren als er een krasje op de bumper komt, begrijp je?'

'Wind je niet op.'

'Laat mij dan kalm naar een goed plaatsje zoeken.'

Ze reden straat in en uit, draaiden drie keer om de Grote Markt heen, zagen toen ineens twee lege plekken naast elkaar. Wat een buitenkans. Gauw de auto op slot en teruglopen naar het universiteitsgebouw. Waarschijnlijk was het een taxistandplaats, dacht Dingelam, maar hij zei het niet tegen Gré.

De aula bevond zich op de eerste verdieping van het gebouw. Op diezelfde verdieping was ook de faculteitskamer van de Wiskunde en Natuurwetenschappen.

Bij plechtigheden als deze, ging elke hoogleraar eerst naar de faculteitskamer van zijn eigen faculteit om zijn toga aan te trekken en zijn baret op te zetten. Vervolgens verzamelden zich alle professoren van alle faculteiten in de senaatskamer, beneden.

Nadat de aula volgestroomd was met publiek, vormden zij een lange stoet, wandelden langzaam naar boven, om de aula statig binnen te schrijden en plaats te nemen op de kerkbankachtige zetels ter weerszijden van het spreekgestoelte.

Er heerste een betrekkelijke stilte in de vestibule en de benedengangen van het universiteitsgebouw, toen Dingelam en Gré hijgend binnenkwamen. Waren ze te laat—of, wie weet, veel te vroeg?

Maar nee, ze waren te laat, o, gelukkig, niet al te veel te laat. Hier en daar beklommen nog wat oudere mensen en een enkele student de monumentale trappen die naar de eerste verdieping en de aula voerden.

'Nou, schitterend op tijd,' constateerde Gré, 'eerder dan om kwart over vier begint het toch niet.'

Zonder zich nog langer te haasten, gingen ook zij de monumentale trappen op. Toen ze halverwege waren, vroeg Gré:

'Heb je je speechje wel bij je?'

'Ja, Gré, dat heb ik. En als ik het niet had, dan is het op het ogenblik toch zinloos het me te helpen herinneren. Tot straks.'

Voor de wijd geopende auladeuren liet hij Gré alleen. Een vlugge blik naar de stoelen. Stampvol.

Dingelam ging de faculteitskamer binnen en vestigde zijn ogen meteen op de kast, waarin de toga's werden bewaard. Allebei de deuren van de kast stonden wijd open. Het bergmeubel was in twee afdelingen verdeeld, zoals klerenkasten dikwijls in tweeën gedeeld zijn: links planken, rechts geen planken, maar een koperen roede waaraan op hangertjes de toga's hingen. Deze kast was alleen veel mooier en veel groter dan een gewone klerenkast en op de planken stonden, keurig naast elkaar, zwarte kartonnen dozen, die van gecalligrafeerde naamkaartjes waren voorzien. Voor elke geleerde stond daar een zo'n doos, die zijn baret en de witte geplooide bef bevatte.

Heel wat professoren waren nog druk bezig zich te verkleden.
Naar de kast lopend, moest Dingelam links en rechts handen drukken.
'Gefeliciteerd, zeg. Ik had je al eerder willen opbellen, maar...'
'Mijn hartelijke gelukwensen, kerel. Fantastisch, werkelijk fantastisch...'
Zo zei elke collega iets wat de prijsdrager lang niet voor het eerst te horen kreeg. Enfin, hij mocht al blij zijn, als sommige collega's alleen achter zijn rug een hekel aan hem hadden.
'Zeg Dingelam, ik ben het in principe helemaal met je eens, hoor, maar... je moet het me niet kwalijk nemen, hoe kon je zo onverstandig zijn de politie op te bellen?'
'Maar ik heb de politie helemaal niet opgebeld!'
'Nee? O maar zeg, dan ben ik waarschijnlijk abuis. Maar iedereen beweert het.'
'Wat hoor ik daar? Heb jij het niet gedaan? En ze zeiden het op de televisie!'
'Welnee. Ik kwam daar rustig aanlopen. Ik wist van niets, helemaal van niets. Ik was de hele zondag op mijn boerderijtje geweest en daar heb ik geen telefoon. Ik had geen flauw idee van wat die studenten van plan waren.'

Niemand was voor deze plechtigheid anders aangekleed dan gewoonlijk. Wat er onder een toga werd gedragen zag je immers niet? Alleen in Leiden waren ze zo gek een rokkostuum onder hun toga's aan te trekken. Daar zijn wij hier in 't Noord'n toch zeker veel te nuchter voor!
Hij zocht tussen de toga's naar de zijne, de haakjes verschuivend om in de kragen naar zijn naam te kunnen zoeken. Vond hem.
Met de toga over zijn arm pakte hij zijn doos, nam de bef eruit, zette de baret op zijn hoofd, plaatste de doos weer op zijn eigen plekje.
Tamstra kwam binnen.
'Hallo,' zei Tamstra.
'Bonjour,' zei Dingelam.
Tamstra liep naar de kast en Dingelam verwijderde zich zo ver mogelijk uit die buurt, allebei zijn handen in beslag genomen door het arrangeren van zijn vakkleding: het rechttrekken van de kraag, het vastmaken van de bef.

Ondertussen gleden zijn ogen over de geschilderde portretten waar de muren van het vertrek mee vol hingen. Overleden hoogleraren, sieraden uit vroeger tijden, in de meest verschillende stijlen geschilderd, meestal na hun dood, met een pasfoto als voorbeeld. Feitelijk was dat portret van Bakeljon nog het eerlijkste: gewoon een grote foto, een vergrote pasfoto. Bakeljon, veelbelovend atoomfysicus, was twee jaar geleden bij een autoongeluk om het leven gekomen. Er moest geen gelegenheid zijn geweest een portret te laten schilderen, ook niet na zijn dood. Of misschien was dat wel helemaal uit de tijd. Bestonden er trouwens nog wel schilders die goedgelijkende portretten schilderden? Bakeljon... het zou er voor hem nooit van komen. Nu al wist bijna niemand meer welke de beloften waren geweest, die Bakeljon niet had kunnen inlossen door zijn vroege dood. Maar lelijk was het wel: die grote foto, rimpelend door vochtopname, in zijn gladde eikehouten lijstje. Moeders mooiste was Bakeljon nooit geweest en de pasfoto te onscherp om straffeloos op 40 × 50 te worden vergroot.

Wat moest een mens beginnen als het zijn bedoeling was een enigszins gelijkend portret op deze wereld na te laten, dat vele jaren na zijn dood nog bestaan zou en zonder afkeer door het nageslacht kon worden bekeken?

'Nou Roef,' zei Piet Stroomer, 'dit is de grootste dag van je carrière. Hoe voel je je?'

'Ach,' zei Dingelam, 'stel me dat soort vragen niet. Als ik kon vertellen hoe ik me voelde, zou ik dichter zijn geworden.'

''t Is trouwens pas de op een na grootste dag,' antwoordde Piet.

'Wat bedoel je?'

'Nou, je moet toch nog naar Stockholm om de prijs uit de eigen handen van de Zweedse koning aangeboden te krijgen?'

'O, bedoel je dat, ja, ja.'

'Weet je al wanneer dat precies is?'

'Over een maand ongeveer, ik heb het in mijn agenda geschreven, maar excuseer me, ik kan zo moeilijk bij mijn binnenzak komen, nu.'

'Ach man, doe geen moeite.'

Ze liepen de gang op.

'Toga's,' zei Hartsen, hoogleraar in de analytische algebra, die gehoord had wat ze zeiden, 'toga's dateren nog uit de tijd dat de geleerden geen agenda's in hun zakken hadden, toen liep er nog een famulus achter ze aan, die alles voor ze onthield. Ha, ha, ha.'

In de gangen en in het trappenhuis was het nu stil. Maar de deuren naar de aula stonden nog open en zouden open blijven staan, tot zij straks in plechtige optocht daar zouden binnenschrijden en het leek of het in die zaal verzamelde publiek een soort druk uitoefende op de leegte erbuiten.

Ze daalden de brede marmeren trappen af, te schitterend wit tegen het zwarte satijn van de toga's.

'Een grote opkomst,' zei Hartsen, omkijkend naar de aula, 'dat had ik niet verwacht.'

Ze waren nu beneden gekomen en liepen naar de senaatskamer om zich te verenigen met de professoren van andere faculteiten, die daar uit andere faculteitskamers ook naartoe wandelden.

'Nou, jij bent wel complimenteus met je onverwacht grote opkomst,' zei Piet Stroomer tegen Hartsen.

'O, sorry, maar zo bedoel ik het niet... Ik bedoelde...'

Wat hij bedoeld kon hebben, zou nooit worden geopenbaard, want bij de deur van de senaatskamer stoof Tabe Pap op hen af met grote stappen. Lichtgele sportschoenen, van wittige dikke spekzolen voorzien, waren duidelijk zichtbaar onder zijn iets te korte toga. Waarschijnlijk had hij die toga van zijn voorganger overgenomen.

'Een schandaal,' zei Tabe, 'iedereen vertelt dat jij de politie hebt geroepen. Daar moet iets aan worden gedaan.'

Tabe haalde een geschrapt worteltje onder zijn toga te voorschijn, waaraan hij smakelijk begon te knabbelen. Niemand wist waarom, maar Tabe had bij dit soort plechtige gelegenheid altijd een plastic zakje met geschrapte worteltjes onder zijn bef. Daarmee was hij begonnen op zijn oratie, twintig jaar geleden. Iedereen vond hem hierdoor een oorspronkelijk type. Men vroeg zich al af of zijn opvolger later verplicht zou zijn deze traditie in ere te houden.

'Wat wou je eraan doen?' vroeg Dingelam, 'een ingezonden stuk naar het *Nieuwsblad voor het Noorden* sturen?'

'Dat is niet aan te raden. Daar maak je het alleen maar erger mee. Dan komt het praatje onder de ogen van honderdduizend mensen die er anders nooit van zouden hebben gehoord.'

'Maar wat dan?'

'Hoi, dag Gerben,' riep Tabe tegen Hartsen en schudde hem de hand. Daarna werd Dingelam door de volte enigszins uit de buurt van de verontwaardigde Tabe gedreven.

Deze senaatskamer, hoe groot ook, hoe hoog, had op zijn muren geen enkel plekje meer vrij voor een hooggeleerd portret. Hier hingen ze van 16-zoveel af, toen de universiteit was opgericht. Er moesten waardevolle stukken bij zijn van Oude Meesters. Wie de afgebeelde professoren waren, wist niemand meer. Alleen een stokoude hoogleraar in de Vaderlandse Geschiedenis, Jonkheer Doctor Sickinghae, twaalf jaar geleden met pensioen gegaan, had al die namen uit zijn hoofd gekend. Dat werd destijds tenminste beweerd. Natuurlijk had niemand ooit tegen hem gezegd: Nou, noem ze dan maar eens allemaal op.

Jhr. Dr. Sickinghae was nu dood. Zouden de schilderijen hier niet hangen, in hun gouden lijsten, van een discreet nummertje voorzien—er werd verteld dat er een catalogus van bestond, maar waar die lag wist niemand—zou een van deze antieke meesterwerken op een veiling te koop worden aangeboden, dan zou het alleen zijn als 'Portret van Oude Man in Toga'.

Dingelam dacht: Nooit eerder heeft aan deze universiteit iemand een zo hoge onderscheiding gekregen als ik, maar voor mijn portret is er geen plaats meer. En toch heb ik het eerder verdiend dan wie ook van de doden die daar hangen. Als de democratische praatjes over de politie bellen niet ophouden, zal er voor mijn portret geen plaats worden gemaakt ook. Bange kaffers. Taets, Meinema, Kaeckebeke, allemaal! Overigens probeerde hij tevergeefs zich de naam te herinneren van enige hedendaagse schilder die nog portretten schilderde. Alleen Willink schoot hem te binnen, maar die deed het niet voor vijfhonderd gulden en meer werd er in het universitaire milieu niet voor zoiets neergeteld, in ons tijdperk van vooruitgang, bekroond door welvaart. Het is immers democratischer en voordeliger dat *iedereen* een kleurentelevisie heeft, waarop *van alles en nog wat* is te zien, dan dat *een* universiteit *een* geschilderd portret krijgt, waarop altijd hetzelfde te zien is.

'Tja,' zei Ajold Ongering tegen Andreas Ballingh, 'als iedereen het zegt, begin ik ook wel een beetje te twijfelen, maar in elk geval wist hij zondagavond nog van niets. Daar ben ik van overtuigd. Overtuigd!'

'Kan wezen,' zei Ballingh, 'maar waar berust die overtuiging nu eigenlijk op? Zelfs als hij zondagnacht nog niet geweten zou hebben dat die studenten van plan waren het laboratorium te bezetten, dan hadden de schellen maandagochtend nog tijd genoeg hem van de ogen te vallen. Nietwaar? En een ding weet *ik* heel zeker: hij is maandagochtend *niet* op de fiets naar het laboratorium gegaan, zoals hij altijd doet. En dat vind ik eigenaardig.'

'Ja, dat kun jij nu wel eigenaardig vinden,' zei Plofje de Olifant, 'maar daardoor wordt helemaal niets bewezen. Ik zou me ook kunnen voorstellen dat hij maandagochtend een beetje laat is geweest omdat hij zondagavond niet zo vroeg als anders is gaan slapen. Waarschijnlijk is hij met een taxi gekomen.'

'Natuurlijk,' zei Ballingh, 'hoe hij bij het laboratorium gekomen is, weet ik niet, maar met een taxi is het waarschijnlijkste. De fiets was niet goed genoeg meer voor de Nobelprijswinnaar!'

'Heb je iets tegen hem?'

'Nou, daar vraag je wat. Het staat alleen voor mij vast dat hij wel degelijk de politie heeft gewaarschuwd.'

'Maar je hebt geen enkele aanwijzing en alles wat *ik* ervan weet, pleit ertegen.'

'Het is mijn intuïtie van historicus,' antwoordde Ballingh. 'Die zegt me dat Dingelam juist de man is om zoiets te doen. Wat Tamstra gedaan heeft, zich hals over kop solidair verklaren met de studenten, zal een heleboel mensen ook bedenkelijk toeschijnen, maar je kunt het opvatten als een manifestatie van autokritiek. Na dat misselijke ingezonden stukje van Tamstra, waar de hele herrie door begonnen is, heeft Tamstra ingezien dat hij tegen de historie in dacht en is hij tot een beter inzicht gekomen. Dat waardeer ik.'

Juist op dat ogenblik zag Ballingh dat Dingelam recht op hen af kwam lopen. Ballingh bracht zijn hoofd bij het hoofd van de polemoloog en fluisterde:

'Dingelam! Die is toch het prototype van wat ze een vakidioot noemen...'

'Hallo! Dag Roef!' riep Ongering en deed een stap naar hem toe.

Ballingh zei:

'Gefeliciteerd, Dingelam, mijn gelukwensen.'

'Goedenmiddag,' zei Dingelam, 'dag Ballingh.'

'Er staan je grootse belevenissen te wachten,' onthulde Ongering, 'een prachtige toespraak van Kaeckebeke.'

'Weet je hoe hij zich daarop voorbereid heeft?' zei Ongering tegen Ballingh. 'Keller moest hem documentatie verschaffen.'

'Is dat zo,' zei Ballingh.

'Waar is Keller?' vroeg Dingelam, keek rond, maar zag Keller niet.

'Je bent het middelpunt van ieders aandacht,' sprak Ballingh, terstond na die woorden denkend: dit klinkt wel erg lullig, maar wat moet je anders zeggen tegen een vakidioot.

'Eigenlijk,' antwoordde Dingelam, 'eigenlijk moest ik niet een gewone toga aanhebben, maar zo'n soort tabberd als Poux Partout.'

'Blikskaters,' zei Ballingh, 'dat moet een nieuwe regeling worden. Iemand die de Nobelprijs krijgt, is verplicht in een Poux-Partout-tabberd rond te lopen.'

'Maar alleen als ze dingen ontdekken die goed zijn voor de potentie,' grapte Ongering.

Vervolgens hield hij zijn gestrekte hand naast zijn mond, alsof hij niet wilde dat Ballingh zou horen wat hij nu ging zeggen, maar hij praatte luid genoeg dat Ballingh het zonder moeite kon verstaan:

'Poux Partout in tabberd is al de moeite waard, maar, man ach man, als Poux Partout zijn tabberd uittrekt...'

'Nou wat dan?' zei Ballingh, 'dan zal hij daaronder wel niet een pantalon aanhebben die hij in de Winkel Voor Zware Posturen heeft gekocht, zoals jij.'

'Nee, nee, helemaal mis. Daar weten Dingelam en ik alleen van mee te praten.'

'Daarvoor moet je lid worden van het Eroscentrum,' vertelde Dingelam geheimzinnig, maar voor zijn eigen gevoel niet geheimzinnig, want, dacht hij, zo'n dichter als Ballingh, die kwam daar misschien iedere avond.

'Het Eroscentrum?' vroeg Ballingh, 'wat bedoel je, toch geen seksclub?'

Op dat ogenblik weerklonk de stem van Drs. Kaeckebeke.

‘Waar is onze prijswinnaar?’ riep hij.

Iedereen begon rond te kijken of hij de geroepene zag en probeerde alvast ruimbaan voor hem te maken, zodat hij zich bij de president-curator zou kunnen voegen.

De verzamelde geleerden leken nu op niets zozeer als op een troep pinguïns op een ijsschots in het Zuidpoolgebied, wanneer een ontdekkingsreiziger daar zojuist voet aan wal heeft gezet.

Toch was het niet Kaeckebeke, maar het was de secretaris Mr. Taets die de te huldigen professor het eerst de hand drukte.

Taets was in jacquetcostuum, een ridderorde in zijn knoopsgat.

‘In vertrouwen,’ zei Taets, ‘onze verwachting is, dat wat er vanmiddag staat te gebeuren, de gebeurtenissen van gisteren helemaal zal wegvagen. U heeft zich daar toch, neem ik aan, niets van aangetrokken?’

‘Ik heb...’ begon Dingelam, maar Taets, die geen antwoord verwachtte, keek opzij en riep:

‘Harm, hier is hij!’

‘...me doodgeërgerd dat ze mijn papieren verscheurd hebben en ik erger me nog,’ voltooide Dingelam, maar niemand reageerde.

Kaeckebeke, ook in jacquet, ook een ridderorde in het knoopsgat, stortte zich uit het gewoel en greep op zijn beurt Dingelam’s hand.

‘Wat er ook gebeurt, Dingelam, ik hoop dat je van deze middag in elk geval de indruk zal overhouden, dat we voor niets uit de weg gaan, om de verdiensten van de grootste geleerde die ooit door onze universiteit is voortgebracht, in het juiste licht te stellen. Ga je mee? Wij lopen voorop.’

Helemaal voorop liepen ze niet.

Echt voorop ging de pedel, die een zwarte stok, met zilverwerk behangen, waarvan niemand ooit de juiste naam uitspreekt, nogal zuur kijkend voor zich uitdroeg, alsof hij er, na zoveel jaren trouwe dienst, nog over tobde dat dit een ding was dat hoofdzakelijk moest worden gedragen, niet ergens naartoe gedragen om daar te worden neergezet.

Dingelam en de president-curator gingen achter hem aan de gang in. Het was daar nu volkomen leeg en de muren hingen vol jassen en mantels, als in een school. In een lange rij volgden de professoren, en het leek een lopende band, waarover enorme kolenzakken werden getransporteerd.

Ze begonnen de kolossale trap te bestijgen, Dingelam enigszins amechtig naast Kaeckebeke en eigenlijk voornamelijk bezeten van de gedachte: ik houd er niet van midden op een zo brede trap te lopen. Ik loop nooit midden op een trap, want ik wil tenminste een hand aan de leuning houden. Maar hij voelde zich verplicht Kaeckebeke niet in de steek te laten en hij ging dus niet aan de kant lopen om de leuning te pakken.

De eerste trap kwam uit op een overloop, waar een marmeren borstbeeld stond van een in een negentiende-eeuwse geklede jas en hoge boord geklede heer.

Nooit eerder of later in de geschiedenis is er van een weinig of niet vermaard man een zo groot borstbeeld uit marmer vervaardigd en op een zo opvallende plaats te pronken gezet, als dat beeld daar in het monumentale academische trappenhuis. Een President-Curator of een Commissaris van de Koningin, of wat hij geweest mocht zijn—zestig jaar geleden ongeveer.

De grootste geleerde die er ooit aan onze universiteit gedoceerd heeft en dat soort gebabbel. Wat had hij eraan? Grootste geleerde? Waren ze soms van plan dat idiote standbeeld weg te halen en er het zijne voor in de plaats te zetten? Welnee. Daar hoefde hij niet eens naar te informeren. Trouwens, hoe werd zo'n ding gemaakt? Geen idee. Moest hij zich dan misschien eerst in gips laten afgieten, een paar rietjes in de neusgaten? Niet aan denken. Het liefste wou ik dat ze me met rust lieten en ik gewoon kon verdergaan met mijn werk, in mijn oude kamer, aan de voorkant van het laboratoriumgebouw. Konden ze dat voor elkaar krijgen, daarmee zouden ze me inderdaad een plezier doen.

'Zeg Kaeckebeke,' zei hij, toen ze aan de tweede trap begonnen, 'hoe staat het eigenlijk met de bezetting van mijn laboratorium?'

'Lang niet kwaad. De onderhandelingen zijn in volle gang en verlopen tamelijk bevredigend.'

'Zo. Maar ik bedoel eigenlijk: zijn er berichten over hoe de toestand in het laboratorium is? Hebben ze alles kort en klein geslagen?'

'Welnee. Dat denk ik niet. Er is helemaal niets beschadigd.'

'Maar dan ben je, maar dan ben je niet goed op de hoogte,' stamelde Dingelam. Ja, hij stamelde, want hij had de grootste moeite dit te zeggen. Of hij tegen een verstikkende wind in moest praten, die uitgestraald werd door Kaeckebeke en door de verwardheid van diens antwoord.

'Maar dan, ben je niet goed op de hoogte. In mijn kamer hebben ze het raam stukgeslagen.'

'Daar is me niets van verteld,' zei Kaeckebeke, 'het is misschien wel een praatje.'

'Een praatje? Ik heb het zelf zien gebeuren.'

'Ik weet er niets van,' zei Kaeckebeke, hijgend, misschien niet alleen omdat hij al zoveel treden beklommen had, 'echt waar, niets. Maar over drie dagen is de toestand weer normaal. Dan zetten we er zo nodig een nieuw stuk glas in. Dat komt best voor elkaar.'

Hij zweeg. Enige ogenblikken was er niets te horen dan het sloffen van een paar honderd voeten op de marmeren treden.

'Als je eenmaal met die jongens om de tafel gaat zitten,' vervolgde Kaeckebeke nog, 'blijken ze veel positiever te zijn dan je zou denken.'

Toen Kaeckebeke die woorden uitsprak, hadden ze ongeveer een derde deel van de tweede trap bestegen.

Een weinig feestelijk uitgedoste figuur met hoog opgekamd krulhaar en gekleed in een tomatenpureekleurig wollen colbertjasje, kwam hen van bovenaf tegemoet hollen. Het was een van de hulpjes van de pedel. Hij wendde zich onmiddellijk tot Kaeckebeke.

'Meneer Kaeckebeke,' zei hij, 'er is iets niet pluis.'

De pedel met zijn staf liep gewoon verder, of hij niets gehoord had. Kaeckebeke volgde, Dingelam naast hem, tree voor tree opstappend, de stoet achter hen aan.

'Meneer Kaeckebeke, ze hebben een rookbom ontstook'n, zeg maar. Het publiek wordt onrustig.'

'Heb je dan niet geprobeerd die rookbom te pakken te krijgen?' vroeg Kaeckebeke.

'Jawel, maar bij de tenuitvoerlegging van die taak werd ik gehinderd.'

'Probeer het nog eens.'

De hulpkracht draaide zich om, maar uit alles bleek dat dit niet meer was dan een gebaar en dat hij niet geloofde zijn order te kunnen uitvoeren.

Toen weergalmde het oplaaien van een geweldig aantal stemmen in het trappenhuis en een golf dames en heren verscheen boven en begon ongeordend de trap af te dalen.

'We kunnen toch niet op de loop gaan,' zei Taets, die achter Kaeckebeke en Dingelam liep, naast de rector magnificus, Prof. Iwert Meinema. Taets drong zich naar voren.

'Dames en Heren!' riep hij, 'er is niets ernstigs aan de hand. Een kinderachtige grap, meer niet. Gaat u toch weer rustig op uw plaatsen zitten.'

'Er is geen enkele reden voor paniek!' riep Iwert Meinema.

Vergeefs. De menselijke waterval was niet te stuiten en begon zich, over de hele breedte van de brede trap, te ontrollen, stortte zich uit over de smalle speerpunt van professoren als een kudde bizons over een trein.

Kaatje Ongering maakte deel uit van de eersten die met de hooggeleerde optocht in contact kwamen.

'Het is niet te doen, Harm,' riep zij tegen Kaeckebeke, 'je stikt gewoonweg.'

'Hoi,' riep Tabe Pap, die vele treden lager stond, 'waar is de televisie?'

'VPRO!' riep Andreas Ballingh, 'werk aan de winkel!'

'Pardon, pardon,' riep Taets en drong zich naar voren in het publiek. Maar hij kwam niet ver. De aula stroomde leeg en niets vermocht de vloed te keren. Alleen het feit dat er zoveel mensen om Taets heen stonden, kon verklaren dat hij de trap niet afrolde.

Een dunne grijze nevel dreef het trappenhuis binnen.

'Dit is chemische oorlogvoering,' zei Ajold Ongering, die zich naar zijn Kaatje had geworsteld.

'O heer!' riep Dingelam met een stem van uiterste verveling die elke godsdienstzin verbande uit wat hij riep, 'wat een gelazer. Houden ze dan nooit op?'

'Hé! Roef!'

Rondkijkend waar degene stond die hem geroepen had, verloor hij zijn evenwicht, zwaaide met zijn armen om zich heen, gleed twee, drie treden af, hoorde zijn toga, waar deze of gene per ongeluk op was gaan staan, scheuren, kon toen niet verder vallen, tegengehouden door de dichtheid van de menselijke brij die hem omringde.

Om hem heen ging het onweerstaanbaar dalwaarts.

'Hé Roef, maak je er niet druk over.'

Het lukte dokter Barend met energieke armslagen in zijn nabijheid te komen en zijn hand te grijpen.

'Ik word er zo doodziek van,' zei Dingelam, 'zo door en door ziek.'

Dit laatste woord sprak hij uit of hij hikte, maar dat kwam alleen doordat iemand hem onopzettelijk met zijn elleboog in zijn maag stompte.

'Ach man, je bent niet wijs. Trek je toch niets aan van die snotneuzen,' antwoordde dokter Barend, 'ik zal Taets eens vragen wat hij van plan is.' Hij bracht zijn hoofd zo dicht mogelijk bij dat van Dingelam en fluisterde: 'Een patiënt van mij!...'

Samen deden ze twee, drie stappen naar beneden. De dunne grijze nevel was nu een stinkende rookwolk geworden die tegelijk met de vluchtende mensenmassa uit de aula barstte, zodat het leek of de mensen in brand stonden.

'Je kan wel ruiken dat een chemicus de Nobelprijs heeft gekregen!' riep er iemand.

Barend had zijn worsteling voortgezet en Taets bereikt.

'Zeg meneer Taets,' vroeg hij, 'wat bent u nu van plan te doen?'

'Zo gauw ik ruimte heb om een telefoon te bereiken, zal ik de brandweer opbellen.'

Enige studenten hieven hun klassiek geworden spreekkoor aan:

'Wij gaan door met de strijd!'

'De brandweer,' zei Dingelam stoterig, omdat hij met zijn ellebogen om zich heen stootte, 'als ik in de aula kon komen, gooide ik die rommel het raam uit en daarmee afgelopen. Die rook is volkomen onschadelijk en trouwens...'

'Dingelam moordenaar! Dingelam moordenaar!' werd er geroepen.

'De brandweer! Maar Tonie,' riep Kaeckebeke wankelend, 'wat bedoel je? Als we de brandweer roepen, is de boot helemaal aan. Dat is precies wat die jongens willen.'

''t Is ook nergens nodig voor,' zei Dingelam.

Hij draaide zich om, stortte zich naar voren en omhoog. Zijn toga scheurde nog verder, hij stootte zijn twee tot een stormram verenigde vuisten tussen twee groezelige studenten die hem de weg versperden. Er waren nu langzamerhand al zo veel mensen de aula ontvlucht, dat hij eigenlijk zonder veel moeite de trap verder kon opgaan. Het was of hij in een vliegtuig zat en een wolk binnenvloog. Voor zijn voeten kijkend, kon hij nauwelijks de treden zien.

Toen waren er ineens geen treden meer—hij stond boven.

De nevel werd dunner en de aula vond hij met gemak. Hij holde naar binnen, zag ongeveer midden in het stoelenveld een dunne rooksliert opkringelen. Hijgend en proestend ging hij erop af, zette zijn voet erop. De bom, een prop zilverpapier met smurrie erin, moest al bijna zijn uitgebrand en voelde nauwelijks warm aan, toen hij hem opraapte.

Hij keek naar de ramen.

Het waren allemaal glas-in-loodramen, als in een kerk, en zo hoog boven de grond aangebracht, dat hij er niet bij zou kunnen komen zonder ergens op te klimmen. Er was geen enkel gewoon raam bij, dat normaal open kon. Moedeloos stond hij een ogenblik zo te kijken, haalde toen zijn schouders op, keek rond of hij iemand zag: een bode, een hulppedel, maar hij was de enige in de grote zaal, voor zover hij dat zien kon in de nevel.

Zijn hand zag zwart, zwart als zijn toga. Toen hij zijn hand, met de rug naar boven, onder zijn toga duwde om zijn zakdoek te pakken, zag hij hoe groot het stuk stof was dat, van het plechtige kledingstuk afgescheurd, er nog met enkele draden aan vastzat en over de grond slierde. Uit voorzorg niet te struikelen, raapte hij het afgescheurde stuk op en bleef het in zijn hand houden.

Zo kwam hij de aula weer uit, in zijn linkerhand het stuk van zijn toga, in zijn rechterhand de uitgebrande rookbom.

Zo liep hij naar de faculteitskamer en ging er naarbinnen. Er was niemand. Maar in een hoek stond een prullemand en die had hij nodig. Hij gooide het restant van de rookbom erin, aarzelde of hij de zwarte lap er ook maar in zou gooien. Deed het toch maar niet. Hij rukte de bef van zijn hals, de baret van zijn hoofd, smeet ze op een stoel, legde z'n toga er overheen, veegde zijn handen eraan af en trok zijn regenjas aan.

Waar zouden de collega's zijn gebleven? In paniek, getogaad

en wel de straat op gerend? Hij hoopte het maar en zijn woede zakte. Kom, stel je niet aan. De glorie van de Wetenschap verduisterd door een beetje baldadige rook? Dat was toch al te gek!

Kom, dit is ook weer voorbij. Nu naar huis.

Op de bovengang zag hij geen mens meer. Hij keek ook nog naar binnen in de aula en ook daar was waarschijnlijk niemand meer, voor zover hij dat onder het lopen kon waarnemen door de openstaande deuren.

Iedereen kan barsten, maar ik heb de Nobelprijs. Zijn rechterhand over de leuning glijdend, liep hij de marmeren trappen af, huppelend bijna. Wat een geluk eigenlijk. Nu kon hij de rest van deze middag nuttiger besteden dan met te zitten luisteren naar de gelegenheidspraat van Kaeckebeke en Meinema. Nu praatjes—en dertig jaar lang hadden ze zich nooit iets aan hem gelegen laten liggen. Kaeckebeke! Die had zich, nota bene, nog gedocumenteerd! Had inlichtingen ingewonnen bij Keller, op het laatste nippertje en was daar trots op. Waar diende zo'n president-curator eigenlijk voor? Een klein troepje maniakale studenten hoefde maar op het idee te komen overal een potje van te maken en het universiteitsbestuur had geen been meer om op te staan.

Er bleek in de benedengangen toch nog wat volk overgebleven te zijn. Hij keek links en rechts of hij Gré misschien zag. Veel zin haar te gaan zoeken had hij niet. Nu al waren aller blikken op hem gericht. Het leek of die mensen—studenten, maar ook ouderen: ex-studenten, ouders van studenten—iets van hem verwachtten. Een nieuw dolkomisch optreden misschien? Nou, dan konden ze lang wachten. Ze moesten het hart eens hebben hem aan te spreken. In elk geval wist het publiek nu wel wie hij was. Ze herkenden hem natuurlijk van de televisie.

Gré zag hij nergens. Waarschijnlijk stond ze ergens buiten. Desnoods zou hij maar meteen naar de auto lopen en daar op haar wachten. Misschien liep ze ook wel te zoeken, misschien niet, maar in elk geval zou ze op den duur wel bij de auto komen. Hij liep naar de draaideur en juist toen hij er zijn hand op legde om hem in beweging te brengen, hoorde hij zijn naam roepen.

'Professor Diengelamm! Professor Diengelamm!'

Een vrouwenstem. Welke vrouw kon hem roepen met een Duits accent?

Hij keek om en zag een hoogblonde dame met een bontstola om

haar schouders zich naar hem toe reppen. Zij droeg een zonnebril, die zij omhooggeschoven had in haar coiffure.

'Dag professor Diengelamm. Het is geloof ik, erg lang geleden, dat wij elkaar ontmoet hebben. Ik ben Ziska Ballingh. Waar gaat u heen? Uw vrouw staat daar op u te wachten.'

'O. O daar? O... Heel vriendelijk dat u het zegt.'

Zij schudden elkaar de hand. Daarna liep hij met haar mee, de zijgang in, de richting van de senaatskamer uit.

'Gré was een beetje overstuur,' vertelde ze, 'het is een geluk dat ik u net zag lopen.'

Andreas Ballingh, Tabe Pap en Ajold Ongering bleken zich ontfermd te hebben over Gré. En toch was het een soort lugubere ervaring, haar omringd te zien door al die zwarte toga's.

'Ik liep je al te zoeken,' zei Dingelam, 'wat heb je gedaan?'

Wat ze gedaan had, viel niet moeilijk te raden. Haar ogen zagen zo rood, dat hij het zelfs door haar bril heen zien kon. Zij hield haar zakdoek, tot een natte bal ineengefrommeld, in haar rechterhand.

'Het is al over,' zei ze, maar haar stem was nog onzeker, 'neem er maar geen notitie van.'

'Nee, maar dan moet jij je deze dingen ook niet zo aantrekken. Je lijkt wel gek.'

'Precies,' zei Ajold, 'al deze dingen moeten positief benaderd worden. Anders ga je er onderdoor, Gré.'

En Tabe Pap zei: 'Gré maakt zich ongerust over dat praatje dat jij de politie zou hebben geroepen.'

'Ach, onzin,' zei Andreas Ballingh, 'Ajold en ik stonden zaterdagmiddag op de Grote Markt en toen zagen we dat ze een spandoek *Baas in eigen Reageerbuis* op het balkon hingen. Een veel te lange slagzin. Baas in eigen buis is mooi genoeg.'

'Dat lijkt ook meer op *Baas in eigen buik*,' vond Ziska.

'Dat heb *ik* ook direct gezegd, hè Ajold? En,' ging Andreas vlug verder zonder het commentaar van Ajold af te wachten, 'er kwam een studente van mij uit de sociëteit en ik vroeg haar wat het te betekenen had. En dat wou ze niet zeggen. Het is een heel aardig kind en ik ken haar goed, maar zelfs mij wou ze het niet vertellen. Dus, hoe had *jij* kunnen weten wat ze van plan waren? Man, al zou je hebben gewild, dan zou je nog de politie niet hebben kunnen bellen.'

'Waar is Piet Stroomer?' zei Ajold, 'die zou kunnen getuigen dat we er zondagavond expres niets over hebben verteld, omdat we dachten dat het bestuur de kwestie wel zou oplossen, zie je.'

'Zo is het,' zei Gré tegen Ziska en Andreas, 'we wisten helemaal van niets. En zondagnacht zijn we Tamstra ergens tegengekomen en die zei er ook niets over.'

'Maar Tamstra wist dat er iets gebeuren zou,' herinnerde Tabe Pap zich, 'want Tamstra was zondagmiddag bij die vergadering geweest.'

'En ben jij niet naar die vergadering gegaan?' vroeg Andreas Ballingh met een onnozel gezicht aan Dingelam.

'Zelfs daar heb ik niets van geweten. Ik ben er niet voor uitgenodigd.'

'Waarom niet?'

'Vraag maar aan Taets of Kaeckebeke,' antwoordde Dingelam. 'Ga je mee, Gré? We moeten er vandoor.'

Tonia Pap kwam ineens te voorschijn uit de senaatskamer.

'Doe de groeten aan het haantje,' riep ze.

'Zullen we doen. We moeten gaan. Onze auto staat op een plekje dat ik niet vertrouw. Straks heeft de politie hem weggesleept. Dag vrienden.'

Met zijn linkerhand pakte hij Gré bij haar elleboog, met zijn rechter maakte hij een wuivend gebaar in de lucht, maar keek ondertussen eigenlijk alleen naar Ziska Ballingh. Een prachtige vrouw. Die Ballingh moest wel zeer gelukkig zijn. Een vrouw die alles kon, zich betoverend aankleden, heerlijk koken.

Ziska liep een eindje met ze mee.

'Op de universiteiten,' zei ze, 'wordt de wetenschap niet zozeer bedreigd door degenen die luid op hun politieke engagement wijzen, maar eerder door hen die de mond vol hebben van wetenschap en met een beroep op de wetenschap hun heimelijke politieke bedoelingen doordrijven.'

'Verschrikkelijk!' zei Dingelam, 'hoe weet u dat? Het is mij nooit opgevallen.'

'Enerzijds komt de materialistische dialektiek slechts tot haar recht, zolang de verbondenheid met het historisch onderzoek gehandhaafd wordt, anderzijds zie ik deze dialektiek als de theoretiese uitdrukking van de bevrijdingsstrijd der arbeidersklasse,' antwoordde Ziska vlot.

‘Maar Ziska,’ zei Gré argeloos, ‘dat is orakeltaal voor me. Jullie komen toch eens langs? Echt doen hoor!’

Ze namen afscheid.

Wat een hoofd, dacht Dingelam. Zo mooi. Maar gevuld met zaagsel, of beter houtslijp, verkregen door een op houthoudend papier gedrukte editie van *Das Kapital* fijn te malen in een mallemolen en het zo verkregen produkt lepel voor lepel naar binnen te werken.

Het bleek dat ze ook wel eens geluk hadden: auto niet weggesleept door de politie, zelfs geen bon op de voorruit.

Gré startte vlot en reed weg.

‘Wat een wonder,’ verzuchtte ze, ‘geen bon.’

‘Onbegrijpelijk dat we zomaar een lege plaats gevonden hebben in het centrum en niet eens een verboden plaats.’

‘Aardige vrouw is Ziska Ballingh, vind je niet?’

‘Ik had haar, geloof ik, nooit eerder ontmoet.’

‘Ze is altijd aardig. Ik heb haar opgebeld om te vragen hoe ik de reerug moest klaarmaken.’

‘O. Nou, maar die was erg lekker.’

‘Ja hè, maar toch heb ik het niet precies gedaan zoals zij beweerde dat het moest.’

‘Hoe moest het dan, volgens haar?’

‘Erg ingewikkeld en wel twee flessen heel dure wijn erin. Maar dat vond ik zonde. Vind je ook niet?’

‘Het was zo ook lekker.’

‘Daarom.’

‘Reeruggehakt. Dat moet je bij gelegenheid nog eens klaarmaken.’

‘Als je weer een Nobelprijs krijgt. Of zal ik dan een ander recept vragen aan Ziska?’

‘Doe dat. Ze is best aardig, maar ze kan wel moeilijke dingen vertellen.’

‘Ik hoop dat ze eens komen.’

‘Hij is wel een beetje glibberig.’

‘Nou, maar ik vind het best interessant, zoals hij op de televisie over de oorlog vertelt en hoe twee verzetsstrijders hem een vals persoonsbewijs kwamen brengen, omdat hij zelf ook in het verzet zat.’

‘O ja? Zijn die verhalen interessant?’

‘Ik vind van wel. Maar jij kijkt nooit meer naar de teevee. Toen we hem pas hadden, was je er niet vandaan te slaan en nu nooit meer.’

Allicht niet, dacht hij.

‘De vrouw van Tamstra heb ik nergens gezien,’ zei Gré.

‘O nee? Ik zou haar geloof ik niet herkennen, als ik haar zag.’

‘Ach, jawel. Dat is dat mens dat er altijd uitziet of ze op weg is naar de kerk. Ze durfde zich natuurlijk niet te vertonen, omdat d’r man zich solidair verklaard heeft met de rooie oproerkraaiers.’

‘Ja, dat zou wel kunnen. Gonnie heb ik ook niet gezien.’

‘O, ik wel hoor. Maar Gonnie, die was zo bang! Die is meteen het gebouw uitgehold met Herta Keller.’

Rustig, zonder ruzie, kwamen ze thuis, wel wat eerder dan waar ze op gerekend hadden, natuurlijk, maar niet eens zo erg veel eerder.

De haan werd vrijgelaten.

Kaeckebeke belde op en vertelde dat de redevoering die hij nu niet had kunnen uitspreken, in het *Universiteitsblad* zou worden gepubliceerd. Koste wat het kost! Dat zei Kaeckebeke er uitdrukkelijk bij. En als de hoofdredacteur niet zou willen, als die zich op zijn redactionele onafhankelijkheid zou beroepen, dan zouden er *maatregelen* worden genomen. Daar konden de heren op rekenen.

‘En dan kan ik je nog iets prettigs vertellen ook, Dingelam. Alleen, je moet me beloven dat je er voorlopig met niemand over praten zal. Want het moet nog eventjes een vertrouwelijke zaak blijven.’

‘Ja, dat beloof ik.’

‘Nou, dan zal ik het je vertellen. Je krijgt een lintje! Uit heel goed ingelichte bron weet ik dat je Commandeur in de Orde van de Nederlandse Leeuw wordt. Man ach man! Dat heb ik zelfs niet! Dat heeft hier in de provincie geloof ik alleen de Commissaris van de Koningin!’

En zo kwam de avond van de feestelijkste dag die deze universiteit ooit voor een van haar grootste zonen had georganiseerd.

Gré warmde de restanten van de reerugballetjes op en hij at

ervan met smaak. De haan scharrelde om ze heen en ze gaven hem zo nu en dan een stukje aardappel. Toen hij daar genoeg van had, stapte hij kordaat naar de bloemenmand, krabde er een gat in, de bloemen en mos vlogen alle richtingen uit en hij ging liggen in de kuil die hij had gegraven.

'Dat is ook wat moois,' zei Dingelam, 'jij weet wel waar het leven goed is.'

'Ach die schat,' zei Gré, 'de bloemen waren toch al ver heen en het is eigenlijk precies de goede mand voor hem. Vind je ook niet?'

Hij was het met haar eens.

Rustig zaten ze te eten. Er waren ook nog precies twee halve glaasjes van de fruitige beaujolais overgebleven, rond op de tong.

'De haan van Lagerwij, in de mand van het universiteitsbestuur,' zei hij mijmerend, 'zo hoort het. Twee cadeaus in een. Het kan niet beter.'

En Gré moest erom lachen.

Als dessert aten ze ieder een appel, maar Gré schilde de appels allebei, dat was haar werk al sinds jaren, wanneer ze appels aten. Hij ging ondertussen naar de brievenbus en haalde het avondblad eruit.

Met de opengeslagen krant kwam hij weer aan tafel zitten en bekeek de voorpagina.

'Ah!' riep hij, zonder van zijn lectuur op te kijken, 'het kan nog erger!'

'Wat kan nog erger?'

'Nou, in Uruguay. Daar hebben een stel studenten een professor ontvoerd en als ze niet binnen vierentwintig uur vrijgeleide krijgen, een vliegtuig en een miljoen dollars, zullen ze hem vermoorden. Toe maar!'

'Ze lijken wel gek. En gaat de regering daarop in?'

'Ik zou niet weten wat ze anders moesten doen. Jij wel?'

'En die professor, wat had die misdaan?'

'Die had op een college gezegd dat alles wat Karl Marx beweerd heeft, onzin is. Nou, dat mag je niet zeggen, hè. We gaan weer tweeduizend jaar inquisitie tegemoet.'

'Ze moesten ze...' zei Gré, 'ze moesten ze...'

'Nou, wat moesten ze?'

'Een kop kleiner maken!'

'Voor ze daaraan toe zijn, is die professor al een kop kleiner gemaakt.'

Al lezend stak hij zijn arm uit en pakte een stuk appel.

Het zal ongeveer vijf minuten later geweest zijn, dat er gebeld werd. Eerder was het geknetter van enkele motoren tot hen doorgedrongen. Niet van motorfietsen die langsreden, nee, van motoren die voor hun huis tot stilstand waren gekomen en in vrijloop blijven draaien. Toen werd er, heel bescheiden, een keer gebeld.

'Wat kan dat nou zijn?' vroeg Dingelam.

'Wacht, ik zal wel even gaan kijken.'

Gré stond op en ging de kamer uit. De kamerdeur liet ze half achter zich open.

Hij hoorde haar de buitendeur ontsluiten. Stemmen. Wat er gevraagd werd, kon hij niet verstaan, maar des te beter hoorde hij wat Gré erop terugzei. Het was geen praten, het was schreeuwen, bijna gillen:

'Geen sprake van! Professor is niet te spreken. Niet voor u. Wilt u gauw maken dat u wegkomt! Anders bel ik de politie.'

Van buiten volgde hierop lachen en geschreeuw.

Gré sloot de huisdeur met een enorme klap.

Hij legde de krant op tafel en stond op:

'Wat is er?'

Maar voor hij de gang bereikt had, was zij al weer binnengekomen. Haar handen en haar onderkaak trilden.

'Dat waren studenten die je zogenaamd wilden spreken.'

'Welke studenten?'

'Dat heb ik ze niet gevraagd.'

'Maar Gré, dat had je ze toch *kunnen* vragen?'

'Denk je dat ik zo gek ben?'

'Maar wat wilden ze dan?'

'Ga ze dat zelf maar vragen, als ik het weer verkeerd gedaan heb! Misschien staan ze d'r nog. Je lijkt wel niet goed wijs.'

'Maar Gré, ik begrijp wel wat je denkt, maar dat is toch erg onwaarschijnlijk. Hoe kunnen ze me nu komen ontvoeren op een bromfiets?'

'Goed, als je het beter weet. Heel goed! In plaats dat je me dankbaar bent... Heel goed! Wat Gré ook doet, nooit deugt het. Als ze je wat willen vragen, alleen maar wat vragen, dan hadden ze je toch kunnen opbellen?'

Daar viel niets tegen in te brengen.

En toen miste hij de haan ineens.
'Waar is de haan?'
Gré schrok zo, dat hij er meteen een grapje van maakte.
'Haan, waar ben je?'
Zonder iets te zeggen keek Gré verdwaasd rond.
'Haan is zeker ook erg geschrokken,' opperde hij en kreeg een benauwd gevoel in zijn strottehoofd, of deze flauwiteit eigenlijk te groot was geweest om doorgelaten te worden.
Opnieuw werd er gebeld, drie-viermaal, lang achter elkaar deze keer.
'Dat tuig!' zei Gré, 'hoe hebben ze het lef!'
En toen riep iemand door de brievenbus:
'Mevrouw, uw haan! Uw haan is weggelopen!'
Opnieuw lachen.
'Ach, zie je nu wel. Het was niets bijzonders. Ik ga kijken waar die haan is.'
En ik wil ook wel eens weten wie hier aan de deur geweest zijn, dacht hij.
'Wacht nog even,' zei ze, 'luister.'
Maar Gré, je bent overstuur, wou hij zeggen.
Toch deed hij wat ze vroeg. Zij wachtten en luisterden, ten slotte hoorden ze niets meer.
Nu liet ze hem eindelijk los, hij liep naar de vestibule, opende de deur. Niemand te zien. Hij waagde twee stappen op straat. De hele straat was leeg.
'Haan,' zei hij, 'haan waar ben je?'
Nergens zag hij een spoor van de haan, of iets dat kon doen vermoeden waar het dier kon zijn gebleven. Machteloos besefte hij dat een haan geen hond was. Nog nooit had hij horen vertellen dat een haan terug was gekomen als hij werd geroepen.
Hij ging zijn huis weer binnen en duwde de deur dicht met zijn achterwerk. Aarzelde. Het was even of hij een klap onder de gordel had gekregen. Hij was nu ook werkelijk bang voor Gré. Toch ging hij de huiskamer binnen. Wat moest hij anders?
'En? Waar is de haan?'
'Ja, gut, Gré, die moet de straat zijn opgelopen. Die is hier ergens in de buurt. Ik...'
'Waarom ben je hem niet meteen achternagerend?'
'Ik zag hem nergens meer.'

'Maar daarom! Dan moeten we hem toch gaan zoeken?'

'Ja goed. Ja goed. Ja natuurlijk. Doe je mantel aan. Of zal ik alleen gaan zoeken?'

En het is niet eens mijn schuld, dacht hij, het is haar eigen schuld dat die haan is weggelopen.

Gré opende de voordeur en ging de straat op, zonder haar mantel te hebben aangetrokken.

Zij liepen allebei naar een ander uiteinde van de vrij donkere straat. Geen van tweeën zagen zij een spoor van de haan.

'Zie jij iets?' riep ze.

'Nee. Jij?'

Zij keerden allebei weer om en liepen naar elkaar toe. Voor de deur van Piet en Gonnie Stroomer kwamen ze elkaar tegen.

'Hij is waarschijnlijk naar een straat gegaan waar tuinen zijn.'

'Of die jongens hebben hem meegenomen.'

'Ach welnee. Hoe dan?'

'Hoe dan? Ja, dat weet ik ook niet. Maar ze hebben hem gezien toen hij de deur uitliep. Daarom lachten ze zo.'

'Ach, kom nou Gré. Hoe hadden ze dat beest nu moeten meenemen?'

'Ja hoor es, dat weet ik ook niet. Maar als jij nu eens naar de sociëteit op de Grote Markt ging, om te kijken of hij daar is?'

'Ik naar de sociëteit op de Grote Markt gaan, omdat jij je haan laat weglopen?'

'Mijn haan? Mijn haan? Is het jouw haan soms niet?'

'Ja, maar hoor is, zoëven was je nog bang dat ze me zouden ontvoeren en nu ineens zou ik me in het hol van de leeuw moeten begeven om te kijken of die haan daar is.'

'En je hebt nota bene zelf gezegd dat ze helemaal niet kwamen om je te ontvoeren. Is dat waar of niet? Heb je dat gezegd of niet?'

'Weet je wat, ik zal even hier aanbellen. Best mogelijk dat Piet of Gonnie hem gezien hebben.'

Meteen liep hij naar de deur van Piet Stroomer's woonstede en belde aan. Ondertussen keek hij naar de voorkamer van dit huis, waarin licht brandde en de gordijnen niet dicht waren. Maar hij kon niet veel zien, doordat de ramen vrij hoog zaten, als gevolg van het vrij hoge souterrain dat het huis onderkelderde.

Hij zag noch Piet, noch Gonnie.

Toch deed Gonnie zelf open.

‘Hé! Dà-hàg!’

‘Gonnie,’ zei hij, ‘onze haan is weggelopen. Heb jij hem ook gezien?’

‘Nee ik niet. Hoe komt dat nou?’

Hij vertelde, niet helemaal overeenkomstig de waarheid:

‘Er belde iemand. We deden open. Toen is hij ontsnapt.’

‘Nee hoor Gonnie,’ riep Gré, ‘het is mijn schuld, zoals altijd. Ik heb opengedaan en hem laten ontsnappen.’

‘Hij zit misschien in het zijgangetje,’ zei Gonnie, rilde, trok haar over elkaar geslagen armen tegen haar borst en kwam naar buiten om het zijgangetje aan te wijzen.

Het zijgangetje was een spleet tussen hun huis en dat van de buren. Een kat zou er zich nauwelijks in kunnen omdraaien. Maar een haan kon er gemakkelijk in.

De dichtstbijzijnde straatlantaren stond daar zo ver vandaan, dat ze geen steek konden zien.

‘Ik zal kijken,’ zei Gonnie, ‘misschien heeft Jacques een zaklantaarn.’

Op een holletje liep zij haar stoep op en haar huis binnen.

Even later kwam ze terug met Jacques.

‘Dag mevrouw, dag professor,’ zei Jacques keurig, ‘ik heb geen zaklantaren, maar ik kan wel in het gangetje komen. Dat heb ik met mijn vriendjes vaak genoeg gedaan.’

Hij zette zijn rechterschouder in het gangetje en werkte zich op schuifelende voeten naar binnen.

‘Het gangetje loopt dood,’ vertelde Gonnie, ‘als die haan erin zit en hij hoort Jacques, zal hij wel lawaai maken en proberen op te vliegen.’

Ze spitsten hun oren, het bleef stil.

‘Merk je iets van hem, Jacques?’ vroeg Gonnie.

‘Nee mam, hij is er vast niet.’

Het was duidelijk dat hij daar niet kon zijn en Jacques kwam zo bevuild terug, dat het zelfs in dit donker niet onopgemerkt kon blijven.

‘Ga je gauw schoonmaken,’ zei Gonnie.

‘Er zijn tussen een heleboel huizen aan deze kant van de straat zulke gangetjes,’ zei Jacques, ‘misschien kunt u ergens een zaklantaren krijgen. Sommige zijn trouwens dichtgemaakt met planken.’

‘Mensen,’ zei Gonnie, ‘ik ga mijn huis weer in, hoor. Brrrrr. Veel succes.’

Ze ging haar huis binnen met haar zoon en sloot de deur.

‘Kom,’ zei Dingelam, ‘laten we ook naar huis gaan. Morgen zien we verder.’

‘Nee. Ik laat hem niet alleen op straat de hele nacht. Nee, dat kan ik niet doen.’

‘Wat heb je nu? Je huilt toch niet?’

‘Ja, ik huil wel en het kan me niets schelen. Haantje, waar ben je nou?’

Niemand gaf antwoord. Zij stak de straat over en ging hun huis binnen. Hij kwam haar vrij langzaam achterna. Zij had haar mantel al aangetrokken toen hij de deur bereikte.

‘Maar luister nu, Gré, waar wil je hem dan zoeken?’

‘Dat kan me niet schelen. Maar ik zal hem zoeken, overal.’

‘Wacht even.’

‘Nee, je hoeft niet mee te gaan. Ik ga wel alleen. Blijf jij maar thuis.’

Haar stem klonk zo wanhopig, dat een vreemde vrees hem beving.

Nee, ze moet niet alleen gaan, zei hij bij zichzelf. Hij greep zijn jas van de kapstok en trok de deur achter zich dicht. Ze was niet op hem blijven wachten. Hij zou moeten hollen om haar in te halen.

‘Gré!’ riep hij.

Maar ze bleef verderlopen. Dan maar even een sprint. Zijn hart begon in zijn keel te kloppen. Eindelijk kon hij haar arm pakken.

‘Maar Gré, dit is toch onzin op deze manier. Die haan zit hier misschien ergens onder een geparkeerde auto en jij rent de straat uit als een dolle.’

‘Hij zit niet onder een auto, je kletst maar wat, ze hebben hem gestolen.’

‘Maar als ze hem hebben gestolen, dan hoeven we hem ook niet te zoeken. Wat is dat nou! Dan moet je nagaan wie hem gestolen heeft. Hoe zagen die studenten eruit?’

‘Die ene had een baard.’

‘O dat helpt. Vijf van de zes studenten hebben een baard. En wat nog meer?’

'Jij moet mij niet zo afblaffen, begrijp je dat? Het zijn ten slotte mijn studenten niet. Het zijn jouw studenten, maar jij weet zelf niet hoe ze eruitzien. En waarom weet je dat niet? Omdat je 't nooit de moeite waard gevonden hebt ze aan te kijken, daarom. Had jij je wat meer om die studenten bekommerd, dan zouden ze zich nu misschien niet zo uitsloven om je te pesten.'

'Zei die student met die baard niet hoe hij heette?' vroeg Dingelam.

'Weet ik veel wat dat stuk ongeluk zei! Maar ik heb spijt dat ik hem er niet in gelaten heb. Spijt. Voortaan moet jij je eigen boontjes maar doppen. Ik bemoei me er niet meer mee.'

'Maar Gré, *ik* heb je niet naar de deur gestuurd, *ik* heb je niet gezegd dat je die studenten niet te woord moest staan en evenmin dat je het wel moest doen, trouwens.'

'Dacht ik het niet! Dan denk ik eens een keer je te helpen en dan deugt het niet. Dan heb ik het weer verkeerd gedaan. Wel ja! Gré deugt nergens voor, die doet altijd alles faliekant! Maar ik zou wel eens willen weten hoe jij je zou redden zonder mij! Zonder mij hadden ze je misschien al lang een bom naar je kop gegooid!'

'Maar Gré, daar gaat het helemaal niet om. De kwestie is, dat die haan de deur is uitgelopen. Daar kan jij niets aan doen, maar ik ook niet.'

'Die haan. Die haan. *Mijn* haan natuurlijk weer, hè? *Jouw* haan niet! Jij had er niks mee te maken. Ga dan naar huis als het te veel moeite is dat arme beest te zoeken. Ik heb je niet gevraagd mee te gaan. Of wel soms?'

Ze hadden ondertussen de Montessorisingel bereikt.

Wat een omgeving voor een weggelopen haan:

Ter weerszijden van de rijweg lagen grote tuinen rondom villa's die daar leken te zijn neergehurkt als kolossale kamelen. De tuinen achter de huizen aan de noordzijde van de singelgracht grensden aan het water.

Gré liep langs de hekken, voortdurend in de tuinen kijkend of ze op het gras of onder de struiken iets ontwaarde. Niets natuurlijk, dat dacht hij wel. Zelfs al zou de haan daar geweest zijn, dan bestond er al erg weinig kans, dat ze hem konden zien.

Zo nu en dan passeerde een fietser met zwiepend licht en piepende dynamo. Wat zou zo'n fietser wel denken? Bijna hoopte hij dat er iemand voorbijkwam die hem kende, die zou stoppen en vragen of hij misschien kon helpen. Met iemand anders erbij, zou het misschien nog mogelijk zijn Gré tot rede te brengen.

'Haan,' riep zij zachtjes, 'haan, kom nou.'

Fietsers. Zo nu en dan een auto. Niemand stopte. Ach, al die mensen keken maar vluchtig of helemaal niet en als ze er wat over dachten, konden ze natuurlijk niets anders denken dan dat een heer en een dame hier inderdaad een hond uitlieten.

Langzaam voortdrentelend, bereikten ze op den duur het Grote Mokerplantsoen. In het midden daarvan wierpen hoge bomen grote heuvels van duisternis op. Rondom het grasveld stonden overal auto's geparkeerd. Gré keek voortdurend tussen de auto's of de haan daar ook zat. Twee, drie stappen deed ze, stond dan stil en draaide haar hoofd opzij, half gebukt. Ten slotte liep ze tussen twee auto's door, stapte over het hekje en op het gras. Zonder enige hoop volgde hij haar.

'Maar Gré, je krijgt modder aan je voeten voor niets. We zijn nu al twintig minuten lopen van huis. Zo ver gaat een haan niet.'

'Wat weet jij ervan? Heb je soms eerder een haan gehad?'

'Ja zeker, wij hadden kippen en een haan bij ons buitenhuis.'

'O ja, waar jullie 's zomers naar toe gingen met twee dienstbodes. Zo geweldig. Zo sjiek. Dat hele verhaal ken ik al honderd jaar uit mijn hoofd.'

'Maar je vraagt zelf of ik wel eens een haan gehad heb.'

'Ook goed! Jij hebt overal verstand van. Jij weet alles van weggelopen hanen. Maar als je dan zo knap bent, waarom vind je hem dan niet, hè? Waar blijf je nou met al je geleerdheid?'

'Toe nou, Gré, overdrijf niet zo, je maakt me moe.'

'Overdrijven? Ik? Dan zal ik jou nog eens wat anders vertellen. Niks heb ik aan jou, maar dan ook helemaal niks. Voor het eerst in mijn leven krijgen we iets leuks cadeau en drie dagen later is het al weer verpest. En zo is het altijd gegaan. Altijd. Zo lang ik met jou getrouwd ben, gaat het zo. Ik wou dat ik maar dood was. Dood! Ik loop als een radeloze te zoeken en jij loopt me te treiteren. Uit te schelden.'

'Maar Gré...'

'Niet soms? Heb je me soms niet gezegd dat ik je vermoei? Ja of nee, heb je dat soms niet gezegd? Ach haan, kom nou terug. Of blijf maar waar je bent. Bij mij wordt toch iedereen ongelukkig.'

Zij snikte nu zo hard, dat zij helemaal niet meer uit haar woorden kon komen. Hij wilde haar een arm geven, maar ze gaf hem een stomp met haar elleboog. Alsof hij een beetje bang voor haar was, baggerde hij achter haar aan. Smakkend ontving het natte gras zijn voetstappen. Zijn gedachten begonnen nu van haar af te dwalen.

Wat loop ik mijn tijd te verknoeien. En ieder woord dat ik zeg, maakt haar nog kwader. Ik ben gek dat ik niet naar huis ga.

Hij stond stil, draaide een kwart slag, liep naar het hekje en stapte er overheen.

Toch ging hij niet naar huis.

Straks verscheen er misschien een politieagent om aan Gré te vragen wat ze daar uitvoerde op het gras en dan moest hij er toch bij zijn, anders zouden ze misschien denken dat ze uit een gekkenhuis was ontsnapt.

Gek? Gek was ze natuurlijk niet, maar wel een beetje opgewonden. Waarvan nu toch eigenlijk? Het zou de omgekeerde wereld zijn als zij zich van al het gedonder meer heeft aangetrokken dan ik.

Hij stak zijn handen in zijn zakken, voelde overal, vond wel zijn tabakszak, maar niet zijn pijp. Zich beheersend haar niet te roepen, keek hij om naar Gré.

Het leek of Gré nu ook niet meer zocht. Een beetje stuurloos stak ze het grasveld over, toch in een bepaalde richting en ze ging zitten op het bankje achter het monument voor Koningin Emma, dat het plantsoen siert.

Niemand zit ooit op die bank, overdag niet, 's avonds niet. Geen verliefde paren. Zwervers en bedelaars bestaan hier niet. En daar was Gré gaan zitten. Hij keek vervolgens naar de blauwe neonreclame van het nieuwe hotel *De Haevezaethe* dat een afgesloten, goed verlicht en verwarmd terras bezat.

Om het plantsoen heen liep hij naar haar toe, en bij het bankje gekomen, zei hij:

'Waarom blijf je hier zitten?'

Ze zei niets terug.

'Denk je, als je hier blijft zitten wachten, dat je die haan nog wel zal zien?'

Ze knikte, haar wangen overstroomd door tranen.

'Maar hoor nu toch, Gré. Trek het je niet zo aan. Laten we daar op het terras gaan zitten en een kop koffie drinken. Daar is het niet zo koud. En als we haan (haan!, zonder meer) niet vinden, dan kan ik morgen toch een nieuwe kopen?'

'Niet zo'n mooie. Niet zo'n grote.'

'Ach, wel ja. We rijden even naar Sauwerd of zo. Misschien heeft Lagerwij er wel nog een en anders zijn er toch boeren genoeg die een haan willen verkopen.'

'Kopen. Alles wat we hebben, moeten we kopen. Maar een kind koop je toch ook niet?'

'Blijf in ieder geval hier niet zitten. Kom mee.'

'Nee. Ga jij maar naar huis, of doe wat je wilt, maar ik blijf.'

Deze koppigheid was groter dan gewoonlijk. Wat te beginnen?

Het kwam hem nu in gedachten, dat Eddy Barend hier vlakbij op de Montessorisingel woonde. Misschien was die thuis en zou hij er raad op weten.

'Nou Gré, ik kan er niets aan doen, dan ga ik maar.'

'Je gaat maar.'

Toen hij een pas of twintig gedaan had, keek hij om. Misschien had ze er niet op gerekend dat hij werkelijk gaan zou en bedacht zij zich nu. Hij hoopte het maar, want voor zijn plezier ging hij Eddy Barend niet te hulp roepen. Dit hele verhaal was toch te mal om te vertellen.

De Nobelprijs krijgen en drie dagen later moet je voor het eerst van je leven een psychiater te hulp roepen...

Deed ze het eigenlijk vooral om hem te pesten?

LAATSTE FRAGMENT UIT HET DAGBOEK VAN DOKTER BAREND

Zojuist teruggekomen van een forse rit; vijf uur rijden. Roef en Gré naar Schiphol gebracht.

Diepe voldoening.

Nu tenminste iets gedaan om goed te maken dat ik ze de volle waarheid niet heb kunnen vertellen.

Toen ik gistermiddag thuisgekomen was van de mislukte huldiging in de aula, stond om half zes ineens mijn patiënt Goudewolf op de stoep. Moest mij dringend spreken. Op dit uur? Ja, kon niet langer wachten.

Goudewolf leek mij in een staat van buitengewone opwinding te verkeren en ik liet hem dus binnenkomen. Hij deed me het volgende verhaal.

Zondagavond was hij op stap met z'n vriend professor Tamstra, niet voor het eerst in zijn leven. Ze gaan namelijk vrij geregeld de hoerenbuurt af. Dat Goudewolf zich geregeld met prostituées afgeeft, heeft hij me al veel eerder bekend, maar dat hij samen met die vriend van hem gaat, hoorde ik voor het eerst. Volgens Goudewolf bepaalt die Tamstra zich ertoe zich zo gauw mogelijk een stuk in zijn kraag te drinken, dan bij een hoer naar binnen te stappen en haar de huid vol te schelden over haar onzedelijke levenswijs. Omdat hij begint met geld op tafel te leggen, laten de meisjes van plezier zich dat een poosje welgevallen en geven hem tenslotte een paar draaien om zijn oren, wat zijn bedoeling is.

Zondagavond ontmoette Goudewolf Tamstra in de bar van de Vlaamse Reus en samen gingen ze naar een seksclub.

Tamstra was bijzonder gedeprimeerd, omdat het *Nieuwsblad voor het Noorden* zijn portret had geplaatst bij een bericht over de Nobelprijs van Roef. Een vergissing of boos opzet? Je weet het nooit, maar Tamstra, die zich zeer bewust schijnt te zijn dat hij op wetenschappelijk gebied niets te betekenen heeft, zeker niet in vergelijking met Roef, dacht aan een gemene streek van een geheime vijand. Goudewolf en Tamstra kwamen dus in die zogenaamde seksclub (lees hoerenkast—tegen de tijd dat dit dagboek onder vreemde ogen komt, mag het wel weer zo worden uitgedrukt, denk ik, want alle tijden hebben weertijden) en wie ontmoetten ze daar? Roef, in gezelschap van een aantal andere hooggeleerden. Ik kon mijn oren niet geloven, maar heb inmiddels de verklaring van dit raadsel uit Roef's mond vernomen.

[..]

Goed. In die seksclub lag een exemplaar van de krant waar ten onrechte het portret van Tamstra in stond. Dit gaf Tamstra aanleiding eerst tegen Roef te schreeuwen dat hij hem haatte en vervolgens het hele gezelschap te trakteren. Roef en de anderen zijn vlug opgestapt, Goudewolf en Tamstra hebben de hele nacht doorgefeest.

Tamstra vertelde Goudewolf dat hij die zondagmiddag met het universiteitsbestuur en twee studenten had vergaderd over de dreigende bezetting van het Laboratorium voor Technische Scheikunde. Tamstra had tegen het bestuur gezegd dat hij, als de studenten zouden proberen het laboratorium te bezetten, onmiddellijk de politie zou waarschuwen. Curatoren hebben hem uitgelegd dat hij daartoe het recht niet had en dat zijzelf absoluut niet van plan waren de politie erin te mengen. Tamstra schijnt dit als zeer frustrerend te hebben ervaren, vooral omdat een door hem naar een ochtendblad gestuurd ongelukkig ingezonden stukje, de aanleiding voor de ontstemming van de studenten schijnt te zijn geweest. Om Tamstra te troosten heeft Goudewolf hem toen het diabolische denkbeeld aan de hand gedaan toch naar de politie te lopen en zich daar, met de krant als bewijsstuk, uit te geven voor de Nobelprijswinnaar Professor Dingelam en in die hoedanigheid assistentie te vragen.

Goudewolf beweerde het te hebben geopperd bij wijze van grap.

Maar Tamstra heeft het *echt gedaan*. Tamstra is met die krant in alle vroegte het politiebureau binnengestapt, heeft inderdaad de wacht overbluft met de naam Dingelam en het *Nieuwsblad voor het Noorden* en een beetje later heeft hij de studenten die het laboratorium hadden bezet, opgebeld om ze te vertellen dat hij achter ze stond en te laten doorschemeren dat die kwade professor Dingelam de politie had geroepen.

Maar toen in de loop van de dag de bezetters een ruit van Dingelam's kamer hebben gebroken, heeft Tamstra Goudewolf opgebeld en gezegd: 'Jij vuile schoft, jij hebt me aangeraden naar de politie te gaan met die krant en me voor Dingelam uit te geven. Jij hebt misbruik gemaakt van de omstandigheid dat ik wat te veel gedronken had. En zo voorts.' Want Tamstra vond het niet leuk dat heel wat collega's hem een beetje scheef begonnen aan te kijken.

De volgende dag, gisteren dus, schijnt Tamstra helemaal van streek geraakt te zijn. Het rookbommetje in de aula heeft hem in paniek gebracht. Nu kan het wezen dat dit allemaal een onderdeel van de manifestatie is geweest en niet speciaal was bedoeld om tegen Roef te demonstreren. Maar Tamstra heeft het wel zo opgevat en is in grote benauwenis geraakt. Stel je voor dat hij er ook nog op aangezien zou worden medeplichtig te zijn aan het verstoren van een universitaire plechtigheid door middel van een rookbom!

En Tamstra zal ook wel bang zijn dat vandaag of morgen aan het licht komt wat hij op het politiebureau met die krant heeft uitgevoerd. Ik liep, toen de aula leegstroomde, Taets tegen het lijf, een patiënt van mij, en Taets vertelde dat er door de burgemeester een onderzoek wordt ingesteld om na te gaan hoe de politie toch op het idee is gekomen tegen de bezetters uit te rukken, terwijl de burgemeester, op instigatie van Curatoren, tegengestelde instructies had gegeven. Tussen haakjes, ik heb gisteren onmiddellijk van de gelegenheid gebruik gemaakt tegen Taets te zeggen dat Roef vast en zeker de politie niet gewaarschuwd had, ook al beweerde de politie het tegendeel. Ik ken Dingelam al jaren, zei ik, hij is niet de soort man die zoiets doet. Als hij *zegt* dat hij het niet gedaan heeft, kunnen we dat geloven.

Nu blijkt dus dat ik dit heel goed gezien heb. Als oorsuizingen bij malaria komt bij tussenpozen de verleiding bij mij op Taets te bellen en hem te zeggen dat ik *het bewijs* bezit dat Dingelam het niet gedaan heeft, maar mijn ambtsgeheim is er ook nog en waarom praten over een bewijs dat ik wel bezit, maar niet kan laten zien.

Gistermiddag, na afloop van de herrie in de aula, heeft Tamstra Goudewolf opnieuw gebeld en hem de verschrikkelijkste dreigingen naar het hoofd geslingerd: Hij zou Goudewolf ontmaskeren. Hij zou Goudewolf's hele foute oorlogsverleden aan de grote klok hangen, als Goudewolf niet alle schuld op zich nam. En zo voorts.

'Luistert u eens goed, meneer Goudewolf,' zei ik, 'u gaat naar meneer Taets en vertelt hem precies hoe de vork in de steel zit en als u dat niet doet zoekt u maar een andere psychiater.'

Een uurtje nadat ik Goudewolf de deur uit had gewerkt, werd er opnieuw aangebeld en stond Roef voor mijn neus.

Hij deed me een uiterst wonderlijk verhaal. Gré zat, helemaal in de war, op het bankje achter het monument voor Koningin Emma, in het Grote Mokerplantsoen, omdat haar haan was weggelopen en hij wist niet meer wat hij moest beginnen, kon haar niet mee naar huis krijgen, enz.

Hij was bang dat ze in het water van de singel zou springen.

Ik begreep er niet veel van, maar in elk geval was hijzelf ook nogal overstuur. Ik stond op het punt met hem mee te lopen naar het Grote Mokerplantsoen, toen Gré er ineens aankwam.

'Dag Eddy,' zei ze, met een gezicht of er niets aan de hand was, maar dat zij kort geleden in een staat van uiterste opwinding moest hebben verkeerd, viel niet meer te verbergen.

Ik heb ze binnen genodigd en klassieke medicijnen te voorschijn gehaald: wat oude kaas uit de keuken laten komen, een goed glas bourgogne ingeschonken en zo hebben we een uurtje zitten praten. De weggelopen haan hadden ze van hun buurman in Sauwerd gekregen. Niet van plan die vogel op te eten en ook niet om hem in zijn eentje op hun boerderij te laten, hadden ze hem zondagavond meegenomen naar de stad. Er waren studenten komen aanbellen om Roef te spreken en toen is de haan naar buiten geslipt.

Gré had kwaad gezegd dat Roef niet te spreken was en de deur voor de neus van die studenten in het slot geworpen. Toen pas beseften ze dat die haan er vandoor gegaan moest zijn.

Telkens kwam zij op het gebeurde met die haan terug, terwijl Roef zich voortdurend zat te verdedigen dat hij de politie niet had gewaarschuwd. En hoe toch dat gemene praatje in de wereld gekomen kon zijn. En zo voorts.

'Ach kom,' zei ik, 'en àls je het gedaan had, is dat zo'n grote schande?'

'Daarom juist! Als ik directeur van het laboratorium was geweest en ik had geweten wat die studenten van plan waren, dan had ik dat zeker gedaan.'

Maar hij is niet eens directeur van dat laboratorium. Dat is Tamstra...

'Ik weet,' zei ik naar waarheid, 'ik weet met absolute zekerheid dat jij het niet gedaan hebt.'

Hij vroeg niet hoe ik dat wist, hij nam klaarblijkelijk aan dat mijn woorden alleen uit vertrouwen op zijn eerlijkheid voortsproten.

'Maar zelfs jij kan het niet bewijzen,' zei hij.

En daar moest ik het antwoord op schuldig blijven. Zelden eerder in mijn leven heb ik het in zo sterke mate betreurd mijn beroepsgeheim niet te kunnen schenden. Ik heb gepraat en gepraat en ze uitgelegd dat ze wat verandering van lucht nodig hadden en wel ogenblikkelijk

Ze zijn voor mijn argumenten gezwicht. Het leek Gré leuk eerst een dagje naar Parijs te gaan en dan verder naar het Zuiden. Ik had op mijn vingers kunnen natellen dat Gré dit leuk zou vinden. Maar waarom ook niet? Roef had er niets tegen. Tenminste dat zei hij, toen ze daar bij mij zaten. Ik begreep wel dat hij op dat moment bereid was haar in alles haar zin te geven, uit angst dat ze weer van de kook zou raken. Maar hoe lang zou zijn meegaandheid duren?

Ik heb vanochtend vroeg om vliegtickets gebeld, hotel gereserveerd en uit angst dat ze toch nog tot andere gedachten zouden komen, heb ik ze zelf naar Schiphol gebracht.

Terwijl we daar naartoe reden in de auto, vertelde Gré dat ze haar overbuurvrouw geïnstrueerd heeft wat te doen als de haan nog komt opdagen en die overbuurvrouw, klaarblijkelijk iemand met veel begrip, had haar beloofd elke dag in het tuintje water klaar te zetten en maïs te strooien om hem te lokken.

Roef deed een poging me uit te leggen hoe hij de stof samengesteld heeft, die ik voor mezelf maar het N-Ethyl-weet-ik-veel-of-hoeveel zou noemen. Och, zei hij, het was in zekere zin net zoiets als toen ik jou vertelde dat je maar niet tegen de Duitsers moest zeggen dat je een jood was. Sinds een jaar of dertig hadden anderen al geprobeerd die stof samen te stellen en ze waren tot de conclusie gekomen dat een van de chemicaliën die bij de reactie nodig waren, bij tweehonderd graden uiteenviel, terwijl de reactie alleen verliep bij een verhitting in vacuo op driehonderddertig graden. Nou, had Roef toen geredeneerd, dan verhitten we alles op driehonderddertig graden, behalve de stof die bij tweehonderd graden al uiteenvalt. Die stof had hij er dus pas later aan toegevoegd, ik geloof na hem eerst zo ongeveer tot bij het absolute nulpunt te hebben afgekoeld, of zoiets. En toen lukte het. Achteraf doodsimpel. Iedere imbeciel had het kunnen bedenken, volgens hem. Maar in dertig jaar is niemand op dat idee gekomen, zei ik. En dat was zo. Of ik, als psychiater, nu kon uitleggen hoe het kwam dat zoveel overigens knappe deskundigen zo lang niet op een zo simpel idee kwamen? Daar hebben we een boom over opgezet—verklaren kon ik het natuurlijk niet.

Met eigen ogen heb ik gezien dat ze de douane passeerden en ik ben nu redelijk gerust.

Ik ben benieuwd hoe lang ze wegblijven. Twee mensen van die leeftijd, met elkaar alleen, al zo lang getrouwd, die kunnen dikwijls niet zo lang met hun gedachten bij elkaar blijven verwijlen. Het is me wel duidelijk geworden dat Gré altijd graag kinderen heeft willen hebben en dat het daartoe, door een of andere oorzaak, nooit gekomen is. Welke oorzaak? Ik zal het ze niet vragen. Ik heb patiënten genoeg.

Zoëven heb ik Taets gesproken. Hij had bezoek gekregen van Goudewolf. Goudewolf had hem opgebiecht wat Tamstra gedaan had en dat het idee van hemzelf was geweest.

'Wat gaat u nu doen?' vroeg ik Taets.

'Ik? Ik kan dat verhaal toch moeilijk laten aanplakken of publiceren. Ik zal er met geen sterveling over praten. Het grote publiek krijgt toch al zoveel slechte indrukken van de universiteiten. Het zal er nog op uitdraaien dat de universiteiten helemaal op de fles gaan en de universitaire titels voortaan worden verloot.'

Ruimschoots op tijd waren ze bij het station gekomen. In de coupé van de Trans Europ Express waarin ze naar de zuidkust zouden vertrekken, hadden ze het rijk alleen. Gré zat aan het raam en hij naast haar.

'Parijs,' zei Gré, 'is ook niet meer wat het is geweest.'

'Ach, wij zijn ook allang niet meer wat we waren, vroeger toen we het nog leuk vonden in Parijs.'

'Hè toe nou, niet meteen zo neerslachtig worden. Ik heb me best vermaakt. Ik bedoel alleen dat het *uitzicht* zo verknoeid wordt, door al die wolkenkrabbers die ze bouwen.'

Ze had gelijk dat hij niet voortdurend neerslachtige dingen moest zeggen en daarom vulde hij haar opmerking maar niet aan met de vaststelling dat de hele wereld langzamerhand een groot Chicago werd.

Kleine regendruppeltjes spatten uiteen op het grote coupéraam. Het had de hele ochtend al van tijd tot tijd gemotregend, of de grauwe hemel verkouden was en bij buien onbeschaamd in je gezicht niesde.

'We zitten hier heel comfortabel,' zei hij, 'en waar we vanavond zijn, schijnt morgen de zon.'

'Ik hoop het.'

'In Monaco schijnt de zon bijna altijd. Toen ik acht jaar was, ben ik er ook eens geweest.'

'O ja, in de herfstvakantie met oom Fons.'

'Nou dan.'

'Dit is een mooie trein, veel ruimer dan een gewone eersteklaswagen. Hier kun je je benen tenminste nog eens strekken. Ik ben blij dat we niet meteen in de restauratiewagen zijn gaan zitten.'

'Zie je dat? Dubbele ramen. Airconditioning.'

'Ik hoop dat er niemand bij komt. Dan kun jij ook aan het raam gaan zitten, als je nog van idee verandert. Ik geloof dat onze plaatsen de enige besproken plaatsen zijn.'

Nee, de andere plaatsen waren niet besproken, dat was zo.

'Waarom heb je niet voor ons allebei een plaats aan het raam genomen?' vroeg ze.

'Dat heb ik gevraagd, maar die man zal zich hebben vergist,' zei Dingelam, de wijsvinger van zijn linkerhand al tussen de bladzijden van het *Chemisch Weekblad* dat hij klaarhield op zijn linkerknie, 'ach ik zit hier goed en ik rij toch niet graag achteruit.'

Hij zou al begonnen zijn te lezen, als Gré niet tegen hem was gaan praten. Uit het raam kijken kon hem niets schelen.

'O, maar je mag mijn plaats hebben, als je liever vooruit rijdt. Dan ga ik aan de overkant zitten.'

Ze hoopte dat hij, als hij ook aan het raam zat, niet aldoor zou lezen en ze een beetje zouden praten. Over wat ze buiten zag, bijvoorbeeld.

'Ach welnee, jij zit daar goed en ik hier ook.'

Ze keek op haar horloge.

'Over een minuut gaat-ie weg. Als er dan nog niemand anders komt, hebben we het rijk alleen tot Lyon. Minstens.'

De trein was gaan rijden en er was niemand in hun coupé gekomen.

'Ziezo,' zei Gré.

Dingelam sloeg zijn tijdschrift open.

Even later kwam er, begeleid door een conducteur, toch nog een andere passagier. Het was een al wat oudere heer, in een blauw pak, waaronder hij een jeugdige witte coltrui droeg. Hij had een regenjas over zijn arm en een kleine koffer van versleten bruin leer aan zijn hand. Aan een riempje dat om zijn hals liep en onder een arm door, zat een fototoestelletje in een oud etui. De riem was zo kort, dat het fototoestel ongeveer midden op zijn borst zat. Dingelam sloeg zijn ogen niet op van zijn lectuur. Gré probeerde tevergeefs de nieuwgekomene weg te kijken.

'Hallo,' zei deze in het Engels.

Nu keek Dingelam hem aan, stond half op en zei ook hallo.

'Hoe gaat het,' antwoordde de man, 'mijn felicitaties, zeg, mijn felicitaties.'

De conducteur wees hem de plaats aan het raam, tegenover Gré.

Dingelam schudde hem de hand en stelde hem voor aan Gré.

'Dit is professor Gurrie uit Oxford. Kreeg hij de Nobelprijs Scheikunde in 1969 of was het '70??'

'Achtenzestig,' zei Gurrie en legde zijn koffertje in het net, 'Ben je er zeker van dat die plaats aan het raam vrij is?'

‘Natuurlijk, gaat u toch zitten,’ zei Gré. ‘Wat een toeval! Twee winnaars van de Nobelprijs Scheikunde in dezelfde trein!’

‘Een gelukkig toeval, mag ik wel zeggen, mevrouw Dingelam, een heel gelukkig toeval.’

Gurrie legde ook zijn jas in het net, maar het fototoestelletje liet hij op zijn borst hangen.

Hij had een dieprode gelaatskleur en zeer dicht, wit kroezig haar op de zijkanten van zijn schedel, die in het midden kaal was, net als Schopenhauer op zijn portretten. De plukken witte wol zetten zich in de vorm van bakkebaarden voort tot aan zijn onderkaak. Eigentijds en ouderwets tegelijk. Hij ging tegenover Gré zitten.

‘Ik ben op weg een voordracht te gaan houden in Lyon, jij misschien ook?’ vroeg hij aan Dingelam.

‘Nee, nee, wij zijn er een paar daagjes tussenuit getrokken, zo maar.’

‘Dat is heel verstandig. Dat heb je wel verdiend.’

‘Is het niet drie jaar geleden dat we elkaar voor het laatst gezien hebben op het congres in Berkeley?’

‘Nee, nee, op het congres in Palermo, twee jaar geleden, twee jaar. In Berkeley hebben we elkaar ook gesproken, maar dat was het jaar daarvoor, hahaha.’

Professor Gurrie lachte en legde zijn ene been over het andere.

‘U reist zeker ook heel wat af, net als mijn man,’ merkte Gré op.

‘O ja. En waarom zien we u nooit, mevrouw? Er zijn altijd heel aardige excursies voor de dames, als er zo’n congres is.’

‘Dat zou ik wel doen,’ zei Gré trots, ‘maar ik heb het zo druk met allerlei dingen. Tot dusver is er steeds iets in de weg gekomen.’

Ze heeft het zo druk, zei Dingelam bij zichzelf, met naar de televisie te kijken. En toch was het een zeer goed antwoord, vond hij dankbaar. Waarom nam hij haar nooit mee? Omdat hij zo nu en dan wel graag eens een week of twee alleen was, daarom.

‘Ben jij eigenlijk ook getrouwd?’ vroeg hij aan Gurrie, ‘of heb ik daar al eens eerder naar geïnformeerd?’

‘Ik ben vier jaar geleden gescheiden,’ zei de Engelse geleerde en haalde een pijp te voorschijn.

‘Ah...’

‘Als ik me goed herinner rook jij ook een pijp?’

'Inderdaad, dat herinner je je uitstekend. Hoe kun je dat onthouden!'

Gré, om toestemming gevraagd, maakte geen bezwaar en Dingelam stopte van Gurrie's tabak.

'En,' vroeg Gurrie, 'wat zeggen je landgenoten wel over je bekroning?'

'Och, er zijn natuurlijk maar weinig mensen die begrijpen wat het inhoudt.'

'Kom, kom, dat geloof ik niet,' zei Gurrie. 'Er worden zo zelden chemische verbindingen ontdekt, waar het hele huisgezin wat aan heeft, zoals die van jou: als witmaker, als geneesmiddel tegen epilepsie en niet in de laatste plaats... ha, ha, ha. Boy oh boy! Het moesten natuurlijk wel weer Japanners zijn om die laatste toepassing uit te dokteren, hè?'

'Hij is mal', riep Gré, 'hij krijgt een hele hoge ridderorde!'

Dingelam zei:

'Wanneer straks iedere grijsaard het voor een paar gulden in de apotheek kan kopen, hoop ik niet dat mijn naam op het doosje staat. Ze moeten er die Japanners maar op zetten.'

'Je portret dan. Net als het portret van Gillette op de Gillettemesjes. Lijkt je dat niets?'

'Wat zeg je, staat die man z'n portret erop?'

'Roef heeft een hekel aan scheermesjes,' verduidelijkte Gré, 'hij snijdt zich bijna iedere ochtend.'

'Of het portret van Gillette er nu nog op staat,' zei Gurrie, 'weet ik niet precies. Ik scheer me elektrisch. Maar vroeger wel. King Gillette stond er onder. Toen ik klein was vroeg ik me af hoe dat zat, of hij een koning was, dan wel zo heette.'

''t Is dat mijn vrouw niet van mannen met baarden houdt, anders zou ik me niet scheren. Van een elektrisch apparaat word ik helemaal dol, dat is bedrog.'

'Ik geef toe dat Gillette een genie geweest is. En weet je waarom? Omdat hij de uitvinder is van het eerste weggooiding. Echt, een revolutionaire gedachte in die tijd. Het scheermesslijpen verplaatst van de gebruiker naar de fabriek, eens en voor al. En dat is het enige niet. Hij heeft ook een boek geschreven, hij heeft zelfs meer boeken geschreven. Hij heeft beweerd dat vrije concurrentie het verspillen is van tijd, geld en energie. Geloof jij dat? Ik niet helemaal. Er zou niets meer gebeuren op de wereld, als er geen vrije concurrentie meer was. Evenmin als er in een brein nog ooit een interessante gedachte zou opkomen, als iemand niet van alles en nog wat door elkaar kon denken. Maar strikt materieel beschouwd is het natuurlijk waanzinnige verspilling dat driehonderd fabrikanten hetzelfde produkt maken en er driehonderd laboratoria op na houden waar naar verbeteringen wordt gezocht, die ze voor elkaar geheim houden. Afschuwelijk. Het zou voor de hand liggen het beste ontwerp in produktie te nemen, maar als er niet meer dan een fabriek een produkt maakt, hoe kun je dan weten of ze het best mogelijke produkt maken?'

Hij deed een hele serie trekken aan zijn pijp.

'Maar, wat ik je zeggen wou, Dingelam en hier loop ik al mee rond sinds ik hoorde dat jij de Nobelprijs gekregen had—hahaha, moet een voorgevoel hebben gehad dat ik je binnenkort ontmoeten zou, dat moet!—de filosofische implicaties van de toepassing als geneesmiddel tegen impotentie zijn natuurlijk enorm.'

Hoe prettig voelde Dingelam zich onder de woordenstroom van deze vrolijke collega. Hij veerde helemaal op. Met hoeveel plezier gaf hij antwoord. Het was of hij voor het eerst sinds lange tijd met iemand zat te praten die zijn gelijke was en hem aardig vond. *Die geen reden had jaloers op hem te zijn.*

'Wat noem je filosofische implicaties? Ik noem dat beschouwingen over onbekende gevolgen, die niet bekender worden door erover te praten. Een gevolg kan in de wereld alleen bekend worden door werkelijk plaats te hebben. Maar een bekend gevolg, dat is niet belangwekkend meer voor een filosoof, dat is maar wetenschap. Een gevolg moet *on*bekend zijn, dan pas kan erover worden gefilosofeerd. Er wordt dan vanzelfsprekend nooit iets over gezegd dat hout snijdt.'

'Hahaha. Nee, nee. Toch wel. Toch wel. Jij bent de weldoener van de oude man.'

'Nou, dat hebben oude mannen wel nodig. Dat hebben ze heel hard nodig...—Een vriend van mij, een psychiater, zegt: Oude mensen, dat zijn de joden en zigeuners van de toekomst. Honderd jaar geleden was het een groot voorrecht een gezonde oude man te zijn. Oude mensen werden geëerd omdat ze zeldzaam waren. Er werd naar ze geluisterd omdat ze ervaring hadden. En het was de moeite waard naar ze te luisteren, omdat hun ervaring soms inderdaad waardevol was. Je was gelukkig als je oud was. Oud worden was de beloning voor een heel leven vol ellende. Maar in onze tijd? Alles wat in de wereld van belang gevonden wordt, is alleen voor jonge mensen weggelegd: revolutie maken, popmuziek, wielrennen, boksen, in een raket naar de maan vliegen, seks. En alles verandert zo snel! Daar sta je met je obsolete ervaring! Ach heer. Ik moet heel dikwijls denken aan mijn vader, die een heel knappe amateurfotograaf was. Destijds moest je de sterkte van het licht schatten, omdat er geen goede belichtingsmeters waren. Daar had mijn vader een reusachtige ervaring in gekregen. Toen kwam de elektrische belichtingsmeter. Iedereen die nog nooit gefotografeerd had, kon een goed belichte foto maken. Kwaad dat mijn vader was... kwaad... Jarenlang geploeterd om iets te leren en dan is het nergens meer nodig voor. Zo gaat het met alles. Ondertussen zorgt de medische wetenschap, dat er steeds meer oude mensen in leven blijven, die een leven leiden dat in toenemende mate zinledig wordt. En het eind is nog niet in zicht! Omdat alles zo snel verandert, krijgen steeds jongere mensen steeds meer macht. Vroeger was je meerderjarig op je drieëntwintigste jaar, daarna op je eenentwintigste. Nu zijn ze meerderjarig op hun achttiende en morgen op hun zestiende.'

Zijn uiteenzetting leek Gurrie buitengewoon veel pret te verschaffen en daarom ging hij nog verder:

'De leeftijd waarop de mensen volwassen zijn, wordt voortdurend lager, maar de leeftijd waarop ze zijn uitgediend, gaat ook voortdurend naar beneden. Een hoogleraar kan tot zijn zeventigste jaar aanblijven, al mag hij eruitstappen op zijn vijfenzestigste. Dat deed vroeger bijna niemand. Nu haast iedereen, want sinds de studenten steeds meer het recht krijgen een grote mond op te zetten en je tijd in beslag te nemen met geleuter over allerlei onzin, is het bijna zelfmoord langer te blijven dan nodig is. Je moet wel geweldig de pest aan jezelf hebben, als je tot je zeventigste blijft. Het zal niet lang meer duren, of je mag, nee je moet er op je zestigste al uit... op je vijfenvijftigste! Op je vijfenvijftigste gepensioneerd en dat alleen om tot je negentigste, tot je honderdste, in leven te blijven als nonvaleur.'

'Zo is het toch,' viel Gré hem bij, 'en de communisten lopen voorop om die toekomst te scheppen. Iedereen gepensioneerd op zijn vijfenvijftigste jaar, dat willen ze. En als ze dat hebben bereikt, stoppen ze alle mensen van zestig jaar of ouder in een gaskamer. Je zal het zien. En niemand protesteert. Niemand protesteert. Nietwaar Roef? Stiekema—dat is een helper op zijn laboratorium—Stiekema, die wil dat toch ook: gepensioneerd worden op zijn vijfenvijftigste jaar.'

'Ja,' zei Dingelam, 'dat wil hij, want hij vindt het werk dat hij doen moet zo saai. Hij moet instrumenten schoonmaken, flessen spoelen en dergelijke dingen. Ik heb hem eens gevraagd, wat hij zou doen als het niet meer hoefde. Dat wist hij niet. Dat wist hij niet eens!'

Hij haalde diep adem. Het was hem in lang niet gebeurd tegenover iemand te zitten aan wie hij zoveel kwijt wou.

'Je hebt helemaal gelijk,' zei Gurrie, 'maar juist daarom is het zo'n geluk dat daar nu verandering in kan komen, dank zij jouw werk. De mensheid zal revolutionair veranderen, als oude mannen weer potent worden. Nu pas zal er een nieuwe mens ontstaan. Daardoor. Een mens die er nooit eerder is geweest.'

'Hoe dat zo? Ik zie niet in wat de potentie nou...'

'O, maar natuurlijk. Tot dusverre waren de dokters alleen in staat het aantal oude mensen te vergroten. Dat was wel iets nieuws, maar niet fundamenteel nieuw. Heel oude mensen, mensen die zeer lang geleefd hadden, die bestonden er ook al voordat de medische wetenschap iets betekende. Het waren er niet veel, maar of er veel zijn of weinig, maakt geen principieel verschil. Iets anders wordt het als mensen van tachtig jaar ook nog potent zijn. Want dan wordt het leven weer zinrijk voor ze. Dan hebben ze wel lang geleefd, maar zijn ze niet meer echt oud.'

Dingelam blies een lange rookpluim in de lucht.

'Ach kom,' begon hij, 'zinrijk... wat wil dat nu zeggen. Er bestaan mensen die een volkomen gezonde maag hebben en goed werkende klieren. Darmen, lever, nieren, pancreas, allemaal in orde. En toch houden ze niet bijzonder veel van eten.

Het is nog maar de vraag of iemand die potent is, nu wel de hele tijd nergens anders zin in heeft dan om met een ander in bed te liggen. Misschien is hij liever alleen, op zijn laboratorium, of in een bibliotheek, of wat dan ook, omdat hij wat hij daar doet, interessanter vindt dan het bevredigen van zijn libido.'

'Vast en zeker,' viel Gré hem bij, 'zulke gevallen komen voor.'

Professor Gurrie was een andere mening toegedaan:

'Nee, hoor, afgezien van een paar uitzonderingen, zou ik dat nog niet zo zeker weten. De levenslust zal toch zonder twijfel terugkomen met het vermogen te genieten?'

'Of gauw weer overgaan,' zei Dingelam, 'want met wie moeten die weer potent geworden mannetjes van tachtig dan wel genieten? Met vrouwen van tachtig jaar? Maar het preparaat waardoor vrouwen van tachtig jaar er weer gaan uitzien of ze achttien waren, moet nog worden ontdekt.'

'Goed, met een jongemeid dan,' antwoordde Gurrie, 'waarom niet?'

'Daar is een heleboel tegenin te brengen, professor,' bracht Gré in het midden, 'op die manier wordt het toch zeker een chaos in de wereld?'

'Maar een vrolijke chaos, mevrouw, een vrolijke chaos.'

'Vrolijk?' zei Roef, 'de hele wereld en wie weet de hele kosmos, *alles* is er misschien op ingericht dat mensen van twintig jaar jong zijn en mensen van tachtig jaar oud. Je kunt desnoods iets uitvinden waardoor mannen van tachtig jaar het weer leuk vinden met een jonge meid te vrijen, maar niet iets om te maken dat ze geduldig naar het gesnater luisteren: over Marx, over Voorzitter Mao, over Che Guevara, Herbert Marcuse, de repressieve tolerantie of wat het dan tegen die tijd mag wezen, waar *zij* zich wel voor interesseert, maar een man van tachtig niet.'

Dit was Gré niet met hem eens.

'Wat een onzin!' riep ze, 'of nee, wat een *verbeelding*! Alsof dat het voornaamste is: waar die *man* naar luisteren wil! En de vraag of een jong meisje het leuk vindt een verhouding te hebben met een oude vent van tachtig... is die soms van geen belang? En zo ja, hoeveel meisjes van achttien zijn er die het leuk zouden vinden? Niet zo gek veel, denk ik. Of moet daar dan ook maar een pilletje voor worden ingenomen? The love old buggers pill! Dag juffrouw, wat ziet u er verleidelijk uit. U niet meneer, u bent een ouwe sok. Komt er niet opaan juffrouw, want ik ben heel kwiek, ik heb zo juist mijn pil geslikt. Dacht u dat mij dat wat kon schelen, meneer? Mijn vriendje van vijfentwintig is ook kwiek en dan nog wel zonder pil en hij ziet er heel wat appetijtelijker uit dan u. Vindt u? Doet u mij een plezier en slikt u dit tabletje, the love old buggers pill, dan gaat u er anders over denken. Waarom zou ik dat doen, meneer? Ik ben al voorzien. Ik groet u hartelijk.'

Gurrie viel nu bijna dubbel van het lachen en Dingelam zou

ook gelachen hebben als hij had gekund. Nee maar! Zulke uitvallen hoorde hij zelden meer van Gré. Het leek wel of ze zelf een pil had ingenomen.

'Het zal krioelen op deze wereld van ongelukkige verliefde grijsaards,' zei Dingelam, 'daarvan gaat het krioelen op de wereld, wanneer die pil van de Japanners algemeen in gebruik komt.'

'Dat betwijfel ik,' zei Gurrie, 'maar ik heb een optimistisch karakter. Ik ben altijd een optimist geweest. Ik betwijfel ook of jonge meisjes voortdurend over voorzitter Mao zitten te praten en voorzitter Wilson, hahaha, allebei oude mannen overigens, hoor, hahaha. Ze doen dat misschien als ze in een gezelschap zijn met een paar van die echte geestdrijvers. Maar niet in bed... Het hangt er natuurlijk maar vanaf met wie ze in bed liggen, oh boy, oh boy...'

Hij kreeg nu een echte lachbui en toen die bedaarde, stak hij zijn hand in de binnenzak van zijn colbertjasje. Dit werd enigszins bemoeilijkt door het riempje van zijn fototoestel, maar het lukte hem toch zijn portefeuille te voorschijn te brengen.

Hij maakte de portefeuille open en nam er een foto uit, die hij aan Dingelam overreikte.

Dingelam hield de foto met zijn linkerhand vast, zodat Gré hem ook bekijken kon. Ze zeiden geen van tweeën iets, ze durfden de vrolijke Britse collega eigenlijk bijna niet meer aan te kijken.

Het was een amateurkiekje in kleuren, genomen aan de rand van een zwembad in een zonnige tuin. Een kasteelachtige villa vormde de achtergrond.

Met een hand op de leuning van een springplank, de andere arm achter haar hoofd gelegd, uitdagende oksel op de toeschouwer gericht, stond daar een mollige blondine in een minibikini. De uiterst geringe kleding die zij aanhad, was uit een Amerikaanse vlag geknipt.

'Het huis is mijn eigendom niet, hoor,' zei Gurrie.

'Is het van die dame?' vroeg Gré.

'Nee, nee, ik heb het gehuurd, niet gekocht. Zo'n duur huis kan ik niet betalen, zelfs niet met een Nobelprijs. Er zijn tien hectaren park bij en stallen en dat zwembad. En dan de alimentatie die ik aan mijn eerste vrouw betalen moet.'

Hij zweeg, maar ze vroegen verder niets.

'Het meisje is mijn verloofde,' vertelde hij spontaan, 'als ik terugkom uit Lyon, gaan we trouwen. Tweeëntwintig jaar. En ik verzeker je, dat we nog nooit over voorzitter Mao of Herbert Marcuse hebben gepraat. O nee. Wij hebben andere onderwerpen van conversatie. Haha. Nooit.'

'Schandalig,' zei Gré, toen hij in Lyon was uitgestapt, 'wat is dat een domme man.'

Een opmerking die iedereen bedenken kon en wat viel er anders op te antwoorden dan: 'Die meid heeft hem natuurlijk ingepalmd omdat ze wist dat hij de Nobelprijs had gekregen,'—al was het alleen maar om Gré een plezier te doen? Er bestond immers wel een kans, al was het geen grote, dat het anders zat.

'Nobelprijs of geen Nobelprijs, toch eigenlijk een domme man. Vind je ook niet?'

'Hm,' antwoordde hij, het *Chemisch Weekblad* nu weer open op zijn knie. Hij sloeg er zijn ogen niet meer van op.

'Dat zal hem nog zuur opbreken,' weidde Gré verder uit, 'of liever, daar zal hij een zware pijp aan roken, om in zijn stijl te blijven. 't Is voor hem te hopen dat jouw geneesmiddel maar gauw in de handel komt.'

Nu zei Dingelam toch ook nog iets.

'En dan te bedenken wat een zuinige broek hij is! Doodsbang dat z'n stokoude fototoestelletje gestolen zal worden, daarom houdt hij het altijd om. Hij doet het alleen af, als hij 's avonds naar bed gaat. En waarschijnlijk draagt hij het dan toch weer op zijn pyjama. In ieder geval, op de congressen waar ik hem gesproken heb, zat hij er zelfs mee aan tafel. Ik bezweer je, aan tafel zat hij ermee, op de plechtige openingsdiners en op de niet minder plechtige slotdiners. Het hing de hele tijd op z'n borst, alsof de gouverneur van Californië die naast hem zat, van plan was het hem af te pakken.'

'O nee,' vond Gré, 'nu overdrijf je. Daar zal hij echt niet bang voor zijn geweest. Maar hij was natuurlijk bang het op zijn kamer achter te laten. En dat kan ik me toch eigenlijk ook wel indenken. Wat is dat nou, als hij eraan gehecht is...'

Zo waren ze het, op een kleine nuance na, eens. Ze liepen naar de restauratiewagen en aten met smaak. Ze keerden naar hun coupé terug, er was niets gestolen en ze hadden het rijk alleen. Buiten werd het steeds donkerder.

Voorbij Marseille staakte hij zijn lectuur en ging tegenover haar aan het raam zitten. Omdat haar voeten wat opgezwollen waren van vermoeidheid, had zij haar schoenen uitgetrokken. Samen keken ze naar buiten, samen praatten ze over wat ze daar zagen.

'Tja, het wordt hier ook al volgebouwd, voor zover ik zien kan.'

'Frankrijk is toch wel een donker land, 's avonds.'

'Moet je zien, al die huizen. Iedereen heeft de luiken potdicht.'

'Dat is altijd zo geweest. Zodra je de Nederlandse grens over bent, wordt het al een beetje donkerder en als je Frankrijk binnenrijdt, lijkt het wel of er nergens meer licht brandt.'

'Je begrijpt het niet, de Fransen zijn toch een opgewekt volk, zegt iedereen.'

'Ville-Lumière, noemden ze Parijs vroeger. Dat is ook lang geleden...'

'Voor de oorlog had je een lichtreclame van Citroën...'

'Ja, ja, langs de hele Eiffeltoren, hè, van onder tot boven.'

'De elektriciteit is te duur geworden.'

'Zou het dat wezen?'

'Vast en zeker. Als je ergens bij uitzondering naar binnen kan kijken, zie je dat er alleen maar een peertje van 25 Watt in de huiskamer hangt, meer niet.'

'Zeg! Moet je dat zien! Wat een smerige fabriek. Wat zouden ze daar maken?'

'Een olieraffinaderij, geloof ik. Ook mooi om die daar vlak bij het strand te zetten.'

'Ik heb gelezen dat je niet meer in de Middellandse Zee kan zwemmen omdat het water zo giftig is.'

'Alles wordt verpest. Je vraagt je af waarom.'

'O... Maar hier is het nog mooi. Zie je dat?'

De trein reed vlak langs de rand van een halvemaanvormige baai. De horens van de halve maan staken uit in het water, waarop uit de zwarte hemel, de hele volle maan glinsterende goudstukken strooide. Tegen de hellingen die de inham omringden, lagen villa's.

Toen schoot de trein een tunnel in.

'Ja, daar was het mooi. Die mensen wonen daar prachtig.'

'Misschien hebben ze wel een eigen strand.'

'Zeker. Heb je die bootjes niet gezien, die daar gemeerd lagen?'

'Wat leuk, hè.'

De trein, uit de tunnel te voorschijn gekomen, reed nu opnieuw langs een soortgelijke baai.

'Nou, er is toch nog wel wat van overgebleven, van de Glorie van de Middellandse Zee. Waar zijn we hier ergens?'

Speurend keken zij door het raam en zagen een naambord *Villefranche*.

'O, we zijn er al bijna.'

Er kwamen nog meer romantische baaien, waaraan schitterende huizen stonden.

'Maar je kunt het zo natuurlijk niet helemaal beoordelen, in de nacht.'

'Zou jij hier willen wonen?'

'Ik misschien wel. Maar ik zou bang wezen dat jij je dood vervelen zou.'

'En wat zou jij dan doen? De hele dag naar de zee kijken?'

Gré boog naar voren en begon haar schoenen aan te trekken.

Warempel, je kon zien dat Monaco een ander land was dan Frankrijk, een ander land, al kwam je de grens over, zonder dat er om je pas gevraagd werd.

Het kleine prinsdom was veel beter verlicht, de elektriciteit kostte er zeker minder, of de mensen hoefden niet zo op hun geld te passen. Er brandden meer lampen in het propere stationnetje en ook het kleine, sterk hellende pleintje dat voor het station lag, werd van alle kanten door lantarens beschenen.

'Zie jij ergens een taxi?'

'Nee, waar dan?'

Nergens was een taxi. Ze zetten hun koffers aan de stoeprand en wachtten.

'Het lijkt thuis wel. Ook nooit een taxi bij het station als er een trein aankomt.'

'Maar verder lijkt het helemaal niet op thuis, zeg. Moet je de lucht eens goed opsnuiven.'

Ze snoven de lucht eens goed op. Fris, behalve als er juist een auto voorbijkwam. Maar toch, al was het misschien niet de kwaliteit van de lucht, ze hadden een gevoel of er een soort last van ze afgevallen was.

'Gek hè, zo'n klein landje.'

'Ja, maar moet je zien, Roef, wat een dure auto's allemaal.'
'Zijn dat dure auto's?'
'Nou, zoveel verstand heb ik er ook niet van, maar moet je die daar eens zien.'
Vlak bij hen hield een zwarte glanzende auto stil, moest zeker op iemand wachten. Het lichtje binnen ging aan.
Een auto met een geüniformde chauffeur voor en een dame die een bontstola om haar schouders had, achterin. Een mooie vrouw, voor zover te zien. Ze rookte een sigaret uit een lang pijpje.
'En zie je wat een grappige nummerborden, met die sterretjes? Ik geloof dat het hier best leuk is.'
''t Is in ieder geval warm. Voel je dat?'
'Ja, natuurlijk! Dat is het! Ik dacht al, waar komt het toch door dat ik me zo goed voel. 't Is de warmte. 't Is zo warm als het thuis al in geen weken meer is geweest. Wat prettig.'
Hij sloeg zijn arm om haar schouder en trok haar even tegen zich aan. Nadat ze twintig minuten gewacht hadden, stopte er een taxi. Vreemd, de auto met die mooie vrouw erin, stond daar nog steeds te wachten.

Wat een rit!
Langs hellende straten, waaraan witte villa's van suikergoed stonden, tussen torengebouwen van onderkoelde boter, van marmer, van glas. Palmen en pijnbomen aan hun voet. Langs terrassen waarboven gekleurde lampjes in slingers hingen, als bevroren vuurwerk. Uitzicht over de haven vol jachten en kleine bootjes. Lampen in de masten die heen en weer gingen op de deining.

Hun hotel lag aan de haven van La Condamine en hun kamer was aan de voorkant.
Terwijl Gré zich in de badkamer wat opfriste, stond hij op het balkon en keek rond over het rechthoekige havenbassin, aan de zeekant afgesloten door twee pieren met minuscule vuurtorentjes op hun uiteinden. Niets kwam hem bekend voor, al was hij hier dan op zijn achtste jaar ook geweest, met oom Fons. Toen was zijn vader nog rijk. Al die mensen met wie hij hier in die vakantie had gelogeerd, zijn vader, moeder, oom, tante, zelfs zijn twee neven, waren dood. Hij zou het vakantiehuis van oom Fons met geen

mogelijkheid terug kunnen vinden. Vaag herinnerde hij zich het water en dat ze tochtjes gemaakt hadden op een jacht. Zijn geheugen was altijd betrekkelijk slecht geweest. Alleen dingen die volkomen te begrijpen waren, die logisch in elkaar zaten, kon hij onthouden. Toevallige indrukken bleven hem niet bij. Toch moest hij ook toen al gezien hebben dat de haven vierkant was, maar daarvan herinnerde hij zich niets.

Een haven waar alleen plezierjachten kwamen, veel kleine scheepjes met opgerolde zeilen, maar ook een paar grote waarop schoorstenen stonden. Met hun neuzen lagen zij vastgemaakt aan de pieren. Lichtjes op hun dekken, in hun kajuiten ook dikwijls.

Zo'n boot bezitten? Waarom eigenlijk? Alsof op zee varen, dat door honderdduizenden mensen gedaan werd om hun brood te verdienen, op zichzelf zo iets leuks was. Het is waar dat ik alleen plezier in mijn vak heb, verder nergens in. Begrippen als vakantie of vrije tijd bestaan niet voor mij. De omgekeerde wereld. Voor iemand als ik ben, zou vrije tijd betekenen: je dwingen dingen te doen waar je geen zin in hebt. Als die verdommelingen geen keet geschopt hadden op mijn laboratorium, zou ik er niet over hebben gedacht er zo maar eens een paar weekjes tussenuit te knijpen. Of hij niets beters te doen had, dan hier te staan denken aan dingen die voorbij waren! Maar nu het eenmaal was gebeurd. Misschien gaf het hem toch rust, misschien zou hij de zaken wat kalmer beoordelen na weg geweest te zijn. De uitwerking deed zich nu al voelen. Voor het eerst was hem te binnen geschoten wat er op zijn laboratorium was voorgevallen, zonder dat hij zich moest bedwingen niet in razernij uit te barsten.

Waarom stond die grote zwarte auto daar te wachten bij het station? De mensen die met de trein waren aangekomen, hadden zich immers al lang verspreid. En die mooie vrouw zat daar maar een sigaret te roken, zonder de indruk te geven dat ze naar iemand uitkeek. Trouwens, dan zou ze de chauffeur er wel op uitgestuurd hebben om de verwachte persoon tegemoet te komen. Misschien ja, natuurlijk. Ah! Het was een hoer geweest, een dure hoer. Iedereen kon instappen, na van de chauffeur gehoord te hebben wat het kosten moest. Hm... Voor de afwisseling... Was ik alleen geweest, had ik het misschien gedaan. Die eerste man van Gonnie deed het iedere dag. Vreemde mensen. Ik kan het me veroorloven. Maar ik zou het niet aan Gonnie vertellen.

Als het slotstuk van een vuurwerk ontbrandde het besef in hem dat hij nu ook kapitaal bezat, net als zijn vader vroeger. Wel niet zo rijk was hij als zijn vader, maar toch rijk genoeg. Ja, nog sterker: zou hij het geld van zijn prijs in een avond verspelen, dan zou er niets hoeven te veranderen aan zijn levenswijze. Zijn salaris zou elke maand worden betaald, als gebruikelijk. Hij zou alleen maar driehonderdduizend gulden minder bezitten, net zoals hij vijf dagen geleden driehonderdduizend gulden minder had bezeten dan nu. Net zo rijk als zijn vader? Rijker was hij, want zijn vader was van alle inkomsten verstoken, toen hij zijn kapitaal verloren had. Maar ik, wat er ook gebeurt, ik zal blijven wat ik al jaren ben: een man met een van de grootste salarissen die er in Nederland door fatsoenlijke mensen kunnen worden verdiend.

Hij draaide zich om en ging de kamer binnen.

'Ben je klaar?'

'Een minuut.'

Beneden zag hij op de toonbank van de receptie een rekje met folders. Hij nam er een paar uit en daarin bladerend, liep hij met Gré naar buiten. Keek erin.

'Hier vlakbij is een goed restaurant.'

'Ja?' zei Gré.

Zij had zich helemaal verkleed en hij vond dat de zwarte jurk die zij aangetrokken had, haar wel goed stond.

'Je hebt toch geen pijn in je voeten, hoop ik?'

'Welnee. Maar als ik lang in de trein zit, zwellen ze een beetje op. Het komt van het lange zitten, anders niets.'

'Het is bijna warm genoeg om buiten te eten.'

Bijna, maar niet helemaal.

'Toch maar liever binnen, hè?'

Het restaurant was alleen verlicht met dikke kaarsen die, omhuld door bollen van kristal, op de tafeltjes stonden. Bordeauxrode gobelin bekleedde wanden en plafond. De servetten en de tafellakens waren lichtblauw met ingeweven bloemen.

Nog voor zij iets gevraagd hadden, werd een mand met vijf verschillende soorten brood voor ze neergezet en een grote pot boter.

En toen kwam de eigenaar, een kolos van twee meter hoog en

bijna even dik als hoog. Hij droeg een zwarte zeeroversbaard, een broek van zwart fluweel en een openhangend rood overhemd, waaroverheen een bontvest dat ook openhing. Uit zijn hoofd vertelde hij wat er bij hem gegeten kon worden en Dingelam knikte bij alles dat hij het uitstekend vond.

Een van de foldertjes had hij naast zijn bord gelegd en terwijl ze op het eten wachtten, keek hij daar zo nu en dan in. Hij was vol goede wil. Nu ze eenmaal hier waren, zou hij zijn best doen er iets prettigs van te maken.

Ze begonnen met oesters, aten daarna een reerug, eindigden met sorbet, koffie en cognac, d.w.z. een glaasje chartreuse voor Gré.

Veel werd er niet gepraat. Hij dacht: ik zal maar niet veel zeggen, dan zegt zij misschien ook niet waar ik zo bang voor ben: Roef! Je lijkt wel niet goed wijs! Je vraagt niet eens wat dat allemaal kost!

Maar ze vroeg het niet en ten slotte hadden ze wel twee flessen wijn leeggedronken en voelden zich goed.

En waar anders zouden ze terechtkomen toen zij om een uur of tien opstapten om nog wat rond te wandelen, dan op het plein van het Casino? Er spoot een verlichte fontein en in de gazons waren ook overal sterke schijnwerpers opgesteld.

'Wat een keurig gazon. Wat een mooie bloemen.'

'Vreemd eigenlijk. Altijd hoor je dat de mensen aan de speelbank straatarm worden, maar de hele omgeving hier is voor rijkaards gebouwd.'

Dat was waar: hotels met hoge gevels, wit en geel, vol krullen, bloemen en festoenen. Banken en winkels.

Van Cleef en Arpels, diamantairs.

Op dit plein dromden, achter grote ramen, de meest begeerlijke artikelen samen rond het droomgebouw, waar soms bij stortvloeden het meest begeerlijke artikel van alle, geld, uit te voorschijn kwam. Hopend zich aan de omhelzing van het geld te mogen onderwerpen, lagen de dingen hoerig en huiverend van verlangen zich zo begeerlijk mogelijk voor te doen achter de winkelramen: mantels van zijde, van cashmire, van bont. Vazen, schalen, metalen siervoorwerpen, kunstbloemen en juwelen. Robes, sjaals, dassen, schoenen, en laarzen van zeeleeuweleer, van kameellleer, van hagedisseleer, koffers en tassen van cobra, van antiloop of van kangoeroe.

'En wat is de verlichting geraffineerd aangelegd.'

Ze bedoelde de lampen die de bloempartijen en de fonteintjes in het gazon van onderaf belichtten.

'Er staan hier de vreemdste boomsoorten en palmen. Zie je dat, allemaal verschillende. Het lijkt wel of het als een soort kleine botanische tuin is bedoeld.'

'Wie zijn geld kwijt is, kan zich troosten door planten te determineren. Zo heb je toch wat.'

'Ik las in dat foldertje,' zei hij, 'dat dit casino door dezelfde architect is gebouwd als de opera in Parijs.'

'Ja? Ik vind de opera mooier, maar dit is veel vrolijker.'

Auto's reden hier langzaam, enkele dure auto's, maar ook heel gewone.

Ze drentelden langs het Hôtel de Paris en keken naar binnen in de Empirezaal.

'Moet je die kroonluchters zien!'

'En dat beeldhouwwerk tegen het plafond.'

''t Is vast van dezelfde architect als het casino.'

Wijzend naar de winkel van Van Cleef en Arpels, waarvan de rolluiken waren neergelaten, zei Gré:

'Ook dom! Die winkel is dicht. Als je 's avonds laat veel wint, kun je daar niet eens vlug een diamanten collier gaan kopen voor je liefje.'

'Misschien komt het nooit voor dat iemand veel wint.'

Zo babbelend hadden zij nu de onderste trede bereikt van de trap die het Casino binnenvoerde. Er hield juist een autocar stil.

''t Lijken me heel gewone mensen, die in die autobus zitten,' zei Gré, 'zouden die ook gaan spelen?'

De deur van de autocar ging open en de toeristen, gedeeltelijk zelfs nu nog met camera's behangen, stapten uit.

'Nou,' zei Dingelam, 'als je daar zin in hebt, kunnen we ook wel eens binnen kijken.'

'Vooruit. Waarom niet?'

Ze kwamen in de grote vestibule. Het was er niet druk, of de vestibule was zo groot, dat zelfs een zich hier ontladende bus vol toeristen de indruk van ruimte en kalmte niet kon wegnemen.

Dingelam kocht de entreebiljetten.

'Hebben ze je niet naar je paspoort gevraagd?'

'Nee, waarom?'

'Dat dat zo maar gaat hier! Ik dacht trouwens dat iedereen in avondtoilet moest zijn. De meeste mensen hebben gewoon hun alledaagse pakje aan.'

Juist op dat ogenblik passeerden hen twee oliesjeiks, druk in gesprek met twee andere donkere vertegenwoordigers van de arme onderontwikkelde landen. Die waren wel degelijk in smoking.

'Je kunt spelen in de gewone speelzaal,' zei Roef, 'maar er zijn ook privé-salons.'

'Wat is het verschil dan?'

'Weet ik niet, daar wordt misschien om hogere bedragen gespeeld. De entree is ook tweemaal zo hoog.'

'Daar hoef ik niet in hoor. 't Is toch alleen maar om even te kijken, voor de aardigheid?'

Op de vestibule volgde nog een andere zaal, rijk versierd en van geriefelijke banken voorzien, een soort tweede vestibule. Hierachter was de speelzaal. Een portier controleerde hun entreebiljetten.

Ze kwamen in een hoge ruimte, bekleed met rode marmersoorten. Vergulde krullen, vergulde beelden en een koepeldak van glas, dat dofzwart leek, door de zwarte hemel erboven.

De spelers zaten rondom langgerekte tafels, voor zover er stoelen genoeg waren.

'Hebben ze je niet een papiertje met de spelregels gegeven?' vroeg Gré.

'Nee. Dat doen ze wel in Las Vegas. Daar is de toegang gratis. Maar hier wordt verondersteld dat iedereen die naar binnen wil, wel weet hoe hij spelen moet.'

'Wat een verbeelding, zeg. Omdat je een keer van je leven tien minuten in een speelhol in Las Vegas bent geweest!'

'Dat kon ik niet helpen. We hadden het veel te druk op dat congres.'

Bij een van de tafels bleven ze staan. Alle stoelen waren bezet. Vergeefs probeerde hij zich te herinneren hoe roulette moest worden gespeeld. Wat kwam het er trouwens op aan? Je kon het ook spelen zonder dat je wist hoe het moest en rustig afwachten of je wat geld werd toegeschoven, of niet. Precies zoals de mensen leven, zonder iets te begrijpen. Meestal gaat het mis.

Maar toen hij de cijfers van het tableau zag, dat op het groene laken was afgebeeld, begon het hem weer voor de geest te komen: niet de spelregels, want zo kon je het niet noemen, maar de regels die in acht genomen worden om te bepalen of je verloren hebt of gewonnen en hoeveel.

Ja, ja, de getallen van 1—36, in drie kolommen van twaalf gerangschikt, met de nul in zijn eentje erboven. Ter weerszijden van de kolommen waren links en rechts drie langgerekte vakken, onder elkaar. Daarin stond aan de linkerkant in het bovenste vak een zwarte ruit, in het vak daaronder het woord PAIR en in het onderste vak het woord PASSE. Aan de rechterkant een rode ruit, het woord IMPAIR en het woord MANQUE. O ja, legde je een fiche op rood, dan kreeg je tweemaal je inzet als er een rood nummer uitkwam en hetzelfde als er een zwart nummer uitkwam en je fiche lag op zwart. Le Rouge et le Noir. Geen manier om snel rijk te worden, net zo min als het spelen op PAIR of IMPAIR. die wonnen als het uitgekomen nummer even was of oneven. Maar wat betekenden MANQUE en PASSE ook alweer? Geheimzinnige, ogenschijnlijk zinledige namen.

'En?' vroeg Gré, 'weet je alweer hoe het moet?'

Het witte ivoren balletje huppelde over de draaiende schijf.

'Rien ne va plus,' zei de croupier die naast de draaischijf zat. Tik zei het balletje en kwam tot rust.

'Vingt-six,' zei de croupier. Meteen begon hij met een harkje alle fiches die op het tableau lagen naar zich toe te halen. Op het nummer 26 lag niets, maar wel was er een fiche die zich precies op het kruispunt tussen 26 27

29 30

bevond.

Hij liet deze fiche onaangeroerd. Het was een rode schijf van plastic. Bliksemsnel greep de croupier een stapeltje van acht identieke rode schijven uit zijn voorraad en duwde het met zijn harkje in de richting van de eenzaam overgebleven fiche. Een doodsbleke jongeman in een chocolakleurige coltrui stak er zijn hand naar uit, legde de fiches voor zich neer, maar schoof er een terug naar de croupier. De croupier pakte de fiche op, duwde hem in een met koper omboorde spleet in de tafel en riep:

'Employés! Merci!'

Dingelam pakte Gré bij haar elleboog.

'Ik weet alweer hoe het gaat. Als je een fiche midden op een nummer zet, krijg je zesendertig keer je inzet, wanneer je nummer uitkomt. Maar de kans daarop is miniem: een op zevenendertig. Zet je hem tussen twee nummers, dan is je kans tweemaal groter en daarom krijg je maar achttien keer de inzet, als een van die twee nummers het winnende nummer is. Zet je op het kruispunt tussen vier nummers, dan krijg je negen maal de inzet, maar je hebt vier kansen. Dat heet carré.'

'En als je nu op die zwarte ruit zet?'

'Dan krijg je tweemaal de inzet, als er een zwart nummer uitkomt, er zijn achttien zwarte en achttien rode nummers. De nul heeft geen kleur.'

Over pair en impair hield hij hetzelfde verhaal en over passe en manque zei hij:

'Wat dat precies is, weet ik niet meer.'

'En kijk eens, daar onderaan, die vakken met 12D, 12M en 12P erin, wat betekent dat?'

En zonder erbij na te denken, antwoordde hij:

'Dan krijg je driemaal de inzet, als het nummer dat uitkomt tot de laatste twaalf van de reeks 1—36 behoort, respectievelijk de middelste twaalf of de eerste twaalf.'

En toen herinnerde hij zich ook weer hoe het zat met passe en manque: die duidden de getallen 1—17 en 18—36 aan. Ha, alles begrepen.

Drie croupiers zaten aan het hoofdeinde van de tafel, waar de draaischijf was, een vierde aan het andere uiteinde. De twee die aan de korte kanten van de tafel zaten, schenen geen andere taak te hebben dan toezicht houden, maar ze zetten gezichten of ze eigenlijk nergens op letten en wel zeker wisten dat iedereen zich fatsoenlijk zou gedragen. Niet andermans winst naar zich toe graaien, of zoiets.

Hoe werd iemand croupier? Zou het zo'n soort baantje zijn als belastingambtenaar of douane? Winkelbediende-achtige mannen leken ze, keurig geknipt, geschoren en gekamd. Zouden ze bewapend zijn?

De andere twee, die tegenover elkaar zaten met de draaischijf tussen hen in, hielden het spel gaande. Razendsnel hanteerden ze de harkjes en legden de fiches in lange rijen, rechtop als aan plakjes gesneden worsten, soort bij soort. Je kon fiches kopen aan een loket, in een zijmuur van de zaal, maar doorgewinterde spelers gaven de croupier een biljet van vijfhonderd francs. Deze streek dan het biljet met twee handen vlak, vouwde het in de lengterichting half dubbel, terwijl hij het vasthield of hij er een sigaret van zou gaan rollen, liet het knisperen, duwde met zijn middelvinger een koperen schuif in de tafel open, legde het biljet eronder, deed de schuif dicht en wierp de fiches naar de speler toe, soms een voor een uit de losse pols. Waren het er veel, bv. vijftig van tien frank, dan legde hij ze op torentjes, die hij over het laken voortschoof met zijn hark. Dit alles ging razendsnel, terwijl de andere, tegenover hem, zei: 'Faites vos jeux', het balletje oppakte, de enigszins kegelvormige draaischijf aan het erop bevestigde kruis een duwtje andersom gaf, waarna hij het balletje met kracht in de tegenovergestelde richting deed rollen door de richel die om de draaischijf heenliep.

Zelfs terwijl de schijf draaide en het balletje rolde, waren er nog mensen die hun fiches op het tableau legden. De meeste spelers leken het zelfs met opzet zo laat mogelijk te doen, alsof ze op die manier beter zouden kunnen raden waar het balletje terecht zou komen. Misschien ook waren ze bang dat anderen hun plannen zouden doorzien, wanneer ze te vlug toonden op welk nummer ze hun vertrouwen hadden gesteld. De croupier wist precies hoe lang het balletje vaart genoeg had om in de richel te blijven. Kort voor het, door gebrek aan snelheid, afzakte naar de schijf, waar het een enkele tel besluiteloos rondhuppelde tot het in een van de genummerde vakjes terechtkwam, zei hij:

'Rien ne va plus.'

Niemand probeerde nog even gauw een fiche te leggen op het nummer dat uitgekomen was. De enige manier om met zekerheid te winnen. 't Zou waarschijnlijk wat leven in de brouwerij brengen, als iemand het zou proberen, maar nee. Jammer. Er zaten twee oude dames aan de tafel die alle uitgekomen nummers trouw noteerden op speciaal daarvoor meegebrachte tabelletjes. Mensen die niet beseffen dat op een roulette bij elke worp alles opnieuw begint, als op de eerste dag van de Schepping. Mensen die geloven dat wanneer bijvoorbeeld een uur of twee uur lang het balletje niet op nummer 22 is terechtgekomen, de kans dat dit binnenkort gebeuren zal toeneemt en veel groter zal zijn dan een uur tevoren. Klaarblijkelijk zaten ook gokkers toch zo aan rationalistische gewoonten vastgebakken, dat zij, al was het maar in hun gedachten, het pure toeval niet met rust konden laten en het onder het juk van een systeem wilden brengen.

Dingelam en Gré waren ondertussen niet op dezelfde plaats blijven staan. Al kijkend verplaatsten zij zich langzaam in de richting van de croupier die de kas hield.

Een magere man met een grote zonnebril voor zijn ogen, zette een hoge stapel fiches op 19.

'Rien ne va plus.'

Het balletje sprong, viel. Op zeventien. Niemand had ingezet op zeventien. In een oogwenk was de hele tafel leeggeharkt. De magere man met de zonnebril stond op. Gré maakte zich meester van zijn stoel en ging zitten.

Zou ze schrikken? Wat zou ze zeggen?

Dingelam, achter haar staand, trok een biljet van vijfhonderd franken uit zijn portefeuille, tikte de croupier op zijn schouder en vroeg tien fiches van vijftig.

Klikklik deed het papier, toen de man het strekte. Het biljet was echt en verdween onder de koperen schuif.

Gré herkende de hand die de tien rode schijven van plastic, elk vijftig franken waard, aanpakte van de croupier.

Ze draaide zich half om en zei:

'Wat doe je nou?'

'Spelen. Of wil jij spelen?'

'Je lijkt wel gek.'

'Faites vos jeux.'

Dingelam stond over Gré's stoel gebogen en zette de fiches in twee torentjes van vijf voor haar neer.

Ze pakte er een op en legde hem op nummer acht.

'Rien ne va plus.'

Tik, tik, tik.

'Vingt-neuf.'

Gré's fiche werd weggevaagd en voor haar neus langs schoof een grote vierkante plak ter waarde van 100 Fr. in de richting van de winnaar, een gerimpelde Marokkaan met een rode fez op. Hij kreeg nog wat kleinigheden achternagestuurd.

'Ach zie je nu wel,' zei Gré, 'dat wordt niets. Vijftig francs weggegooid.'

'Je moet op een carré spelen, dan heb je meer kans.'
'Nou, dat moet jij dan maar doen.'
Hij legde een fiche op het kruispunt tussen 8, 9, 10 en 11.
Iemand anders had een plak van 10 Fr. tussen 5, 8, 6 en 9 gelegd.
'Rien ne va plus.'
8 kwam uit. De hele tafel werd leeggeharkt, alleen zijn rode plak en de witte van die andere man bleven liggen. Een stapeltje van acht rode plakken kwam Dingelam's inzet gezelschap houden.
'Aha, gaat dat zo,' zei Gré geestdriftig. Ze pakte de fiches en legde ze bij de andere die zij nog in voorraad had. Toen zette ze twee fiches op elkaar tussen 13, 14, 16 en 17 en twee tussen 7, 8, 10 en 11.
'Nu heb ik nog meer kans! En als ik win, win ik nog meer.'
Maar wat ze ook mocht hebben, geen van die nummers won en ze was dus tweehonderd francs armer.
'En toch zal het lukken, verdorie,' zei ze. Zette nu twee stapeltjes van *drie* fiches op twee carrés. Een halve minuut later waren ze allemaal weg.
'Weet je wat,' zei ze, 'ik zet eens wat op de nul. Dat doet niemand. Wie weet.'
'De nul,' zei Dingelam, 'is de grootste uitvinding van de rekenkunde en toch wordt hij altijd uitgescholden.'
Gré zette vier fiches, tweehonderd franken, op de nul.
'Zeg, je moet niet zo grof spelen, dan ben je gauw bankroet.'
'Juist wel, anders haal ik de schade nooit in. Als ik win heb ik in een klap een hele hoop geld terug.'
'Rien ne va plus.'
De nul liet zien waarom hij altijd uitgescholden wordt: Gré won niet.
'Ik zou nu maar kalm aan doen.'
'Doe jij het zelf dan, als je het beter weet.'
Een golf boze warme lucht steeg uit haar omhoog tot zijn neus.
'Het hindert immers niets,' zei hij, 'we doen het toch maar voor de grap? Wind je niet op.'
Hij legde een fiche op een carré. Hij verloor.
'Ga mee weg,' zei Gré, ''t is zonde van het geld.'
Ze hadden nu nog twee fiches over. Hij zette er een à cheval tussen 22 en 23. Nummer 21 kwam uit.
'Dat is ook wat moois,' zei Gré, 'hoe kun je nu zo dom wezen

die nummers te spelen. Dat balletje is daar al *zo* dikwijls in de buurt geweest. Jij begrijpt er helemaal niets van.'

'Ik ben de enige niet.'

'O, aardig zeg, heel aardig!'

'Ik bedoel dat niemand er iets van begrijpt, want er is niets aan te begrijpen.'

'En al die mensen die wat winnen dan?'

'Laten we er geen ruzie over maken. Hier is de laatste. Speel jij de laatste en dan gaan we weg.'

Gré legde haar hand op de fiche, kneep haar ogen stijf dicht, schoof de fiche naar voren, trok haar hand weg en wachtte af. De fiche lag min of meer à cheval tussen 14 en 15. Een witte plak van iemand anders kwam, midden op 15, de hare gezelschap houden.

'Rien ne va plus,' zei de croupier en met zijn harkje verschoof hij de rode fiche van Gré enkele millimeters, zodat hij precies op de lijn lag, à cheval tussen 14 en 15 en er straks geen misverstanden over zouden kunnen komen.

Rikketikketikketik. Stilte.

'Le quinze.'

Twee rode torens van fiches werden in de richting van Gré's fiche geschoven. Zij opende haar handtasje, hield het aan de rand van de tafel en schoof de fiches erin. Bruusk stond zij op.

'Employés! Merci!' riep de croupier, zonder dat ze hem daar enige reden toe had gegeven.

'Gré,' zei Dingelam, 'je had die man wat moeten geven.'

'Ach welnee, dat heeft die meneer wel gedaan die op vijftien stond.'

Kordaat stevende ze naar het loket in de muur om haar fiches in te wisselen tegen geld. Maar toen ze daar nog twee passen vandaan was, bleef ze plotseling stokstijf staan.

'Welnee!' zei ze, 'welnee, die man heeft zijn fooi gehad! Want ik heb de inzet niet meegenomen.'

Het was waar, de fiche die ze zo blindelings tussen de 14 en de 15 geschoven had, was blijven liggen. Die konden de employés dus als hun fooi beschouwen.

'Jij wil het altijd doen voorkomen of ik zo gierig ben en ik ben nog zo gek je te geloven ook!'

Bij de kassa opende ze haar tasje weer, nam de fiches eruit en legde ze in het loket.

De man achter het loket trok een la open en zocht een assortiment van bankbiljetten bij elkaar. Zonder ze duidelijk zichtbaar uit te tellen, gaf hij ze aan Gré. Gré keek en telde. Een biljet van vijfhonderd francs, drie van vijftig en vijf van tien.

'Non!' riep ze, 'non!'

De man zette een ongelovig gezicht, telde de fiches na met zijn vinger, gaf haar toen nog een biljet van vijftig.

Zonder te bedanken stouwde Gré het papier in haar tasje en sloot het.

'Kom mee', en ze haastte zich naar de uitgang. Maar voor ze daar waren, deed ze haar tasje weer open, pakte het biljet van vijfhonderd eruit en zei:

'Dit was van jou. Maar de winst houd ik. Dat mag toch zeker wel?'

'Je mag dit ook houden. Zonder jou was ik het toch kwijt geweest.'

'O nee, dat wil ik niet, dat is oneerlijk, nee geen sprake van. En trouwens, heb je dat niet gezien? Die croupier gaf mijn fiche een zetje. Met opzet! Want ze denken natuurlijk, als iemand aldoor verliest, daar hebben we niets aan, dan krijgen we geen fooitje. Begrijp je. Daarom laten ze je zo nu en dan eens winnen. Zo zit dat.'

'Misschien. Maar toen hij jouw fiche een zetje gaf, was het balletje nog niet gevallen.'

'Nou, ik weet het niet. Er zal best een truc achter zitten.'

'Laten we wat gaan drinken in de bar.'

Hij bestelde twee glazen champagne.

In geen jaren had hij haar zo blij zien kijken.

'Gewonnen,' zei ze, 'lekker gewonnen. Proost.'

Zij dronk haar glas bijna half leeg, in een keer.

'Mij krijgen ze niet te pakken,' zei ze, 'ze dachten zeker dat ik zou blijven doorspelen tot ik alles weer kwijt was. Als ze Gré willen uitplunderen, moeten ze vroeger opstaan. Weet je wat het geheim is? Je moet gewoon een beetje opletten welk nummer in lange tijd niet is uitgekomen. Dat moet je onthouden. Jij bent voor dit spel niet geschikt, omdat je geen goed geheugen hebt.'

'Maar Gré,' zei hij, 'die draaischijf en dat balletje hebben ook geen geheugen. Die weten helemaal van niets, ook al zou een bepaald nummer in geen honderd jaar zijn uitgekomen.'

'Dat kan niet, er zijn met de nul mee, zevenendertig nummers en op den duur komen ze allemaal even dikwijls uit, omdat ze allemaal evenveel kans hebben uit te komen. Dus als er een hele tijd een niet is uitgekomen, dan wordt de kans dat die uitkomt steeds groter, anders zou hij achter raken.'

Zo blij was ze, dat hij haar speltheorie onbestreden passeren liet.

'Wat ga je doen met je winst?'

'Bewaren tot ik iets nodig heb.'

'Wil je er niet iets leuks voor kopen?'

'Waarom nou? Ik heb toch alles. Ik heb voorlopig niets nodig.'

'Een flesje parfum, bijvoorbeeld.'

'Heb ik ook nog.'

Altijd had ze parfum, omdat ze, als ze het gebruikte, er zo weinig van nam, dat je er niets van rook.

In de bar stonden van die kinderachtige gokautomaten met aardbeien, appelen en klokjes. Je kon er een frank tegelijk in stoppen. Alle automaten waren in bedrijf bij de toeristen die uit de grote autocar waren gestapt. Toen er eindelijk een vrij kwam, liep Dingelam er naartoe om eens te kijken.

Net op dat ogenblik begon de automaat naast de machine die hij in ogenschouw nam, geld uit te braken. De vrouw die dit wonder teweeg gebracht had, riep:

'I'm always lucky, I always am!'

Een Amerikaanse dominee met een hoge witte boord om en een zwarte bef onder zijn sportpak, kwam haar te hulp met een papieren bekertje in zijn hand.

Onder het toeziend oog van Gré verspeelde Dingelam het wisselgeld dat hij gekregen had toen hij de champagne betaalde. Won niets.

'Laten we nu maar naar ons hotel teruggaan,' zei Gré, 'we hebben de hele dag in de trein gezeten en anders zijn we morgen zo moe.'

Toen ze weer buiten liepen, zei ze:

'Jij hebt geen geluk. Jij bent te knap om geluk te hebben. Stom geluk, hè. Jij bent er niet stom genoeg voor.'

In zijn pyjama kwam hij uit de badkamer, waar hij zijn tanden had gepoetst.

Gré had het grote plafondlicht uitgedaan, alleen de kleine lampjes boven de hoofdeinden van de bedden, brandden.

In haar nachthemd zat zij op haar bed en streek over de kuit van haar rechterbeen.

'Roef, moet je eens kijken.'

Als de opgezwollen wortels van een groene woekerplant, tekende een onheilspellende spatader zich af op haar witte vel.

'Dat is een spatader,' zei hij, 'die heb je toch al lang?'

'Maar zo erg is het nog nooit geweest.'

'Je moet je morgen maar een beetje kalm houden. Doet het pijn?'

'Nee... o nee, niet zo erg.'

'Ik zal in de kast kijken of er een extra kussen ligt.'

Hij deed de klerenkast open en vond op de bovenste plank twee kussens.

'Die moet je onder je voet leggen.'

Hij trok de deken weg. Zij ging liggen. Hij legde de twee kussens op elkaar onder haar been en dekte haar met zorg toe.

'Roef,' zei ze, toen het licht uit was, 'wat ik vervelend zou vinden, dat is als ik een elastieken kous zou moeten dragen.'

'Maar beter dan aldoor pijn hebben.'

'Dat is vies hoor, zo'n elastieken kous, want je kunt hem niet te dikwijls wassen. En warm in de zomer. En het staat zo lelijk.'

'Ik geloof dat spataders ook kunnen worden weggemaakt door een chirurg. Als we terug zijn, moeten we daar meteen werk van maken.'

'Ja. Goed. Ik word oud.'

'O, er zijn een heleboel jonge mensen die ook spataders hebben.'

Zij beweerde de volgende ochtend dat ze helemaal geen last had van dat been en dus gingen ze na het ontbijt een eindje wandelen. Het was fris buiten, maar de zon scheen en nergens in de blauwe lucht kwamen wolken op die dreigementen inhielden.

'Heb ik het niet voorspeld,' zei hij, 'heb ik niet gezegd dat hier de zon zou schijnen?'

'Waar wil je naartoe?'

'Wat ik even zou willen doen, is naar de pier lopen om dat grote jacht van dichtbij te zien.'

Het jacht dat hij wilde gaan bekijken, heette *Simone* en een Duitse vlag woei van de achtersteven.

Vlak langs de kaderand wandelden zij er naartoe, voortdurend door het klotsende geluid van kabbelend water begeleid.

'Ik vind het hier mooi,' zei Gré, 'en kijk eens. Het water is helemaal blauw. Zouden die verhalen dat het zo bedorven is, niet sterk overdreven zijn?'

'Laten we het hopen. Het valt misschien wel mee.'

Het jacht Simone was bijna zo groot als een echt passagiersschip. Je kon je niet voorstellen dat iemand zoiets wilde bezitten om er helemaal in zijn eentje op te varen, voor z'n plezier, zonder nuttige vracht.

Het lag met zijn achtersteven tegen de pier.

Ze wandelden de pier op en bleven recht achter het schip staan. Zo konden ze een goede indruk krijgen hoe het was ingericht.

De achterkant van de opbouw werd door grote glazen schuifdeuren afgesloten. Daar doorheen konden ze gemakkelijk naar binnen kijken, in een kolossale ruimte die als salon of huiskamer dienst deed. Er hing van alles en nog wat aan de wanden: voorwerpen van glanzend geel koper en mahoniehout, klokken, barometers, maar het gedeelte vlakbij de grote glazen schuifdeuren was met heel gewone rotanmeubeltjes gemeubileerd: een langgerekte tafel, drie gemakkelijke stoelen en een rotanbank.

Op de bank zat een vrouw van middelbare leeftijd in een gebloemde jurk, waaroverheen ze een wollen mouwvest droeg. Ze las een pocketboek. Op een van de stoelen zat een dikke man met een kaal hoofd een krant te lezen, een hoornen brilletje met halve glazen op z'n neus. Een koffiepot en kopjes stonden op de tafel.

'Moet je die mensen daar zien zitten,' zei Gré, 'het zijn eigenlijk net zulke mensen als jij en ik.'

'Ze hebben precies dezelfde rotanstoelen als wij op ons boerderijtje.'

'Je vraagt je af wat zo'n schip nou kost.'

'Ik heb er geen idee van. Het is wel zo groot als een kustvaarder! En je hebt natuurlijk een hele bemanning nodig. En die bemanning moet je ook betalen.'

'En dat alleen maar om 's ochtends je krantje te zitten lezen op een rotanstoeltje.'

'Wat zouden ze anders moeten doen?'

'Nou, wat wij doen, een flinke wandeling maken.'

Ze draaiden het schip de rug toe, liepen de pier af en gingen de richting van Monaco uit.

'Als je daarover leest,' zei Gré, 'over mensen die plezierjachten hebben op de Middellandse Zee, of als je het op de film ziet, dan lijkt het of mensen die zo'n groot jacht bezitten alles anders doen dan gewone mensen.'

'Maar ze doen natuurlijk alles precies als wij. Wat zouden ze anders moeten doen?'

Ze wandelden om de haven heen, over de Quai des Etats-Unis en de Quai Albert Premier. Daarna gingen ze door de rue Princesse Caroline de stad in.

'Er wordt hier ook kolossaal veel gebouwd zeg,' merkte zij op.

'Verschrikkelijk. Je vraagt je af wat de grond hier waard is.'

'Ja, en moet je zien, die villa daar. Zie je dat? Zomaar een flatgebouw van tien verdiepingen er pal voor gezet. Die mensen zitten voortaan in de schaduw en hun hele uitzicht is weg.'

'Er worden zelfs stukjes zee gedempt om vlak voor een gebouw van tien verdiepingen er nog een van twintig verdiepingen neer te zetten. Heb je dat gezien?'

'Onzinnig. En wat een strop voor die mensen als ze voor hun goede geld een flatje hebben gekocht, omdat ze zo graag uitzicht op zee wilden hebben.'

'Iedereen doet zijn best over een ander heen te kijken en gaat hem dan fijn in het licht staan.'

'Het is toch een schandaal. Wat een boeventroep moet het hier zijn, die bouwers.'

'Ze hadden natuurlijk eerst een plan moeten maken: de lage huizen voorop en de hoge verder naar achteren, hoger tegen de berghellingen aan.'

'Dit land is precies een straat waar een optocht voorbij zal komen en politie om te verbieden dat de groten voor de kleintjes gaan staan, is er niet.'

'Als iemand hier een flatje koopt, mag hij wel goed uitkijken. Grote god, wat gevaarlijk.'

Ze kwamen langs het station, kruisten de diep gelegen spoorbaan over een brug, staken de Boulevard Rainier III over en bereikten een smalle steeg, die daar dwars op stond. Dit straatje begon als een poort in de huizenrij; achter de poort voerde een lange trap verder naar boven.

'Is het niet te veel voor je, al dat geklim?'

'Welnee, ik heb nergens last van.'

Ze klommen verder, langzaam lopend om niet te vlug buiten adem te raken. Zo nu en dan bleven ze stilstaan.

'Moet je eens achter je kijken. Wat een mooi gezicht op zee.'

'Het is hier wel rustig wonen. Auto's komen er niet.'

'En zie je wel, overal zijn nog tuintjes tussen de huizen.'

Hij zag het. Hier en daar konden ze door een hek naar binnen kijken in zo'n tuintje. Andere tuintjes maakten zich kenbaar door de kronen van palmen die er boven uitstaken.

Ze kwamen hoger en hoger. Dingelam las zo nu en dan in zijn foldertje.

'Toch,' zei hij, 'is al die bouwerij hier niet zo groezelig en neerdrukkend als in Frankrijk.'

'Nee, de gebouwen zijn ook veel mooier, niet op een koopje in elkaar gesmeten. Waarschijnlijk zijn hier niet zo veel communisten.'

'Het is of het geld hier overal de grond uit spuit.'

'Maar dat komt omdat de bewoners van Monaco geen belasting hoeven te betalen. Dat is toch zo?'

'Zogenaamd. Ik heb hier in dit papiertje gelezen dat er twintigduizend mensen in Monaco wonen, maar er zijn niet meer dan vierduizend die zich in de monegaskische nationaliteit kunnen verheugen. Die prins van Monaco is ook niet gek.'

'Moet je zien!' riep Gré, 'daar staat een appartementje leeg.'

Ze wees naar een gevel van roze marmer en roestvrij staal. Op de bovenste verdieping, even onder het dak, hingen achter drie ramen geen gordijnen en aan het balkon was een spandoek bevestigd met de mededeling dat dit appartement, drie kamers, te huur stond. Te bevragen bij de conciërge.

'Ja, dat staat leeg. Even tellen. Het is op de negende etage.'

'Het zou toch zeker leuk wezen als we hier iets hadden. Zou je dit niet leuker vinden dan het boerderijtje?'

'Misschien.'

'Ach, wel ja. Je bent hier veel vrolijker dan in Sauwerd. En moet je kijken, voor dit huis kunnen ze onmogelijk een ander huis bouwen, want dan zouden ze het op de boulevard moeten zetten.'

Het was waar wat ze zei. 't Uitzicht van dat flatje op de negende verdieping daar, zou onmogelijk kunnen worden onderschept. Op de boulevard zou geen ander gebouw kunnen worden geplaatst en naast de boulevard, aan de andere kant, was een steile helling naar beneden.

'Ik zou wel eens willen weten wat dat kost,' zei Gré, 'al huren we het maar voor een maand of drie, om te beginnen.'

'Ga het vragen bij de conciërge.'

'Ja?'

'Waarom niet?'

'Ga je niet mee?'

'Nee, ik wacht hier wel even op je. Als het de moeite waard is, ga je boven voor een raam staan wuiven. Dan kom ik ook naar boven.'

Resoluut stak ze over en verdween in het gebouw door een draaideur.

Hier drie maanden gaan zitten? Waarom? Waarom wilde ze altijd ergens anders zitten dan waar ze zat? Als ze in de zomervakantie in Sauwerd waren, kon hij tenminste drie of viermaal per week naar zijn laboratorium gaan, een half uurtje rijden. Wat zou hij hier moeten beginnen als hij zich verveelde? Enfin, erover praten kon altijd. Een smoes te bedenken was zo moeilijk niet. Of misschien had ze wel gelijk. Over negen jaar werd hij vijfenzestig. Er dan mee ophouden? Zouden de toestanden niet veranderen, zou hij onder de voortdurende dreiging moeten blijven leven dat de studenten zijn kamer bezetten, zijn papieren verscheurden, de boel kort en klein sloegen? Dan maar beter hier naar de blauwe zee gaan zitten staren, wanneer hij niet wilde eindigen in een gekkenhuis.

In het foldertje was een plattegrond afgedrukt. Hij zocht de Boulevard Rainier III op, vond hem, keek rond. Het klopte. Hij wist precies waar hij zich bevond.

Toen zag hij, eerder dan hij had gedacht, Gré door de draaideur komen. Het leek bijna of ze het huis werd uitgegooid. Op een holletje, zonder uit te kijken, kwam ze naar hem toe.

'Moet je horen!' riep ze, 'weet je wat dat kost? Zesduizend francs in de maand! Voor drie kleine kamertjes! De mensen zijn hier stapelgek! Dat is toch afzetterij. Zesduizend francs in de maand, bijna vierduizend gulden. Hoe is het mogelijk dat er mensen bestaan die dat kunnen betalen?'

'Dat zijn waarschijnlijk mensen die elke avond een heleboel geld verdienen aan de speelbank. Kom nu maar mee. Weet je wat ik eigenlijk wou?'

Hij wees haar iets aan op het foldertje.

'Daar, tegen die berg aan, is wat ze noemen de Exotische Tuin. Die schijnt erg interessant te zijn.'

Ze begonnen er naartoe te lopen.

'Al met al,' zei Gré, 'heeft nu nog niet eens je portret in de krant gestaan.'

'Hoe kom je daar zo bij?'

'Het schiet me ineens te binnen. En die man die je zou komen interviewen, hoe zit het daar eigenlijk mee?'

'Ach, dat gebeurt allemaal natuurlijk, als ik in Stockholm de prijs werkelijk in ontvangst genomen heb. Hij wordt uitgereikt door de Zweedse koning zelf.'

'Als het waar is.'

'Waarom niet?'

'Nou, we zullen het nog eens afwachten. Tegenwoordig gaat alles anders dan je denkt.'

'Och kom, we gaan samen naar Zweden, je zal het zien.'

Vijf minuten later waren ze aan de ingang van de Exotische Tuin. Hij nam kaartjes en ze gingen door het hek.

Smalle paadjes slingerden zich tegen de berghellingen. Er stonden allerlei soorten cactussen en vetplanten langs, met naambordjes erbij. Cactussen zo groot als bomen stonden daar, cactussen als groene broden met stekels bedekt, cactussen als dichtbehaarde slangen. Verleidelijke bloemen, gele, rode, bloeiden tussen al deze scherpte.

Langzaam drentelden zij over de smalle paadjes, soms bukkend om een naambordje te lezen. Overal hadden ze uitzicht over de stad en de zee.

Zelfs Gré werd er stil van en bracht de schandalige, krankzinnige huurprijs die ze te horen had gekregen, niet meer ter sprake.

Hier en daar waren kleine vijvertjes gegraven, trapjes gebouwd en bruggetjes.

Drie nonnen met witte kappen als vleermuizen van linnen op hun hoofd, liepen voor hen uit.

Gele bloemen, blauwe, rode. Vriendelijke kleine pijltjes gaven aan hoe je lopen moest, zodat je de hele tuin te zien kreeg zonder iets over te slaan.

'Die prins,' zei Gré, 'die doet toch ook wel eens iets leuks met al z'n geld. Het is allemaal even goed onderhouden.'

Aan het eind van de wandeling bereikten ze een groot gat in de rotswand, een daarin uitgehakt portaal, met een trap die naar beneden voerde, het donker in. Onderaan was de trap afgesloten door een deur.

Op een bord stond te lezen dat dit de toegang was tot een grot en dat de grot elk uur onder leiding kon worden bezichtigd.

Dingelam keek op zijn horloge. Het was tien over half twaalf.

'Zullen we de grot ook nog gaan bekijken?' vroeg hij, 'of ben je te moe?'

'Nee, nee, ik wil alles zien.'

'Heb je geen pijn in je been?'

'Nee, nee, niet over praten.'

'Laten we even op dat bankje daar gaan zitten. Om twaalf uur zal de gids wel komen.'

Ze gingen zitten op dat bankje en keken uit over de zee en over de oude stad, die op een in zee uitstekende rotspunt lag.

'Daar in dat gele paleis, op de rots, woont de prins, staat in de folder.'

'Met een Amerikaanse filmster. Hoe heette ze ook alweer? We hebben haar wel eens gezien in een film van Hitchcock, maar dat is lang geleden.'

'Ja, ik herinner me ook zoiets. Je vraagt je wel af hoe die mensen de tijd doorbrengen, daar in hun paleis.'

'O, die vervelen zich heus niet, hoor. Die krijgen natuurlijk de hele tijd logés en zo. Of misschien zijn ze er wel nooit.'

'Jawel, kijk maar, zie je die vlag? Ze zijn er wel.'

Hij haalde zijn pijp te voorschijn en zijn tabakszak.

'En zie je *dat* daar,' riep Gré, 'daar staat een olifant!'

Werkelijk, daar halverwege de helling van de rotspunt, onder de gele paleismuur, stond een olifant, op een soort platformpje in de zon.

'Als je goed kijkt, zie je allemaal kooien. Die prins heeft daar zeker een dierentuintje.'

'Ja, verdraaid. Maar die olifant heeft ook niet veel ruimte, zeg.'

'O nee, helemaal niet. Hij zit vast met een ketting aan z'n poot.'

'Anders valt hij van z'n rotsje af.'

'Ach, wat is het hier toch mooi,' verzuchtte Gré, 'jammer dat je geen fototoestel bij je hebt. Die man die we gisteren tegenkwamen, die was toch eigenlijk niet zo dom. Die heeft z'n fototoestel altijd bij de hand.'

Dingelam stak zijn pijp aan, deed een paar trekken en zei toen, half in zichzelf:

'Als ik zo naar die rotsen zit te kijken en de zee, komen gekke gedachten bij mij op.'

'Wat dan?'

'Al die miljoenen wezens in de zee, die kan het niets schelen dat ik geleefd heb en wat ik heb gedaan.'

'Hoe weet je dat nou? Misschien hebben de walvissen je portret in hun krant gezet. Die zijn allicht minder stom dan het *Nieuwsblad voor het Noorden*.'

'Het is natuurlijk onzin, wat ik zit te zeggen, maar ik weet het niet... Of ik weet alleen dit, dat ik twijfel. Dat ik twijfel of het allemaal wel nodig is wat de mensen doen, of nog beter: dat ik op dit ogenblik het gevoel heb dat het allemaal niet nodig was geweest.'

'Waarom niet? Je hebt toch een belangrijke ontdekking gedaan? Je bent niet goed wijs! Denk eens aan al die andere chemici die nooit wat bijzonders hebben gevonden, nooit. Hun hele leven niet. En die er misschien even hard hun best voor gedaan hebben als jij.'

'Ach heer, twee-, drieduizend jaar geleden bestond er helemaal geen scheikunde en toch vonden de mensen de dingen die ze toen deden ook al vreselijk belangrijk. En nooit stond er iemand op, die zei: Alles goed en wel, maar ik wou maar dat ik wist hoe ik N-Ethyl-8-hydroxytetrahydrochloropheenhydrochloride moest samenstellen. Dat *kon* helemaal niet worden gezegd. Zelfs *met je mond* kon je toen niet... niet over de materie praten... ik weet niet hoe ik het anders moet zeggen... maar ze wisten feitelijk nog helemaal niet wat materie was en eigenlijk was alles wat erover werd gezegd, onzin. En toch leefden ze. Toch maakten ze geschiedenis. En ze gaven elkaar lauwerkransen. En ze bezongen mekaar in heldendichten.'

'Maar ze deden een hoop domme dingen.'

'Wij niet dan?'

Allebei zeiden ze een poosje niets. Toen begon hij weer:

'De daken van de huizen daar, zijn allemaal rood. Dat staat leuk. Ik moet ineens denken aan een boekje dat ik gelezen heb, toen ik pas student was. Het ging over een man die niets deed dan in regen en wind naar de lucht zitten te kijken. In Veere was het, meen ik, of bij de Zuiderzee... Als hij in de trein zat, keek hij maar naar buiten. Op het laatst kende hij alle trajecten van de trein uit z'n hoofd... Hij wist precies: nu komen we langs een molen en nu over de brug daar en daar en toen ik de vorige keer hier langskwam, toen stond dat kippenhok daar nog niet. En zo... Zo onthield die man van allerlei... Verder deed die man niets, omdat hij toch maar alles wat de mensen deden, onzin vond. Hij zei: Ik ben goddank helemaal niks en hij wou ook niks worden. En dat is het op een bepaalde manier bekeken natuurlijk ook: onzin. En je hoeft ook niks te worden, wat bewezen is door alle mensen die niks geworden zijn en doorgaan niks te worden en toch bestaan. Soms worden ze nog schatrijk ook. Maar die man stapte ten slotte ergens in het water, omdat hij natuurlijk...'

'Maar dat is je eigen vrije verkiezing,' zei Gré, 'het is er nu alleen een beetje laat voor. Maar dat had jij toch ook kunnen doen: helemaal niks worden, helemaal niks... Waarom niet? Als het toch allemaal op hetzelfde neerkomt, de Nobelprijs of helemaal niks.'

'Nee, toch niet. Sommige mensen zouden het kunnen doen, maar niet alle mensen. We kunnen niet meer met ons allen het bos ingaan en leven van beukenootjes als de eekhoorns en van paddestoelen en bramen. Dat kan nu eenmaal niet. En daarom zijn die filosofen die helemaal niks doen, toch altijd afhankelijk van de mensen die wel wat doen en... zo afhankelijk zijn... nou, dat is *ellendig*. Heel ellendig. Verrek, hoe heette die man nu ook alweer die dat verhaal had geschreven...'

Hij schudde zijn hoofd en mompelde in nadenken: 'Ik weet het niet...'

Ineens riep hij hardop:

'Dat is ook gek! Ik weet het niet! Zo *heette* die schrijver! Nescio! Ik weet het niet. Zo *heette* hij!'

In deze geest zat hij voor zich uit te praten, zonder dat Gré veel terugzei op den duur.

Het water blikkerde in zijn ogen. En hij zag ondertussen van alles. Aan de horizon doemde een schip op. En in het dierentuintje van de prins verscheen een man met een tuinslang die de olifant begon nat te spuiten.

Toen deed zich, vrij plotseling, boven hun hoofd een diep gebrom horen als een vliegtuig, maar toch anders. Het brommende geluid ging niet op en neer en het naderde ook niet om zich vervolgens te verwijderen, zoals het gebrom van een vliegtuig. Het bleef. Allebei keken ze omhoog. Van achter hun rug kwam een kleine zeppelin aangevlogen. Het luchtscheepje bewoog zich maar uiterst langzaam voort en het leek of degene die het bestuurde, niet precies wist waar hij naartoe wilde.

'Hé, een zeppelin.'

'Ja,' zei Gré, 'ik wist niet dat die dingen nog bestonden.'

'Deze is maar een kleintje, die kan denk ik niet naar Amerika vliegen.'

'O, er staat een reclame op, Goodyear.'

'Hij vliegt hier maar wat rond om iedereen goed te laten zien wat er op staat.'

'Firma's die zo'n ding huren, moeten wel veel geld hebben.'

'Dat denk ik ook.'

Traag draaide de grijze luchtwalvis, tot zijn lengterichting ongeveer evenwijdig was aan de kust.

'Als je wil,' zei Gré, ineens, 'hoef je toch helemaal niet aan de universiteit te blijven. Je kan toch ergens anders een baantje zoeken, dan ben je van het gedonder af.'

'Misschien wel.'

'Zulke grote firma's, die hebben toch grote laboratoria, waarin ze speurwerk laten doen. Misschien zou het je daar veel beter bevallen.'

'Misschien wel. Maar misschien ook niet.'

Nu geduldig deze kwestie bespreken, dacht hij, al die mogelijkheden waar ik al lang niet meer over pieker. Maar ze bedoelt het goed.

'Ik vond het indertijd best leuk in Amerika,' zei ze.

'Ja, maar toen waren we vierentwintig jaar jonger en trouwens, we waren ook toen al niet van plan er ons hele leven te blijven.'

'Nee, allicht niet, want je contract duurde maar een jaar.'

''t Is misschien te proberen.'

'Je zou kunnen proberen benoemd te worden aan zo'n grote wetenschappelijke instelling, zoiets als Princeton, waar ze alleen wetenschappelijk onderzoek doen en je geen les hoeft te geven aan studenten.'

'Wie weet.'

''t Zou me niet verwonderen als er een uitnodiging voor je in de brievenbus ligt wanneer we thuis komen.'

'Best mogelijk.'

'Nee, maar dat meen ik eerlijk, Roef. Voor mijn plezier hoef je niet in Nederland te blijven.'

'Dat geloof ik wel. Alleen, ik vraag me af, waarom het op mijn leeftijd nog allemaal zo ingewikkeld en schokkend moet worden geregeld. Ik zit uitstekend waar ik zit. Het enige wat ik zou willen is mijn oude kamer terug, een eigen budget en geen gedonder aan mijn kop over vergaderingen. Dat is alles.'

'Maar die vergaderingen, daar kom je niet onderuit. Het staat in de wet dat je daaraan moet meedoen. En als er op zo'n vergadering wat beslist wordt en je bent het er niet mee eens, dan moet je je daarbij neerleggen.'

'Maar hoogleraar, dat is toch godverdomme geen politieke functie, zoals minister. Een minister kan aftreden, als 't hem niet bevalt.'

'Dat kan jij ook, maar niemand zal je herverkiezen. Ook al beweren ze onzin, dan heb je 't maar te slikken.'

'Waarom zouden ze mij niet kunnen vrijstellen van de verplichting goed te vinden dat andere mensen zich met mijn zaken bemoeien? Ik bemoei me ook niet met hun zaken en mijn zaken zijn niet van dien aard, dat ze er enig belang bij hebben er hun neus in te steken.'

'En de studenten dan?'

'Ach, die vallen wel mee. In al die jaren heb ik nog nooit ruzie gehad met een student, tot het van hogerhand werd aangewakkerd. Volgend jaar is er weer een andere gek in de mode en zijn er trouwens ook andere studenten en dan zijn ze Marcuse vergeten.'

'Je krijgt het vast niet voor elkaar, dat het universiteitsbestuur voor jou iets bijzonders doet, vast en zeker niet. Die krentenkakkers. Veel te benauwd dat de andere heren jaloers worden. Precedenten scheppen, stel je voor. Iedereen daar moet doen of hij precies zo'n grote boerenhufter is als ieder ander. Zelfs als het bestuur je eisen inwilligde, als ze zorgden dat je je oude kamer terugkreeg en die paar andere dingen, zou het geschreeuw niet van de lucht zijn. Nee, zet dat maar uit je hoofd. Al had je tien Nobelprijzen, dan deden ze het nog niet.'

'Misschien heb je wel gelijk.'

'Daarom. Je gelooft het zelf niet. En tot je laatste snik zullen er stemmetjes blijven fluisteren dat jij het bent die de politie heeft geroepen. Zelfs al *weten* ze dat het niet waar is, dan zullen ze het *nog* blijven vertellen, alleen maar om wat over een beroemdheid te vertellen te hebben.'

'Nou ja, daar hoef ik toch niet naar te luisteren.'

'Maar heus, geloof me, ik vind het best als we naar het buitenland gaan. Want als we zouden blijven, dan zou je zeggen dat het was om mij een plezier te doen.'

'Dat zal ik niet zeggen,' zei hij met een stem zo zacht, dat het bijna fluisteren was.

'Is er,' vroeg ze, 'is er hier in Monte Carlo niet een of ander wetenschappelijk instituut waar je een baan zou kunnen vinden?'

'Een universiteit hebben ze niet, alleen een oceanografisch instituut met een groot aquarium. Dat is meer iets voor biologen, denk ik.'

'Dat denk je, maar dat *weet* je niet. Je kunt het toch proberen? Je weet het nooit.'

'Dat is waar. Je weet het... nooit.'

Goed bedoelde onzin. Of niet zo goed bedoeld. Als ze, noodgedwongen, toch in Nederland zouden blijven, zou ze zeggen: nu moet je niet klagen, want van *mij* mocht je weggaan. *Ik* heb je niet tegengehouden.

Met andere woorden, het zou zijn eigen schuld zijn.

Het was twaalf uur.

Dingelam stond op en ging kijken bij het grote portaal in de rotswand.

Andere liefhebbers die de grot wilden bezichtigen, zag hij daar niet.

De deur beneden aan de trap ging open en een omvangrijke

groep toeristen kwam naar boven. De gids stond naast de deur, pakte zo nu en dan geld aan en tikte aan zijn pet.

Toen alle toeristen zich hadden verspreid, deed hij de deur dicht en kwam ook de trap op.

'Weinig belangstelling,' zei hij tegen Dingelam, 'dat is altijd zo om twaalf uur. Dan gaan de mensen eten.'

'Jammer. Enfin, dan moet het maar niet doorgaan.'

'O welnee, meneer, of er maar een liefhebber is, of dat het er duizend zijn, dat maakt voor ons geen verschil, begrijpt u.' Hij lachte. ''t Is hier net als aan de poort van de hel.'

'Gré, kom je?'

Achter de gids aan liepen ze de trap af. De gids maakte de deur voor ze open en toen ze naar binnen waren gegaan, trok hij de deur dicht, slipte langs ze heen en ging voor. Het leek of ze aan de rand van een slordig uitgehakte bouwput stonden. Van afstand tot afstand waren er elektrische peertjes in opgehangen.

Ook achter de deur was een trap, een stelsel van trappen en trapjes, die steeds verder naar beneden voerden. Het waren smalle ijzeren trapjes, met ijzeren haken aan de chaotisch onregelmatige rotswanden vastgemaakt. In de treden was om ze wat stroever te maken, een wafelvormig patroon geperst. Ze waren zo smal, dat er niet meer dan een mens tegelijk op een trede staan kon.

'Loop jij maar vooruit,' zei Gré, 'dan kun je me opvangen als ik val.'

Voor haar uit ging hij naar beneden. De gids had al zo'n grote voorsprong, dat ze hem niet meer zagen. Alleen hoorden ze zijn stem zo nu en dan, wanneer hij een of andere uitleg opdreunde, die ze niet konden verstaan.

Tussen dikke draperieën van witte kalksteen, glanzend door water dat er langsdroop, kronkelde het trappenstelsel naar beneden, onafzienbaar diep. Onder de elektrische lampjes stak soms wat mos of een varentje groen af tegen de witte kalk. Plantjes die nooit door de zon beschenen waren; hoe verdrietig.

De druipsteenformaties deden denken aan van alles dat huiveringwekkend om te zien is en daarom van nature zelden aan het daglicht komt. Aan lebmagen en darmen van koeien, duizendmaal vergroot, aan de verkalkte aders van een seniele reus. Of aan ontvleesde kaken, gespleten beenderen, alles wit glibberig of het met melk overgoten was. Glanzend als kaarsvet dat nooit zou branden. Als ijs. Aan gordijnen van draderig slijm, afhangend van het kraakbenen verhemelte in de mondholte van een draak.

Ja, de grot was de muil van een enorm monster, vol tanden waar vergif uit droop. Hier kwam eindelijk de waarheid aan het licht: de aardkorst was niets dan de vuile opperhuid van een ondier dat in leven bleef door op den duur alles te verzwelgen. Generatie na generatie werd opgeslokt en in de vorm van planten weer uitgezweet en daarvan groeide de volgende generatie op, om op haar beurt te worden verslonden. Eeuwige kringloop. Eeuwige kringloop? Om te gapen zo banaal. Toch was het zo. Uitgekauwde en afgezaagde gedachte. Maar iets anders blijft er niet over. Kringloop. De praatjes waaien weg en de atomen blijven. Alles wat niet banaal is in de filosofie, het mag misschien een ogenblikje leuk zijn, op den duur blijkt toch altijd weer dat het onzin is.

Langs de trapjes waren glazen leuningen aangebracht. Massieve staven van helder glas, een pols dik, daarvan waren de leuningen gemaakt, zeker omdat ijzer zou roesten, zo vochtig was alles.

Niet zonder afkeer grepen zij zich vast aan dit klamme glas, bij gebrek aan iets anders om zich aan vast te houden.

'Kijk maar uit,' zei Dingelam, 'de treden zijn verdomd glibberig.'

'Je kan er bijna niet op blijven staan. Leuk hoor, straks moeten we dat hele eind weer naar boven.'

'Wil je terug?'

'Kan niet. Er zitten andere mensen achter ons.'

'Houd je maar goed vast, want als je uitglijdt, ben je nog niet gelukkig.'

Zelf hijgend en zwetend, ademden ze niet zonder benauwdheid de lucht van zweet en zonnebrandolie in, die de vorige bezoekers achtergelaten hadden.

'Hu!...'

'Wat gebeurt er?'

Hij hield stil, probeerde achter zich te kijken, maar zag haar niet, zo hoog was zij nog boven hem.

'Daar viel ik bijna. De leuning is ook al zo glad.'

'Doe maar kalm aan, hoor. Die gids is het gewend.'

'Ik *doe* toch kalm aan! Wind je niet op!'

Tegen het eind van de middag kwam Gonnie met de Opel Kapitän terug in de straat waar ze woonde, de Kleine Volte. Ze had zich door Piet in het Fiatje naar de garage laten brengen, die de Opel van een nieuwe drukplaat had voorzien. Hij reed nu weer prima en gehoorzaamde helemaal aan Gonnie's wil.

Aan haar kant van de straat stonden de auto's kop aan kont, maar, aan de overkant, was een plaatsje vrij, achter de Volkswagen van Gré.

Gonnie parkeerde. Terwijl ze daarmee bezig was, zag ze een enorme rode motorfiets met een jongen en een meisje erop, vlakbij stilhouden. Hun gladde valhelmen en de glanzende lak van het geheimzinnige snelheidsmonster, trokken hier en daar zonlicht op zich samen in verblindende vlekken van vuur. De met benzine gevulde zwelling, die tussen de knieën van de berijder naar voren puilde, droeg in gouden hoofdletters de magische Japanse naam YAMAHA.

Gonnie stapte uit en deed de portieren van de Opel op slot.

Toen zag ze dat het meisje, met allebei haar handen een pan dragend, naar de deur van Dingelam liep en aanbelde. De deur ging natuurlijk niet open. Het meisje deed een stap achteruit en bekeek Dingelam's huis van onder tot boven.

De jongen, wiens gezicht voornamelijk uit een rode wilde baard bestond, riep:

'Niemand thuis?'

Gonnie liep in de richting van het meisje en vroeg:

'Moet u bij professor Dingelam zijn?'

'Ja, even iets afgeven,' zei Laetitia.

'O, maar meneer en mevrouw Dingelam zijn een paar weken op reis.'

'Een paar weken?'

Laetitia leek geschrokken.

'Ja. Ik zou zeggen komt u over veertien dagen nog eens terug. Of als dat niet gaat, kunt u het ook wel aan mij afgeven. Ik ben mevrouw Stroomer, ik woon aan de overkant.'

'O, dank u, dat is heel vriendelijk, maar ik vrees eigenlijk... Ja, begrijpt u, wat er in deze pan zit, zal misschien geen veertien dagen goed blijven.'

'Is het etenswaar?'

'Ja zeker, een blanquette de volaille.'

'Dat is niet mis,' zei Gonnie.

De jongen had zijn geweldige motor op de stander gezet en kwam er nu ook bij staan. Hij nam zijn valhelm af.

'Dag mevrouw Stroomer,' zei hij, 'ik ben Lucas Kroondijk.'

'Ja natuurlijk, ja, ik herken u.'

Gonnie gaf hem een hand.

'Een origineel geschenk,' zei Gonnie, terwijl ze haar lachen nauwelijks houden kon, 'u wou dus professor Dingelam op een blanquette de volaille trakteren?'

'Dit komt misschien wel een beetje wonderlijk bij u over,' zette Laetitia nader uiteen, 'omdat u wel zal weten dat Lucas een van de leiders van de bezetting is.'

'Geweest,' vulde Lucas met sombere nadruk aan, 'geweest.'

'Ja, ik meen zoiets te hebben gehoord,' zei Gonnie, 'en u bent het dus niet meer?'

'Dat zou misschien een beetje te schril geformuleerd zijn,' verduidelijkte Lucas, 'maar wat bepaalde opvattingen betreft, daar sta ik niet meer achter dus. Zo'n aksie als die rookbom in de aula, dat vond ik waardeloos.'

'Trouwens,' vulde Laetitia aan, 'dat ze professor Dingelam niet vijf minuten op z'n kamer wilden toelaten, nou, dat was toch ook...'

'Ik heb niets tegen professor Dingelam,' zei Lucas, 'en dat hij zich niet solidair verklaard heeft met de aksie... integendeel... zo iemand als professor Tamstra, die reactionaire ingezonden stukjes naar *De Telegraaf* stuurt en zich dan achteraf solidair gaat verklaren, nou, dat vind ik... Dan nog liever Dingelam die de politie opbelt omdat hij niet in zijn kamer kan komen. Dat is tenminste een houding.'

'Maar professor Dingelam *heeft* de politie niet opgebeld,' zei Gonnie, 'dat is maar een praatje.'

Lucas lachte en gaf een antwoord dat geen antwoord was:

'Zulke door en door gepolitiseerde figuren zoals Louis Cuffeler, daar ben ik wel een beetje anders tegenaan gaan kijken, de laatste dagen. Zo'n Louis Cuffeler, begrijpt u, die vindt iedereen en alles prachtig dat in zijn straatje komt. Mensen die er een eigen mening opna houden, zoals professor Dingelam, die moeten worden uitgeroeid, maar een glibberige opportunist als Tamstra zal hij aan zijn hart drukken.'

'Een heel nare jongen,' zei Laetitia.

'Jammer dat professor Dingelam er niet is,' resumeerde Gonnie, 'het zou hem genoegen doen dit te horen. Hij heeft zich de hele geschiedenis nogal aangetrokken. En nu wou u hem dus trakteren?'

'Ja,' beaamde Laetitia met vrolijke trots, 'op een blanquette de volaille, die ik gemaakt heb.'

'Weet u,' vertelde Lucas, ook lachend, 'het zit eigenlijk zo. Dinsdagavond ben ik hier met een paar vrindjes aan de deur geweest, om...'

'Wat! Bent *u* dat geweest? *Wat* zegt u? Bent *u* dat geweest, toen de haan is weggelopen?'

'Ja, maar dat konden wij niet helpen. Die haan liep de deur uit en toen hebben we geprobeerd hem te pakken en iemand heeft hem toen per ongeluk overreden.'

'Overreden. Overreden. Zo, zo, dat is prachtig. Hebt u dat gedaan. En wat kwam u dinsdagavond nu eigenlijk doen, oorspronkelijk?'

'Nou, we wilden het uitleggen. Dat we met de rookbom niets te maken hadden. En dat het raam op professor Dingelam's kamer per ongeluk is gebroken en er zijn trouwens ook geen belangrijke papieren verscheurd. En dat het lijkt of de hele aksie speciaal tegen professor Dingelam was gericht, maar dat is absoluut niet waar, dus. Het gaat om de strukturen van de maatschappij, weet u wel?'

'Zo. En die haan doodrijden? Ook al een ongelukje?'

'Ja, dat is echt waar, mevrouw,' kwam Laetitia Lucas nu te hulp, 'en we hebben gedacht dat meneer en mevrouw Dingelam die haan toch wel zouden hebben opgegeten en toen-ie dood was, heb ik gezegd: nou, dan kan ik er wel gelijk iets van koken, om het een beetje goed te maken, begrijpt u wel.'

'Ze kookt fantastisch,' zei Lucas.

'Wel vervelend dat ze nu weg zijn,' zei Laetitia.

'Zo, zo, juffrouw,' zei Gonnie nu, 'dat heeft u, tot mijn spijt, helemaal verkeerd gedacht. Die haan was er niet om op te eten. Die haan was hun huisdier. Ik hoop niet dat u een poes heeft en dat u hem nog eens op uw bord moet krijgen in de vorm van hazepeper. Ik zal u *een* ding zeggen: u heeft geluk dat meneer en mevrouw Dingelam er niet zijn en maakt u alstublieft dat u zo gauw mogelijk wegkomt met dat pannetje eten. En denkt u erom, dat u tegenover iedereen uw mond erover houdt. Denkt u erom...'

'Maar mevrouw...' stamelde Lucas.

'*Ik* ben aan het woord, meneer en ik laat me niet in de rede vallen. Ik zei: denkt u erom, dat u er met niemand over praat. U doet maar met uw prakje wat u goeddunkt, gooit u het door de wc of eet u het zelf op, dat kan me niet schelen, maar denkt u eraan, als er ooit een *woord* van in het Universiteitsblad komt...'

'Maar mevrouw...' probeerde Lucas opnieuw.

'Ik heb u niets gevraagd, meneer Kroondijk, helemaal niets. Ik waarschuw u: geen grappen, want ik zal u weten te vinden.'

Zij draaide zich om, liep met haar sleutels in haar hand naar haar eigen huisdeur en ging naar binnen. Toen ze de deur achter zich dichtdeed, voelde ze dat haar knieën knikten. Hem weten te vinden? En op welke manier dan? Onder het besef hoe machteloos haar dreigementen waren, stond zij op het punt in huilen uit te barsten van woede. Niet alleen dat haar dreigementen niets betekenden, haar donderpreek was al belachelijk op zichzelf: tegen die twee schattige kinderen gericht, die nota bene gekomen waren om iets goed te maken.

En dat alleen maar uit medelijden met die hark van een Roef Dingelam, die toch wel nooit een vinger zou uitsteken voor Piet.

Zij liep door naar de voorkamer.

Achter in deze kamer staande, keek ze naar buiten en vroeg zich af wat Lucas Kroondijk en dat meisje nu zouden doen. Ze durfde zich niet vlak bij het raam op te stellen, want ze wilde niet dat die twee ook maar een schijn van kans hadden te ontdekken dat mevrouw Stroomer ze bespioneerde uit nieuwsgierigheid wat het effect van haar strenge woorden zou zijn.

Gonnie zag dat de twee even met elkaar praatten. Toen liepen ze naar de moter. Lucas stulpte z'n helm over zijn hoofd en sloeg het vizier van rookkleurig pantserglas naar beneden. Alleen zijn baard kwam er nog onderuit. Een gezicht had hij nu niet meer.

De kop van een projectiel, waar de koperen baardharen als vlammen uit ontweken.

Hij greep het stuur en sloeg zijn rechterbeen over het zadel. Met z'n voeten duwde hij zich af. Het eigenlijk wanstaltige, ondoorgrondelijke voertuig rolde naar voren, zodat de stander inklapte.

Daarna klom het meisje bij hem achterop. Ze had het pannetje voor zijn buik gezet en bleef het vasthouden met haar armen om hem heen.

Het leek of zij, onverbrekelijk verstrengeld, schrijlings op hun levenslot zaten.

Hij startte. Een geraas laaide op.

Hij schakelde in en ze reden weg.

Parijs, 10 april 1975

NAWOORD

> Betreffende Thorbecke werd indertijd de leugen verspreid, dat hij zijn vrouw sloeg en in een stad als Groningen werd dit voor echte munt opgenomen.
>
> J. VERSLUYS

Willem Frederik Hermans, geboren te Amsterdam in 1921, promoveerde in 1955 cum laude tot doctor in de wiskunde en de natuurwetenschappen aan de universiteit van zijn geboortestad.

In 1958 werd hij tot lector in de fysische geografie benoemd aan de Rijksuniversiteit te Groningen, waaraan hij, sinds eind 1952, reeds in enkele andere functies werkzaam was geweest.

Kort nadat in 1971 de auteur 50 jaar oud was geworden, waarbij zijn verdiensten door verscheidene persorganen uitvoerig werden belicht, stelden twee Anti-Revolutionaire leden van de Tweede Kamer vragen aan de Minister van Onderwijs en Wetenschappen over de lector. Zij bedoelden dat hij zich schuldig gemaakt zou hebben aan plichtsverzuim.

Een onzer collega's te Groningen, Prof. Drs. R. Tamsma, verklaarde desgevraagd in een dagblad: 'Hermans is een nagel aan onze doodkist, we zijn hem liever kwijt dan rijk.' (*Alg. Dagblad*, 29 dec. 1971)

Toen gaf de Minister het Bestuur van de Rijksuniversiteit te Groningen opdracht een onderzoek naar een en ander in te stellen. Het onderzoek werd uitgevoerd. In een 12 juli 1972 gedateerd, omstandig rapport, berichtte het Bestuur aan de Minister dat er geen sprake was geweest van enig plichtsverzuim. Merkwaardig genoeg is aan het uitbrengen van dit rapport en aan de conclusies ervan, noch door de Regering, noch door de Kamer, noch door de pers veel ruchtbaarheid gegeven en evenmin door het Bestuur van de betreffende Rijksuniversiteit.

De redenen waarom de Kamerleden hun suggestieve vragen aan de Minister hadden gesteld, bleven tot de dag van heden eveneens in het duister.

Men kan bezwaarlijk zeggen dat de Groningse universiteit aan de zo geheel ten onrechte in opspraak gebrachte docent een grootmoedige behandeling ten deel heeft doen vallen.

Klaarblijkelijk is uit het oog verloren dat de reputatie van iemand naar wie een onderzoek is ingesteld, zelfs een onderzoek dat niets ongunstigs aan het licht heeft gebracht, toch niet een even goede reputatie is, als die van iemand die nooit is onderzocht. Deze overweging klemt te meer in een democratisch milieu, waar ieder het recht heeft te spreken over alles. Het is dan wel van het grootste belang dat een ieder exact wordt voorgelicht en dat lasterpraatjes, die anders zouden blijven hangen, met kracht van argumenten worden tegengesproken door de bevoegde instanties. Verscheidene geleerden, van mening dat Hermans schriel en onheus was behandeld, hebben zich binnenskamers afgevraagd, waarom hij zich nooit in het openbaar heeft verdedigd tegen de lasterlijke aantijgingen die de ronde deden.

Het behoeft natuurlijk geen betoog dat daartegen verzet had moeten worden aangetekend door hen die hem zo ten onrechte in opspraak hadden gebracht en misschien ook door hen die van mening waren, dat hij schriel en onheus was behandeld,—niet door hemzelf.

Tegen het einde van 1973 vroeg hij vrijwillig ontslag, wat hem eervol verleend werd, en emigreerde naar Frankrijk.

Zou dit boek misschien de doodkist zijn, die de lasteraars zich indertijd zelf in het vooruitzicht stelden?

Geen probleem is in de literatuurgeschiedenis zo hachelijk als dat van de sleutelroman.

Er moet uitdrukkelijk tegen worden gewaarschuwd ONDER PROFESSOREN te lezen als een sleutelroman, d.w.z. een geschiedenis die nagenoeg echt zo gebeurd is, met personages die echt bestaan onder andere namen.

Daarvan is in dit geval geen sprake.

Zelfs zou men zich deerlijk vergissen door te denken dat de dorpsuniversiteit waar de geschiedenis speelt, geen andere dan die te Groningen zou zijn.

Ik weet dat deze mededeling door menigeen met wantrouwen zal worden ontvangen, gezien het feit dat Hermans zelf immers jarenlang te Groningen heeft verbleven.

Waarom, zal men zich afvragen, zou iemand die aan een bepaalde bestaande universiteit het een en ander heeft meegemaakt, een roman schrijven over een *denkbeeldige* universiteit? Welk een overbodige inspanning van de verbeeldingskracht!

Toch niet.

Een Groningse geleerde zei eens tegen Hermans over een andere Groningse geleerde die bang was dat Hermans nog eens een roman over hem zou schrijven:—Wat denkt hij wel! Die man is zo saai, daar kan zelfs jij geen roman over schrijven.

Zo was het.

En, alle andere aspecten daargelaten, geldt misschien hetzelfde voor de gehele Rijksuniversiteit te Groningen en is dat de reden waarom dit boek over *denkbeeldige* professoren en een *denkbeeldige* universiteit gaat.

Anderzijds zou het natuurlijk ondenkbaar zijn dat Hermans, toen hij ONDER PROFESSOREN schreef, in het geheel niets ontleend zou hebben aan de werkelijk bestaande Groningse academia, waar hij zo vele jaren heeft doorgebracht.

Om eens iets te noemen: het boek werd (in klad) geheel geschreven op de blanco achterzijden van gestencilde universitaire mededelingen: nota's, discussienota's, convocaties, programma's, preadviezen, voorlopige preadviezen, voorlopige programma's, verkenningen, voorlopige verkenningen, rondschrijvens, en zo voorts, en zo verder.

Al dat kostelijke papier, dat anders vluchtig of helemaal niet gelezen in de vuilnisbak terecht zou zijn gekomen om het milieu te verontreinigen, is door de schrijver dan toch nog op een heel nuttige manier gebruikt.

Dit is het Bestuur van de Rijksuniversiteit te Groningen niet ontgaan en onmiddellijk na Hermans' vertrek heeft het een verordening uitgevaardigd dat het papier voortaan *aan beide zijden* moet worden bestencild.

Klaarblijkelijk durft men niet het risico te lopen, dat er nogmaals een roman zal worden geschreven op de achterzijde van eenzijdig gebruikt rijksstencilpapier.

Paterswolde, voorjaar 1975 Prof. Dr. B. J. O. Zomerplaag